ДЖОН Р.Р. ТОЛКИН

ДЖОН Р.Р.ТОЛКИН

ТОЛКИН

ВЛАСТЕЛИН КОЛЕЦ

Хранители Кольца

АСТ
МОСКВА

ДЖОН Р.Р. ТОЛКИН

ВЛАСТЕЛИН КОЛЕЦ

Хранители Кольца

АСТ
МОСКВА

УДК 821.111
ББК 84 (4Вел)
Т52

John R.R. Tolkien
THE LORD OF THE RINGS
PART 1: THE FELLOWSHIP OF THE RING

Originally published in the English language by
HarperCollins Publishers Ltd.

Переведено по изданию:
Tolkien J.R.R. The Lord of the Rings.
Part 1. — London: HarperCollins, 1993.

Печатается с разрешения издательства HarperCollins Publishers Limited
и литературного агентства Andrew Nurnberg.

Перевод с английского В. Муравьева, А. Кистяковского

Стихи в переводе А. Кистяковского

Вступительная статья В. Муравьева

Серийное оформление А. Кудрявцева

В оформлении обложки использована работа,
предоставленная агентством Russian Look / Picvario.

Толкин, Джон Рональд Руэл.

Т52   Властелин Колец. Трилогия. Т. 1. Хранители Кольца / Джон
Р.Р. Толкин; [пер. с англ. В. Муравьева, А. Кистяковского]. —
Москва: АСТ, 2015. — 574, [2] с.

ISBN 978-5-17-078696-1 (Т. 1)
ISBN 978-5-17-080623-2 (Общ.)

Трилогия «Властелин Колец» бесспорно возглавляет список «культо-
вых» книг XX века. Ее автор, Дж. Р.Р. Толкин, профессор Оксфордского
университета, специалист по древнему и средневековому английскому
языку, создал удивительный мир — Средиземье, который вот уже без
малого пятьдесят лет неодолимо влечет к себе миллионы читателей. Вели-
колепная кинотрилогия, снятая Питером Джексоном, в десятки раз уве-
личила ряды поклонников как Толкина, так и самого жанра героического
фэнтези.

УДК 821.111
ББК 84 (4Вел)

ПРЕДЫСТОРИЯ

Долгая жизнь Джона Рональда Руэла Толкина (1892—1973) закончилась — именно закончилась, а не оборвалась! — полтора десятка лет назад. Она стала преддверием его посмертного существования на земле, конца которому пока не предвидится. Если подыскивать подобие для этой жизни, то больше всего она, пожалуй, похожа на просторный, но вовсе не огромный, просто большой кабинет, он же домашняя библиотека, в старинном, то есть всего-навсего викторианском, доме; справа камин с мраморной доской, кресло у камина, гравюры, резные этажерочки с диковинками — между стеллажами. Много всякого (больше всего книг, хотя их не слишком много), но ничего, как ни странно, лишнего. А хозяин словно сейчас только вышел и вот-вот вернется — вышел не через дверь (через дверь *мы* вошли), а через сияющее и поистине огромное окно в другом конце кабинета. И его жизнь — вовсе не кабинетная, но это потом — представима лишь в ярком и чистом свете.

Выйти-то он, конечно, вышел, от смерти никуда не денешься, но вышел затем, чтобы остаться с нами. И остался, даром что его покамест в кабинете вроде бы и нет; ну как же нет, есть он, и даже без особенной мистики — говорил же завзятый материалист лорд Бертран Рассел: почем мы знаем, вдруг столы за нашей спиной превращаются в кенгуру? Такого нам не надо, обойдемся без австралийских сумчатых, а вот Джон Рональд Руэл, разумеется, присутствует за нашей спиной, и вырастают за нею деревья, без которых он жизни никак не мыслил, они были для него главным жизнетворным началом. И много чего еще до странности знакомого мы обнаружим наяву стараниями Дж. Р.Р. Толкина, невзначай оглянувшись.

Но мы не оглядываемся — успеется; мы медленно обводим глазами оставленную нам на обозрение долгую жизнь. И *очертания* воображаемого кабинета расплываются: в последние годы жизни профессора Толкина его скромная библиотека размещалась в бывшем гаражике, пристроенном к стандартному современному домику на окраине Оксфорда. Пристройка эта, кстати, заодно служила кабинетом, где всемирно известный автор эпопеи «Властелин Колец» принимал посетителей, в том числе и английского литератора Хамфри Карпентера, который впоследствии, в 1977 году, опубликовал его жизнеописание, сущий кладезь фактов — черпай не вычерпаешь. Будем черпать. Перенесемся от конца жизни к ее началу и представим себе времена почти непредставимые, хоть не такие уж и далекие.

Джон Рональд Руэл Толкин (и Джон, и в особенности Руэл — имена фамильные, до поры до времени, а у друзей всегда он звался просто Рональдом) родился 3 января 1892 года в городе Блумфонтейне, столице южноафриканской Оранжевой Республики, за семьсот с лишним километров к северо-востоку от Кейптауна, посреди ровной, пыльной, голой степи — вельда. Через семь лет разбушевалась взбудоражившая весь мир и открывшая XX век англо-бурская война, повсюду запели «Трансвааль, Трансвааль, страна моя, ты вся горишь в огне», а название жалкого городка замелькало во фронтовых сводках на первых страницах газет. Но пока это была такая глушь... Такая самая, в которую было тогда принято отправлять молодых англичан — чтобы выказывали и доказывали упорство и предприимчивость. Вот и англичанин в третьем поколении Артур Толкин, внук германского иммигранта фортепьянных дел мастера Толькюна, когда семейная фирма вконец разорилась, выхлопотал себе место управляющего банком в Блумфонтейне. Ему хотелось не столько ехать за тридевять земель, сколько жениться на любимой девушке, некой Мейбл Саффилд, чей отец, опустившись от суконщика до коммивояжера, требовал от жениха жизненных перспектив. В родном Бирмингеме их не было, а в Южной Африке пусть отдаленные, но обозначались. Мейбл отдали скрепя сердце, и Артур увез ее в тридесятое царство, то бишь в Оранжевую Республику, где она родила ему не только вышеупомянутого Рональда, но и младшего его брата Хилари Артура Руэла.

Очень мало осталось в памяти у старшего сына от Южной Африки: ну, тарантул укусил, ну, змеи живут в сарае и туда маленьким ходить нельзя, по забору скачут соседские обезьянки, норовят не то стащить, не то слопать белье, по ночам воют шакалы и рычат львы, отец сажает деревца, а кругом страшный простор безграничного вельда, тяжкий зной и жухлая высокая трава. А больше, пожалуй, и ничего. Нет, качал головой профессор Толкин, больше, кажется, ничего не помню.

В апреле 1895 года мальчики вместе с матерью отплыли в Англию — повидаться с родными и отдохнуть от южноафриканского климата. Отдохнули неплохо и собрались обратно к отцу. Накануне отъезда, 14 февраля 1896 года, под диктовку четырехлетнего Рональда писалось письмо:

«Я теперь такой стал большой, и у меня, совсем как у большого, и пальтишко, и помочи... Ты, наверно, даже не узнаешь и меня, и малыша...» Письмо это не было отправлено, потому и сохранилось. В этот день пришла телеграмма о том, что у отца кровоизлияние в мозг — последствие ревматизма. На следующий день — о его смерти.

Плыть в Южную Африку было незачем. Мейбл Толкин осталась в Бирмингеме с двумя малолетками сиротами на руках и почти без средств к существованию: очень немного удалось скопить ее мужу за пять блумфонтейнских лет. Правда, она знала латынь, французский, немецкий, рисовала, играла на фортепьяно — могла, стало быть, давать уроки. И решила как-нибудь сводить концы с концами, главное же — ни от кого не зависеть, ни на кого не рассчитывать, никому не быть обязанной. Впрочем, на бедствующую родню с обеих сторон надеяться и не приходилось. Она задешево сняла коттедж за городом, возле дороги из Бирмингема в Стратфорд-на-Эйвоне. Дети должны расти у реки или озера, среди деревьев и зелени — таково было одно из ее твердых убеждений. Мейбл вообще придерживалась убеждений твердых и вскоре обрела для них прочную основу, обратившись в католичество. (Она овдовела в двадцать пять лет, была очень миловидна и обаятельна, но жить заново не собиралась.) По тогдашним временам в Англии обращение это означало многое, и прежде всего, помимо перемены общепринятых мнений, особый образ жизни, почти демонстративно противопоставленный общему социальному быту.

Мало того, она и детей решила, что называется, «испортить», сильно затруднив им жизнеустройство, и со свойственной ей неукоснительностью занялась их религиозным воспитанием. Роль этого материнского решения в судьбе и формировании личности Рональда Толкина трудно переоценить. Волею обстоятельств оно стало необратимым, и Толкин никогда ни на йоту не поступился преподанными ему в нежном возрасте религиозными принципами. Правда, никакого неофитского рвения у него не было, и в отличие, скажем, от своего старшего современника, новообращенного Г. К. Честертона, он не считал нужным провозглашать свое кредо на всех перекрестках. Зато в другом они очень схожи: оба эти приверженца римско-католического вероисповедания — англичане до мозга костей. Рональд, кстати, и внешне удался в мать (Хилари — в отца) и по-настоящему дома чувствовал себя только в глубокой английской провинции, вустерширской «глубинке».

Мейбл преподавала сыновьям отнюдь не только вероучение и закон божий. По-видимому, у нее был недюжинный педагогический талант, унаследованный старшим сыном: она прекрасно подготовила мальчиков к учебе в самой престижной школе Бирмингема, предъявлявшей очень высокие требования. Именно она приохотила Рональда к любовному изучению языков; именно ей он обязан тем, что в конце концов, победив на конкурсе, обеспечил себе в 1903 году возможность учиться на казенный счет. Не случись этого, совсем другая была бы у него судьба. Потому что Мейбл Толкин умерла в 1904 году.

Детей она препоручила своему духовнику, отцу Френсису Моргану; из него получился заботливый, усердный, надежный и строгий опекун. Остатком сбережений он распорядился как нельзя более умело; свои деньги (а их у него было в обрез) прикладывал не считая. Прожил он, по счастью, еще долго, и его подопечные на всю жизнь сохранили к нему почтительную благодарность. Он, правда, сделал серьезный промах, за который Рональд был ему особенно признателен: подыскав мальчикам в 1908 году пансион (с двоюродной теткой они не поладили), отец Морган не обратил никакого внимания на одну тамошнюю жиличку — девятнадцатилетнюю незаконнорожденную сироту Эдит Брэтт. По роду своих занятий он, видимо, не привык замечать молоденьких и очень хорошеньких девушек, тем более что эта была на три года старше Рональда.

Нельзя сказать, чтобы Рональд был развит не по летам; напротив, ему было в точности шестнадцать. Его филологическая одержимость уже сказалась в полной мере, но она была вовсе не угрюмая, а веселая и затейливая. К этому времени он хорошо знал латынь и греческий, сносно — французский и немецкий, но подлинным открытием для него стали готский, древнеанглийский и древнеисландский, а затем и финский. Он даже не столько изучал языки, то есть изучал, конечно, но не грамматически, не формально, — он вникал в них и проникался ими, воспринимая не слова и не конструкции, а тексты, по преимуществу поэтические, в их животрепещущей языковой насыщенности. И тексты казались ему нотными записями. Ему не хватало наличной лексики языка — скажем, готского, — и он методом экстраполяции, с помощью чутья и воображения, создавал слова и обороты, которые могли быть, должны были быть. Собственно, и языков ему тоже не хватало, и он начинал изобретать новые, например скрещивая древнеанглийский и уэльский на фоне финского. Изобретались и алфавиты. Можно было предвидеть, что раньше или позже для этих новоизобретенных праязыков понадобится, чтобы закрепить ощущение языкового единства, изобретать тексты, а для текстов — праисторию и прамифологию. И «Беовульф», и «Сага о Вёльсунгах» казались ему — и не зря — отзвуками древнейших эпических преданий. Они не сохранились — ну что ж, значит, надо их...

Мы забегаем вперед. Процесс этот шел, но в школьные годы так далеко еще не продвинулся. Увлеченность

Рональда была очень заразительна, и он прекрасно умел ею делиться. В школе он основал первое в своей жизни филологическое сообщество, своеобразный «клуб четырех». Впоследствии такого рода клубы при участии Толкина возникали как бы самопроизвольно, но никогда и ни с кем у него не было более тесных дружеских отношений, чем с этими тремя однокашниками. Тут стоит заметить, что щуповатый Рональд вовсе не был ни тихоней, ни заморышем. Нет, это был общительный и веселый, чтоб не сказать — проказливый, подросток, отчасти даже спортсмен — регбист, игрок школьной команды.

Словом, в общем счете Рональду было примерно шестнадцать; а вот очаровательная резвушка Эдит Брэтт, для которой потом будет придумано имя Лучиэнь и легенда на придачу и которая пока что, в пансионе, снимала комнатку этажом ниже, — та, по-видимому, была моложе своих девятнадцати. Из комнатки доносилось пение и стрекот швейной машинки; вообще-то она окончила музыкальную школу и собиралась стать учительницей музыки, а вдруг да и пианисткой. Своего пианино у нее не было, а на том, что стояло в гостиной, хозяйка пансиона охотно разрешала играть для гостей, упражняться на нем не дозволялось. Вот она и шила — не сидеть же без дела! Тем более что с музыкальной карьерой было не к спеху: от матери осталось кой-какое наследство (земельный участок), и на прожитье худо-бедно хватало. Но жилось ей довольно одиноко, и с Рональдом они сразу подружились — у них обоих был талант человеческого общения. Они заключили наступательно-оборонительный союз против хозяйки пансиона. Они закупали лакомства на сэкономленные гроши и (втроем с Хилари) устраивали тайные пирушки. Они (вдвоем с Рональдом) гуляли, проказничали, катались на велосипедах. Скорее всего эта дружба с естественным оттенком полувлюбленности и двумя-тремя робкими поцелуями осталась бы светлым промельком, чистым воспоминанием юной поры. У них не было главного — не было общности интересов, а упоенный интерес Рональда к слову уже стал средоточием его жизни. Но тут вмешался опекун.

Вначале недооценив опасности девического соседства, отец Морган затем ее переоценил. Он привык выслушивать исповеди и видеть изнанку отношений полов — то, что настоятельно требует покаяния. Рональду каяться пока было явно не в чем (а то бы он, кстати, покаялся), но когда отец Морган стороной случайно узнал об одной велосипедной прогулке своего подопечного, он сопоставил факты, встревожился и принял меры. Он немедленно переселил мальчиков от греха подальше и запретил Рональду всякие встречи и всякую переписку с Эдит. Не от черствости и не из ханжества: он объяснил ему, что до двадцати одного года за его будущее в ответе опекун, а будущее его решается в ближайшие два года. Ему прямая дорога в Оксфорд, но платить за обучение им и вместе с опекуном не по карману. Есть лишь один выход: блестяще сдать вступительные экзамены и получить именную стипендию. Таковая присуждается только до девятнадцати лет; в январе 1911 года будет уже поздно, и придется избирать иное жизненное поприще. Между тем нежные отношения со взрослыми девицами учебе нимало не способствуют.

Не способствует ей и насильственное разлучение с подругой, которая оттого становится втрое дороже; горечь и тоска тоже не способствуют. Однако прав был и отец Морган: Рональд действительно подзапустил занятия, и первая его попытка поступить в Оксфорд успехом не увенчалась. Впору было впасть в уныние, опустить руки и заодно уж взбунтоваться против опекуна. Все это, однако, было не в натуре Рональда. Он, напротив, засел за книги, но и от регби не отлынивал, а уж в «клубе четырех» развернулся вовсю. И в декабре 1910-го все-таки стал оксфордским стипендиатом.

В Оксфорде ему повезло с наставниками: тщательно выявив характер его способностей и устремлений, в нем угадали будущего крупного ученого-педагога и перевели с классического отделения, куда он поступил, на недавно созданное отделение истории английского языка и литературы — со специализацией по языку, разумеется. Впрочем, как уже говорилось, язык был для него функцией текста, и текста поэтического. (Хроника тоже воспринималась как поэтический текст.) Он начал писать стихи, сперва как бы переводы с древнеанглийского, потом — все больше и больше отдаляясь от подлинника, сам толком не зная куда. Со школьными друзьями из «клуба четырех» он поддерживал близкие отношения (хотя завелись и новые друзья) и, конечно, читал им создания своей лингвистической музы. Один из них спросил его: «Слушай, Рональд, а о чем это?» И Рональд задумчиво ответил: «Еще не знаю. Надо выяснить». Шел 1914 год.

Все ли переменилось после 4 августа, дня вступления Англии в войну? Для Толкина — почти ничего: те же аудитории, те же преподаватели, такие же лекции. Сверстников, правда, сильно поубавилось — в ответ на призыв лорда Китченера многие тысячи студентов ушли на фронт рядовыми. Толкин этого не сделал; вместе с двумя друзьями из школьного клуба он записался в полк Ланкаширских стрелков (третий друг ушел на флот), и к академическим занятиям прибавились военные учения. Стихов он писал все больше, и в них стали все отчетливее вырисовываться очертания сказочно-мифологической страны Валинор, озаренной не солнцем и не луной, а сиянием двух деревьев. Живут там, кажется... эльфы, и язык у них... эльфийский. Он перепечатал стихотворения (их набралось десятка три) и предложил их лондонскому издательству католической ориентации. Стихи были отвергнуты с холодным негодованием: хорошенькие развлечения у молодого католика в годину бедствий! И что это еще за Валинор? Чуть ли не язычеством попахивает...

Их отношения с Эдит возобновились еще в 1913 году; в тот самый день, как ему исполнился двадцать один год, Рональд сделал ей письменное предложение. Оказалось, правда, что она тем временем обручилась с другим, но это недоразумение было улажено, и она согласилась ждать дальше — уже в качестве невесты перед богом. Этот заключенный на небесах брак был освящен на земле 22 марта 1916 года, с благословения отца Моргана. А 4 июня Ланкаширских стрелков отправили во Францию: готовилось грандиозное наступление на реке Сомме. Младшему офицеру связи Дж. Р.Р. Толкину предстояло в нем участвовать.

Началось оно 1 июля, и в этот день на пятнадцатимильном участке фронта легли мертвыми шестьдесят тысяч англичан; таких потерь британская армия еще не знала. В груде гниющих трупов остался один из «клуба четырех». Батальон Толкина бросили в огонь 14 июля; Джон Рональд Руэл оказался среди уцелевших. И вышел невредимым из дальнейших, столь же бесплодных атак — июльских, августовских, сентябрьских, октябрьских. Чудес храбрости он не совершал — да в этой мясорубке и не было места чудесам, — он просто шел или полз под огнем по грязи и по мертвым телам бок о бок с другими, и солдаты считали его своим, и это наверняка было для него главное. Много лет спустя он писал об одном из героев эпопеи «Властелин Колец»: «Мой Сэм Скромби целиком срисован с тех рядовых войны 14-го года, моих сотоварищей, до которых мне по человеческому счету было куда как далеко».

Без малого четыре месяца на передовой в разгар самой кровопролитной из тогдашних бесславных битв, а потом — сыпной тиф, повальное окопное заболевание. И в такой острой форме, с такими осложнениями, что почти два года пришлось скитаться по госпиталям; на фронт он больше не попал. В декабре 1916-го получил он письмо от школьного друга из «клуба четырех», убитого через несколько дней: «...дай тебе Бог сказать все и за меня тоже, хоть когда-нибудь, когда меня уже давно не будет на свете...»

Тут, собственно, конец биографической предыстории и начало семейной жизни и академической карьеры профессора Толкина — это с одной стороны, а с другой — тогда-то, на больничной койке, он наконец понял, что он пишет и что ему надо писать помимо ученых исследований и наряду с ними. Оказывается, надо глубже и глубже, не жалея трудов, вчитываться в саги и хроники, эпические песни и предания, в сказки и легенды и различать за ними, да не за ними, а в них, между строк, облик некоего связующего сказочно-мифологического целого и затем, с помощью чутья и воображения, воссоздавать его нынешними словами. Он пишет «Книгу утраченных сказаний». Для того чтобы — «не смейтесь, пожалуйста!» (это он в письме)— «можно было ее просто посвятить Англии, моей стране».

Вот и видно, что не писатель Толкин — в том смысле, с каким мы привыкли связывать писательство. Визионер какой-то, выдумщик. К двадцати восьми годам жизнь дает ему столько материала! Можно о детстве, о раннем сиротстве, что-нибудь в жанре «Дэвида Копперфилда». Можно школьный роман, религиозно-проблемный, университетский, можно вполне содержательную любовную историю. А военный опыт чего стоит! Взять хоть ровесника его, Р. Олдингтона, модного в 20—30-е годы представителя английского «потерянного поколения». Тот на передовой провел гораздо меньше, но не простил этого своей родине и в романе «Смерть героя» излил законное негодование против Англии, заключив прочувствованный монолог словами: «Да поразит тебя сифилис, старая сука!»

Так что очень нетипичен и совсем не ко времени был стыдливо-патриотический замысел Толкина слить «в одно широкое и ясное лазорье» видение мира, присущее англосаксонскому, кельтскому, исландскому, норвежскому, финскому эпосам. Когда-то он писал о «Калевале»: «Хотел бы я, чтобы у нас в Англии было что-нибудь в этом роде». Теперь он вознамерился создать «что-нибудь в этом роде» в крайне неблагоприятной общественной атмосфере — и если не вопреки своему жизненному опыту, то почти вне связи с ним. Но без сопряжения с жизненным опытом, с современностью могло получиться только то, что и получалось, — псевдоэпос, стилизация, имитация. Другое дело, что сам по себе опыт еще не подсказка; надо найти способ его использования, приобщения к замыслу, пусть и самому фантастическому.

И замысел этот добрых два десятилетия срастался с его профессией, душой, воображением и даже просто бытом. Срастался — и, разумеется, преображался. Он стал называться «Сильмариллион» — потому что сердцевиной его сюжета сделалась история трех украденных из рая земного, страны Валинор, волшебных бриллиантов, Сильмариллов. Валинор же стал обителью божеств, или, если угодно, архангелов-демиургов, соучастников творения мира, Средиземья. Кроме того, Валинор — обетованный край для первородных существ Средиземья, бессмертных эльфов. Там бессмертье им не в тягость, а в Средиземье оно их постепенно изнуряет, становясь дурной циклической бесконечностью аналогичных происшествий. Поэтому людям, сотворенным вслед за эльфами в том же обли-

16

ке, смерть дарована в виде особой милости, как таинственный залог иного, высшего назначенья, высшего, нежели даже блаженство.

Однако не будем вдаваться в тонкости; кое-что из этого нелишне знать читателю «Властелина Колец», но поскольку «Сильмариллион» — самостоятельное произведение, постольку мы его оставим в стороне. Так, в стороне останется почти вся его первая часть, мифы творения, над которыми Толкин трудился едва ли не больше всего и которые в окончательной, посмертной редакции «Сильмариллиона» выглядят все-таки довольно убого. Достаточно знать, что это — попытка образного осмысления и, так сказать, сюжетной интерпретации первой главы библейской Книги Бытия; тут нет ничего удивительного, потому что Средиземье в начальном и конечном счете — наш мир. Отметим лишь, что толкиновское осмысление гораздо более ортодоксально, чем это может показаться на первый взгляд.

Зато не мешает знать, откуда взялись в Средиземье гномы, а также орки, драконы, тролли и прочая нечисть, не говоря уже о самом Властелине Колец. Гномы — плод самодеятельности одного из демиургов, мастеровитого и нетерпеливого: он никак не мог дождаться, когда же наконец вседержителю благоугодно будет кого-нибудь сотворить. Будучи как бы телепатически в общих чертах знаком с вышним замыслом, демиург сотворил существа кряжистые и упорные, хорошо приспособленные к борьбе со злом (изначально опоганившим Средиземье), но несколько аляповатые. Он не сообразил, что даровать им свободу воли не в его власти, и так бы и остались гномы големами, если бы вседержитель не смилостивился и не разрешил гномов — с тем только, что они покамест будут почивать в горных недрах, а выйдут на свет божий в свой черед. Поэтому в Средиземье и бытует легенда, будто гномы сами собой произошли из камня.

Зло в Средиземье, как сказано, присутствует изначально: прародитель его, сперва самый могущественный из демиургов, звался Мелкор. Он тоже был соучастником замысла творения, но, движимый гордыней, своеволием и своекорыстием, сделался его извратителем, самозваным князем мира сего. Он-то и развел на земле нежить и нечисть, и одним из самых мерзостных его деяний было выведение орков, ибо это — порченные мукой и чародейством эльфы. Самовластие не терпит сопротивления, достоинства и независимости, оно ненасытно, оно стремится быть вездесущим — и Мелкор от начала веков и дней Средиземья всеми силами возвеличивался путем разрушения, подавления, осквернения. Он — злой дух истории. Его главный подручный, Саурон, — из числа младших демиургов — особенно искусен по части лжи и коварства. Пока не пришел его срок, он был тенью Мелкора, потом стал его местоблюстителем.

Когда Средиземье еще пребывало во тьме, Валинор озаряло сияние двух деревьев; туда переселились благороднейшие из эльфов, и главный их искусник, Феанор, изготовил и огранил три несравненных бриллианта — Сильмарилла; оживленные его мастерством, они впитали свет деревьев и лучились ярче звезд.

Мелкора они томили нестерпимым вожделеньем: он с того и начал, что возжаждал Света, но для одного себя, и до времени затаился во тьме, ведь похитить деревья было нельзя. Но вот открылся путь к прежде недостижимому — погасить Свет и оставить его себе. И путь этот открыл Феанор, ибо Сильмариллы созданы были не во славу Света: мастер возлюбил дело рук своих, рукотворное сокровище, паче нерукотворного. Да и волшебство всегда связано с заклятием, а заклятие — с проклятием. Такие и тому

18

подобные азбучно-мифологические прописи, так сказать заповедные мифологемы, образуют подоплеку сюжетной игры «Сильмариллиона», задуманного как нечто вроде «Суммы мифологии». Пока и поскольку это так, «Сильмариллион» немногим более чем лакомое блюдо для своего брата специалиста, способного углядеть намеки и отсылки, оценить сопряжения и соответствия, то есть прочесть его при свете «Калевалы» и «Старшей Эдды». И все же... и все же есть здесь и свой нравственный заряд, и самостоятельное сюжетное напряжение, да и игровое начало не сводится к академическим забавам. Не нужно, правда, забывать, что мы говорим о «Книге утраченных сказаний» в ее окончательном виде, то есть о некоем синтезе попыток написать ее. А теперь вернемся к лиходейскому умыслу Мелкора.

Первым делом он нашел себе сообщницу — исчадие мрака и пустоты, именуемое Унголиант и принявшее облик громадной паучьей самки. Во время праздника прокрались они к светоносным деревьям, и Мелкор пронзил их черным копьем, а Унголиант высосала животворное сиянье. Сильмариллы были ревниво укрыты от чужих глаз во дворце Феанора; тем легче было Мелкору их похитить.

В наступившей вселенской тьме он перенесся на север Средиземья, воздвиг там неприступную и неоглядную крепость Тонгородрим и в глубине ее воссел на черный трон; чело его венчала железная корона с тремя Сильмариллами.

С тех пор он уже не Мелкор, а Моргот («черный супостат» по-эльфийски — так назвал его разъяренный Феанор); эта перемена имени знаменует его превращение из подобия Локи, злокозненного божества древнескандинавского пантеона, в сущего Люцифера, Владыку Мрака. Феанор же с сыновьями и родичами дали страшную, кощунственную клятву вернуть Сильмариллы любой ценой — «и лучше бы им этой клятвы не давать, но нарушить ее было нельзя».

Отсюда начинается уже не мифологическая, а легендарная предыстория Средиземья, на которую, как заметит читатель, нередко оглядываются герои «Властелина Колец»; и среди ее героев все больше людей. Архангелы-божества отступают за горизонт, а бессмертные (их, правда, можно убить, и они могут зачахнуть) и благороднейшие эльфы, поглощенные нескончаемыми войнами с Морготом, сплошь и рядом оказываются деспотами, убийцами и вероломными злодеями. Худую службу служит им их бессмертье, невозможность оглянуться на прожитую жизнь. Их жизнь может только оборваться. Они в плену своей судьбы, а их союзники люди, не покорившиеся злу и не связанные с ним порукой волшебства, судьбе неподвластны. Нет нужды пересказывать эти легенды: по мере надобности это делает сам Толкин, но уже совсем в другом качестве, не в качестве автора «Сильмариллиона».

Мрачные, зловещие и несколько однообразные саги повествуют о том, как тяготеющее над Сильмариллами двойное проклятье сгубило всех причастных к нему, да и не только их. Одно за другим сокрушают Моргот и Саурон царства эльфийского края Белерианда. И лишь сыну смертного витязя и эльфийской царевны Эарендилу удается при путеводном свете отнятого у Моргота человеческой рукой Сильмарилла доплыть до Валинора и вымолить спасение Средиземья от всевластия мрака. Тонгородрим пал, и Моргот был навеки ввергнут во тьму кромешную, но Саурон избежал его участи.

Так закончилась Первая эпоха Средиземья, или, как выражаются эльфы, Древняя Пора. «Сильмариллиону» тоже конец, эпилог приписан к нему гораздо позже, в 20-е годы, между ним и Древней Порой зияла первозданная пустота. История пока что была историей эльфов (вмещавшей миф о сотворении мира) и, как таковая, бесперспективна, вроде эльфийского бессмертия. Разве что начинать новый ее цикл — чему мифология определенно противится, мифологическая эпоха в принципе однократна — или шлифовать мифы, умножать и переписывать легенды. Этим Толкин и занимается — скорее по инерции, довольно вяло. Куда больше занимает его работа над всеобъемлющим толковым словарем английского языка (это детище было зачато в Оксфорде в 1878 году и к началу 20-х годов нашего века еще не родилось), издание англосаксонских текстов, пропаганда среди коллег древнеанглийской и древнеисландской литератур; наконец, и едва ли не в первую очередь, — преподавание: в 1925 году, тридцати семи лет от роду, он стал профессором Оксфордского университета, такое редко случалось.

К тому же Джон Рональд Руэл был редкостно заботливым семьянином, а к 1930 году у него было уже трое сыновей и дочь. Детям он уделял очень много времени и оказался неистощимым сказочником и неутомимым затейником, отчасти как бы пародируя свою бурную клубно-университетскую деятельность. И в домашней атмосфере один из побегов его воображения превратился в деревце, а оно, пересаженное на тучную почву «Сильмариллиона», породило волшебный лес, из которого Толкин вышел на простор... Средиземья.

Сам он всячески распространял и поощрял версию о том, как однажды среди ночи ему подвернулся в экзаменационном сочинении чистый лист и он будто бы возьми да напиши на нем ни с того ни с сего: «В земле была нора, а в норе жил да был хоббит». «Имена существительные, — замечал он, — всегда обрастают в моем сознании рассказами. И я подумал, что не мешало бы выяснить, какой такой хоббит. Но это было только начало».

А и в самом деле, что еще за хоббит? Дотоле никаких хоббитов в Средиземье не обитало и не предвиделось. Да и этот хоббит, как можно заметить, покамест обитал не в Средиземье, а в норке. Откуда же он там взялся?

Из сказки. Но не из сказки волшебно-богатырской — там таких не водится. Гномы — пожалуйста, эльфы — сколько угодно (правда, совсем не такие эльфы, как в «Сильмариллионе», — таких почитай что и нету). Тролли, драконы, оборотни, они же серые волки, злые чудища-страшилища (да хоть бы и те же орки), колдуны и ведьмы, русалки и кощеи — это все есть. А хоббитов нет и быть не может. Есть, правда, вспомогательные животные, в том числе серый заяц. Так, может, хоббиты (они ведь до известной степени зайцы) проходят по такому разряду? Или они вообще явились из животного, скажем так, эпоса, воплощая некую аллегорию и потому недоочеловечились?

Тут-то мы и наткнулись на еще один вопрос: а кто такие, собственно, хоббиты? Более или менее человечки? Да нет, зачем же человечкам жить в норках. И — что важнее — ростом они для человечков очень не удались. Когда Джонатану Свифту понадобились человечки, он их сделал ровно в двенадцать раз меньше Гулливера — и получились лилипуты, человеческие существа в своем праве. А если человека уменьшить вдвое, получатся недомерки, карлики, коротыши — словом, какие-то убогонькие, богом обиженные. Нет, хоббиты не человечки, и сами они такому определению очень противятся.

Да, они пришли из сказки — из той импровизированной домашней сказки, где из игрушечного ящика берется плюшевый заяц и вселяется в игрушечный (совсем как настоящий) домик. В домике он пьет чай из кукольной посуды на игрушечном столике, а потом — с девочки, может, и этого бы хватило, но сказки рассказывались мальчикам — говорится: «И отправился зайка путешествовать». Остается ли он в своем странствии зайкой? А смотря какое странствие, смотря какая сказка. Ни басен, ни сатир, ни апологов, ни физиологических саг детям обычно не рассказывают; если же начинаются «страшные опасности и ужасные приключения», которых жаждал типичный ребенок Буратино, то заяц-герой, выступая в несвойственных зайцу как таковому ролях и совершая нехарактерные для длинноухого (или шерстолапого) поступки, по мере надобности преображается. Заяц-то он, может, и заяц, но какой-то такой заяц... Ну как у Булгакова Мастер говорит Бегемоту: «Мне кажется, вы не очень-то кот». Даже и ходит он все больше на задних лапах, хотя в человека и не превращается, в отличие от буратино (т.е. марионетки) Пиноккио, который у Коллоди только к этому и стремится.

Если читатель знаком с опубликованной в 1937 году (и переведенной на русский язык в 1976-м) книгой Толкина «Хоббит», то он, вероятно, уже уловил аналогию с ее героем, хоббитом по имени Бильбо, не по-сказочному — а если иметь в виду домашнюю импровизированную сказку, то как раз по-сказочному — наделенным фамилией. В начале этой книги он еще почти совсем игрушечный; и когда он описывается «с заячьей стороны» (сколько ни отнекивайся Толкин, а «хоббит» все-таки сращение двух слов: homo [*лат.*], «человек», + (ra)bbit [*англ.*], «кролик»), то за этим явно виден папа-рассказчик, вертящий в руках плюшевого зверька. Жил себе и жил наш Бильбо, господин Торбинс, в своей уютной норке — а там все было как надо, и вот видишь, домик, только окна у них там не такие, круглые у них окна, и столик, и камин, и сервиз... Жил себе и жил, чаи распивал. Но однажды утром проходил мимо (под руку подвертывается, скажем, Дед-Мороз)... один волшебник с длинной бородой. И пошло-поехало.

Гномы нагрянули! Дым коромыслом! И отправился Бильбо в путешествие.

Куда его было отправлять в путешествие? Да, разумеется, в ту страну (папа увлекся и принялся вместе с сыновьями рисовать карты, похожие на давным-давно нарисованные) — по такой стране, которая называется... Средиземье. Да как бы она ни называлась, но чего только там нет! (Выше мы уже объясняли, чего только нет в сказочных краях. Кроме хоббитов, все есть. А теперь будут и хоббиты.) Толкин примеряется к сказке, насквозь пронизанной обращенной к детям интонацией, и персонажи мира «Сильмариллиона» одомашниваются: эльфы уже не эпические витязи с проклятьем на челе, а шустрые резвунчики; тролли — болваны людоеды, которых сам бог велит обвести вокруг пальца; даже орки-гоблины и те не злодеи, а скорее злыдни. А уж Гэндальф — сущий Санта Клаус! Что ж, правильно, так и надо, детская сказка диктует свои законы, и далеко не сразу обнаруживается, что одно другому на самом-то деле не противоречит, что это просто разные ракурсы изображения. Но все же обнаруживается; и почти неожиданно для читателя вольное странствие Бильбо Торбинса превращается чуть ли не в боевой маршрут. И что-то за этим стоит — или движется. И Гэндальф вовсе не Дед-Мороз, и вообще...

И вообще, игрушечные декорации врастают в землю (они только казались игрушечными), приключения становятся событиями, и гул их разносится далеко за пределами сказки — какое-то колечко подвернулось где-то там господину Бильбо Торбинсу: ох, не к добру это колечко! — и меняется масштаб, а с ним и роли персонажей. Бывший заяц Бильбо к концу «Хоббита» вовсе не таков, каким отправился в путешествие, но это бы еще ладно, он-то, грабитель-хоббит, сокращенно — грахоббит, не особенно изменился — изменился игрушечный мир, бесповоротно ставший Средиземьем. Вот, значит, где странствовал Бильбо, но тогда... но тогда надо, чтобы явилось Средиземье! И надо не выдумывать, а выяснять — с этим Толкин давно согласен. Но как же его вытянуть, это Средиземье? За что схватиться? Уж не за то ли колечко, которое Бильбо случайно... Да, вот именно, за него! Ведь не зря грахоббит довольно-таки нахально и неожиданно для себя его присвоил.

Волшебный мир, по которому странствовал господин Торбинс, вовсе не такой уж волшебный. Это наш мир, но неопознанный, а опознание дается опытом, и опытом нелегким, то есть многого требующим и от героя, и от автора-рассказчика, организатора и осуществителя сюжета открытия мира. Да и от читателя: Толкин — автор требовательный, и читатель праздный и небрежный ему не нужен. Открыватель мира и своей к нему причастности не может быть ни праздным, ни небрежным, ни невнимательным. Истый читатель Толкина (а таких нашлись многие миллионы), раз открывши Средиземье, никуда оттуда не денется, а со временем и до «Сильмариллиона» доберется. Между тем в «Сильмариллионе» описывается вовсе не тот мир, по которому путешествует Бильбо. Между нами и Бильбо дистанции нет, он из нашей детской, а вот между Бильбо и героями мрачных легенд — расстояние огромное.

И в книге «Хоббит» он его понемногу преодолевает, сам того не ведая, как до поры до времени и Толкин не ведал, что творил (во всякой книге история героя в какой-то мере история автора). Да, трудновато приходится Бильбо: на каждом шагу он вынужден доказывать — и притом все время сам, без посторонней помощи, — что он не столько хоббит, сколько грахоббит. Но это его дело, и он с ним неплохо справляется, осваиваясь в Средиземье. А вот чтобы к делу мог приступить читатель — для этого пришлось потрудиться профессору Толкину, пустив в ход всю свою изобретательность и эрудицию, все свои профессиональные навыки. Словом, времена Бильбо должны были стать Третьей эпохой, и за колечко его надо было вытащить всю историю Средиземья. А для этого следовало как минимум ее придумать.

Это открытие так поразило самого Толкина, что он даже бросил писать (или, если верить его детям, записывать) «Хоббита», когда выяснилось, что грахоббит Бильбо ни под каким видом в драконоборцы не годится. А через дракона не перепрыгнешь. Ну, бросил и бросил, это было в порядке вещей, удивительно, скорее, что он удосужился написанное перепечатать в одном экземпляре. Видимо, по свойственной ему аккуратности; и еще затем, чтобы иной раз дать почитать друзьям и знакомым. Дети подросли, и их теперь ничуть не волновало, найдется ли для бывшего плюшевого зайки выход из безвыходного положения.

Заведомо, казалось бы, суждено было этой машинописи присоединиться к «Сильмариллиону» лишь внешним образом — «в портфеле», где, как писал Козьма Прутков, «много замечательного, но, к сожалению, неоконченного (d'inacheve)». Однако, по счастью, профессора Толкина (который, надо сказать, был легок на подъем, но трудно раскачивался) подвигли к выполнению трудновыполнимой задачи обстоятельства, не в последнюю очередь материальные. Всемогущая случайность сделала так, что ученица профессора восторженно рассказала о его забавах подруге — редактору издательства «Аллен энд Ануин», та заинтересовалась и, без особого труда проникнув к профессору, испросила машинопись на прочтение (можно себе представить, сколь мало Толкин ценил свое сочинение, если выдал его единственный (!) экземпляр по первой просьбе). Сьюзен Дагнэл — хочется назвать ее

26

имя, потому что ей мы практически обязаны всем, что было дальше, — прочла машинописный текст и на свой страх и риск написала Толкину, что издательство от рукописи в восторге, просит только, если можно, закончить сюжет. Толкин такую возможность изыскал. Однако и в законченном виде сюжет вызвал глубокое недоумение директора издательства Стэнли Ануина. Он отдал рукопись на рецензию сыну, и тот с высоты своих десяти лет снисходительно, но очень доброжелательно рассудил, что пяти-, шести-, семи-, восьми- и девятилетним малышам эта будущая книжка просто-таки необходима. Не оторвутся.

И действительно, «Хоббит» имел потрясающий успех. Читали книгу отнюдь не только пяти-девятилетние малыши — от нее не могли оторваться и отроки, и взрослые читатели. Но именно дети отроческого возраста безошибочно почуяли, что им рассказано не только и не просто о похождениях зайки, расслышали в «Хоббите» дальнее эхо еще не написанной эпопеи. И с детской неотвязностью требовали у потрясенного успехом книги издателя ее продолжения.

Мистер Ануин обратился на этот счет к автору «Хоббита», и тот, не к чести его будь сказано, попытался всучить ему «Сильмариллион». Издатель умоляюще-вежливо отписал Толкину, что присланная груда рукописей — это в общем-то не книга, а скорее источник продолжения «Хоббита». Тут он был не совсем прав, но, возражая ему, Толкин, как это часто бывает в честном споре, натолкнулся на соображения в пользу оппонента. Действительно, ведь недаром в конце «Хоббита» мелькнула спина Некроманта — уж не старый ли это знакомец Саурон Великий, правая рука Моргота? Кто ж, как не он?

И Толкин принялся выискивать в тексте «Хоббита» то самое что в нем подметили дети, — то, что в нем *само написалось* (вспомним, ведь так начинался и «Сильмариллион»). Взять хоть колечко: что-то уж очень стал меняться Бильбо с тех пор, как его заполучил. Оно по сюжету так и надо, чтоб менялся, но сюжет — это не насилие над материалом повествования, а выявление его скрытых возможностей.

Нет, видимо, не простое это колечко: вот и Гэндальфа оно почему-то встревожило. А Гэндальф — вовсе не устроитель «страшных опасностей и ужасных приключений», каким он отрекомендовался Бильбо (адресуясь к детям-читателям) в начале «Хоббита». Такому было бы не под силу выгнать Некроманта из крепости Дул-Гулдур в глубине Лихолесья — ему впору разве что троллей дурачить; какие-то захудалые гоблины его чуть не искрошили вместе с гномами, потом простые волки едва не заели, а он только и мог, что в них шишками кидаться. Ну, положим, все это с точки зрения Бильбо...

Примерно так рассуждает Толкин в письмах к издателю; вряд ли что-нибудь из этого было понятно мистеру Ануину, зато, когда его автор все еще почти вслепую написал первую, довольно безоблачную главу новой «хоббитской» книги и прислал ее на отзыв, она была тут же предъявлена сыну-рецензенту, теперь уже одиннадцатилетнему, и одобрена безоговорочно. «Пишите, не останавливайтесь», — посоветовал мистер Ануин профессору Толкину.

Толкин этому совету последовал — и попал в свою обычную переделку: у него понаписалось такое, что не лезло ни в какие сюжетные ворота. Даже перед спасительным кольцом, подлинным хозяином которого уже стал Некромант, рассказ топтался, как верблюд перед игольным ушком. Решение было найдено посредством умножения: кольцо оказалось одним из многих, но Главным из них. И мистеру Ануину пришло сообщение, что будущая книга называется «Властелин Колец». На этом сообщении она и застряла, потому что сюжетное задание предстало перед автором во весь рост: тут нужны были не месяцы, а годы и годы кропотливой предварительной работы. Может, историю Средиземья от «Сильмариллиона» до похождений Бильбо и не надо тащить в сюжет, но «выяснить» ее (любимое словцо Толкина) требовалось досконально.

Между тем подсказывать ее начала сама действительность: в те самые дни, когда ненаписанная книга получила заглавие, Чемберлен подписал Мюнхенское соглашение с Гитлером. А дальше развернулись такие события, и с такой быстротой... Сколько угодно может Толкин раздраженно настаивать на том, что его книга не есть иносказание Второй мировой войны, — и конечно же, нет, подобное аллегорическое истолкование (опробованное критикой) эпопею примитивизирует, обедняет и опошляет. Но когда он в полемическом запале утверждает, будто она и совсем не связана с семью военными годами, — это уж извините. Никак в это не верится — хотя бы потому, что его сын Майкл был зенитчиком, а Кристофер — военным летчиком (старший — Джон — принял священнический сан и призыву не подлежал). Да и стронулась-то книга с очередной мертвой точки в начале 1944 года — вряд ли случайно. Как шла над ней работа, можно проследить по очень частым письмам Кристоферу в армию. Вскоре конверты стали разбухать, вместо сообщений о книге пошел ее текст.

Однако и в 1945-м эпопея была еще очень далека от завершения, и все потому же — надо было уяснять и продумывать многотысячелетнюю предысторию Средиземья.

Читатель своевременно ознакомится с ней в приложениях; пока что ограничимся ее самым сжатым очерком.

После низвержения Моргота людям — то есть лучшим из них, тем, кто выстоял до конца в борьбе с неимоверным Злом, казалось всепобеждающим, — был дарован в награду огромный цветущий остров вдали от истерзанного войнами материка Средиземья. Там воздвиглось в несравненном могуществе и великолепии царство Нуменор, и первым его государем был сын Эарендила полуэльф Элрос. Три тысячи лет просуществовал Нуменор, и блеск его затмил даже память о былых эльфийских царствах.

А те эльфы, которые не пожелали переселяться в блаженный край Валинор, и люди, оставшиеся в Средиземье, вскоре, то есть через пятьсот трудных лет, снова оказались лицом к лицу с возродившимся Злом — Сауроном, новоявленным властелином черного царства Мордор. Он собрал рассеянных приверженцев Моргота и возвеличился, но все же покорить людей, эльфов и гномов, вместе взятых, было ему не под силу, и он решил подчинить их себе коварством и чародейством. Он соблазнил потомков Феанора, эльфов-искусников, выковать для сильных мира сего волшебные кольца, которые помогут им во всех их свершениях. Велики были познания Саурона, и он делился ими с эльфийскими кузнецами, а у них перенимал мастерство. И участвовал в изготовлении колец для людей и гномов; правда, три кольца для своих царей эльфы смастерили без него. Это, однако, не препятствовало его замыслу, а замыслом было необоримое владычество над всеми и вся. И в 1600 году Второй эпохи, когда эльфы любовались своей работой, Саурон закончил свою, и с вершины Роковой горы Ородруина раскатилось его громовое заклятье:

Три Кольца — для царственных эльфов в небесных шатрах,
Семь — для властительных гномов, гранильщиков
                                         в каменном лоне,
Девять — для Девятерых, облеченных в могильный прах,
Одно наденет Владыка на черном троне
В стране по имени Мордор, где распростерся мрак.
Одно Кольцо покорит их, одно соберет их,
Одно их притянет и в черную цепь скует их
В стране по имени Мордор, где распростерся мрак.

Обманутые мастера расслышали его, поняли — и спрятали три эльфийских кольца: надевать их теперь было нельзя, чтоб не стать рабами Саурона. А тот раздал кольца людям и гномам. С гномами у него не получилось: они, как мы помним, были сработаны крепко, с большим запасом сопротивления. Кольца развращали их, и они становились непомерно алчными, но Саурону от этого никакой прибыли не было. Они нагромождали сокровища и оказывались добычей золотолюбивых драконов, которые пожирали их вместе с кольцами. Так были утрачены четыре кольца из семи; остальные Саурон ухитрился отобрать.

Зато получилось с людьми: девять смертных владык стали рабами колец, бессмертными мертвецами — и самыми верными приспешниками Саурона, который, подобно Морготу, принялся сокрушать царства и княжества Средиземья.

Но сравниться в мощи с Нуменором не мог никто; оттуда приплыл большой флот, и Саурон Великий был взят узником и увезен в заморское царство. Тамошнего государя он опять-таки соблазнил призраком земного бессмертья: ради него надлежало лишь покорить блаженные края — это ли не во власти величайшего из царей земных? В 3319 году туда отправилась могучая армада — и сгинула в морской пучине, поглотившей заодно и царство Нуменор. (Толкин, разумеется, имеет в виду легенду об Атлантиде.)

Спастись удалось немногим, тем, кто не алкал чужого удела бессмертья, и в их числе был благородный Элендил, основатель княжеств Арнор и Гондор, будущий победитель Саурона — ценою собственной жизни. Сын его Исилдур завладел Кольцом Всевластья и если бы не погиб, то стал бы преемником Черного Властелина. К счастью для себя, он погиб, а Кольцо кануло в реку Андуин.

И началась Третья эпоха, в которую главными противниками неизбежного (ибо сохранилось Кольцо, и Девятеро Кольценосцев свирепствовали в Средиземье, готовя встречу своему Владыке) нового наступления Зла стали тайные посланцы Валинора маги и их Светлый Совет. Но тут уж мы, того и гляди, вступим на страницы эпопеи.

Она была закончена осенью 1949 года, дорабатывалась и блуждала по издательствам еще пять лет. «Аллен энд Ануин» опубликовало первую часть в августе 1954-го, вторую — в октябре, третью (с приложениями) — лишь через год. Кстати, считать эпопею трехтомной не следует: ее разделили натрое для удобства публикации, и даже названия томов придумал не сам Толкин, а его бывший малолетний рецензент, ныне отцовский компаньон Райнер Ануин.

Началось победное шествие книги. Перепечатывалась и перепечатывается она в Англии и в США почти каждый год, а то и чаще. Первым ее переводом был голландский (1956), воспоследовали шведский, польский, датский, немецкий, итальянский, французский, японский, финский, норвежский, португальский, венгерский, исландский и т.д. Но это уже не предыстория, а мы ограничимся ею. Подсказывать или предписывать читателю должное понимание еще не прочитанной книги незачем; достаточно, что мы его к ней подвели, а уж он сам разберется, как это блестяще показала публикация «немного сокращенного» перевода первой части издательством «Детская литература» в 1982 году.

На прощанье хочется, однако, обратить внимание на факт столь очевидный, что он обычно ускользает от внимания. Первая фраза пролога: «Рассказ у нас пойдет в особенности о хоббитах». Между тем называется-то эпопея «Властелин Колец». Что это значит и как это понимать?

Вернее всего, пожалуй, так: это книга о природе власти, которая хочет быть властью над человеком, власти безнравственной и порабощающей, основанной на лжи и насилии. Духовная капитуляция перед такой властью и всякая ей сопричастность растлевают и губят человека. Общие нравственные законы существования человечества непреложны. Человеческое достоинство — главное достояние человека, и нужно отстаивать его до конца любой ценой, в любых обстоятельствах.

И конечно же, книга «в особенности о хоббитах» — о том, как мистер Пиквик, он же Фродо Торбинс, и его верный слуга Сэм Уэлер, он же Сэммиум Скромби, оказались главными и роковыми противниками Саурона Великого, самозваного властелина мира сего.

Как всякий автор предисловия, обращенного к читателю, я льщу себя надеждой, что читатель обращен ко мне лицом. Стало быть, пока что спиной к книге. Посмотрите, что у вас за спиной.

В. Муравьев

Три Кольца — премудрым эльфам —
для добра их гордого,
Семь Колец — пещерным гномам —
для труда их горного,
Девять — людям Средиземья —
для служенья черного
И бесстрашия в сраженьях смертоносно твердого,
А Одно — всесильное — Властелину Мордора,
Чтоб разъединить их всех, чтоб лишить их воли
И объединить навек в их земной юдоли
Под владычеством всесильным Властелина Мордора.

ПРОЛОГ

1. О хоббитах

Рассказ у нас пойдет в особенности о хоббитах, и любознательный читатель многое узнает об их нравах и кое-что из их истории. Самых любознательных отсылаем к повести под названием «Хоббит», где пересказаны начальные главы Алой Книги Западных Пределов, которые написал Бильбо Торбинс, впервые прославивший свой народец в большом мире. Главы эти носят общий подзаголовок «Туда и Обратно», потому что повествуют о странствии Бильбо на восток и возвращении домой. Как раз по милости Бильбо хоббиты и угодили в самую лавину грозных событий, о которых нам предстоит поведать.

Многие, однако, и вообще про хоббитов ничего не знают, а хотели бы знать — но не у всех же есть под рукой книга «Хоббит». Вот и прочтите, если угодно, начальные сведения о хоббитах, а заодно и краткий пересказ приключений Бильбо.

Хоббиты — неприметный, но очень древний народец; раньше их было куда больше, чем нынче: они любят тишину и покой, тучную пашню и цветущие луга, а сейчас в мире стало что-то очень шумно и довольно тесно. Умелые и сноровистые, хоббиты, однако, терпеть не могли — да не могут и поныне — устройств сложнее кузнечных мехов, водяной мельницы и прялки. Издревле сторонились они людей — на их языке Громадин, — а теперь даже и на глаза им не показываются. Слух у них завидный, глаз острый; они, правда, толстоваты и не любят спешки, но в случае чего проворства и ловкости им не занимать. Хоббиты привыкли исчезать мгновенно и бесшумно при виде незваной Громадины, да так наловчились, что людям это стало казаться волшебством. А хоббиты ни о каком волшебстве и понятия не имели: отроду мастера прятаться, они чуть что — скрывались из глаз, на удивление своим большим и неуклюжим соседям.

Они ведь маленькие, в полчеловека ростом, меньше даже гномов — пониже и не такие крепкие да кряжистые. Сейчас-то и трехфутовый хоббит — редкость, а раньше, говорят, все они были не очень уж малорослые. Согласно Алой Книге, Бандобрас Крол (Быкобор), сын Изенгрима Второго, был ростом четыре фута пять дюймов и сиживал верхом на лошади. Во всей хоббитской истории с ним могут сравниться лишь два достопамятных мужа древности; об их-то похождениях и повествуется в нашей хронике.

Во дни мира и благоденствия хоббиты жили как жилось — а жилось весело. Одевались пестро, все больше в желтое и зеленое, башмаков не носили: твердые их ступни обрастали густой курчавой шерсткой, обычно темнорусой, как волосы на голове. Так что сапожное ремесло было у них не в почете, зато процветали другие ремесла, и длинные искусные пальцы хоббитов мастерили очень полезные, а главное — превосходные вещи. Лица их красотою не отличались, скорее добродушием — щекастые, ясноглазые, румяные, рот чуть не до ушей, всегда готовый смеяться, есть и пить. Смеялись до упаду, пили и ели всласть, шутки были незатейливые, еда по шесть раз на день (было бы что есть). Радушные хоббиты очень любили принимать гостей и получать подарки — и сами в долгу не оставались.

Очевидно, хоббиты — наши прямые сородичи, не в пример ближе эльфов, да и гномов. Исстари говорили они на человеческом наречии, по-своему перекроенном, и во многом походили на людей. Но что у нас с ними за родство — теперь уж не выяснить. Хоббиты — порождение незапамятных дней Предначальной Эпохи. Одни эльфы хранят еще письменные преданья тех канувших в прошлое древних времен, да и то лишь о себе — про людей там мало, а про хоббитов и вовсе не упоминается. Так, никем не замеченные, хоббиты жили себе и жили в Средиземье долгие века. В мире ведь полным-полно всякой чудной твари, и кому было какое дело до этих малюток? Но при жизни Бильбо и наследника его Фродо они вдруг, сами того ничуть не желая, стали всем важны и всем известны, и о них заговорили на Советах Мудрецов и Властителей.

Третья эпоха Средиземья давно минула, и мир сейчас уж совсем не тот, но хоббиты живут там же, где жили тогда: на северо-западе Старого Света, к востоку от Моря. А откуда они взялись и где жили изначально — этого никто не знал уже и во времена Бильбо. Ученость была у них не в почете (разве что родословие), но в старинных семействах по-прежнему водился обычай не только читать свои хоббитские книги, но и разузнавать о прежних временах и дальних странах у эльфов, гномов и людей. Собственные их летописи начинались с заселения Хоббитании, и даже самые старые хоббитские были восходят к Дням Странствий, не ранее того. Однако же и по этим преданиям, и по некоторым словечкам и обычаям понятно, что хоббиты, подобно многим другим народам, пришли когда-то с востока.

Древнейшие были их хранят смутный отблеск тех дней, когда они обитали в равнинных верховьях Андуина, между закраинами Великой Пущи и Мглистыми горами. Но почему они вдруг пустились в трудное и опасное кочевье по горам и перебрались в Эриадор — теперь уж не понять. Упоминалось там у них, правда, что, мол, и людей кругом развелось многовато и что на Пущу надвинулась какая-то тень и омраченная Пуща даже и называться стала по-новому — Лихолесье.

Еще до кочевья через горы насчитывалось три породы хоббитов: лапитупы, струсы и беляки. Лапитупы были посмуглее и помельче, бород не имели, башмаков не носили; у них были цепкие руки и хваткие ноги, и жили они преимущественно в горах, на горных склонах. Струсы были крепенькие, коренастенькие, большерукие и большеногие; селились они на равнинах и в поречье. А беляки — светлокожие и русоволосые, выше и стройнее прочих; им по душе была зелень лесов.

Лапитупы в старину водили дружбу с гномами и долго прожили в предгорьях. На запад они стронулись рано и блуждали по Эриадору близ горы Заверть, еще когда их сородичи и не думали покидать свое Глухоманье. Они были самые нормальные, самые правильные хоббиты, и они дольше всех сохранили обычай предков — рыть норы и подземные ходы.

Струсы давным-давно жили по берегам Великой Реки Андуин и там попривыкли к людям. На запад они потянулись за лапитупами, однако же свернули к югу вдоль реки Бесноватой; многие из них расселились от переправы Тарбад до Сирых Равнин; потом они опять немного подались на север.

Беляки — порода северная и самая малочисленная. Они, не в пример прочим хоббитам, сблизились с эльфами: сказки и песни им были милее, нежели ремесла, а охота любезнее земледелия. Они пересекли горы севернее Раздола и спустились по левому берегу реки Буйной. В Эриадоре они вскоре смешались с новооседлыми хоббитами иных пород и, будучи по натуре смелее и предприимчивее прочих, то и дело волею судеб оказывались вожаками и старейшинами струсов и лапитупов. Даже во времена Бильбо беляцкая порода очень еще чувствовалась в главнейших семействах, вроде Кролов и Правителей Забрендии.

Между Мглистыми и Лунными горами хоббитам встретились и эльфы, и люди. В ту пору еще жили здесь дунаданцы, царственные потомки тех, кто приплыл по морю с Заокраинного Запада; но их становилось все меньше, и Северное Княжество постепенно обращалось в руины. Пришельцев-хоббитов не обижали, места хватало, и они быстро обжились на новых землях. Ко времени Бильбо от первых хоббитских селений большей частью и следа не осталось, однако важнейшее из них все-таки сохранилось: хоббиты по-прежнему жили в Пригорье и окрестном лесу Четбор, милях в сорока к востоку от Хоббитании.

В те же далекие времена они, должно быть, освоили и письменность — на манер дунаданцев, которые когда-то давным-давно переняли ее у эльфов. Скоро они перезабыли прежние наречия и стали говорить на всеобщем языке, распространившемся повсюду — от Арнора до Гондора и на всем морском побережье, от Золотистого Взморья до Голубых гор. Впрочем, кое-какие свои древние слова хоббиты все же сохранили: названия месяцев, дней недели и, разумеется, очень многие имена собственные.

Тут легенды наконец сменяет история, а несчетные века — отсчет лет. Ибо в тысяча шестьсот первом году Третьей эпохи братья-беляки Марчо и Бланко покинули Пригорье и, получив на то дозволение от великого князя в Форносте*, пересекли бурную реку Барандуин во главе целого полчища хоббитов. Они прошли по Большому Каменному мосту, выстроенному в лучшие времена Северного Княжества, и распространились по заречным землям до Западного взгорья. Требовалось от них всего-навсего, чтобы они чинили Большой мост, содержали в порядке остальные мосты и дороги, препровождали княжеских гонцов и признавали князя своим верховным владыкой.

Отсюда и берет начало Летосчисление Хоббитании (Л.Х.), ибо год перехода через Брендидуим (так изменили хоббиты название реки) стал для Хоббитании Годом Первым, рубежом дальнейшего отсчета**. Западные хоббиты сразу же полюбили свой новообретенный край, за его пределами не появлялись и вскоре снова исчезли из истории людей и эльфов. Они хоть и считались княжескими подданными, но делами их вершили свои вожаки, а в чужие дела они носа не совали. Когда Форност ополчился на последнюю битву с ангмарским царем-колдуном, они будто бы послали на помощь князю отряд лучников, но людские хроники этого не подтверждают. В этой войне Северное Княжество сгинуло; с той поры хоббиты стали считать себя полновластными хозяевами дарованной им земли и выбрали из числа вожаков своего Хоббитана, как бы наместника бывшего князя. Добрую тысячу лет войны обходили их стороной, и, пережив поветрие Черной Смерти в 37 г. (Л.Х.), они плодились и множились,

_____

* Согласно летописям Гондора, это был Аргелеб Второй, двадцатый князь северной династии, которая завершилась через триста лет княжением Арведуи. — *Примеч. автора.*

** Таким образом, год Третьей эпохи в исчислении эльфов и людей узнается путем прибавления 1600 к хоббитской дате. — *Примеч. автора.*

пока их не постигла Долгая Зима, а за нею страшный голод. Многие тысячи погибли голодной смертью, но уже и Дни Нужды (1158—1160) ко времени нашего рассказа канули в далекое прошлое, и хоббиты снова привыкли к изобилию. Край их был богатый и щедрый, и хотя достался им заброшенным, но прежде земля возделывалась на славу, и хозяйский взор князя некогда радовали угодья и нивы, сады и виноградники.

С востока на запад, от Западного взгорья до Брендидуимского моста, земли их простирались на сорок лиг и на пятьдесят — от северных топей до южных болот. Все это стало называться Хоббитанией; в этом уютном закоулке хоббиты наладили жизнь по-своему, не обращая внимания на всякие безобразия за рубежами их земель, и привыкли считать, что покой и довольство — обыденная судьба обитателей Средиземья, а иначе и быть не должно. Они забыли или предали забвению то немногое, что знали о ратных трудах Стражей — давних радетелей мира на северо-западе. Хоббиты состояли под их защитой и перестали думать об этом.

Чего в хоббитах не было, так это воинственности, и между собой они не враждовали никогда. В свое время им, конечно, пришлось, как водится в нашем мире, постоять за себя, но при Бильбо это уже было незапамятное прошлое. Отошла в область преданий и единственная битва в пределах Хоббитании: в Зеленополье в 1147 г. (Л.Х.), когда Бандобрас Крол наголову разгромил вторгнувшихся орков. Климат и тот смягчился: былые зимние нашествия волков с севера стали бабушкиными сказками. Так что если в Хоббитании и можно было найти какое-нибудь оружие, то разве что по стенам, над каминами или среди хлама, пылившегося в музее города Землеройска. Музей этот назывался Мусомный Амбар, ибо всякая вещь, которую девать было некуда, а выбросить жалко, называлась у хоббитов *мусомом*. Такого мусома в жилищах у них накапливалось изрядно, и многие подарки, переходившие из рук в руки, были того же свойства.

Однако сытная и покойная жизнь почему-то вовсе не изнежила этих малюток. Припугнуть, а тем более пришибить хоббита было совсем непросто; может статься, они потому так и любили блага земные, что умели спокойно обходиться без них, переносили беды, лишения, напасти и непогодь куда тверже, чем можно было подумать, глядя на их упитанные животики и круглые физиономии. Непривычные к драке, не признававшие охоты, они вовсе не терялись перед опасностью и не совсем отвыкли от оружия. Зоркий глаз и твердая рука делали их меткими лучниками — да и не только лучниками. Если уж хоббит нагибался за камнем, то всякий зверь знал, что надо удирать без оглядки.

По преданию, когда-то все хоббиты рыли себе норы; они и сейчас считают, что под землей уютнее всего, но со временем им пришлось привыкать и к иным жилищам. По правде сказать, во дни Бильбо по старинке жили только самые богатые и самые бедные хоббиты. Бедняки ютились в грубых землянках, сущих норах, без окон или с одним окошком; а те, кто позажиточнее, из уважения к древнему обычаю строили себе подземные хоромы. Не всякое место годилось для рытья широких и разветвленных ходов (именовавшихся *смиалами);* и в низинах хоббиты, размножившись, начали строить наземные дома. Даже в холмистых областях и старых поселках, таких, как Норгорд или Кролы, да и в главном городке Хоббитании, в Землеройске на Светлом нагорье, выросли деревянные, кирпичные и каменные строения. Особенно они были сподручны мельникам, кузнецам, канатчикам, тележникам и вообще мастеровым; ведь, даже еще живучи в норах, хоббиты с давних пор строили сараи и мастерские.

Говорят, будто обычай строить фермы и амбары завели в Болотищах у Брендидуима. Тамошние хоббиты, жители Восточного удела, были крупные и большеногие и в сырую погоду носили гномские башмаки. Но они, известное дело, происходили от струсов: недаром у них почти у всех обрастали волосом подбородки. Ни у лапитупов, ни у беляков никакой бороды не росло. Действительно, на Болотище и на Заячьи Холмы к востоку от Брендидуима хоббиты явились особняком, большей частью с юга: у них остались диковинные имена, и слова они роняли такие, каких в Хоббитании никогда не слыхивали.

Вполне вероятно, что строить хоббиты научились у дунаданцев, как научились многому другому. Но могли научиться и прямо у эльфов, у первых наставников людей. Ведь даже Вышние эльфы тогда еще не покинули Средиземье и жили в то время на западе, близ Серебристой Гавани, да и не только там, но совсем неподалеку от Хоббитании. С незапамятного века виднелись на Подбашенных горах за пограничными западными топями три эльфийские башни. Далеко окрест сияли они в лунном свете. Самая высокая была дальше всех: она одиноко высилась на зеленом кургане. Хоббиты из Западного удела говорили, будто с вершины этой башни видно Море; но, насколько известно, на вершине башни ни один хоббит не бывал. Вообще редкие хоббиты видели Море, мало кто из них по Морю плавал и уж совсем никто об этом не рассказывал. Море морем, а даже речонки и лодочки были хоббитам очень подозрительны; и тем более тем из них, кто почему-либо умел плавать. Все реже и реже хоббиты заговаривали с эльфами и стали их побаиваться, а заодно и тех, кто с ними якшался. И Море сделалось для них страшным словом, напоминающим о смерти, и они отвратили взгляды от западных холмов.

У кого бы они строить ни научились, у эльфов или у людей, но строили хоббиты по-своему. Башен им не требовалось. А требовались длинные, низкие и уютные строения. Самые старинные из них походили на выползшие из-под земли смиалы, крытые сеном, соломой или торфяными пластами; стены их немного пучились. Правда, так строили в Хоббитании только поначалу, а с тех пор все изменилось и усовершенствовалось, отчасти благодаря гномам, отчасти собственными стараниями. Главной особенностью хоббитских строений остались круглые окна и даже круглые двери.

Дома и норы в Хоббитании рассчитывались на большую ногу, и обитали там большие семьи. (Бильбо и Фродо Торбинсы — холостяки — составляли исключение, как и во многом другом, например в своих эльфийских пристрастиях.) Иногда, подобно Кролам из Преогромных Смиалов или Брендизайкам из Хоромин-у-Брендидуима, многие поколения родственников жили — не сказать, чтобы мирно — в дедовских норах, то бишь наземных особняках. Кстати, хоббиты — народ чрезвычайно семейственный, и уж родством они считались крайне старательно. Они вырисовывали длинные, ветвистые родословные древа. С хоббитами важнее всего понять, кто кому родня и кто кому какая родня. Однако же в нашей книге было бы совершенно невозможно изобразить родословное древо, даже обозначив на нем только самых главных членов самых главных семейств — тут никакой книги не хватит. Генеалогические древа в конце Алой Книги Западных Пределов — сами по себе книга, и в нее никогда не заглядывал никто, кроме хоббитов. А хоббитам, если они верны себе, только это и требуется: им надо, чтобы в книгах было то, что они и так уже знают, и чтобы изложено это было просто и ясно, без всякой путаницы.

2. О трубочном зелье

Вот что надо бы еще упомянуть насчет хоббитов: исстари был у них диковинный обычай — они всасывали или вдыхали через глиняные или деревянные трубки дым тлеющих листьев травы, называемой ими «трубочное зелье», или «травка», по-видимому, разновидности Nicotiana. Великой тайной окутано происхождение этого странного обычая, или «искусства», как именуют его хоббиты. Все, что удалось по этому поводу обнаружить с древних времен, свел воедино Мериадок Брендизайк (позднее Правитель Забрендии), и ввиду того, что он, а также и табак из Южного удела играют некоторую роль в нашей повести, придется процитировать его введение к «Травнику Хоббитании».

«Это, — пишет он, — единственное искусство, которое мы твердо и по совести можем считать нашим собственным изобретением. Неизвестно, когда хоббиты начали курить, во всех наших легендах и семейных историях это само собой разумеется, многие века народ Хоббитании курил различные травы, смрадные и благоуханные. Однако все летописи сходятся в том, что Тобольд Громобой из Длиннохвостья в Южном уделе первым вырастил настоящее трубочное зелье в своем огороде во дни Изенгрима Второго, год примерно 1070-й согласно Летосчислению Хоббитании (Л.Х.). Лучшее наше зелье по-прежнему там и растет: в особенности же сорта, ныне известные под названием «Длиннохвостая травка», «Старый Тоби» и «Южная звезда».

Каким образом Старый Тоби разнюхал это растение — неизвестно: сам он на смертном одре ни в чем не признался. По части трав он был знаток, но отнюдь не путешественник. По слухам, в юности он часто бывал в Пригорье, но далее Пригорья, как это в точности выяснено, никуда не отлучался. Весьма вероятно, что именно в Пригорье он растение и отыскал: там, кстати говоря, оно и поныне произрастает на южных склонах. Хоббиты-пригоряне утверждают, будто им впервые пришло в голову курить трубочное зелье. Они, разумеется, во всем стремятся опередить жителей Хоббитании, которых называют «колонистами»; но в данном случае, полагаю, они не совсем неправы. Искусство курения подлинного зелья, несомненно, берет свое начало в Пригорье: оттуда оно распространилось среди гномов и других мимоходцев — Следопытов, Магов и им подобных бродяг, которые и сейчас сходятся на этом древнейшем дорожном перекрестке. Таким образом, следует признать первоисточником и центром распространения вышеупомянутого искусства старинный пригорянский трактир «Гарцующий пони», который с незапамятных лет содержит семья Наркисс.

И тем не менее наблюдения, произведенные мною во время моих неоднократных путешествий на юг, убедили меня, что зелье, подлежащее курению, произрастает не только в нашей части света, но также и в низовьях Андуина, куда его, очевидно, завезли морским путем люди Западного Края. Ныне оно изобилует в землях Гондора и растет там не в пример пышнее, нежели на севере, где отнюдь не является дикорастущим, но требует тепла и ухода, подобно как в Длиннохвостье. Гондорцы называют его «сладкий табак» и ценят лишь за благоухание цветов. Оттуда по Неторному Пути его могли занести в наши места на протяжении долгих столетий между княжением Элендила и нынешними днями. Но гондорские дунаданцы и те признают, что хоббиты первыми надумали курить эту траву. Даже маги до этого не додумались. Правда, в минувшие дни знавал я одного мага, который был не чужд нашему искусству и преуспел в нем, как и во всем, за что брался».

3. О благоустройстве Хоббитании

Хоббитания делилась на четыре удела: Северный, Южный, Восточный и Западный, а уделы — на округа, именовавшиеся в честь самых древних и почтенных местных родов, хотя потомки этих родов обитали порой совсем в другой части Хоббитании. Почти все Кролы по-прежнему жили в Укролье; но с Торбинсами и Булкинсами, например, дело обстояло иначе. Помимо уделов, имелись еще Восточные и Западные Выселки: Восточные — это Заячьи Холмы, а Западные были прирезаны к Хоббитании в 1164 году (Л.Х.).

В ту давнюю пору, о которой мы ведем речь, в Хоббитании почти что и не было никакого «правительства». Каждый род сам, как умел, разбирался со своими делами — большей частью насчет того, как вырастить получше урожай и как повкуснее прокормиться. А в остальном хоббиты были более или менее покладистые, вовсе не жадные; привычно довольные своим, на чужое они не зарились — так что земли, фермы, мастерские и заведения хозяев не меняли, а мирно переходили по наследству.

Издревле помнилось, конечно, что был когда-то великий князь в Форносте или, как переиначили хоббиты, в Северне, где-то там, к северу от Хоббитании. Но князя-то уже не было чуть не тысячу лет, и даже развалины княжьего Северна заросли травой. Однако же хоббиты по-прежнему говорили про диких зверей и про нечисть вроде троллей, что им и князь не указ, какой с них спрос. От стародавнего князя они вели все свои законы и порядки и блюли их истово и по доброй воле, потому что законы — они и есть самые правильные Правила, и тебе древние, и справедливые.

Древнейшим родом испокон веков были у них Кролы: титул Хоббитана перешел к ним (от Побегайков) много сот лет назад, и с тех пор его неизменно носил старейшина Крол. Хоббитан главенствовал на всеобщих сходках, предводительствовал дружиной и ополчением, но и дружина и ополчение потребны были лишь в случае опасности, а случаев таких давным-давно не бывало, и титул Хоббитана стал всего лишь знаком почтения. Род Кролов, и то сказать, был в большом почете как весьма многочисленный и чрезвычайно богатый; в каждом поколении рождались Кролы особого склада и очень уж не робкого десятка. Подобные их свойства терпеть терпели (все ж таки богачи), но не одобряли. Однако старейшину рода по заведенному называли по всей Хоббитании Наш Крол, а если нужно было, то и добавляли к его имени порядковый номер: скажем, Изенгрим Второй.

На деле же единственной властью был городской голова Землеройска (а заодно и всей Хоббитании), которого переизбирали раз в семь лет во время Вольной Ярмарки на Светлом нагорье, в те три или четыре летних дня, которые у хоббитов делили год надвое и назывались «прилипки». Голова обязан был главным образом возглавлять большие пиршества по случаю хоббитанских праздников, довольно-таки частых. Но вдобавок он исправлял обязанности Начальника Почтовых Дел и Старшины Ширрифов, так что его заботам препоручалась Доставка посланий, а также Управа благочиния. Никаких других услуг в Хоббитании не имелось, и с посланиями забот было куда больше, чем с благочинием. Отнюдь не каждый хоббит знал грамоту, но уж если знал, то писал всем своим друзьям (и избранной родне) — всем, кого за дальностью проживания нельзя было навестить, гуляючи после обеда.

Ширрифами хоббиты называли свою стражу — вернее сказать, тех, кто им таковую заменял. Формы они, конечно, не носили (ничего подобного и в помине не было), только втыкали перо в шапку, и были скорее сторожами, чем стражниками — следили не за народом, а за зверьем. Всего их было двенадцать, по три в каждом уделе, и занимались они там Удельными делами. Кроме них, был еще непостоянный числом отряд, которому поручалось «обхаживать границы», чтоб никакие чужаки, будь то Громадины или мелюзга, не натворили в Хоббитании безобразий.

В те времена, когда начинается наша повесть, от пролаз, как назывались непрошеные гости, прямо-таки отбою не стало. Четыре удела Хоббитании обменивались известиями и слухами о невиданных зверях и непонятных чужаках, которые рыскали возле границ, частенько нарушая их: это был первый признак, что жизнь идет не совсем так, как надо, как было всегда, — ведь об ином, давно забытом, глухо напоминали только самые старинные сказания. Тогда еще никто не понимал, в чем дело, даже сам Бильбо. Шестьдесят лет минуло с тех пор, как он пустился в свое памятное путешествие; он был стар, даже по хоббитскому счету, хотя у них, в общем, было принято доживать до ста лет; но богатства, привезенные им, судя по всему, не истощились. Много или мало осталось у него сокровищ — этого он никому не открывал, даже любимому племяннику Фродо. И ни о каком Кольце тоже речи не было.

4. О том, как нашлось Кольцо

Как рассказано в книге «Хоббит», однажды к Бильбо явился великий маг Гэндальф Серый, а с ним тринадцать гномов: царь-изгнанник Торин Дубощит и двенадцать его сотоварищей. Апрельским утром 1341 года от заселения

Хоббитании Бильбо, сам себе на удивленье, вдруг отправился далеко на восток возвращать гномам несметные сокровища, скопленные за много столетий в Подгорном Царстве. Им сопутствовал успех: от дракона, который стерег клад, удалось избавиться. Решила дело Битва Пяти Воинств, в которой погиб Торин и совершено было много ратных подвигов; однако долгая летопись Третьей эпохи упомянула бы об этом в одной, от силы в двух строках, если бы не одно будто бы случайное происшествие по дороге.

Во Мглистых горах, по пути к Глухоманью, на путников напали орки; Бильбо отстал от своих и потерялся в черном лабиринте копей. Пробираясь ползком и ощупью, он нашарил какое-то кольцо и не долго думая положил его себе в карман, просто как случайную находку.

В тщетных поисках выхода он забрел в самую глубь горы, к холодному озеру, посреди которого на каменном островке жил Горлум, мерзкое существо с белесыми мерцающими глазами. Он плавал на плоскодонке, загребая широкими плоскими ступнями, ловил слепую рыбу длинными когтистыми пальцами и пожирал ее сырьем. Он ел всякую живность, даже орков, если удавалось поймать и задушить какого-нибудь без особой возни. У него было тайное сокровище, доставшееся ему давным-давно, когда он еще жил наверху, на белом свете: волшебное золотое кольцо. Если его надеть, становишься невидимкой. Только его он и любил, называл «прелестью» и разговаривал с ним, даже когда не брал с собою. Обычно не брал: он его хранил в укромном месте на островке и надевал, только если шел охотиться на орков.

Будь кольцо при нем, он бы, наверно, сразу кинулся на Бильбо, но кольца при нем не было, а хоббит держал в руке эльфийский кинжал, служивший ему мечом. И чтобы оттянуть время, Горлум предложил Бильбо сыграть в загадки: если тот какую-нибудь не отгадает, то Горлум убьет его и съест, а если не отгадает Горлум, то он выведет Бильбо наружу.

Бильбо согласился: смертельный риск был все же лучше безнадежных блужданий, и они загадали друг другу немало загадок. Наконец Бильбо выиграл, хотя выручила его не смекалка, а опять-таки случайность: он запнулся, подбирая загадку потруднее, зачем-то полез рукой в карман, нащупал подобранное и забытое кольцо и растерянно вскрикнул: «Что там у меня в кармане?» И Горлум не отгадал — с трех попыток.

Существуют разногласия насчет того, можно ли считать этот вопрос загадкой, отвечающей строгим правилам игры; но все согласны, что раз уж Горлум взялся отвечать, то обязан был соблюсти уговор. Этого от него и потребовал Бильбо, несколько опасаясь, что скользкая тварь как-нибудь его обманет, хотя такие уговоры издревле считаются священными у всех, кроме самых отпетых злодеев. Но за века одиночества и тьмы душа Горлума стала совсем черной, и предательство было ему нипочем. Он пронырнул темной водой на свой островок неподалеку от берега, оставив Бильбо в недоумении. Там, думал Горлум, лежит его кольцо. Он был голоден и зол; и ему ли, с его «прелестью», бояться какого-то оружия?

Но кольца на островке не было: потерялось, пропало. От истошного визга Горлума у Бильбо мурашки поползли по спине, хотя он сначала не понимал, в чем дело. Зато Горлум пусть поздно, но понял. «Что там у него в карманцах?» — злобно завопил он. С бешеным зеленым огнем в глазах он поспешил назад — убить хоббита, отобрать «прелесть». Бильбо спохватился в последний миг, опрометью бросился от воды — и снова его спасла случайность. Удирая, он сунул руку в карман, и кольцо оказалось у него на пальце. Горлум промчался мимо: он торопился к выходу, чтоб устеречь «вора». Бильбо осторожно крался за ним; из ругани и жалобного бормотанья Горлума, обращенного к «прелести», хоббит наконец разобрался во всем, и сквозь мрак безнадежности забрезжил просвет надежды. С волшебным кольцом он мог спастись и от орков, и от Горлума.

Остановились они у незаметного лаза — потайного прохода к нижним воротам копей на восточном склоне. Здесь Горлум залег в засаде, принюхиваясь и прислушиваясь, и Бильбо хотел было его заколоть — но верх взяла жалость. И хотя кольцо он себе оставил — без него надеяться было не на что, — однако же не поддался соблазну убить захваченную врасплох злосчастную тварь. В конце концов, собравшись с духом, он перескочил через Горлума и побежал вниз по проходу, а за ним неслись отчаянные и яростные вопли: «Вор, вор! Ворюга! Навсегда ненавистный Торбинс!»

Любопытно, что своим спутникам Бильбо сперва рассказал все это немного иначе: будто бы Горлум обещал ему «подарочек», если он победит в игре; но, отправившись на свой островок за проигранным сокровищем — волшебным кольцом, когда-то подаренным ему на день рождения, — обнаружил, что оно исчезло. Бильбо догадался, что это самое кольцо он и нашел; а раз он выиграл, то имеет на него полное право. Но выбраться-то ему все равно было надо, и поэтому, умолчав о кольце, он заставил Горлума показать ему дорогу взамен обещанного «подарочка». Так он и записал в своих воспоминаниях, и своей рукою не изменил в них ни слова, даже после Совета у Элронда. Должно быть, в таком виде рассказ его вошел и в подлинник Алой Книги, в некоторые списки и выдержки из нее. В других списках, однако, приводится подлинная история (наряду с выдуманной): она явно составлена по примечаниям Фродо или Сэммиума — оба знали, как было на самом деле, но, видимо, исправлять рукопись старого хоббита не захотели.

Гэндальф же сразу не поверил рассказу Бильбо и очень заинтересовался кольцом. Он донимал Бильбо расспросами и постепенно вытянул из него правду, хотя они при этом чуть не поссорились, но, видно, маг полагал, что дело того стоит. К тому же его смутило и насторожило, что хоббит вдруг принялся выдумывать: это было на него совсем не похоже. Да и про «подарочек» сам бы он не выдумал. Позже Бильбо признавался, что это его надоумило подслушанное бормотанье Горлума: тот все время называл кольцо своим «подарочком на день рождения». И это тоже показалось Гэндальфу странным и подозрительным; но вся правда оставалась сокрытой от него еще многие годы. Что это была за правда, узнаете из нашей повести.

Нет нужды расписывать дальнейшие приключения Бильбо. Невидимкою проскользнул он мимо стражи орков у ворот и догнал спутников, а потом с помощью кольца не раз выручал своих друзей-гномов, но хранил его в тайне, сколько было возможно. Дома он тоже кольцом не хвастался, и знали о нем лишь Гэндальф да Фродо, а больше никто во всей Хоббитании — так по крайней мере думал Бильбо. И одному Фродо он показывал начатые главы рассказа о путешествии Туда и Обратно.

Свой меч, названный Терном, Бильбо повесил над камином; волшебную кольчугу — дар гномов из драконова сокровища — он отдал в землеройский Мусомный Амбар;

правда, видавший виды дорожный плащ с капюшоном висел в шкафу, и кольцо было всегда при нем — в кармане, на цепочке.

Он вернулся домой на пятьдесят втором году жизни, 22 июня 1342 года (Л.Х.), и в Хоббитании все спокойно шло обычным чередом, пока Бильбо Торбинс не собрался праздновать свое стоодиннадцатилетие (год 1401-й). Тут и начало нашей повести.

КНИГА 1

А небеса цвели при нем
Ракетами, как дивный сад,
Где искры что цветы горят
И как дракон рокочет гром.

Глава I
ДОЛГОЖДАННОЕ УГОЩЕНИЕ

Тогда Бильбо Торбинс, владелец Торбы-на-Круче, объявил, что хочет пышно отпраздновать свое наступающее стодиннадцатилетие, весь Норгорд загудел и взволновался.

Бильбо слыл невероятным богачом и отчаянным сумасбродом вот уже шестьдесят лет — с тех пор как вдруг исчез, а потом внезапно возвратился с добычей, стократно преувеличенной россказнями. Только самые мудрые старики сомневались в том, что вся Круча изрыта подземными ходами, а ходы забиты сокровищами. Мало этого, к деньгам еще и здоровье, да какое! Сколько воды утекло, а господин Торбинс и в девяносто лет казался пятидесятилетним. Когда ему стукнуло девяносто девять, стали говорить, что он «хорошо сохранился», хотя вернее было бы сказать «ничуть не изменился». Многие качали головой: это уж было чересчур, даже и несправедливо, как везет некоторым — и старость их обходит, и деньгам переводу нет.

— Не к добру это, — говорили они. — Ох, не к добру, и быть беде!

Но беды покамест не было, а рука мистера Торбинса не скудела, так что ему более или менее прощали его богатство и чудачества. С родней он был в ладах (кроме, разумеется, Лякошель-Торбинсов), и многие хоббиты победнее да попроще любили его и уважали. Но сам он близко ни с кем не сходился, пока не подросли внучатые племянники.

Старшим из них и любимцем Бильбо был рано осиротевший Фродо Торбинс, сын его троюродного брата с отцовской стороны и двоюродной сестры — с материнской. В девяносто девять лет Бильбо сделал его своим наследником, и Лякошель-Торбинсы опять остались с носом. Бильбо и Фродо родились в один и тот же день, 22 сентября. «Перебирайся-ка, сынок, жить ко мне, — сказал однажды Бильбо, — а то с днем рождения у нас сущая морока». И Фродо переехал. Тогда он был еще в ранних летах — так хоббиты называют буйный и опрометчивый возраст между двадцатью двумя и тридцатью тремя годами.

С тех пор Торбинсы весело и радушно отпраздновали одиннадцать общих дней рождения; но на двенадцатый раз, судя по всему, готовилось что-то невиданное и неслыханное. Бильбо исполнялось сто одиннадцать — три единицы, — по-своему круглое и вполне почетное число (даже легендарный Старый Крол прожил только до ста тридцати), а Фродо тридцать три — две тройки, — тоже случай особый: на тридцать четвертом году жизни хоббит считался совершеннолетним. И замололи языки в Норгорде и Приречье: слухи о предстоящем событии разнеслись по всей Хоббитании. Везде заново перемывали кости Бильбо и пересказывали его приключения: хоббиты постарше вдруг оказались в кругу слушателей и чинно рылись в памяти.

Кого слушали разиня рот, так это старого Хэма Скромби, известного под прозвищем Жихарь. Слушали его в трактирчике «Укромный уголок» на дороге в Приречье; а говорил он веско, потому что лет сорок, не меньше, садовничал в Торбе-на-Круче, да еще до того пособлял там же старому Норну. Теперь он и сам состарился, стал тяжел на подъем, и работу за него почти всю справлял его младшенький, Сэм Скромби. Оба они были в лучших отношениях с Бильбо и Фродо. И жили опять же на Круче, в третьем доме Исторбинки, чуть пониже усадьбы.

— Уж как ни говори про господина Бильбо, а хоббит он первостатейный и вежливость очень даже соблюдает, — заявил Жихарь. И ничуть не прилгнул: Бильбо был с ним очень даже вежлив, называл его «почтенный Хэмбридж» и приглашал на ежегодный совет насчет овощей — уж про «корнеплодие», тем более про картофель, Жихарь соображал лучше всех в округе (что так, то так, соглашался он).

— Да ведь, кроме Бильбо, там в норе еще этот, как его, Фродо? — заметил старый Сдубень из Приречья. — Зовется-то он Торбинс, но Брендизайк, считай, наполовину, если не больше — такой идет разговор. Чего не пойму — так это зачем было Торбинсу из Норгорда брать себе жену, смех сказать, в Забрендии, где народ ох не нашенский!

— Да где ж ему быть нашенским, — вмешался папаша Двулап, сосед Жихаря, — ежели они живут по какую не надо сторону Брендидуима и вперлись в самый что ни на есть Вековечный Лес? Нашли местечко, нечего сказать!

— Дело говоришь, папаша! — согласился Жихарь. — Ну, вообще-то Брендизайки с Заячьих Холмов в самый что ни на есть Вековечный Лес не вперлись, но что народ они чудной, это ты верно сказал. Плавают там почем зря посередь реки — куда это годится? Ну, и само собой, бедыто недолго ждать, помяни мое слово. И все ж таки господин Фродо — такого хоббита поискать надо. Из себя вылитый господин Бильбо — но мало ли кто на кого похож? Ясное дело, похож: отец тоже Торбинс. А вообще-то какой был настоящий, правильный хоббит господин Дрого Торбинс: ну ничего про него не скажешь, кроме того, что утонул!

— Утонул? — удивились несколько слушателей. Они слыхивали, конечно, и об этом, и о многом другом; но хоббиты — большие любители семейных историй, и эту историю готовы были в который раз выслушать заново.

— Говорят, вроде бы так, — сказал Жихарь. — Тут в чем дело: господин Дрого, он женился на бедняжке барышне Примуле Брендизайк. Она приходилась господину Бильбо прямой двоюродной сестрой с материнской стороны (а мать ее была младшенькая у тогдашнего Нашего Крола); ну а сам господин Дрого, он был четвероюродный. Вот и получилось; что господин Фродо и тебе двоюродный, и тебе, пожалуйста, почти что прямой родственник, с той и с этой стороны, как говорится, куда ни кинь. Господин Дрого, он состоял в Хоромнах при тесте, при тогдашнем, это, Правителе, ну, Горбадок Брендизайк, тоже ой-ой-ой любил поесть, а тот-то взял и поехал, видали дело, на *дощанике* поперек Брендидуима, стало быть, они с женой и потонули, а господин Фродо, бедняга, остался сиротой, вот оно как было-то.

— Слыхал я, что они покушали и поехали погулять под луной в лунном свете, — сказал старый Сдубень, — а Дрого был покушавши, тяжелый, вот лодку и потопил.

— А я слыхал, что она его спихнула, а он ее потянул за собой, — сказал Пескунс, здешний мельник.

— Ты, Пескунс, не про все ври, про что слышал, — посоветовал Жихарь, который мельника недолюбливал. — Ишь ты, пошел чесать языком: спихнула, потянул. Там лодки, дощаники-то, такие, что и не хочешь, а опрокинешься, и тянуть не надо. Словом, вот и остался Фродо сиротой, как у них говорится, на мели: один как перст, а кругом эти ихние, которые в Хороминах. Крольчатник, да и только. У старика Горбадока там всегда сотни две родственников живут, не меньше. Господин Бильбо думал бы думал, лучше бы не придумал, чем забрать оттуда парня, чтоб жил, как полагается.

Ну а Лякошель-Торбинсам все это дело, конечно, поперек жизни. Они-то собрались захапать Торбу, еще когда он ушел с гномами и говорили, будто сгинул. А он-то вернулся, их выгнал и давай себе жить-поживать, живет не старится, и здоровье никуда не девается. А тут еще, здрасьте пожалуйста, наследничек, и все бумаги в полном порядке, это будьте уверены. Нет, не видать Лякошель-Торбинсам Торбы как своих ушей, лишь бы они только своих ушей не увидели.

— Денег там, я слышал, говорили, уймища запрятана, — сказал чужак, проезжий из Землеройска в Западный удел. — Круча ваша, говорят, сверху вся изрыта, и каждый подземный ход прямо заставлен сундуками с золотом, и серебром, и драгоценными штуками.

— Это ты, поди, слышал больше, чем говорили, — отозвался Жихарь. — Какие там еще драгоценные штуки? Господин Бильбо, он денег не жалеет, и нехватки в них вроде бы нет; только ходов-то никто не рыл. Помню, лет шестьдесят тому вернулся назад господин Бильбо, я тогда еще был спляк спляком. Только-только стал подручным у старика Норна (он покойнику папаше был двоюродный брат), помогал ему гонять любопытную шушеру, и как раз усадьбу распродавали. А господин Бильбо тут и нагрянул: ведет пони, груженного здоровенными мешками и парой сундуков. Все это, конечно, были сокровища из чужих земель, где кругом, известно, золотые горы.

Только ходы-то зачем рыть? И так все поместится. Разве что у моего Сэма спросить: он там все-все знает. Торчит и торчит в Торбе, за уши не оттянешь. Подавай ему дни былые; господин Бильбо знай рассказывает, а мой дурак слушает. Господин Бильбо его и грамоте научил — без худого умысла, конечно, ну, авось и худа из этого не выйдет.

«Эльфы и драконы! — это я-то ему. — Ты лучше со мной на пару смекни про картошку и капусту. И не суй нос в чужие дела, а то без носа останешься» — так и сказал. И повторить могу, если кто не расслышал, — прибавил он, взглянув на чужака и на мельника.

Но слушатели оставались при своем мнении. Слишком уж привыкла молодежь к басням о сокровищах Бильбо.

— Сколько он там сначала ни привез, так потом пригреб, — возразил мельник, чувствуя за собой поддержку. — Дома-то не сидит, болтается где ни на есть. Смотри-ка, сколько у него чужедальних гостей: по ночам гномы приезжают, да этот еще шлендра-фокусник Гэндальф, тоже мне. Не, Жихарь, ты что хочешь говори, а темное это место, Торба, и народ там муторный.

— А *ты* бы, наоборот, помалкивал, Пескунс, если про что не смыслишь, — опять посоветовал Жихарь мельнику, который ему не нравился даже больше обычного. — Пусть бы все были такие муторные. Я вот знаю кое-кого, кто и кружку пива приятелю не поставит, хоть ты ему вызолоти нору. А в Торбе — там дело правильно понимают. Сэм наш говорит, что на Угощение пригласят *всех до единого* и всем, заметь, будут подарки, да не когда-нибудь, а в этом месяце.

Стоял ясный, погожий сентябрь. Через день-два распространился слух (пущенный, вероятно, все тем же всезнающим Сэмом), что на праздник будет огненная потеха — а огненной потехи в Хоббитании не бывало уже лет сто, с тех пор как умер Старый Крол. Назначенный день приближался, и однажды вечером по Норгорду прогрохотал чудной фургон с диковинными ящиками — и остановился у Торбы-на-Круче. Хоббиты высовывались из дверей и вглядывались в темень. Лошадьми правили длиннобородые гномы в надвинутых капюшонах и пели непонятные песни. Одни потом уехали, а другие остались в Торбе. Под конец второй недели сентября со стороны Брендидуимского моста средь бела дня показалась повозка, а в повозке старик. На нем была высокая островерхая синяя шляпа, серый плащ почти до пят и серебристый шарф. Его длинная белая борода выглядела ухоженной и величавой, а лохматые брови клоками торчали из-под шляпы. Хоббитята бежали за ним по всему поселку, до самой Кручи и на Кручу. Повозка была гружена ракетами, это они сразу уразумели. У дверей Бильбо старик стал сгружать большие связки ракет, разных и невероятных, с красными метками «Г» и с теми же по-эльфийски:

Это, конечно, была метка Гэндальфа, а старик на повозке был сам маг Гэндальф, известный в Хоббитании искусник по части устройства разноцветных огней и пускания веселых дымов. Куда опасней и труднее были его настоящие дела, но хоббиты об этом ничего не знали, для них он был чудесной приправой к Угощению. Потому и бежали за ним хоббитята.

— Гэндальф едет, гром гремит! — кричали они, а старик улыбался. Его знали в лицо, хотя навещал он Хоббитанию не часто и мельком, а гремучих фейерверков его не помнили теперь даже самые древние старики: давненько он их тут не устраивал.

Когда старик с помощью Бильбо и гномов разгрузил повозку, Бильбо раздал маленьким зевакам несколько монет — но не перепало им, к великому их огорчению, ни хлопушки, ни шутихи.

— Бегите домой, — сказал Гэндальф. — Хватит на всех — в свое время! — И скрылся вслед за Бильбо, а дверь заперли.

Хоббитята еще немножко подождали и разбрелись. «Ну когда же, в самом-то деле, праздник?» — думали они.

А Гэндальф и Бильбо сидели у открытого окна, глядя на запад, на цветущий сад. День клонился к вечеру, свет был чистый и яркий. Темно-алые львиные зевы, золотистые подсолнухи и огненные настурции подступали к круглым окошкам.

— Хороший у тебя сад! — сказал Гэндальф.

— Да, — согласился Бильбо. — Прекрасный сад и чудесное место — Хоббитания, только вот устал я, пора на отдых.

— Значит, как сказал, так и сделаешь?

— Конечно. Я от своего слова никогда не отступаюсь.

— Ну, тогда и разговаривать больше не о чем. Решил так решил — сделай все по-задуманному, тебе же будет лучше, а может, и не только тебе.

— Хорошо бы. Но уж в четверг-то я посмеюсь, есть у меня в запасе одна шуточка.

— Как бы над тобой самим не посмеялись, — покачал головою Гэндальф.

— Там посмотрим, — сказал Бильбо.

На Кручу въезжала повозка за повозкой. Кое-кто ворчал, что вот, мол, «одни чужаки руки греют, а местные мастера без дела сидят», но вскоре из Торбы посыпались за казы на разные яства, пития и роскошества — на все, чем торговали в Норгорде и вообще в Хоббитании. Народ заволновался: до праздника считанные дни, а где же почтальон с приглашениями?

Приглашения не замедлили, так что даже почтальонов не хватило, пришлось набирать доброхотов. К Бильбо несли сотни вежливых и витиеватых ответов. «Спасибо, — гласили они на разные лады, — спасибо, непременно придем».

Ворота Торбы украсила табличка: ВХОДИТЬ ТОЛЬКО ПО ДЕЛУ НАСЧЕТ УГОЩЕНИЯ. Но, даже измыслив дело насчет Угощения, войти было почти невозможно. Занятой по горло Бильбо сочинял приглашения, подкалывал ответы, упаковывал подарки и устраивал кой-какие свои дела, с Угощением никак не связанные. После прибытия Гэндальфа он на глаза никому не показывался.

Однажды утром хоббиты увидели, что на просторном лугу, к югу от главного входа в Торбу, разбивают шатры и ставят павильоны. Со стороны дороги прорубили проход через заросли и соорудили большие белые ворота. Три семейства Исторбинки, чьи усадьбы граничили с лугом, ахнули от восторга и упивались всеобщей завистью. А старый Жихарь Скромби перестал даже притворяться, будто работает в саду.

Шатры вырастали не по дням, а по часам. Самый большой из них был так велик, что в нем поместилось громадное дерево, стоявшее во главе стола. На ветки дерева понавешали фонариков. А интереснее всего хоббитам была огромная кухня под открытым небом, на лугу. Угощение готовили во всех трактирах и харчевнях на много лиг вокруг, а здесь, возле Торбы, вдобавок орудовали гномы и прочие новоприбывшие чужеземцы. Хоббиты взволновались еще сильнее.

Между тем небо затянуло. Погода испортилась в среду, накануне Угощения. Встревожились все до единого. Но вот настал четверг, двадцать второе сентября. Засияло солнце, тучи разошлись, флаги заплескались, и пошла потеха.

Бильбо Торбинс обещал всего-то навсего Угощение, а на самом деле устроил великое празднество. Ближайших соседей пригласили от первого до последнего. А если кого и забыли пригласить, то они все равно пришли, так что это было не важно. Многие были призваны из дальних уделов Хоббитании, а некоторые даже из-за границы. Бильбо встречал званых (и незваных) гостей у Белых ворот. Он раздавал подарки всем и каждому; а кто хотел получить еще один, выбирался черным ходом и снова подходил к воротам. Хоббиты всегда дарят другим подарки на свой день рождения — подарки обычно недорогие, и не всем, как в этот раз; но обычай хороший. В Норгорде и Приречье что ни день, то чье-нибудь рожденье, а значит, в этих краях всякий хоббит может рассчитывать хотя бы на один подарок в неделю. Им не надоедает.

А тут и подарки были просто удивительные. Хоббиты помоложе так поразились, что чуть не позабыли угощаться. Им достались дивные игрушки: некоторым — чудесные, а некоторым — так даже волшебные. Иные были заказаны загодя, год назад, и привезли их из Черноречья и Подгорного Царства: гномы постарались.

Когда всех встретили, приветили и провели в ворота, начались песни, пляски, музыка, игры — а еды и питья хоть отбавляй. Угощение было тройное: полдник, чай и обед (или, пожалуй, ужин). К полднику и чаю народ сходился в шатры; а все остальное время пили и ели, что кому и где хочется, с одиннадцати до половины седьмого, пока не начался фейерверк.

Фейерверком заправлял Гэндальф: он не только привез ракеты, он их сам смастерил, чтобы разукрасить небо огненными картинами. Он же наготовил множество хлопушек, шутих, бенгальских огней, золотой россыпи, факельных искрометов, гномьих сверкающих свечей, эльфийских молний и гоблинского громобоя. Получались они у него превосходно, и с годами все лучше.

Огнистые птицы реяли в небе, оглашая выси звонким пением. На темных стволах дыма вспыхивала ярко-зеленая весенняя листва, и с сияющих ветвей на головы хоббитам сыпались огненные цветы, сыпались и гасли перед самым их носом, оставляя в воздухе нежный аромат. Рои блистающих мотыльков вспархивали на деревья, взвивались в небо цветные огни — и оборачивались орлами, парусниками, лебедиными стаями. Багровые тучи низвергали на землю блистающий ливень. Потом грянул боевой клич, пучок серебряных копий взметнулся к небу и со змеиным шипом обрушился в реку. Коронный номер в честь Бильбо Гэндальф приберег под конец: он, видно, задумал насмерть удивить хоббитов, и своего добился. Все огни потухли; в небо поднялся исполинский дымный столп. Он склубился в дальнюю гору, вершина ее разгорелась и полыхнула ало-зеленым пламенем. Из пламени вылетел красно-золотой дракон, до ужаса настоящий, только поменьше: глаза его горели яростью, пасть изрыгала огонь; с бешеным ревом описал он три свистящих круга, снижаясь на толпу. Все пригнулись: многие попадали ничком. Дракон пронесся над головами хоббитов, перекувырнулся в воздухе и с оглушительным грохотом взорвался над Приречьем.

— Пожалуйте к столу! — послышался голос Бильбо.

Общий ужас и смятенье как рукой сняло; хоббиты повскакивали на ноги. Всех ожидало дивное пиршество; особые столы для родни были накрыты в большом шатре с деревом. Там собрались сто сорок четыре приглашенных (это число у хоббитов называется «гурт», но народ на гурты считать не принято) — семьи, с которыми Бильбо и Фродо состояли хоть в каком-нибудь родстве, и несколько избранных друзей дома, вроде Гэндальфа.

И многовато было среди них совсем еще юных хоббитов, явившихся с родительского позволения: родители обычно позволяли им допоздна засиживаться за чужим столом — а то поди их накорми, не говоря уж — прокорми.

Во множестве были там Торбинсы и Булкинсы, Кролы и Брендизайки, не обойдены Ройлы (родня бабушки Бильбо), Ейлы и Пойлы (дедова родня), представлены Глубокопы, Бобберы, Толстобрюхлы, Барсуксы, Дороднинги, Дудстоны и Шерстопалы. Иные угодили в родственники Бильбо нежданно-негаданно: кое-кто из них и в Норгорде-то никогда не бывал. Присутствовал и Оддо Лякошель-Торбинс с женою Любелией. Они терпеть не могли Бильбо и презирали Фродо, но приглашение было писано золотыми чернилами на мраморной бумаге, и они не устояли. К тому же кузен их Бильбо с давних пор славился своей кухней.

Сто сорок четыре избранника рассчитывали угоститься на славу; они только побаивались послеобеденной речи хозяина (а без нее нельзя). Того и жди, понесет он какую-нибудь околесицу под названием «стихи» или, хлебнув стакан-другой, пустится в россказни о своем дурацком и непонятном путешествии. Угощались до отвала: ели сытно, много, вкусно и долго. Чего не съели, забрали с собой. Потом несколько недель еды в окрестностях почти никто не покупал, но торговцы были не в убытке: все равно Бильбо начисто опустошил их погреба, запасы и склады — за деньги, конечно.

Наконец челюсти задвигались медленнее, и настало время для Речи. Гости, как говорится у хоббитов, «подкушали» и были настроены благодушно. В бокалах — любимое питье, на тарелках — любимое лакомство... Так пусть себе говорит что хочет, послушаем и похлопаем.

— Любезные мои сородичи, — начал Бильбо, поднявшись.

— Тише! Тише! Тише! — закричали гости; хоровой призыв к тишине звучал все громче и никак не мог стихнуть.

Бильбо вылез из-за стола, подошел к увешанному фонариками дереву и взгромоздился на стул. Разноцветные блики пробегали по его праздничному лицу; золотые пуговки сверкали на шелковом жилете. Он был виден всем в полный рост: одну руку не вынимал из кармана, а другой помахивал над головой.

— Любезные мои Торбинсы и Булкинсы, — начал он опять, — разлюбезные Кролы и Брендизайки, Ройлы, Ейлы и Пойлы, Глубокопы и Дудстоны, а также Бобберы, Толстобрюхлы, Дороднинги, Барсуксы и Шерстопалы!

— И Шерстолапы! — заорал пожилой хоббит из угла. Он, конечно, был Шерстолап, и недаром: лапы у него были шерстистые, здоровенные и возлежали на столе.

— И Шерстолапы, — согласился Бильбо. — Милые мои Лякошель-Торбинсы, я рад и вас приветствовать в Торбе-на-Круче. Нынче мне исполнилось сто одиннадцать лет: три, можно сказать, единицы!

— Урра! Урра! Урра! Многая лета! — закричали гости и радостно забарабанили по столам. То самое, что нужно: коротко и ясно.

— Надеюсь, что всем вам так же весело, как и мне.

Оглушительные хлопки. Крики: «Еще бы!», «А как же!», «Конечно!». Трубы и горны, дудки и флейты и прочие духовые инструменты; звон и гул.

Молодые хоббиты распечатали сотни музыкальны[х] хлопушек со странным клеймом ЧРНРЧ: им было непо[нятно, зачем такое клеймо, но хлопушки прекрасные. А [в] хлопушках — маленькие инструменты, звонкие и чудн[о] сделанные. В углу шатра юные Кролы и Брендизайки, ре[шив, что дядя Бильбо кончил говорить (вроде все уже ска[зал), устроили оркестр и начали танцевать. Юный Мно[го]горад Крол и молоденькая Мелирот Брендизайк взобра[лись на стол и стали с колокольцами в руках отплясыват[ь] «Брызгу-дрызгу» — очень милый, но несколько буйны[й] танец.

Однако Бильбо потребовал внимания. Он выхвати[л] горн у какого-то хоббитенка и трижды в него протрубил[.] Шум улегся.

— Я вас надолго не задержу! — прокричал Бильбо.

Отовсюду захлопали.

— Я созвал вас нынче с особой целью. — Сказано эт[о] было так, что все насторожились. — Вернее, не с одной, [а] с тремя особыми целями! — Наступила почти что тиши[на, и некоторые Кролы даже приготовились слушать. —] Во-первых, чтобы сказать вам, что я счастлив всех ва[с] видеть и что с такими прекрасными и превосходными хоб[битами, как вы, прожить сто одиннадцать лет легче лег[кого!

Радостный гомон одобрения.

— Добрую половину из вас я знаю вдвое хуже, че[м] следует, а худую половину люблю вдвое меньше, че[м] надо бы.

Сказано было сильно, но не очень понятно. Плеснул[и] редкие хлопки, и все призадумались: так ли уж это лест[но слышать?

— Во-вторых, чтобы вы порадовались моему дню рож[дения.

Прежний одобрительный гул.

68

— Нет, не моему: НАШЕМУ. Ибо в день этот, как вы знаете, родился не только я, но и мой племянник, мой наследник Фродо. Нынче он достиг совершеннолетия и вступает во владение имуществом.

Кое-кто из старших снисходительно похлопал. «Фродо! Фродо! Старина Фродо!» — выкрикивала молодежь. Лякошель-Торбинсы насупились и стали гадать, как это Фродо «вступает во владение».

— Вдвоем нам исполняется сто сорок четыре года: ровно столько, сколько вас тут собралось, — один, извините за выражение, гурт.

Гости безмолвствовали. Это еще что за новости? Многие, а особенно Лякошель-Торбинсы, оскорбились, сообразив, что их пригласили сюда только для ровного счета. «Скажет тоже: один гурт. Фу, как грубо».

— К тому же сегодня годовщина моего прибытия верхом на бочке в Эсгарот при Долгом озере. Хотя тогда я про свой день рождения не сразу и вспомнил. Мне было всего-то пятьдесят один год, а что такое в молодости год-другой! Правда, пиршество учинили изрядное; только я, помнится, был сильно простужен и едва выговаривал: «Пребдого бдагодаред». Теперь я пользуюсь случаем выговорить это как следует: премного благодарен вам всем за то, что вы удосужились прибыть на мое скромное празднество!

Упорное молчание. Все боялись, что сейчас он разразится песней или какими-нибудь стихами, и всем заранее было тоскливо. Что бы ему на этом кончить? А они бы выпили за его здоровье. Но Бильбо не стал ни петь, ни читать стихи. Он медленно перевел дыхание.

— В-третьих и в-последних, — сказал он, — я хочу сделать одно ОБЪЯВЛЕНИЕ. — Это слово он вдруг произнес так громко, что все, кому это было еще под силу, распрямились. — С прискорбием объявляю вам, что хотя, как я сказал, прожить сто одиннадцать лет среди вас легче ле[го]кого, однако же пора и честь знать. Я отбываю. Только [и]меня и видели. ПРОЩАЙТЕ!

Он ступил со стула и исчез. Вспыхнул ослепитель[ный] огонь, и все гости зажмурились. Открыв глаза, о[ни] увидели, что Бильбо нигде нет. Сто сорок четыре ош[а]рашенных хоббита так и замерли. Старый Оддо Шерст[о]лап снял ноги со стола и затопотал. Потом настала мер[т]вая тишина: гости приходили в себя. И вдруг Торбинс[ы,] Булкинсы, Кролы, Брендизайки, Ройлы, Ейлы, Пойл[ы,] Глубокопы, Бобберы, Толстобрюхлы, Барсуксы, Доро[г]нинги, Дудстоны, Шерстопалы и Шерстолапы заговор[и]ли все разом.

Они соглашались друг с другом, что это безобразно [и] неучтиво и что надо это поскорее заесть и запить. «Я всегда говорил, что он тронутый», — слышалось отовс[ю]ду. Даже проказливые Кролы, за малым исключением, [не] одобрили Бильбо. Тогда, правда, почти никто еще не п[о]нимал, что же произошло: бранили вздорную выходку.

Только старый и мудрый Дурри Брендизайк хитр[о] прищурился. Ни преклонные годы, ни преизобильны[е] блюда не помутили его рассудка, и он сказал своей неве[с]тке Замиральде:

— Нет, милочка, это все не просто так. Торбинс-т[о] оболтус, небось опять сбежал. Неймется старому балб[е]су. Ну и что? Еда-то на столе осталась.

И он крикнул Фродо принести еще вина.

А Фродо был единственный, кто не вымолвил ни сл[о]ва. Он молча сидел возле опустевшего стула Бильбо, [не] обращая внимания на выкрики и вопросы. Он, конечн[о,] оценил проделку, хотя знал о ней заранее, и едва удер[жал]жался от смеха при дружном возмущении гостей. Но ем[у] было как-то горько: он вдруг понял, что не на шутку л[ю]бит старого хоббита. Гости ели и пили, обсуждали и осу[ж] дали дурачества Бильбо Торбинса, прежние и нынешние, — разгневались и ушли одни Лякошель-Торбинсы. Наконец Фродо устал распоряжаться; он велел подать еще вина, встал, молча осушил бокал за здоровье Бильбо и тишком выбрался из шатра.

Бильбо Торбинс говорил речь, трогая золотое Кольцо в кармане: то самое, которое он столько лет втайне берег как зеницу ока. Шагнув со стула, он надел Кольцо — и с тех пор в Хоббитании его не видел ни один хоббит.

С улыбкой послушав, как галдят ошеломленные гости в шатре и вовсю веселятся не удостоенные особого приглашения хоббиты, он ушел в дом, снял праздничный наряд, сложил шелковый жилет, аккуратно завернул его в бумагу и припрятал в ящик. Потом быстро натянул какие-то лохмотья и застегнул старый кожаный пояс. На поясе висел короткий меч в потертых черных ножнах. Бильбо вздохнул и вытащил из пронафталиненного шкафа древний плащ с капюшоном. Плащ хранился, как драгоценность, хотя был весь в пятнах и совсем выцветший — а некогда, вероятно, темно-зеленый. Одежда была ему великовата. Он зашел в свой кабинет и достал из потайного ящика обернутый в тряпье загадочный сверток, кожаную папку с рукописью и какой-то толстый конверт. Рукопись и сверток он втиснул в здоровенный заплечный мешок, который стоял посреди комнаты, почти доверху набитый. В конверт он сунул золотое Кольцо на цепочке, запечатал его, адресовал Фродо и положил на каминную доску. Но потом вдруг схватил и запихнул в карман. Тут дверь распахнулась, и быстрым шагом вошел Гэндальф.

— Привет! — сказал Бильбо. — А я как раз думал, почему это тебя не видно?

— Рад, что *тебя* теперь видно, — отвечал маг, усаживаясь в кресло. — Я хочу перекинуться с тобою словом-другим. Так что — по-твоему, все в порядке?

— А как же, — подтвердил Бильбо. — Вспышка только лишняя — даже я удивился, а прочие и подавно. Твоя, конечно, работа?

— Моя, конечно. Недаром ты многие годы скрывал Кольцо, и пусть уж гости твои гадают как умеют, исчез ты или пошутил.

— А шутку мне испортил, — сказал Бильбо.

— Да не шутку, а дурацкую затею... только вот говорить-то теперь поздно. Растревожил родню, и девять или девяносто девять дней о тебе будет болтать вся Хоббитания.

— Пусть болтает. Мне нужен отдых, долгий отдых, я же тебе говорил. Бессрочный отдых: едва ли я сюда когда-нибудь вернусь. Да и незачем, все устроено... Постарел я, Гэндальф. Так-то вроде не очень, а кости ноют. Нечего сказать: «Хорошо сохранился!» — Он фыркнул. — Ты понимаешь, я тонкий-претонкий, как масло на хлебе у скупердяя. Скверно это. Надо как-то переиначивать жизнь.

Гэндальф не сводил с него пристального, озабоченного взгляда.

— Да, в самом деле скверно, — задумчиво сказал он. — Ты, пожалуй, все правильно придумал.

— Это уж чего там, дело решенное. Я хочу снова горы повидать, понимаешь, Гэндальф, — *горы*, хочу найти место, где можно и вправду отдохнуть. В тишине и покое, без всяких настырных родственников, без гостей, чтобы в звонок не звонили. И книгу мою ведь нужно дописать. Я придумал для нее чудесный конец: «...и счастливо жил до скончания дней».

Гэндальф рассмеялся.

— Конец неплохой. Только читать-то ее некому, как ни кончай.

— Кому надо, прочтут. Фродо вон уже читал, хоть и без конца. Ты, кстати, приглядишь за Фродо?

— В оба глаза, хоть мне и не до того.

— Он бы, конечно, пошел за мной по первому зову. Даже и просился, незадолго до Угощения. Но пока что у него это все на словах. Мне-то перед смертью надо снова глушь да горы повидать, а он сердцем здесь, в Хоббитании: ему бы лужайки, перелески, ручейки. Уютно, спокойно. Я ему, разумеется, все оставил, кроме разных безделок, — надеюсь, он будет счастлив, когда пообвыкнется. Пора ему самому хозяином стать.

— Все оставил? — спросил Гэндальф. — И Кольцо тоже? У тебя ведь так было решено, помнишь?

— К-конечно, все... а Кольцо... — Бильбо вдруг запнулся.

— Где оно?

— В конверте, если хочешь знать, — разозлился Бильбо. — Там, на камине. Нет, не там... У меня в кармане! — Он замялся. — Странное дело! — пробормотал он. — Хотя чего тут странного? Хочу — оставляю, не хочу — не оставляю.

Гэндальф поглядел на Бильбо, и глаза его чуть блеснули.

— По-моему, Бильбо, надо его оставить, — сказал он. — А ты что — не хочешь?

— Сам не знаю. Теперь вот мне как-то не хочется с ним расставаться. Да и зачем? А ты-то чего ко мне пристал? — спросил он ломким, чуть ли не визгливым голосом, раздраженно и подозрительно. — Все-то тебе мое Кольцо не дает покоя: мало ли что я добыл, твое какое дело?

— Да, именно что покоя не дает, — подтвердил Гэндальф. — Долго я у тебя допытывался правды, очень долго. Волшебные Кольца — они, знаешь ли, волшебные, со всякими подвохами и неожиданностями. А твое Кольцо мне было особенно любопытно, скрывать не стану. Если уж ты собрался путешествовать, то мне его никак нельзя упускать из виду. А владел ты им, кстати, не чересчур ли долго? Поверь мне, Бильбо, больше оно тебе не понадобится.

Бильбо покраснел и метнул гневный взгляд на Гэндальфа. Добродушное лицо его вдруг ожесточилось.

— Почем ты знаешь? — выкрикнул он. — Какое тебе дело? Мое — оно мое и есть. Мое, понятно? Я его нашел: оно само пришло ко мне в руки.

— Конечно, конечно, — сказал Гэндальф. — Только зачем так волноваться?

— С тобой разволнуешься, — отозвался Бильбо. — Говорят тебе: оно мое. Моя... моя прелесть! Да, вот именно — моя прелесть!

Гэндальф смотрел спокойно и пристально, только в глазах его огоньком зажглось тревожное изумление.

— Было уже, — заметил он. — Называли его так. Правда, не ты.

— Тогда не я, а теперь я. Ну и что? Подумаешь, Горлум называл! Было оно его, а теперь мое. Мое, и навсегда!

Гэндальф поднялся, и голос его стал суровым.

— Поостерегись, Бильбо, — сказал он. — Оставь Кольцо! А сам ступай куда хочешь — и освободишься.

— Разрешил, спасибо. Я сам себе хозяин! — упрямо выкрикнул Бильбо.

— Легче, легче, любезный хоббит! — проговорил Гэндальф. — Всю твою жизнь мы были друзьями, припомни-ка. Ну-ну! Делай, как обещано: выкладывай Кольцо!

— Ты, значит, сам его захотел? Так нет же! — крикнул Бильбо. — Не получишь! Я тебе мою прелесть не отдам, понял? — Он схватился за рукоять маленького меча.

Глаза Гэндальфа сверкнули.

— Я ведь тоже могу рассердиться, — предупредил он. — Осторожнее — а то увидишь Гэндальфа Серого в гневе!

Он сделал шаг к хоббиту, вырос, и тень его заполнила комнату.

Бильбо попятился; он часто дышал и не мог вынуть руку из кармана. Так они стояли друг против друга, и воздух тихо звенел. Гэндальф взглядом пригвоздил хоббита к стене; кулаки Бильбо разжались, и он задрожал.

— Что это ты, Гэндальф, в самом деле, — проговорил он. — Словно и не ты вовсе. А в чем дело-то? Оно же ведь мое? Я ведь его нашел, и Горлум убил бы меня, если б не оно. Я не вор, я его не украл, мало ли что он кричал мне вслед.

— Я тебя вором и не называл, — отозвался Гэндальф. — Да и я не грабитель — не отнимаю у тебя твою «прелесть», а помогаю тебе. Лучше бы ты мне доверял, как прежде. — Он отвернулся, тень его съежилась, и Гэндальф снова сделался старым и усталым, сутулым и озабоченным.

Бильбо провел по глазам ладонью.

— Прости, пожалуйста, — сказал он. — Что-то на меня накатило... А теперь вот, кажется, прошло. Мне давно не по себе: взгляд, что ли, чей-то меня ищет? И все-то мне хотелось, знаешь, надеть его, чтоб исчезнуть, и все-то я его трогал да вытаскивал. Пробовал в ящик запирать — но не было мне покоя, когда Кольцо не в кармане. И вот теперь сам не знаю, что с ним делать...

— Зато я знаю, что с ним делать, — объявил Гэндальф. — Пока что знаю. Иди и оставь Кольцо здесь. Откажись от него. Отдай его Фродо, а там уж — моя забота.

Бильбо замер в нерешительности. Потом вздохнул.

— Ладно, — выговорил он. — Отдам. — Потом пожал плечами и виновато улыбнулся. — По правде сказать, зачем и празднество было устроено: чтоб раздарить поболь-

75

ше подарков, а заодно уж... Казалось, так будет легче. Зря казалось, но теперь нужно доводить дело до конца.

— Иначе и затевать не стоило, — подтвердил Гэндальф.

— Ну что ж, — сказал Бильбо. — Пусть оно достанется Фродо в придачу к остальному. — Он глубоко вздохнул. — Пора мне, пойду, а то как бы кому на глаза не попасться. Со всеми я распрощался... — Он подхватил мешок и шагнул к двери.

— Кольцо-то осталось у тебя в кармане, — напомнил маг.

— Осталось, да! — горько выкрикнул Бильбо. — А с ним и завещание, и прочие бумаги. Возьми их, сам распорядись. Так будет надежнее.

— Нет, мне Кольцо не отдавай, — сказал Гэндальф. — Положи его на камин. Фродо сейчас явится. Я подожду.

Бильбо вынул конверт из кармана и хотел было положить его возле часов, но рука его дрогнула, и конверт упал на пол. Гэндальф мигом нагнулся за ним, поднял и положил на место. Хоббита снова передернуло от гнева.

Но вдруг лицо его просветлело и озарилось улыбкой.

— Ну, вот и все, — облегченно сказал он. — Пора трогаться!

Они вышли в прихожую. Бильбо взял свою любимую трость и призывно свистнул. Из разных дверей появились три гнома.

— Все готово? — спросил Бильбо. — Упаковано, надписано?

— Готово! — был ответ.

— Так пошли же! — И он шагнул к двери. Ночь была ясная, в черном небе сияли звезды. Бильбо глянул ввысь и вздохнул полной грудью.

— Неужели? Неужели снова в путь, куда глаза глядят, и с гномами? Ох, сколько лет мечтал я об этом! Прощай! — сказал он своему дому, склонив голову перед его дверями. — Прощай, Гэндальф!

76

— Не прощай, Бильбо, а до свидания! Поосторожней только! Ты хоббит бывалый, а пожалуй что и мудрый...

— Поосторожней! Еще чего! Нет уж, обо мне теперь не беспокойся. Я счастлив, как давно не был, — сам небось понимаешь, что это значит. Время мое приспело, и путь мой передо мною.

Вполголоса, точно боясь потревожить темноту и тишь, он пропел себе под нос:

> В поход, беспечный пешеход,
> Уйду, избыв печаль, —
> Спешит дорога от ворот
> В заманчивую даль,
> Свивая тысячи путей
> В один, бурливый, как река,
> Хотя, куда мне плыть по ней,
> Не знаю я пока!

Постоял, помолчал и, не вымолвив больше ни слова, повернулся спиной к огням и пошел — за ним три гнома — сначала в сад, а оттуда вниз покатой тропой. Раздвинув живую изгородь, он скрылся в густой высокой траве, словно ее шевельнул ветерок.

Гэндальф постоял и поглядел ему вслед, в темноту.

— До свидания, Бильбо, дорогой мой хоббит! — тихо сказал он и вернулся в дом.

Фродо не замедлил явиться и увидел, что Гэндальф сидит в полутьме, о чем-то глубоко задумавшись.

— Ушел? — спросил Фродо.

— Да, ушел, — отвечал Гэндальф, — сумел уйти.

— А хорошо бы... то есть я все-таки надеялся целый вечер, что это просто шутка, — сказал Фродо. — Хотя в душе знал, что он и правда уйдет. Он всегда шутил всерьез. Вот ведь — опоздал его проводить.

— Да нет, он так, наверно, и хотел уйти — без долгих проводов, — сказал Гэндальф. — Не огорчайся. Теперь с ним все в порядке. Он тебе оставил сверток — вон там.

Фродо взял конверт с камина, поглядел на него, но раскрывать не стал.

— Там должно быть завещание и прочие бумаги в этом роде, — сказал маг. — Ты теперь хозяин Торбы. Да, и еще там золотое Кольцо.

— Как, и Кольцо? — воскликнул Фродо. — Он и его мне оставил? С чего бы это? Впрочем, пригодится.

— Может, пригодится, а может, и нет, — сказал Гэндальф. — Пока что я бы на твоем месте Кольца не трогал. Береги его и не болтай о нем. А я пойду спать.

Теперь Фродо поневоле остался за хозяина, и ему, увы, надо было провожать и выпроваживать гостей. Слухи о диковинном деле уже облетели весь луг, но Фродо отвечал на любые вопросы одно и то же: *«Наутро все само собой разъяснится»*. К полуночи за особо почтенными гостями подъехали повозки. Одна за другой наполнялись они сытыми-пресытыми, но исполненными ненасытного любопытства хоббитами и катили в темноту. Пришли трезвые садовники и вывезли на тачках тех, кому не служили ноги.

Медленно тянулась ночь. Солнце встало гораздо раньше, чем хоббиты, но утро наконец взяло свое. Явились приглашенные уборщики — и принялись снимать шатры, уносить столы и стулья, ложки и ножи, бутылки и тарелки, фонари и кадки с цветами, выметать объедки и конфетные фантики, собирать забытые сумки, перчатки, носовые платки и нетронутые яства (представьте, попадались и такие). Затем подоспели неприглашенные Торбинсы и Булкинсы, Барсуксы и Кролы и еще многие вчерашние гости, из тех, кто жил или остановился неподалеку. К полудню пришли в себя даже те, кто сильно перекушал накануне, и возле Торбы собралась изрядная толпа незваных, но не то чтобы нежданных гостей.

Фродо вышел на крыльцо улыбаясь, но с усталым и озабоченным видом. Он приветствовал всех собравшихся, однако сообщил немногим более прежнего. Теперь он просто-напросто твердил направо и налево:

— Господин Бильбо Торбинс отбыл в неизвестном направлении; насколько я знаю, он не вернется.

Кое-кому из гостей он предложил зайти: им были оставлены «гостинцы» от Бильбо.

В прихожей громоздилась куча пакетов, свертков, мелкой мебели — и все с бумажными бирками. Бирки были вот какие:

«АДЕЛАРДУ КРОЛУ, в его ПОЛНУЮ СОБСТВЕННОСТЬ, от Бильбо» — зонтик. За многие годы Аделард присвоил десятки зонтиков без всяких бирок.

«ДОРЕ ТОРБИНС в память о ДОЛГОЙ переписке, с любовью от Бильбо» — огромная корзина для бумажной трухи. Дора, сестра покойника Дрого и старейшая родственница Бильбо и Фродо, доживала девяносто девятый год: пятьдесят из них она изводила бумагу на добрые советы любезным адресатам.

«МИЛЛУ ГЛУБОКОПУ, а вдруг понадобится, от Б.Т.» — золотое перо и бутылка чернил. Милл никогда не отвечал на письма.

«АНЖЕЛИЧИКУ от дяди Бильбо» — круглое веселое зеркальце. Юная Анжелика Торбинс явно считала свое миловидное личико достойным всеобщего восхищения.

«Для пополнения БИБЛИОТЕКИ ГУГО ТОЛСТОБРЮХЛА, от пополнителя» — книжная полка (пустая). Гуго очень любил читать чужие книги и в мыслях не имел их возвращать.

«ЛЮБЕЛИИ ЛЯКОШЕЛЬ-ТОРБИНС, в ПОДАРОК» — набор серебряных ложек. Бильбо подозревал, что это она растащила почти все его ложки, пока он странствовал Туда и Обратно. Любелия о его подозрениях прекрасно знала. И когда она явилась — попозже, чем некоторые, — она сразу же поняла гнусный намек, но и дареными ложками не побрезговала.

Это лишь несколько надписей, а гостинцев там было видимо-невидимо. За многие годы долгой жизни Бильбо его обиталище довольно-таки захламостилось. Вообще в хоббитских норах хлам скоплялся как по волшебству, отчасти поэтому и возник обычай раздаривать как можно больше на свои дни рождения. Вовсе не всегда эти подарки были прямо-таки *новые*, а не передаренные: один-два образчика старого *мусома* непонятного назначения обошли всю округу. Но Бильбо-то обычно дарил новые подарки и не передаривал дареное. Словом, старинная нора теперь малость порасчистилась.

Да, все гостинцы были с бирками, надписанными собственной рукой Бильбо, и кое-что было подарено с умыслом, а кое-что в шутку. Но, конечно, большей частью дарилось то, что пригодится и понадобится. Малоимущие хоббиты, особенно с Исторбинки, были очень даже довольны. Старому Жихарю Скромби достались два мешка картошки, новая лопата, шерстяной жилет и бутыль ревматического снадобья. А старый Дурри Брендизайк, в благодарность за многократное гостеприимство, получил дюжину бутылок «Старого Виньяра», крепленого красного вина из Южного удела; вина вполне выдержанного, тем более что заложил его еще отец Бильбо. Дурри тут же простил Бильбо, что было прощать, и после первой же бутылки провозгласил его мужиком что надо.

Тоже и Фродо жаловаться не приходилось. Главные-то сокровища: книги, картины и всяческая несравненная мебель — оставлены были ему. И при всем при этом никакого следа денег или драгоценностей: ни денежки, ни бусинки никому не досталось.

Новый день потонул в хлопотах. С быстротой пожара распространился слух, будто все имущество Бильбо пойдет в распродажу или, того пуще, на дармовщинку — приходи и бери. Охочие хоббиты валили толпами, а спроваживать их приходилось по одному. Телеги и тачки загромоздили двор от крыльца до ворот.

В разгар суматохи явились Лякошель-Торбинсы. Фродо как раз пошел передохнуть и оставил за себя своего приятеля, Мерри Брендизайка. Когда Оддо громогласно потребовал «этого племянничка Бильбо», Мерри поклонился и развел руками.

— Ему нездоровится, — сказал он.

— Проще говоря, племянничек прячется, — уточнила Любелия. — Ну а мы пришли его повидать — и непременно повидаем. Поди-ка доложи ему об этом!

Мерри отправился докладывать, и Лякошели долго проторчали в прихожей. Наконец их впустили в кабинет. Фродо сидел за столом, заваленным кипой бумаг. Вид у него был нездоровый — и, уж во всяком случае, не слишком приветливый; он поднялся из-за стола, держа руку в кармане, но разговаривал вполне учтиво.

А Лякошели вели себя весьма напористо. Сначала они стали предлагать за разные вещи бросовые цены. Фродо отвечал, что подарки подарками, а вообще-то здесь ничего не продается; они поджали губы и сказали, что это им крайне подозрительно.

— Мне одно ясно, — добавил Оддо, — что уж кто-кто, а ты-то себе неплохо руки нагрел. Требую немедленно показать завещание!

Если б не «племянник», усадьба досталась бы Оддо. Он прочел завещание, перечел его — и фыркнул. Увы, все в нем было ясно и правильно, и положенные восемь свидетелей аккуратно расписались красными чернилами.

— Опять мы остались в дураках! — сказал Оддо жене. — Шестьдесят лет прождали — и опять! Что он тебе, серебряные ложки преподнес? Вот подлец!

Он злобно глянул на Фродо и пошел прочь. Любелия, правда, задержалась. Вскоре Фродо опасливо выглянул из кабинета и увидел, что она тщательно обшаривает все уголки и выстукивает стены и полы. Он твердой рукой выпроводил ее, попутно избавив от нескольких небольших, но ценных приобретений, случайно завалившихся ей в зонтик. Она, видно, готовилась изречь на прощание что-то убийственное — и, обернувшись на крыльце, прошипела:

— Ты еще об этом пожалеешь, молокосос! Ты-то чего остался? Тебе здесь не место: какой из тебя Торбинс? Ты... ты самый настоящий Брендизайк!

— Слыхал, Мерри? Вот как меня оскорбляют, — сказал Фродо, запирая за нею дверь.

— Ничего себе оскорбляют, — отозвался Мерри Брендизайк. — Тебе комплимент сделали, а ты говоришь — оскорбляют. Ну какой из тебя Брендизайк?

Они прошлись по дому и выгнали трех юнцов-хоббитов (двух Булкинсов и одного Боббера), которые копались в погребах. С резвым Гризли Шерстолапом у Фродо вышла настоящая потасовка: тот выстучал гулкое эхо под полом в большой кладовой и копал не покладая рук.

Россказни о сокровищах Бильбо будили алчное любопытство и праздные надежды: известно ведь, что темным, а то и злодейским путем добытое золото принадлежит любому хвату, лишь бы ему не помешали вовремя ухватить.

Одолев Гризли и выпихнув его за дверь, Фродо рухнул на стул в прихожей.

— Закрывай лавочку, Мерри, — сказал он. — Запри дверь и не пускай больше никого, пусть хоть с тараном придут.

Он уселся за поздний чай, и едва уселся, как в дверь тихо постучали. «Опять Любелия, — подумал он. — Нет уж, пусть подождет до завтра — авось придумает что-нибудь пообиднее». Он прихлебнул из чашки, не обращая внимания на новый, куда более громкий стук. Вдруг в окне показалась голова мага.

— Если ты меня сейчас же не впустишь, Фродо, я тебе не то что дверь высажу, я всю твою лачугу загоню в тартарары! — крикнул он.

— Это ты, Гэндальф? Прости, пожалуйста! — спохватился Фродо, кидаясь к дверям. — Заходи, заходи! Я думал, что Любелия.

— Тогда ладно, прощаю. Не волнуйся, я ее сейчас видел в Приречье — такую кислую, что у меня до сих пор оскомина.

— А я уж лучше и жаловаться не буду. Честно говоря, я чуть не надел Кольцо Бильбо: так и хотелось исчезнуть.

— Не надел, и молодец! — сказал Гэндальф. — Поосторожнее с Кольцом, Фродо. Я из-за него и вернулся: сказать тебе пару слов.

— А в чем дело?

— Что ты про него знаешь?

— То, что Бильбо рассказывал, всю историю — как он его нашел и как оно ему пригодилось.

— И какую же историю он тебе рассказывал? — поинтересовался маг.

— Нет, не ту, которую гномам и которая записана в его книге, — ответил Фродо. — Он рассказал мне все по правде — почти сразу, как я сюда переехал. Раз ты у него дознялся, то чтоб и я знал. «Пусть у нас все будет начистоту, Фродо, — сказал он, — только ты уж помалкивай. Теперь-то оно все равно мое».

— Еще того интереснее, — заметил Гэндальф. — Ну, и как тебе это нравится?

— Ты насчет выдумки про «подарочек»? Да, бестолковая и нелепая выдумка. А главное, очень уж не похоже на Бильбо: я, помню, здорово удивлялся.

— Я тоже. Но владельцы волшебных сокровищ рано или поздно становятся на себя непохожими. Вот и ты будь поосмотрительнее. Это Кольцо не для того сделано, чтоб ты исчезал, когда тебе удобно, у него могут быть и другие свойства.

— Что-то непонятно, — сказал Фродо.

— Да и мне не совсем понятно, — признался маг. — Кольцо это заинтересовало меня по-настоящему только вчера вечером. Ты не волнуйся, я разберусь. И послушай моего совета, спрячь его куда-нибудь подальше. А главное, не давай никакого повода к толкам и пересудам. Повторяю тебе: береги его и не болтай о нем.

— Вон какие загадки! А что в нем опасного?

— Я еще не уверен и говорить не буду. Но в следующий раз, наверно, кое-что услышишь. Пока прощай, я тотчас ухожу. — Он поднялся.

— Как тотчас? — вскрикнул Фродо. — А я-то думал, ты хоть неделю у нас поживешь, и так надеялся на твою помощь...

— Я и собирался, да вот не пришлось. Меня, вероятно, долго не будет, но в конце-то концов я непременно явлюсь тебя проведать. Будь готов принять меня в любое время: я приду тайком. На глаза хоббитам я больше показываться не хочу, я уж вижу, что меня в Хоббитании невзлюбили. Говорят, от меня только морока да безобразие Кто, как не я, сбил с толку Бильбо — а может, даже и сжил его со свету. Мы с тобой, оказывается, в сговоре и сейчас делим его богатства.

— Говорят! — воскликнул Фродо. — Говорят, конечно, — Оддо с Любелией. Фу, какая мерзость! Я бы с радостью отдал и Торбу, и все на свете, лишь бы вернуть Бильбо или уйти вместе с ним. Я очень люблю родные места, но, честное слово, кажется, зря за ним не увязался. Когда-то я его снова увижу — да и увижу ли?

— Я тоже не знаю когда, — сказал Гэндальф. — И еще многого не знаю. Будь осторожней! И жди меня в самое неподходящее время. А пока прощай!

Фродо проводил его до крыльца. Гэндальф помахал рукой и пошел широким шагом; Фродо показалось, что старого мага пригибает к земле какая-то тяжкая ноша. Вечерело, и его серый плащ вмиг растворился в сумерках.

Они расстались надолго.

Глава II
ТЕНЬ ПРОШЛОГО

Ни за девять, ни за девяносто девять дней разговоры не умолкли. Второе исчезновение Бильбо Торбинса обсуждали не только в Норгорде, но везде и повсюду: обсуждали год с лишним, а вспоминали и того дольше. Хоббитятам рассказывали эту историю по вечерам у камелька, и постепенно Сумасшедший Торбинс, исчезавший с треском и блеском, а появлявшийся с грудой сокровищ, стал любимым сказочным хоббитом и остался в сказках, когда всякая память о подлинных событиях померкла.

Но поначалу в округе говорили, что Бильбо и всегда-то был не в себе, а теперь и вовсе свихнулся, дело его пропащее. Наверняка свалился в какой-нибудь пруд или в реку — тут ему и был печальный, но заслуженный конец. А виноват во всем — кто же, как не Гэндальф!

«Оставил бы этот дурацкий маг хоть Фродо в покое — из него, глядишь, и вышел бы толковый хоббит», — говорил кто поумнее, качая головой. И, судя по всему, маг таки оставил Фродо в покое, но хоббитской толковости в нем не прибывало. Фродо был тоже какой-то странный, вроде Бильбо. Траура он соблюдать не стал и на следующий год задал праздник по случаю стодвенадцатилетия Бильбо: полновесная, говорил он, дата. Но что это был за праздник, всего двадцать приглашенных! Правда, ели до отвала и пили до упаду, как говорится у хоббитов.

Словом, кое-кто очень удивлялся, но Фродо взял обычай праздновать день рождения Бильбо, соблюдал его год за годом, и все привыкли. Он сказал, что Бильбо, по его разумению, жив-живехонек. А когда его спрашивали, где же он, Фродо пожимал плечами.

Жил он особняком, как и Бильбо, только друзей у него было много, особенно среди молодежи. А вполне своими чувствовали себя в Торбе Перегрин Крол (для друзей просто Пин) и Мерри Брендизайк (полное имя его было Мериадок, но об этом очень редко вспоминали). Фродо гулял с ними по горам и долам, но чаще бродил один, и простой народ дивился, чего ему не спится по ночам. Мерри и Пин подозревали, что он спознался с эльфами, по примеру дяди Бильбо.

Время шло, и все стали замечать, что Фродо тоже не худо «сохраняется»: у него по-прежнему был вид крепкого и ловкого хоббита едва за тридцать. «Кому везет, тому и счастье», — говорили о нем; но, когда ему подкатило к пятидесяти, народ насторожился.

Сам Фродо, оправившись от первого огорчения, обнаружил, что быть господином Торбинсом, хозяином Торбы-на-Круче, очень даже приятно. Десяток лет он просто радовался жизни и в будущее не заглядывал — хотя иногда все-таки жалел, что не ушел с Бильбо. И порою, особенно по осени, ему грезились дикие, неизведанные края, виделись горы, в которых он никогда не бывал, и моря, о которых только слышал. Он начал сам себе повторять: «А когда-нибудь возьму и уйду за Реку». И тут же внутренний голос говорил ему: «Когда-нибудь *потом*».

Между тем приближалось его пятидесятилетие — а пятьдесят лет казались Фродо весьма знаменательной (и даже зловещей) датой. В этом самом возрасте Бильбо сделался отчаянным хоббитом. Фродо забеспокоился, любимые тропы ему надоели. Он разглядывал местные карты, где Хоббитания была окружена белыми пятнами. Он все чаще и все дольше гулял один, а Мерри и другие друзья с тревогою следили за ним. А кто следил, тот видел, как он заводит долгие беседы с чужаками, которых в Хоббитании стало видимо-невидимо.

Ходили слухи о каких-то диковинных делах за границей; Гэндальф не появлялся уже много лет и даже вестей о себе не слал, так что Фродо подбирал всякую малую весточку. Через Хоббитанию поспешали большие отряды эльфов — раньше-то хоббиты знали про них только понаслышке, а теперь эльфы шли и шли по вечерам лесною окраиной, проходили и не возвращались. Они покидали Средиземье: у них была своя судьба. Шли, однако, и гномы — тоже во множестве. Древний путь с востока на запад вел через Хоббитанию в Серебристую Гавань; гномы же издавна хаживали этим трактом в копи, на Голубые горы. От них-то хоббиты и узнавали, что делается в чужих краях; правда, хозяева были нелюбопытны, а прохожие неразговорчивы. Но теперь Фродо все чаще попадались другие, дальние гномы. Они спешили на запад и, озираясь, полушепотом, говорили про Врага и про страну Мордор.

Это слово было известно только по очень древним сказаньям: оно затемняло их зловещей тенью. Оказывается, едва только Светлый Совет очистил от злодейства Лихолесье, как оно закрепилось в древней своей твердыне, в Мордоре. Черный Замок был заново отстроен, и от него расползался по Средиземью холодный мрак и обессиливающий ужас. Всюду гремели войны. В горах множились орки. И тролли стали не те, что прежде, — не тупоумные и косолапые, а хитрые и по-новому вооруженные. Заходила речь и о чудищах пострашнее — но тут уж говорили обиняками.

Простой народ, конечно, знал об этом маловато. Однако даже самые тугоухие домоседы и те кое-что прослышали, а кому случилось побывать на границе, те и повидали.

Однажды весенним вечером у камина в «Зеленом драконе» Сэм Скромби, садовник Фродо, вел беседу с Тодом Пескунсом, мельниковым сыном. Вокруг собрались завсегдатаи кабачка.

— Чудные нынче ходят слухи, — заметил Сэм.

— А ты уши развесь, — посоветовал Тод, — еще и не то услышишь. Поди вон к моей бабке — она тебе нарасскажет!

— Что ж, — сказал Сэм, — и бабкины сказки иной раз не мешает послушать. Она ведь их не сама придумала. Взять хоть тех же драконов.

— Возьми их себе, — сказал Тод, — мне не надо. Я про них карапузом голоштанным наслушался, а как штаны надел, так и думать забыл. У нас в Приречье только один дракон, да и тот зеленый. Верно я говорю? — обратился он к слушателям, и те дружно захохотали.

— Это ты меня уел, — засмеялся с прочими и Сэм. — А вот как насчет древесных великанов? Говорят, за северными болотами недавно видели одного — выше всякого дерева!

— Кто это говорит?

— Ну, хоть бы и мой братан Хэл. Он работает у господина Боббера и все время бывает в Северном уделе. Он и видел.

— Этот увидит, только нам не покажет. А уж чего он там видит — ему, конечно, виднее, раз другим-то ничего не видать.

— Да нет, настоящий великан — за один шаг три сажени отмахивает, а сам вроде громадного вяза, идет-шагает!

— Вязы не шагают, а растут, где выросли.

— Да шагал же, говорят тебе; а вязы там не растут.

— Ну а коли не растут, так откуда же он там взялся? — отрезал Тод.

Кругом одобрительно засмеялись: Тода не объедешь.

— Язык у тебя здорово подвешен, — сказал Сэм, — только ведь не один наш Хэллиус всякого-разного навидался. По всей Хоббитании говорят, что такого еще не было: идут и идут с востока невиданные чужаки, целыми толпами. И слышал я, что эльфы стронулись на запад, к гаваням за Белой Крепостью. — Сэм как-то неопределенно махнул рукой: ни он и никто из хоббитов не знал, какое и где это там Море за их западной окраиной, за древними руинами. Были только старые предания про Серебристую Гавань, откуда отплывают и не возвращаются эльфийские корабли. — Плывут они и плывут, уплывают на запад, а нас оставляют, — проговорил Сэм чуть ли не нараспев, печально и торжественно покачав головою.

Тод фыркнул:

— Старые байки на новый лад. Да мне-то или тебе какое до них дело? И пусть себе плывут! Хотя куда им плыть: ты ведь этого не видал, да и вообще никто в Хоббитании. Может, и не плывут, кто их разберет.

— Ну, не знаю, — задумчиво сказал Сэм. Он однажды вроде бы видел эльфа в лесу и все надеялся, что когда-нибудь еще увидит и порасспросит. Из легенд, слышанных в детстве, ему больше всего запомнились обрывочные рассказы про эльфов. — Даже и в наших краях есть такие, кто понимает Дивный Народ и умеет с ним разговаривать, — сказал он. — Тоже и мой хозяин, господин Торбинс. Он рассказывал мне, как они уплывают, и вообще у него что ни слово, то эльфы. А уж старый Бильбо, тот, помню, про них все на свете знал.

— Оба сдвинутые, — сказал Тод. — Старик Бильбо, тот совсем, а теперь вот и Фродо тоже сдвинулся. От него, что ль, ты слухов набираешься? Гляди, сам не свихнись. Ладно, ребята, кто куда, а я домой. Бывайте здоровы! — Он выхлебнул кружку и шумно распрощался.

Сэм еще посидел, но больше ни с кем не заговаривал. Ему было о чем поразмыслить. И работы наутро в саду непочатый край, лишь бы вёдро. Всходы все гуще. Работа, конечно, работой... А Сэм думал совсем о другом. Потом вздохнул, поднялся и вышел.

Апрельское небо расчищалось после проливного дождя. Солнце село, и прохладный вечер, отступая, тихо тускнел. Ранние звезды зажигались над головой Сэма, а он брел вверх по склону, задумчиво и чуть слышно насвистывая.

Между тем объявился Гэндальф, всегда неожиданный гость. После Угощения его не было три года. Потом он мимоходом наведался, внимательно поглядел на Фродо, сказал ему пару пустяков — и даже ночевать не остался. А то вдруг зачастил: являлся, как смеркнется, но к рассвету словно бы его и не было. Где и зачем пропадает, не объяснял, а интересовался только здоровьем Фродо да всякой чепухой.

И вдруг даже этим перестал интересоваться. Девять с лишним лет Фродо его не видел и ничего о нем не слышал: должно быть, решил он, Гэндальфу просто больше нет дела до хоббитов. Но однажды вечером, когда наплывали сумерки, раздался знакомый стук в окно кабинета.

Фродо от всей души обрадовался старинному приятелю. Они стояли и разглядывали друг друга.

— Ну, все в порядке? — спросил Гэндальф. — А ты молодцом, Фродо!

— Да и ты, — сказал Фродо, а про себя подумал, что маг постарел и сгорбился. Хоббит пристал к нему с расспросами, и они засиделись далеко за полночь.

Позавтракали они поздно, и маг уселся с Фродо перед раскрытым окном. В камине полыхал огонь, хотя и солнце пригревало, и с юга тянул теплый ветерок. Отовсюду веяло свежестью, весенняя зелень разливалась в полях, и яркой листвою курчавились деревья.

Гэндальф припоминал, какая была весна почти восемьдесят лет назад, когда Бильбо умчался за приключениями без носового платка. С тех пор волосы Гэндальфа еще побелели, борода и брови отросли, лицо новыми морщинами изрезали заботы, но глаза блестели по-прежнему, и кольца дыма он пускал с обычным смаком и сноровкой.

Но курил он молча, и Фродо тоже сидел тихо, сидел и думал. Яркий утренний свет омрачало предчувствие недобрых вестей Гэндальфа. Наконец он сам решился прервать молчание.

— Ты было начал мне что-то говорить про мое Кольцо, Гэндальф, — напомнил он. — Начал, да не кончил, отложил на утро. Может, сейчас продолжишь? Ты говоришь, Кольцо опасное, а мне, знаешь ли, непонятно. Что значит — опасное?

— А вот слушай, — отвечал маг. — Могущество у него такое, что сломит любого смертного. Сломит и овладеет им... Давным-давно в Остранне были откованы эльфийские кольца: колдовские, как вы их называете, кольца — они и правда были не простые и разные, одни более, другие менее могущественные. Менее могущественные были всего лишь пробой мастерства, тогда еще несовершенного, — но даже эти кольца, по-моему, опасны для смертных. А уж Великие Кольца, Кольца Всевластья, — они гибельны. Надо тебе сказать, Фродо, что смертные, которым доверено владеть Магическими Кольцами, не умирают, но и не живут по-настоящему: они просто тянут лямку жизни — без веселья, без радости, да еще и с превеликим трудом. И если смертный часто надевает Кольцо, чтоб стать невидимкой, то он тает — или, как говорят Мудрые, *развоплощается*, — а потом становится невидимкой навечно, зримый только глазу Властелина Колец. Да, раньше или позже — позже, если он сильный и добрый, — но ему суждено превратиться в Прислужника Темных Сил, над которыми царит Черный Властелин.

— Ужас какой! — сказал Фродо.

И они надолго замолчали. Только садовые ножницы Сэма Скромби щелкали за окном.

— И давно ты это знаешь? — спросил наконец Фродо. — А Бильбо знал?

— Бильбо знал ровно столько, сколько тебе сказал, — отвечал Гэндальф. — Иначе он не оставил бы тебе такое опасное наследство, даже и на меня бы не понадеялся. Он думал, что Кольцо очень красивое и всегда может пригодиться; а если с ним самим что-то не так, то Кольцо тут ни при чем. Он говорил, что Кольцо у него из головы нейдет и все время его тревожит; но дело-то, думал он, не в Кольце. Хоть и понял: за ним надо приглядывать, оно бывает меньше и больше, тяжелее и легче, а может вдруг соскользнуть с пальца и пропасть.

— Да, это он мне написал, — сказал Фродо, — и оно у меня всегда на цепочке.

— Весьма разумно, — заметил Гэндальф. — А свою долгую жизнь Бильбо с Кольцом не связывал. Он думал, что у него просто судьба долгожителя, и очень этим гордился. А жил в тревоге и безотчетном страхе. «Я стал тонкий и какой-то прозрачный», — пожаловался он мне однажды. Еще немного — и Кольцо взяло бы свое.

— Да ты мне скажи, ты это давно знаешь? — снова спросил Фродо.

— Что это? — сказал Гэндальф. — Я, Фродо, знаю много такого, что никому не ведомо. Но если ты спрашиваешь про это Кольцо, то я, можно сказать, и до сих пор не все знаю. Осталась последняя проба. Но догадка моя, без сомнения, верна... А когда меня впервые осенило? — Гэндальф задумался. — Погоди-ка... да, в тот самый год, когда Совет Светлых Сил очистил Лихолесье — как раз перед Битвой Пяти Воинств. Правильно, когда Бильбо нашел Кольцо. Мне вдруг стало тревожно, но я не знал почему. Меня удивляло, как же это Горлум завладел одним из Магических Колец — а что одним из Магических, это было ясно. В разговоре с Бильбо он странно проврался — про «подарочек»; потом, когда Бильбо поведал мне правду, я понял — тут, впрочем, и понимать было нечего, — что оба они хотели доказать свое неоспоримое право на Кольцо: Горлум, дескать, получил его «в подарочек на день рождения», а Бильбо выиграл «в честной игре». Ложь ко лжи, да еще такая похожая, — конечно, я забеспокоился. Видно, Кольцо заставляет врать и подсказывает вранье. Тут я впервые понял, что дело совсем не шуточное, и сказал Бильбо, чтоб он был поосторожнее с Кольцом, но он не послушался и даже рассердился на меня. Что было делать? Не отбирать же у него Кольцо — да и с какой стати? Я следил и выжидал. Пожалуй, надо было посоветоваться с Саруманом Белым, но что-то меня удерживало.

— Это кто? — спросил Фродо. — В жизни о нем не слышал.

— Откуда же тебе, — улыбнулся Гэндальф. — Ему до хоббитов дела нет — или не было. Он великий мудрец — первый среди магов, глава Совета. Много сокровенного открыто ему, но он возгордился своим знанием и вознесся над всеми. С давних пор углубился он в тайны Колец, проницая сумрак забвенья; и, когда речь о них зашла на Совете, слова его развеяли мою тревогу. Я отринул подозренья, но не расстался с ними. И по-прежнему следил и выжидал.

Бильбо не старел, а годы шли. Шли и шли, словно бы не задевая его. И подозренье вновь овладело мною. Но я сказал себе: «Он наследовал долгую жизнь с материнской стороны. Не такие уж древние его годы. Подождем!» Я ждал и бездействовал до прощального вечера Бильбо. Тогда он заговорил и повел себя так, что во мне ожили все тревоги, убаюканные Саруманом. Я понял, что тут зияет мрачная тайна. И потратил долгие годы, разгадывая ее.

— Но ведь ничего страшного не случилось? — испуганно спросил Фродо. — Со временем-то он придет в себя? Успокоится?

— Ему сразу стало легче, как только он избавился от Кольца, — отвечал Гэндальф. — Однако над Кольцами властвует лишь одна сила, и есть лишь Один, кому все известно про Кольца и про то, чем они грозят своим владельцам, даже временным. Правда, про хоббитов, кажется, никто ничего толком не знает. Изучал их пока один я — и сколько изучал, столько изумлялся. То они мягче масла, то вдруг жестче старых древесных корней. По-моему, некоторые из них даже могут долго противиться Кольцам — хотя вряд ли этому поверили бы в Совете Мудрых. Так что, пожалуй, за Бильбо ты не волнуйся.

Он, конечно, владел Кольцом много лет и много раз надевал его. Оно впечаталось в его жизнь, и отпечаток изгладится не скоро — лучше бы оно больше не попадалось ему на глаза. Не попадется — и он, быть может, проживет без него еще очень долго, ибо это легче, чем расстаться с ним. А расстался он с ним по собственной воле, вот что самое главное. Нет, за Бильбо я спокоен — с тех пор как он ушел, оставил Кольцо. Теперь твой черед и твой ответ.

А ты меня очень тревожишь — ты и все вы, милые, глуповатые, бестолковые хоббиты. Большая будет потеря для мира, если мрак поглотит Хоббитанию, если все ваши потешные олухи — Бобберы, Дудстоны, Булкинсы, Толстобрюхлы и прочие, не говоря уж о чудесных чудаках Торбинсах, станут жалкими трусами и темными подлецами.

Фродо поежился.

— С чего это мы станем трусами да подлецами? — спросил он. — И кому нужны такие подданные?

— Всеобщему Врагу, — мрачно ответил Гэндальф. — Хотя, по правде-то говоря, доныне хоббиты ему и на ум не приходили — доныне, заметь! Скажи за это спасибо судьбе. Но отныне Хоббитания в опасности. Вы ему не нужны — у него хватает рабов, но теперь он вас не забудет. А мерзкие рабы-хоббиты ему приятнее, чем хоббиты веселые и свободные. К тому же он озлоблен на вас, и месть его будет страшна.

— Месть? — удивился Фродо. — А за что же мстить? Ну хоть убей, не понимаю, при чем тут Бильбо, я и наше Кольцо.

— Как это при чем? — нахмурился Гэндальф. — Ты, видно, чего-то не уразумел; впрочем, сейчас поймешь. Я и сам прошлый раз еще не был уверен, но теперь-то все разъяснилось. Дай-ка мне Кольцо.

Фродо вынул Кольцо из брючного кармана и, сняв его с цепочки, прикрепленной к поясу, нехотя подал магу. Кольцо оттягивало руку, словно оно — или сам Фродо, или оба вместе — почему-то не хотело, чтобы его коснулся Гэндальф.

Маг осторожно принял его. Кольцо было из чистого червонного золота.

— Какие-нибудь знаки на нем есть? — спросил Гэндальф.

— Никаких, — ответил Фродо. — На нем нет ни царапины, его словно никто никогда не носил.

— Так смотри!

И к удивленью, если не к ужасу Фродо, маг вдруг швырнул Кольцо в огонь. Фродо вскрикнул и схватил щипцы, но Гэндальф удержал его.

— Подожди! — повелительно сказал он, метнув на Фродо суровый взгляд из-под седых бровей.

Кольцо не плавилось. Вскоре Гэндальф поднялся, опустил шторы и задернул занавески. Тихая комната помрачнела, и только щелканье ножниц Сэма доносилось из сада. Маг пристально смотрел в огонь, потом нагнулся, ухватил Кольцо щипцами и ловко вынул его из угольев. Фродо перевел дыхание.

— Оно холодное, — объявил Гэндальф. — Возьми! Ладонь Фродо дрогнула под нежданной тяжестью.

— Возьми пальцами! — приказал Гэндальф. — И посмотри!

Фродо взял и увидел тонкую, тончайшую резьбу изнутри и снаружи Кольца. Оно было словно испещрено легким огнем, ярким, но каким-то туманным, проступившим из глубины.

— Мне непонятны эти огненные буквы, — сказал Фродо дрожащим голосом.

— Тебе непонятны, — откликнулся Гэндальф, — зато мне понятны. Старинные руны эльфов, а язык мордорский. Я не хочу, чтобы он звучал здесь. На всеобщий язык надпись можно перевести так:

> А одно — Всесильное — Властелину Мордора,
> Чтоб разъединить их всех, чтоб лишить их воли
> И объединить навек в их земной юдоли...

Это строки из памятного одним эльфам стихотворного заклинания:

> Три Кольца — премудрым эльфам — для добра их гордого,
> Семь Колец — пещерным гномам — для труда их горного,
> Девять — людям Средиземья — для служенья черного
> И бесстрашия в сраженьях смертоносно твердого,
> А Одно — всесильное — Властелину Мордора,
> Чтоб разъединить их всех, чтоб лишить их воли
> И объединить навек в их земной юдоли
> Под владычеством всесильным Властелина Мордора.

Гэндальф глубоко вздохнул и медленно проговорил:

— Твое Кольцо — Кольцо Всевластья, которому покорны остальные девятнадцать. Кольцо, утраченное много лет назад в ущерб власти Врага. Оно ему нужно больше всего на свете — и он не должен его получить!

Фродо сидел молча и неподвижно, сжавшись от страха, словно его окутала холодом и тьмою черная туча с востока.

— Так это — Вражье Кольцо? — пролепетал он. — Да как же, да зачем же оно ко мне попало?

— А! — сказал Гэндальф. — Это очень долгая история. Началась она в те Черные Лета, память о которых — достояние Мудрых, и то не всех. Если рассказывать сначала, мы с тобою до осени тут просидим... Вчера я говорил тебе о Сауроне, Властелине Колец. Твоих ушей достигли верные слухи: он вспрянул, покинул Лихолесье и перебрался в Мордорский Замок — свою древнюю крепость. Слово «Мордор» тебе знакомо: оно то и дело чернеет даже в хоббитских летописях, источая страх и мрак. Да, снова и снова — разгром, затишье, но потом Тьма меняет обличье и опять разрастается.

— Хоть бы при мне-то этого не было, — сказал Фродо.

— А при мне уже много раз было, — отозвался Гэндальф, — все-то всегда говорили: хоть бы не при мне. Выбирать судьбу нам не дано; однако на этот раз нам дано время, и главное — не упустить его. А время у нас, Фродо, едва ли не на исходе. Враг с каждым днем все сильней. Ему еще нужен срок, но срок недолгий. Надо опередить его замыслы и воспользоваться невероятным случаем — быть может, себе на погибель.

Враг очень силен, но, чтобы сломить всякий отпор, сокрушить последние оплоты и затопить Средиземье Тьмою, ему недостает одного — Кольца Всевластья.

Три прекраснейших Кольца эльфы от него укрыли: рука его их не коснулась и не осквернила. Семь Колец было у гномов; три он добыл, остальные истребили драконы. Девять он роздал людям, величавым и гордым, чтобы поработить их. Давным-давно превратились они в кольценосцев-призраков, в Прислужников Мрака, его самых страшных вассалов. Давным-давно... да, очень давно не видывали на земле Девятерых. Но кто знает? Мрак опять разрастается; возможно, появятся и они, исчадия мрака... А впрочем, не будем говорить о них сейчас, в милой Хоббитании, ярким утром.

Да, нынче так: Девять Колец у его подручных; и те из Семи, которые уцелели, хранятся в Мордоре. Три покамест укрыты, но что ему до них! Ему нужно Кольцо Всевластья: он выковал его, это *его* Кольцо, в него вложена часть его древней силы — и немало ее ушло, чтобы спаять Кольца в черную цепь. Если *это* Кольцо найдется, власть Саурона возрастет стократ, и даже Три эльфийских будут ему подвластны: все сделанное с их помощью падет, и сила его станет необоримой.

Мы стоим в преддверии страшной поры. Саурон думал, что Кольца Всевластья больше нет, что эльфы его уничтожили, как и следовало сделать. А теперь он знает, что оно цело, что оно нашлось. И сам ищет его, идет, преклонив свою мысль сюда, на поиски. Такова его великая надежда — и великий страх.

— Да почему, почему же его не расплавили? — вскрикнул Фродо. — И как это Враг лишился его, если он такой могучий, а оно ему так дорого? — Он сжимал Кольцо в руке, словно к нему уже тянулись черные пальцы.

— Оно было отнято у него в давние годы, — сказал Гэндальф. — Велика была сила эльфов, и люди тогда еще были заодно с ними. Да, люди Западного Края поддержали их. Не худо бы нам припомнить эту главу древней истории: тогда было и горе, и мрак надвигался, но против них воздвиглась великая доблесть, и тогдашние подвиги не пропали даром. Однажды я, быть может, расскажу тебе эту повесть, или ты услышишь ее от кого-нибудь, кто знает ее лучше меня.

А нынче тебе всего лишь надо узнать, как закатилась эта штука в Торбу, что в Норгорде, Хоббитания, и тут тоже есть чего порассказать, так что истории мы коснемся вскользь. Эльфийский царь Гил-Гэлад и Великий князь Западного Края Элендил низвергли Саурона, но и сами пали в последней роковой сече; и сын Элендила

Исилдур отсек Саурону палец вместе с Кольцом и взял Кольцо себе. И сгинул Саурон, и духу его в Средиземье не стало, и минули несчетные века, прежде чем тень его вновь сгустилась в Лихолесье.

А Кольцо пропало. Оно кануло в воды Великой Реки Андуина. Ибо Исилдур возвращался с войны по восточному берегу реки, и возле Ирисной Низины его подстерегли орки с Мглистых гор и перебили почти всю его дружину. Он хотел невидимкой спастись вплавь, но Кольцо соскользнуло с его пальца, орки увидели его и поразили стрелами.

Гэндальф помолчал.

— И там, в темных заводях у Ирисной Низины, — продолжал он, — Кольцо исчезло из легенд и былей; то, что узнал ты сейчас от меня, неведомо почти никому, и даже Совет Мудрых пребывает в неведении о дальнейшей судьбе Кольца. Ну вот, а теперь пойдет совсем другой рассказ.

Через несколько тысячелетий, и все же опять-таки давным-давно, в Глухоманье, на берегу Великой Реки Андуина жил искусный и тихий народец, похожий на брендидуимских хоббитов. Они плели тростниковые челны и плавали по Реке, ибо любили ее. Была среди них почтенная семья, большая и зажиточная; а главенствовала в ней суровая и приверженная древним обычаям бабушка. Самый ловкий и пытливый из этой семьи звался Смеагорлом. Все ему надо было знать: он нырял в омуты, подкапывался под зеленые холмы, добирался до корней деревьев, но не подымал глаз к вершинам гор, древесным кронам и цветам, раскрытым в небеса, — взгляд его был прикован к земле.

Был у него приятель по имени Деагорл, такой же остроглазый, но не такой сильный, хитрый и шустрый. Однажды они отправились на лодке вниз к Ирисной Низине и заплыли в заросли лиловых ирисов да пышных камышей. Смеагорл выпрыгнул на берег и пошел рыскать по лугу, а Деагорл удил, оставшись в лодке. Вдруг клюнула большая рыба и рывком стащила его за собою под воду. Заметив на дне что-то блестящее, он выпустил леску, набрал в грудь побольше воздуху, нырнул и черпнул горстью.

Вынырнул он с водорослями в волосах и пригоршней ила в руке, отдышался и поплыл к берегу. С берега окунул руку в воду, обмыл грязь, и — смотри пожалуйста! — на ладони у него осталось прекрасное золотое кольцо: оно дивно сверкало на солнце, и Деагорл радостно любовался им. Сзади неслышно подошел Смеагорл.

— Отдай-ка его нам, миленький Деагорл, — сказал Смеагорл, заглядывая через плечо приятеля.

— Это почему же? — удивился Деагорл.

— А потому, что у нас, миленький, сегодня день рождения, и мы хотим его в подарочек, — отвечал Смеагорл.

— Ишь ты какой, — сказал Деагорл. — Был тебе уже от меня сегодня подарочек, небось не пожалуешься. А это я для себя нашел.

— Да как же, миленький, да что ты, да неужели же? — проворковал Смеагорл, вцепился Деагорлу в горло и задушил его — Кольцо было такое чудное и яркое.

Он взял Кольцо и надел его на палец.

Никто не узнал, что случилось с Деагорлом: он принял смерть далеко от дома, и тело его было хитро запрятано. А Смеагорл вернулся один, пробравшись домой невидимкой, ибо, когда владелец Великого Кольца надевает его, он становится незримым для смертных. Ему очень понравилось исчезать: мало ли что можно было эдак натворить, и он много чего натворил. Он стал подслушивать, подглядывать и пакостничать. Кольцо наделило его мелким всевластьем: тем самым, какое было ему по мерке.

Родня чуралась его (когда он был видим), близкие отшатнулись. Его пинали, а он кусался. Он привык и наловчился воровать, он ходил, и бормотал себе под нос, и все время злобно урчал: горлум, горлум, горлум... За это его и прозвали Горлум; всем он был гадок, и все его гнали, а бабушка и вовсе запретила ему возвращаться в нору.

Так и бродил он в одиночестве, хныкал, урчал, ворчал и сам себе жаловался, какие все злые. Плача и сетуя, добрел он до горного холодного потока и пошел вверх по течению. Невидимыми пальцами ловил он речную рыбу и ел ее живьем. Однажды было очень жарко, он склонился над омутом, ему жгло затылок, а вода нестерпимо блестела. Ему это было странно: он совсем позабыл, что на свете есть солнце. А когда вспомнил, поднял кулак и погрозил солнцу.

Потом он глаза опустил и увидел Мглистые горы, из которых пробивался источник. И вдруг подумал: «Ах, как прохладно и темно под этими скалами! Солнце не будет на нас там глазеть. Горы тоже пускают корни, у них есть свои тайны, и тайны эти будем знать только мы».

Ночной порою он поднялся в горы, нашел пещеру, из которой сочился темный поток, и червем заполз в каменную глубь, надолго исчезнув с лица земли. И Кольцо вместе с Горлумом поглотила первозданная тьма, так что даже тот, кто его выковал, хоть и стал могуч пуще прежнего, но был о нем в неведении.

— Подожди, ты сказал — Горлум? — вскричал Фродо. — Как Горлум? Это что, та самая тварь, на которую наткнулся Бильбо? Как все это мерзко!

— По мне, это не мерзко, а горько, — возразил маг, — ведь такое могло бы случиться и кое с кем из хоббитов.

— Ни за что не поверю, что Горлум сродни хоббитам, — отрезал Фродо. — Быть этого не может!

— Однако это чистая правда, — заметил Гэндальф. — О чем другом, а о происхождении хоббитов я знаю побольше, чем вы сами. Даже из рассказа Бильбо родство вполне очевидно. О многом они с Горлумом одинаково думали и многое одинаково помнили. А понимали друг друга чуть ли не с полуслова, куда лучше, чем хоббит поймет, скажем, гнома, орка или даже эльфа. Загадки-то у них были, помнишь, прямо-таки общие.

— Это верно, — согласился Фродо. — Хотя не одни хоббиты загадывают загадки, и все они, в общем, похожи. Зато хоббиты никогда не жульничают, а Горлум только и норовил. Он ведь затеял игру, чтоб улучить миг и застать Бильбо врасплох. Очень для него выходила приятная игра: выиграет — будет кого съесть, а проиграет — беда невелика.

— Боюсь, что так оно и было, — сказал Гэндальф. — Но было и кое-что другое, чего ты покамест не уразумел. Даже Горлум — существо не совсем пропащее. Он оказался крепче иного человека — он же сродни хоббитам. В душе у него остался заветный уголок, в который проникал свет, как солнце сквозь щелку: свет из прошлого. А может, ему было приятно снова услышать добрый голос, напоминавший о ветре и деревьях, о залитой солнцем траве и о многом, многом забытом.

Но конечно же, в конце концов черная неодолимая злоба опять взъярилась в нем, а целителя поблизости не было. — Гэндальф вздохнул. — Увы! Для него надежды мало. Но все же есть — даже для него, хоть он и владел Кольцом очень долго, так долго, что и сам не упомнит, с каких пор. Правда, надевал он его редко — зачем бы в кромешной-то тьме? Поэтому и не «истаял». Он тощий, как щепка, жилистый и выносливый. Но душа его изъедена Кольцом, и пытка утраты почти невыносима.

А все «глубокие тайны гор» обернулись бездонной ночью; открывать было нечего, жить незачем — только исподтишка добывай пищу, припоминай старые обиды да придумывай новые. Жалкая у него была жизнь. Он ненавидел тьму, а свет — еще больше; он ненавидел все, а больше всего — Кольцо.

— Как это? — удивился Фродо. — Кольцо же его «прелесть», он только о нем и думал? А если он его ненавидел, то почему не выбросил?

— Ты уже много услышал, Фродо, пора бы тебе и понять, — сказал Гэндальф. — Он ненавидел и любил Кольцо, как любил и ненавидел себя. А избавиться от него не мог. На то у него не было воли.

Кольцо Всевластья, Фродо, само себе сторож. Это оно может предательски соскользнуть с пальца, а владелец никогда его не выкинет. Разве что подумает, едва ли не шутя, отдать его кому-нибудь на хранение, да и то поначалу, пока оно еще не вцепилось во владельца. Насколько мне известно, один только Бильбо решился его отдать — и отдал. Да и то не без моей помощи. Но даже Бильбо не оставил бы Кольцо на произвол судьбы, не бросил бы его. Нет, Фродо, решал дело не Горлум, а само Кольцо. И решило.

— Решило сменить Горлума на Бильбо, что ли? — спросил Фродо. — Уж вернее было бы подкатиться к какому-нибудь орку.

— Ну, это опять-таки дело непростое, — сказал Гэндальф. — И не тебе над этим смеяться. Ты вот удивляешься, что Бильбо оказался тут как тут и нечаянно нашарил его в потемках...

...Но зло не правит миром безраздельно, Фродо. Кольцо хотело вернуться к своему Властелину — недаром его выловил бедняга Деагорл, а потом был умерщвлен. И не зря им завладел Горлум. Горлума оно понемногу источило — но дальше-то что? Он мелкий и жалкий; и, пока оно было при нем, он оставался в своем озерце. И вот когда подлинный его Властелин набрал силу и потянулся за ним своей черной думой, оно бросило Горлума. Однако подобрал его не орк, не тролль, не человек, а Бильбо из Хоббитании!

Думаю, что это случилось наперекор воле Врага. Видно, так уж было суждено, чтобы Кольцо нашел не кто-нибудь, а именно Бильбо. Стало быть, и тебе суждено было его унаследовать. Мне в этом видится проблеск надежды.

— А мне не видится, — возразил Фродо. — Хотя, правда, я тебя не очень-то понимаю. Скажи лучше, как ты все это разузнал — про Кольцо и про Горлума? Или ты ничего толком не знаешь, а просто придумываешь?

Гэндальф поглядел на Фродо, и глаза его блеснули.

— Кое-что я знал, а кое-что разузнал, — сказал он. — Но тебе, знаешь ли, я не собираюсь докладывать обо всех моих поисках. Хватит того, что твое Кольцо оказалось Кольцом Всевластья — судя по одной только огненной надписи...

— А это ты когда открыл? — перебил его Фродо.

— На твоих глазах, в твоей гостиной, — жестко отвечал маг. — Но я заранее знал, что мне это откроется. Я много путешествовал и долго искал — а это последняя проба. Последнее доказательство, и теперь все ясно. Нелегко было разобраться, при чем тут Горлум и как он затесался в древнюю кровавую историю. Может, мне и надо было начинать догадки с Горлума, но теперь я догадок не строю. Я просто знаю, как было. Я его видел.

— Ты видел Горлума? — изумленно воскликнул Фродо.

— Да, видел. Без него не разберешься, это понятней понятного. Но и до него не очень-то доберешься.

— Что ж с ним случилось потом, после Бильбо? Это ты знаешь?

— Довольно смутно. То, что я рассказал тебе, рассказано со слов Горлума, хотя он-то, конечно, не так рассказывал. Горлум — превеликий лгун, и каждое слово его приходится обчищать. К примеру, Кольцо у него так и оставалось «подарочком на рождение» — будто бы от бабушки: у нее, мол, много было всяких безделушек. Дурацкая выдумка. Конечно, бабушка Смеагорла была женщина властная и хозяйственная, но чтобы в ее хозяйстве водились Кольца Власти — это вряд ли, и уж тем более вряд ли она стала бы их дарить внукам на дни рождения. Однако вранье враньем, а все-таки правда — пусть и наизнанку.

Горлум никак не мог забыть, что он убил Деагорла, и всеми силами защищался от собственной памяти: грыз в темноте черные кости, повторяя своей «прелести» одну и ту же, одну и ту же ложь, пока сам в нее почти не уверовал. Ведь правда же, тогда был его день рождения и Деагорл должен был подарить ему Кольцо. Оно затем и подвернулось — ему в подарок. Это самый настоящий подарок на день рождения — и так далее в том же роде.

Я терпел его бессвязную болтовню сколько мог, но любой ценой надо было допытаться до правды, и пришлось мне обойтись с ним круто. Я пригрозил ему огнем, и он наконец рассказал все, как было, — понемногу, огрызаясь, истекая слезами и слюнями. Его, видите ли, обидели, унизили и вдобавок ограбили. Я у него выпытал и про загадки, и про бегство Бильбо, но вот дальше — тут он словно онемел и только выхныкивал иногда мрачные намеки. Видно, какой-то ужас сковывал его язык, и я ничего не мог поделать. Он плаксиво бубнил, что своего никому не уступит и кое-кто узнает еще, как его пинать, обманывать и грабить. Теперь у Горлума есть хорошие, такие чудесненькие друзья — и они очень даже покажут кому надо, где орки зимуют. Они ему помогут, а Торбинс-ворюга еще поплатится. Он еще поплатится и наплачется, твердил Горлум на разные лады. Бильбо он ненавидит люто и клянет страшно. Но хуже другое: он знает, кто такой Бильбо и откуда явился.

— Да кто же ему сказал? — взволновался Фродо.

— Ну, если на то пошло, так Бильбо сам ему сдуру представился, а уж потом нетрудно было выяснить, откуда он явился, — если, конечно, выползти наружу. И Горлум выполз, ох, выполз. По Кольцу он тосковал нестерпимо — тоска эта превозмогла страх перед орками и даже его солнцебоязнь. Протосковал он год, а то и два. Видишь ли, Кольцо хоть и тянуло его к себе, но уже не истачивало, как прежде, и он понемногу начал оживать. Старость давила его, ужасно давила, но вечная опаска пропала; к тому же он был смертельно голоден.

Любой свет — что лунный, что солнечный — был ему нестерпим и ненавистен, это уж, наверно, так с ним и будет до конца дней; но хитрости и ловкости ему не занимать. Он сообразил, что укрыться можно и от солнечного, и от лунного света, можно быстро и бесшумно пробираться темной ночью, когда мрак проницают только его белесые глаза, и ловить всяких маленьких беспечных зверюшек. Его освежило ветром, он отъелся, а поэтому стал сильнее и смелее. До Лихолесья было недалеко; дотуда он, в свой час, и добрался.

— И там ты его нашел? — спросил Фродо.

— Я его там видел, — отвечал Гэндальф, — но попал он туда не сразу, сначала он шел по следу Бильбо. А потом... толком-то я, пожалуй, так и не знаю, что было потом: он нес какую-то околесицу, захлебывался руганью и угрозами. «Что у него было в карманцах? — бормотал он. — Нет, не догадался я, что там у него моя прелесть. Гад, гад, гаденыш. Нечестный вопрос, нечестный. Он смошенничал, он, а не я, он правила нарушил. Надо было сразу его удавить, правда, моя прелесть? Ничего, моя прелесть, ничего, еще удавим».

И так без конца. Ты вот уже морщишься, а я это терпел изо дня в день, с утра до вечера. Ну, не совсем зря: по каким-то его обмолвкам я все же понял, что он дошлепал до Эсгарота, подсматривал и подслушивал на улицах города. Большие новости гулко отдаются в пустынных краях: все только и говорили, что про Бильбо, сплетая воедино были и небылицы. Да на обратном пути, после победы в Битве Пяти Воинств, и мы не таились. Горлум на ухо востер — он живо услышал и понял, что ему было надо.

— Почему же он тогда не выследил Бильбо до конца? — спросил Фродо. — Или он побывал у нас в Хоббитании?

— Да вот, — сказал Гэндальф, — в том-то и дело, что не побывал. Пошел-то он к вам. Дошел до Великой Реки и вдруг свернул. Дальней дороги он бы вряд ли испугался, не такой. Нет, что-то сбило его с пути. И мои друзья, которые изловили его для меня, того же мнения.

Свежий его след подняли лесные эльфы. Он вел через Лихолесье и обратно; правда, поймать самого Горлума им не удалось. А лес был полон жуткой памяти о нем, перепугались все зверюшки и птицы. Слышно было, что явилось новое чудище: призрак-кровопийца, от которого детенышам нет спасенья ни на деревьях, ни в норах.

От западной окраины Лихолесья след повернул назад, потом, петляя, повел на юг, вывел из лесу и затерялся. Тут-то я и сделал большую ошибку. Да, Фродо, ошибку, и не первую; боюсь только, что самую опасную. Я оставил его в покое — пусть идет, куда хочет. У меня была куча срочных дел, и я по-прежнему верил в мудрость Сарумана.

С тех пор прошло больше полувека, и я заплатил за свой просчет черными, трудными днями. Когда я понял, что мне позарез нужен Горлум — а это было после ухода Бильбо, — след его давным-давно потерялся. Вряд ли я отыскал бы Горлума, но меня выручил преданный друг по имени Арагорн, лучший следопыт и охотник нынешних времен. Вместе с ним мы прочесали все Глухоманье, без особой надежды и понапрасну. И когда, отчаявшись, я решил бросить поиски, Горлум вдруг нашелся. Мой друг едва ли не чудом вернулся из смертельно опасного путешествия и приволок его с собой.

Где Горлум пропадал, так и осталось тайною. Он обливался слезами, называл нас скверными и жестокими, а в горле у него клокотало: «Горррлум, горррлум» — недаром его так прозвали. Даже под угрозой огня он только хныкал, ежился, заламывал свои длинные руки и лизал пальцы, словно обожженные, будто они напоминали ему о какой-то давней жестокой пытке. Он ничего не сказал, но боюсь, что сомнений нет: он медленно, потихоньку, шаг за шагом прокрался на юг — и попал в Мордор.

Комнату затопила тяжелая тишина, и Фродо услышал, как колотится его сердце. Снаружи все тоже будто замерло — даже ножницы Сэма перестали щелкать.

— Да, в Мордор, — повторил Гэндальф. — Оно и понятно, там приют всякой злобе и зависти: туда стягивает лиходеев Черный Властелин. А ведь Кольцо Врага исковеркало душу Горлума, и он внял неотступному зову. К тому же все шептались о том, что Мордор снова окутан мраком и что там клубится душная, беспощадная ненависть. Там, только там, были его настоящие друзья: они-то и помогут ему отомстить, думал Горлум.

Несчастный дурак! Да, он пробрался в Мордор и узнал много — чересчур даже много. Он долго бродил у границ этой страшной страны — тут и попался, и был притянут к общеобязательному допросу чужаков. Арагорн изловил Горлума после того, как он пробыл там очень, очень долго и возвращался назад. То ли его послали, то ли он сам надумал какую-нибудь пакость. Впрочем, это неважно: главный вред от него уже позади.

Да, но вред невосполнимый! Ибо Враг выпытал у него, что Кольцо Всевластья нашлось. Известно, где Горлуму досталось Кольцо. Известно, что это Великое Кольцо, оно дарует нескончаемую жизнь. Понятно, что это не одно из Трех эльфийских: эльфы их сохранили, и в них нет мерзости, они чисты. Понятно, что это не одно из Семи гномьих или Девяти мертвецких: тут все известно. Враг понял, что Кольцо — то самое. И вдобавок услышал про хоббитов и Хоббитанию.

Может статься, он ее сейчас и отыскивает — если уже не нашел. И знай, Фродо, что ваше родовое имя тоже выплыло заодно с прочим.

— Но ведь это ужасно! — вскричал Фродо. — Ужасней ужасного — даже твои жуткие намеки и неясные остережения так меня не пугали. Гэндальф, о, Гэндальф, надежный мой друг, что же мне делать? Теперь вот мне по-настоящему страшно. Скажи, Гэндальф, что мне делать? Какая все-таки жалость, что Бильбо не заколол этого мерзавца, когда был такой удобный случай!

— Жалость, говоришь? Да ведь именно жалость удержала его руку. Жалость и милосердие: без крайней нужды убивать нельзя. И за это, друг мой Фродо, была ему немалая награда. Недаром он не стал приспешником зла, недаром спасся; а все потому, что начал с жалости!

— Прости, не о том речь, — сказал Фродо. — Страх обуял меня, но Горлума все равно жалеть глупо.

— Не видел ты его, — сказал Гэндальф.

— Не видел и не хочу, — отрезал Фродо. — А тебя просто не понимаю. Неужели же ты, эльфы и кто там еще, — неужели вы пощадили Горлума после всех его черных дел? Да он хуже всякого орка и такой же враг. Он заслужил смерть.

— Заслужить-то заслужил, спору нет. И он, и многие другие, имя им — легион. А посчитай-ка таких, кому надо бы жить, но они мертвы. Их ты можешь воскресить — чтобы уж всем было по заслугам? А нет — так не торопись никого осуждать на смерть. Ибо даже мудрейшим не дано провидеть все. Мало, очень мало надежды на исправление Горлума, но кто поручится, что ее вовсе нет? Судьба его едина с судьбою Кольца, и чует мое сердце, что он еще — к добру ли, к худу ли — зачем-то понадобится. В час развязки жалость Бильбо может оказаться залогом спасенья многих — твоего, кстати, тоже. Да, мы его пощадили: он старый и жалкий, таких не казнят. Он остался в заточении у лесных эльфов — надеюсь, они обходятся с ним по-доброму.

— Все равно, — сказал Фродо, — пусть даже и не надо было убивать Горлума, но зачем Бильбо оставил себе Кольцо? А главное, зачем оно мне-то досталось? Ведь я уж тут совсем ни при чем! Как же ты у меня его не отобрал, почему не заставил выкинуть или истребить?

— Выкинуть? Истребить? — сердито откликнулся маг. — Ты что, пропускал мои слова мимо ушей? Думай все-таки, прежде чем говорить. Выкинуть его можно только по безрассудству. Магические Кольца не пропадают бесследно: со временем они возвращаются в мир, и мало ли кто их найдет, сам подумай. Ведь Кольцо может попасть в руки Врага, да и непременно попадет: он тянет его к себе могучим, тяжким усилием.

Да, милый Фродо, ты в большой опасности, оттого-то мне и неспокойно. Но ставки нынче такие, что опаснее всего — не рисковать, даже и тобою; однако помни, что, когда я отлучался, ты был под неусыпным надзором и охраной. Я знаю, ты ни разу не надевал Кольцо, и, стало быть, оно тебя не поработило. Пока что — нет... А девять лет назад, при нашем последнем свидании, я еще ничего толком не знал.

— Хорошо, нельзя выкинуть, так можно истребить: ты же сам сказал, что это давным-давно надо было сделать! — в отчаянии воскликнул Фродо. — Предупредил бы меня, написал бы, что нужно, — и я бы от него отделался.

— Отделался бы? А как? Ты пробовал?

— Нет, не пробовал. Но его же, наверно, как-то можно сплющить или расплавить?

— А ты попробуй! — сказал Гэндальф. — Возьми да попробуй!

Фродо опять достал Кольцо из кармана и поглядел на него. Оно было чистое и гладкое, без всяких надписей. Ярко лучилось золото, и Фродо подумал: какой у него густой и чудный отлив, как оно дивно скруглено. Изумительное и поистине драгоценное Кольцо. Он вынул его, чтобы швырнуть в огонь, но вдруг понял, что сделать этого не может, что себя не переломишь. Он нерешительно взвешивал Кольцо на ладони, вспоминая зловещую повесть Гэндальфа; наконец собрал все силы — и обнаружил, что поспешно запихивает Кольцо в карман.

Гэндальф невесело рассмеялся.

— Вот видишь? Уже и ты, Фродо, не можешь с ним расстаться, бережешь его от вреда. Не мог я «заставить» тебя — разве грубой силой, а этого ты бы не выдержал. И никакой силой Кольцо не истребить. Бей его сколько хочешь шестипудовым кузнечным молотом — на нем и следа не останется. Да что там ты — я и то ничего с ним сделать не смогу.

В огне твоего камина и обычное-то золото не расплавится. А Кольцо, ты видел, в этом огне только посвежело, даже не нагрелось. И во всей твоей Хоббитании нет такого

112

кузнеца, который мог бы хоть чуть-чуть его сплющить. Ему нипочем даже горнила и молоты гномов. Было поверье, что Магические Кольца плавятся в драконовом огне, но теперешние драконы — жалкие твари, кому из них под силу расплавить Великое Кольцо, которое выковал сам Саурон!

Есть только один способ: добраться до Ородруина, Роковой горы, и бросить Кольцо в ее пылающие недра... если ты по-настоящему захочешь, чтобы оно расплавилось и стало навсегда недоступно Врагу.

— Да нет, я, конечно, очень хочу, чтобы оно... чтобы стало недоступно! — заторопился Фродо. — Только пусть это не я, пусть кто-нибудь другой, разве такие подвиги мне по силам? Зачем оно вообще мне досталось, при чем тут я? И почему именно я?

— Вопрос на вопросе, — сказал Гэндальф, — а какие тебе нужны ответы? Что ты не за доблесть избран? Нет, не за доблесть. Ни силы в тебе нет, ни мудрости. Однако же избран ты, а значит, придется тебе стать сильным, мудрым и доблестным.

— Да как же я! Ты, Гэндальф, ты и сильный и мудрый. Возьми у меня Кольцо, оно — тебе.

— Нет! — вскрикнул Гэндальф, отпрянув. — Будь у меня такое страшное могущество, я стал бы всевластным рабом Кольца. — Глаза его сверкнули, лицо озарилось изнутри темным огнем. — Нет, не мне! Ужасен Черный Властелин — а ведь я могу стать еще ужаснее. Кольцо знает путь к моему сердцу, знает, что меня мучает жалость ко всем слабым и беззащитным, а с его помощью — о, как бы надежно я их защитил, чтобы превратить потом в своих рабов. Не навязывай мне его! Я не сумею стать просто хранителем, слишком оно мне нужно. Предо мной — мрак и смерть.

Он подошел к окну, поднял шторы и отдернул занавеси. В комнату снова хлынуло солнце. Мимо окошка, посвистывая, прошел Сэм.

— Как видишь, — сказал маг, обернувшись к Фродо, — решать придется тебе. Но я тебя не оставлю. — И он положил руку на плечо Фродо. — Я помогу тебе снести это бремя, пока это бремя твое. Только не надо медлить. Враг не мешкает.

Настало молчание. Гэндальф снова сел в кресло и попыхивал трубкой: должно быть, задумался. И глаза прикрыл, но из-под век зорко следил за Фродо. А Фродо неотрывно глядел на темно-алые уголья в камине, только их и видел, и чудилось ему, что он заглядывает в огненный колодец. Он думал о багровых расселинах древней и страшной Горы.

— Так! — сказал наконец Гэндальф. — Ну, и о чем же ты размышляешь? Что решил?

— Ничего, — глухо откликнулся Фродо. Но огненная тьма вдруг выпустила его. Он снова сидел в светлой комнате, изумляясь яркому окну и солнечному саду. — А впрочем, решил. Я не все понимаю, что ты говоришь, но покамест придется мне, наверно, оставить Кольцо у себя и сберечь его, а там будь что будет.

— С тобой много чего может быть, — сказал Гэндальф, — но начинаешь ты очень неплохо. Не скоро Кольцо тебя склонит ко злу.

— Это тебе виднее, — сказал Фродо. — Только хорошо бы ты все-таки нашел какого-нибудь хранителя понадежней. А пока что, если ты прав, то я в большой опасности, и друзья мои тоже. Вряд ли мне, стало быть, удастся сберечь Кольцо и уберечь друзей, если я останусь дома. Придется мне бросить Торбу, покинуть Хоббитанию и вообще уйти куда глаза глядят. — Он вздохнул. — Лишь бы в Хоббитании все осталось как было — правда, я иной раз клял хоббитов за глупость последними словами, призывая на них землетрясение и драконов, но нет уж, лучше не надо. Пока у меня за спиной Хоббитания, мне как-то

114

легче: я знаю, что есть отступление, хотя отступать и некуда.

Я, конечно, и раньше думал, не уйти ли мне, только представлял себе какой-то пикник, приключения, как у Бильбо или даже интереснее — разные ведь бывают, и все хорошо кончаются. А тут — из страха в страх, и смерть по пятам. Да и путешествовать мне, видно, придется одному, раз мне выпала такая доля — спасать Хоббитанию. Только я же маленький, для всех там чужой и — как бы это сказать? — не из них. А Враг такой сильный и страшный.

Он не признался Гэндальфу, что, пока говорил, в сердце его вспыхнуло желание пойти вслед за Бильбо — пойти и, быть может, даже встретиться с ним. Желание было такое сильное, что страх отступил: он, пожалуй, так бы и кинулся бежать, вроде Бильбо — без шапки и наобум.

— Ты ли это, Фродо? — воскликнул Гэндальф. — Верно сказал я когда-то: изумительные существа хоббиты. Кажется, и месяца хватит, чтоб их изучить, а они через сто лет тебя несказанно удивят. Вот уж чего не ожидал — даже и от тебя! Бильбо-то не ошибся с наследником, хотя не понимал, как это важно. Да, похоже, что ты как нельзя более прав. По нынешним временам Кольцу не место в Хоббитании: тебе — да и не только тебе — придется уйти и на время забыть, что ты Торбинс. Опасное это имя за пределами Хоббитании. Дай-ка я придумаю тебе другое. Назовись ты, пожалуй, Накручинсом.

А пойдешь ты все-таки не один. Кому там из своих приятелей ты вполне доверяешь, кто из них способен выстоять в смертельных испытаниях?.. Впрочем, таких, наверно, и нет; а все же подумай о спутнике, он тебе очень понадобится! И болтай поменьше, даже с близкими друзьями! У Врага повсюду шпионы, он все слышит.

Маг вдруг осекся и прислушался. В комнате и в саду стояла звонкая тишина. Гэндальф прокрался к окну, вспрыгнул на подоконник, протянул длинную руку — и в окне, жалобно пискнув, появилась курчавая голова Сэма Скромби, вытянутая за ухо.

— Так, так, клянусь бородой! — сказал Гэндальф. — Сэм Скромби, он самый! Под окном, значит?

— Да что вы, сударь, что вы, господин Гэндальф! — горячо возразил Сэм. — Под каким окном! Я тут просто полол и подстригал траву: видите? — Он показал в свое оправданье садовые ножницы.

— Вижу, — мрачно отозвался Гэндальф. — А вот щелкать твои ножницы давно что-то перестали. Подслушивал?

— Подсушивал, сударь? Да нет, зачем же, все и так подсохло.

— Ты дурака-то не валяй! Что ты слышал и зачем подслушивал? — Глаза Гэндальфа сверкнули и брови ощетинились.

— Господин Фродо, хоть вы-то! — в ужасе выкрикнул Сэм. — Вы-то хоть не позволяйте ему, а то он меня во что-нибудь — раз — и превратит. Доказывай потом моему старику, что это я. Я же ничего худого не хотел, честное слово, сударь!

— Ни во что он тебя не превратит, — сказал, еле сдерживая смех, изумленный и озадаченный Фродо. — Он знает, как и я, что ты подслушивал без худого умысла. Ты бояться-то не бойся, а спрошено — отвечай!

— Да что ж, сударь, — втянув голову в плечи, признался Сэм. — Я порядком слышал, хотя понял-то не все: и про Врага, и про Кольца, и про господина Бильбо — ну, там, драконы, Огненная гора — и, конечно, про эльфов. Вовсе даже не собирался подслушивать — а слышал: сами знаете, как нечаянно бывает. Меня ведь хлебом не корми, а дай послушать про эльфов, мало ли что там Тод говорит. Хоть бы одним глазком их повидать. Вы вот, сударь, пойдете — ну и мне бы эльфов показали, а?

116

Гэндальф вдруг рассмеялся.

— Ну-ка давай сюда! — крикнул он и, втащив через подоконник ошарашенного Сэма, поставил его, с ножницами и лопатой в руках, на пол. — Говоришь, эльфов тебе показать? — спросил он, всматриваясь в Сэма и невольно улыбаясь. — Ты, стало быть, расслышал, что хозяин твой уходит?

— Расслышал, а как же. Тут-то я и поперхнулся, а это уж небось вы расслышали. Да я нечаянно — ведь такое огорчение!

— Ничего не поделаешь, Сэм, — грустно сказал Фродо. Он вдруг понял, что прощание с Хоббитанией будет очень трудное и что прощается он не только с Торбой. — Надо мне идти. А ты, — и он сурово посмотрел на Сэма, — если ты и правда за меня тревожишься, то уж держи язык за зубами, ладно? Проболтаешься хоть о чем-нибудь, что ненароком подслушал, и Гэндальф, чего доброго, превратит тебя в пятнистую жабу, а с ужами, знаешь ли, шутки плохи.

Сэм задрожал и бухнулся на колени.

— Встань, Сэм! — велел Гэндальф. — Я придумал кое-что пострашнее: ни о чем ты не проболтаешься и впредь будешь знать, как подслушивать. Ты пойдешь с Фродо!

— Я? С хозяином? — воскликнул Сэм, подскочив, как собака, которую позвали гулять. — И увижу эльфов и еще много всякого? Урра! — крикнул он и вдруг расплакался.

Глава III
ДОРОГА ВТРОЕМ

— Выйти надо втихомолку и как можно скорее, — постоянно напоминал Гэндальф.

С первого разговора прошло уже две или три недели, а Фродо в путь пока не собрался.

— Знаю, знаю, — говорил Фродо. — Только это ведь непросто — скорее, да еще втихомолку. Уйду я, как Бильбо, — и раскатится молва по всей Хоббитании.

— Нет уж, ты, как Бильбо, не уходи! — сказал Гэндальф. — Этого еще нам не хватало! Скорее — да, но не вдруг. Подумай, конечно, как покинуть Хоббитанию без лишнего шума, а все же не мешкай: как бы не замешкаться.

— Может, осенью, после нашего общего дня рождения? — предложил Фродо. — К тому времени я как раз все устрою.

По правде говоря, когда дошло до дела, у него начисто пропала всякая охота к путешествиям. Торба вдруг стала донельзя уютной, и он вовсю радовался последнему своему лету в Хоббитании. «А осенью, — думал он, — у нас поскучнеет, и сердце по-всегдашнему запросится в чужие края». Про себя он уже твердо решил дождаться пятидесятилетия и стодвадцативосьмилетия Бильбо. Будет годовщина — тут-то и в путь, по примеру Бильбо. Без этого примера он бы и шагу не сделал, в жизни бы с духом не собрался. О цели странствия он старался не думать, и с Гэндальфом не откровенничал. Может, маг и сам обо всем догадывался, но, по своему обычаю, помалкивал...

— Да-да, все устрою и отправлюсь, — повторил Фродо. Гэндальф поглядел на него и усмехнулся.

— Ладно, — сказал он, — пусть так, лишь бы не позже. Что-то мне очень тревожно. Только ты смотри, никому ни слова о том, куда путь держишь! И чтобы Сэм твой тоже молчал, как убитый, а то он у меня и правда запрыгает жабой.

— Куда я путь держу, — сказал Фродо, — этого я и сам не знаю, так что тут мудрено проболтаться.

— Без глупостей! — насупился Гэндальф. — Я не к тому говорю, чтоб ты пропал неизвестно куда. Но Хоббитанию ты покидаешь — и надо, чтобы об этом никто не знал.

Куда-нибудь ты да пойдешь, на север, на юг, на запад или даже на восток — это вот и надо сохранить в тайне.

— Мне так грустно оставлять Торбу и со всеми прощаться, что я даже не подумал, куда отправлюсь, — сказал Фродо. — А куда, в самом-то деле? Почем я знаю, где можно спрятаться? Бильбо — тот ушел за сокровищем, ушел и вернулся, а мне, значит, нужно вернуть сокровище, а самому сгинуть — так, что ли?

— Так, да не так, — отозвался Гэндальф. — Тут и я тебе не указчик. Может, ты дойдешь до Ородруина, а может, это вовсе не твое дело — как знать? Я знаю другое: пока что ты к такому пути не готов.

— Еще бы! — воскликнул Фродо. — Ну а мой-то путь — куда?

— По краю, — ответил маг. — По самому краешку, твердо и осторожно. Иди-ка ты, пожалуй, в Раздол. Это не слишком опасный путь, хотя на дорогах нынче неспокойно, а осенью будет даже и страшновато.

— В Раздол? — переспросил Фродо. — Хорошо, пойду на восток, к Раздолу. Сэм тоже со мной пойдет, повидает эльфов, то-то ему радость!

Он обронил это как бы между прочим; но ему не шутя захотелось побывать в той блаженной долине, где Дивный Народ все еще жил мирно и счастливо.

Как-то летним вечером в «Укромном уголке» и «Зеленом драконе» обсуждали невероятное — что там великаны и прочая нечисть на границах! Оказывается, Фродо продает, если уже не продал, Торбу — и кому? Лякошель-Торбинсам!

— Ну, за хорошие деньги, — говорили одни.

— За свою цену, — возражали другие, — будьте покойны, Любелия гроша лишнего не даст. (Оддо уже успел умереть, дожив до ста двух лет и не дождавшись свершения своих чаяний.)

О цене очень спорили; но больше о том, с чего бы это Фродо вздумал продавать такое прекрасное именье. Некоторые намекали — на это намекал и сам господин Торбинс, — что денежки счет любят, а у него они на исходе: еле хватит рассчитаться в Норгорде и переехать к родственникам в Зайгорд.

— Лишь бы подальше от Лякошелей, — добавлял кое-кто. Но все так привыкли к россказням о несметных богатствах Бильбо, что отвыкать было невмочь, и многие винили Гэндальфа. Того хоть и было не видать, не слыхать, но жил-то он, известно, у Фродо — прятался небось в Торбе. Положим, было не слишком понятно, зачем магу нужно, чтоб Фродо переехал в Зайгорд, но, видать, зачем-то понадобилось.

— Да, осенью переезжаю, — подтверждал Фродо. — Мерри Брендизайк подыскивает там для меня чистенькую норку, а может, и уютный домик.

Мерри в самом деле подыскал и купил премиленький домик в Кроличьей Балке, чуть подальше Зайгорда. Всем, кроме Сэма, Фродо говорил, что туда он и задумал перебраться. Путь на восток подсказал ему эту мысль: Заячьи Холмы — по дороге, Фродо жил там в детстве, так почему бы ему туда не вернуться.

Гэндальф пробыл в Хоббитании больше двух месяцев. Потом, однажды вечером к концу июня, как раз когда планы Фродо устоялись, он вдруг объявил, что наутро уходит.

— Надеюсь, ненадолго, — сказал он. — У меня кое-какие дела на юге. Я у вас и так засиделся.

Сказано это было невзначай, но Фродо показалось, что маг сильно озабочен.

— Что-нибудь случилось? — спросил он.

— Да пока ничего, но до меня дошли тревожные и не слишком понятные вести — надо разобраться. Я тут же вернусь или, на худой конец, подам весточку. А вы поступайте, как решено, только берегитесь, а пуще всего берегите Кольцо. И непреложный тебе совет: *не надевай его!* Когда вернусь, точно еще не знаю, — сказал он, прощаясь на рассвете. — Но уж к вашему отходу поспею непременно. Пожалуй, придется мне на всякий случай проводить вас по Тракту.

Сначала Фродо опасливо прикидывал, какие такие вести мог получить Гэндальф, но потом успокоился: уж очень хорошая была погода. Лето пышное, осень плодоносная — даже Хоббитания давно такого не видывала. Ветки ломились от яблок, соты истекали медом, и пшеница вздымала тугие колосья.

Лишь когда вплотную подошла осень, Фродо встревожился не на шутку. Середина сентября, а Гэндальф как в воду канул. На носу день рождения и переезд, а от него ни слуху ни духу. Между тем начались хлопоты. Приезжали и помогали упаковываться друзья Фродо: Фредегар Боббер, Фолко Булкинс и, уж конечно, Перегрин Крол с Мерри Брендизайком. Их общими стараньями в Торбе все было вверх дном.

20 сентября от жилища Фродо к Брендидуимскому мосту отъехали два фургона, груженные нераспроданной утварью. Следующий день прошел в ожидании Гэндальфа. Утро пятидесятилетия Фродо выдалось ясное и яркое, такое же, как в памятный день Угощения. Гэндальфа не было. Под вечер Фродо накрыл на пятерых праздничный стол, пытаясь разогнать свое уныние. Вот и с друзьями тоже скоро надо будет расставаться. Молодые хоббиты — Мерри Брендизайк, Фредегар Боббер, Фолко Булкинс, Перегрин Крол — веселились шумно и беспечно, прогор-

ланили уйму песен, припомнили всякую быль и небыль, выпили за здоровье Бильбо, потом за обоих новорожденных вместе, как было заведено на днях рождения Фродо. Потом вышли подышать свежим воздухом, поглядели на звезды — и отправились спать. А Гэндальф так и не явился.

На другое утро они быстро, в десять рук, нагрузили последнюю повозку. С нею отправились Мерри и Толстик (так у них звался Фредегар Боббер).

— Кому-то надо печку для вас, лодырей, растопить в новом доме, — сказал Мерри. — Ладно, авось послезавтра свидимся — ежели вы не заснете в дороге мертвым сном.

Фолко позавтракал и ушел, остался один Пин. Фродо был сам не свой: он все еще ждал Гэндальфа и решил задержаться до сумерек. А там, если уж он очень понадобится магу, пусть сам идет в Кроличью Балку, глядишь, еще и первый доберется. Фродо решил пойти к Зайгордной переправе окольным путем, чтоб напоследок хоть поглядеть на Хоббитанию.

— Заодно и жир сгоню, — сказал он себе, глядя в пыльное зеркало на стене в полупустой прихожей. Он давно уже сидел сиднем и несколько расплылся.

Чуть за полдень явились Лякошель-Торбинсы: Любелия со своим белобрысым отпрыском Лотто.

— Насилу дождались! — сказала она, переступив порог. Это было невежливо и неверно: до двенадцати ночи хозяином Торбы оставался Фродо. Но что взять с Любелии — ведь она ждала на семьдесят семь лет дольше, чем собиралась: ей уже перевалило за сто. И пришла не просто так, а присмотреть, чтобы Брендизайки и прочие по ошибке не захватили бы с собой чего чужого, и еще за ключами. Спровадить ее было непросто: она принесла с собой опись проданного имущества и желала проверить, все ли на месте. Проверила раз, потом другой, получила запасные ключи и заручилась обещаньем, что третьи ключи будут ей оставлены у Скромби в Исторбинке. Она хмыкнула и поджала губы — мол, знаем мы этих Скромби, утром половины вещей недосчитаешься, — но наконец ушла.

И Фродо ей даже чаю выпить не предложил.

А сам напился чаю с Пином и Сэмом Скромби у себя на кухне. Объявлено было, что Сэм на всякий случай сходит с ним в Забрендию, «приглядит за хозяином и посмотрит, чего он там посадит». Жихарь такое дело одобрил, не переставая ворчать, что вот, мол, у некоторых одни прогулки на уме, а ему-то между делом подсудобили в соседки Любелию.

— Последнее чаепитие в Торбе! — сказал Фродо и решительно отодвинул стул. Посуду за собой они назло Любелии не вымыли. Сэм с Пином быстро увязали три мешка и вынесли их на крыльцо. Пин пошел прогуляться по саду, а Сэм куда-то исчез.

Солнце село, и Торба казалась угрюмой, опустелой, разоренной. Фродо побродил по знакомым комнатам — закатный свет тускнел, из углов выползали темные тени.

Скоро совсем смерклось. Он прошел к дальней садовой калитке: а вдруг все-таки появится Гэндальф?

В чистом небе разгорались звезды.

— Хорошая будет ночь, — сказал Фродо вслух. — Вот и отлично, идти одно удовольствие. Засиделись, честное слово. Пойду, а Гэндальф пусть уж догоняет. — Он повернул к дому и остановился, услышав голоса где-то рядом — наверно, в Исторбинке. Старый Жихарь и еще кто-то: голос незнакомый, а мерзкий до тошноты. О чем спрашивает чужак, не разобрать, слышны только ответы старика Скромби — осторожные и опасливые, чуть ли не испуганные.

— Нет, господин Торбинс уехал. Нынче утром, и мой Сэм с ним; все уже вывезли. Да вот так и вывезли — что не продали, то вывезли... А зачем и почему — не мое это дело... да и не ваше. Известно куда — в Кроличью Балку, а может, и дальше, это все знают. Да вон — прямая дорога. Нет, сам не бывал, на кой мне, там народ дурной. Не, передать ничего не возьмусь. Спокойной ночи!

Мягко сошли шаги с Кручи, и Фродо удивился, почему он так рад, что сошли, а не взошли. «Видно, я насмерти устал от расспросов и всякого любопытства, — подумал он. — Ужас какой у нас любопытный народ!»

Он хотел было узнать у папаши Скромби, кто это к нему приставал, но вдруг раздумал и быстро зашагал к Торбе.

Пин сидел и спал, откинувшись на свой мешок. Сэма не было. Фродо заглянул в черную дверь.

— Сэм! — позвал он. — Где ты там? Пора!

— Иду, сударь! — откликнулся тот и выскочил откуда-то из глубины, отирая губы. Он прощался в погребе с пивным бочонком.

Фродо захлопнул и запер круглую дверь, а ключ отдал Сэму.

— Беги давай к себе, — сказал он. — А оттуда напрямик — встретимся у калитки за лугом. Улицей не пойдем, подсматривают, подслушивают. Ну — живо!

Сэм умчался во тьму.

— Вот и выходим наконец! — сказал Фродо Пину.

Они вскинули мешки на спину, взяли палки и пошли вдоль западной стены Торбы.

— Прощайте! — вымолвил Фродо, взглянув на черные слепые окна. Он помахал рукой, повернулся и (точно так же, как Бильбо, только он об этом не знал) нырнул в садовые заросли вслед за Пином. Они перепрыгнули низ-

кую слегу и ушли в поле, всколыхнув темноту и проше-
лестев высокой травою.

Они спустились по западному склону к калитке в
узенький проулок. Там остановились, подтянули мешоч-
ные лямки — и вскоре заслышали топоток и пыхтенье
Сэма. Свой до отказа набитый мешок он вздел на самые
плечи, а на голову нахлобучил какой-то мятый фетр —
якобы шапку. В темноте он был сущий гном.

— Что потяжелее — это вы, конечно, мне, — сказал
Фродо. — Бедняги улитки и бедные все, кто носит свой
дом и свой скарб на спине!

— У меня мешок совсем легкий, сударь. Можно сколько угодно еще, — объявил Сэм добрым и лживым голосом.

— Нет уж, Сэм! — сказал Пин. — Как-нибудь снесет,
сам накладывал — себе и нам вровень. Он тут у нас малость ожирел: пройдется, авось его мешок вместе с ним и
полегчает.

— Смилуйтесь над старым, немощным хоббитом! — со
смехом взмолился Фродо. — В конце пути меня будет ка-
чать, как на ветру. Однако шутки в сторону. Ты, Сэм, наверняка взвалил на себя сверх всякой меры, вот сделаем
привал — разберемся и переложим.

И он взялся за свой посох.

— Ночная прогулка — чего же лучше-то! — сказал
он. — Отшагаем мили три-четыре по свежему воздуху, да
и на боковую.

Пошли проулком на запад, а после свернули налево, в
поля, и засеменили гуськом вдоль живых изгородей, мимо
межевых рощиц, в тихой ночной мгле. Плащи у них были
темные, шли они невидимками, будто все трое надели волшебные кольца. Когда три хоббита идут тишком да молч-
ком — за ними нелегко уследить. Даже осторожные поле-
вые зверюшки едва замечали бесшумных путников.

Ручей к западу от Норгорда перешли по лавам в одну досточку. Извилистая черная ручьистая лента с обеих сторон обросла густым ольшаником: ветки тянулись к воде. Еще миля-другая на юг — и они перебежали большую дорогу от Брендидуимского моста. Оказались в Укролье и, свернув на юго-восток, потрусили к Зеленым Холмам. Тропинка взметнулась в гору, они оглянулись и увидели далеко позади мягкое мерцанье огней Норгорда, рассеянных по ласковой Ручьевой долине. Вскоре оно пропало за спусками и подъемами; вот уже и Приречье с его мутно-серым прудом. Дальний отсвет окон крайнего домика в последний раз просквозил деревья. Фродо обернулся и снова помахал рукою.

— Почем знать, увижу ли я еще когда-нибудь нашу долину, — негромко проговорил он.

После трехчасового пути решено было все-таки отдохнуть. Стояла ясная, прохладная, звездная ночь, но дымчатые клочья тумана всползали на холмы из низменных луговин и от глубинных ручейков, — всползали и оседали. Облетевшие березки, покачиваясь над головами хоббитов, тонкой черной сетью веточек застилали бледное небо. Они поужинали не по-хоббитски скромно и двинулись дальше. Вскоре они набрели на узкую дорогу, извивавшуюся вверх-вниз по холмам, серевшую вдали во мраке: дорогу к Лесному Чертогу и к Заводям, к Зайгордному парому. Она уводила далеко в сторону от главного пути Ручьевой долины и, забегая на Зеленые Холмы, вела в Лесной Угол, в глухомань Восточного удела.

Потом они угодили в овражину между высокими деревьями, по-ночному шелестевшими сохнущими листьями. Темень была непроглядная. Сначала они разговаривали, тихо напевали песенки, благо услышать их было уже некому. Затем шагали молча, и Пин начал отставать. Наконец перед крутым подъемом он остановился и зевнул.

— Ох, спать хочется, — сказал он, — того и гляди, упаду и засну. А вы что, на ходу спать будете? Время-то какое: к полночи близко.

— А я-то думал, ты любитель ночных прогулок, — сказал Фродо. — Ну ладно, торопиться нам пока особенно некуда. Мерри нас ждет не раньше чем послезавтра, и у нас есть денек-другой в запасе. Вот сейчас подыщем местечко и заночуем.

— Дует с запада, — заметил Сэм. — Обойдемте-ка этот холм, сударь, там наверняка найдется укрытное и уютное местечко. Там вроде бы и елового сухостоя порядочно.

Сэм исходил окрестности Норгорда миль на двадцать, но дальше земля для него кончалась.

Возле самой вершины пологого лесистого холма они набрели на ельник, свернули с тропинки в смолистую темень, наломали сухого лапника, насобирали шишек и разожгли костер. Веселое пламя заплясало у корней столетней ели: хоббиты пригрелись и начали клевать носами. Каждый по-своему устроился между корнями, укутался плащом и одеялом и тут же крепко уснул.

Дозорного не оставили: даже Фродо ничего не опасался — они ведь были в Хоббитании! Костер стал грудой пепла, и кой-какие звери явились поглядеть на спящих. Лис, который случайно пробегал мимо, замер и принюхался.

— Хоббиты! — сказал он сам себе. — Вот тебе на! Дела кругом, слышно, чудные, но чтоб хоббит спал в лесу под деревом — да не один, а целых три! Не-ет, тут что-то кроется.

Настало тусклое, сырое утро. Фродо проснулся первым и, охая, щупал спину, чуть не насквозь продырявленную еловым корнем, а шея и вовсе не ворочалась. «Ну и прогулочка! Что бы мне было спокойно поехать? — думал он, как ему обычно думалось в начале всякого похода. — А на моих любимых перинах спят теперь Лякошель-Торбинсы! Им бы на еловых корнях поспать». Он потянулся.

— Хоббиты, подъем! — крикнул он. — Смотрите, что за утро!

— А что за утро? — спросил Пин, одним глазом выглядывая из-под одеяла. — Сэм! Завтрак чтоб был готов к полдесятого! Умывальную воду разогрел?

Сэм вскочил, как встрепанный, и мутно огляделся.

— Нет, сударь, не разогрел, сударь! — выговорил он спросонья.

Фродо сорвал с Пина одеяло, пихнул его раз-другой и ушел на опушку. На восточном краю неба красный солнечный диск показался над волнистым покровом тумана. Деревья в червонно-золотом осеннем убранстве, казалось, уплывали в туманное море. Внизу слева дорога круто уходила в овраг и там исчезала.

Когда он вернулся, Сэм с Пином уже развели костер.

— Воду! — заорал Пин. — Где вода?

— Я воду в карманах не ношу, — сказал Фродо.

— А мы думали, ты пошел за водой, — огорчился Пин, раскладывая еду и расставляя кружки. — Хоть теперь-то сходи.

— Вместе с тобой, — сказал Фродо. — И фляжки тоже не мешает прихватить.

Под горой шумел ручей. Они наполнили фляжки и походный котелок под струей водопадика с уступа серого камня в хоббитский рост. Вода была ледяная; они умывались, пыхтя и отфыркиваясь.

Не спеша позавтракали, старательно упаковали мешки и снялись в одиннадцатом часу; день выдался ясный, и солнце пригревало все горячее. Спустились напрямик, перешли ручей, клокотавший в трубе под дорожной насыпью, а там опять вверх-вниз по склонам, и так от холма к холму; их мешки с плащами, одеялами, флягами, съестным припасом и прочей поклажей, казалось, тяжелели с каждым шагом. Скоро они притомились и запарились, а дорога все петляла, вползала на холмы и снова ныряла вниз, но потом обернулась плавным спуском в широкую долину. Перед ними простерлось редколесье, сливавшееся вдалеке с бурой стеною деревьев. Вот он, Лесной Угол, а за ним и река Брендидуим. Ох как еще далеко; а дорога вилась и вилась нескончаемой бечевой.

— Дорога уходит вдаль, — сказал Пин. — Ну и пускай уходит, а я пока дальше идти не согласен. И вообще давно пора обедать.

Он уселся на обочине и устало поглядел на восток, где за бескрайним знойным маревом текла знакомая река, возле которой он жил, сколько себя помнил. Сэм стоял рядом. Его круглые глаза были широко распахнуты — он-то попал невесть куда, в незнаемые края.

— А эльфы живут в этом лесу? — спросил он.

— Ни про каких эльфов слыхом не слыхивал, — отрезал Пин. Фродо молчал. Он тоже глядел на дорогу, уводившую на восток: глядел, точно в первый раз ее увидел. Вдруг он произнес громко и раздельно, ни к кому не обращаясь:

> В поход, беспечный пешеход,
> Уйду, избыв печаль, —
> Спешит дорога от ворот
> В заманчивую даль,
> Свивая тысячи путей
> В один, бурливый, как река,
> Хотя, куда мне плыть по ней,
> Не знаю я пока!

— Смахивает на вирши старины Бильбо, — сказал Пин. — Или это ты сам сочинил в его духе? Не очень-то ободряет.

— Даже не знаю, сам или не сам, — отозвался Фродо. — Пришло на язык так, будто сочинилось; но, может, мне это просто памятно с очень давних пор. А на Бильбо и правда очень похоже, особенно на Бильбо в последние годы, перед его уходом. Он часто повторял, что на свете всего одна Дорога, что она как большая река: истоки ее у каждой двери и любая тропка — ее проток. «Знаешь, Фродо, как опасно выходить из дверей, — бывало, говорил он. — Ступишь на дорогу — и сразу хватайся за ноги, а то живо окажешься там, куда ворон костей не заносил. Вот видишь тропку? Так это она самая ведет через Лихолесье к Одинокой горе, а оттуда прямиком в тартарары». Это он приговаривал после всякой дальней прогулки про тропку от крыльца Торбы-на-Круче.

— А я так скажу: часок-другой эта вот дорога меня никуда не уведет, — заключил Пин, высвобождаясь из лямок.

За ним выпростались и Сэм с Фродо — и тоже прилегли к обочине, мешки под головы, ногами на дорогу. Отдохнули, хорошенько пообедали, потом опять как следует отдохнули.

Солнце клонилось к западу, разливая предвечерний свет, когда хоббиты спускались с холма. Покамест они не встретили ни одной живой души — в Лесной Угол мало кто ездил, да и зачем? Три путника брели по заросшей дороге час или два; но вдруг Сэм остановился и прислушался. Дорога, вдоволь напетлявшись, шла теперь прямо, прорезая травяные заросли; там и сям высились купы деревьев, предвестников близкого леса.

— Нас вроде догоняет лошадь, не то пони, — сказал он. Только что был поворот, а за поворотом не видно.

— Может, Гэндальф? — предположил Фродо, но тотчас почувствовал, что нет, не Гэндальф, и ему вдруг захотелось укрыться от этого всадника, кто бы он ни был. —

Чепуха, конечно, — сказал он, как бы извиняясь, — а все-таки не надо, чтоб нас видели на дороге, ну их всех. А если это Гэндальф, — с усмешкой прибавил он, — то мы ему устроим встречу, чтоб впредь не опаздывал. Ну-ка, раз-два-три, разбегайся и смотри!

Сэм и Пин, отбежав налево, исчезли в ложбинке неподалеку от обочины. Фродо помедлил: любопытство или какое-то другое чувство мешало ему спрятаться. Стук копыт приближался. Он едва успел юркнуть в густую траву за деревом у дороги и выставил голову поверх толстого корня.

Из-за поворота показался черный конь, не хоббитским пони чета; а на нем — высокий всадник, ссутуленный в седле. Из-под широкого черного плаща виднелись только стремена да сапоги с длинными шпорами. Лицо его скрывал капюшон.

Конь поравнялся с деревом, за которым лежал Фродо, и замер. Недвижим был и всадник: он словно прислушивался. Сиплое сопенье донеслось до Фродо, и голова всадника повернулась направо, потом налево. Казалось, он ловил нюхом какой-то чуть слышный запах.

Внезапный и безрассудный ужас охватил Фродо: его видно, его сейчас найдут... и неожиданно ему вспомнилось Кольцо. Он не смел вздохнуть, боялся пошевелиться; но Кольцо вдруг стало его единственной надеждой, и рука сама поползла к карману. Только надеть, надеть его, и все в порядке, и он в безопасности. Гэндальф не велел... да ладно! Бильбо надевал же Кольцо, и ничего. «Я ведь у себя, я в Хоббитании», — подумал он, и рука его коснулась цепочки. В этот миг всадник выпрямился и тронул поводья. Конь неуверенно переступил, шагнул вперед и пошел ровной иноходью.

Фродо подполз к обочине и глядел всаднику вслед, пока тот не исчез в сумеречной дали. Далеко-далеко черный конь свернул направо, в придорожную рощицу.

— Что-то это странновато, чтоб не сказать: страшновато, — пробормотал Фродо, направляясь к своим спутникам.

Пин и Сэм лежали в траве пластом и ничего не видели; он рассказал им про непонятного всадника.

— Не знаю уж почему, но я был уверен, что он меня ищет и вынюхивает. И как-то мне очень не хотелось ему попасться. Странно все это: в Хоббитании никогда таких не бывало.

— Какое вообще до нас дело Большому Народу? — проворчал Пин. — И чего это он сюда приперся? Чего ему здесь надо?

— Да тут люди бывают, — сказал Фродо. — Кажется, в Южном уделе случилась какая-то передряга с бестолковыми Громадинами. Но про этаких всадников разговору не было. Не знаю, откуда он взялся.

— Прошу прощенья, — вмешался вдруг Сэм. — Я знаю, откуда. Из Норгорда этот черный всадник, ежели только он здесь один-единственный. И знаю даже, куда он путь держит.

— То есть как? — сурово спросил Фродо, метнув на Сэма изумленный взгляд. — Знаешь — и не сказал?

— Да я только сейчас вспомнил, простите, сударь, великодушно. Оно ведь как было: я давеча к моему старику с ключами, а он мне и говорит: «Вот тебе раз, — говорит, — а я-то, дурак, думал, что ты уехал с господином Фродо нынче поутру. Тут, понимаешь, приставал один: куда, говорит, делся Торбинс из Торбы-на-Круче? А куда ему деться, уехал, и все тут. Я и послал его в Кроличью Балку, но он мне, понимаешь ли, здорово не понравился. Уехал, говорю, уехал, господин Торбинс и обратно не будет. Так он на меня, представляешь, зашипел, ровно змей». — «А он из каких был-то?» — это я у отца спрашиваю. «Да кто его знает, — говорит, — только уж точно не хоббит. Высокий такой и черный, наклонился надо мной и сопит. Небось дальний, из Большого Народа. Выговор такой шепелявый». Особо-то мне было некогда отца расспрашивать, вы же меня ждали; ну а потом позабыл вам сказать. Да и старик мой подслеповат, а этот когда подъехал, уже стемнело. Отец ведь все вроде правильно сказал, а что я не вспомнил, так подумаешь, чего особенного, правда, сударь?

— Да старик-то, что с него взять? — отозвался Фродо. — Я и сам слышал, как он говорил с чужаком, который про меня расспрашивал; даже собрался было пойти узнать у него, в чем дело. Жаль, не пошел, и досадно, что ты мне раньше не сказал. Нам бы надо поосторожнее.

— А может, это вовсе и не тот всадник, — вмешался Пин. — Вышли мы тайком, шли без шума, не мог он нас выследить.

— А сопел да вынюхивал, как и тот, — сказал Сэм. — И тоже весь черный.

— Зря мы Гэндальфа не дождались, — пробормотал Фродо. — А может, и не зря, трудно сказать.

— Так ты про всадника-то про этого что-нибудь знаешь? Или просто догадки строишь? — спросил у Фродо Пин, расслышавший его бормотание.

— Ничего я толком не знаю, а гадать боюсь, — задумчиво ответил Фродо.

— Ну, твое дело, милый родственничек! Пожалуйста, держи про себя свои секреты, только дальше-то как будем? Я бы не прочь передохнуть-поужинать, но лучше возьмем-ка ноги в руки. А то мне что-то не по себе от ваших россказней про нюхающих всадников.

— Да, нам лучше не задерживаться, — сказал Фродо. — И давайте не по дороге, а то вдруг этот всадник вернется или другой объявится. Прибавим шагу: до Заячьих Холмов еще идти да идти.

* * *

Длинные тени деревьев протянулись по траве, провожая снова пустившихся в путь хоббитов. Теперь они держались сажен за десять от дороги и шли очень и очень скрытно. Не так-то это было легко: дерновина, кочки, неровная почва, да и деревья то и дело скоплялись в перелески.

Между тем алое закатное солнце потускнело у них за спиной прежде, чем они прошли многомильную, прямую, как струна, дорогу, стремившуюся к лесу. Она вдруг круто свернула влево, в Йельские Низины, к дальним Заводям; по правую сторону синела могучая дубрава без конца и края, в которую углублялась извилистая дорожка, ведущая в Лесной Чертог.

— Туда и пойдем, — сказал Фродо.

Невдалеке от перепутья они набрели на огромное дуплистое дерево, еще живое, поросшее пучками тоненьких веточек вокруг темных ран от давно обломившихся сучьев; в дупло можно было залезть через широкую щель, невидимую с дороги. Они и залезли, уселись на палой листве и гнилых щепках. Отдохнули и перекусили за тихой беседой, время от времени настораживая уши.

Когда они снова выбрались на дорожку, уже смеркалось. Западный ветерок, вздыхая, перебирал ветви. Листья перешептывались. Дорогу их мягко и медленно поглотил сумрак. На угрюмом востоке высоко над деревьями засветилась звезда. Они шли рядышком, нога в ногу, чтоб не падать духом. Зажглись другие звезды, крупные и яркие, хоббиты перестали беспокоиться и больше не прислушивались к цокоту копыт. Они даже замурлыкали, по хоббитскому обыкновению: хоббиты мурлычут возвращаясь домой ночью. Обычно они мурлычут-напевают приглашение к ужину или постельную песню; но эти хоббиты затянули походную песню (конечно же

приглашающую, кроме всего прочего, к ужину и спатень-
ки). Слова сочинил Бильбо Торбинс, а напев был древнее здешних гор, и Фродо научился ему, гуляя с Бильбо
по Ручьевой долине и беседуя о Приключениях. Слова
такие:

Еще не выстыл сонный дом,
Еще камин пылает в нем,
А мы торопимся уйти
И, может, встретим на пути
Невиданные никогда
Селенья, горы, города.
    Пусть травы дремлют до утра —
    Нам на рассвете в путь пора!
    Зовут на отдых вечера —
    Не зазовут: не та пора!

Поляна, холм, усадьба, сад
Безмолвно ускользнут назад:
Нам только б на часок прилечь,
И дальше в путь, до новых встреч!
    Быть может, нас в походе ждет
    Подземный путь, волшебный взлет —
    Сегодня мимо мы пройдем,
    Но завтра снова их найдем,
    Чтоб облететь весь мир земной
    Вдогон за солнцем и луной!

Наш дом уснул, но мир не ждет —
Зовет дорога нас вперед:
Пока не выцвела луна,
Нам тьма ночная не страшна!
    Но мир уснул, и ждет нас дом,
    Вернемся и камин зажжем:
    Туман, и мгла, и мрак, и ночь
    Уходят прочь, уходят прочь!..
    Светло, и ужин на столе —
    Заслуженный уют в тепле.

И кончилась песня.

— Приют в дупле! Приют в дупле! — переиначил Пин.

— Тише! — сказал Фродо. — Как будто снова стук копыт.

Все трое замерли, словно тени. По долине раскатывался цокот, пока еще дальний, но все ближе — с подветренной стороны. Они юркнули поглубже в густую тень угрюмых деревьев.

— Убегать не будем, — сказал Фродо. — Нас не видно, а я хочу поглядеть: неужели еще один?

Цокот приближался. Прятаться как следует было уже некогда, и Сэм с Пином схоронились за огромным пнем, а Фродо залег неподалеку от тропки. Светло-серой полосой прорезала она лесной сумрак. Наверху вызвездило, но луны не было.

Копыта стихли. Фродо увидел черный промельк между деревьями — и обе тени, словно кто-то вел лошадь, слились с темнотой. Потом черная фигура возникла там, где они сошли с тропки, в том самом месте. Тень заколыхалась, и Фродо расслышал тихое внимательное сопение, а потом тень словно бы осела и поползла к нему.

Фродо опять подумал, что надо надеть Кольцо. И, будто повинуясь чьему-то велению, не понимая, что делает, нашарил его в кармане. Стояла страшная тишина; но вдруг раздалась звонкая песня и зазвучал легкий смех. Чистые голоса, словно веселые колокольчики, всколыхнули прохладный ночной воздух. Черная тень поднялась, попятилась и, слившись с тенью лошади, утонула в сумраке по ту сторону тропки. Фродо перевел дыхание.

— Эльфы! — воскликнул Сэм, хрипло, как спросонья. — Эльфы, сударь! — Он бы так и кинулся на голоса, но Фродо с Пином удержали его.

— Да, эльфы, — сказал Фродо. — Это ведь Лесной Угол — они здесь почти каждый год проходят весной и осенью. Вот уж кстати! Вы же ничего не видели, а Черный Всадник спешился и пополз прямо к нам; и дополз бы, если б не их песня. Она его спугнула.

— Ну а к эльфам-то — идем или не идем? — заторопил Сэм. Про всадника он уже и думать забыл.

— Слышишь ведь, они сами к нам идут, — сказал Фродо. — Надо только подождать.

Пение приближалось. Один ясный голос пел звонче всех остальных. Слова были дивные, древние, один Фродо понимал их, да и то с трудом. Но вслушиваться было и не надо: напев подсказывал слова. Фродо разобрал их так:

> Зарница всенощной зари
> За дальними морями,
> Надеждой вечною гори
> Над нашими горами!

> О Элберет! Гилтониэль!
> Надежды свет далекий!
> От наших сумрачных земель
> Поклон тебе глубокий!

> Ты злую мглу превозмогла
> На черном небосклоне
> И звезды ясные зажгла
> В своей ночной короне.

> Гилтониэль! О Элберет!
> Сиянье в синем храме!
> Мы помним твой предвечный свет
> За дальними морями!

И кончилась песня.

— Это же заморские эльфы. Песня про Элберет! — изумился Фродо. — Редко они забредают к нам в Хоббитанию, их и в Средиземье-то почти что нет! Очень странно!

Хоббиты сидели неподалеку от дорожки и ждали. Скоро появились эльфы. Звездным светом мерцали их глаза, в тихом сиянии струились волосы; серебристая тропа возникала у них под ногами. Прошли они молча, и только последний эльф обернулся, посмотрел на хоббитов и рассмеялся.

— Неужели Фродо? — звонко воскликнул он. — Поздновато! Заблудились, что ли? — Он позвал остальных, и эльфы обступили сидящих.

— Чудеса, да и только! — сказали они. — Трое хоббитов ночью в лесу! Такого не бывало со времен Бильбо! Что случилось?

— Ничего не случилось, о Дивный Народ, — сказал Фродо, — просто нам с вами оказалось по пути. Я люблю гулять при звездах и был бы рад составить вам компанию.

— Вот уж без вас обойдемся, нудный народ хоббиты! — рассмеялись они. — Откуда вы знаете, что нам по пути — ведь путь наш вам неизвестен!

— А вы откуда знаете, кто я такой? — спросил в ответ Фродо.

— Тут и знать нечего, — отвечали они. — Мы много раз видели тебя с Бильбо. Это ты нас не видел.

— Куда вы идете и кто ваш предводитель? — спросил Фродо.

— Я, Гаральд, — отвечал эльф, который первым заметил хоббитов. — Гаральд из колена Славуров. Мы изгнанники, наша родня давным-давно отплыла, и Море ждет нас. Есть еще, правда, наши в Раздоле. Впрочем, расскажи-ка лучше про себя, Фродо. С тобой ведь что-то неладно?

— О всезнающий народ, — вмешался Пин. — Скажите нам, кто такие Черные Всадники?

— Черные Всадники? — тихо откликнулись они. — А что вам до Черных Всадников?

— Ехали за нами двое... или один, может быть, — сказал Пин, — вот как раз отстал, когда вы явились.

Эльфы ответили не сразу; они посовещались на своем языке, потом Гаральд обернулся к хоббитам.

— Мы пока подождем об этом говорить, — сказал он. — А вы и правда идите-ка с нами. У нас это не в обычае, но уж ладно, идите. С нами и переночуете.

— Дивный, дивный народ! Я и надеяться не смел! — сказал Пин, а Сэм, тот просто онемел от радости.

— Спасибо тебе, о Гаральд из колена Славуров, — сказал Фродо и поклонился. — *Элен сейла люменн оменнти-эльво* — звезда осияла нашу встречу, — прибавил он на древнеэльфийском языке.

— Ого, друзья! — смеясь, предостерег своих Гаральд. — Вслух не секретничайте: с нами знаток Древнего Наречия. Бильбо-то оказался прекрасным учителем! Привет тебе, о друг эльфов! — сказал он, поклонившись Фродо. — Мы рады, что нам по пути. Пойдем, но иди в середине, чтобы не отстать и не заблудиться: впереди долгая дорога.

— Долгая? А вы куда? — снова спросил Фродо.

— В самую глушь за Лесным Чертогом. Идти далеко, но там отдохнешь, и завтрашний путь твой станет короче.

Шли они молча и мелькали, как тени, ибо эльфы ходят еще бесшумнее хоббитов. Пин стал было задремывать и спотыкаться, но рядом шел эльф, держал его под руку и не давал упасть. А Сэм шагал рядом с Фродо и шел как во сне — страшноватом, но восхитительном.

Лес по обе стороны густел и густел: смыкающиеся деревья были моложе, а стволы у них — толще; потом тропа углубилась в лощину, справа и слева нависли заросли орешника. Наконец эльфы свернули в самую чащу, где вдруг словно чудом открылась узкая зеленая просека; теснее и теснее смыкались высокие стены деревьев — но вдруг расступились, и впереди простерся ровный луг, матово-серый в ночном свете. С трех сторон окружал его лес; а с востока он обрывался крутым склоном, и могучие древесные кроны вздымались к ногам откуда-то снизу.

Эльфы уселись на траве и завели негромкий разговор между собой; хоббитов они словно бы перестали замечать. А те дремали, укутавшись в плащи и одеяла. Ночь надвинулась; дальние деревенские огоньки в долине погасли. Пин крепко уснул, улегшись щекой на кочку.

Высоко на востоке зажглась Звездная Сеть, Реммират; пронизывая туман, разгорелся, как пламенный рубин, Боргиль. Потом вдруг, словно по волшебству, небо разъяснилось, а из-за окраины мира блеснул Небесный Меченосец Мэнальвагор в сверкающем поясе. Эльфы встретили его звонкой песней, и где-то неподалеку вспыхнуло ярко-алое пламя костра.

— Что же вы? — позвали хоббитов эльфы. — Идемте! Настал час беседы и веселья.

Пин сел, протер глаза и зябко поежился.

— Добро пожаловать, друзья! Костер горит, и ужин ждет, — сказал эльф, склонившись к сонному Пину.

Зеленый луг уходил в лес и становился лесным чертогом, крышей которому служили ветви деревьев. Мощные стволы выстроились колоннадой. Посредине чертога полыхал костер, а с ветвей сияли серебряные и золотые фонари. Эльфы сидели вокруг огня на траве или на круглых чурбачках. Верней, одни сидели, другие раздавали кубки и разливали вино, а третьи разносили яства.

— Угощение скудно, — извинились они перед хоббитами, — мы ведь не у себя дома, это походная стоянка. Вот будете у нас, тогда примем по-настоящему.

— Да я даже в день рождения вкуснее не угощал, — сказал Фродо.

Пин потом не слишком помнил, что он пил и ел: он больше глядел на ясные лица эльфов и слушал их голоса, разные и по-разному дивные; и казалось ему, что он видит чудесный сон. Он только помнил, что давали хлеб: белый и такой вкусный, будто ты изнемогал от голода, а тебе протянули пышный ломоть; потом он выпил кубок чего-то чистого, как из родника, и золотистого, словно летний вечер.

А Сэм и словами не мог описать, что там было, и вообще никак не мог изобразить, хотя помнил эту радость до конца дней своих. Он, конечно, сказал одному эльфу:

— Ну, сударь, будь у меня в саду такие яблоки, вот тогда я был бы садовник! Правда, чего там яблоки: вот пели вы, так это да!

Фродо пил, ел и разговаривал, не без труда подбирая слова. Он еле-еле понимал по-эльфийски и вслушивался изо всех сил. Ему было приятно, что он мог хотя бы поблагодарить тех, кто ему прислуживал, на их родном языке. А они улыбались и радовались: «Ай да хоббит!»

Потом Пин уснул, и его осторожно уложили на мягкое травяное ложе между корнями деревьев. Сэм встряхивал головой и не желал покидать хозяина. Пин уже видел седьмой сон, а Сэм все сидел у ног Фродо: крепился, крепился — и наконец прикорнул. Зато Фродо еще долго не спал: у него был разговор с Гаральдом.

О былом и нынешнем говорили они, и Фродо долго расспрашивал его про последние события за пределами Хоббитании. Наконец он задал вопрос, который давно был у него на языке:

— А скажи, Гаральд, ты с тех пор видел Бильбо?

— Видел, — улыбнулся Гаральд. — Даже дважды. На этом самом месте он с нами прощался. А другой раз — далеко отсюда.

Где — он не сказал, а Фродо не стал спрашивать.

— Поговорим о тебе, Фродо, — предложил Гаральд. — Кое-что я про тебя уже знаю: и по лицу догадался, и вопросы твои недаром. Ты покидаешь Хоббитанию в тяжком сомнении: за свое ли дело взялся и удастся ли тебе его довершить? Так?

— Так, — подтвердил Фродо. — Только я думал, что про мои дела знает один Гэндальф да вот еще Сэм. — Он поглядел на Сэма — тот мирно посапывал.

— От эльфов тайны к Врагу не просачиваются, — сказал Гаральд.

— К Врагу? — удивился Фродо. — Ты, стало быть, знаешь, почему я навсегда ухожу из Хоббитании?

— Я знаю, что Враг гонится за тобою по пятам, — отвечал Гаральд, — а почему — этого не знаю. Но помни, Фродо: опасность впереди и позади, угроза отовсюду.

— Ты про Всадников? Я так и подумал, что они от Врага. А кто они такие?

— Тебе Гэндальф про них ничего не говорил?

— Про них — нет, ничего.

— Тогда и не надо — ведь страх обессиливает. По-моему, ты вышел в последний час; надеюсь, что не опоздал. Не медли и не оглядывайся: уходи из Хоббитании как можно скорее.

— Твои намеки и недомолвки пугают больше, чем разговор напрямик, — сказал Фродо. — Я знал, что впереди опасности; но думал, что хотя бы нашу Хоббитанию мы минуем без всяких злоключений.

— Хоббитания не ваша, — возразил Гаральд. — Жили в ней до вас, будут жить и после, когда хоббиты станут сказкой. Вы же не сами по себе живете, а если и отгородились от мира, то мир-то от вас не отгораживался!

— Видимо, так; да только всегда у нас было мирно, спокойно и уютно. А теперь-то что делать? Я решил потихоньку пробраться в Забрендию, а оттуда в Раздол. И вот выследили; как же мне быть?

— Иди, куда собрался. Мужества у тебя, по-моему, хватит. А мудрый совет — это уж дело Гэндальфа. Я ведь не

142

знаю, почему ты собрался в путь и зачем нужен Врагу. Ну а Гэндальф, наверно, знает — да и не только это. Ты ведь с ним увидишься?

— Надеюсь... Я ждал его до последней минуты: он должен был прийти самое позднее два дня назад — и не пришел. Как ты думаешь, что могло случиться? Может, подождать его?

Гаральд помрачнел и задумался.

— Дурные вести, — проговорил он наконец. — Гэндальф никогда не запаздывает. Есть, однако же, присловье: в дела мудрецов носа не суй — голову потеряешь. Раз у тебя был с ним такой уговор, то сам уж решай, ждать его или нет.

— Есть и другое присловье, — заметил Фродо. — Говорят: у эльфа и ветра не спрашивай совета: оба скажут в ответ — что да, то и нет.

— Так у вас говорят? — рассмеялся Гаральд. — И зря: всякий совет к разуму хорош, а любой путь может обернуться бедою. Потому-то мы на ветер советов не бросаем. А за тебя мне трудновато выбирать: ты же о своих делах молчишь. Ну, все же рискну, дружбы ради. Иди скорее; если Гэндальф не объявится, обязательно подыщи себе другого спутника — один не ходи. Присмотрись к друзьям и выбери самого надежного. Да не забудь поблагодарить меня за совет — я даю его неохотно. У эльфов свои заботы и свои печали, совсем иные, чем у прочих. Редко скрещиваются наши пути; но нынче скрестились они, конечно, недаром, а может статься, и не в последний раз. Впрочем, об этом лучше помолчим: боюсь сказать лишнее.

— Я тебе, разумеется, очень благодарен, — отозвался Фродо, — но про Черных Всадников ты мне все-таки зря не объяснил. По-твоему выходит, мне еще долго быть без Гэндальфа, а я толком не понимаю, кто они такие.

— Что тут понимать? Ты знай просто, что это подручные Врага! — сказал Гаральд. — Беги от них! Ни слова с ними! Они — смерть! И не выспрашивай ты у меня, ибо сам про них узнаешь со временем, увы, куда больше, чем знаю я. Да хранит тебя Элберет, о Фродо, сын Дрого!

— А храбрость откуда я возьму? — спросил Фродо. — Мне очень страшно, и храбрости вот-вот не хватит.

— Ну, храбрость порой непонятно откуда и берется! — заметил Гаральд. — Надейся, хватит тебе храбрости! А пока спи! Утром нас уж не будет, но гонцов мы вышлем. Кому надо, узнают про тебя — без охраны и помощи не останешься. Я назвал тебя Другом Эльфов: прими же в напутствие это прозвание! Редко мы так привечаем чужих и редко слышим от них слова на родном языке.

Фродо вдруг почувствовал, что засыпает.

— Я и правда, пожалуй, посплю, — пробормотал он.

Эльф отвел его к травяному ложу рядом с Пином; он вытянулся и тут же уснул как убитый.

Глава IV

НАПРЯМИК ПО ГРИБЫ

Фродо пробудился на диво свеж и бодр. Он лежал под густой сенью склоненных почти до земли тяжелых ветвей; на постели из душистой травы и папоротника было мягко и уютно. Солнце просвечивало сквозь трепетную, еще зеленую листву. Он потянулся и проворно выпрыгнул из своего живого шалаша.

Сэм сидел на траве у лесной опушки. Пин разглядывал небо и соображал погоду. Эльфы ушли.

— Фрукты, питье и хлеб они нам оставили, — сказал Пин. — Давай завтракай. Хлеб еще совсем свежий. Я бы и без тебя все слопал, да Сэм прямо изо рта рвет.

Фродо уселся возле Сэма и принялся за еду.

— Ну и как же мы сегодня? — поинтересовался Пин.

— В Забрендию, да поживее, — отвечал Фродо, упи-
сывая за обе щеки.

— А Всадников — побоку? — весело спросил Пин, к не-
удовольствию Фродо.

При утреннем солнце Черные Всадники стали казаться Пину просто страшной сказкой, безобидной нелепицей.

— Вряд ли так уж побоку, — сухо сказал Фродо. — Хорошо бы вот до реки добраться, чтоб они не заметили.

— Ну а Гаральд тебе про них что-нибудь объяснил?

— Так, кое-что, намеками да загадками, — уклонился
Фродо.

— Ты спросил, почему они нюхают?

— Мы в подробности не входили, — сказал Фродо с на-
битым ртом.

— А надо было. По-моему, это самое главное.

— Ежели так, то Гаральд бы тебе слова лишнего не сказал, — отрезал Фродо. — И вообще, оставь ты меня в покое! Я, может, не хочу болтать за едой! Я, может, подумать хочу!

— Это за едой-то? — удивился Пин. — Много надума-
ешь! — Он встал и пошел поразмяться.

А Фродо и вправду думал: что утро яркое, даже черес-
чур яркое, в самый раз для погони. И о словах Гаральда...
Но его невеселые думы разогнал звонкий галдеж Пина.
Он бегал по опушке и радостно голосил.

«Нет, зачем же им! — решил про себя Фродо. — Одно
дело — позвать их с собой через Хоббитанию — ешь себе
и пей, веселая прогулка. А на чужбину, голодать и мучить-
ся — нет, не возьму я их, даже если и захотят. Мне остав-
лено, я и в ответе. Сэма и того нельзя...»

Он посмотрел на Сэма Скромби и встретил его взгляд.

— Ты что, Сэм? — спросил он. — Что смотришь? Я ведь ухожу из Хоббитании, далеко ухожу. И в Балке-то, пожалуй, ни дня не задержусь!

— Ну что ж, сударь!

— А ты со мной, что ли?

— Конечно.

— Опасное это дело, Сэм. Очень опасное. Вернуться живым почти и надежды нет.

— Тогда уж и я с вами не вернусь, сударь, чего там, — сказал Сэм. — Они мне: «Ты смотри, его не бросай!» А я им и говорю: как же, сейчас брошу, дожидайтесь. Да я с ним хоть на Луну отправлюсь, и пусть только эти, как их, Черные Всадники встанут поперек, будут иметь дело со Скромби, не обрадуются. А они в смех.

— Да кто они, ты о ком говоришь?

— Они-то? Эльфы, конечно. Ночью был разговор — всё-то они про вас знают: куда, зачем да почему. Ну, я спорить и не стал. Ох, сударь, что за народ! Ну и ну!

— Да, народ дивный, — согласился Фродо. — Ну вот ты на них теперь поглядел — понравились они тебе?

— Да как сказать, сударь, — задумчиво отвечал Сэм. — Я-то что, мне они и по рассказам нравились. Ну все-таки гадал: какие они будут? А они не такие — с тем и возьми. Древние — а притом совсем юные, веселые и вроде бы печальные — поди-ка разберись.

Фродо изумленно поглядел на Сэма, будто и в нем ждал странных перемен. Говорил не тот Сэм Скромби, которого он знал, — а с виду тот самый, только что лицо необычно задумчивое.

— Так зачем же тебе уходить из Хоббитании, раз ты их повидал? — спросил Фродо.

— Да понимаете, сударь, с этой ночи я какой-то другой. Знаю ведь — путь долгий, ведет в темноту... а назад нельзя. Эльфы, драконы, горы — это все, конечно, здорово... да мне-то не за этим надо с вами идти. Тут штука-то в чем? Я ведь обязательно вам пригожусь — и не здесь, не в Хоббитании... если вы понимаете, про что я толкую.

— Нет, не понимаю, Сэм. Но Гэндальф, кажется, выбрал мне хорошего спутника. Ладно, пойдем пока вместе.

Фродо молча покончил с завтраком. Потом встал, огляделся и позвал Пина. Тот прибежал немедля.

— Пора выходить, — объявил Фродо. — Заспались мы, а путь неблизкий.

— Это ты заспался, — сказал Пин. — Я-то давно проснулся; мы только и ждали, пока ты кончишь есть да размышлять.

— Вот и кончил. Нам надо как можно скорей к Зайгордному парому. Только не по дороге, а напрямик.

— Напрямик — это лететь надо, — отозвался Пин. — Пешком пути нет.

— Найдем, — сказал Фродо, — проберемся. Паром к востоку от Лесного Чертога, а дорога забирает влево — вон там, видите? Обходит Болотище с севера и со стороны Заводей выводит на плотину. Но это же сколько миль! Если пройдем прямо — срежем на четверть.

— Дольше едешь — дальше будешь, — возразил Пин. — Местность трудная: болота, бездорожье — уж кто-кто, а я-то знаю. А если ты насчет Черных Всадников, то с ними разницы нет — что на дороге, что в лесу или в поле.

— В лесу и в поле легче спрятаться, — возразил Фродо. — Ждут нас на дороге, а в стороне, глядишь, и разыскивать не будут.

— Ладно! — согласился Пин. — Пойдем прыгать по кочкам: ты впереди, мы за тобой. Только жалко все-таки. Могли бы успеть до закрытия в «Золотой шесток», там расчудесное пиво, лучшее в здешних местах. Давно я его не пробовал.

— Тогда и спорить не о чем! — решил Фродо. — Дольше едешь — дальше будешь, а в кабаке и вовсе застрянешь. Ишь ты, нацелился на «Золотой шесток». Нет, нам бы успеть до заката в Балку. А ты что думаешь, Сэм?

— Я-то что, я как вы скажете, — вздохнул Сэм, подумав о лучшем в Хоббитании пиве.

— Стало быть, договорились, пошли в болото и колючки! — заключил Пин.

Жарко было почти как вчера; облака с запада сулили грозу. Хоббиты спустились по крутому травянистому склону и нырнули в заросли. Им надо было оставить Лесной Чертог по левую руку и наискось пробраться через лес на восточной стороне холма, потом выйти на равнину. А уж там — напрямик к парому, благо препятствий нет никаких, кроме канав да изгородей. Фродо рассчитал, что им идти по прямой миль восемнадцать, не больше. Вблизи заросли оказались куда гуще, чем виделись издалека. Никакой тропы не было; пробирались наобум. Вышли к речке, на глинистый обрыв, поросший колючим кустарником. Речка преграждала путь: чтобы перейти через нее, надо было измызгаться, исцарапаться и вымокнуть.

— Для начала неплохо! — с мрачной ухмылкой заметил Пин.

Сэм поглядел назад — в просвет кустарника еще виден был зеленый гребень лесного холма.

— Смотрите! — шепнул он, схватив Фродо за руку.

Путники обернулись и увидели на гребне черного коня, а рядом — черную ссутуленную фигуру.

Назад пути не было. Фродо первым съехал вниз по глине, к прибрежным кустам.

— Вот так! — сказал он Пину. — Что ты, что я — мы оба правы. Напрямик, может, и не ближе; но хороши бы ы были, если б задержались на дороге. У тебя лисьи уши, эм, крадется кто-нибудь за нами?

Они замерли и затаили дыхание: погони было не лышно.

— Такой спуск лошадь не одолеет, — объявил Сэм. — о этот гад, видать, знает, что мы тут спустились. Давай- е-ка поторопимся!

Поторопишься тут, как же, — с тяжелыми, громоздки- и мешками за спиной сквозь колючую чащобу терновни- а и ежевики. Лесной гребень заслонял их от ветра, и сто- ла затхлая духота. Выбравшись наконец на открытое ме- то, они пропотели хоть отжимай, еле передвигали ноги, а асцарапаны были, как разрисованы, и вдобавок потеряли аправление. На равнине речка прибралась, сровняла с зем- ей высокие берега и сделалась широкой и мелкой, свора- ивая к Болотищу и большой реке.

— Здравствуйте, так это же Плавенка! — запоздало уди- илcя Пин. — Если мы все-таки пойдем, как надумали, то адо ее сейчас же перейти и сильно податься вправо.

Перешли по мелководью и, спотыкаясь, затрусили по аспахнувшейся равнине, огибая камыши. Потом их сно- а окружили деревья: высокий дубняк вперемешку с вя- ами и ясенем. Ровно стало идти, под ноги хоть и не смот- и, но уж очень смыкались деревья, впереди ничего не раз- ерешь. Ветер взметал палую листву, нависшее черное ебо брызнуло дождем. Потом ветер улегся, и обрушился ивень. Они торопились что было мочи, прыгали с кочки а кочку, увязали в грудах прошлогодней листвы, а дождь икак не унимался. Шли молча, то и дело озираясь и по- лядывая по сторонам.

Примерно через полчаса Пин сказал:

— Мы, пожалуй, слишком вправо забрали, к югу: дав- о бы должны были выйти в поле. Знаю я этот лес, он в ирину не больше мили, а мы чего-то все идем и идем.

— Нет уж, больше не будем петлять, — сказал Фро‐
до, — а то совсем заплутаемся. Идем — и ладно. Боюсь
выходить на открытое место.

Минуло еще полчаса. Сквозь рваные тучи прогляну‐
ло солнце, и дождь поутих. Было за полдень, а голод н‐
тетка. Они устроились под развесистым вязом; пожелтев‐
шая листва его еще не осыпалась, и у корней было совсе‐
сухо. Эльфы наполнили их фляги давешним бледно-зо‐
лотистым напитком, свежим, чистым, медвяным. Вскор‐
они уже смеялись над моросившим дождем, а заодно и на‐
Черными Всадниками. Идти-то оставалось всего ничего‐

Фродо привалился спиной к стволу и закрыл глаза‐
Сэм с Пином, сидя возле, вполголоса завели:

> А ну — развею тишину,
> Спою, как пели в старину,
> Пусть ветер воет на луну
> И меркнет небосвод.
>
> Пусть ветер воет, ливень льет,
> Я все равно пойду вперед,
> А чтоб укрыться от невзгод,
> Во флягу загляну.

— А ну! Во флягу загляну! — чуть громче пропел‐
они — и осеклись.

Фродо вскочил на ноги. С ветром донесся протяжны‐
вой, цепенящий, злобный и унылый. Он перекатывалс‐
из дола в дол, наливаясь холодною хищной яростью, ‐
как тупой бурав, сверлил уши. Они слушали, словно б‐
оледенев; а вою, не успел он прерваться, ответило даль‐
нее завывание, такое же яростное и жуткое. Потом наста‐
ла мертвая тишина.

— Странный какой крик, правда? — сказал Пин делан‐
но бодрым, но слегка дрожащим голосом. — Птица, навер‐
но; правда, не слышал я у нас в Хоббитании таких птиц‐

— Не зверь и не птица, — возразил Фродо. — Один позвал, другой ответил — и даже слова были в этом кличе, только жуткие и непонятные. На чужом языке.

Обсуждать не стали. На уме у всех были Черные Всадники, а про них лучше помалкивать, это они уже поняли. Идти — опасно, прятаться — еще опаснее, но куда же денешься, если надо как-то пробраться к парому — да поскорее, чтобы засветло. Они вскинули мешки на плечи и припустились вперед торопливой трусцой.

Вскоре лес кончился; дальше раскинулись луга. Видно, они и правда слишком забрали к югу: за равниной, далеко влево, смутно виднелась Косая Гора по ту сторону Брендидуима. Крадучись выбрались они из-под деревьев и побежали лугом.

Поначалу без лесного прикрытия было страшновато. Далеко позади возвышалось лесистое всхолмье, где они завтракали. Фродо оглядывался: не виден ли там — крохотной черною точкой — недвижный Всадник. Всадника не было. Солнце прожгло облака и опускалось за дальние холмы, яркими закатными вспышками озаряя равнину. Страх отпустил, но тоскливая неуверенность росла. Однако земля была уже не дикая: покосы, пажити. Потом потянулись изгороди с воротами, возделанные поля, оросительные протоки. Все было знакомо, надежно и мирно: обыкновенная Хоббитания. Путники, что ни шаг, успокаивались. Да и река была уже близко, а Черные Всадники остались где-то позади — лесными призраками.

Краем большого, заботливо ухоженного брюквенного поля они подошли к ровному частоколу. За широкой калиткой пролегла прямая колея; невдалеке виднелась роща, за нею — усадьба. Пин остановился.

— Знаю я, чья это усадьба! — воскликнул он. — Это же хутор Бирюка!

— Из огня да в полымя! — сказал Фродо, отпряну... будто ненароком оказался у драконьего логова.

Сэм и Пин изумленно уставились на него.

— А чем тебе не по душе старый Бирюк? — удивил... Пин. — Всем Брендизайкам он добрый друг. Бродяг не лю... бит, псы у него злющие — ну так ведь и места какие, чу... ли не граница. Тут, знаешь, не зевай.

— Это все равно, — сказал Фродо и смущенно рассм... ялся. — Да вот боюсь я Бирюка с его собаками — по ст... рой памяти боюсь. Мальчишкой я к нему, бывало, лаз... за грибами — и частенько попадался. А в последний р... он отлупил меня как следует, взял за шиворот и показ... собакам. «Видите этого злыдня? — говорит. — Как он... нам снова пожалует, ешьте его с потрохами, я разреша... А пока — ну-ка, проводите». И они шли за мной до само... парома, представляете? У меня душа в пятках трепых... лась, хотя собаки знали, что делали: шли за мной, рыч... ли, но не трогали, раз не велено.

Пин захохотал.

— Ну вот и разберетесь, — сказал он. — Ты же тут вр... де жить собрался. Бирюк — мужик что надо, ежели к нем... за грибами не лазить. Пойдем-ка от калитки напряму... чтобы видно было, что мы не какие-нибудь бродяги.... встретим его, слово за мной. С Мерри они приятели, да... я с ним всегда ладил как нельзя лучше.

Путники шли гуськом вдоль колеи; вскоре показали... тростниковые крыши усадьбы и приусадебных строени... Прочный, ладный кирпичный дом был обнесен высоко... крепкою оградой с дубовыми воротами.

Из-за ворот раздался звонкий, дружный лай, пото... окрик:

— Клык! Волк! Хват! Ко мне!

Фродо и Сэм замерли, а Пин сделал еще несколько шагов. Ворота приоткрылись, и три громадных пса кинулись к путникам с буйным лаем. На Пина они и внимания не обратили. Двое бросились к Сэму: прижали его к забору и обнюхивали. Третий, огромный и по виду самый свирепый, стал перед Фродо, следя за ним и глухо рыча.

Из ворот вышел толстый, коренастый и краснолицый хоббит.

— Здрасьте! Привет! А позвольте узнать, кто вы такие и чего вам тут надо? — спросил он.

— Привет и вам, господин Бирюк! — сказал Пин.

Тот пригляделся.

— Ба, да это никак Пин — господин Перегрин Крол, я хотел сказать! — Бирюк широко ухмыльнулся. — Давненько я вас не видел. Ну, вам повезло, что мы старые знакомые. Я как раз собирался спустить собак. Бродят тут всякие, а сегодня особенно. Ох, близковато к реке, — сказал он, покачав головой. — А этот и вообще невесть откуда пожаловал, чудо-юдо какое-то. Другой раз нипочем его не пропущу. Костьми лягу.

— Это вы о ком? — спросил Пин.

— Да он вам навстречу поехал. Как же вы разминулись? — удивился Бирюк. — Я же говорю — чудище, и вопросы чудные... Да вы бы зашли в дом, поговорим толком. Я как раз и пива наварил.

Ему, видно, хотелось порассказать о пришельце не спеша и подробно.

— А собаки? — спросил Фродо.

— Собаки вас не тронут, коли я им не велю, — рассмеялся хозяин. — Эй, Клык! Хват! К ноге! — позвал он. — К ноге, Волк!

— Это господин Фродо Торбинс, — представил Пин. — Вы его, поди, не помните, но он, было время, здесь жил.

При имени «Торбинс» Бирюк изумленно и пристально поглядел на Фродо. Тот подумал было, что припомнились ворованные грибы и что на него сейчас спустят собак. Но хозяин взял его под руку.

— Ну и дела, — сказал он. — Это же надо, а? О хоббите речь, а хоббит навстречь! Заходите, заходите! Есть разговор.

Все расселись у широкого камина. Хозяйка принесла пиво в корчаге и разлила по четырем кружкам. Пиво было — вкуснее некуда, так что Пин даже застыдился своих слов про «Золотой шесток». Сэм прихлебывал осторожно: мало ли чего наварят в здешних местах. И хозяина его здесь обидели — давно, правда, а все-таки.

Поговорили о погоде, об урожае (вообще-то не хуже обычного), потом Бирюк грохнул кружкой по столу и оглядел гостей.

— Ну, господин Перегрин, — спросил он, — откуда идете, куда путь держите? Ежели ко мне, то чуть-чуть стороной не обошли.

— К вам, да не совсем, — отвечал Пин. — Правду сказать, коли уж вы все равно догадались, так мы к вам невзначай угодили. Заблудились в лесу по пути к парому.

— Торопились, так лучше бы дорогой, — заметил хозяин. — Хотя не в этом дело. Вы, господин Перегрин, ладно уж, гуляйте у меня туда-сюда невозбранно. И вы тоже, господин Торбинс... Хотя насчет грибов-то вы как? Все так же? — Он загоготал. — Да, вот видите, помню, помню мальчонку Фродо Торбинса. Ох и разбойник же был! Фамилию-то вашу я, правда, забыл — да мне напомнили. Сегодняшний, он, думаете, о чем выспрашивал?

Они ждали, сдерживая нетерпение.

— Да-а, — неторопливо и с удовольствием сказал Бирюк, — подъехал на вороном к воротам — не заперты были — и в двери суется. Черный, весь в черном, лица не видать, словно боится, что узнаю. Я думаю: «Ишь ты какой! Чего приперся-то к нам в Хоббитанию?» Граница рядом, разные шастают; таких, правда, отродясь не видывал. Выхожу к нему. «Ну, — говорю, — здрасьте, в чем дело? Это вы не туда заехали, давайте-ка обратно на дорогу».

Что-то он мне не понравился; тоже и Хват — выбежал, понюхал, хвост поджал и скулит. А тот, черный, сидит не шелохнется. «Я издалека, — говорит, глухо, будто без голоса, и кажет на запад, через мою, стало быть, землю. — Торбинс здесь?» А сам шипит, сопит и клонится на меня. Клонится, а лица-то нет — дырка под башлыком, и все; меня аж дрожь пробрала. Ну, дрожь дрожью, а чего он лезет, куда не просят?

«Давай-давай отсюда! — говорю. — Какие тебе здесь Торбинсы! Не туда заехал. Торбинсы, они в Норгорде живут, заворачивай обратно, только не по моей земле, — говорю, — а дорогой».

«Торбинса там нет, — шепчет, а шепот у него с присвистом. — Торбинс сюда поехал. Он здесь, близко. Скажешь, когда он появится, — золота привезу».

«Вези, вези, — говорю, — только не мне. Убирайся-ка подобру-поздорову, а то, смотри, собак спущу».

Он зашипел, вроде как в насмешку, и на меня конем. Я еле успел отскочить, а он дал шпоры, выбрался на дорогу, и поминай как звали... Ну а вам-то куда надо?

Фродо глядел в огонь и думал: как же теперь до парома-то?

— Не знаю, что вам и сказать, — замялся он.

— Не знаешь — послушай, чего тебе скажут, — посоветовал Бирюк. — Эх, господин Фродо, господин Фродо, и чего вас понесло в Норгорд? Дурной там народ! — (Сэм заерзал на стуле и сурово поглядел на Бирюка.) — Вот и всегда-то вы так — нет бы сначала рассудить да посоветоваться. Услышал я, помню, что вы отбились от прямой родни, от Брендизайков, и пристали к троюродному деду, —

ну, говорю, добра не жди. Старый Бильбо кашу заварил, а расхлебывать вам. Он богатства-то, поди, не трудами праведными в дальних краях раздобыл. А теперь и нашлись такие тамошние, которым очень стало интересно: чьи это драгоценности зарыты у него в Норгорде?

Фродо смолчал: сварливый Бирюк угодил в самую точку.

— Так-то вот, господин Фродо, — продолжал тот. — Хорошо хоть, у вас ума хватило вернуться в родные края. Послушайте-ка доброго совета: вернулись — и живите себе тихо-мирно, с чужаками не якшайтесь. У вас и здесь друзей хватит, верно говорю. А коли тот черный снова заявится, я уж с ним разберусь — хотите, скажу, что вы навсегда уехали из Хоббитании, а то и вовсе померли. Да они и не за вами небось охотятся, а за господином Бильбо — незачем вам было фамилию-то менять!

— Пожалуй, что и так, — согласился Фродо, не отрывая глаз от огня.

Бирюк задумчиво глянул на него.

— Вы, я вижу, своей головой жить хотите, — заметил он. — И то сказать: пора уж. Да и про этого черного вы, поди, больше моего знаете, вряд ли я вас очень-то удивил. Знаете — и ладно, держите про себя, я не любопытный. А на душе у вас, видать, неспокойно. Думаете, как бы по-тихому добраться до парома, так?

— Думаю, — признался Фродо. — Только думать тут нечего, надо идти, и будь что будет. Спасибо вам за доброту вашу! Я ведь вас и ваших собак, не поверите, тридцать лет побаивался. Сдуру, конечно: был бы у меня надежный друг. Эх, жалко мне от вас уходить. Ну, может, еще наведаюсь, тогда и посидим.

— Милости просим, — сказал Бирюк. — А пока вот чего. Время к закату, нам пора ужинать, мы ведь ложимся и встаем вместе с солнцем. Может, поужинаете у нас?

— Большое спасибо, — отозвался Фродо. — Только боюсь, медлить нам нельзя. Уж и так еле-еле к ночи доберемся до переправы.

— Та-та-та, ух, спешка, слова сказать не дадут. А я о чем: поужинаем, у меня есть крытая повозка, вот я вас и довезу. Оно и быстрее будет, и надежнее, а то мало ли что.

Это меняло дело, и Фродо согласился — к великому облегчению своих спутников. Солнце почти скрылось за холмами, сумерки густели. Явились двое сыновей и три дочери Бирюка; громадный стол накрыли мгновенно, еды хватило бы на добрую дюжину гостей. Принесли свечи, разожгли камин. Пива было сколько угодно; главное блюдо, тушеные грибы с ветчиной, подобрали дочиста. Собаки лежали у огня и обгладывали кости.

После ужина Бирюк и его сыновья ушли с фонарями готовить повозку. Когда гости вышли, на дворе было совсем темно. Они уложили мешки и пристроились сами. Бирюк хлопнул вожжами по бокам двух откормленных пони. Жена его стояла в освещенных дверях.

— Ты сам-то поосторожней! — крикнула она. — С чужими не задирайся, довезешь — и прямо домой.

— Ладно, — сказал он, и повозка выехала за ворота.

Ночь была тихая, совсем безветренная, но прохладная. Ехали медленно, без фонаря; до плотины — по дороге, а там — насыпью. У перепутья Бирюк слез, поглядел туда-сюда — темнота непроглядная, и ни звука. Речной туман клубился над запрудой и расползался по полям.

— Ишь, темень, — сказал Бирюк. — Ну, обратно-то я фонарь зажгу, а сейчас так.

До парома было больше пяти миль. Хоббиты сидели, плотно укутавшись в плащи; слышен был только скрип колес да перестук копыт. Фродо казалось, что повозка не едет, а едва ползет. Пин клевал носом; Сэм настороженно глядел в туман.

Наконец справа смутно забелелись два высоких столба — поворот к парому. Бирюк натянул вожжи; повозка приостановилась на повороте и съехала под гору. Снова миг тишины... а потом все услышали тот самый звук, который боялись услышать, — клацанье копыт. Оно приближалось от реки.

Бирюк соскочил с передка, обхватил лошадиные шеи, чтобы пони не фыркали, и уставился в туманный мрак. Крепь-крап, крепь-крап — хрупали копыта, и этот звук гулко отдавался в тихом вечернем воздухе.

— Вы лучше спрячьтесь, сударь, — торопливо посоветовал хозяину Сэм. — Лягте на дно повозки и накройтесь там ветошью, а мы уж этого Всадника как-нибудь спровадим. — Он выпрыгнул из повозки и встал рядом с Бирюком. Всадники так всадники — только пусть сначала его затопчут.

Крап-кроп, крап-кроп. Сейчас наедет.

— Эй, там! — хрипло крикнул Бирюк.

Клацанье копыт стихло. За несколько шагов проступили очертания всадника в плаще.

— Ну-ка, стоп! — приказал Бирюк. Он швырнул вожжи Сэму и шагнул вперед. — Стой где стоишь! Чего тебе надо, куда едешь?

— Я за господином Торбинсом. Вам такой не попадался? — глухо спросил чей-то голос, очень знакомый... Ну конечно же — Мерри Брендизайк. Из-под плаща показался фонарь и осветил изумленное лицо Бирюка.

— Господин Мерри! — воскликнул он.

— Он самый. А вы думали кто? — спросил Мерри, появляясь из тумана и встряхивая поводьями.

Страх сразу пропал: перед ними был всего-навсего хоббит верхом на пони, по уши укутанный в шарф.

Фродо выпрыгнул к нему из повозки.

— Нашлись, пропащие! — весело сказал Мерри. — А я уж думал, вы где-нибудь застряли, к ужину не поспеете. Да тут еще туман поднялся. Ну, я и поехал осматривать овраги, а то ведь свалитесь — кто вас вызволит? И вот бывает же — разминулись. А вы-то где их нашли, господин Бирюк? На плаву в утином пруду?

— Да они просто шли не путем, — объяснил тот. — Я чуть было на них собак не спустил; погодите, сами вам расскажут. А теперь, значит, извините, господин Мерри, господин Фродо и прочие, мне домой надо. Жена ведь, сами понимаете, а ночь-то вон какая темная.

Он подал повозку назад и развернул ее.

— Всем, стало быть, доброй ночи, — сказал он. — Надо же, денек выдался, рассказать — не поверят. Ладно, все хорошо, что хорошо кончается, — вам-то еще, конечно, добираться... да и мне тоже; ну, поглядим.

Он зажег фонари и выпрямился во весь рост. А потом вдруг достал огромную корзину из-под сиденья.

— Чуть не забыл, — добавил он. — Тут вот от жены кое-что, может, пригодится — с особым приветом господину Торбинсу!

Они проводили глазами тусклые фонари, быстро канувшие в глухую ночь. Неожиданно Фродо рассмеялся: он учуял из плотно закрытой корзины сытный запах жареных грибов.

Глава V
РАСКРЫТЫЙ ЗАГОВОР

— Что ж, поторопимся и мы, — сказал Мерри. — Я уж вижу, вам шутить некогда, на месте поговорим.

И хоббиты припустились вниз прямой дорогой — ровной, накатанной, обложенной большими белеными камнями. Сотня-другая шагов, и они вышли к реке, на широкую пристань, возле которой покачивался грузный бревенчатый паром. Причальные сваи светлели под двумя высокими фонарями. На берег наползала белесая мгла; но вода впереди была черная, только в камышах — молочные завитки тумана. За рекой туман редел.

Мерри провел пони по паромным мосткам, следом сошли остальные путники. Он неторопливо оттолкнулся длинным шестом, и между паромом и пристанью поплыли мощные, медленные струи Брендидуима. Восточный берег был крут; от причала мерцающей цепочкой фонарей отходила извилистая дорожка; на Косой Горе перемигивались в тумане красные и желтые огоньки: окна Хоромин-у-Брендидуима, древней усадьбы Брендизайков.

Давным-давно Горемык Побегайк, глава стариннейшего в Болотище, а то и во всей Хоббитании семейства, переплыл реку, которая поначалу была хоббитанской восточной границей. Он выстроил (и вырыл) Хоромины и стал из Побегайка Брендизайком, правителем почти что независимого края. Семейство его плодилось и множилось, правил он долго-долго, постройки первоначального поместья со временем заняли все склоны Горы, и стало у Хоромин три роскошных подъезда, много других дверей и около сотни окон. Брендизайки и их многочисленные родичи принялись сначала рыть, а потом и строить, и застроили всю округу. Закладкой Хоромин началась история Забрендии, густо населенной и почти независимой области Хоббитании, полоски земель между рекой и Вековечным Лесом. Главное здешнее селение, сгрудившееся на всхолмье за Хороминами, именовалось Зайгордом.

Жители Болотища подружились с Брендизайками, и власть Управителя Хоромин (так именовался глава семейства) признавали все до одного хуторяне от Заводей до Камышовника. Однако в доброй старой Хоббитании жители Заячьих Холмов слыли чудаками, если не чужаками. Хотя, если рассудить здраво, они мало в чем отличались от хоббитов из четырех уделов. Разве что в одном: любили плавать на лодках, а некоторые даже и без лодок.

С востока никакого заслона поначалу не было, но потом Брендизайки поставили высокую изгородь и назвали ее Отпорной Городьбою. Она была поставлена давным-давно и с тех пор ушла ввысь и разрослась вширь: ее подправляли из года в год. Лукою выгибалась она от Брендидуимского моста до самого устья Ветлянки — миль двадцать с лишком. Защищать-то защищала, но, к сожалению, не очень. Лес так и норовил подобраться к Городьбе, и в Забрендии запирали на ночь входные двери, чему в Хоббитании даже верить не хотели.

Паром тихо подплывал к чужому берегу. Переправа была в новинку только Сэму, и ему казалось, что речные струи отделяют его от былой жизни, оставшейся в тумане: впереди зияла черная неизвестность. Он почесал в затылке и подумал: «Вот ведь неймется-то! Жили бы да жили!»

Хоббиты спрыгнули с парома. Мерри зачаливал, а Пин уже вел пони по дорожке. Сэм в последний раз оглянулся на Хоббитанию и сиплым шепотом вымолвил:

— Гляньте-ка, сударь! Кажется мне, что ли?

На дальней пристани, в тусклом свете фонарей, кто-то появился — кто-то или что-то, черный живой мешок, колыхавшийся у причала. Сперва он ползал и словно бы обнюхивал пристань, а потом попятился и скрылся в тумане за фонарями.

— Это что еще за новости в Хоббитании? — вытаращил глаза Мерри.

— Это за нами по пятам, — сказал Фродо. — И больше пока не спрашивай! Скорее! — Они взбежали по дорожке наверх, оглянулись на туманный берег и ничего не увидели.

— Спасибо, хоть лодок больше нет на западном берегу! — сказал Фродо. — А верхом можно переправиться?

— До Брендидуимского моста миль двадцать — разве что вплавь, — сказал Мерри. — Только я в жизни не слыхал, чтобы здесь на лошадях переплывали реку. А кто верхом-то?

— Потом скажу. Когда дверь запрем.

— Потом так потом. Вы с Пином дорогу знаете: я тогда на пони к Толстику — вас небось еще ужином корми.

— Мы вообще-то поужинали у Бирюка, — сказал Фродо, — но можем и еще раз.

— Вот обжоры! Давай корзину! — потребовал Мерри и скрылся в темноте.

До Кроличьей Балки было не так уж близко. Они оставили по левую руку Косую Гору с Хороминами и вышли на дорогу — главную, от Брендидуимского моста на юг. Полмили к мосту — и они свернули вправо; еще миля-другая проселком — и подошли к узким воротам в частой ограде. Дом стоял в стороне от прочих — за то и был выбран, — длинный, приземистый, с дерновой крышей, пучеглазыми оконцами и большой круглой дверью.

От ворот шли в темноте по мягкой зеленой тропке: ни луча не пробивалось из-за ставен. Фродо постучался; отворил Толстик Боббер, и домашний свет озарил крыльцо. Они проскользнули внутрь, задвинули все засовы и оказались в просторной прихожей с дверями по обеим сторонам. Напротив был коридор в глубь дома. Из коридора появился Мерри.

— Ну, что скажете? — спросил он. — Мы хоть и на скорую руку, но постарались, чтобы все было как дома. А ведь приехали-то вчера вечером — такой был ералаш!

Фродо огляделся. И правда как дома. Его любимые вещи — любимые вещи Бильбо, если на то пошло, — все нашли свои места, словно в Торбе. Приятно, уютно, спокойно — и ему мучительно захотелось остаться здесь, чтобы здесь и кончить свои дни. Друзья для него так старались, а он... Фродо снова испуганно подумал: «Как же им объяснить, что я скоро уйду, очень скоро, сейчас — нет, завтра. И объяснения не отложишь».

— Удивительно! — воскликнул он, сглотнув трудный комок. — Точно никуда и не уезжал.

Они скинули мешки и повесили плащи. Мерри повел их по коридору и отворил дверь в дальнем конце. Оттуда сверкнул огонь и пахнуло паром.

— Неужели баня? — восхитился Пин. — Ай да Мериадок!

— Чья очередь? — спросил Фродо. — Сначала кто старше или кто быстрее? Вы так и так второй, сударь мой Перегрин.

— А ну-ка прекратите! — одернул их Мерри. — Ишь надумали — начинать новое житье со свары! Чтоб вы знали, так там три ушата и котел кипятку. Кстати — может, пригодятся — полотенца, мыло и прочее. Обливайтесь и отмывайтесь, да поживей!

Мерри с Толстиком отправились на кухню довершать приготовления к ночному ужину. Через коридор из умывальной наперебой доносились обрывки песен, галдеж и плеск. Потом все перекрыл голос Пина: тот горланил излюбленную банную песню Бильбо:

> Эй, пой! Окатись Горячей Водой!
> Пот и заботы походные смой!
> Только грязнуля да квелый злодей
> Не возносят хвалу Горячей Воде!

Сладок напев ручьев дождевых,
Питающих корни трав луговых,
Но жгучий пар над Горячей Водой
Слаще, чем аромат над лучшей едой!

Пенный, терпкий глоток пивка
Слаще воды из горного родника,
Когда окатишь себя с головой
Белой от пара Горячей Водой!

Сладко целует небо фонтан,
Нежный и стройный, как девичий стан,
Но слаще, чем поцелуи дев молодых,
Струи кусачей Горячей Воды!

Раздался шумный всплеск и крик Фродо: «Эй, ты!»
Похоже, Пин ухитрился чуть не разом выплеснуть на себя
и на пол весь свой огромный ушат.

Мерри подошел к дверям.

— Ну вы, грязнули! — позвал он. — Как насчет поужинать и хлебнуть пивка?

Фродо вышел, причесываясь. Мерри сунул нос в дверь.

— Ничего себе! — воскликнул он. На полу можно было
плавать. — Это вы, голубчик Перегрин, натворили? Все
вытрите досуха — а не поспеете к ужину, значит, такая
ваша судьба.

Ужинали на кухне, за столом возле большого камина.

— Ну, грибов-то вы уже наелись? — спросил Толстик
без особой надежды.

— Наелись и еще поедим! — крикнул Пин.

— Грибы мои! — объявил Фродо. — Их изготовила луч-
шая хозяйка на свете — госпожа Бирючиха! Уберите лапы,
я вам сам положу.

Хоббиты очень любят грибы, даже больше нашего. Поэтому юный Фродо и повадился когда-то лазить к Бирю-

ку. Но сейчас грибов было вдоволь, по-хоббитски. И кроме грибов снеди хватало, так что даже Толстик Боббер под конец облегченно, хотя и с трудом вздохнул. Они отодвинули стол и расположились в креслах у огня.

— Потом приберемся, — сказал Мерри. — Давайте рассказывайте. Ишь какие — у них приключения, а тут работай. Ну-ка, с начала до конца, а особенно про Бирюка — что он, свихнулся? В чем дело-то? Я чуть не обалдел — это чтобы *он* чего-нибудь испугался?

— Испугаешься тут, — прервал неловкое молчание Пин. — Поглядел бы я на тебя: куда ты, туда и они — Черные Всадники.

— Какие такие всадники?

— Черные на черных конях, — объяснил Пин. — Фродо, видно, говорить не желает — ну, так я вам расскажу.

И он рассказал про их путешествие от самого Норгорда. Сэм кивал головой, покашливал и поддакивал. Фродо молчал.

— Я бы наверняка подумал, что ты все это сочиняешь, — сказал Мерри, — если б не видел своими глазами ту мерзость на пристани. И если бы не слышал голоса Бирюка. А ты что скажешь, Фродо?

— Из него всю дорогу слова было не выжать, — пожаловался Пин. — В молчанку играет, а толку-то: даже Бирюк догадался, что все беды — от сокровищ дяди Бильбо.

— Пусть себе гадает, — буркнул Фродо. — В точности ему ничего не известно.

— Это как сказать, — возразил Мерри. — Старик дошлый: на уме у него куда больше, чем на языке. Он и по Вековечному Лесу, говорят, побродил в свое время — и вообще чего только не знает! Ты хоть скажи, Фродо, догадался-то он правильно?

— Ну... — Фродо помедлил. — Кое-что он сообразил верно. Все это связано с тогдашними приключениями

Бильбо, и Всадники ловят, а вернее, разыскивают его или меня. И раз на то пошло, скажу еще, что дело совсем нешуточное и очень опасное. Здесь не укрытие и спрятаться мне негде. — Он оглядел окна и стены так, словно они вот-вот исчезнут. Трое молодых хоббитов обменялись многозначительными взглядами.

— Наконец-то, — прошептал Пин.

— Да! — сказал Фродо и решительно выпрямился. — Пора, хватит откладывать. У меня для вас грустная новость, не знаю только, с чего начать.

— Уж так и быть, — спокойно предложил Мерри, — давай я за тебя начну.

— Ты — за меня? — воззрился на него Фродо.

— Вот-вот, а ты послушай. У тебя сейчас тяжело на сердце: трудно ведь так сразу прощаться. Ты, конечно, давно собирался уйти из Хоббитании, да все откладывал; но вот подкралась большая беда, и раздумывать стало недосуг. Пошел, а в путь тебе совсем не хочется. Нам тебя очень жалко.

Фродо раскрыл было рот, потом закрыл — и глядел так изумленно, что они расхохотались.

— Фродо, старина! — воскликнул Пин. — Ты что, и правда думал, что всем нам заморочил голову? Куда тебе: и старался-то не очень, и мозгов-то не хватит. Ты уж с апреля в путь собираешься. Ходишь, бормочешь: «Когда-то снова увижу эту долину?» — и всякое такое. Да еще притворяешься, что деньги, мол, на исходе, а кому подумать, Торбу продал — Лякошелям!..

— Вот тебе раз, — протянул Фродо. — А я-то думал — я такой осторожный и скрытный. Что бы, интересно, сказал на это Гэндальф? Так, значит, весь Норгорд только о моем отъезде и говорит?

— Глупости! — возразил Мерри. — Хоть и ненадолго, но пока что тайна твоя известна одним нам, заговорщикам: мы ведь тебя знаем как облупленного, пойми. Ты о чем-нибудь думаешь, а у тебя на лице все и написано. Правду сказать, я очень к тебе приглядывался, когда Бильбо ушел, потому что понял: и этот уйдет, дай срок. Очень мы боялись, что ты улепетнешь от нас потихоньку. Весну и лето мы с тебя глаз не спускали, все взвесили и решили. Ты от нас так просто не удерешь, не надейся!

— Ничего не поделаешь, дорогие мои друзья, — сказал Фродо. — Вам горько, мне еще горше, но отговаривать меня не надо. Раз уж вы догадались, так лучше помогите или хотя бы не мешайте.

— Да ты не понял! — крикнул Пин. — Кто тебя держит — иди, а уж мы как-нибудь от тебя не отстанем, я и Мерри. Сэм замечательный малый, он за тебя дракону глотку перегрызет, если дотянется. Только ведь тебе одного спутника мало будет, путешествие-то опасное.

— Дорогие мои, хорошие хоббиты! — дрогнувшим голосом воскликнул Фродо. — Ну разве могу я на это согласиться? Я тоже давно все обдумал и решил. Опасное, говорите, путешествие? Гораздо хуже! Это вам не поход за сокровищами, не прогулка «Туда и Обратно». Смерть со всех сторон и за каждым поворотом.

— Спасибо, объяснил, — насмешливо отозвался Мерри и вдруг отчеканил: — Потому-то мы с тобой и пойдем. Мы знаем, какое это страшное Кольцо, вот и хотим помочь тебе против Врага.

— Кольцо?! — проговорил вконец ошеломленный Фродо.

— Да, Кольцо, — сказал Мерри. — Ну, Фродо, ты, видно, думаешь, что друзья у тебя — полные олухи. Да я про Кольцо знаю уж сколько лет, знал еще при Бильбо, но раз ему угодно было секретничать, так и я не болтал. Бильбо я знал хуже, чем тебя: и сам был куда моложе нынешнего, и он куда хитрей твоего. Но была и на него проруха — хочешь, расскажу?

— Рассказывай, — слабо отозвался Фродо.

— Попал он в проруху из-за Лякошелей. Однажды, за год до Угощения, шел я по дороге и завидел впереди Бильбо. Я за ним, а тут, извольте, вдали показались Лякошели, идут навстречу. Бильбо попятился, сунул руку в карман, и вдруг — на́ тебе — исчез! Я так обалдел, что сам чуть не забыл спрятаться; потом опомнился, прыг через ограду и плюх в траву. Лякошели прошли, а на пустой дороге спокойненько возникает Бильбо и сует в карман что-то золотое, блестящее.

Мне, конечно, стало интересно. Да что там, я прямо шпионить за ним начал. Судите, как знаете, — такой уж я был любопытный в свои восемнадцать лет. Увы, Фродо, надо еще признаться, что я один во всей Хоббитании — кроме тебя, конечно, — видел даже записки Бильбо.

— И записки? — вскричал Фродо. — Да что же это в самом деле! Неужели ничего нельзя сохранить в тайне?

— Почему, можно, но не от всех, — сказал Мерри. — Я, правда, одним глазком только глянул, а уж как ловчил! Записки свои он берег словно зеницу ока. Любопытно, что с ними сталось, я бы еще и другим глазом поглядел. У тебя они, кстати, не с собой?

— Нет. Записок в Торбе не было. Видно, Бильбо их забрал.

— Да, ну так вот, — продолжал Мерри, — я что знал, то держал про себя до нынешней весны. А когда запахло бедой, мы составили наш заговор, и каждый выложил, что ему известно. Ты ведь молчун, вроде Гэндальфа — тот, правда, еще хуже тебя. Не скрою, однако, был у нас и главный слухач-соглядатай, не скрою и, ладно уж, покажу.

— Покажи, где он? — сказал Фродо, затравленно озираясь, словно ждал, что сейчас из буфета вылезет черный соглядатай в черной маске.

— Давай, Сэм, не стесняйся! — позвал Мерри, и Сэм встал, виновато опустив руки, красный до ушей. — Вот кто у нас главный добытчик сведений! И немало, я тебе скажу, он их добыл, пока его не сцапали. А с тех пор как воды в рот набрал — честность ему, видите ли, не позволяет.

— Сэм! — только и мог воскликнуть Фродо. Он даже не знал, смеяться, сердиться или с облегчением вздохнуть: так и так он-то выходил дурак дураком.

— Я, сударь! — испуганно объявил Сэм. — С вашего позволения, сударь! Я ведь потому, что из-за вас, сударь, и Гэндальфу я, право слово, не поперек. Он зря-то ничего не скажет, а ведь он что сказал? Вы ему: один, мол, пойду, а он вам: нет, говорит, возьми с собой тех, на кого надеешься!

— На кого уж теперь надеяться, — проворчал Фродо, и Сэм опустил несчастные глаза.

— Смотря что ты имеешь в виду, — возразил Мерри. — Можешь надеяться, что мы пойдем за тобой в огонь и в воду, что погибнем, если придется, вместе. И тайны твои, будь уверен, сохраним не хуже тебя. А что мы тебя бросим и ты пойдешь один — на это не надейся. Глупый ты, Фродо, — мы же твои друзья! И в путь собрались не сослепу. Мы знаем почти все, что рассказал тебе Гэндальф, знаем про Кольцо. Нам очень страшно, но мы пойдем с тобой, а не возьмешь — все равно пойдем.

— И вы уж простите, сударь, — прибавил Сэм, — только эльфы-то вам что посоветовали? Гаральд сказал же вам: бери, кто с тобой захочет, разве не так?

— Так-то так, — сказал Фродо, глядя на ухмыляющегося Сэма. — Только глазам и ушам своим я верить теперь не буду: вижу, дескать, спит, слышу, мол, храпит. Я тебя ногой-то проверю, от хитрости ты храпишь или взаправду!.. Да и все вы, конечно, хороши! — добавил он, обернувшись к заговорщикам. — Ну, разбойники! — Он невольно фыркнул и развел руками. — Что ж, ладно, сдаюсь. Принимаю совет Гаральда. Не было бы так страшно, я бы, может, и в пляс пустился, замечательные вы мои негодяи. Что уж скрывать: я до смерти боялся этого вечера, а вышла такая радость.

— Сказано — сделано. Атаману Фродо и всей шайке его — ура! — закричали хоббиты и заплясали вокруг Фродо. А Мерри с Пином пляску оставили и начали песню: сочиненную, конечно, заранее, вроде той, которую пели гномы, отправляясь в путь с Бильбо:

> Ур-р-ра! Споем, друзья, втроем,
> Прощай, очаг и отчий дом!
> Сквозь ветер злой, дожди и зной
> Мы до Раздола добредем!
>
> Туда, где эльфы с давних пор
> Живут в тени туманных гор,
> Мы побредем, покинув дом,
> Лихим врагам наперекор!
>
> А что потом — решим потом,
> Когда в Раздоле отдохнем, —
> Нелегок долг, и путь далек,
> Но мы вернемся в отчий дом!
>
> Близка рассветная пора!
> Нам в путь пора! Нам в путь пора!

— Неплохо спето! — заметил Фродо. — Но уж ежели так, то дел у нас хватает, и давайте примемся за них под крышей, ведь потом крыши-то не будет.

— Крыша крышей, а песня песней, — сказал Пин. — Так ты что, и правда думаешь в путь до рассвета?

— Пока не решил, — ответил Фродо. — Я боюсь Черных Всадников и боюсь оставаться в доме, про который им известно, что я в нем поселился. Гаральд мне, опять же, задерживаться не советовал. Я бы только очень хотел повидаться с Гэндальфом. Вот и Гаральд удивился, что Гэндальф обещал, да не пришел. Вопрос один, вопрос другой. Первый: долго ли Всадникам до Зайгорда? Второй: долго ли нам собираться? Путь — сами знаете...

— На второй вопрос ответ готов, — сказал Мерри, — хоть через час. Я уж все собрал. Шесть лошадок щиплют травку, мешки набиты; разве только подбавить чего-нибудь для тепла и брюха?

— Да вы, я вижу, опытные заговорщики, — восхитился Фродо. — Но может, все-таки денек подождем Гэндальфа?

— Мы-то подождем, только Всадники твои как бы не нагрянули, сам гляди, — сказал Мерри. — Они бы, пожалуй, уже до нас добрались, да застряли, наверно, у Северного Хода, там Городьба в три сажени до самой реки. И сторожа по ночному времени никого не пустят, проси не проси. Разве что прорвутся силой, но там, по-моему, вряд ли прорвешься. Там и днем-то не очень пустят, тем более каких-то черных и подозрительных. Пустить не пустят, но Забрендия — не крепость, сам понимаешь.

Фродо задумался.

— Вот как мы сделаем, — сказал он наконец. — Выходим завтра чуть свет. Только не по дороге: это самое опасное. Вдруг нас обложили со всех сторон — я же не знаю, сколько Всадников, может, два, а может, больше. Нам бы надо уйти, как под землю нырнуть.

— Это же вам путь только через Вековечный Лес! — с ужасом воскликнул Толстик. — Берегитесь, лучше куда угодно, чем туда. Подумаешь, какие-то Черные Всадники!

— Вот ты и подумай на досуге, — посоветовал ему Мерри. — Страшно это, конечно, а все же Фродо, наверно, прав. Там нас преследовать не будут — повезет, так и всякая погоня нас потеряет.

— Это в Лесу-то Вековечном вам повезет? — взвизгнул Толстик. — Покамест никому не везло. Погоня их потеряет, как же! Сами навек потеряетесь! Туда никто не ходит.

— Ну как — никто?! — сказал Мерри. — Брендизайки ходят: не каждый день, конечно, но когда понадобится. И своя тропка у нас там есть. Фродо по ней ходил — давным-давно, правда. И я тоже ходил, несколько даже раз: днем, когда деревья спят.

— Ваше дело, ваше дело! — замахал руками Фредегар. — По мне, так страшнее Вековечного Леса ничего и на свете нет, а что о нем рассказывают, лучше даже не слушать. Ну, я-то что, я же с вами не иду. И теперь, честное слово, очень рад, что остаюсь: вот Гэндальф не сегодня завтра объявится, я ему все про вас расскажу.

Толстик любил Фродо, но бросать Хоббитанию боялся: мало ли что окажется где-то там. Он и за рекой-то был в первый раз. Впрочем, заговорщики не собирались брать его с собой: по плану ему надлежало стеречь дом и сбивать с толку любопытных — притворяться, что господин Торбинс здесь, пожалуйста, только не сейчас. На всякий случай были наготове даже старые костюмы из Торбы; Толстик их наденет, авось его и примут за Фродо. Никто не подумал, что это самая опасная роль.

— Прекрасно! — сказал Фродо, разобравшись в заговорщицких замыслах. — Как бы мы иначе оповестили Гэндальфа? Вряд ли эти Всадники умеют читать, и все же я не рискнул бы оставить письмо. А коли Толстик будет на месте, так и думать нечего: уж Гэндальф-то за нами угонится. Стало быть, с утра в Вековечный Лес!

— Мне-то что, — сказал Пин, — в Лес так в Лес. Я только не завидую Толстику — вот поглядит он на Черных Всадников.

172

— А я тебе не завидую, — отозвался Фредегар. — Зайдешь в Лес — обратно запросишься, да поздно будет.

— Ладно, хватит спорить, — сказал Мерри. — Нам еще надо прибраться и кое-что упаковать. Я ведь вас затемно разбужу.

Когда Фродо наконец улегся, он никак не мог заснуть. Ноги ныли; спасибо, хоть завтра верхом. Мало-помалу он погрузился в смутный сон, и казалось ему, что он смотрит сверху, из окна, в лесную темень, а у корней деревьев ползают, принюхиваясь, какие-то твари — и наверняка до него доберутся.

Издали донесся шум: ветер, наверно, пробежал по листьям. Нет, понял он, это не ветер, это дальнее Море, а шума волн он никогда наяву не слышал — только во сне. А потом окна не стало — простор. И никаких деревьев. Вокруг шелестел черный вереск, соленый запах щекотал ноздри. Фродо поднял глаза и увидел высокую белую башню на крутой скале. Ему хотелось взобраться туда, чтобы поглядеть на Море, он стал карабкаться по склону, но вдруг небо озарилось молнией и грянул гром.

Глава VI
ВЕКОВЕЧНЫЙ ЛЕС

Фродо вскочил как встрепанный. В комнате было темно: Мерри стоял в коридоре со свечою в руке и громко барабанил по приоткрытой двери.

— Тише! Что случилось? — заплетающимся со сна языком испуганно выговорил Фродо.

— Еще спрашивает! — удивился Мерри. — Вставать пора, половина пятого. На дворе непроглядный туман. Вставай, вставай! Сэм уже завтрак готовит, Пин и тот на ногах. Я пошел седлать пони. Разбуди лежебоку Толстика, пусть хоть проводит нас.

К началу седьмого все пятеро были готовы в путь. Толстик зевал во весь рот. Они бесшумно выбрались из дому и зашагали по задней тропке вслед за Мерри, который вел тяжело навьюченного пони, — через рощицу, потом лугами. Листья влажно лоснились, с каждой ветки капало, и холодная роса серым пологом заволакивала траву. Стояла тишь, и дальние звуки слышались совсем рядом: квохтали куры, хлопнула чья-то дверь, заскрипела калитка.

Пони были в сенном сарае: крепкие, один к одному, медлительные, но выносливые, под стать хоббитам. Беглецы сели поудобнее, тронули лошадок — и углубились в густой туман, который словно нехотя расступался перед ними и смыкался позади. Ехали шагом, час или около того; наконец из мглы неожиданно выступила Городьба, высокая, подернутая серебристой паутиной.

— Ну и как же мы через нее? — спросил Фродо.

— За мной! — отвечал Мерри. — Увидишь.

Он свернул налево и поехал вдоль Городьбы, которая вскоре отошла назад краем оврага. В овраг врезался пологий спуск, глубже, глубже — и становился подземным ходом с кирпичными стенами. Ход нырял под ограду и выводил в овраг на той стороне.

Толстик Боббер осадил пони.

— Прощай, Фродо! — воскликнул он. — Зря ты в Лес пошел, гиблое это место, сегодня же в беду, чего доброго, попадете. А все-таки желаю вам удачи — и сегодня, и завтра, и всегда!

— Если б у меня только и было впереди, что Вековечный Лес, я был бы счастливчиком, — отозвался Фродо. — Гэндальфу передай, чтоб торопился к Западному Тракту: мы тоже из Лесу туда и уж там припустимся! Прощай! —

Тут его голос заглушило эхо, и Фредегар остался наверху один.

Ход был темный, сырой и упирался в железные воро-та. Мерри спешился и отпер их, а когда все прошли — за-хлопнул. Ворота сомкнулись, и зловеще клацнул запор.

— Ну вот! — сказал Мерри. — Путь назад закрыт. Про-щай, Хоббитания, перед нами Вековечный Лес.

— А про него правду рассказывают? — спросил Пин.

— Смотря что рассказывают, — отвечал Мерри. — Ес-ли ты про те страсти-мордасти, какими Толстика пугали в детстве, про леших, волков и всякую нечисть, то вряд ли. Я в эти байки не верю. Но Лес и правда чудной. Все в нем какое-то настороженное, не то что в Хоббитании. Де-ревья здесь чужаков не любят и следят-следят-следят за ними во все... листья, что ли? — глаз-то у них нет. Днем это не очень страшно, пусть себе следят. Бывает, правда, иногда — одно ветку на тебя обронит, другое вдруг корень выставит, третье плющом на ходу оплетет. Да это пустя-ки, а вот ночью, мне говорили... Сам-то я ночью был здесь раз или два, и то на опушке. Мне казалось, будто деревья шепчутся, судачат на непонятном языке и сулят что-то недоброе; ветра не было, а ветки все равно колыхались и шелестели. Говорят, деревья могут передвигаться и сте-ной окружают чужаков. Когда-то они даже к Городьбе под-ступали: появились рядом с нею, стали ее подрывать и тес-нить, клонились на нее сверху. Тогда хоббиты вышли, по-рубили сотни деревьев, развели большой костер и выжгли вдоль Городьбы широкую полосу. Лес отступил, но оби-ды не забыл. А полоса и сейчас еще видна — там, немного подальше в Лесу.

— Деревья — и всё? — опять спросил Пин.

— Да нет, еще водятся будто бы разные лесные чуди-ща, — ответил Мерри, — только не тут, а в долине Вет-лянки. Но тропы и здесь кто-то протаптывает: зайдешь в

Лес, а там, откуда ни возьмись, тропа, и вдобавок неверная — леший ее знает, куда поведет, да каждый раз по-разному. Тут раньше была одна неподалеку, хотя теперь, может, и заросла, — большая тропа к Пожарной Прогалине, и за ней маленькая тропка вела наискось, примерно в нужную сторону, на северо-восток. Авось разыщу.

Из нескончаемого оврага вывела наверх, в Лес, еле заметная дорожка, вывела и тут же исчезла. Въезжая под деревья, они оглянулись: позади смутной полосой чернела Городьба — вот-вот скроется из виду. А впереди были только стволы и стволы, впрямь и вкривь, стройные и корявые, гладкие и шишковатые, суковатые и ветвистые, серо-зеленые, обомшелые, обросшие лишайником.

Не унывал один Мерри.

— Ты ищи, ищи свою большую тропу, — хмуро понукал его Фродо. — Того и гляди, растеряем друг друга или все вместе заплутаемся!

Пони наудачу пробирались среди деревьев, осторожно ступая между извилистыми, переплетающимися корнями. Не было никакого подлеска, никакого молодняка. Пологий подъем вел их в гору, и деревья нависали все выше, темнее, гуще. Стояла глухая тишь; иногда по неподвижной листве перекатывалась и шлепалась вниз набрякшая капля. Ветви словно замерли, ниоткуда ни шелеста; но хоббиты понимали, что их видят, что их рассматривают — холодно, подозрительно, враждебно. Причем все враждебнее да враждебнее: они то и дело судорожно оборачивались и вскидывали головы, точно опасаясь внезапного нападения. Тропа не отыскивалась, деревья заступали путь, и Пин вдруг почувствовал, что больше не может.

— Ой-ой-ой! — жалобно закричал он во весь голос. — Я ничего худого не замышляю, пропустите меня, пожалуйста!

Все в испуге застыли, но крик не раскатился по Лесу, а тут же заглох, точно придушенный. Ни эха, ни отзвука: только Лес сгустился плотнее и зашелестел как будто злорадней.

— Не стал бы я на твоем месте кричать, — сказал Мерри. — Пользы ни на грош, а навредить может.

Фродо подумал, что, наверно, пути давно уже нет и что зря он повел друзей в этот зловредный Лес. Мерри искал взглядом тропу, но очень неуверенно, и Пин это заметил.

— Ну, ты прямо с ходу заблудился, — проворчал он, а Мерри в ответ облегченно присвистнул и показал пальцем вперед.

— Да, дела! — задумчиво проговорил он. — Деревья ведь, а на месте не стоят. Вон она, оказывается, Пожарная-то Прогалина, а тропа к ней — ух, куда ушла!

Путь их светлел, деревья расступались. Они вдруг вынырнули из-под ветвей и оказались на широкой поляне. Над ними раскрылось небо, неожиданно голубое и чистое. Солнце не успело подняться высоко, но уже слало вниз приветливые лучи. Листва по краям Прогалины была гуще и зеленее, словно отгораживала ее от Леса. На Прогалине не было ни деревца: жесткая трава, а среди нее торчал квелый болиголов, бурый бурьян, вялая белена и сухой чертополох. Все опадало и осыпалось, всему был через стать прахом, но после чащоб Вековечного Леса здесь было чудо как хорошо.

Хоббиты приободрились: солнце поднялось, небо засияло над ними, и хлынул дневной свет. В дальнем конце Прогалины вдруг ясно обозначилась тропа среди деревьев. Она уходила в Лес, вверх по склону: над нею нависали густые ветви, то сходясь вплотную, то раздвигаясь.

Но теперь они ехали веселее и куда быстрее прежнего, в надежде, что Лес смилостивился и все-таки пропустит их. Однако не тут-то было: вскоре тайное лиходейство стало явным. Спертый воздух напитался духотой, деревья стиснули их с обеих сторон и заслонили путь. Каждый шаг давался с трудом, копыта пони утопали в грудах прелых листьев, запинались за скрытые корни, и в глухой тишине стук этот больно отдавался в ушах. Фродо попробовал было для бодрости громко затянуть песню, но его сдавленный голос был еле слышен:

> Смело идите по затененной земле,
> Верьте, не вечно клубиться мгле,
> Вам суждено одолеть леса,
> И солнце должно осветить небеса:
> На рассвете дня, на закате дня
> Разгорится заря, ветерком звеня,
> И он разгонит промозглую мглу,
> Сгинут навек...

Тут ему точно горло перехватило. Воздух затыкал рот, слова не выговаривались. С нависшего над тропой дерева обрушился за их спиной громадный корявый сук. Впереди стволы сомкнулись еще плотнее.

— Видать, не понравилось им, что их суждено одолеть, — заметил Мерри. — Давай пока лучше подождем с песнями. Вот выйдем на опушку, повернемся и споем что-нибудь громовым хором!

Говорил он шутливо, стараясь унять тревожную дрожь в голосе. На его слова не откликнулись: всем было жутковато. А у Фродо душа так и ныла: он корил себя за легкомыслие и уж совсем было собрался повернуть всех вспять (то есть неведомо куда), как вдруг тягостный подъем кончился, деревья раздвинулись и выпустили путников на ровную поляну, а тропа побежала напрямик к зеленому холму, безлесному, похожему на лысое темя над вздыбленными волосами.

Они снова заторопились вперед — хоть бы ненадолго выбраться из-под гнета Вековечного Леса! Тропа пошла книзу, потом опять в гору, подвела их наконец к открытому крутому подъему и исчезла в траве. Лес обступал холм ровным кругом, точно густая шевелюра плешивую макушку.

Хоббиты повели своих пони по склонам вкруговую, добрались наконец до вершины, остановились и огляделись. Кругозор застилала синеватая солнечная дымка. Вблизи туман почти совсем растаял, подальше осел по лесным прогалинам, а на юге подымался, словно пар, из пересекавшего Лес глубокого оврага и расползался белыми клочьями.

— Вон там, — показал Мерри, — течет Ветлянка, с Курганов Южного нагорья на юго-запад, в самую глубь Леса, прорезает его и впадает в Брендидуим. Вот куда нам больше всего не надо — говорят, от реки-то и есть главное лесное колдовство.

Но в той стороне, куда показывал Мерри, пелена тумана над сырой и глубокой речной расселиной скрывала всю южную половину Леса. Было уже около одиннадцати, солнце припекало, но осенняя дымка была по-прежнему непроницаемой. На западе не видать было ни Городьбы, ни речной долины за нею. И сколько ни глядели они на север, не могли найти взглядом Великого Западного Тракта. С четырех сторон зелеными волнами окружал их неоглядный Лес.

Юго-восточный склон холма, казалось, круто уходил в лесную глубь; так со дна морского вздымается гора, образуя у воды видимость островного берега. Хоббиты сидели на зеленой макушке, посматривали на безбрежный Лес и подкреплялись. Когда перевалило за полдень, далеко на востоке обозначились сероватые очертания Курганов за пределами Вековечного Леса. Это зрелище их очень порадовало: значит, все-таки у Леса есть предел. Хотя идти к Могильникам они вовсе не собирались — хоббитские легенды о них были еще пострашнее, чем россказни о Лесе.

Пополдничав и собравшись с духом, они поехали вниз. Исчезнувшая путеводная тропа вдруг отыскалась у северного подножия и устремилась к северу; однако не успели они обрадоваться, как заметили, что их медленно, но верно заносит вправо, на юго-восток. Скоро тропа пошла под уклон, должно быть к долине Ветлянки, то есть совсем уж в ненужную сторону. Посовещались и решили оставить обманную тропу, свернуть налево в чащу и наудачу держать путь к северу. Они хоть и не увидели Тракта с холма, но это дела не меняло. Кстати же слева от тропы вроде и земля была посуше, и деревья пореже, обыкновенные елки да сосны, не то что здесь — дубы, буки, грабы и совсем уж какие-то загадочные древние породы.

Поначалу казалось, что решили они правильно: даже и поехали опять быстрее, хотя, когда солнце пронизывало листву, светило оно чуть ли не сзади. Опять начали сходиться деревья. Откуда ни возьмись, глубокие рытвины пересекали путь, будто гигантские колеи, заброшенные рвы или овраги, поросшие репейником. И все, как назло, поперек. Обойти их не было возможности, надо было перебираться, а внизу частая поросль и густой терновник — влево и не пробуй, а вправо расступается. Подавшись вправо, с горем пополам выкарабкивались наверх, а там темной стеною теснились деревья: налево и в гору не пускали, так что хоббиты поневоле шли направо под гору.

Через час-другой они потеряли направление — знали только, что идут не на север. Кто-то вел их, и они покорно брели все восточнее и южнее, в глубь Леса — в самую глубь.

Солнце клонилось к западу, когда они угодили в овражище шире и глубже всех прочих. Спустились — вернее, обрушились они туда чуть не кувырком, а выкарабкаться вперед или назад по такой крутизне и думать было нечего: не бросать же пони вместе с поклажей! Влево пути, конечно, не было; побрели вправо, вниз по оврагу. Податливая почва чавкала под ногами, повсюду струились родники, и вскоре оказалось, что они идут следом за журчащим, лепечущим ручейком, пробившимся сквозь болотный дерн. Потом склон стал круче, разлившийся ручей уверенно забурлил и потоком хлынул под откос. Они шли глубокой, сумрачной балкой, сверху затененной деревьями.

Вдруг перед ними точно распахнулись ворота, и в глаза блеснул солнечный свет. Они вышли из огромной промоины, прорезавшей высокий и крутой, почти отвесный глинистый берег. У ног их раскинулись пышные заросли осоки и камыша; впереди высился другой берег, такой же крутой и скользкий. Дремотный зной стоял в укромной речной долине. Посредине тихо катила мутнобурые струи река, обросшая ветлой и ильмовником; над нею склонялись дряхлые ивы, ее обступали ветхие вязы, осклизлые берестовые стволы загромождали русло, тысячи тысяч палых листьев несла вода, их желтые мириады вяло трепетали в воздухе, тянуло теплым ветерком — и шуршали камыши, шелестела осока, перешептывались ивовые и вязовые ветви.

— Ну, теперь понятно, куда нас занесло! — сказал Мерри. — Совсем не в ту сторону. Это Ветлянка! Пойду-ка я поразведаю.

Он пробежал солнечной полянкой и затерялся в высокой траве. Потом вернулся — как из-под земли вырос — и объявил, что под обрывом, у самого берега, вовсе не топко и есть прекрасная тропа.

— Пойдем по ней влево, — сказал он. — Глядишь, и выберемся на восточную опушку.

— Ну-ну, — покачал головой Пин. — Глядишь, может, и выберемся, если тропа выведет, а не заведет в топь. Ты думаешь, кто ее проложил и зачем? Уж наверно, не для нас. Что-то мне в этом Лесу сильно не по себе, и я теперь готов верить любым небылицам про эти места. А далеко нам, по-твоему, до восточной опушки?

— Понятия не имею, — сообщил Мерри. — Равно как и о том, далеко ли мы от низовья Ветлянки и кто здесь умудрился проторить тропку. Одно знаю: вот такие пироги.

Раз так, делать было нечего, и они вереницей потянулись за Мерри к его неведомой тропе. Буйная осока и высокие камыши то и дело скрывали хоббитов с головой, но единожды найденная тропа никуда не девалась: она петляла и ловчила, выискивая проход по топям и трясинам. И все время попадались ручьи, стремившиеся к Ветлянке с лесной верховины: через них были заботливо перекинуты древесные стволы или вязанки хвороста.

Жара донимала хоббитов. Мошкара гудящим роем толклась над ними, и солнце немилосердно пекло им спины; наконец тропку перекрыла зыбкая серая тень, какие-то тощие ветви с редкой листвою. Что ни шаг — душней и трудней. Земля словно источала сонливость, и сонно колыхался парной воздух.

Фродо тяжко клевал носом. Пин, который едва плелся перед ним, вдруг опустился на колени. Фродо придерживал пони и услышал голос Мерри:

— Зря мучаемся. Все, я шагу больше не ступлю. Поспать надо. Там вон, под вязами, прохладней. И мух меньше!

Фродо его неверный голос очень не понравился.

— Взбодрись! — крикнул он. — Не время спать! Надо сначала выбраться из Леса!

Однако спутников его цепенила дремота. Сэм зевал и хлопал глазами. Фродо почувствовал, что и сам засыпает — в глазах у него все поплыло, и неотвязное жужжанье мерзких мух вдруг стихло. Был только легкий шепот, мягкое журчанье, дальний шелест — листья, что ли? Листья, конечно. Он поднял усталые глаза и увидел над собою громадный вяз, древний и замшелый. Вяз раскинул над ними ветви, словно распростер бесчисленные руки — длинные, узловатые, серые. Его необъятный корявый ствол был иссечен черными трещинами, тихо скрипевшими под перешептыванье вялой листвы. И кругом сыпались листья... Фродо зевнул во весь рот и опустился на траву.

Мерри с Пином еле-еле дотащились до могучего ствола, сели и прислонились к нему возле зияющих трещин. Сэм плелся где-то сзади. Вверху плавно покачивалась сплошная завеса желто-серой листвы. Путники утомленно закрыли глаза и словно бы услышали сквозь дрему: вода у вяза, вода увяжет, вода притянет и в сон затянет... Они уснули, уютно убаюканные журчанием реки, у самого ствола огромного серого вяза.

Фродо изо всех сил отгонял сон, ему даже удалось встать на ноги. Его неодолимо тянуло к воде.

— Погоди-ка, Сэм, — пробормотал он. — Хорошо бы еще ноги... окунуть...

В полусне, цепляясь за ствол, он перебрался к воде, туда, где толстые, узловатые корни всасывались в реку, точно драконьи детеныши на водопое. Фродо оседлал драконника, поболтал натруженными ногами в прохладной бурой воде и тут же уснул, прислонившись к необъятному стволу.

Сэм сидел и зевал во весь рот, изредка почесывая в затылке: как-то все-таки непонятно. Чудно что-то. Солнце еще не село, а они спят и спят. С чего бы это?

— Подумаешь, разморило, это пустяки, — соображал он. — А вот дерево чересчур уж большое, ишь, тоже мне, расшелестелось! Вода, мол, притянет и в сон затянет — доспишься, чего доброго!

Он стряхнул дремоту, встал и пошел поглядеть, как там пони. Две лошадки паслись далековато от тропы; он привел их обратно и тут услышал шумный всплеск и тихое-тихое клацанье. Что-то плюхнулось в воду, и где-то плотно притворили дверь.

Сэм кинулся к берегу и увидел, что хозяин с головой ушел в воду возле самого берега, длинный цепкий корень потихоньку топит его, а Фродо даже не сопротивляется.

Сэм поскорей схватил хозяина за куртку и вытащил из-под корня, а потом кое-как и на сушу. Фродо очнулся и взахлеб закашлялся; носом хлынула вода.

— Представляешь, Сэм, — выговорил он наконец, — дерево-то спихнуло меня в воду! Обхватило корнем и окунуло!

— Что говорить, заспались, сударь, — сказал Сэм. — Отошли бы хоть подальше от воды, если уж так вам спится.

— А наши-то где? — спросил Фродо. — Не заспались бы и они!

Сэм с Фродо обошли дерево. Пин исчез. Трещина, у которой он прилег, сомкнулась, словно ее и не было. А ноги Мерри торчали из другой трещины.

Сначала Фродо и Сэм били кулаками в ствол возле того места, где лежал Пин. Потом попробовали раздвинуть трещину и выпустить Мерри — безуспешно.

— Так я и знал! — воскликнул Фродо. — Ну что нас понесло в этот треклятый Лес! Остались бы лучше там, в Балке! — Он изо всех сил пнул дерево. Еле заметная дрожь пробежала по стволу и ветвям; листья зашуршали и зашептались, словно пересмеиваясь.

— Вы небось топора-то, сударь, не захватили? — спросил Сэм.

— Есть, кажется, у нас топорик, ветки рубить, — припомнил Фродо. — Да тут разве такой нужен!

— Погодите-ка! — вскрикнул Сэм, будто его осенило. — А если развести огонь? Вдруг поможет?

— Поможет, как же, — с сомнением отозвался Фродо. — Зажарим Пина, и больше ничего.

— А все же давайте-ка подпалим ему шкуру, авось испугается. — Сэм ненавистно глянул на раскидистый вяз. — Если он их не отпустит, я все равно его свалю — зубами подгрызу! — Он кинулся к лошадям и живо разыскал топорик, трутницу и огниво.

Они натащили к вязу кучу хвороста, сухих листьев, щепок — не с той, конечно, стороны, где были Пин и Мерри. От первой же искры взметнулся огонь, хворост затрещал, и мелкие языки пламени впились в мшистую кору. Древний исполин содрогнулся, шелестом злобы и боли ответила листва. Громко вскрикнул Мерри, изнутри донесся сдавленный вопль Пина.

— Погасите! Погасите! — не своим голосом завопил Мерри. — А то он грозит меня надвое перекусить, да так и сделает!

— Кто грозит? Что там с тобой? — Фродо бросился к трещине.

— Погасите! Погасите скорей! — умолял Мерри.

Ветки вяза яростно всколыхнулись. Будто вихрем растревожило все окрестные деревья, будто камень взбаламутил дремотную реку. Смертельная злоба будоражила Лес. Сэм торопливо загасил маленький костер и вытоптал искры. А Фродо, вконец потеряв голову, стремглав помчался куда-то по тропке с истошным криком: «Помогите! Помогите! Помоги-и-и-ите!» Он срывался на визг, но сам себя почти не слышал: поднятый вязом вихрь об-

рывал голос, бешеный ропот листвы глушил его. Но Фро‑
до продолжал отчаянно верещать — от ужаса и растерян‑
ности.

А потом вдруг замолк — на крики его ответили. Ил
ему показалось? Нет, ответили: сзади, из лесной глуби‑
ны. Он обернулся, прислушался — да, кто-то пел зычны
голосом, беспечно и радостно, но пел невесть что:

> Гол — лог, волглый лог, и над логом — горы!
> Сух — мох, сыр — бор, волглый лог и долы!

В надежде на помощь и в страхе перед новой опасно
тью Фродо и Сэм оба замерли. Вдруг несусветица слож
лась в слова, а голос стал яснее и ближе:

> Древний лес, вечный лес, прелый и патлатый —
> Ветерочков переплеск да скворец крылатый!
> Вот уж вечер настает, и уходит солнце —
> Тома Золотинка ждет, сидя у оконца.
> Ждет-пождет, а Тома нет — заждалась, наверно,
> Золотинка, дочь реки, светлая царевна!
> Том кувшинки ей несет, песню распевает —
> Древний лес, вечный лес Тому подпевает:
> Летний день — голубень, вешний вечер — черен,
> Вешний ливень — чудодей, летний — тараторень!
> Ну-ка, буки и дубы, расступитесь, братцы, —
> Тому нынче недосуг с вами препираться!
> Не шуршите, камыши, жухло и уныло —
> Том торопится-спешит к Золотинке милой!

Они стояли как зачарованные. Вихрь словно выдо
ся. Листья обвисли на смирных ветвях. Снова послыш
лась та же песня, и вдруг из камышей вынырнула затр
панная шляпа с длинным синим пером за лентой тул
Вместе со шляпой явился и человек, а может, и не чел
век: ростом хоть поменьше Громадины, но шагал втро
не: его желтые башмаки на толстых ногах загребали л

ству, будто бычьи копыта. На нем был синий кафтан, и длинная курчавая густая борода заслоняла середину кафтана; лицо — красное, как наливное яблоко, изрезанное смеховыми морщинками. В руке у него был большой лист-поднос, а в нем плавали кувшинки.

— Помогите! — кинулись навстречу ему Фродо и Сэм.

— Ну! Ну! Легче там! Для чего кричать-то! — отозвался незнакомец, протянув руку перед собой, и они остановились как вкопанные. — Вы куда несетесь так? Мигом отвечайте! Я — Том Бомбадил, здешних мест хозяин. Кто посмел обидеть вас, этаких козявок?

— Мои друзья попались! Вяз! — еле переводя дыхание, выкрикнул Фродо.

— Понимаете ли, сударь, их во сне сцапали, вяз их схватил и не отпускает! — объяснил Сэм.

— Безобразит Старый Вяз? Только и всего-то? — вскричал Том Бомбадил, весело подпрыгнув. — Я ему спою сейчас — закую в дремоту. Листья с веток отпою — будет знать, разбойник! Зимней стужей напою — заморожу корни!

Он бережно поставил на траву поднос с кувшинками и подскочил к дереву, туда, где торчали одни только ноги Мерри. Том приложил губы к трещине и тихо пропел что-то непонятное. Мерри радостно взбрыкнул ногами, но вяз не дрогнул. Том отпрянул, обломал низкую тяжелую ветку и хлестнул по стволу.

— Эй! Ты! Старый Вяз! Слушай Бомбадила! — приказал он. — Пей земные соки всласть, набирайся силы. А потом — засыпай: ты уже весь желтый. Выпускай малышат! Хват какой нашелся!

Он схватил Мерри за ноги и мигом вытащил его из раздавшейся трещины.

Потом, тяжко скрипя, разверзлась другая трещина, и оттуда вылетел Пин, словно ему дали пинка. Со злобным старческим скрежетом сомкнулись оба провала, дрожь пробежала по дереву, и все стихло.

— Спасибо вам! — сказали хоббиты в четыре голоса.

Том расхохотался.

— Ну а вы, малышня, зайцы-непоседы, — сказал он, — отдохнете у меня, накормлю как следует. Все вопросы — на потом: солнце приугасло, да и Золотинка ждет — видно, заждалась нас. На столе — хлеб и мед, молоко и масло... Ну-ка, малыши, — бегом! Том проголодался!

Он поднял свои кувшинки, махнул рукой, приглашая за собою, и вприпрыжку умчался по восточной тропе, во весь голос распевая что-то совсем уж несуразное.

Разговаривать было некогда, удивляться тоже, и хоббиты поспешили за ним.

Только спешили они медленно. Том скрылся из виду, и голос его слышен был все слабей и слабей. А потом он вдруг опять зазвучал громко, будто прихлынул:

Поспешайте, малыши! Подступает вечер!
Том отправится вперед и засветит свечи.
Вечер понадвинется, дунет темный ветер,
А окошки яркие вам тропу осветят.
Не пугайтесь черных вязов и змеистых веток —
Поспешайте без боязни вы за мною следом!
Мы закроем двери плотно, занавесим окна —
Темный лес, вечный лес не залезет в дом к нам!

И все та же тишь, а солнце уже скрылось за деревьями. Хоббитам вдруг припомнился вечер на Брендидуиме и сверканье Хоромин. Впереди неровным частоколом вставала тень за тенью: необъятные стволы, огромные ветви, темные густые листья. От реки поднялся белый туман и заклубился у ног, мешаясь с сумеречным полумраком.

Идти было трудно, а хоббиты очень устали, ноги у них отяжелели, как свинцом налитые. Странные звуки кра-

лись за ними по кустам и камышам, а мерзко-насмешли-
вые древесные рожи, кривясь, ловили их взгляды. Шли
они сами не свои, и всем четверым казалось, что лесному чародейству нет конца, что от этого дурного сна не
очнуться.

У них совсем уже подгибались ноги, когда тропа вдруг
мягко повлекла их в гору. Послышался приветливый пе-
реплеск: в темноте забелел пенистый водопадик. Деревья
расступились; туман отполз назад. Они вышли из лесу на
широкое травянистое всхолмье. Река, ставшая быстрой ре-
чушкой, весело журчала, сбегая им навстречу, и поблескивала в свете зажигающихся звезд.

Невысокая шелковистая трава под ногами была, должно быть, обкошена. Подстриженные деревья на опушке
стояли стройной живой изгородью. Ровной, обложенной
булыжником дорожкой обернулась извилистая тропа. Она
привела и на вершину травяного холма, залитого серым
звездным светом; все еще вдалеке, на возвышенном склоне, теплились окна дома. И снова вниз повела дорожка, и
снова повела вверх по травяной глади. В глаза им блеснул широкий желтый просвет распахнутой двери. Вот он,
дом Тома Бомбадила, у подножия следующего холма, —
оставалось только сойти к нему. За ним высился голый
крутой скат, а еще дальше в глубоком сумраке чернели
Могильники. Усталость как рукой сняло, половины страхов как не бывало. Навстречу им зазвенела песня:

> Эй, шагайте веселей! Ничего не бойтесь!
> Приглашает малышей Золотинка в гости.
> Поджидает у дверей с Бомбадилом вместе.
> Заходите поскорей! Мы споем вам песню!

А потом зазвучал другой голос — чистый и вековечный, как весна, и радостно-переливчатый, словно поток с
снеющих утренних высей:

Заходите поскорее! Ну а мы споем вам
О росе, ручьях и речках, о дождях веселых,
О степях, где сушь да вереск, о горах и долах,
О высоком летнем небе и лесных озерах,
О капели с вешних веток, зимах и морозах,
О закатах и рассветах, о луне и звездах —
Песню обо всем на свете пропоем мы вместе!

И хоббиты оказались на пороге, озаренные ясным
светом.

Глава VII
У ТОМА БОМБАДИЛА

Четыре хоббита переступили широкий каменный порог — и замерли, помаргивая. Они оказались в низком, но
просторном покое, освещенном висячими лампадами и
пламенем вереницы длинных свеч, сверкавших на темной
гладкой столешнице. В кресле, в дальнем конце покоя,
лицом к дверям, сидела хозяйка дома. Ее белокурые волосы ниспадали на плечи и мягко струились вниз; ее об-
лекало платье, нежно-зеленое, как юный тростник, а пояс
был золотой с ярко-голубыми незабудками; вокруг нее на
зеленых и бурых блюдах плавали кувшинки — и как на
озерном троне сидела она.

— Входите, дорогие гости, — прозвучал ее голос, тот
самый, чистый и вековечный.

Робко вступили они в покой, неловко и низко кланя-
ясь, точно постучались, чтобы попросить напиться, в
обычный дом у дороги, а им отворила прекрасная эльфийская дева в цветочном уборе. Но они и слова не успели вымолвить, как она перепрыгнула через лилии и, смеясь, устремилась к ним, и платье ее прошелестело, точно
прибрежный камыш, шелохнутый ветерком.

— Смелее, милые друзья! — сказала она. — Смейтесь, веселитесь! Я — Золотинка, речная царевна.

Пропустив их мимо себя, она затворила дверь и обернулась, отстраняя ночь за дверью легким движением гибких белых рук.

— Пусть ночь останется в Лесу! — сказала она. — Вы, верно, все еще страшитесь густого тумана, темных деревьев, заводей и омутов да неведомой твари лесной. Не бойтесь, не надо! Нынче вы под надежным кровом Тома Бомбадила!

Они переминались у порога, а Золотинка, улыбаясь, разглядывала их.

— Прекрасная госпожа Золотинка! — промолвил наконец Фродо, охваченный непонятным ликованием. Бывало, он обмирал от восторга, внимая чарующим эльфийским голосам, но тут волшебство было совсем другое, и восторг не теснил ему грудь, а согревал сердце: чудесное не было чуждым. — Прекраснейшая госпожа! — повторил он. — Мне вдруг стала внятной таинственная отрада ваших песен.

> О тростинка стройная! Дочь Реки пречистой!
> Камышинка в озере! Трель струи речистой!
> О весна, весна и лето и сестрица света!
> О капель под звонким ветром и улыбка лета!

И он осекся, сам себе удивляясь. А Золотинка рассмеялась.

— Добро пожаловать! — сказала она. — Вот не знала, что в Хоббитании живут такие речистые хоббиты. Но ты, верно, дружен с эльфами: у тебя такие ясные глаза и звонкий голос. Как хорошо, что вы до нас добрались! Ну, рассаживайтесь, хозяин сейчас придет, только задаст корму лошадкам — они ведь устали не меньше вашего.

Хоббиты ног под собой не чуяли и охотно уселись в низкие тростниковые креслица. Золотинка хлопотала у стола, а они не сводили с нее глаз, наслаждаясь, словно танцем, резвой прелестью ее движений. Со двора доносилось веселое пение. Снова и снова повторялось уже слышанное «сыр-бор», «гол-лог», «сух-мох», и звучал припев:

> Молодчина Бомбадил — вовремя пришел ты к ним —
> В голубом своем камзоле, а ботинки желтые!

— Прекрасная госпожа! — снова заговорил Фродо. — Может, это и глупый вопрос, но все-таки скажите, кто такой Том Бомбадил?

— Он такой и есть, — отозвалась Золотинка, с улыбкой обернувшись к нему.

Фродо вопросительно взглянул на нее.

— Ну да, вот такой, как предстал перед вами, — ответила она на его вопросительный взгляд. — Он здесь всюду хозяин: ему подвластны леса и воды, холмы и долы.

— Значит, он — повелитель здешнего края?

— Да нет же! — возразила она, и улыбка ее потускнела. — Как это было бы тягостно! — прибавила она вполголоса, почти про себя. — Деревья и травы и все обитатели нашего края живут себе и живут, ничьих им велений не нужно. А Том Бомбадил — всем хозяевам хозяин. Он знает наперечет все неведомые тропы и тайные броды, разгуливает по лесу и пляшет на холмах средь бела дня и темной ночи; никто и ни в чем ему не помеха. Старый Том Бомбадил не ведает страха — он здесь извечный хозяин.

Дверь распахнулась, и вошел Том Бомбадил. Он был без шляпы, его пышные курчавые волосы венчала корона из желто-алых листьев. Том рассмеялся, подошел к Золотинке и взял ее под руку.

— Вот она, моя хозяйка, в изумрудном блеске! — сказал он хоббитам. — Вся в зеленом серебре и звездистых искрах! Больше свеч на стол, хозяйка! Сдвинем занавес ки — и за доброю едой вечер минет быстро. Стол накрыт, и ужин ждет — молоко да масло, белый хлеб и желтый мед — значит, все прекрасно!

— Стол-то накрыт, — отозвалась Золотинка, — а вот гости готовы ли к ужину?

Том захлопал в ладоши и весело удивился самому себе:

— Вот растяпа! Заспешил! Приглашает ужинать! А зайчата — чуть живые, им умыться нужно. Ну-ка, милые, сюда. А плащи — снимайте. Есть и мыло и вода — умывайтесь, зайцы!

Он отворил неприметную дверь в глубине зала, и хоббиты потянулись за ним: короткий коридорчик, и за углом — дверь в северную пристройку с покатым потолком. По стенам тесаного камня развешаны были зеленые циновки и желтые коврики, плиточный пол устилал свежий тростник. У одной стены рядком лежали четыре плотных тюфячка и белые стопки постельного белья; у другой, напротив, стояла широкая скамья, а на ней — глиняные плошки и коричневые кувшины с кипятком и холодной водой. И возле каждого ложа — мягкие зеленые шлепанцы.

Вскоре умытые и освеженные хоббиты сидели за столом, по двое с боков, во главе — хозяин, против него — Золотинка. Ужинали долго и весело. Изголодавшиеся хоббиты уплетали за обе щеки, но сыру и сливок, хлеба и меда, зелени и ягод было вдоволь. Пили они из своих кубков словно бы кристальную родниковую воду, но она веселила пуще вина и развязала им языки. Вдруг оказалось, что они звонко распевают, словно петь было легче и проще, чем говорить.

Наконец Золотинка с Томом поднялись и убрали со стола. Гостей пересадили в кресла у камина; они положили усталые ноги на подставленные скамеечки. В широком камине радостно полыхал огонь, и веяло сладкова-

193

тым запахом: дрова, наверно, были яблоневые. В прибранном покое погасили огни, осталась лишь одна лампада да четыре свечи на каминной доске, по паре с каждого края. И со свечою в руках возникла перед ними Золотинка: каждому из них пожелала она покойной ночи и приятного сна.

— Отдохните до утра! — сказала она. — Лесных гулов и ночных шорохов не бойтесь! Двери наши овевает ветер с холма, а в окна проникает лишь лунный и звездный свет. Доброй ночи!

И ушла, шелестя и мерцая, точно прожурчал в ночной тиши ручеек по прохладным камушкам.

Том сидел рядом с ними и молчал, а они набирались храбрости спросить хоть о чем-нибудь из того, о чем хотели спросить за ужином. Глаза у них слипались. Наконец Фродо проговорил:

— Ты меня услышал, хозяин, или просто случайно проходил мимо?

Том словно очнулся от приятного сновидения.

— Что? На помощь? Нет, не слышал, я ведь песни распевал и тропинкою речною к дому своему шагал... ну а в общем стороною про тебя и раньше знал: знал, что хоббиты-зайчата в лес попали не случайно, да и все тропинки тайно нынче сходятся к Ветлянке — Старый Вяз сюда их тянет, чтобы путников губить... Так, а мне чего ж хотелось... на лесной тропинке?..

Он снова закивал: его клонила дремота, но он продолжал, теперь уже напевно:

У меня там было дело — собирать кувшинки,
Чтоб потом преподнести их милой Золотинке;
Я всегда так делаю перед первым снегом,
Чтоб они цвели у ней до начала лета —
Собираю на лугу в чистом светлом озере,
Чтоб ладони холодов их не заморозили.
Я у этих берегов — давнею порою —

194

И жену свою нашел — раннею весною:
В камышах она звенела песней серебристой,
А над нею распевал ветерок росистый.

Он открыл глаза, и взгляд его блеснул синевой.

Так что видите, друзья, я теперь не скоро
У Ветлянки окажусь — может, лишь весною, —
Да и с Вязом повидаюсь под конец распутицы,
В дни, когда на нем листва весело распустится
И когда моя жена в золотистом танце
На реку отправится, чтобы искупаться.

Том опять приумолк; но Фродо уж не мог удержаться и задал свой самый главный вопрос.

— Расскажи нам, хозяин, — попросил он, — про этот страшный Старый Вяз. Кто он такой? Я раньше о нем никогда не слышал.

— Нет, не надо! — в один голос вскрикнули Мерри и Пин, выпрямившись в креслах. — Сейчас не надо! Лучше утром!

— Верно! — согласился Том. — Верно, лучше отдыхайте, ночь не для таких рассказов! Спите бестревожно, зайцы, и не бойтесь старых вязов! Да и шорохов ночных тоже не пугайтесь!

С этими словами он задул лампаду и, взявши в руки по свече, проводил их в спальню.

Тюфяки и подушки были мягче мягкого; хоббиты задернули пологи, укутались в белые шерстяные одеяла и мгновенно уснули.

Тяжелый сон отуманил Фродо. Ему грезилось, будто встает молодая луна и в ее бледном свете перед ним возникает мрачная высокая скала, прорезанная аркой. Потом его словно подняли ввысь, и он увидел не скалу, а скопище скал: темная равнина, зубчатая ограда, черная башня, а на ней кто-то стоит. Юная луна светила несмело:

видна была только темная-темная башня да светлая фигурка наверху. Понизу ярились дикие голоса и злобно рычали волки. Из-за луны вдруг выплыла размашистая тень; тот, наверху, вскинул руки, и ослепительным лучом ударило из его посоха. Плеснули орлиные крылья, а внизу завыли, заклацали клыками волки. Ветер донес яростный стук копыт — с востока, с востока, с востока. «Черные Всадники!» — понял Фродо и проснулся в холодном поту; быстрыми молоточками стучала у него в висках кровь. «Неужели же, — подумал он, — я наберусь храбрости покинуть эти стены?» Он лежал затаив дыхание, но теперь все было тихо. Наконец он свернулся калачиком и погрузился в сон без сновидений.

А рядом с ним сладко спал Пин; но сон его вдруг обернулся удушьем, он заворочался и застонал. И разом проснулся или будто бы проснулся, слыша в темноте странные звуки из сна: «пыт-пыт», «ы-ыхх-хы-хы» — и, будто кто-то потирает ветви друг о друга, карябает по стене и стеклам деревянными когтями: «скырлы, скырлы, скырлы». Он спросонья подумал, не вязы ли возле дома; и страшнее смерти оказалось, что он ни в каком не в доме, а в дупле Старого Вяза и над ним раздается жуткое, скрипучее старческое хихиканье. Он сел в постели, оперся на мягкие, ласковые подушки и облегченно откинулся на них. Тихим эхом прозвучали у него в ушах слова Золотинки: «Лесных гулов и ночных шорохов не бойтесь! Отдохните до утра!» И он опять сладко заснул.

Мирный сон Мерри огласился урчанием воды: вода тихо чмокала, обсасывая стены, и разливалась, расползалась вокруг дома темной, бескрайней стоячей заводью. Вода смачно булькала у стен, медленно и мутно прибывала, приплескивала. «Я же утону! — подумалось Мерри. — Она просочится, хлынет, затопит, и я утону». И стал утопать в слизистом иле, вскочил, ударился ногой о твердый плитняк, вспомнил, где он находится, и снова лег. И не то расслышал, не то припомнил тихие слова: «Двери наши овевает ветер с холма, а в окна проникает лишь лунный и звездный свет. Доброй ночи!» Он глубоко вздохнул и погрузился в сон.

Как помнилось Сэму, он-то проспал ночь без просыпу, спал как бревно, а бревна не просыпаются.

Утро разбудило сразу всех четверых. Том расхаживал по комнате, прищелкивая, как скворец. Заслышав, что они проснулись, он хлопнул в ладоши и воскликнул: «Эй! пой! веселись! Пой во весь голос!» Потом раздвинул желтые занавеси, и свет хлынул в широкие окна с запада и востока.

Они радостно вскочили. Фродо подбежал к восточному окну и поглядел на задний двор, весь мутно-серый от росы. Он боялся увидеть окна вровень с землей, а на земле следы копыт. На самом же деле окна заслоняли бобовые гирлянды, а дальше застил утренний свет высокий серый холм. Сочилось бледное утро: на востоке, за длинными ватными мятыми тучами с алой каймой, занимался желтый рассвет. Нависшие небеса предвещали дождь; но заря была все яснее, и ярко заалели цветущие бобы среди влажно-зеленой листвы.

Пин глядел в западное окно, и перед ним клубился туман. Лес был подернут мутной пеленою. Казалось, смотришь сверху на серое облачное месиво. В глубь Леса уходил огромный овраг, испуская клубы и выползки тумана: там была долина Ветлянки. Слева с холма струился поток, убегая в белесую муть. А под окном был цветущий сад, серая садовая изгородь и трава, осеребренная росинками. Никаких вязов поблизости не было.

— С добрым утром, малыши! — воскликнул Том. — Солнца нынче нету: тучи с запада пришли, заслонили небо. Скоро должен хлынуть дождик, бойкий и речистый, — пригодится Золотинке для осенней чистки. Поднял я ее до света песенкой веселой. Лежебокам счастья нету — вспомните присловье: «Ранним птахам — сытный завтрак, остальным — вода и травка!» Не проспать бы вам до завтра! Подымайтесь, сони!

Не очень-то поверили хоббиты насчет воды и травки, но на всякий случай мешкать не стали — и завтракали, пока мало-помалу не опустошили стол. Ни Тома, ни Золотинки не было. Том хлопотал по дому: из кухни доносился звон посуды, с лестниц — дробот его башмаков, в открытые окна вдруг долетали обрывки песен. Распахнутые окна глядели на запад: далеко простиралась туманная долина. Густой плющ копил морось и порою ронял на землю редкие струйки воды. Мало-помалу тучи заволокли все небо; черная стена леса исчезла за отвесным дождевым пологом.

И сквозь мерный шум дождя откуда-то сверху — наверно, с ближнего холма — послышался голос Золотинки, чистый и переливчатый. Слова уплывали от слуха, но понятно было, что песня ее полнится осенним половодьем, как певучая повесть реки, звенящая всепобеждающей жизнью от горных истоков до морского далекого устья. Подойдя к окну, Фродо очарованно внимал струистому пению и радовался дождливому дню, нежданной задержке. Надо было идти дальше, надо было спешить — но не сегодня.

С запада примчался верховой ветер, расшевелив тяжелые, сырые тучи: им было невмоготу тащиться дальше, они проливались над Курганами. Белая известковая дорожка перед домом превратилась в молочный ручей, пузыристо исчезающий за водяною завесой. Из-за угла рысью выбежал Том; руками он словно бы разводил над собою дождь — и точно, оказался совсем сухой, лишь башмаки снял и поставил на каминную решетку. Потом уселся в большое кресло и поманил к себе хоббитов.

— Золотинка занята годовой уборкой, — объявил он. — Плещется везде вода, все вокруг промокло. Хоббитам идти нельзя: где-нибудь утонут. Переждите день, друзья, посидите с Томом. Время непогоды — осень — время для беседы, для рассказов и расспросов... Тому много ведомо! Том начнет для вас рассказ под шуршанье мороси: речь пойдет издалека, все вопросы — после.

И он поведал им немало дивного, то словно бы говоря с самим собою, то вдруг устремляя на них ярко-синие глаза из-под курчавых бровей. Порою рассказ его превращался в монотонный распев, а иногда Том вскакивал и пускался в неистовый пляс. Он говорил о пчелах и свежих медвяных цветах, о травах и кряжистых, заслоняющих небо деревьях, рассказывал про тайны чащоб и колючих непролазных кустарников, про обычаи невиданных птиц и неведомых тварей земных, про злые и добрые, темные и светлые силы.

Они слушали — и Лес представлялся им совсем по-иному, чем прежде, а себя они видели в нем назойливыми, незваными чужаками. То и дело — впрямую или обиняком — упоминался Старый Вяз, властный, могучий, злокозненный. И не раз Фродо благодарил судьбу за их чудесное спасение.

Вековечный Лес недаром так назывался: он был последним лоскутом древнего, некогда сплошного покрова земли. Праотцы нынешних деревьев набирали в нем силу, старея, подобно горам; им еще помнились времена их безраздельного владычества над землею. Несчетные годы напитали их гордыней, мудростью, злобой. И не было из них опаснее Старого Вяза с гнилой сердцевиной, но богатырской, нерастраченной мощью: он был жесток и хитер, он повелевал ветрами и властвовал по обе стороны реки. Ненасытно всасывался он в плодородную почву, тянул из нее соки, расползался по земле серой паутиной корней, раскидывал в стороны узловатые серые руки — и подчинил себе Лес от Городьбы до Южного нагорья...

Но вот Лес был позабыт, и рассказ Тома вприпрыжку помчался вдоль бурного, взлохмаченного потока, мимо вспененных водопадов, по скосам слоистых скал и крутым каменистым осыпям, вверх по темным, сырым расселинам — и докатился до нагорья. Хоббиты услышали о великих Могильниках и зеленых курганах, о холмах, увенчанных белыми коронами из зазубренных камней, и земляных пещерах в тайных глубинах между холмами. Блеяли овцы. Воздвигались высокие стены, образуя могучие крепости и мощные многобашенные твердыни; их владыки яростно враждовали друг с другом, и юное солнце багрово блистало на жаждущих крови клинках. Победы сменялись разгромами, с грохотом рушились башни, горели горделивые замки, и пламя взлетало в небеса. Золото осыпало усыпальницы мертвых царей, смыкались каменные своды, их забрасывали землей, а над прахом поверженных царств вырастала густая трава. С востока приходили кочевники, снова блеяли над гробницами овцы — и опять подступала пустошь. Из дальнего далека надвигалась Необоримая Тьма, и кости хрустели в могилах. Умертвия бродили по пещерам, бренча драгоценными кольцами и вторя завываниям ветра мертвым звоном золотых ожерелий. А каменные короны на безмолвных холмах оскаблялись, щерились в лунном свете, как обломанные белые зубы.

Хоббитам было страшновато. Даже до Хоббитании докатывались мрачные рассказы о Могильниках и умертвиях. Правда, у них такого и слушать не хотели — зачем? Все четверо разом вспомнили тихий домашний камин: вот и у Тома такой, только гораздо крепче, гораздо надежнее. Они даже перестали слушать и робко зашевелились, поглядывая друг на друга.

Их испуганный слух отворила совсем иная повесть — о временах незапамятных и непонятных, когда мир был просторнее и Море плескалось у западных берегов, будто совсем рядом; а Том все брел и брел в прошлое, под древними звездами звучал его напев — были тогда эльфы, а больше никого не было. Вдруг он умолк и закивал головой, словно задремал. Хоббиты сидели как завороженные: от слов его выдохся ветер, растаяли облака, день пропал и простерлась глухая ночь в белых звездных огнях.

Миновало ли утро, настал ли вечер, прошел ли день или много дней — этого Фродо не понимал: усталость и голод словно бы отступили перед изумлением. Огромные белые звезды глядели в окно; стояла бестревожная тишь. Изумление вдруг сменилось смутным страхом, и Фродо выговорил:

— Кто Ты, Господин?

— Я? — переспросил Том, выпрямляясь, и глаза его засинели в полумраке. — Ведь я уже сказал! Том из древней были: Том, земля и небеса здесь издревле были. Раньше рек, лесов и трав, прежде первых ливней, раньше первых бед и засух, страхов и насилий был здесь Том Бомбадил — и всегда здесь был он. Все на памяти у Тома: появленье Дивных, возрожденье Смертных, войны, стоны над могилами... Впрочем, это все вчера — смерти и умертвия, ужас Тьмы и Черный Мрак... А сегодня смерклось только там, вдали, за Мглистым, над горой Огнистою.

Словно черная волна хлестнула в окна, хоббиты вздрогнули, обернулись — но в дверях уже стояла Золотинка, подняв яркую свечу и заслоняя ее рукой от сквозняка, и рука светилась, как перламутровая раковина.

— Кончился дождь, — сказала она, — и свежие струи бегут с холмов под звездными лучами. Будем же смеяться и радоваться!

— Радоваться, есть и пить, — весело подхватил Том, — повесть горло сушит. Том с утра проговорил, а зайчишки слушали. Приустали? Стало быть, собираем ужин!

Он живо подскочил к камину за свечой, зажег ее от пламени свечи Золотинки, протанцевал вокруг стола, мигом исчез в дверях, мигом вернулся с огромным, заставленным снедью подносом и принялся вместе с Золотинкой накрывать на стол. Хоббиты сидели, робко восхищаясь и робко посмеиваясь: так дивно прелестна была Золотинка и так смешно прыгал Том. А все же казалось, что у них общий танец: друг с другом, у стола, за дверь и назад, — вскоре большущий стол был весь в свечах и яствах. Желто-белым сияньем лучились настенные светильники. Том поклонился гостям.

— Время ужинать, — сказала Золотинка, и хоббиты заметили, что она в нежно-серебристом платье с белым поясом. А Том был светло-синий, незабудочный, только гетры зеленые.

Ужин оказался еще обильнее вчерашнего. Хоббиты, заслушавшись Тома, даже забыли о еде и теперь наверстывали свое, будто проголодали неделю.

Они не отвлекались на песни и разговоры: уж очень вкусно угощали. Еды и питья было вдосталь — наелись, напились, и голоса их зазвенели радостным смехом.

А Золотинка спела им немало песен, веселых и тихих: они услыхали, как струятся реки и колышутся озера — большие, светлые, — увидели в них отражение неба и звездную рябь. Потом она пожелала им доброй ночи и оставила их у камина. Но Том словно очнулся от дремоты — и начал расспрашивать.

Удивительно — он знал про них почти все и даже помнил их предков, знал, что делалось в Хоббитании с Начальной поры, от которой до живых хоббитов ничего не дошло. Вскоре они перестали удивляться... только все же было странно, что чаще других Том поминал того же Бирюка, а они-то!

— Руки у Бирюка — чуткие к земле, он работает жарко, а глядит в оба глаза. Он обеими ногами стоит на земле и хоть шагает валко, не оступился еще ни разу, — так поняли Тома хоббиты.

Том, наверно, и с эльфами водил знакомство: не Гаральд ли рассказал ему последние вести о Фродо?

Знал он так много и так хитро выспрашивал, что Фродо, сам не заметив, рассказал ему про Бильбо, про свои надежды и страхи едва ли не больше, чем самому Гэндальфу. А Том лишь безмолвно покивал головою; но, когда он услышал о Черных Всадниках, глаза его хитро блеснули.

— Покажи мне вашу «прелесть»! — велел он, прерывая беседу; и Фродо, к собственному изумлению, вдруг спокойно отстегнул Кольцо и протянул его Тому.

Оно словно бы сплющилось, а потом расплылось на его смуглой ладони. Том со смехом поглядел сквозь Кольцо.

Странный вид представился хоббитам, тревожный и смешной: ярко-синий глаз в золотом ободке. Том надел Кольцо на мизинец и поднес его к свече. Поднес и поднес; но вдруг они ошарашенно ахнули. Как же это — Том не исчез!

А Том рассмеялся и подкинул Кольцо к потолку: оно исчезло со злобным свистом.

Фродо растерянно вскрикнул — а Том с улыбкой наклонился к нему через стол и вручил откуда-то взявшееся Кольцо.

Фродо осмотрел Кольцо, сурово и подозрительно, словно одолжил его какому-то фокуснику.

Оно было все такое же тяжелое — Фродо всегда удивлялся, как оно оттягивает карман. Но ему стало обидно, что Тому Кольцо — нипочем, а Гэндальф небось не зря считал, что оно ужасно важное. Он немного переждал и, когда Том рассказывал, какие хитрые бывают барсуки, потихоньку надел Кольцо на палец.

Мерри зачем-то повернулся к нему и еле подавил испуганное восклицание — где? как? Фродо обрадовался: все в порядке, Кольцо — то самое, недаром небось Мерри изумленно пялится на его стул. Он вскочил и бесшумно пробрался к двери.

— Как тебя, Фродо, что ль? — окликнул его Том, сверкнув ясными, спокойными, всевидящими глазами. — Брось озорничать-то! Ишь ведь — выцвел, ровно моль... Ну-ка, возвращайся! Да сними свою игрушку — без нее ты лучше. Посидите тихо, зайцы. Вам в дорогу завтра. Том расскажет, как добраться побыстрей до Тракта. Слушайте внимательно, чтобы не плутать вам!

Фродо принужденно рассмеялся, снял Кольцо и сел на свое место.

Том пообещал на завтра солнечный день, и выйти надо было как можно раньше, потому что здешнюю погоду даже Том не мог предсказать: она менялась чаще и прихотливей, чем наряды Золотинки.

По его совету они решили идти к северу, западным краем нагорья, в обход Могильников. Если повезет, за день можно добраться до Великого Западного Тракта. Том наказал им ничего не бояться — и никуда не соваться.

— По зеленой траве, по краю нагорья, подальше от Волглого Лога, где злая мгла, и Обманные Камни, и земли мерзких умертвий! — Том повторил это несколько раз и велел держаться как можно западнее. Потом все они заучили наизусть призывную песню на будущий день — пригодится, если попадут в беду:

> Песня звонкая, лети к Тому Бомбадилу,
> Отыщи его в пути, где бы ни бродил он!
> Догони и приведи из далекой дали!
> Помоги нам, Бомбадил, мы в беду попали!

Они спели ее вместе с ним, он со смехом похлопал каждого по плечу и отвел их в спальню, высоко держа свечи.

Глава VIII

МГЛА НАД МОГИЛЬНИКАМИ

Спал Фродо без сновидений. Но под утро послышался ему — то ли во сне, то ли наяву — нежный напев, словно осветивший изнутри серую завесу дождя; завеса стала стеклянно-серебряной, медленно раздвинулась, и перед ним открылась зеленая даль, озаренная солнцем.

Тут-то он и проснулся; а Том уже ходил и свистал, будто целое дерево, полное птичьих гнезд; и солнце показалось из-за холма, брызнув в открытые окна. Снаружи все было зеленое и отливало бледным золотом.

Завтракали они снова одни, болтая что на язык взбредет, готовясь распрощаться; а на сердце была тяжесть, хоть утро — чистое, мягкое, голубое — манило их в путь. Пони только что не прыгали: бодрые, резвые. Том вышел на крыльцо, помахал шляпой и потанцевал — в объяснение, что время не ждет. Хоббиты со вздохом пустились в путь петлистой тропою и у крутого склона спешились, но Фродо вдруг застыл в нерешительности.

— А Золотинка-то! — воскликнул он. — А красавица-то наша, осиянная изумрудным блеском! С нею мы же не попрощались, мы же ее с вечера не видели!

Он бы даже и назад повернул, но вдруг до них донесся переливчато-нежный оклик. Золотинка стояла на высоком гребне, стояла и звала их; ее волосы струились на ветру и сеяли солнечный свет. С росистой травы из-под ее танцующих ног вспрыгивали яркие зайчики.

Они поспешили вверх по склону последнего тамошнего холма и, запыхавшись, столпились вокруг нее. И склонились перед нею; но она повела рукой, приглашая их оглядеться; и оттуда, с вершины, увидели они утреннюю землю. Дали распахнулись, точно и не было тяжкой мути, застилавшей мир, когда они стояли на верхней проплешине Вековечного Леса: она и сейчас виднелась, бледно-зеленая в оправе темных крон. И громоздились лесистые кручи, зеленые, желтые, красно-золотые, расцвеченные солнцем и скрывавшие дальнюю долину Брендидуима. На юге источала слюдяной отблеск Ветлянка — там, где Главная река Хоббитании широким броском уносила свои воды в неведомые края. Ступенями нисходили на север, в смутную, неверную даль, серо-зеленые и буроватые всхолмья. На востоке высились курган за курганом, озаренные ранним солнцем, исчезавшие в дымчатой, млечной голубизне; и подсказкой не то странной памяти, не то древних преданий угадывались за ними далекие вершины гор.

Они надышались свежим воздухом, и все им казалось нипочем: только шагнуть-прыгнуть, а там уж ноги сами до места донесут. Даже обидно было трусить тропами к Тракту: нет бы, как Том, раз-два, с камня на камень, и вот тебе, пожалуйста, горы.

Они не могли найти прощальных слов, но это и не понадобилось — заговорила сама Золотинка.

— Спешите же, милые друзья! — сказала она. — От задуманного не отступайтесь, будьте упорны! К северу, с ветром у левой щеки, с добрым напутствием в сердце! — И обратилась к Фродо: — Прощай, Друг Эльфов, мы радостно свиделись и весело расстаемся!

А Фродо промолчал. Он только низко поклонился и повел пони вперед; за ним тронулись остальные. Приветный кров Тома Бомбадила, долина и самый Лес скрылись из виду. В ложбине застоялась теплая сырость и сладко пахла густая увядающая трава. Внизу они оглянулись и снова увидели Золотинку — дальнюю, маленькую, стройную — как цветок, озаренный солнцем. Она стояла, простирая к ним руки; ее прощанье эхом огласило ложбину, она помахала, повернулась — и исчезла за гребнем холма.

* * *

Тропа вилась понизу, у зеленого подножия холма, и вывела их в другую ложбину, шире и глубже, а потом запетляла вверх-вниз по склонам: холм за холмом, ложбина за ложбиной. Ни деревьев, ни ручьев — только трава да тишь, беглый шепоток ветра и далекие птичьи вскрики. Солнце поднималось все выше и грело все жарче.

И всякий раз на вершине ветерок утихал. Когда им снова открылся запад, дальний Лес, казалось, все еще дымился дождевой испариной. А за горизонтом как-то смерклось, и синий мрак очертил небо, будто жарко и тяжело надвинулся на глаза небесный зной.

К полудню они въехали на холм с широкой и плоской вершиной, похожей на большое блюдце. На дне блюдца — ни ветерка, а небо надвинулось и давило. Они подъехали к закраине и глянули на север — вон, оказывается, сколько проехали! Правда, струистый воздух застилал взгляд, но все равно понятно было, что Лог кончается. Впереди перед ними лежала глубокая долина, ее замыкали два отвесных склона. А дальше холмов не было: виднелась смутная темная полоса.

— Это деревья, — объяснил Мерри. — Возле Тракта, наверно, вдоль обочины. Говорят, посажены невесть когда.

— Прекрасно! — сказал Фродо. — Если мы столько же пройдем к вечеру, то Лог останется позади, а там уж найдем, где заночевать.

С этими словами он поглядел на восток и увидел плосковерхие зеленые курганы — у некоторых вершины были пустые, а из других торчал белый камень, как сломанный зуб.

Зрелище это добра не сулило — впрочем, и посреди их травянистого блюдца оказался такой же камень. Был полдень; камень не отбрасывал тени, но приятно холодил спины хоббитов, усевшихся подкрепиться. Пили, ели, радовались — какое все было вкусное! Уж Том постарался. А расседланные пони бродили поблизости.

Трудный путь, сытная еда, теплое солнце и запах травы — перележали, вытянув ноги и глядя в небо, оттого все и случилось. Пробудились они в испуге: ведь вовсе и не думали спать. Камень захолодел и отбрасывал длинную бледную тень на восток. Желтоватое солнце еле-еле проблескивало сквозь туман, а он подымался, густой и белый, подымался со всех сторон. Тишь и стылая сырость. Пони сбились в кучу и опустили головы.

Торопливо вскочив, хоббиты бегом кинулись к западной закраине кургана — они были на острове среди тусклой мглы. Даже солнце тонуло в белесом разливе, а с востока наползала холодная серая муть. Мгла, мгла и мгла; она крышей склубилась над их головами. Мглистая зала, и камень — колонной.

Судя по всему, они угодили в ловушку, но пока не потеряли присутствия духа. Еще виделась им дорога, еще они знали, куда к ней идти. А остаться, переждать здесь туман — об этом у них даже мысли не было.

Они провели своих пони, одного за другим, пологим северным склоном холма вниз, в туманное море. А промозглая мгла набухала сыростью — даже волосы стали мокрыми и липкими. В самом низу они остановились и надели плащи, которые мигом отсырели и отяжелели. Медленно пробирались их пони, кое-как нащупывая путь. Лишь бы выйти из ложбины — а там по прямой, там не собьешься до самого Тракта. Они надеялись, что за Логом туман поредеет или вообще рассеется.

Продвигались очень медленно. Чтобы не разбрестись и не потеряться — тесной цепочкой. Фродо во главе, за ним Сэм, Пин и Мерри. Тропе, казалось, конца не будет, но вдруг Фродо заметил, что с двух сторон надвинулась плотная темень. Стало быть, сейчас будет северное ущелье. Волглый Лог пройден.

— Быстрее! За мной! — крикнул он через плечо и заторопился вперед. Но надежда тут же обернулась тревогой — все у́же смыкалась черная теснина. Потом вдруг расступилась, и перед ним возникли два громадных каменных зубца. Наверно, проход, только непонятно, откуда они взялись, сверху их не было видно. Фродо с разгона прошел между зубцами — и на него словно обрушилась темнота. Пони фыркнул, вздыбился, и Фродо упал наземь, а поднявшись, обнаружил, что он один: друзья исчезли.

— Сэм! — крикнул он. — Пин! Мерри! Сюда, не отставайте!

В ответ ни звука. Его охватил ужас, он побежал назад через каменные врата с отчаянным зовом: «Сэм! Сэ-э-эм! Пин! Мерри! Где вы?» Пони скрылся в сыром тумане. Откуда-то — кажется, слева, с востока, — донесся еле слышный ответный зов: «Эй, Фродо! Фродо! Эй!» Он бросился на крик — и, карабкаясь по ребристым уступам, опять позвал друзей, потом еще раз и еще. «Фродо, эй! — откликнулись наконец тонкие голоса сверху, из мглы, и захлебнулись воплем: — Помогите! Помогите! На по-о-мощь!» Фродо изо всех сил карабкался вверх и вверх, наугад, в глухую темень.

Под ногами вдруг стало ровно, и он понял, что добрался до вершины кургана. Ноги его подкашивались, он весь взмок и теперь трясся от холода. Никого — тишь и мутная темнота.

— Где вы? — жалобно выкрикнул он.

Ответа не было. Он крикнул еще раз и настороженно прислушался. В ушах засвистел студеный ветер; Фродо заметил, что изо рта у него валит белесый пар. Погода менялась: туман расползался рваными клочьями, темнота проредилась. Фродо поднял глаза и увидел в разрывах туч тусклые звезды. Снова дунул ветер, и зашелестела трава.

Ему послышался придушенный вскрик, и он побежал туда, где кричали; а мгла свертывалась и таяла, обнажая звездное небо. Восточный ветер пронизывал до костей. Справа черной тенью высился Могильник.

— Ну, где же вы? — крикнул он снова, испуганно и сердито.

— Здесь! — глухо отозвался из-под земли цепенящий голос. — Здесь, я жду тебя!

— Нет-нет-нет, — выдохнул Фродо, но двинуться с места не мог.

Колени его подломились, и он рухнул наземь. Тишь, никого: может, померещилось? Он с дрожью поднял глаза и увидел, что над ним склоняется темная фигура, пригвождая к земле ледяным взглядом, словно двумя мертвыми лучами. Холодная стальная хватка сдавила Фродо — он вмиг окостенел с головы до ног и потерял сознание.

Когда Фродо пришел в себя, все забылось, кроме ужаса. Потом вдруг мелькнуло: конец, попался, в могиле. Умертвие схватило его, околдовало, и теперь он во власти мрачных чар, о которых в Хоббитании даже и шепотом говорить боялись. Он не смел шелохнуться, простертый на каменном полу, руки крестом на груди.

Замерший во мраке, скованный смертным страхом, думал он почему-то совсем не о смерти, а вспоминал Бильбо и его рассказы, вспоминал, как они бродили вдвоем по солнечным долинам Хоббитании, толкуя про путешествия и приключения. В душе самого жирного, самого робкого хоббита все же таится (порою очень глубоко таится) будто запасенная про черный день отчаянная храбрость. А Фродо был вовсе не жирный и вовсе не робкий; хоть он и не знал этого, но Бильбо, да и Гэндальф тоже, считали его лучшим хоббитом во всей Хоббитании. Он понял, что странствие его кончилось, и кончилось ужасно, — именно эта мысль и придала ему мужества. Фродо напрягся для предсмертной схватки: он уже не был покорной жертвой.

Собираясь с силами, он неожиданно заметил, что темнота исподволь отступает под наплывом зеленоватого света снизу, из-под каменных плит. Свет холодной волною разлился по его лицу и телу, а стены и свод по-прежнему оставались во тьме. Фродо повернул голову и увидел, что рядом с ним простерты Сэм, Пин и Мерри. Они лежали на спинах, облаченные в белые саваны и мертвенно-бледные. Вокруг них громоздились груды сокровищ, и омерзительно тусклое золото казалось могильным прахом. Жемчужные венчики были на их головах, золотые цепи на запястьях, а пальцы унизаны перстнями. У каждого сбоку меч, у каждого в ногах щит. И еще один меч — обнаженный — поперек горла у всех троих.

Зазвучало пение — медленное, невнятное, замогильное. Далекий-далекий, невыносимо тоскливый голос будто просачивался из-под земли. Но скорбные звуки постепенно складывались в страшные слова — жестокие, мертвящие, неотвратимые. И стонущие, жалобные. Будто ночь, изнывая тоской по утру, злобно сетовала на него; словно холод, тоскуя по теплу, проклинал его. Фродо оцепенел. Пение становилось все отчетливее, и с ужасом в сердце он различил наконец слова заклятия:

> Костенейте под землей
> до поры, когда с зарей
> тьма кромешная взойдет
> на померкший небосвод,
> чтоб исчахли дочерна.
> солнце, звезды и луна,
> чтобы царствовал — один —
> в мире Черный Властелин!

У изголовья его что-то скрипнуло и заскреблось. Он приподнялся на локте и увидел, что лежат они поперек прохода, а из-за угла крадется, перебирая пальцами, длинная рука — крадется к Сэму, к рукояти меча у его горла.

Жуткое заклятье камнем налегло на Фродо, потом нестерпимо захотелось бежать, бежать без оглядки. Он наденет Кольцо, невидимкой ускользнет от умертвия, выберется наружу. Он представил себе, как бежит по утренней траве, заливаясь слезами, горько оплакивая Сэма, Пина и Мерри, но сам-то живой и спасшийся. Даже Гэндальф и тот его не осудит: что ему еще остается?

Но мужество сурово подсказывало ему иное. Нет, хоббиты не бросают друзей в беде. И все же он нашарил в кармане Кольцо... а рука умертвия подбиралась все ближе к горлу Сэма. Внезапно решимость его окрепла, он схватил короткий меч, лежавший сбоку, встал на колени, перегнулся через тела друзей, что было сил рубанул по запястью скребущей руки — и перерубил ее. Меч обломился. Пронесся неистовый вой, и свет померк. Темноту сотрясло злобное рычание.

Фродо упал на Мерри, щекой на его холодное лицо. И неожиданно припомнил все, что скрылось за клубами мглы: дом у холма, Золотинку, песни Тома. Он вспомнил ту песню-призыв, которую Том разучил с ними. Неверным, дрожащим голосом он начал: «Песня звонкая, лети к Тому Бомбадилу!» — и с этим именем голос его окреп, зазвучал в полную силу, словно труба запела в темном склепе:

> Песня звонкая, лети к Тому Бомбадилу!
> Отыщи его в пути, где бы ни бродил он!
> Догони и приведи из далекой дали!
> Помоги нам, Бомбадил, мы в беду попали!

Эхо смолкло, и настала мертвая тишь, только сердце Фродо гулко стучало. Долгая тишь; а потом, как через толстую стену, из-за холмов, издалека, все ближе, зазвучал ответный напев:

> Вон он я, Бомбадил, — видели хозяина?
> Ноги легкие, как ветер, — обогнать нельзя его!
> Башмаки желтей желтка, куртка ярче неба,
> Заклинательные песни — крепче нет и не было!

Покатился грохот разметаемых камней, и в склеп хлынул свет, живой и яркий. Пролом засиял в стене у изножия, и в нем показалась голова Тома в шляпе с пером, а за спиной его вставало багряное солнце. Свет пробежал по лицам трех неподвижных хоббитов, смывая с них трупную зелень. Теперь казалось, что они всего лишь крепко спят.

Том пригнулся, снял шляпу и с песней вошел в темный склеп:

> В небе — солнце светлое, спит Обманный Камень —
> Улетай, умертвие, в земли Глухоманья!
> За горами Мглистыми сгинь туманом гиблым,
> Чтоб навек очистились древние могилы!
> Спи, покуда смутами ярый мир клокочет,
> Там, где даже утренний свет чернее ночи!

Надрывный и протяжный крик ответил на его песню; обрушились своды в глубине Могильника, и воцарился покой.

— Ну-ка, вылезай скорей из могильной сырости! — велел Том. — Нам еще твоих друзей надо к солнцу вынести.

Они вынесли Мерри, Пина, потом Сэма. Мимоходом Фродо увидел в земляной осыпи обрубленную кисть, копошившуюся, как недодавленный паук. Том вернулся в пустой склеп — оттуда донесся гул и топот. Вышел он с ворохом оружия и украшений — золотых и серебряных, медных и бронзовых, старинной чеканки, в многоцветных каменьях, — взобрался на зеленый могильный холм и рассыпал добычу по солнечной траве.

Он постоял молча, держа шляпу на отлете и глядя на трех неподвижных хоббитов у подножия Могильника. Потом, простерши правую руку вверх, вымолвил звучно и повелительно:

Мертво спит Обманный Камень — просыпайтесь, зайцы!
Бомбадил пришел за вами — ну-ка, согревайтесь!
Черные Ворота настежь, нет руки умертвия,
Злая тьма ушла с ненастьем, с быстролетным ветром!

К несказанной радости Фродо, все трое приподнялись, потянулись, протерли глаза и вскочили на ноги. С изумлением глядели они на Фродо, на Тома, во весь рост возвышавшегося над ними, на свои грязно-белые лохмотья и золотые украшения.

— Это еще что за новости? — начал было Мерри, встряхнув головой в золотом венце набекрень. Вдруг он осекся и закрыл глаза. — Да, помню, помню, как все это случилось! — глухо выговорил он. — Ночью напали они с севера, и было их — не счесть. Копье пробило мне сердце. — Он схватился за грудь. — Да нет, что же это! — крикнул он, с усилием поднимая голову. — Словно во сне! Куда ты подевался, Фродо?

— Должно быть, сбился с дороги, — отвечал Фродо, — но лучше об этом не вспоминать. Что прошло, то миновало. А теперь — в путь!

— В какой там путь, сударь! — воскликнул Сэм. — Что я, голый пойду? — Он сбросил венец, пояс, кольца, сорвал саван и шарил глазами по траве, словно ожидая увидеть где-то неподалеку свое хоббитское платье: куртку, штаны, плащ.

214

— Не ищите зря одежду, все равно не сыщете, — сказал Том, мигом спрыгнув с могильного холма и пританцовывая вокруг хоббитов как ни в чем не бывало.

— Почему же это не искать? — удивился Пин, с веселым недоумением глядя на пляшущего Бомбадила. — А как же?

Том только покачал головой.

— Радуйтесь лучше, что вышли на свет из безвозвратных глубин: от свирепых умертвий спасения нет в темных провалах могил. Живо! Снимайте могильную гниль и по траве — нагишом! Надо стряхнуть вам подземную пыль... Ну а я на охоту пошел.

И побежал под гору, насвистывая и припевая. Фродо долго глядел ему вслед, а Том вприпрыжку мчался на юг зеленой ложбиной между холмами с посвистом и припевом:

> Гоп-топ! Хоп-хлоп! Где ты бродишь, мой конек?
> Хлоп-хоп! Гоп-топ! Возвращайся, скакунок!
> Чуткий нос, ловкий хвост, верный Хопкин-Бобкин,
> Белоногий толстунок, остроухий Хопкин!

Так пел Том Бомбадил, на бегу подбрасывая шляпу и ловя ее, пока не скрылся в низине, но и оттуда доносилось: «Гоп-топ! Хлоп-хоп!», покуда не подул южный ветер.

Парило по-вчерашнему. Хоббиты побегали по траве, как им было велено. Потом валялись на солнышке, изнывая от радости, точно их чудом перенесли в теплынь с мороза; с такой радостью больной однажды легко встает с постели и видит, что жизнь заново распахнута перед ним настежь.

К тому времени, как Том вернулся, они успели протереться до седьмого пота и здорово проголодаться. Из-за гребня холма выскочила его подброшенная шляпа; потом появился он сам: а за ним *шесть* пони: пять их собствен-

ных и еще один, наверно, Хопкин-Бобкин — он был круп-
нее, крепче, толще (и старше) остальных. Мерри, бывший
хозяин всех пони, называл их как придется, а с этих пор
они стали отзываться на клички, которые дал им Том Бомбадил. Том подозвал их, одного за другим; они подошли и
выстроились в ряд, а Том насмешливо поклонился хоббитам.

— Забирайте-ка лошадок! — сказал Том. — Им, бед-
няжкам, стало страшно, и они от вас удрали — бросили
хозяев. У лошадок нос по ветру: как учуяли умертвий —
мигом поминай как звали... Но ругать нельзя их! Где же
это видано — лезть самим в Могильники? Может, хоби-
там-то надо поучиться у лошадок? Вишь — цела у них поклажа. Молодцы, лошадушки! И чутье у них вернее: убе-
жали от умертвий, от подземной лютой смерти... Нет
нельзя ругать их!

— А шестой для кого? — поинтересовался Фродо.

— Для меня, — ответил Том. — Он мой дружок. Бро-
дит, где захочется. Но когда его покличешь, прибегает тотчас же. Том проводит хоббитов тропкой самой краткой
чтоб они сегодня же добрались до Тракта.

Хоббиты пришли в восторг, и благодарности их не
было конца, а Том рассмеялся и сказал:

— Тома Золотинка ждет, и забот — полон рот. Он проводит хоббитов, чтоб не беспокоиться. Ведь они какой народ? С ними уймища хлопот! Только вызволишь из Вяза —
под землей завязнут. Если не дойдут до Тракта — что-то
будет завтра?.. Нет, уж лучше проводить их — и освобо-
диться.

Судя по солнцу, еще и десяти не было, но хоббиты с
удовольствием пообедали бы, если б на то хватило припасов. Хватило только на завтрак: они съели все, что за-
пасли накануне, и почти все, что подвез Том. Не так уж
это было много для изголодавшихся хоббитов, однако на

216

душе у них стало куда веселее. Пока они завтракали, Том бродил по холму и перебирал сокровища. Львиную их долю он сложил сверкающей грудой — «пусть найдет, кто найдет, и спокойно владеет, будь то птица, зверь, человек или эльф»: так было снято могильное заклятие, чтоб сюда снова не явились умертвия. Себе он взял сапфировую брошь, бархатисто-переливчатую, словно крылья бабочки. Том долго смотрел на нее, будто что-то припоминая. Потом покачал головой и промолвил:

— Та, что некогда ее на плече носила, ярче дня была лицом, солнечней сапфира... Так пускай же эту брошку носит Золотинка: будет память нам о прошлом — звездочка-живинка.

Каждому хоббиту достался кинжал — длинный, прямой, с красно-золотым змейчатым узором по клинку. Обнаженные, они сверкали холодно и сурово, а ножны были черные, легкие и прочные, из неведомого металла, усыпанные самоцветами. То ли их сберегли чудесные ножны, то ли сохранило могильное заклятье, но ни пятна ржавчины не было на ясных клинках.

— Впору малышам кинжалы, пригодятся как мечи, — сказал Том. — Не единожды, пожалуй, нападут на них в ночи злые слуги Властелина, что таится, словно тать, у Огнистой. Но отныне их нельзя врасплох застать. Хоббит с арнорским кинжалом — он что кролик с тайным жалом: нападешь, а он ужалит... Заречешься нападать!

Он объяснил хоббитам, что клинки выкованы полторы тысячи лет назад оружейниками княжества Арнор, которое пало под натиском с севера: ратной силой его бы, может, и не одолеть, но одолело злое чародейство, ибо колдуны владели тогда северным Ангмарским краем.

— Все, что было, давно забыли, — как бы про себя молвил Том. — Лишь одинокие странники в мире, потомки древних властителей, охраняют покой беспечных народов. Но странников этих совсем немного. Мало осталось воителей...

Хоббиты не очень-то поняли, о чем он бормочет, но перед глазами их вдруг простерлись бессчетные годы, будто нескончаемая долина, а по ней бродили люди, словно редкие тени, высокие и угрюмые, опоясанные длинными мечами, а последний — с тусклой звездой во лбу. Потом видение померкло, и глаза им залил солнечный свет. Медлить было незачем. Быстро увязав мешки (Мерри, Пин и Сэм давно уж переоделись в запасное платье), они навьючили их на пони. Подаренное оружие болталось на поясе и путалось в ногах. «Вот уж незачем-то, — думали они. — Мало ли что, конечно, приключится, но чтобы драться, да еще мечами?..»

Наконец они пустились в путь. Свели пони с холма, уселись на них и рысцой двинулись по долине. Оглядывались и видели, как лучится в солнечном свете золотая груда на вершине кургана. Потом свернули за отрог, и курган пропал из виду.

Фродо озирался по сторонам, но никаких каменных зубцов не было, как не бывало; и вскоре они выехали северной ущелиной на пологую равнину. То рядом с ними, то обгоняя, рысил Хопкин-Бобкин со своим веселым седоком: толстунок бежал легче легкого. Том распевал, почти не умолкая, но распевал что-то совсем уж непонятное, на странном, должно быть древнем, языке, в котором, казалось, только и есть, что изумленные и восхищенные возгласы открытия мира.

Ехать пришлось куда дольше, чем они думали. Если б даже вчера они не заснули у Камня, то все равно и к вечеру не добрались бы до цели. Темная полоса, которая видна была с кургана, оказалась не Трактом, а кустарником по краю глубокой рытвины — границы древнего королевства, сказал Том и нахмурился, вспоминая что-то, о чем не захотел рассказывать. По другому краю рытвины тянулась глухая и высокая каменная стена.

Том провел их низом, заросшей тропой сквозь пролом в стене, и они рысцой припустились по широкой равнине. Через час-другой им открылся с возвышения древний Тракт, пустынный, сколько хватал глаз.

— Приехали наконец! — сказал Фродо. — Моим коротким путем мы задержались дня на два, не больше. И может, не зря задержались — сбили их со следу.

Трое спутников поглядели на него. Им разом припомнились Черные Всадники и полузабытый страх. Они оглянулись на заходящее солнце и окинули взглядом Тракт: никого, пусто.

— А ты думаешь, — сказал Пин, — за нами и сейчас, нынче вечером, тоже погоня?

— Нет, — ответил вдруг за Фродо Том Бомбадил. — И завтра вряд ли будет: где-то закружилась. Впрочем, я не знаю точно — земли здесь чужие. Да и не желаю знать я этих черных татей!

Хоббиты очень хотели, чтоб он и дальше ехал с ними. Уж он бы и с Черными Всадниками разделался! Вот сейчас они окажутся совсем уж в чужих краях, о которых в Хоббитании и говорили-то недомолвками. Их так потянуло домой, так незачем было в темную, сумеречную даль! Очень им стало грустно, очень одиноко. Они стояли молча и не торопились прощаться, даже когда Том уже произнес напутствие:

— Вот вам мой совет последний: к вечеру сегодня доберитесь до селенья, что зовут Пригорьем. Есть трактир в Пригорье древний, им владеет Наркисс — человек пустой, да верный: татям не предаст вас. Дом его многооконный очень просто выискать по гарцующему пони на огромной вывеске. Заночуете в трактире, хорошенько выспитесь — и опять вперед наутро: путь у вас неблизкий... А теперь — смелее, зайцы! В путь, судьбе навстречу! Главное сейчас — добраться до Пригорья к вечеру.

Они попросили его проводить их до трактира и распить с ними прощальную чашу, но он со смехом отказался, промолвив:

> Здесь кончаются края, мне навеки верные,
> Распрощаемся, друзья, здесь на веки вечные!

Он повернул пони, вскинул шляпу — и навсегда исчез за насыпью.

— Очень это обидно, что мы теперь без господина Бомбадила, — сказал Сэм. — Вот кто знал, куда и чего. Сколько ни пройдем, а такого не встретим... ну правда чудной господин! А насчет «Пони», что он говорил, так хорошо, кабы это было вроде «Зеленого дракона». Кто там живет-то, в Пригорье?

— Есть и хоббиты, — сказал Мерри, — есть и Громадины. А в общем-то, вроде как дома. Брендизайки ездили туда, говорят — ничего.

— Может, и ничего, — заметил Фродо, — но Хоббитания кончилась. И вы уж, пожалуйста, не будьте «вроде как дома». А заодно помните, что я теперь вовсе не Торбинс. Спросят — так Накручинс.

Они ехали в сумраке; темнота густела позади и спереди, но скоро вдали замерцали огни. Крутой косогор заслонял мутное небо, а внизу раскинулось большое селение. Туда они и поспешили, в надежде на жаркий огонь, стены с крышей и дверь — отгородиться от ночи.

Глава IX
«ГАРЦУЮЩИЙ ПОНИ»

Пригорье было главным селением здешних мест; еще три ютились неподалеку: за горой — Подстенок, в глубокой теснине к востоку — Гребешок и Арчет у опушки Четбора — словом, жилой островок среди пустынного края. На две-три мили от подошвы горы простирались пашни и отступал лес.

Жили здесь темно-русые, ширококостные, приземистые люди веселого и независимого нрава; никаких властей они не признавали, зато с хоббитами, гномами и эльфами ладили не в пример лучше, чем тогдашние (да и теперешние) Громадины. Согласно их собственным преданьям, явились они сюда раньше всех прочих: они, мол, прямые потомки первых западных поселенцев незапамятных времен. Уйму народу сгубили древнейшие усобицы, однако же, когда цари и князья возвратились из-за Великого Моря, пригоряне жили себе да поживали, где и прежде, и живут-поживают там до сих пор, а былые цари и князья давным-давно уж стали небывальщиной.

Во времена нашей повести иных людей и не водилось на дальнем Западе, во всяком случае на добрую сотню лиг вкруг Хоббитании. Только в глухомани за Пригорьем скитались какие-то странные бродяги: пригоряне прозвали их Следопытами, а откуда они взялись, было неизвестно. Они были не по-здешнему рослые и смуглые, видели будто бы чуть не сквозь стену, слышали, как трава растет, и понимали звериный и птичий язык. Бродяжили они где-то на юге, ходили и на восток — до самых Мглистых гор; правда, становилось их все меньше, и появлялись они все реже. А когда появлялись — приносили новости из дальних земель, рассказывали чудные стародавние сказания, и слушать-то их слушали охотно, однако недолюбливали.

Местные хоббиты, довольно многочисленные, опять-таки обитали здесь якобы с наидревнейших времен, задолго до того, как их сородичи перешли Брендидуим и заселили Хоббитанию. Хоббиты облюбовали Подстенок, но строились и в Пригорье, особенно выше по склону, над людскими жилищами. Громадины и Коротышки (как они называли друг друга) жили по-соседски; со своими делами те и другие управлялись на свой лад, но считали, что они два сапога пара. Больше нигде в нашем мире такого необычного (и образцового) благоустройства не было.

Ни здешние Громадины, ни Коротышки были не охотники до путешествий: им и своих новостей хватало — как-никак четыре селения. Иной раз пригорянские хоббиты добирались до Забрендии, а то и до Восточного удела; да и до них было недалеко добираться: день езды от Брендидуимского моста, — но гостей из Хоббитании тоже наезжало маловато. Редкий Брендизайк или особо шустрый Крол гостил в трактире денек-другой; однако теперь и такого почти не случалось. Пригорян и всех прочих заграничных хоббитов в Хоббитании называли чужеродцами и чурались их: они, мол, тупые и неотесанные. Таких чужеродцев развелось в ту пору на Западе куда больше, чем думали в Хоббитании. Иные из них и правда были сущие бродяги: рыли норы где ни попадя и чуть что — снимались с места. Но как раз в Пригорье-то жили хоббиты основательные и зажиточные, ничуть не плоше своей дальней родни в Хоббитании. И не совсем еще забылись те времена, когда дорога между Пригорьем и Хоббитанией была торной. Многие Брендизайки, как ни считай, были родом из Пригорья.

Каменных людских домов было в Пригорье до сотни: мостились они большей частью на косогоре над Трактом, окнами на запад. С этой стороны гору огибал уходящим за склоны полукружием глубокий ров, а за ним тянулась надежная ограда. Тракт пересекал ров по гати и утыкался в добротные ворота. От южной окраины селения Тракт продолжался — за воротами такими же добротными. Под вечер те и другие накрепко запирались, и привратницкие будки стояли за ними.

Внутри селения дорога сворачивала направо, к подножию горы, и подводила к большому трактиру. Он был построен очень давно, когда эта дорога не пустовала. Ведь Пригорье строилось на древнем перекрестке, и старая-старая дорога пересекала Великий Тракт к западу от селения, и в былые дни не только люди, но и разный прочий народ хаживал тамошними путями. «Такого и в Пригорье не услышишь», — говорили в Восточном уделе, и говорили по старой памяти, с той поры когда в трактире обменивались новостями с юга, севера и востока, а хоббитанским хоббитам доводилось их выслушивать. Но северный край давно опустел, и северный путь зарос травой: пригоряне называли его Неторным Путем.

А трактир как стоял, так и стоит, и трактирщик по-прежнему важная персона. Там у него собираются лентяи, болтуны, завзятые сплетники всякого роста из всех четырех селений, находят приют Следопыты и прочие бродяги, останавливаются путники, почти что все гномы — а кому еще ездить по Великому Тракту, туда и сюда?

Совсем стемнело, когда Фродо и его спутники, уже при звездах, миновали Неторное Перепутье и наткнулись на запертые Западные Ворота. Впрочем, за воротами была сторожка, а в сторожке сидел человек. Он изумленно вскочил и с фонарем в руках поспешил им навстречу.

— Кто такие, откуда едете? — неприветливо спросил он.

— Хотим остановиться у вас в трактире, — ответил Фродо. — Едем на восток, а пока что приехали сюда.

— Хоббиты! Целых четыре хоббита! Судя по выговору, из самой Хоббитании, вот оно как! — пробормотал привратник.

Потом он не спеша растворил ворота и пропустил путников.

— Редко прибывают к нам ночью гости из Хоббитании! — продолжал он вслух, когда они задержались у ворот. — А чего это, простите, вам понадобилось ехать на восток, еще дальше Пригорья? И как вас величать прикажете, не сочтите за любопытство?

— Мало ли как нас величают и мало ли что нам понадобилось, — отрезал Фродо, — здесь не место об этом разговаривать. — Ему не понравился чересчур любознательный привратник.

— Да ведь с меня же спросят, кого я пропустил по ночному времени, — стал оправдываться тот.

— Мы — хоббиты из Забрендии, дела у нас у всех разные, добрались вот до вас, — сказал Мерри. — Я, например, Брендизайк. Чего еще-то? А нам говорили, что пригоряне всегда рады гостям.

— Да рады, еще бы не рады! — заверил их привратник. — Я-то ничего такого, а вы вот погодите, вас еще доймут расспросами! Уж подумаешь, старый Горри полюбопытствовал... К нам нынче кто только не забредает. В «Пони» придете, так сами удивитесь.

Привратник пожелал им доброй ночи, они кивнули и проехали; однако Фродо заметил, что он поднял фонарь и смотрит им вслед. Ворота лязгнули: хоть это хорошо — запираются. Почему это привратнику так интересно про хоббитов из Хоббитании? Может, Гэндальф про них спрашивал? Очень просто: они Лесом да Могильниками, а он уже здесь... Все равно, как-то подозрительно глядел привратник и неприятно разговаривал.

А привратник посмотрел-посмотрел вслед хоббитам и пошел в свою сторожку. Но едва он повернулся спиной к воротам, их перемахнул какой-то человек — и тут же растворился в уличной темноте.

Хоббиты ехали по улице и с удивлением оглядывали непривычно большие дома. Когда Сэм увидел трехэтажный, многооконный трактир, у него даже сердце упало. Великаны выше деревьев и прочие чудища — ладно, это когда-нибудь потом; а тут кругом громадины-люди и огромные людские дома — честное слово, хватит, на сегодня уж натерпелись. Может, вообще черные оседланные кони стоят во дворе трактира, а Черные Всадники глядят на подъезжающих из окон?

— Неужели же, сударь, здесь и остановимся? — спросил он у Фродо. — Лучше поспрошаем каких ни на есть хоббитов — все привычнее!

— А чем тебе плох трактир? — отозвался Фродо. — И Том Бомбадил нам сказал: сюда. Погоди, внутри небось поуютнее.

Трактир, если приглядеться, и снаружи обещал уют. Он стоял у самого Тракта, два крыла его упирались в склон холма, так что окна второго этажа были сзади вровень с землей. Широкие ворота вели во двор; вход в дом был слева, над шестью широкими ступеньками. Дверь украшала гордая вывеска:

ГАРЦУЮЩИЙ ПОНИ, СОДЕРЖИТ ЛАВР НАРКИСС

Многие окна первого этажа чуть светились из-за плотных штор.

Они оставили во дворе нерасседланных пони и поднялись по ступенькам. Фродо вошел первым и чуть не натолкнулся на лысого, краснолицего толстяка в белом передни-

225

ке. Он мчался наперерез, из одной двери в другую, с подносом, заставленным пенистыми пивными кружками.

— Можно у вас... — начал Фродо.

— Мигом, я мигом! — крикнул тот через плечо и канул в табачный дым и гул голосов.

В самом деле, не успел Фродо опомниться, как он уже снова стоял перед ним.

— Добрый вечер, маленький мой господин! — сказал он. — Что угодно?

— Четыре постели и стойла для пятерых пони. А вы — господин Наркисс?

— Вот именно! — обрадовался толстяк. — А зовут Лавр. Лавр Наркисс к вашим услугам! Из Хоббитании? — спросил он и вдруг шлепнул себя ладонью по лбу, словно что-то припомнив. — Хоббиты! — воскликнул он. — Ах да, ведь хоббиты! Имечко позвольте?

— Господин Крол, господин Брендизайк, — представил спутников Фродо. — А это Сэм Скромби. Лично я — Накручинс.

— Ну что ты будешь делать! — вскрикнул Лавр Наркисс, щелкнув пальцами. — Забыл — и все тут! Ничего, вспомню, успеется. Я тут прямо с ног сбился: а про вас, значит, так. Дорогие гости из Хоббитании к нам редко жалуют — устроим, как не устроить. Правда, сегодня все забито, местечка свободного нет, яблоку негде упасть. У ворот невпроворот, как говорят у нас в Пригорье. Эй, Ноб! — заорал он. — Ах ты, телепень шерстолапый! Ноб!

— Иду, хозяин! Здесь я! — Шустрый круглолицый хоббит выскочил из какой-то двери; завидев сородичей, он так и разинул рот.

— А где Боб? — крикнул трактирщик. — Ах, не знаешь! Так найди! Ноги в руки! Не мне за вами следить, у меня глаз на затылке нет! Скажи Бобу: во дворе пять штук пони, пусть устраивает как знает!

Ноб ухмыльнулся, подмигнул и убежал.

— Да, так, значит, о чем я? — спохватился хозяин и хлопнул себя по лбу. — Как говорится, память дырявая, а заштопать некогда. И вечерочек еще тоже выдался: ни вздохнуть, ни охнуть. Голова кругом идет. Тут прошлой ночью странная компания с юга подвалила. Неторным Путем. Потом гномы — с востока, ясное дело, на запад. А теперь вы. Кабы вы не хоббиты, так и делать бы нечего: нет мест, хоть режьте, а нет! Ну а раз уж вы хоббиты, то я вам прямо скажу: есть для вас места! Еще когда трактир строили, нарочно отвели в северном флигеле комнатку-другую — вдруг хоббиты приедут! Там, конечно, пониже, чем тут; все как вы любите: окна круглые, потолки низкие. Ужин вам — это само собой, еще бы, это сейчас. Пойдемте!

Он провел их покатым коридором и распахнул дверь.

— Ай да комнатушка! — сказал он. — Как, подойдет? Ну, я побежал, простите, слова сказать некогда. Две руки, две ноги — тут бы и шести не хватило, звоните, Ноб все сделает, все принесет. А не услышит, телепень этакий, звоните, топайте и кричите!

Наконец он в самом деле убежал и дал им передохнуть. Хлопот у него, видно, и правда было поверх головы, но болтать он наловчился на ходу. Они осмотрелись: небольшая комнатка выглядела очень уютно. В камине пылал яркий огонь, перед камином стояли низкие кресла. Круглый стол был накрыт свежей скатертью, на столе — колокольчик. Звонить, однако, не пришлось, Ноб явился сам: в одной руке подсвечник, в другой — поднос, уставленный тарелками.

Ужин был подан в мгновение ока: горячий бульон, заливное мясо, ежевичный джем, свежевыпеченный хлеб, вдоволь масла и полголовы сыру. Словом, не хуже, чем в Хоббитании, даже Сэм перестал недоверчиво поглядывать по сторонам; он, впрочем, перестал, еще когда принесли свежайшее пиво.

Подоспел хозяин, погулял вокруг стола — и с извинением откланялся.

— Вот поужинаете, захочется вам общества, — сказал он в дверях, — а может, и не захочется, может, сразу в постель, доброй ночи, спокойного сна, — но если захочется, приходите в залу, все вам будут очень рады: как же, гости из Хоббитании, да еще наверняка с новостями! Может, порасскажете, может, споете — все хорошо! Словом, захотите — придете, не захотите — как хотите. Будет какая надобность, звоните в колокольчик!

За час с небольшим хоббиты наелись, напились и приободрились. Фродо с Пином, а заодно уж и Сэм решили пойти народ поглядеть и себя показать. Мерри сказал, что он им не компания — залы, дескать, в трактирах везде одинаковые: дым, шум и гам.

— Посижу лучше спокойно у огонька, потом, может, выйду прогуляться. Только вы там языки-то не распускайте, помните, что мы — тайные беглецы, а Хоббитания — рядом, нас любая собака учует, если обнюхает!

— Ладно, ладно! — сказал Пин. — Ты сам-то не потеряйся — и учти, что снаружи хорошо, а внутри — лучше!

В зале собрался самый разный и самый пестрый народ. Фродо разглядел их, когда глаза его привыкли к тамошнему свету, чтоб не сказать полутьме. Красноватые отблески сеял огромный камин, а три многосвечных светильника тонули в табачном дыму. Лавр Наркисс, стоя у огня, разговаривал одновременно с двумя гномами и тремя людьми странного вида. На скамьях сидели вперемежку пригоряне, местные хоббиты, гномы и еще всякие, в дыму не разобрать.

При виде хоббитанских хоббитов пригоряне захлопали в ладоши и радостно загомонили. Чужаки, особенно те, с Неторного Пути, оглядели их с головы до ног. Хозяину не терпелось представить пригорянам новоприбывших гостей, а тех — этим: так не терпелось, что хоббитов просто огорошил перечень имен. У пригорян фамилии все больше растительные: Тростняк, Верескор, Чертополокс, Осинник и тому подобные. Здешние хоббиты не отставали: самое частое имя у них было Стародуб. Норкинсы, Запескунсы, Прорытвинсы, Длинноноги — наверняка не без родни в Хоббитании. Оказались и настоящие Накручинсы: они живо смекнули, что Фродо не иначе как их новоявленный дядюшка!

Дружелюбие здешних хоббитов мешалось с любопытством, и вскоре Фродо понял, что без объяснений не обойдешься. Он сказал, что интересуется историей и географией (все закивали, хотя слова были диковинные), что собирается писать книгу (изумленное молчание было ему ответом), что он и его друзья собирают сведения о хоббитах, живущих за пределами Хоббитании, особенно о восточных хоббитах.

Все наперебой загалдели; если бы Фродо в самом деле собирался писать книгу и если бы у него была сотня ушей, он бы за несколько минут набрал материалу на десяток глав. Мало того, ему посоветовали обратиться к таким-то и таким-то, начиная «хоть бы с того же Наркисса». Потом стало ясно, что сию минуту Фродо ничего писать не будет; тогда хоббиты снова принялись выспрашивать о хоббитанских делах. Фродо, как всегда, цедил слова в час по чайной ложке и скоро оказался в одиночестве — сидел в уголочке, смотрел да слушал.

Люди и гномы обсуждали события на востоке и обменивались новостями — в общем-то, всем известными. Там, откуда пришли люди с Неторного, земля горела у них под ногами, и они искали новых мест. Пригоряне сочувствовали, но, видно, надеялись, что их эти поиски обойдут стороной. Один из пришельцев, косоглазый и уродливый, предсказал в ближайшем будущем нашествие с юго-востока.

— И место им лучше пусть приготовят заранее, а то они его сами найдут. Жить-то надо, и не только иным-прочим!

Сказано это было нарочито громко, и местные обменялись тревожными взглядами.

Хоббиты разговаривали в стороне; людские заботы их не слишком тревожили. Норы или даже домики хоббитов Большому Народу ни к чему. Все сгрудились вокруг Сэма и Пина, а те разливались соловьем, особенно Пин — за каждой его фразой следовал взрыв хохота. Последняя, самая смешная новость была про то, как в Землеройске рухнула крыша Ратушной Норы, и не кто-нибудь, а сам голова Вил Тополап еле успел выскочить, с головы до ног обсыпанный известкой, что твой пончик сахарной пудрой. Смех смехом, а некоторые вопросы Фродо очень не понравились. Один из здешних хоббитов, например, раз-другой-третий побывавший в Хоббитании, так-таки полюбопытствовал, где это там живут Накручинсы и с кем они в родне.

Вдруг Фродо заметил, что даже по здешним местам странный, суровый человек с обветренным лицом, сидя в полумраке у стены за кружкой пива, внимательно прислушивается к беззаботной болтовне хоббитов. Он курил длинную трубку, устало вытянув под столиком ноги в охотничьих сапогах, видавших виды и обляпанных грязью. Старый пятнистый темно-зеленый плащ он не снял и, несмотря на духоту, даже не откинул капюшон. Из-под капюшона глаза его жестко поблескивали, и видно было, что глядит он на хоббитов.

— Это кто? — спросил Фродо, улучив случай перешепнуться с хозяином. — Представлен, кажется, не был?

— Этот-то? — шепотом же отвечал хозяин, скосив глаз и не поворачивая головы. — Да как вам сказать. Непонятный народ, шляются туда-сюда... мы их для смеху Следопытами прозвали. Он и слово-то редко обронит, но вообще ему есть о чем порассказать. Пропадет на месяц, если не на год, — а потом нá тебе, тут как тут, сидит пиво пьет. Прошлой весной он частенько здесь бывал, потом пропал — и вот опять объявился. Не знаю, как его на самом деле зовут, а у нас-то называют Бродяжником. Странно, однако же, что вы про него спросили. — Но тут Лавра позвали — где-то кончилось пиво, — и последние его слова остались без объяснений.

Фродо заметил, что Бродяжник смотрит прямо на него, будто догадался, что о нем была речь. Потом он кивнул и сделал знак рукой, приглашая Фродо к себе. Фродо подошел, и Бродяжник откинул капюшон: густые черные волосы его уже пробила седина, на длинном скуластом лице сурово светились серые глаза.

— Меня зовут Бродяжником, — негромко сказал он. — А вы, кажется, господин Накручинс, если Лавр не перепутал?

— Он не перепутал, — сухо ответил Фродо. Что-то чересчур пристально его разглядывали.

— Разумеется, нет. Так вот, сударь мой Накручинс, — сказал Бродяжник, — я бы на вашем месте слегка урезонил своих молодых друзей. Погреться, выпить, закусить, поболтать — это все, конечно, прекрасно, но здесь вам не Хоббитания: мало ли кто слушает их болтовню. Не мое дело, разумеется, — прибавил он, улыбнувшись углом рта и не спуская глаз с Фродо, — но в Пригорье, знаете, нынче бывает самый разный народ!

Фродо выдержал пристальный взгляд и промолчал; а взгляд обратился на Пина, который под общий смех рассказывал об Угощении. Еще немного — и расскажет, как Бильбо исчез: про сказочного Торбинса ведь всем интересно, а некоторым — особенно!

Фродо рассердился. Вздор, конечно: здешние хоббиты ничего не поймут, посмеются и забудут — мало ли чего, мол, творится у них там за Рекой, — но есть и такие, кто выслушает в оба уха (тот же Лавр Наркисс!), кому и про Бильбо кое-что известно.

Он закусил губу, думая, что бы сделать. Пин услаждал слушателей и, видно, совсем забылся. Как бы он не упомянул Кольцо — ему недолго, а уж тогда...

— Быстро — прервать! — шепнул ему на ухо Бродяжник.

Фродо вспрыгнул на стол и начал громкую речь. От Пина отвернулись: хоббиты решили, что господин Накручинс наконец хлебнул пива и стал пословоохотливее.

Фродо почувствовал себя полным болваном и принялся, как это было у него в обычае, когда доходило до речей, копаться в кармане. Он нащупал цепочку, Кольцо — и ему вдруг до ужаса захотелось исчезнуть... правда, захотел он будто не сам, а по чьей-то подсказке. Он удержался от искушения и сжал Кольцо в горсти — словно затем, чтобы оно не ускользнуло и не наделало безобразий. Во всяком случае, оно ему вроде бы ничего не подсказало: попробовало, да не вышло. Для начала он произнес «приятственное слово», как сказали бы в Хоббитании:

— Все мы очень тронуты вашим теплым приемом, и смею надеяться, что мое краткое пребывание здесь обновит былые узы дружбы между Хоббитанией и Пригорьем, — потом замялся и закашлялся.

Теперь на него глядели все в зале.

— Песню! — крикнул кто-то из хоббитов.

— Песню! Песню! — подхватили другие. — Что-нибудь новенькое или из старенького, чего никто не слышал!

Фродо на миг растерялся. Потом припомнил смешную песню, которую очень любил Бильбо (и очень гордился ею — должно быть, потому, что сам ее сочинил). Вот она — целиком, а то нынче из нее помнят только отдельные строки:

Под горой стоит трактир.
Но не в этом диво.
Дивно то, что как-то встарь
Соскочил с луны лунарь,
Чтобы выпить пива.

Вот зашел в трактир лунарь,
Но не в этом дело.
Там был пес, и этот пес
Хохотал над ним до слез —
Видимо, за дело.

Вот лунарь спросил пивка,
Но не это странно.
Там был кот, и этот кот
На дуде играл гавот
Весело и рьяно.

А корова у дверей,
Подбочась вальяжно,
Под дуду пустилась в пляс
И плясала целый час,
Но не это важно.

И неважно, что ножи,
Ложки и тарелки
Стали весело скакать,
В огоньках свечей сверкать
Да играть в горелки.

А корова поднялась,
Гордо и отважно,
Да как встанет на дыбы,
Как пойдет бодать дубы! —
Это все не страшно.

Вот испил пивка лунарь,
Но беда не в этом.
Худо то, что он под стул
Закатился и уснул
И не встал с рассветом.

Начал кот опять дудеть,
  Но не в этом штука.
Он дудел что было сил,
Тут и мертвый бы вскочил.
  А лунарь — ни звука.

Спит лунарь — и ни гугу,
  Как в своей постели.
Ну, подняли старину,
Зашвырнули на луну —
  В самый раз успели.

Дунул кот в свою дуду
  Гулко и беспечно —
Лопнула его дуда,
А была ведь хоть куда!
  Но ничто не вечно.

Тут корова вдруг взвилась
  В небо, будто птица.
Долетела до луны,
Поглядела с вышины —
  Ох, не воротиться!

На луне она живет,
  Но не в том потеха.
На заре веселый пес
Зубы скалить стал всерьез —
  Озверел от смеха.

Убралась луна с небес,
  Быстро и устало:
Дождалась богатыря,
Выпивоху-лунаря, —
  Тут и солнце встало.

Огляделось — день как день,
  Небо — голубое,
Но в трактире не встает,
А ложится спать народ —
  Это что ж такое?!

Хлопали громко и долго. У Фродо был неплохой голос, да и песня понравилась. Потребовали еще пива и захотели послушать песню заново. Поднялся крик: «Еще разок! Просим!» Фродо пришлось выпить кружку-другую и спеть песню сначала. Ему подпевали: мотив был знакомый, слова подхватывали на лету. Теперь уж ликовал Фродо. Он беззаботно скакал по столу, а когда дошел до слов «Тут корова вдруг взвилась», подпрыгнул и сам, только чересчур высоко — так что угодил в поднос с пивными кружками, поскользнулся и хлопнулся со стола. Слушатели приготовились дружно захохотать во всю глотку — и замерли с разинутыми ртами: певец исчез. Как в подпол провалился и даже дырки не оставил!

Наконец местные хоббиты позакрывали рты, вскочили на ноги и во весь голос призвали Лавра к ответу. Вокруг Пина и Сэма мгновенно образовалась пустота; их оглядывали угрюмо и неприязненно. Из компанейских ребят они превратились в пособников приблудного колдуна, который пожаловал в Пригорье невесть зачем. Один чернявый пригорянин щурился на них так злорадно-понимающе, что им стало и вовсе не по себе. А тот кивнул косоглазому южанину, и они вышли вместе (Сэм вспомнил, что весь вечер они вполголоса переговаривались, поглядывая на хоббитов). Следом за ними поспешил и привратник Горри.

Фродо клял себя на чем свет стоит. Раздумывая, как бы загладить промах, он прополз под столом в темный угол к Бродяжнику, который сидел совершенно спокойно, будто ничего не случилось. Фродо откинулся к стене и снял Кольцо. Как оно оказалось у него на пальце — это была загадка. Разве что он во время песни держал руку в кармане, а когда падал, руку выдернул и случайно подхватил его — разве что так... Уж не само ли Кольцо, подумал он, сыграло с ним эту шутку и обнаружило себя по

235

чьему-то желанию или велению — но по чьему? Те, которые сейчас вышли, были ему очень подозрительны.

— Так, — сказал Бродяжник, заметив его, но не поворачивая головы. — Ну зачем это вам понадобилось? Молодежь и та не могла бы навредить больше. Да, прямо ногой в капкан. Ногой — или, может, пальцем?

— Не понимаю, о чем вы толкуете, — раздраженно отозвался Фродо.

— Понимаете, как нельзя лучше понимаете, — усмехнулся Бродяжник, — только вот пусть шум уляжется. А тогда если позволите, *господин Торбинс*, я с вами и правда хотел бы потолковать.

— О чем же это нам с вами толковать? — спросил Фродо, как бы не заметив, что его назвали настоящим именем.

— О делах довольно важных — и для вас и для меня, — ответил Бродяжник, поймав взгляд Фродо. — Впрочем, не бойтесь, ничего страшного.

— Ну что ж, послушаем, — сказал Фродо, стараясь не поддаваться собеседнику. — Потом, попозже.

А у камина горячо пререкались. Лавр Наркисс, отлучившийся на кухню, подоспел к шапочному разбору и выслушивал теперь сбивчивые и несогласные между собою рассказы о диковинном деле.

— Я его своими глазами видел, господин Наркисс, — утверждал один хоббит. — Я своими глазами видел, как его видно не стало. Растворился в воздухе, да и все тут.

— Не скажите, господин Стародуб! — поспешно остерегал хозяин.

— А вот и скажу! — утверждал господин Стародуб. — И что скажу, на том стою!

— Нет, тут что-то не так! — говорил трактирщик, сомнительно качая головой. — Чтобы господин Накручинс, с его комплекцией, растворился в воздухе? Тем более какой уж здесь воздух!

— А тогда где же он? — крикнули несколько голосов.

— Мне-то почем знать? Его дело; по мне, лишь бы утром не забыл заплатить. А куда же он денется, если господин Крол — вот он, нигде не растворился.

— Ну а я сам видел, как его стало не видно! — упрямился господин Стародуб.

— Какая-то вышла ошибка, — не сдавался Лавр Наркисс, собирая на поднос разбитую посуду.

— Конечно, ошибка! — сказал Фродо. — Никуда я не исчез. Вот он я! Просто надо было перекинуться парой слов с Бродяжником.

Он шагнул вперед, и его озарило каминное пламя, но от него отпрянули, как от призрака. Напрасно он объяснял, что просто-напросто быстро отполз под столами. Оставшихся хоббитов и пригорян как ветром сдунуло — ни пива, ни разговоров им больше не хотелось, а в дверях один-другой обернулись и мрачно поглядели на Фродо. Замешкались только гномы и два или три чужедальних человека: они распрощались с хозяином, даже не покосившись на Фродо и его друзей. Вскоре в зале остался один Бродяжник, почти незаметный у стены.

Однако трактирщик не слишком огорчился: должно быть, смекнул, что много еще вечеров будет собираться тот же народ — судить да рядить о диковинном происшествии.

— Что же это вы творите, господин Накручинс? — с веселой укоризной спросил он. — Завсегдатаев моих распугали, посуду перебили!

— Прошу прощенья, что причинил столько хлопот, — сказал Фродо. — Уверяю вас, это вышло совершенно ненамеренно. Прискорбный случай.

— Бывает, бывает, господин Накручинс! Однако же впредь, если вам вздумается исчезать или там колдовать, вы уж скажите загодя — и не кому-нибудь, а мне. Мы тут, знаете, не привыкши ко всяким чародейским штуковинам: сперва подготовить народ надо!

— Больше никаких штуковин, господин Наркисс, это я вам твердо обещаю. В общем, нам давно пора спать; мы ведь тронемся рано утром. Вы уж приглядите, чтобы наши пони были готовы к восьми, ладно?

— Хорошо, будут готовы! Только вот перед сном надо бы мне лично с вами поговорить. Я кой-чего припомнил важное — надеюсь, что никакого огорчения не выйдет. Сейчас пригляжу за тем, за сем — и к вам, с вашего позволения.

— Да, пожалуйста! — пролепетал Фродо упавшим голосом и подумал: сколько же ему еще разговаривать перед сном о важных делах? Неужели все они тут заодно? Даже добродушная круглая физиономия Лавра Наркисса показалась ему зловещей.

Глава X
БРОДЯЖНИК

Фродо, Пин и Сэм, один за другим, вошли в свою темную комнату. Мерри не было, огонь в камине еле теплился. Только раздув уголья и подкинув несколько поленьев, они заметили, что Бродяжник от них не отстал: он, оказывается, уже сидел в кресле у дверей!

— Ого! — сказал Пин. — Кто это такой, чего ему надо?

— Меня зовут Бродяжником, — отозвался тот, — а друг ваш обещал мне разговор, и надеюсь, что он об этом не забыл.

— Да, вы желали «потолковать о делах довольно важных», — припомнил Фродо. — Что же это за дела?

— Именно довольно важные, — отвечал Бродяжник. — И о цене уговоримся наперед.

— О какой такой цене?

— Не вскидывайтесь! Давайте я скажу вам, что знаю, дам добрый совет — и буду ждать благодарности.

— А дорого она нам станет? — спросил Фродо.

Он решил, что попал в лапы вымогателю, и мысленно пересчитал захваченные с собою деньги. Маловато, да и отдавать жалко.

— По карману, — невесело усмехнулся Бродяжник, будто угадав расчеты Фродо. — Просто-напросто вы берете меня в спутники, и я иду с вами, пока мне это угодно.

— Еще чего! — отрезал Фродо, изумленный и встревоженный больше прежнего. — Нам не нужен спутник, а был бы нужен, я про него сначала все разузнал бы — кто он такой да чем занимается.

— Так и надо, — одобрил Бродяжник, скрестив ноги и усевшись поудобнее. — Вы, кажется, приходите в себя, и это явно к лучшему. Хватит уж безрассудства. Стало быть, я скажу вам, что знаю, а благодарность за вами — авось не замедлит.

— Тогда выкладывайте, что вы там знаете, — потерял терпение Фродо.

— Чересчур много такого, о чем вам-то лучше не знать, — с прежней усмешкой отозвался Бродяжник. — Что же до вас... — Он встал, подошел к двери, быстро раскрыл ее и медленно затворил. Потом снова уселся в кресло. — У меня чуткий слух, — сказал он, понизив голос. — Исчезать я, правда, не умею, но доводилось мне охотиться на самую пугливую дичь — и подстерегать ее. Вот и нынче вечером стерег я Тракт лиги за две от Западных Ворот. Смотрю — едут четыре хоббита дорогою из Волглого Лога. Не буду пересказывать, о чем они между собой толковали и как прощались со стариной Бомбадилом. Главное — один хоббит говорит другим: «Смотрите же — я теперь никакой не Торбинс. Спросят — так Накручинс!»

Тут-то мне и стало интересно: я проводил хоббитов по Тракту до ворот и дальше — к «Гарцующему пони». Наверно, господин Торбинс недаром скрывает свою настоящую фамилию, но я посоветовал бы ему быть еще осторожнее.

— Не понимаю, почему фамилия моя здесь кого-то интересует, — сердито ответствовал Фродо, — и уж совсем не понимаю, отчего она вас-то интересует. Наверно, господин Бродяжник недаром подстерегает и подслушивает, но я посоветовал бы ему не говорить загадками.

— Слово за слово! — рассмеялся Бродяжник. — Однако загадок нет: я поджидаю хоббита по имени Фродо Торбинс, и время мое на исходе. Я знаю, что он покинул Хоббитанию, скрывая тайну, очень важную для меня и моих друзей... Только не хватайтесь за кинжал! — предупредил он хоббитов, когда Фродо вскочил с места, а Сэм смерил его вызывающим взглядом. — Я сберегу вашу тайну не хуже вас. А беречь — надо! — Он подался вперед и с сомнением поглядел на них. — Будьте настороже, следите за каждой тенью! — тихо и твердо сказал он. — Черные конники уже побывали в Пригорье. Один, говорят, вчера прискакал по Неторному, а к вечеру явился и второй. Один — с юга, другой — с севера.

Сидели и молчали. Наконец Фродо сказал Пину и Сэму:

— Мне бы сразу догадаться — и привратник допытывался, и хозяин поглядывал искоса: видно, что-то прослышал. Не зря ведь он тащил нас в залу? Мы, конечно, тоже хороши — надо было сидеть в своей комнате, и все тут.

— Надо было, — подтвердил Бродяжник. — Я бы вам это объяснил, да Лавр помешал — не скандал же устраивать!

— А вы думаете, он... — начал было Фродо.

— Нет, этого я не думаю, — предугадал вопрос Бродяжник. — Просто Лавр не любит, когда разные бродяги тревожат почтенных гостей.

Фродо смущенно поглядел на него.

— И то сказать, чем я с виду лучше иного колоброда? — сказал Бродяжник, вскинув глаза на Фродо и все так же хмуро улыбаясь. — Надеюсь, однако же, что мы еще познакомимся как следует, тогда ты мне и объяснишь, зачем было исчезать, не кончив песни. Эта проделка...

— Да не проделка, а просто нечаянно! — прервал его Фродо.

— Положим, нечаянно, — согласился Бродяжник. — То есть не по твоей воле. Но из-за этой нечаянной проделки все вы под угрозой. Кстати, прости мне «ты» — это знак доверия, у нас иначе не говорят.

— Говори, как привык, — сказал Фродо. — А что под угрозой — это не новость. Конники давно уж гонятся за мною; наоборот, хорошо, что мы разминулись в Пригорье.

— Зря ты так думаешь! — строго возразил Бродяжник. — Они вернутся, или другие нагрянут — есть ведь и другие. Число их мне известно, ибо я знаю, кто они такие. — Он помолчал, и глаза его сурово блеснули. — Здесь в Пригорье — как и везде, впрочем, — немало дрянных людишек. Бит Осинник, например, — видели его сегодня? О нем идет скверная молва; кто у него только не гостит! Наверняка заметили — чернявый такой, с кривой ухмылкой. Липнул к одному южанину, с ним и вышел — после твоей нечаянной проделки. Южане мне очень подозрительны, а Бит Осинник кого угодно за грош продаст, даже и не за грош, а просто потехи ради.

— Кого это он будет продавать и при чем тут моя, как ты говоришь, проделка? — спросил Фродо, по-прежнему словно не замечая намеков Бродяжника.

— Вас он будет продавать, и за хорошую цену, — отвечал Бродяжник. — Рассказ о нынешнем вечере очень дорого стоит. Поддельным именем никого теперь не обманешь: все ясней ясного. Вас опознают еще до утра. Довольно объяснений? Берите или не берите меня в провожатые, ваше дело. Земли между Хоббитанией и Мглистым хребтом я исходил вдоль и поперек. Я старше, чем вам кажется; опыт мой пригодится в пути. На Тракт вам нельзя: конники будут следить за ним днем и ночью. В глушь тоже нельзя. Из Пригорья вы, может, и выберетесь, проедете по солнышку часок-другой, а потом-то что? Настигнут вас в стороне от дороги, где и на помощь звать некого. Вы знаете, что с вами будет, если они вас нагонят? Берегитесь!

Голос Бродяжника изменился. Хоббиты с изумлением увидели, что спокойное лицо его потемнело, а руками он крепко сжал поручни кресла. В комнате было тихо и сумрачно, камин едва теплился. Бродяжник глядел незрячими глазами, вспоминая что-то давнее, словно вслушиваясь в ночь.

— Да, так вот, — сказал он, проведя рукой по лбу. — Я про ваших преследователей знаю больше, чем вы. Вы их боитесь — и правильно, только самого страшного не понимаете. Надо, чтоб завтра и след ваш простыл. Бродяжник поведет вас неведомыми тропами — если он годится вам в провожатые.

Снова надвинулось молчанье. Фродо, в испуге и сомненье, медлил с ответом. Сэм нахмурился, глянул на хозяина, вскочил и выпалил:

— С вашего позволения, сударь, я скажу: нет, не годится! Бродяжник, он на что напирает: берегитесь, мол! — и тут я с ним согласен. Только не его ли поберечься для начала-то? Он ведь из Глухоманья, а там, слышно, добрые люди не живут. Что-то он про нас хитрым делом вызнал, это ясно. Так поэтому надо брать его в провожатые? Чего доброго, заведет он нас, как сам сказал, туда, где и на помощь-то позвать некого. Нет, сударь, как знаете, конечно, а у меня к нему душа не лежит.

Пин поерзал было на стуле, но смолчал. Бродяжник, не ответив Сэму, вопросительно посмотрел на Фродо. Тот отвел глаза.

— Нет, Сэм, ты, пожалуй, не прав, — медленно выговорил он. — А ты, — он обратился к Бродяжнику, — ты же совсем не такой, как с виду, а зачем притворяешься? Начал говорить — вроде пригорянин, а теперь и голос другой. Сэм прав: как же ты советуешь нам следить за каждой тенью, а сам ждешь, что мы тебе сразу и безоглядно доверимся? Кто ты на самом деле? Что ты про меня — про мои дела — знаешь? Как узнал?

— Вы, я вижу, и без моих советов настороже, — усмехнулся Бродяжник. — Но одно дело осторожность, другое — нерешительность. Без меня вы до Раздола не доберетесь, так что вам волей-неволей придется мне поверить. Жду я от вас, однако, не столько доверия, сколько решимости. На вопросы твои — правда, не на все — готов для пользы дела ответить. Только что в этом толку, раз у вас наготове недоверие? Я отвечу — вы еще спросите. Так и до рассвета можно проговорить. Вот что, впрочем...

В дверь постучали, и на пороге появился Наркисс со свечами, а за ним виднелся Ноб с ведрами кипятку. Бродяжник незаметно встал и отступил в темный угол.

— Пришел пожелать вам доброй ночи, — сказал хозяин, ставя подсвечники на стол. — Ноб, воду не сюда, а в спальни! — Он захлопнул перед ним дверь. — Тут вот какое дело, — продолжал трактирщик смущенно и нерешительно. — Если из-за меня вышел какой вред, уж простите великодушно. Сами ведь знаете: одно на другое налезает, а я человек занятой. Видите ли, мне велено было поджидать одного хоббита из Хоббитании, по имени Фродо Торбинс.

— Ну и при чем же тут я? — спросил Фродо.

— А, ну да! — закивал трактирщик. — Вы, значит, просто примите к сведению. Мне было сказано, что приедет он под именем Накручинс, и даны, извините, приметы.

— Да? И какие же приметы? — опрометчиво прервал его Фродо.

— Повыше обычного хоббита, плотненький, краснощекий, — торжественно отчеканил наизусть Лавр.

Пин хмыкнул, Сэм насупился.

— «Хотя это тебе, Лаврик, не приметы, — сказал он мне тогда. — Хоббиты — народ похожий, все плотненькие, все краснощекие. Но учти, что все-таки повыше других, рыжеватый и с раздвоенным подбородком. Прищур задумчивый, глаза блестящие, глядит прямо». Прошу прощенья, но я за его слова не отвечаю, если что не так.

— За его слова? А кто это — он? — взволновался Фродо.

— Ах ты, батюшки, забыл сказать: да приятель мой, Гэндальф. Вообще-то он маг, но мы с ним всегда были в дружбе. А теперь вот я даже и не знаю, чего от него ждать: или все пиво мне сквасит, или вообще меня самого в чурбан превратит — у него это мигом, он на расправу-то скор. Может, потом и пожалеет, да ведь сделанного не разделаешь.

— Так что же вы натворили? — нетерпеливо спросил Фродо.

— О чем бишь я? — задумался трактирщик, щелкнув пальцами. — Ах, ну да, старина Гэндальф. Месяца три тому останавливался он у меня в трактире. И вот однажды влетает на ночь глядя прямо ко мне в комнату — даже постучать забыл — и говорит: «Утром, Лаврик, мы уже не увидимся, я до свету уйду. У меня к тебе поручение». — «Слушаю, — говорю, — хоть десять». А он мне: «Ты сможешь отправить с оказией письмо в Хоббитанию? Сможешь передать с кем понадежнее?» — «Уж подыщу кого-нибудь, — отвечаю, — завтра или послезавтра». — «На послезавт-

244

а, — говорит, — не откладывай». И дал мне письмо. Над-
писано-то оно проще простого, — сказал Лавр Наркисс.

Он достал письмо из кармана, принял важный вид
(ибо очень гордился своей грамотностью) и зачитал по
складам:

— «ХОББИТАНИЯ, ТОРБА-НА-КРУЧЕ, ФРОДО
ТОРБИНСУ».

— Письмо — мне — от Гэндальфа! — воскликнул Фродо.

— Так, стало быть, настоящая-то ваша фамилия — Торбинс? — спросил трактирщик.

— Сами ведь знаете, — сказал Фродо. — Отдавайте-ка
мне это письмо и объясните, пожалуйста, почему вы его
не отправили вовремя. Затем ведь, наверно, и пришли?
Долго, однако, раскачивались!

— Ваша правда, сударь, — виновато признал бедняга
Лавр, — и опять же прощенья просим. Что мне будет от
Гэндальфа — прямо страшно и подумать. Только я ведь
без задней мысли: схоронил его понадежнее до подходя-
щего случая, а случая нет и нет — ну и вылетело оно за
хлопотами у меня из головы. Зато уж теперь обо всем постараюсь, я оплошал, с меня и спрос: что смогу — только
скажите, — сразу сделаю. Да и помимо письма у меня был
какой уговор с Гэндальфом? Он мне: «Лавр, мол, тут к тебе
явится один мой друг из Хоббитании — а может, и не
один, — назовется Накручинсом. Лишних вопросов ему
не задавай. Будет в беде — выручай, не жалей ни сил, ни
денег, сам знаешь, за мной не пропадет». Вот, значит, и
вы, а беда-то рядом ходит.

— Это вы о чем? — осведомился Фродо.

— Да об этих черных, — объяснил хозяин, понизив голос. — Они ведь спрашивали Торбинса, и хоббитом буду,
если подобру спрашивали. В понедельник заезжали — собаки скулят и воют, гуси галдят и гогочут — жуть какая-
то, честное слово! Двое сунулись в дверь и сопят: подавай

245

им Торбинса! У Ноба аж волосы дыбом. Я-то их кой-ка[к]
спровадил: езжайте, мол, дальше, там вам и Торбинс, и чт[о]
хотите. А они уехать уехали, но спрашивали вас, слышн[о]
до самого Арчета. Этот, как его, из Следопытов, ну Бр[о]
дяжник-то, — он тоже все про вас спрашивал и прям[о]
рвался сюда: ни вам поужинать, ни отдохнуть!

— Верно говоришь, рвался! — вдруг промолвил Бр[о]
дяжник, выступив из темноты. — И зря ты, Лавр, не пус[-]
тил меня — тебе же было бы меньше хлопот!

— А ты, значит, уж тут как тут! — мячиком подпры[г]
нул трактирщик. — Пролез-таки! Теперь-то чего теб[е]
надо, скажи на милость?

— Теперь он здесь с моего ведома, — объявил Фродо. [—]
Он пришел предложить свою помощь.

— Ну, вам, как говорится, виднее, — пожал плечам[и]
господин Наркисс, окинув Бродяжника подозрительны[м]
взглядом. — Только я бы на вашем месте со Следопыта[-]
ми из Глухоманья, знаете, не связывался.

— А с кем прикажешь ему связываться? — сквозь зуб[ы]
процедил Бродяжник. — С жирным кабатчиком, котор[ый]
и свое-то имя еле помнит, даром что его день напроле[т]
окликают? Они ведь не могут навечно запереться у теб[я]
в «Пони», а домой им путь заказан. Им надо ехать ил[и]
идти — дальше, очень далеко. Или, может, ты сам с ним[и]
пойдешь, отобьешься от Черных Всадников?

— Я-то? Чтоб я из Пригорья? Да ни за какие деньги! [—]
до смерти перепугался толстяк, будто ему и правда это пред[-]
ложили. — Ну, а если вам, господин Накручинс, и в само[м]
деле переждать у меня? Какая спешка? Что вообще за кат[а]
васия с этими черными страхолюдами? Откуда они взялис[ь?]

— Они из Мордора, Лавр. Понимаешь? Из Мордора, [—]
вполголоса вымолвил Бродяжник.

— Ох ты, спаси и сохрани! — побледнел от страха Лав[р]
Наркисс. Видно, слово «Мордор» тяжко лежало у нег[о]

246

а памяти. — Давно у нас в Пригорье хуже ничего не слыхали!

— Услышите еще, — сказал Фродо. — Ну а помочь-то не вы все-таки согласны?

— Да как же не помочь, помогу, — шепотливой скороговоркой заверил господин Наркисс. — Хоть и не знаю, что толку от меня и таких, как я, против... против... — Он запнулся.

— Против Тьмы с Востока, — твердо выговорил Бродяжник. — Толку немного, Лавр, но уж какой ни на есть. Ты, например, можешь бесстрашно оставить у себя на ночь господина Накручинса — и не припоминать его настоящее имя.

— Еще бы, еще бы, — с видимым испугом, но тем решительнее закивал трактирщик. — Но черные, они-то ведь знают, что я вам не в помощь. Ох, какая, правда, жалость, что господин Торбинс нынче так себя обнаружил. Про Бильбо-то здесь давно уж слышали-переслышали. Ноб и тот, видать, понял, а ведь есть у нас и которые побыстрее соображают.

— Что ж, надо надеяться, Всадники покамест не нагрянут, — сказал Фродо.

— Конечно, конечно, надо надеяться, — поспешно поддакнул Лавр. — Тем более, будь они хоть сто раз призраки, в «Пони» нахрапом не проберешься. До утра спите спокойно, Ноб про вас слова лишнего не скажет, а мы уж всем домом приглядим, чтоб разные страхолюды здесь не шастали.

— Только на рассвете чтоб нас разбудили, — наказал Фродо. — Надо выйти в самую рань. Завтра, будьте добры, в полседьмого.

— Дело! Заказ есть заказ! — обрадовался трактирщик. — Доброй ночи, господин Торбинс, то есть, простите, Накручинс! А, да, вот только — где же господин Брендизайк?

— Не знаю, — мгновенно встревожившись, отозвался Фродо. Про Мерри они как-то позабыли, а время было

позднее. — Гуляет, наверно. Он сказал, пойдет подыши
воздухом.

— Да, за вами глаз да глаз! — со вздохом заметил гос
подин Наркисс. — Пойду-ка велю запереть все двери -
когда ваш приятель, конечно, вернется, — пусть за эти
Ноб приглядит.

Наконец хозяин покинул их, снова бегло прищурив
шись на Бродяжника и покачав головой. Шаги его в ко
ридоре удалились и стихли.

— Ну как, письмо-то будешь читать? — спросил Бро
дяжник.

Фродо внимательно рассмотрел печать — да, печат
Гэндальфа, бесспорно, — потом сломал ее. Лист был ис
писан скорым и четким почерком:

ГАРЦУЮЩИЙ ПОНИ, ПРИГОРЬЕ
Равноденствие, год по Летосчислению
Хоббитании 1418-й.

Друг мой Фродо!
Меня настигли дурные вести. Спешу, времени
совсем нет; а ты выбирайся побыстрее из Торбы: к
концу июля, самое позднее, чтобы в Хоббитании и
духу твоего не было! Вернусь, когда смогу; запоз-
даю — нагоню. Если пойдете через Пригорье, ос-
тавьте мне весточку. Трактирщику (Наркиссу) доверять можно. Надеюсь, в дороге встретите моего
друга: человек высокий, темноволосый, зовут Бродяжником. Он все знает и поможет. Идите к Раздолу — там-то уж наверняка свидимся. А не поспею — Элронд о вас позаботится и скажет, как
быть дальше. Тороплюсь, прости —

ГЭНДАЛЬФ.

Да, к слову: *не надевай его, ни в коем случае не надевай!* Идите днем, ночью прячьтесь!

Еще к слову: когда встретите Бродяжника, будьте осторожны — мало ли кто может так назваться. По-настоящему его зовут Арагорн.

> Древнее золото редко блестит,
> Древний клинок — ярый.
> Выйдет на битву король-следопыт:
> Зрелый — не значит старый.

> Позарастают беды быльем,
> Вспыхнет клинок снова,
> И короля назовут королем —
> В честь короля иного.

И еще к слову: надеюсь, Лавр не замедлит отослать письмо. Он человек как человек, только память у него — дырявое решето. Забудет — суп из него сделаю.

Удачи!

Г.

Фродо прочел письмо про себя, потом отдал его Пину и кивнул на Сэма: мол, прочтешь, передай ему.

— Да, натворил дел наш голубчик Наркисс! — сказал он. — Как бы Гэндальф и правда суп из него не сделал — и поделом! Эх, получил бы я письмо вовремя, давно бы уже в Раздоле были. Но что же такое с Гэндальфом? Он пишет, будто собирается в огонь шагнуть.

— А он уже много лет идет сквозь огонь, — сказал Бродяжник. — Напрямик и без колебаний.

Фродо обернулся и задумчиво поглядел на него, припомнив «еще к слову» Гэндальфа.

— Почему же ты не сказал мне, что ты его друг? — спросил он. — И дело бы с концом.

— Ты думаешь? Я, положим, сказал бы, но верить мне надо было на слово, а что вам мои слова? — возразил Бродяжник. — Про письмо я не знал. Да и зачем же я-то буду вам говорить о себе: сперва с вами надо разобраться. Враг то и дело ставит мне ловушки. Я разобрался — и готов был вам кое-что объяснить; однако же надеялся, — сказал он со странной улыбкой, — что вы доверитесь мне и без особых объяснений. Иногда просто устаешь от враждебности и недоверия. Впрочем, вид у меня, конечно, к дружелюбию не располагает.

— Это верно, — облегченно рассмеялся Пин, дочитавший письмо. — Но у нас в Хоббитании говорят: перо соколье — нутро воронье. А тебе каким же с виду и быть, раз ты недельку-другую полежал в засаде.

— Неделя в засаде — это пустяки. Многие годы надо пробродить по Глухоманью, чтобы стать похожим на Следопыта, — сказал Бродяжник. — Вы таких испытаний не знаете... и хорошо, что не знаете.

Пин поверил, но Сэм все еще с недоверием оглядывал Бродяжника.

— А нам почем знать, что ты и есть тот самый Бродяжник, про которого пишет Гэндальф? — спросил он подозрительно. — Ты ведь Гэндальфа и не упомянул бы — если б не письмо. Может, ты вообще подмененный — прибил настоящего, чтобы нас незнамо куда заманить. На это что скажешь?

— Скажу, что тебя на мякине не проведешь, — ответил Бродяжник. — А еще скажу тебе, Сэм Скромби, что если б я убил настоящего Бродяжника, то тебя прикончил бы, не сходя с места. Если б я охотился за Кольцом, оно уже сейчас было бы моим!

Он встал и словно бы вырос. В глазах его блеснул суровый и властный свет. Он распахнул плащ — и положил руку на эфес меча, дотоле незамеченного. Хоббиты боялись шелохнуться. Сэм глядел на Бродяжника, разинув рот.

— Не бойтесь, я тот самый Бродяжник, — сказал он с неожиданной улыбкой. — Я Арагорн, сын Арахорна; и за ваши жизни порукой моя жизнь или смерть.

Молчание длилось долго. Наконец заговорил Фродо.

— Я так и знал, что ты друг, еще до письма, — сказал он. — Ну, может, и не знал точно, а все же надеялся. Ты нынче вечером нагнал на меня страху, и не один раз — но это не тот, не ледяной страх. Был бы ты из них, ты бы ласку напоказ, а иное про запас.

— Ну да, — рассмеялся Бродяжник. — А я про запас невесть что держу, и ласки от меня не видать. Впрочем, *древнее золото редко блестит*.

— Так это про тебя стихи? — спросил Фродо. — То-то я не мог понять, к чему они. А откуда ты знаешь, что Гэндальф тебя упоминает, — ты ведь письма-то не читал?

— Да я и не знаю, — ответил он. — Только я и есть Арагорн, а стало быть, и стихи обо мне.

Бродяжник извлек меч из ножен, и они увидели, что клинок сломан почти у самой рукояти.

— Толку от него мало, правда, Сэм? — улыбаясь, спросил он. — Но близится время, когда он будет заново откован.

Сэм промолчал.

— Ну что же, — сказал Бродяжник, — значит, с Сэмова позволения, дело решенное: Бродяжник ваш провожатый. Завтра, кстати, нам предстоит нелегкий путь. Даже если мы без помехи выберемся из Пригорья, все равно вряд ли уйдем незаметно. Постараемся хотя бы, чтобы нас потеряли из виду: есть отсюда одна-другая неведомая тропка. А собьем погоню — тогда на Заверть.

— На Заверть? — недоверчиво спросил Сэм. — На какую еще Заверть?

— Гора такая, к северу от Тракта, на полпути к Раздолу. Оттуда все видно — вот и оглядимся. Если Гэндальф пойдет за нами следом, он явится туда же. А после Заверти — еще труднее, еще опасней.

— Ты когда видел Гэндальфа последний раз? — спросил Фродо. — Ты знаешь, где он, что с ним?

— Нет, не знаю, — сумрачно ответил Бродяжник. — Весною мы вместе пришли с запада. Много лет берег я пределы Хоббитании, пока он был занят другим! Границы ваши он без охраны почти никогда не оставлял. Последний раз я видел его в начале мая; он сказал, что ваше дело разъяснилось и что вы пойдете к Раздолу в конце сентября. Я думал, что он с вами, и отправился по своим делам, а напрасно: наверняка пригодился бы.

С тех пор как мы знакомы, я тревожусь впервые. Мало ли почему нет его самого — но вести какие-то он непременно должен был прислать! А вестей не было; наконец до меня дошли слухи, что Гэндальф пропал, а по Хоббитании рыщут Черные Всадники. Это рассказали мне эльфы Гаральда; от них же узнал я, что вы на пути в Забрендию, и решил покараулить у Западного Тракта.

— Так ты думаешь, это Черные Всадники задержали Гэндальфа? — спросил Фродо.

— Если не они, то разве что сам Враг; больше задержать его никому не под силу, — сказал Бродяжник. — Но не отчаивайся, выше голову! Вы у себя в Хоббитании толком не знаете, кто такой Гэндальф, вам ведомы лишь его шутки да веселые затеи. Правда, на этот раз задача у него еще опаснее, чем обычно.

— Ох, простите, — вдруг зевнул Пин, — но устал я до смерти. Тревоги и заботы — это пусть уж завтра, а нынче я лягу, а то как бы сидя не уснуть. Где же несчастный лопух Мерри? Если придется напоследок разыскивать его в потемках — я ему потом голову оторву.

* * *

При этих его словах грохнула входная дверь, по коридору прокатился быстрый стук шагов, и в комнату ворвался Мерри, а за ним — растерянный Ноб. Мерри с трудом перевел дыхание и выпалил:

— Я видел их, Фродо! Видел! Они здесь — Черные Всадники!

— Черные Всадники! — Фродо вскочил. — Где?

— Да здесь же, здесь, в самой деревне. Я часок посидел у огня — вы не приходили — и пошел гулять. Стоял у фонаря, глядел на звезды. И вдруг меня дрожью проняло: подкралась какая-то мерзкая жуть, черное пятно продырявило темноту в стороне от фонарей. Появилось — и скользнуло куда-то в густую темень. Лошади не было.

— Куда скользнуло? — настороженно и резко спросил Бродяжник.

Мерри вздрогнул, приметив чужака.

— Говори! — сказал Фродо. — Это друг Гэндальфа. Потом объясню.

— Вроде бы к Тракту, — продолжал Мерри. — Я как раз и решил проследить, только не знал, за кем или за чем, свернул в проулок и дошел до последнего придорожного дома.

— Да ты храбрец, — заметил Бродяжник, не без удивления поглядев на Мерри. — Однако это было очень безрассудно.

— Ни особой храбрости, ни безрассудства от меня не потребовалось, — возразил Мерри. — Я шел будто не по своей воле: тянуло, и все тут. Куда — не знаю; но вдруг я как бы опомнился — и услышал почти рядом два голоса. Один шепелявил с каким-то присвистом, а в ответ ему раздавалось невнятное бормотанье. Я ничего не разобрал: ближе подойти не смел, а убежать — ноги не слушались. Стою, дрожу, насилу-то повернулся к ним спиной и хотел было припуститься опрометью, как вдруг сзади надвинулась жуть, и я... упал, наверно.

— Я его нашел, сударь, — пояснил Ноб. — Господин Наркисс выслал меня поискать с фонарем — ну, я сначала к Западным Воротам, потом к Южным; смотрю — возле самого дома Бита Осинника, у забора, что-то неладно: вроде двое склонились над третьим, хотят его уволочь. Я: «Караул!» — и туда, подбегаю — никого, только вот господин Брендизайк лежит, будто уснул прямо на дороге. Я уж его тряс-тряс, насилу-то он оклемался и бормочет дурным шепотом: «Я, — говорит, — ровно утонул и на дне лежу», а сам не двигается. Я туда-сюда; что делать? А он вдруг как вскочит — и стрелой в «Пони», знай поспевай за ним.

— Наверно, все так и было, — сказал Мерри, — я, правда, не помню, что я там нес, хотя сон был страшнее смерти; впрочем, сна тоже не помню, и на том спасибо. Точно меня куда-то затянули.

— Едва не затянули, — уточнил Бродяжник. — В замогильный мрак. Должно быть, Всадники оставили где-то своих коней и пробрались в Пригорье Южными Воротами. От Осинника они знают все последние новости; косоглазый южанин тоже наверняка шпион. Веселая у нас будет ночка.

— А что? — спросил Мерри. — Нападут на трактир?

— Это вряд ли, — сказал Бродяжник. — Не все еще подоспели; да и не так они действуют. Им нужна глушь и темень; а большой дом, суматоха, огни, куча народу — нет, это им незачем: путь-то у нас еще долгий, время есть. Сами не нападут, но подручных у них здесь хватит — одни помогут охотно, другие от страха. Тот же Осинник, пяток южан, да и привратник Горри. Всадники в понедельник с ним поговорили на моих глазах; когда отъехали, он был белый, как стена, и колени тряслись.

— Стало быть, кругом враги, — сказал Фродо. — Что делать?

254

— Спать здесь, по спальням не расходиться! Они уж наверняка проведали, где ваши спальни — круглые окна на север, почти вровень с землею. Останемся здесь, окна закроем ставнями, дверь запрем на все засовы. Сейчас мы с Нобом сходим принесем ваши пожитки.

Он отлучился, и Фродо наспех рассказал Мерри обо всем, что произошло за вечер. Когда Бродяжник и Ноб вернулись, Мерри размышлял над письмом Гэндальфа.

— Значит, так, господа гости, — сказал Ноб, — я там взворошил ваши постели и положил в каждую по диванному валику, с вашего позволения. Еще бурое такое шерстяное покрывало подвернул — очень вышло похоже на вашу голову, господин Тор... простите, сударь, Накручинс, — прибавил он с ухмылкой.

— В темноте поначалу не отличат! — рассмеялся Пин. — Ну а когда разберутся?

— Там видно будет, — сказал Бродяжник. — Может, до утра как-нибудь продержимся.

Они составили заплечные мешки на полу, придвинули кресло к запертой двери и затворили окно. Затворял Фродо — и глянул мельком на ясные звезды. За темными склонами Пригорья ярко сиял Серп: так хоббиты называют Большую Медведицу. Он вздохнул, закрыл тяжелые внутренние ставни и задернул занавеси. Бродяжник разжег в камине большое пламя и задул свечи.

Хоббиты улеглись на полу, ногами к огню, а Бродяжник уселся в кресле у дверей. Почти не разговаривали; один Мерри приставал с расспросами.

— «Корова вдруг взвилась»! — хихикнул он, заворачиваясь в одеяло. — Ну, Фродо, ты уж если что выкинешь, так держись! Эх, меня там не было! Ничего, зато местные будут лет сто поминать твою шутку.

— Это будь уверен, — сказал Бродяжник.

Затем все примолкли, и хоббиты уснули один за другим.

Глава XI
КЛИНОК В НОЧИ

Пока они готовились ко сну в пригорянском трактире, над Забрендией стояла недобрая ночь: туман вперемешку с мраком. Глухо было в Кроличьей Балке. Толстик Боббер приоткрыл дверь и осторожно высунул нос. Весь день ему было как-то страшновато, а под вечер он даже и лечь не решился. В недвижном воздухе таилась смутная угроза. Он всмотрелся в туманную тьму и увидел, что калитка сама собой беззвучно растворилась — а потом бесшумно закрылась. Ему стало страшно, как никогда в жизни. Он, дрожа, отпрянул и отчаянным усилием стряхнул с себя тяжелое оцепенение. Потом захлопнул дверь и задвинул все засовы.

Ночь становилась все темнее. Послышался глухой перестук копыт: лугом подводили лошадей. У ворот перестук стих, и темноту продырявили три черных пятна: одно приблизилось к двери, два других стерегли углы дома. Пятна притаились, и тишь стала еще глуше; а ночи не было конца. Деревья у дома словно замерли в немом ожидании.

Но ветерок пробежал по листьям, и где-то крикнул первый петух. Жуткий предрассветный час миновал. Пятно у двери шевельнулось. В беззвездной и безлунной мгле блеснул обнаженный клинок. Мягкий, но тяжелый удар сотряс дверь.

— Отворить, именем Мордора! — приказал злобный, призрачный голос. От второго удара дверь подалась и рухнула — вместе с цепями, крюками и запорами. Черные пятна втянулись внутрь.

И тут, где-то в ближней рощице, гулко запел рожок. Он прорезал ночь, словно молния:
ВСТАВАЙ! НАПАСТЬ! ПОЖАР! ВРАГИ!

Толстик Боббер дома не сидел. Увидев, как черные пятна ползут к дверям, он понял, что ему или бежать, или погибать. И побежал — черным ходом, через сад, полями. Пробежал едва ли не лигу до ближнего дома и упал на крыльце.

— Нет, нет, нет! — стонал он. — Я ни при чем! У меня его нету!

Про что он бормочет, не разобрались, но поняли главное: в Забрендии враги, нашествие из Вековечного Леса. И грянул призыв:

НАПАСТЬ! ПОЖАР! ВРАГИ! ГОРИМ!

Брендизайки трубили в старинный рог, трубили сигнал, не звучавший уже добрую сотню лет, с тех пор как в свирепую зиму по льду замерзшей реки пришли с севера белые волки.

ВСТАВАЙ! ВРАГИ!

Откуда-то слышался отзыв: тревога по всей форме. Черные пятна выползли из дома. На ступеньки упал продырявленной хоббитский плащ. Лугом стук копыт притих, потом ударил галоп, удаляясь во мглу. Повсюду звучали рожки, перекликались голоса, бегали хоббиты. Но Черные Всадники вихрем неслись к северу. Пусть себе галдит мелкий народец! В свое время Саурон с ним разберется. А пока что их ждали другие дела — дом пуст. Кольца нет, дальше! Они стоптали стражу у ворот и навсегда исчезли из хоббитских краев.

В предрассветный час Фродо внезапно очнулся от сна, словно кто-то его разбудил. И увидел: Бродяжник настороженно прислушивается, глаза его отливают каминным огнем, по-прежнему ярким; сидел он напряженно и неподвижно.

Потом Фродо опять уснул; но в сон его врывался гул ветра и яростный стук копыт. Ветер сотрясал гостиницу, а где-то в дальней дали звучал рог. Фродо стряхнул сон, открыл глаза и услышал исправный петушиный крик во дворе. Бродяжник отдернул занавеси и резко распахнул ставни, а потом окно. Серый рассвет хлынул в комнату, и утренний холодок забрался под одеяла.

Вслед за Бродяжником они прошли по коридору к своим спальням — и поняли, что его совет спас им жизнь. Окна были выломаны и болтались на петлях; ветер трепал изодранные занавеси; искромсанные диванные валики лежали на полу, среди разбросанного постельного белья; бурое покрывало в клочьях. Бродяжник тут же сходил за хозяином. Бедняга Лавр испуганно хлопал заспанными глазами, которые, по его уверению, он ни на миг не сомкнул, — и все, мол, было тихо.

— То есть в жизни не видывал подобного! — возгласил он, в ужасе воздев руки к потолку. — Чтобы гостям было опасно спать в своих постелях, чтобы портили совсем почти новые валики, — это что же дальше-то будет?

— Ничего хорошего, — посулил Бродяжник. — Но тебе будет поспокойнее, когда ты от нас избавишься. Мы сейчас трогаемся. Завтрака не надо: на ходу что-нибудь перекусим.

Наркисс побежал распорядиться, чтоб седлали и выводили пони — и приготовили закуску. Вернулся он в полной растерянности. Пони исчезли! Ворота конюшни распахнуты настежь, а внутри пусто! Свели не только хоббитских пони — пропали все лошади до одной.

Фродо был вконец расстроен. Как же они проберутся к Раздолу пешком, если их преследуют конные враги? Тогда уж чего там, лучше прямо на луну — или аж звездами! Бродяжник молча оглядел хоббитов, словно оценивая их силы и решимость.

— Все равно ведь пони от конников не спасенье, — сказал он, как бы угадав мысли Фродо. — И той тропой, которой я вас поведу, лучше пешком, чем на пони. Как с припасами? Отсюда до Раздола мы их не пополним, надо захватить с лихвой — можем ведь задержаться, можем пойти кружным путем. На спинах-то вы много унесете?

— Сколько понадобится, — храбро ответил Пин, хотя сердце у него екнуло. — Пропадать — так хоть не впроголодь!

— Я за двоих понесу, — хмуро вызвался Сэм.

— А чем бы делу помочь, господин Наркисс? — спросил Фродо. — Нельзя ли как-нибудь раздобыть пару пони — ну, пусть одного — для поклажи? Я понимаю, нанять вряд ли... А если купить? — В уме он опасливо пересчитал все их деньги.

— Сомневаюсь, — уныло сказал трактирщик. — Все пригорянские пони — два или три — были у меня в стойлах. Лошадей у нас в Пригорье раз-два и обчелся, а какие есть — те не на продажу. Ну да уж постараемся. Сейчас вот разыщу бездельника Боба, пусть пойдет поспрашивает.

— Да, пожалуй, — как бы взвешивая, проговорил Бродяжник, — пусть спрашивает. Один-то пони нам все-таки нужен. Но теперь и думать нечего выйти рано и незаметно. Искать пони — все равно что в походный рог трубить. Такой, верно, у них и был расчет.

— Есть одна малая кроха утешения, — сказал Мерри. — А если трезво рассудить, то и не малая, и не кроха. Раз уж эдак вышло, то давайте как следует позавтракаем. Где там телепень Ноб?

Задержались они больше чем на три часа. Боб явился с известием, что никаких лошадей или пони на продажу нет — вот только Бит Осинник соглашается уступить одну дряхлую животину.

— Кожа да кости, — сказал Боб, — этому пони давно на живодерню пора, а Осинник за него, будьте уверены, запросит втрое — учуял, скалдырник, поживу.

259

— Осинник? — насторожился Фродо. — Может, здесь какой-нибудь подвох? Может, этот пони убежит к нему назад со всею нашей поклажей или они через него нас выследят — мало ли?

— Может быть, может быть, — сказал Бродяжник. — Хотя нет, едва ли. Не вернется к Осиннику никакое животное, единожды от него улизнувши. Наверно, он просто решил на прощанье урвать лишний клок — пони этот, я уверен, при последнем издыхании. Что ж, выбора у нас нет. Сколько он за него хочет?

Бит Осинник запросил двенадцать серебряков — в самом деле, втрое против здешней цены на крепкого пони. Купленная скотинка была костлявая, заморенная, забитая, но подыхать пока не собиралась. Лавр Наркисс заплатил за нее из своего кармана и предложил Мерри еще восемнадцать серебряков — возмещение за пропавших пони. Он был человек честный и довольно зажиточный, но тридцати серебряков ему было жалко до слез, тем паче что половину пришлось выложить паршивцу и сквалыге Осиннику.

Однако он не прогадал. Позднее оказалось, что свели только одну лошадь. Других просто спугнули, и они потом отыскались на лугах Пригорья. Правда, пони Мерри Брендизайка удрали к Тому Бомбадилу. Там они паслись и нагуливали жир как ни в чем не бывало, но, когда Том узнал, что стряслось в Пригорье, он отправил их обратно к Наркиссу, и тот нежданно-негаданно заполучил пятерых лошадок. В Пригорье им было, конечно, не так привольно, но все же Боб ухаживал за ними на славу, и они как-никак избежали страшного путешествия. Ну, зато и в Раздоле не побывали.

Но это было потом, а пока что денежки Лавра Наркисса то ли ухнули, то ли ахнули. Да и других забот хватало. Когда его жильцы проведали, что ночью был налет на трактир, поднялся страшный переполох. У гостей с юга увели несколько лошадок, и они во все горло поносили трактирщика, пока не обнаружилось, что один из их братии тоже исчез по ночному времени, а был это не кто иной, как косоглазый приятель Бита Осинника. Тогда все стало ясно.

— Коли-ежели подбираете по дороге конокрадов и мне их за своих выдаете, — громко сердился Наркисс, — так уж извольте сами за них расплачиваться, и нечего тут на меня орать. Подите вон, спросите у Осинника, куда это делся его дружочек!

Но оказалось, что тот, косоглазый, ничей вроде бы не был приятель и никто даже не помнил, когда он к ним пристал.

После завтрака хоббитам пришлось заново уложить все мешки в расчете на пеший и очень долгий путь: снеди прибавилось изрядно. Выбрались они примерно к десяти часам. Пригорье давно уж проснулось и гудело, как растревоженный улей. Еще бы: явление Черных Всадников, вчерашнее исчезновение Фродо, а теперь кража лошадей и последняя сногсшибательная новость: оказывается, Бродяжник-Следопыт нанялся в провожатые таинственным хоббитам из Хоббитании. Возле трактира собралась уйма народу; подходили из ближних селений, переговаривались и терпеливо ждали выезда путников. Постояльцы торчали в дверях и высовывались из окон.

Бродяжник переменил план: решено было двинуться из Пригорья прямо по Тракту. Сворачивать сразу толку не было — за ними увязался бы длинный хвост: поглядеть, куда их несет, и проследить, чтоб ни на чью землю не залезли. Распрощались с Нобом и Бобом, расстались с Лавром Наркиссом, осыпав его благодарностями.

— Надеюсь, до лучших времен, — сказал Фродо. — Хотел бы я погостить у вас как следует; может, когда и удастся.

Тронулись в путь встревоженные и понурые, под недобрыми взглядами толпы. Кое-кто все-таки пожелал им удачи, но слышнее были худые напутствия. Правда, пригоряне знали, что Бродяжник шуток не любит, и, когда он поднимал на кого-нибудь глаза, тут же смолкали. Он шел впереди, рядом с Фродо; за ними — Пин и Мерри; а позади Сэм вел пони, нагруженного по силам, но изрядно, — впрочем, глядел он уже куда веселее, видно, почуял перемену судьбы. Сэм задумчиво грыз яблоко. Яблок у него были полны карманы: Боб и Ноб позаботились на прощанье.

— Идешь с яблочком, сидишь с трубочкой, вот оно и ладно, — пробормотал Сэм. — Да ведь яблочек-то на весь путь разве напасешься?

Постепенно они перестали обращать внимание на любопытных, чьи головы то и дело выныривали из-за оград и дверей. Последний дом, ободранный и покосившийся, был, однако, обнесен прочным бревенчатым забором. В оконце мелькнула желтоватая и косоглазая физиономия.

«Вот оно что! — подумал Фродо. — Значит, здесь он прячется, тот южанин... Ну, по виду сущий орк, как их Бильбо описывал».

На забор, широко ухмыляясь, облокотился ражий детина с нахальной мордой — бровастый, глаза темные и мутные. Когда путники подошли, он вынул изо рта трубку и смачно сплюнул.

— Привет, долгоногий! Что, дружков нашел? — сказал он. Бродяжник не ответил.

— Вам тоже привет, мелюзга бестолковая! — обратился он к хоббитам. — Вы хоть знаете, с кем спутались? Это же Бродяжник Оголтелый, понятно? Его еще и не так называют, говорить неохота. Ну, ночью сами поглядите, что почем! А ты, Сэмчик, смотри у меня, не обижай моего дохлого пони. Тьфу! — Он снова изрыгнул жирный плевок.

262

Сэм обернулся.

— А ты, Осинник, — сказал он, — спрячь-ка лучше свою поганую харю, а то ведь знаешь, что бывает! — Половина большого яблока с маху угодила Биту в нос; он мигом исчез и разразился из-под забора запоздалой руганью.

— Вкусное было яблоко, — со вздохом заметил Сэм.

Деревня кончилась. Сопровождавшие их дети и зеваки отстали и побрели назад, к Южным Воротам. Лиги две-три путники шли по Тракту, петлявшему направо и налево; потом дорога пошла под уклон, прорезая густой лес. Бурое Пригорье высилось позади; они свернули к северу узкой, еле заметной тропкой.

— Тут-то мы и скроемся от посторонних глаз, — сказал Бродяжник.

— Только не кратким путем, — усомнился Пин. — А то мы раз пошли наискосок через лес, так потом еле выбрались.

— Тогда меня с вами не было, — усмехнулся Бродяжник. — У меня все косые пути ведут прямиком куда надо.

Он еще раз оглядел пустой Тракт и углубился в кустистый пролесок, сделав знак быстро следовать за ним.

Здешних мест они не знали и оценить его замысел не могли: ясно было только, что он собрался сперва держать путь на Четбор (или по-старинному: Арчет), но оставить его по левую руку, потом резко свернуть к востоку и Глухоманьем идти на Заверть. Так они срезали огромную излучину Тракта, который далеко стороной обходил Комариные Топи. Но зато и попадали в самые Топи, а как их Бродяжник описывал, так это, как говорится, спасибо за новости.

Ну а пока что идти было в охотку. Когда бы не давешние ночные тревоги, так и вообще бы лучше некуда. Мягко сияло солнце, пригревало и не жарило. Лес в долине был еще весь в многоцветной листве, мирный и пышный.

Бродяжник уверенно вел их запутанными тропами, из которых они сами нипочем бы не сумели выбрать нужную. А он еще вдобавок хитрил и петлял, чтобы сбить погоню со следу.

— Осинник высмотрит, конечно, где мы свернули с дороги, — сказал он, — однако за нами не пойдет, просто подскажет кое-кому. Он тут неплохо знает все тропы, хоть и хуже меня. А те, кому он подскажет, наверняка неподалеку. Пусть они думают, что мы пошли прямо на Арчет, нам того и надо.

Бродяжник ли так их вел или еще почему-нибудь, но погони не было: замечали путников разве что птицы, лисы да шустрые белки. Они заночевали в лесу, а утром тихомирно продолжили путь. Из лесу они выглянули только на третий день, выглянули и спрятались. Пригорянские угодья они миновали — теперь начинались Комариные Топи.

Под ногами чавкало, следы наполнялись мутной водой; из осоки и камышей выпархивали мелкие птахи. Сначала хоббиты шли бодро и уверенно, потом стали прыгать, оскользаясь, с кочки на кочку. Здесь даже Следопыты пути не знали: как повезет. На них напустилась мошкара: она гудела над головой, заползала в волосы, забиралась в рукава, в штанины — и впивалась, кусала, жалила.

— Да этак меня просто съедят! — не выдержал Пин. — Это уж не Топи Комариные, а какое-то комариное Царство.

— А ежели, скажем, хоббита поблизости нет, то из кого же они, гады, кровь пьют? — полюбопытствовал Сэм, ожесточенно хлопая себя по шее.

На редкость мерзостный выдался денек в этой тусклой глуши. И ночлег был холодный, сырой, неудобный; пискливые кровопийцы глаз не давали сомкнуть. Камыши и осока кишели стрекочущей тварью, какой-то дурной роднёю сверчка. Всю ночь уши терзало тарахтенье: «Крровочки! Крровочки! Крровочки!» Под утро хоббиты просто ошалели.

Немногим лучше был и четвертый день; немногим легче четвертая ночь. Кровопросцы, как их обозвал Сэм, не стрекотали, но комарье по-прежнему колыхалось над путниками ненасытно звенящим облаком.

Когда Фродо улегся, донельзя усталый и почти без надежды уснуть, ему вдруг привиделся дальний отсвет на востоке: вспыхивало и гасло. А до рассвета было еще несколько часов.

— Что это за вспышки? — спросил он у Бродяжника, который стоял и всматривался в сырую тьму.

— Слишком далеко, не понять, — отвечал тот. — Очень странно: будто молния бьет и бьет в вершину холма.

Фродо лег, но долго еще видел яркие вспышки и темную фигуру Бродяжника. Наконец его сморил тяжелый сон.

На пятый день они оставили за собой топкую трясину и заросли камыша. Начался едва заметный, но долгий и утомительный подъем. С востока подступали крутые безлесные холмы. Правый, самый высокий и каменистый вздымался поодаль от прочих: круча с притупленной вершиной.

— Это Заверть, — сказал Бродяжник. — Древняя дорога — мы ее обошли слева — тянется у подножия горы. Завтра к полудню доберемся до нее, а там и на вершину подымемся. Да, вершины нам не миновать.

— Ты о чем? — спросил Фродо.

— Я о том, что путь наш выверен, никуда не денешься... Только вот неизвестно, что нас там ждет. С горы, однако, хорошо виден Тракт.

— Ты же ведь ожидал найти там Гэндальфа?

— Ожидал, но теперь на это надежды мало. Если он даже пойдет этим путем, то, может статься, в обход Пригорья и про нас не узнает. В один и тот же час мы туда вряд ли попадем, а не попадем — разминемся: ни ему нас, ни нам его ждать нельзя. Если Всадники не засекли нас в лесу, то обязательно пойдут к Заверти: оттуда все-все видно. И сейчас вот мы стоим, а нас видит разное зверье и птицы...

Хоббиты встревоженно поглядели на дальние холмы, а Сэм окинул взглядом бледное небо, словно ожидая оттуда угрюмого орла или мрачного коршуна.

— Ну, ты обнадежишь, Бродяжник, — покачав головою, пробормотал он.

— Стало быть? — спросил Фродо.

— Стало быть, так, — задумчиво и как бы нехотя выговорил Бродяжник. — Пойдем-ка мы прямиком по лесу на Бурепомное Угорье и подберемся к Заверти. Есть там одна тропка с севера. И уж чему быть, того не миновать.

Они шли и шли почти без отдыха целый день напролет; ранний холодный вечер окутал их сыростью. Под ногами, однако, стало немного суше; позади сгущался туман. Стонали и всхлипывали незримые птицы, провожая красный диск солнца. Затем настала омертвелая тишь. Хоббиты с тоской припомнили бестревожные закаты за круглыми окнами далекой-далекой Торбы.

На закате они подошли к речке, которая кружила между холмами и терялась в затхлых топях, и шли берегом, покуда не стемнело. Тогда они наконец остановились и устроились на ночь близ чахлого ольшаника у берега реки. В мутном небе над ними нависали мрачные, безлесные взгорья. Они караулили посменно, а Бродяжник, похоже, и вовсе не спал. Луна убывала, и после полуночи холодный серый свет заливал окрестность.

Вышли с первым лучом солнца. Воздух был студеный, небо — бледно-голубое. Хоббиты чувствовали, что отдохнули, несмотря на полубессонную ночь. Они уже привыкли к долгим переходам и скудному рациону; в Хоббитании просто не поверили бы, что можно обходиться почти без еды. А Пин сказал, что Фродо все равно раздобрел чуть ли не вдвое.

— Какое там раздобрел, — вздохнул Фродо, прокалывая новую дырочку в ремне, — от меня уже вообще ничего не осталось. Если так дальше пойдет, то я, чего доброго, стану привидением.

— Не надо об этом к ночи! — неожиданно резко оборвал их Бродяжник.

Горы надвинулись, угрюмо и неуверенно, то вздымаясь на тысячу с лишним футов, то сходя на нет и ложбинами пропуская путников на восток. И всюду виднелись поросшие травой серо-зеленые останки древних стен и плотин, а кое-где руины старинных каменных построек. Ночью они подошли к западным склонам; там и заночевали. Настала ночь на пятое октября: шесть суток, как они покинули Пригорье.

А утром и тропа каким-то чудом обнаружилась, давно уж ее видно не было. Они свернули по ней направо и пошли к югу. Хитрая была тропа: она ровно таилась и от горных наблюдателей, и от соглядатаев снизу. Ныряла во всякую ложбину, пряталась под кручами, виляла меж валунов или тянулась под прикрытием камней, которые скрывали путников, точно высокие, надежные стены.

— Кто, интересно, проложил эту тропу? — полюбопытствовал Мерри, когда они углубились в очередной каменный проход. — Не слишком-то мне здесь нравится: напоминает Волглый Лог. На Заверти есть могильники?

— Нету, — отвечал Бродяжник. — Дунаданцы на Буреломном Угорье не жили, а лишь держали оборону от чародейской напасти из Ангмара. Затем и была проложена эта тропа — скрытый подход к вершине. Когда-то на Заверти высилась дозорная башня под названьем Амон-Сул, или, на всеобщем языке, Ветрогорная. Враги сожгли и разрушили ее до основания, остался только неровный каменный круг, словно венец над взлобьем древней горы. А башня была высокая и горделивая; во дни Последнего Союза на ней стоял сам Элендил, поджидая Гил-Гэлада.

Хоббиты искоса поглядывали на Бродяжника. Видно, ему были ведомы не только потаенные пути, но и старинные были.

— А кто такой Гил-Гэлад? — спросил Мерри, но Бродяжник не отвечал: он задумался.

Ответил негромкий голос:

> Гил-Гэлад, светлый государь,
> Последний всеэльфийский царь,
> Хотел навеки превозмочь
> Нависшую над миром ночь.
>
> Сиял, как солнце, щит в ночи,
> Ломались черные мечи,
> А светлый меч меж черных скал
> Разящей молнией сверкал.
>
> И царь сумел развеять ночь —
> Развеять, но не превозмочь, —
> И закатилась навсегда
> За край небес его звезда.

Все изумленно обернулись к Сэму.

— А дальше? — спросил Мерри.

— Дальше вот не помню, — признался Сэм. — От господина Бильбо я это слышал еще мальчишкой: он ведь знал, что я на эльфах вроде как помешался, и все-то мне про них рассказывал. Он меня и грамоте выучил, а стихов, какие сам сочинял, прочел без счету.

— Это не он сочинил, — сказал Бродяжник. — Это начало старинной «Песни о гибели Гил-Гэлада»; Бильбо просто перевел ее с эльфийского языка на всеобщий.

— Там еще много было — и все про Мордор, — сказал Сэм. — Меня, помню, страх взял, я и не стал запоминать дальше. Почем было знать, что самому туда выпадет идти.

— Ну, покамест все же не в Мордор! — сказал Пин.

— Потише, — одернул его Бродяжник. — Осторожнее с этим словом.

Было уже за полдень, когда они подошли к южному сходу тропы и увидели перед собой в неярком и чистом свете октябрьского солнца серо-зеленую насыпь, вкруговую подводящую к северному склону горы. Решено было немедля взойти на гору. Куда уж тут скрываться, одна надежда, что никого кругом нет, ни недругов, ни соглядатаев. Склоны, сколько их было видно, пустовали. Если Гэндальф здесь и побывал, то никаких следов не оставил.

На западном склоне Заверти обнаружилась невидная лощина, а в глубине ее — сырое русло, густо поросшее высокой травой. Там они оставили Сэма, Пина, пони и всю поклажу. И полезли наверх, а через час или около того Бродяжник выбрался на вершину; Фродо и Мерри из последних сил поспевали за ним, одолевая каменистые кручи.

На вершине Заверти они нашли, как и предсказывал Бродяжник, древнее кольцо обомшелых руин. Но посредине плоской вершины сложенные пирамидою камни хранили черные следы недавнего пламени. Земля вблизи была выжжена дотла, траву кругом опалило, словно язык огня жарко облизал вершину; и царила мертвенная, непроницаемая тишь.

С редкозубого венца древней твердыни озирали они широко простертую даль: все больше однообразную пустошь, лишь кое-где к югу редкие рощи и проблески воды. Отсюда, с южной стороны, был хорошо виден извилистый Незапамятный Тракт, змеившийся от западных пределов холмами и низинами и пропадавший за первым темным восточным взгорьем. На всем Тракте, сколько его видать, не было ни живой души. Они посмотрели дальше — и увидели сумрачно-бурые отроги Мглистых гор; за ними высокие серые склоны и наконец снеговые выси, поблескивающие в облаках.

— Вот и пожалуйста! — сказал Мерри. — Было зачем сюда торопиться — ни тебе деревца, ни ручейка, ни укрытия. И Гэндальфа, конечно, нет: что ему тут делать-то?

— Да, делать ему здесь нечего, — задумчиво согласился Бродяжник. — Хотя если он был в Пригорье дня через два после нас, сюда он мог добраться раньше нашего — и подождать.

Вдруг он резко нагнулся, разглядывая верхний камень в груде закопченных булыжников, плоский и белый, не тронутый огнем. Потом поднял его и повертел в пальцах.

— Ну-ка, посмотри, — предложил он Фродо. — Что это, по-твоему?

На исподе камня Фродо заметил несколько глубоких царапин.

— Четыре палочки и две точки, — сказал он.

— Не совсем так, — улыбнулся Бродяжник. — Отдельный знак слева похож на руническое «Г». Может быть, это весть от Гэндальфа: царапины свежие. Однако же необязательно, ибо Следопыты тоже пишут рунами и нередко бывают в этих местах.

— Ну а если от Гэндальфа, то что это значит? — спросил Мерри.

— «Гэ» — три, — ответил Бродяжник. — «Третьего октября здесь был Гэндальф» — три дня назад, значит. И еще это значит, что писал он второпях, застигнутый опасностью: написать длиннее и яснее не успел. Тогда дела наши плоховаты.

— Пусть так, а хорошо бы, это все-таки был он, — сказал Фродо. — Насколько спокойнее — знать, что он где-то рядом, впереди или хоть позади.

— Пожалуй, — согласился Бродяжник. — Я-то уверен, что он был здесь и что здесь на него обрушилась какая-то напасть: вон как пламя прошлось по камням. Помнишь, Фродо, те вспышки на востоке? Мы как раз три дня назад их видели. Наверно, его здесь окружили и застали врасплох; неизвестно только, чем это кончилось. Короче, его нет, поэтому нам надо пробираться к Раздолу на свой страх и риск.

— А далеко до Раздола? — спросил Мерри, усталыми глазами озирая неоглядные дали.

С вершины Заверти мир казался хоббитам удручающе огромным. Где-то далеко внизу нескончаемой узкой лентой тянулся пустой Тракт.

— В лигах не меряно, — отозвался Бродяжник. — Я знаю, сколько ходу по сносной погоде: отсюда до Бруиненского брода, до реки Бесноватой моих восемь дней. Наших не меньше четырнадцати — да и пойдем мы не по Тракту.

— Две недели! — сказал Фродо. — Всякое может случиться.

— Всякое, — подтвердил Бродяжник.

Они стояли у южного края вершины, и Фродо впервые в полную силу почувствовал горький, бездомный страх. Ну что же это такое, почему нельзя было остаться в милой, веселой, мирной Хоббитании? Он повел взглядом по ненавистному Тракту — на запад, к дому. И увидел, что дорогою медленно ползут две черные точки; еще три ползли с востока им навстречу.

— Смотрите-ка! — воскликнул он, указывая вниз.

Бродяжник тут же упал наземь, в траву за каменными зубьями, и потянул за собой Фродо. Рядом шлепнулся Мерри.

— В чем дело? — прошептал он.

— Пока не знаю, но готовьтесь к худшему, — ответил Бродяжник.

Они подобрались к закраине и снова выглянули из-за камней. Утренний свет потускнел; с востока надвигались тучи. Пять крохотных, еле заметных черных пятнышек — казалось бы, ничего страшного, — но и Фродо, и Мерри сразу почуяли, что там, на дороге, неподалеку от подножия Заверти, собрались они самые, Черные Всадники.

— Да, это они, — сказал Бродяжник, у которого глаза были куда зорче. — Враг рядом!

Тем временем Сэм с Пином не дремали. Они обследовали ближнюю лощинку и склон возле нее. У родника натоптано, круг от костра, примятая трава — чья-то наспех устроенная стоянка. За обломками скал на краю лощины Сэм нашел груду валежника.

— Это, поди, старина Гэндальф наготовил, — сказал он Пину. — Может, конечно, и не он, но у кого-то был расчет сюда вернуться.

— Что же это я, — встрепенулся Бродяжник, узнав про их открытия, — мне самому надо было первым делом здесь все проверить! — и поспешил к роднику. — Проворонил, — сказал он, вернувшись. — Сэм и Пин успели все затоптать. Топливо-то заготовили Следопыты довольно давно — но есть тут и свежие следы сапог, несколько пар... — Он задумался, как бы что-то решая.

Хоббитам явственно припомнились Черные Всадники в длинных плащах и огромных сапогах. Если они эту лощину разведали, то лучше бы из нее поскорее убраться. Сэм беспокойно огляделся: враг, значит, неподалеку, мили, может, за две, а они-то с Пином разбегались!

— Давайте-ка отсюда удирать, господин Бродяжник, — просительно сказал он. — И час-то поздний, и вид у этой лощинки какой-то подозрительный...

272

— Да, лощинка ненадежная, — отозвался Бродяжник, подняв глаза к небу и соображая время. — И все-таки, знаешь, Сэм, вернее будет остаться здесь, хоть мне тоже здесь не нравится. Но до ночи мы ничего лучше не сыщем. По крайней мере хоть укрылись — у них ведь везде шпионы. Нам надо пересечь Тракт, а он под надзором. И за Трактом пустошь.

— Всадники же незрячие, — заметил Мерри. — При дневном свете они и пробираются-то нюхом — или как это лучше назвать, не знаю. А ты нас и на вершине вмиг положил плашмя, а теперь говоришь «увидят» — непонятно как-то получается.

— На вершине я был очень неосторожен, — ответил Бродяжник. — Я все искал — нет ли других вестей от Гэндальфа, и мы втроем долго проторчали на виду. Всадники незрячие, это верно; а черные кони видят, и кругом — на земле и в воздухе — снуют вражеские шпионы, кишат мелкие прислужники и подсказчики. Сколько их оказалось в Пригорье, помните? Всадники распознают мир по-своему: днем им приметны наши тени, а в темноте они различают черную тайнопись природы, нам неведомую. И теплую кровь они чуют все время, чуют с жадной и мстительной злобой. Есть ведь иное чутье, помимо обонянья и зрения. Мы же чуем, что они здесь; а они нас — вдесятеро острее. И еще, — он понизил голос, — их притягивает Кольцо.

— Неужто же нет никакого спасенья? — затравленно озираясь, воскликнул Фродо. — Тронешься с места — увидят и поймают! Останешься на месте — учуют и найдут!

— Подожди, не надо отчаиваться, — сказал Бродяжник, положив руку ему на плечо. — Ты не один. Для начала запалим-ка этот сушняк: огонь будет нам охраной и защитой. Саурон прибирает огонь под свою руку, он все прибирает, — но пока что Всадники огня побаиваются и огонь — наш друг.

— Хорош друг, — пробурчал Сэм. — Вот разожжем сейчас костер — и, стало быть, мы здесь, только еще покричать осталось, чтоб не пропустили.

Отыскав на дне лощины укромную полянку, они развели костер и наскоро приготовили еду. Вечерние тени сгустились; похолодало. И голод вдруг накинулся зверем: они же ничего не ели с утра, а ужин их был поневоле скромный. Впереди лежала пустошь, где хозяйничали звери и птицы; печальные, заброшенные земли. Там только и бывали что мимоходом редкие Следопыты. Других странников совсем было немного, да и что это были за странники: ну, например, тролли — забредут иной раз из северных ложбин Мглистых гор. Нет, путешественники бывают только на Тракте, чаще всего это гномы, которые спешат по своим делам и с чужаками словом не обмолвятся.

— Не хватит у нас припасов, — сказал Фродо. — Хоть и скудно мы ели последние два дня, хоть и сегодняшний ужин — не пирушка, а все-таки переели, тем более — две недели впереди, если не больше.

— Лес прокормит, — обнадежил его Бродяжник. — Ягоды, коренья, травы, а то и дичи добуду. Не зима, еда найдется. На пропитанье хватит: затяните потуже пояса и надейтесь на будущие трапезы Элронда!

За ложбиной ничего было не видно, только серый, клубящийся сумрак. А небо расчистилось, и в нем тихо зажигались звезды. Фродо и прочие хоббиты жались к костру и кутались во что попало; только Бродяжник сидел поодаль, запахнувшись в свой дырявый плащ, и задумчиво покуривал трубку.

Пала ночь, и ярко вспыхивал огонь костра; а Бродяжник стал рассказывать им сказки и были, чтобы уберечь от страха. Ему памятны были многие древние легенды и повести стародавних лет, эльфийские и людские, о добрых и злых делах и небывальщине. «Сколько же ему лет, — думали они, — откуда же он все это знает?»

— Расскажи нам про Гил-Гэлада, — попросил Мерри, когда окончилась повесть о древнеэльфийских царствах. — Вот «Песня о гибели Гил-Гэлада» — ты ведь ее знаешь?

— Да уж, конечно, знаю, — отвечал Бродяжник. — И Фродо тоже знает: его эта древняя история прямо касается.

Мерри и Пин поглядели на Фродо, а тот смотрел в костер.

— Нет, я очень немного знаю — только то, что Гэндальф рассказывал, — задумчиво проговорил он. — Знаю, что Гил-Гэлад — последний из могучих эльфийских царей Средиземья. «Гил-Гэлад» по-эльфийски значит «звездный свет». Вместе с воинством друга эльфов Элендила он выступил в грозный поход и вторгнулся в край...

— Ладно! — прервал его Бродяжник. — Об этом, пожалуй, не стоит рассказывать, когда прислужники Врага рыщут неподалеку. Доберемся до чертогов Элронда — там и услышите всю повесть с начала до конца.

— Ну, расскажи хоть что-нибудь про тогдашнее, — взмолился Сэм, — про эльфов расскажи, какие они тогда были. Про эльфов-то сейчас очень бы не худо послушать, а то уж больно темень поджимает.

— Расскажу вам про Тинувиэль, — согласился Бродяжник. — Коротко расскажу, потому что сказание очень длинное, а конец его забыт и никому теперь, кроме Элронда, неведомо даже, был ли у него конец. Красивая повесть, хотя и печальная, как все древние сказанья Средиземья; и все же на душе у вас, пожалуй, станет светлее.

Он задумался, припоминая, а потом не заговорил, а тихонько запел:

Над росной свежестью полей,
 В прохладе вешней луговой,
Болиголов, высок и прян,
 Цветением хмельным струится,
А Лучиэнь в тиши ночной,
 Светла, как утренний туман,
Под звуки лютни золотой
 В чудесном танце серебрится.

И вот однажды с Мглистых гор
 В белесых шапках ледников
Усталый путник бросил взор
 На лес, светившийся искристо
Под сонной сенью облаков,
 И сквозь прозрачный их узор
Над пенным кружевом ручьев
 Ему привиделась зарница

В волшебном облике земном.
 Тот путник Верен был; ему
Почудилось, что в золотом
 Лесу ночном должна открыться
Тропинка к счастью; в полутьму,
 За чуть мерцающим лучом,
Светло пронзавшим кутерьму
 Теней, где явь и сон дробится,

Он устремился, будто вдруг
 Забыв о грузе тяжких лиг
Далекого пути на юг,
 Но Лучиэнь легко, как птица,
Как луч, исчезла в тот же миг,
 А перед ним — лишь темный луг,
Болиголов, да лунный лик,
 Да леса зыбкая граница...

С тех пор весеннею порой,
 Когда цветет болиголов —
Могучий, пряный и хмельной, —
 Он часто видел, как рябится
Туман над чашами цветов
 В прозрачном танце, но зимой

276

Не находил ее следов —
  Лишь туч тяжелых вереницы

Тянулись над Ворожеей.
  Но вскоре песня Лучиэнь
Затрепетала над землей
  И пробудила, словно птица,
Весенний животворный день,
  И по утрам, перед зарей,
Стирающей ночную тень,
  Поляны стали золотиться

Под светоносною листвой.
  И он вскричал: — Тинувиэль! —
Хотя нигде ее самой
  Не видел в тишине росистой, —
И звонким эхом: — Соловей! —
  Откликнулся весь край немой,
Озвучив тишину полей
  Чудесным именем эльфийским.

И замерла Тинувиэль,
  Прервав свой танец и напев,
Звеневший, словно птичья трель
  Иль по весне ручей речистый:
Ведь имена бессмертных дев,
  Как и названья их земель
Заморских, как немой распев
  Потусторонних волн пречистых,

Несущих смертных в мир иной, —
  Все это тайны; и она
Решила, что самой судьбой,
  Весенним эхом серебристым
В дар Берену принесена,
  Что, даже жертвуя собой —
Ей смерть со смертным суждена, —
  Посмертно счастье воскресит с ним.

Бродяжник вздохнул и немного помолчал.

— На самом-то деле, — заметил он, — это вовсе не рассказ, а песнь: такие песенные сказания у эльфов называются *«энн-сэннат»*. На нашем всеобщем языке они не звучат — вы слышали дальнее, неверное эхо. А рассказывается о том, как Берен, сын Бараира, встретил Лучиэнь Тинувиэль. Берен был смертный, а Лучиэнь — дочь Тингола, который царствовал над эльфами в самые древние, самые юные века Средиземья; и прекрасней ее не бывало даже в тогдашнем юном мире. Ее прелесть была отрадней звезд над туманами северного края; и нежным сиянием лучилось ее лицо. В те дни Всеобщий Враг, кому и сам Саурон был лишь прислужником, царил на севере, в Ангбэнде, но эльфы Запада вернулись в Средиземье, чтоб войной отнять у него украденные волшебные алмазы Сильмариллы; и предки людей были заодно с эльфами. Однако Враг одолел, и пал в битве Бараир, а Берен чудом спасся и, не убоявшись смертоносных ужасов, прошел сквозь горы к тайному царству Тингола в Нелдоретском лесу. Там он увидел и услышал Лучиэнь: она танцевала и пела на поляне возле чародейной реки Эсгальдуин; и назвал он ее Тинувиэль, что значит на былом языке «соловей». Много невзгод постигло их затем; надолго они расстались. Тинувиэль вызволила его из холодных застенков Саурона, и вместе они радостно встретили страшные испытания, а пройдя их, низвергли с трона самого Врага и сорвали с него железный венец с тремя Сильмариллами, ярчайшими из всех алмазов, и один из них стал свадебным выкупом Лучиэни, поднесенным ее отцу Тинголу. Однако же случилось так, что Берен не устоял перед Волколаком, ринувшимся на него из ворот Ангбэнда, и умер на руках у Тинувиэль. Но она избрала смертную участь, чтобы последовать за ним по ту сторону смерти; и если верить песенным сказаниям, то они встретились там, за Нездешними Морями, и, взявшись за руки, побрели по тамошним луговинам. Так вот и случилось, что одна-единственная из всех эльфов Лучиэнь Тинувиэль умерла и покинула здешний мир, и вечноживущие утратили самую свою любимую. Но это она сочетала людей с древними владыками эльфов. И живы еще потомки Лучиэни, и предречено в сказаниях, что не сгинут они понапрасну. Того же рода и Элронд из Раздола. Ибо от Берена и Лучиэни родился Диор, наследник Тингола; а его дочерью была Светлая Элвин, которую взял в жены Эарендил, тот самый, что снарядил корабль в Нездешние Моря и выплыл из туманов нашего мира, блистая Сильмариллом в венце. А от Эарендила пошли князья Нуменора, нашего Западного Края.

И пока говорил Бродяжник, они неотрывно разглядывали его странное, горделивое лицо, смутно озаряемое алыми отблесками костра. Глаза его сияли, и голос звучал дивно и твердо. Над его головой стояло черное звездное небо. И вдруг высоко позади него полыхнула бледным светом вершина Заверти. Располневшая луна медленно ползла по темному склону, и звезды над ними поблекли. Рассказ был кончен. Хоббиты задвигались, потягиваясь.

— Смотри-ка! — сказал Мерри. — Луна встает; должно быть, уже поздно.

Все подняли глаза — и все увидели близ вершины горы черный комочек, явственный в лунном свете. Это, наверно, луна обозначила большой камень или выступ скалы.

Сумрак наливался ознобной темнотой. Сэм и Мерри поежились, встали и пошли подтащить топлива. Было как будто тихо и спокойно, но Фродо вдруг охватил цепкий ледяной страх, и он торопливо пододвинулся к огню. Откуда-то сверху прибежал Сэм.

— Вроде бы и никого, — сказал он. — Только я что-то испугался. Из лощины никуда не пойду. Подкрадываются, что ли?

— Ты кого-нибудь видел? — спросил Фродо, вскочив на ноги.

— Нет, сударь, никого не видел, даже и не смотрел.

— А я пожалуй что видел, — сказал Мерри. — Показались мне две или три черные тени. Как бы не сюда ползли.

— Ближе к костру, спиной к огню! — приказал Бродяжник. — Подберите жерди посуше и подлиннее!

Уселись молча и настороже, вглядываясь в немую темень. Ни шороха; Фродо мучительно захотелось крикнуть во весь голос, чтобы спастись от гнетущей тишины...

— Тише! — прошептал Бродяжник, и тут же Пин задохнулся приглушенным возгласом:

— Что это, что это там такое?

Они скорее почуяли, чем увидели, как из-за края лощины возникла тень: одна, другая, третья... Три, нет, уж четыре зыбкие фигуры застыли над ними на склоне холма, черные, словно дыры в темноте. Послышался змеиный шип; дохнуло могильным холодом. Потом тени качнулись и придвинулись.

Пин и Мерри в страхе бросились ничком на траву. Сэм беспомощно осел рядом с хозяином. А Фродо охватил невыносимый, леденящий ужас... и вдруг он понял, что надо всего лишь надеть Кольцо. Он не забыл Могильники, не забыл предупреждения Гэндальфа, но противиться не было сил. И язык отнялся. Сэм в испуге глядел на него снизу: хозяин в опасности, и никак ему не помочь — ну никак! Фродо закрыл глаза и попробовал устоять, одолеть... нет, невмоготу. Он потянул цепочку, нащупал Кольцо — и медленно надел его на указательный палец левой руки.

Все осталось, как было, в расплывчатой мгле; только черные тени вдруг надвинулись и прояснились. Перед ним возникли пять высоких воинов в серых плащах: двое стояли на гребне холма, трое приближались. Запавшие их глазницы светились острыми, беспощадными взглядами, на сединах — серебряные шлемы, в руках — стальные мечи. Они снова шагнули вперед, впиваясь в него ледяными глазами,

280

Фродо в отчаянии обнажил свой кинжал — и кинжал зарделся, словно раскаленная головня. Двое замерли. Третий был выше всех, шлем его венчала корона. В одной руке он держал длинный меч, в другой — кинжал: клинки отливали мертвенным светом. Он ринулся к Фродо.

А Фродо, упав наземь, сам не зная почему, вдруг вскричал: «О Элберет! Гилтониэль!» — и ударил кинжалом в ногу подступившего врага. Яростный вопль всколыхнул темноту, и ледяное смертоносное жало вонзилось в плечо Фродо. Теряя сознание, он увидел, как из мглы вырвался Бродяжник с двумя факелами в руках. Последним усилием Фродо сорвал Кольцо с пальца и, обронив кинжал, упал навзничь.

Глава XII
ПЕРЕПРАВА

Фродо очнулся, сжимая Кольцо в руке отчаянной, мертвой хваткой. Он лежал у костра, пламеневшего ярко и высоко; он увидел над собой склоненные встревоженные лица Сэма, Пина и Мерри.

— Что случилось? Где король-мертвец? — выговорил он непослушным языком.

Ему не ответили: у всех троих от радости перехватило дыхание, да и вопрос был непонятный. Потом уж Сэм рассказал, как, откуда ни возьмись, надвинулись страшные тени, и Фродо вдруг исчез, а его, Сэма, сшибло с ног. Он слышал голос хозяина — то ли из дальней-предальней дали, то ли вообще из-под земли, и голос этот выкрикивал что-то совсем непонятное. Искали, шарили, нечаянно наткнулись — лежит ничком, весь окоченел, меч под ним. Бродяжник велел им уложить его у огня и чтоб костер был как следует, а сам исчез: давно уж.

Сэм, видно, снова стал сомневаться насчет Бродяжника и, когда тот угрюмой тенью появился рядом, заслонил Фродо, выдернув меч из ножен; но Бродяжник, как бы не видя обнаженного клинка, опустился на колени возле раненого.

— Нет, Сэм, я не из Черных Всадников, — мягко сказал он, — и не из их подручных. Я хотел узнать, где они затаились — и отчего. Им бы заново напасть, а они отступили. Непонятно мне это. Однако поблизости даже духу их нет.

Услышав пересказ бессвязных речей Фродо, он очень обеспокоился, покачал головой и тяжело вздохнул. И велел Мерри с Пином беспрерывно кипятить воду и все время промывать рану.

— Огонь чтоб так и пылал, и держите его в тепле! — распорядился он, отошел от костра и подозвал Сэма. — Теперь, кажется, кое-что ясно, — сказал он вполголоса. — Враги напали вроде бы впятером: не все, должно быть, собрались, и отпора не ожидали. Отошли они, боюсь, недалеко и назавтра к ночи снова явятся. Им некуда спешить — по их расчетам, дело почти что сделано. Кольцо далеко не уйдет. Да, Сэм, они так понимают, что хозяин твой случайно задержался на пороге смерти, и чем дальше — больше им подвластен. Похоже на то — а впрочем, еще посмотрим!

Сэм беспомощно расплакался.

— Это ты брось! — сказал ему Бродяжник. — И уж изволь положиться на меня. Ваш Фродо куда покрепче оказался, чем я думал; правда, Гэндальф на то и намекал. Его чудом не убили, и теперь ему главное дело — держаться, а он продержится — вот этого-то они и не понимают. А я постараюсь его немножко подлечить. Грейте его и стерегите; если что — кричите во всю мочь и палите все вокруг; я ненадолго.

С этими словами он снова исчез во тьме.

* * *

Фродо задремывал и просыпался от холодной, вяжущей боли. У него постепенно омертвело плечо, рука, весь бок. Друзья без устали промывали ему рану и грели-согревали его, как только могли. А ночь тянулась медленно и вяло. Серый предутренний свет уже затопил лощину, когда Бродяжник наконец вернулся.

— Смотрите-ка! — воскликнул он, подняв с земли дотоле не замеченный и распоротый у подола черный плащ. — Вот так прошелся меч нашего Фродо. Плащ-то он распорол, а ранить его не ранил: этого царственного мертвеца простым клинком не достанешь. Вот имя Элберет — оно ему было страшнее, чем удар кинжальчика... А нашему Фродо — да, страшнее не бывает!

Бродяжник снова нагнулся и поднял длинный и тонкий кинжал, холодно блеснувший в рассветной мгле. Конец зазубренного жестокого клинка был обломан, и кинжал на глазах истаял тонким дымом — лишь рукоять уцелела.

— Плохи наши дела! — заметил он. — Нынче почитай что и некому врачевать такие страшные раны. Сделаю, конечно, что смогу, но могу я немного.

Он сел на землю, положил на колени черную рукоять и пропел над нею медленное заклинание на незнакомом языке. Потом отложил рукоять в сторону, пригнулся к Фродо и проговорил ему на ухо какие-то странные слова. Из поясной сумки он извлек длинные листья.

— Это целема, — объяснил он, — по-древнему *ацэлас*. На здешнем каменистом Угорье она не растет, я отыскал ее в темноте по запаху далековато отсюда, в чащобе к югу от Тракта.

Он растер лист в пальцах, и разнеслось сладкое, тонкое, стойкое благоухание.

— Что называется, повезло, — сказал он. — Здесь у нас, на севере, мало кто слышал о целеме — разве что Следо-

283

пыты. Они ее ищут и находят возле древних стойбищ. Растение-то волшебное, но и оно если поможет, то ненадолго... Тяжелая рана.

Он заварил листья и промыл терпко-душистым отваром раненое плечо Фродо. Благоуханная свежесть успокаивала и проясняла душу. И у Фродо боль слегка утихла, но оледенелая, неподъемная рука словно примерзла к боку. Он горько корил себя за то, что надел Кольцо по велению Врага. Он-то теперь, наверно, останется калекой на всю жизнь, а дальше как быть? Сил ведь нет двинуться...

Между тем обсуждалось именно это — как быть дальше. Решено было немедля покинуть Заверть.

— Дело ясное, — сказал Бродяжник. — Место это, значит, давно уже под вражеским надзором. Если и был здесь Гэндальф, то был и ушел, отбившись от врагов. А если мы пробудем здесь еще ночь, то тут нам и конец, где угодно лучше, чем здесь.

Как только рассвело, они наспех перекусили и собрались. Фродо идти не мог, и его ношу разделили на четверых, а самого усадили на пони. За последние дни замогренный конек поправился на удивление: потолстел, окреп и привязался к новым хозяевам, особенно к Сэму. Видно, Бит Осинник так его заездил, что даже самый трудный путь был ему не в тягость по сравнению с прежней жизнью.

Путь их лежал на юг, и прежде всего надо было, увы, пересечь Тракт, чтобы как можно скорее добраться до лесистых мест. Иначе под рукой не будет хвороста: а Бродяжник велел все время обогревать Фродо, тем более ночью — да и всем им огонь послужит какой-никакой защитой. И еще он хотел выгадать время, опять-таки срезав размашистую дорожную петлю: от восточного подножия Заверти Тракт круто и надолго сворачивал к северу.

* * *

Скрытно и осторожно обогнули они юго-западный склон горы, подобрались к Тракту, перебежали его — он был пуст на всем видимом протяжении, — и над головами их перекликнулись два замогильных голоса. Пригибаясь, они со всех ног метнулись в густой кустарник. Шли они под уклон, но кругом не было ни тропки, и приходилось то продираться сквозь кусты и заросли цепких, чахлых деревец, то брести по вязким проплешинам. Трава торчала редкими, серыми, скудными пучками; деревца осыпали их вялой, трухлявой листвой. Безотрадные это были места, и продвигались они медленно и уныло. Верховой Фродо тоскливо оглядывал тяжко понурившихся друзей — даже Бродяжник казался усталым и угрюмым.

Плечо Фродо наливалось ледяной болью, но жаловаться не годилось: он помалкивал и, стиснув зубы, терпел что было сил. Миновали четыре тяжких, однообразных дня. Заверть медленно отдалилась, дальние горы немного приблизились. После той переклички на Тракте враги не объявлялись, и не понять было, следят или следуют они за ними. Темнота их страшила, и ночами они сторожили по двое, с дрожью ожидая, что серую, мутную лунную мглу вдруг пронижут черные пятна. Но никаких пятен, сколько ни гляди, не было, и слышался только сухой шелест жухлой травы. Близкой и страшной беды, какую они почуяли на Заверти, как не бывало. Неужели же Всадники так вот сразу и сбились со следа? Вряд ли: наверняка затаились, выжидают, готовят новую засаду.

Вечерело в пятый раз, и начался еле заметный подъем: они пересекали широкую-широкую долину. Бродяжник опять свернул на северо-восток; на шестой день они одолели долгий пологий склон, и вдали показалось лесистое взгорье. Где-то внизу виднелся Тракт; справа в жидком солнечном свете поблескивала тускло-серая река. Другая река угадывалась совсем уж далеко, в затуманенной каменистой ложбине.

— Боюсь, придется нам, хочешь не хочешь, немного пройти по Тракту, — задумчиво сказал Бродяжник. — Перед нами, вон она, речка Буйная, по-эльфийски Митейтиль. Она берет начало в Эттенблате, в излюбленной логовине троллей к северу от Раздола, и там, на юге, впадает в Бесноватую. Когда они сливаются, их начинают именовать Сероструй. Широкое у него морское устье. И никак эту Буйную не обойдешь ниже эттенблатских истоков. Один путь — Последний Мост, а по нему-то и идет Тракт.

— А другая какая река виднеется? — спросил Мерри.

— Да там-то уж Бесноватая, Бруинен, там и до Раздола рукой подать, — отозвался Бродяжник. — Но оттуда до Последнего Моста еще идти и идти, Тракт хорошие петли выделывает. Как мы брод перейдем, этого я еще не придумал. На первый случай хватит с нас и одной реки. Нам и то повезет, если Последний Мост покамест свободен.

Рано поутру путники снова приблизились к Тракту. Бродяжник и Сэм отправились на разведку — никого: ни пешеходов, ни всадников. Тракт пустой, и конских следов нет — два дня назад здесь, в предгорье, шел дождь, так, может, смыло, а с тех пор не проезжали.

Прибавили шагу, торопились изо всех сил, и через милю-другую вдалеке под крутою горой показался Последний Мост. Того и гляди, из-под горы возникнут черные... — да нет, ничего такого не видать. Бродяжник велел им спрятаться в кустах, а сам пошел вперед — и вскоре вернулся.

— Врагов у Моста нет и не было, — сказал он. — Хотел бы я знать, куда они подевались. Зато вот что я нашел — а это совсем уж непонятно. — Он вытянул руку с бледно-зеленым камнем на ладони. — Лежал на Мосту в грязи посреди дороги. Это эльфийский берилл. Положили на виду — а может, и обронили, — но все-таки обнадеживает. Так что через Мост рискнем, а там... там посмотрим, но дорогой не пойдем, пока не будет указанья пояснее.

Медлить не стали ни минуты и благополучно миновали Мост. Кругом стояла тишь, только река клокотала под тремя огромными арками. Прошли с милю; Бродяжник свернул налево в узкую лощину и зашагал еле заметной тропой по редколесью у подножия угрюмых холмов.

Хоббиты пробирались между сумрачными деревьями и радовались, что тоскливая низина и страшный Тракт остались позади; но и здесь места были дикие, глухие, зловещие. По сторонам все выше громоздились горы. На выступах и вершинах виднелись остатки древних стен, развалины башен — они точно таили в себе какую-то неясную угрозу. Фродо ехал на пони и мог оглядываться и размышлять. Он припоминал описания из книги «Туда и Обратно», рассказ про мрачные башни на горах к северу от Тракта, в той лесистой стороне, где водились тролли и где случилось первое настоящее приключение Бильбо. Не в те ли края они попали, а может, и в те же места?

— А здесь кто живет? — спросил он. — И кто эти башни выстроил? Это что, Троллистое плато?

— Оно самое, — сказал Бродяжник. — Только строили не они: тролли строить не умеют. Теперь здесь никто не живет: жили люди, нынче их нет. Легенды гласят, будто их поработил ангмарский царь-чародей и они предались злу, а во время Великой войны сгинули вместе со своим повелителем. Их уже и горы давно забыли, а тень злодейства, видите, не рассеялась.

— А ты-то это откуда знаешь, раз людей давным-давно уже здесь нет? — спросил Перегрин. — Если даже горы забыли, то ведь звери и птицы такого не расскажут?

— Наследники Элендила хранят память о былом, — отвечал Бродяжник. — Да и в Раздоле многое помнят, куда больше, чем я вам могу рассказать.

— А ты в Раздоле часто бывал? — полюбопытствовал Фродо.

— Бывал, — отозвался Бродяжник. — Когда-то я там и жил, и возвращаюсь туда всякий раз, как выпадет случай; но, видно, не судьба мне там оставаться, не живется мне, вечному страннику, в дивных чертогах Элронда.

Горы обступали их все теснее. Далеко позади остался торный путь к реке Бруинен. Путники зашли в длинную долину, сущее ущелье, темное и тихое. Над каменными взлобьями нависали деревья, обнажая узловатые, старчески цепкие корни; выше по склонам густел сосняк.

Хоббиты вконец выбились из сил. Шаг за шагом пробирались они по нехоженой низине, загроможденной рухнувшими деревьями и обломками скал. Низом они шли не только из-за Фродо, которому невмоготу было вскарабкаться на кручу: зачем карабкаться-то? Все равно там не пройдешь. А на второй день засмурело. Ровный западный ветер нагнал с моря беспросветную хмарь, и на темные вершины гор заморосил обмочной дождь. К вечеру на них нитки сухой не осталось, и ночлег их был безрадостный, даже огня не развели. Наутро горы показались еще выше и круче, а долина уводила на север, куда вовсе не надо. Бродяжник, видно, тоже встревожился: уж десять дней, как с Заверти, и припаса всего ничего. А дождик сеял и сеял.

Заночевали на уступе, в каменной пещерке, скорее выемке скалы. Фродо мучился. От холода и сырости рана разнылась хуже некуда, и мертвенная, леденящая боль спать не давала. Он метался, ворочался и с ужасом прислушивался к ночным шумам и шорохам: ветер свистел в расселинах, струилась-капала вода, кряхтели горы, скатывались камни. Он вдруг почувствовал, что черные призраки — вот они, здесь, сейчас конец всему на свете; сел и увидел спину Бродяжника, который стерег их в бессонном бдении и курил трубку. Он откинулся на спину и забылся смутным сном, гуляя по свежей, пахучей траве своего садика — там, в Хоббитании, — и все это было бледно и странно, а по-настоящему четко чернели одни высокие призраки у входа в пещеру.

Когда он проснулся утром, дождик уже перестал. Тяжко нависшие облака расползались, и сквозило бледно-голубое небо. Ветер снова менялся. Вышли вовсе не спозаранок. После холодного, невкусного завтрака Бродяжник отлучился и велел им покамест носа из пещеры не казать. Взберется, сказал он, куда-нибудь повыше — и оглядится.

Принес он недобрые вести.

— Далековато занесло нас на север, — заметил он. — Непременно надо южнее податься, а то, чего доброго, забредем в Эттенблат, в северную глухомань. Там тролли хозяйничают, и места мне незнакомые. Можно бы, конечно, попробовать выйти на Раздол с севера, если прямиком; но опять же и путь долгий, и дороги я толком не знаю, да и припасов не хватит. Придется, хочешь не хочешь, выбираться к Бруиненской переправе.

Остаток дня они карабкались по осыпям. Нашли ущелье, которое вывело их в долину, пролегавшую на юго-восток, в самом подходящем направлении; но под вечер путь им преградил скалистый хребет, выщербленный, на фоне небесной темени, точно обломанная пила. Либо назад, неизвестно куда, либо уж, куда ни шло, вперед.

Попытались одолеть его с ходу, но не тут-то было. Фродо спешился и старался не отстать от друзей, а ноги дрожали и подкашивались. Пони великими трудами затягивали на кручи; а сами они то и дело теряли тропу, да и была ли она, эта тропа, неизвестно, а поклажа тяжелая. Почти что стемнело, и сил у них не было никаких, когда они наконец взобрались на вершину. Между зубцами оказалась узкая седловина, и впереди был крутой спуск. Фродо упал замертво — и лежал, вздрагивая и закусывая губу. Левая рука безжизненно свисала; мертвая хватка ледяной боли впивалась в плечо и в грудь. Деревья и камни казались смутными тенями.

— Дальше идти нельзя, — сказал Мерри Бродяжнику. — Фродо, сам видишь, на ногах не стоит. Очень я боюсь за него. Ну и что нам делать? Ты думаешь, как — в Раздоле-то его сумеют вылечить, если мы туда доберемся?

— Там посмотрим, — сказал Бродяжник. — Я больше ничего сделать пока что не могу; из-за его раны я вас так и подгоняю. Но сегодня — это ты прав — дальше нельзя.

— А что такое с хозяином? — тихо спросил Сэм, умоляюще глядя на Бродяжника. — Ранка-то была махонькая и уже затянулась: только белый шрамик на плече.

— Фродо пронзило оружие Врага, — отозвался Бродяжник. — Ядовитое, гибельное, колдовское оружие. Мне это черное чародейство неподвластно. Что еще я могу тебе сказать? Держись, Сэм!

Холодная выдалась ночевка на высоком уступе, хотя и развели костерок под скрюченными корнями громадной сосны: здесь, наверно, когда-то глину брали. Хоббиты съежились и прижимались друг к другу. Свиристел ледяной ветер, и слышны были стоны и вздохи нижних деревьев. Фродо одолел полусон: ему мерещилось, будто над ним плещут черные крылья, а на крыльях — мертвецы, отыскивающие, где это он укрылся.

Забрезжило ясное, прозрачное утро; воздух посвежел, и промытые дождем бледные небеса источали неяркий свет. Путники приободрились: вот бы еще солнышко пригрело, а то руки-ноги совсем окоченели. Как только рассвело, Бродяжник, прихватив с собой Мерри, отправился обозревать окрестности на восточный пик. Когда они вернулись с просветлевшими лицами, солнце уже сияло вовсю. Шли они почти что правильно, и теперь нужно было спуститься крутым откосом и оставить горы по левую руку. Бродяжник опять углядел вдали серый отблеск Бруинена, а путь к переправе хоть пока и не виден, но пролегает неподалеку от реки, вдоль ее ближнего берега.

— Надо нам снова выбираться на Тракт, — сказал он. — По горам не пройдем. Будь что будет, а торного пути нам никак не миновать.

Наспех позавтракали и сразу тронулись в путь. Медленно спускались по южному склону: но он оказался вовсе не так уж и крут, не то что вчерашний подъем, и вскоре Фродо снова усадили на пони. Бывший одер Бита Осинника на диво сноровисто выбирал путь и даже почти не встряхивал седока, точно заботился о нем. Путники малопомалу повеселели. Даже Фродо под лучами утреннего солнца словно бы полегчало, но в глазах у него то и дело мутилось, и он поспешно протирал их обеими руками.

Пин шел чуть впереди прочих. Вдруг он обернулся и крикнул:

— Эй, здесь тропа!

Подошли — верно, тропа: она, виясь, выползала из нижних перелесков и терялась на пути к вершине. Местами она совсем заросла, ее загромоздили сброшенные валуны и сваленные стволы; но, видно, когда-то по ней очень и очень хаживали. Проложил ее какой-то дюжий тяжелоступ: старые деревья были срублены или сломаны и огромные скалы расколоты или отодвинуты.

Они пошли по тропе, потому что по ней легче всего было спускаться, но шли они очень осторожно, особенно когда забрели в тенистый лес, а тропа стала шире и отчетливей. Вынырнув из густого ельника, она устремилась вниз по склону, а потом исчезла за могучей скалой. Они свернули вслед и увидели, что тропа ринулась под тяжелое взлобье, обросшее деревьями. В каменной стене была дверца, приоткрытая и висевшая на одной петле.

Перед этой дверцей они все остановились. За нею виднелась то ли пещера, то ли чертог, утопавший в пыльной мгле. Бродяжник, Сэм и Мерри, нажав изо всех сил, растворили застрявшую дверцу, и Мерри с Бродяжником зашли внутрь. Там были груды истлевших костей, пустые кувшины и разбитые горшки.

— Как есть логово троллей! — возгласил Пин. — А ну-ка, выбирайтесь из пещеры, и ноги в руки. Теперь-то нам известно, кто тропу протоптал, — вот и припустимся от них подальше!

— Куда торопиться, — сказал Бродяжник, выходя из пещеры. — Логово-то логово, но уж очень заброшенное. Бояться, по-моему, нечего. Спустимся потихоньку, а там уж и припустимся, если на то пошло.

От натоптанной площадки у дверцы тропа вела круто вниз, лесистым склоном. Не желая трусить на глазах у Бродяжника, Пин побежал вперед и присоединился к Мерри. Сэм с Бродяжником шли за ними по бокам пони, везшего Фродо: тропа была такая широкая, что хоббиты могли при желании шествовать строем по четыре или по пять.

Но прошествовали они недалеко: Пин вернулся бегом, а за ним и Мерри, оба насмерть перепуганные.

— Тролли, ну тролли же! — вопил Пин. — Там, внизу, прогалина, и мы увидели их из-за деревьев. Огромные-то какие!

— Пойдем поглядим, — сказал Бродяжник, подобрав суковатую дубину. Фродо промолчал; Сэм таращил глаза.

* * *

Солнце поднялось высоко и пронизывало почти безлистные ветви, ярко озаряя прогалину. Они подобрались к ней и застыли, затаив дыхание. Вот они, тролли: три громадных чудовища. Один склонился, а два других смотрели на него.

Бродяжник пошел к ним как ни в чем не бывало.

— Ну, ты, каменная дохлятина! — сказал он и обломал свою дубинку о задницу склонившегося тролля.

И хоть бы что. Хоббиты так и ахнули, а потом даже Фродо расхохотался.

— Ну и ну! — воскликнул он. — Хороши, нечего сказать: забываем собственную семейную историю! Это же те самые трое, которых подловил Гэндальф, когда они спорили, как вкуснее изготовить тринадцать гномов и одного хоббита!

— Вот уж не думал, что мы в тех местах! — удивился Пин. Он прекрасно знал семейную историю: сколько раз ему рассказывали ее что Бильбо, что Фродо; но, по правде-то говоря, он ей ни на грош не верил. Да и теперь тоже он очень подозрительно глядел на каменных троллей, ожидая, что они вот-вот оживут.

— Ладно там ваша семейная история, вы хоть бы о троллях что-нибудь помнили! — усмехнулся Бродяжник. — Время за полдень, солнце сияет, а вы туда же: тролли, мол, в прогалине засели! Дела не знаете — пусть; ну как не заметить, что у одного за ухом старое птичье гнездо. Хорош был бы живой тролль с таким-то украшением!

Всех одолел хохот. Фродо точно ожил, радостно припоминая первую удачную проделку Бильбо. И солнце правда так тепло сияло, и муть перед глазами немного рассеялась. Они сделали привал в этой прогалине: так вкусно было закусывать в тени огромных ног тролля.

— Может, кто-нибудь надумает спеть, пока солнце светит? — предложил Мерри, когда ложки отстучали. — А то ведь мы давно уж ничего этакого не слыхивали, а?

— С Заверти не слыхивали, — сказал Фродо. Все поглядели на него. — Да не во мне дело! — сказал он. — Мне-то как раз говорили... я гораздо лучше себя чувствую, но куда мне петь! Разве вот Сэм что-нибудь такое сообразит...

— Ну, Сэм, давай, раз уж никуда не денешься! — сказал Мерри. — Пускай голову в ход, ежели больше нечего!

— Там разберемся, чего до времени в ход пускать, — сказал Сэм. — Вот, например, чего же... Ну, стихи не стихи, а в этом роде: так, пустяки. Был разговор, я и подумал.

Он встал, сложил руки за спиной, точно в школе, и произнес, то ли пропел на старинный мотив:

> На утесе, один, старый тролль-нелюдим
> Думает безотрадно: «Й-эхх, поедим!..»
>   Вгрызся, как пес, в берцовую кость,
> Он грызет эту кость много лет напролет —
>   Жрет, оглоед! Тролль-костоглот!
> Ему бы мясца, но, смиряя плоть,
> Он сиднем сидит — только кость грызет.
>
> Вдруг, как с неба упал, прибежал, прискакал,
> Клацая бутсами, шерстолап из-за скал.
>   — Кто тут по-песьи вгрызается в кости
> Люто любимой тещи моей?
>   Ну, лиходей! Ох, прохиндей!
> Кто тебе разрешил ворошить на погосте
> Кости любимой тещи моей?
>
> — Я без спроса их спер, — объяснил ему тролль, —
> А теперь вот и ты мне ответить изволь:
>   Продлили бы кости, тлевшие на погосте,
> Жизнь опочившей тещи твоей?
>   Продлили бы, дуралей?
> Ты ж только от злости
> Квохчешь над прахом тещи своей!

294

— Что-то я не пойму, — был ответ, — почему
Мертвые должны служить твоему
      Безвозмездному пропитанью для выживанья.
Ропщет их прах к отмщенью, а проще —
      Мощи усохшей тещи —
Ее священное посмертное достоянье,
Будь она хоть трижды усопшей.

Ухмыльнулся тролль с издевкой крутой,
— Не стой, — говорит, — у меня над душой,
      А то, глядишь, и сам угодишь
Ко мне в живот,
      Крохобор, пустоболт,
Проглочу живьем, словно кошка — мышь:
Я от голода костоед, а по норову — живоглот!

Но таких побед, чтоб живой обед
Прискакал из-за скал, в этом мире нет:
      Скользнув стороной у обидчика за спиной,
Пнул шерстолап его,
      Распроклятого эксгуматора вороватого, —
Заречешься, мол, впредь насмешничать надо мной
И тещу грызть супостатово!

Но каменный зад отрастил супостат,
Сидя на камне лет двадцать подряд.
      И тяжкая бутса сплющилась, будто
Бумажный колпак или бальный башмак.
      Истинно, истинно так!
А ведь если нога ненадежно обута,
То камень пинать станет только дурак!

На несколько лет шерстолап охромел,
Едва ковыляет, белый как мел.
      А тролль по-песьи припал на утесе
К останкам тещи —
      Ледащий, тощий, —
Ему не жестко сидеть на утесе,
      И зад у него все площе.

— Это нам всем в науку! — рассмеялся Мерри. — Ну, Бродяжник, повезло тебе, что ты его дубиной двинул, а то бы рукой, представляешь?

— Ну, ты даешь, Сэм! — сказал Пин. — Я такого раньше не слыхал.

Сэм пробормотал в ответ что-то невнятное.

— Сам небось придумал, не то раньше, не то сейчас, — решил Фродо. — Сэммиум меня вообще чем дальше, тем больше удивляет. Был он заговорщиком, теперь оказался шутником, ишь ты! И чего доброго, окажется волшебником — а не то и воителем?

— Не окажусь, — сказал Сэм. — То и другое дело мне не с руки.

Предвечернее солнце озаряло лесистый склон; и вниз их вела, должно быть, та самая тропа, по которой когда-то шли Гэндальф и Бильбо с гномами. Прошагали несколько миль — и оказались над Трактом, возле его обочины, на вершине громадной насыпи. Тракт давным-давно прянул в сторону от реки Буйной, клокочущей в узком русле, и размашисто петлял у горных подножий, то ныряя в лес, то прорезая заросли вереска: стремился к еще далекой Переправе. Бродяжник указал им в траве у гребня грубо отесанный, обветренный валун, испещренный гномскими рунами и какой-то еще тайнописью.

— Здрасьте пожалста! — сказал Мерри. — Да это же небось камень-отметина у сокровищницы троллей. У Бильбо-то много ли от тех сокровищ осталось, а, Фродо?

Фродо поглядел на камень и подумал: «Вот бы ничего не принес Бильбо, кроме этих неопасных сокровищ, с которыми так легко было расстаться!»

— Ничего не осталось, — сказал он. — Бильбо раздал все до грошика: мол, краденое впрок не идет.

Вечерело, тени удлинялись; сколько хватал глаз, Тракт был по-прежнему пуст. Да все равно другого пути у них теперь не было; они сошли с насыпи, свернули влево и припустились во всю прыть. Сбоку выдвигался длинный отрог, скрывая закатное солнце, и навстречу им с гор повеяло стужей.

Они уже начали высматривать по сторонам место для ночевки, когда сзади вдруг донесся отчетливый и памятный до ужаса стук копыт. Все разом оглянулись, но напрасно: дорога только что круто свернула. Стремглав бросились они вверх по склону, поросшему вереском и голубикой, и укрылись в густом орешнике, футов за тридцать от сумеречного, смутно-серого Тракта. Копыта стучали все ближе, цокали дробно и четко; послышался тихий, рассеянный ветерком перезвон, легкое звяканье бубенцов.

— Что-то не похоже на Черных Всадников, — сказал Фродо, вслушиваясь.

Хоббиты согласились — вроде не похоже, но оставались начеку. После ужасов многодневной погони во всяком звуке за спиной им слышалась опасность и угроза. Зато Бродяжник подался вперед, приложил ладонь к уху, и лицо его просияло радостью.

Смерклось; шелест пробегал по кустам. А бубенцы раздавались все звонче, дробный перестук приближался — и вдруг из-за поворота вылетел белый конь, блеснувший в сумерках, словно светлая птица. Уздечка мерцала самоцветами, как звездными огоньками. За всадником реял плащ; капюшон был откинут, и золотые волосы струились по ветру. Фродо почудилось, будто фигура верхового пламенеет ясным светом.

Бродяжник выпрыгнул из кустов и с радостным окликом кинулся к Тракту; но прежде, чем он вскочил и вскрикнул, всадник поднял взгляд и придержал коня. Завидев Бродяжника, он спешился и побежал ему навстречу.

— *Аи, на вэдуи Дунадан! Маэ гвэринниэн!* — воскликнул он.

И слова незнакомца, и его звонкий голос сразу успокоили их: во всем Средиземье только у эльфов был такой переливчатый выговор. Однако в приветствии его прозвучала тревога, и говорил он с Бродяжником быстро и озабоченно.

Потом Бродяжник призывно махнул рукой, и хоббиты поспешили вниз, на дорогу.

— Это Всеславур; он из замка Элронда, — сказал Бродяжник.

— Привет тебе, долгожданный гость! — обратился к Фродо эльф-воитель. — Меня выслали тебе навстречу: мы опасались за тебя.

— Значит, Гэндальф в Раздоле? — вскричал Фродо.

— Нет. Когда я уезжал, его там не было, — ответил Всеславур, — но уехал я девять дней назад. До Элронда дошли худые вести: мои родичи, по пути через ваши края за Барандуином, проведали и тотчас дали нам знать, что по западным землям рыщут Девятеро Кольценосцев, а вы пустились в дальний путь с опасным бременем и без провожатого, не дождавшись Гэндальфа. Даже у нас в Раздоле мало кому по силам противостоять Девятерым лицом к лицу, но Элронд все-таки набрал и отправил нарочных на север, на запад и на юг: ведь вы, уходя от погони, могли заплутаться в глуши. Мне выпало наблюдать за Трактом; семь суток назад я достиг Моста Митейтиля и оставил вам знак — берилл. За Мостом таились трое прислужников Саурона; они отступили передо мной и умчались на запад. Я ехал по их следам и встретил еще двоих: те свернули на юг. Тогда я стал искать ваш след, нашел его два дня назад и снова проехал Мост, а сегодня приметил, где вы спустились с гор. Однако будет, остальное потом. Вам придется рискнуть и выдержать страх открытого пути — вечером и ночью. За нами пятеро; когда они нападут на ваш след, примчатся быстрее ветра. Где прочие, не знаю — должно быть, стерегут Брод. Об этом пока лучше не думать.

Тем временем вечерние тени сгустились, и Фродо сковала неодолимая усталость. Еще на раннем закате перед глазами его задернулась темная пелена; теперь и лица друзей были почти не видны. Боль впивалась ледяной хваткой и не отпускала. Покачнувшись, он припал к плечу Сэма.

— Хозяин мой ранен, ему плохо, — сердито сказал Сэм. — Он ехать не сможет, если не отдохнет.

Всеславур подхватил падающего Фродо, бережно принял его на руки и с тревогой глянул ему в лицо.

Бродяжник в кратких словах рассказал об атаке на вершине Заверти, о смертоносном кинжале; достал и протянул эльфу сбереженную рукоять. Тот брезгливо взял ее в руки, но рассмотрел очень внимательно.

— Здесь начертаны колдовские, лиходейские письмена, — сказал он. — Незримые для вас. Спрячь-ка ее, Арагорн, у Элронда пригодится. Только спрячь подальше и не касайся ее. Нет, такие раны мне залечивать не дано. Сделаю, что сумею, но об отдыхе вам пока что и думать нечего.

Чуткими пальцами прощупал он плечо Фродо, и еще суровее стало его лицо: видно, учуял недоброе. А Фродо вдруг почувствовал, что цепкий холод приразнял когти, рука немного согрелась и боль приутихла. Сумеречная завеса проредилась, точно стаяло тяжелое облако. Выплыли из тумана, прояснились лица друзей, и ему прибыло сил и надежды.

— Поедешь на моем коне, — сказал Всеславур. — Стремена я подтяну к чепраку: устроишься поудобнее. И не бойся ничего — с коня не упадешь, раз я ему скажу, чтоб ты не падал. Скачет он ровно и легко; а если что случится, он тебя вынесет, будь уверен — даже вражеские черные скакуны ему не соперники.

— Никуда он меня не вынесет! — воспротивился Фродо. — Что же, я спрячусь в Раздол или где там у эльфов, а друзья — пропадай? Нет уж!

— Не пропадут без тебя твои друзья, — улыбнулся Всеславур. — Погоня за тобой, а не за ними. Ты и твоя ноша, Фродо, — вот наша главная опасность.

Тут возразить было нечего, и Фродо согласился сесть на белого коня. Зато свои мешки они навьючили на пони и пошли гораздо быстрее, даже очень быстро — да разве за эльфом угонишься! Он вел их вперед: сначала сквозь тусклый вечерний сумрак, потом — сквозь ненастную ночную тьму, и не было ни звезд, ни луны. Остановился Всеславур, когда хмуро забрезжило утро. Пин, Мерри и Сэм еле на ногах держались; Бродяжник и тот как-то сгорбился, а Фродо приник к холке коня: его сморил тяжкий сон.

Они отошли с Тракта в заросли вереска, упали наземь и мгновенно заснули. И едва, кажется, сомкнули глаза, как сторожевой Всеславур их разбудил. Утреннее солнце бередило глаза; ночная непогодь рассеялась.

— Ну-ка, выпейте! — велел Всеславур, что-то разливая по кружкам из своей оправленной серебром фляги.

Они выпили — вода и вода, чистая вода, вроде весенней, не теплая и не холодная, без всякого особого вкуса, но она разливала по телу силу и вселяла бодрость. Съеденные после нее затхлый хлеб и ссохшиеся яблоки (больше ничего не осталось) утолили голод лучше самого обильного завтрака в Хоббитании.

Проспали они меньше пяти часов, а потом снова шли, шли и шли по бесконечной ленте древнего Тракта — только два раза за день позволил им отдохнуть Всеславур. К вечеру они одолели миль двадцать с лишним и оказались у крутого поворота направо, в низину, напрямую к Бруиненскому броду. Хоббиты прислушивались и присматривались — пока никого, но Всеславур все чаще останавливался и с тревогой на лице поджидал их, если они отставали. Раз или два он даже заговорил с Бродяжником по-эльфийски.

Но как бы ни тревожились провожатые, а хоббиты нынче свое прошли. Они спотыкались и пошатывались, мечтая только об одном — дать роздых ногам. Боль терзала Фродо вдвое против вчерашнего, и даже днем все виделось ему призрачно-серым, точно мир выцвел и странно опустел. Теперь уж он нетерпеливо ждал ночи как избавления от тусклой пустоты.

Наутро, в предрассветный час, хоббиты снова брели по дороге — заспанные, усталые, унылые. А Переправа была еще далеко, и они, чуть не падая, каким-то чудом поспевали за провожатыми.

— Страшнее всего будет здесь, на пути к реке, — молвил Всеславур, — ибо чует мое сердце, что погоня скачет по пятам, а у Переправы нас ждет засада.

Дорога спускалась под гору меж травянистыми склонами, и хоббиты шли по мягкой траве, чтобы отдохнули ступни. К вечеру с обеих сторон вдруг надвинулся густой сосняк, а потом дорога втиснулась в ущелье, между сырыми отвесными утесами из бурого гранита. Эхо преследовало путников стуком несчетных копыт и несметных шагов. Внезапно дорога вырвалась на простор из теснины: перед ними лежал пологий спуск к Броду, а на том, крутом и утесистом берегу вилась наверх тропа и громоздились горы, заслоняя бесцветное небо.

Из ущелья выкатилось оставленное ими эхо — шарканье подошв, стук копыт, — и вздрогнули нижние ветви сосен. Всеславур обернулся, прислушался — и вдруг опрометью ринулся к спутникам.

— Скачи! — крикнул он Фродо. — Скачи! Прочь от врагов!

Белый конь метнулся вперед; хоббиты побежали вниз по склону, Всеславур и Бродяжник — за ними. А сзади раскатом гулкого эха грянули копыта, из ущелья вылетел Черный Всадник и придержал коня, покачиваясь в седле. Еще один, еще один и еще двое.

— Вперед! Скачи! — снова крикнул Всеславур.

Но Фродо отпустил поводья: странная слабость одолевала его. Конь перешел на шаг, и он обернулся. Всадники стояли на гребне холма недвижными черными статуями; за ними клубился серый туман. Вдруг в хоббите проснулся страх и гнев. Рука его оставила уздечку, и он обнажил меч, сверкнувший на солнце розоватым блеском.

— Скачи! Да скачи же! — крикнул Всеславур и приказал коню по-эльфийски, звонко и горделиво: — *Норо лим, норо лим, Асфалот!*

Белый конь прянул вперед и быстрее ветра помчался по дороге. В тот же миг ринулись с холма черные кони, и Фродо услышал леденящий вой, тот самый, что недавно оглашал Южный удел Хоббитании. Возопил ответный вой, а из-за скал и деревьев показались еще четыре Всадника: двое поскакали к Фродо, двое других — наперехват, к Переправе. Их словно раздувало ветром, и все ширились их черные крылья, охватывая кругозор.

Фродо еще раз поглядел через плечо — друзей уже не было видно. Всадники немного отстали: даже их бешеные черные скакуны не могли тягаться с белым конем Всеславура. Но он взглянул вперед — и потерял всякую надежду. Ему не успеть к Переправе — те двое его перехватят. Видел он их теперь совершенно отчетливо: ни капюшонов, ни плащей — серые латы, белые саваны и длинные сивые космы. Мечи мерцали в костяных руках, глаза сверкали из-под надвинутых шлемов, и свирепый вой не умолкал.

Ужас сковал Фродо. Меч был забыт, крик застрял в горле, сам он и двинуться боялся. Зажмурившись, прижался он к лошадиному загривку. Ветер свистал в ушах, а серебряные бубенцы бренчали глухо и странно. Его заново пронзил мертвенный холод, но эльфийский конь яростно вздыбился и промчался к реке, нос к носу миновав передового Всадника.

Всплеснулась вода, пена закипела у ног Фродо, его обдало брызгами, потом словно приподняло, и он приоткрыл глаза. Конь взбирался по каменистой тропе. Брод был позади.

Но погоня ничуть не отстала. Одолев крутой склон, конь Фродо остановился, повернулся к реке и неистово заржал. На том берегу у самой воды черным строем стояли Девятеро Всадников, и Фродо трепетал, не смея взглянуть на страшные лики мертвецов. Переправиться им ничто не мешает, а ему до Раздола еще скакать и скакать долгой неверной дорогой: нагонят, не уйдет. И ужасающе внятен стал безмолвный приказ: ни с места. Опять обуял его гнев, но противиться не было сил.

И первый черный конник тронул коня вперед — тот испуганно вздыбился у воды. Неимоверным усилием Фродо распрямил спину и поднял меч.

— Уходите! — вскрикнул он. — Уходите к себе в Мордор, я вам не дамся!

Всадники приостановились, но в срывающемся голосе Фродо не было той власти, что у Бомбадила. Ему ответил сиплый, мертвенный хохот.

— Сюда иди! Сюда иди! — хором позвали они. — Ты наш, твое место в Мордоре!

— Уходите! — полушепотом повторил Фродо.

— Кольцо! Отдавай Кольцо! — откликнулись замогильные голоса. Главарь пришпорил коня и погнал его в реку; за ним двое других.

— Именем Элберет и прекрасной Лучиэнь клянусь, — проговорил Фродо, воздев меч, — Кольца вы не получите. И я не ваш!

Тогда главарь, бывший уже посреди Переправы, привстал в стременах, грозно поднял руку — и Фродо онемел. Язык его прилип к гортани, сердце замерло, меч переломился и выпал из дрожащей руки. Эльфийский конь с храпом встал на дыбы — казалось, первый Всадник вот-вот достигнет другого берега.

Но раздался оглушительный рев и грохот: гул яростного потока, влекущего груды валунов. Фродо смутно увидел, как вся река поднялась и вздыбилась конницей бушующих волн — ему почудились среди воды белые всадники, белые кони, пышные гривы. Водяная громада обрушилась на троих Черных и мигом сшибла их, бешено пенясь над водяной гробницей. Остальные шестеро прянули назад.

Как сквозь сон, услышал Фродо дальние крики, и за Черными Всадниками, все еще медлившими на том берегу, ему привиделся белый витязь в сверкающих латах, а позади него — туманные фигурки, алым пламенем факелов прорезающие серую мглу, которая поглотила весь мир.

Черные кони, шалея от ужаса, ринулись в поток — его буйный, торжествующий рев заглушил дикие вопли Всадников, исчезнувших среди пены и валунов. Падая с коня, Фродо подумал, что ему суждено сгинуть в грохочущем разливе вместе со своими врагами. И лишился чувств.

КНИГА 2

Свивая тысячи путей
В один, бурливый, как река,
Хотя, куда мне плыть по ней,
Не знаю я пока.

Глава I
НЕЖДАННЫЕ ГОСТИ

Фродо проснулся, открыл глаза — и сразу понял, что лежит в кровати. Сначала он подумал, что немного заспался после длинного и очень неприятного сновидения, — ему и сейчас еще было не по себе. Так, значит, он дома, и путешествие ему снилось? Или, может, он долго болел? Но потолок над ним выглядел непривычно и странно: высокий, плоский, с темными балками, украшенными искусной узорчатой резьбой. Фродо совсем не хотелось вставать; спокойно лежа в уютной постели, он разглядывал солнечные блики на стенах и прислушивался к шуму отдаленного водопада.

— Где это я? И который теперь час? — спросил он вслух, обращаясь к потолку.

— В замке Элронда, — прозвучал ответ. — И сейчас у нас утро, десять часов. Утро двадцать четвертого октября, если ты и это хочешь узнать.

— Гэндальф! — приподнявшись, воскликнул Фродо. Так оно и было: у открытого окна в удобном кресле сидел старый маг.

— Да, я здесь, — отозвался он. — Но самое удивительное, что и ты тоже здесь — после всех твоих нелепых глупостей в пути.

305

Фродо промолчал и опять улегся. Ему было слишком покойно и уютно, чтобы спорить, а главное, он прекрасно знал, что ему не удастся переспорить Гэндальфа. Он проснулся окончательно и постепенно припомнил страшные вехи недавнего путешествия — путь «напрямик» по Вековечному Лесу, бегство из трактира «Гарцующий пони» и свой поистине безумный поступок, когда он надел на палец Кольцо в лощине у подножия горы Заверть. Пока он размышлял обо всех этих происшествиях и старательно, однако безуспешно вспоминал, как же он попал сюда, в Раздол, Гэндальф молча попыхивал трубкой, выпуская за окно колечки дыма.

— А где Сэм? — после паузы спросил Фродо. — И все остальные... с ними ничего не случилось?

— Успокойся, все они живы и здоровы, — отвернувшись от окна, ответил Гэндальф. — А Сэм дежурил у твоей постели, покуда я не прогнал его отдохнуть — он ушел спать полчаса назад.

— Так что же приключилось возле Переправы? — осторожно спросил у Гэндальфа Фродо. — Когда мы тайком пробирались к Раздолу, мир казался мне каким-то призрачным, а сейчас я почти ничего не помню.

— Еще бы! Ведь ты уже начал развоплощаться, становился призраком — из-за раны в плече. Эта рана тебя едва не доконала. Появись ты у Переправы часа на два позже, и тебя никто не сумел бы спасти. А все же ты оказался поразительно стойким — честь тебе и хвала, мой дорогой хоббит! В Могильнике ты держался просто молодцом. Жаль, что ты поддался Врагу у Заверти.

— Тебе, я вижу, многое известно. — Фродо с удивлением посмотрел на Гэндальфа. — Про Могильник я еще никому не рассказывал: сначала боялся об этом вспоминать, а потом нам всем стало не до рассказов. И вдруг оказывается, что ты все знаешь...

306

— Ты разговаривал во сне, — объяснил ему Гэндальф, — и я без труда обследовал твою память. Зато сейчас тебе беспокоиться не о чем. Вы вели себя прекрасно — и ты, и твои друзья, — хотя порою не очень-то мудро. Но от вас потребовалось немало мужества, чтоб совершить это далекое и опасное путешествие с Кольцом, за которым охотится Враг.

— Мы не добрались бы сюда без Бродяжника, — признался Фродо. — Но где же был ты? Без тебя я не знал, на что мне решиться.

— Меня задержали, — ответил Гэндальф. — И это могло нас всех погубить... А впрочем, теперь я ни в чем не уверен: возможно, все обернулось и к лучшему.

— А что тебя задержало?

— Не торопись — узнаешь. Сегодня тебе нельзя много разговаривать... и много слушать — чтобы не утомляться. Так считает Элронд, — заключил маг.

— Да ведь говорить и слушать легче, чем думать. Думать-то утомительней, — возразил Фродо. — Я уже, как видишь, пришел в себя и помню уйму непонятных событий. Что тебя задержало? Объясни мне хоть это!

— Всему свое время, — ответил Гэндальф. — Когда ты поправишься, мы соберем Совет, и там ты узнаешь решительно все. А сейчас я скажу тебе только одно — меня предательски заманили в ловушку.

— Тебя? — недоверчиво переспросил Фродо.

— Да, меня, Гэндальфа Серого, заманили в ловушку, — подтвердил маг. — В мире много могущественных сил, есть среди них и добрые, и злые. Перед некоторыми даже мне приходится отступать. С некоторыми я еще никогда не сталкивался. Но теперь великой битвы не минуешь. Черные Всадники переправились через Андуин. А это значит, что приближается война.

— Выходит, ты знал про Всадников и раньше — еще до того, как я с ними встретился?

— Знал и однажды говорил тебе о них, ибо Черные Всадники — это Призраки Кольца, девять прислужников Черного Властелина. Но я не знал, что они опять появились, иначе увел бы тебя из Хоббитании. Мне стало известно про Вражьих прислужников, когда я расстался с тобой, в июне... но об этом тоже узнаешь чуть позже. Меня задержали далеко на юге, и от гибельных несчастий нас избавил Арагорн.

— Да, — сказал Фродо, — без него мы погибли бы. И ведь когда он появился, мы его испугались. А Сэм, тот ему так и не поверил — по крайней мере до встречи с Всеславуром.

— Слышал я и про это. — Гэндальф улыбнулся. — Ну да теперь-то Сэм ему верит.

— А вот это замечательно! — воскликнул Фродо. — Потому что мне очень нравится Бродяжник. Даже больше — я его по-настоящему полюбил... хотя он, конечно же, странный человек, а временами казался нам просто зловещим. Но знаешь? — он часто напоминал мне тебя. Скажи, неужели у Большого Народа не редкость такие люди, как Бродяжник? Я-то считал, что они просто большие — большие, грубоватые и не слишком умные: добрые, бестолковые, вроде Лавра Наркисса, или глупые, но опасные, вроде Бита Осинника. Ведь у нас, в Хоббитании, людей почти нет, и мы встречаем их только в Пригорье.

— Вы и пригорян очень плохо знаете, если ты считаешь Лавра бестолковым, — мимолетно усмехнувшись, заметил Гэндальф. — Язык у него работает проворней, чем голова, но по-своему он очень толковый, не сомневайся. Ему свои выгоды ясно видны, даже сквозь три кирпичных стены — есть такое пригорянское присловье. Но в Средиземье редко встречаются люди, подобные Арагорну, сыну Арахорна. Рыцарей из Заморья почти не осталось. И возможно, в Великой Войне за Кольцо погибнут последние соплеменники Арагорна.

— Ты хочешь сказать, что предки Бродяжника — это и есть Рыцари из Заморья? — не веря своим ушам, воскликнул Фродо. — Значит, их род до сих пор не угас? А ведь я считал его просто бродягой.

— Бродягой?! — гневно переспросил Гэндальф. — Так знай же: дунаданцы — северные потомки великого племени Западных Рыцарей. В прошлом они мне иногда помогали, а в будущем нам всем понадобится их помощь: мы благополучно добрались до Раздола, но Кольцу суждено упокоиться не здесь.

— Видимо, так, — согласился Фродо. — Но я-то думал — попасть бы сюда... и надеялся, что дальше мне идти не придется. Месяц я провел на чужбине, в пути — и этого для меня совершенно достаточно. Теперь мне хочется как следует отдохнуть. — Фродо умолк и закрыл глаза. Но, немного помолчав, заговорил снова: — Я тут подсчитывал, и у меня получается, что сегодня только двадцать первое октября. Потому что мы вышли к Переправе двадцатого.

— Хватит, — сказал Гэндальф, — тебе вредно утомляться. Элронд был прав... А как твое плечо?

— Не знаю, — ответил Фродо. — Вроде бы никак. — Он пошевелился. — И рука вроде двигается. Наверно, я уже совсем поправился. И она уже не холодная, — добавил хоббит, дотронувшись правой рукой до левой.

— Превосходно, — сказал Гэндальф. — Ты быстро выздоравливаешь. Скоро Элронд разрешит тебе встать — все эти дни он врачевал твою рану...

— Дни? — удивленно перебил его Фродо.

— Ты лежал здесь три дня и четыре ночи. Эльфы принесли тебя двадцатого, под вечер, а уснул ты, так и не придя в сознание. Ну, и сейчас тебе, естественно, кажется, что сегодня только двадцать первое октября. Мы очень тревожились, а твой верный Сэм не отходил от тебя ни ночью, ни днем — разве что исполнял поручения Элронда. Элронд искусный и опытный целитель, но оружие Врага беспощадно и смертоносно. Я подозревал, что обломок клинка остался в твоей зарубцевавшейся ране, и, по правде сказать, не слишком надеялся, что его удастся обнаружить и вынуть. Элронд нащупал этот гибельный обломок только вчера — он уже ушел глубоко и с холодной неотвратимостью приближался к сердцу.

Фродо вспомнил зазубренный нож, исчезающий в руке Бродяжника, и содрогнулся.

— Не бойся, — сказал Гэндальф. — Он исчез навеки, когда Элронд извлек его из твоего плеча. Но ты сумел доказать нам, что хоббиты цепко держатся за этот мир. Многие могучие и отважные воины из Большого Народа, которых я знал, меньше чем в неделю стали бы призраками от раны, нанесенной моргульским клинком, — а ведь ты сопротивлялся семнадцать дней!

— Объясни мне, почему они такие опасные, эти Черные Всадники, — попросил Фродо. — И что они хотели сделать со мной?

— Они хотели пронзить твое сердце моргульским клинком, — ответил Гэндальф. — Обломок клинка остается в ране и потом неотвратимо двигается к сердцу. Если бы Всадники своего добились, ты сделался бы таким же призрачным, как они, но слабее — и попал бы под их владычество. Ты стал бы призраком Царства Тьмы, и Черный Властелин тебя вечно мучил бы за попытку присвоить его Кольцо... хотя вряд ли найдется мука страшнее, чем видеть Кольцо у него на пальце и вспоминать, что когда-то им владел ты.

— Хорошо, что я не знал об этой опасности, — снова содрогнувшись, прошептал Фродо. — Я и без того смертельно перепугался, но если б я знал тогда, чем рискую, у меня не хватило бы сил пошевелиться. Не понимаю — как мне удалось спастись?

— У тебя, по-видимому, особая судьба... или участь, — негромко заметил Гэндальф. — Я уж не говорю про твою храбрость и стойкость! Благодаря твоей храбрости Черному Всаднику не удалось всадить клинок тебе в сердце, и ты был ранен только в плечо. Но, и раненый, ты на редкость стойко сопротивлялся — вот почему обломок клинка за семнадцать дней не дошел до сердца. И все же ты был на волосок от гибели. Враг приказал тебе надеть Кольцо, и, надев его, ты вступил в Призрачный Мир. Ты увидел Всадников, а они — тебя. Ты как бы сам отдался им в руки.

— Я знаю, — сказал Фродо. — И всю жизнь буду помнить, какие они страшные, особенно ночью... А почему мы видим их черных коней?

— Потому что они живые, из плоти и крови. Да и плащи у Всадников самые обычные — они лишь маскируют их бесплотную призрачность.

— А тогда почему эти живые кони ничуть не боятся своих призрачных седоков? Всех других животных охватывает страх, если к ним приближаются Черные Всадники. Собаки скулят, гуси в ужасе гогочут... даже конь Всеславура и тот испугался!

— Потому что их кони выращены в Мордоре, чтоб служить вассалам Черного Властелина. Не все его подданные — бесплотные призраки. Ему подвластны и другие существа: орки и тролли, варги и волколаки, даже многие люди — короли и воины — выполняют его лиходейскую волю. И он покоряет все новые земли.

— А Раздол? А эльфы? Над ними-то он не властен?

— Сейчас — нет. Но если ему удастся покорить весь мир, не устоят и эльфы. Многие эльфы — хотя отнюдь не все —

страшатся воинства Черного Властелина, им приходится отступать перед его могуществом. Однако он уже никогда не сумеет заставить их подчиниться или заключить с ним союз. Мало этого, здесь, в Раздоле, до сих пор живут его главные противники, почти такие же могучие, как он, — я говорю о Преображающихся эльфах, древних владыках Эльдара-Заморского. Они не боятся Призраков Кольца, ибо рождены в Благословенной Земле, а поэтому им доступен и Призрачный Мир. Эти воины в прошлом не раз побеждали и зримых, и незримых — призрачных — врагов.

— Когда у Переправы я оглянулся назад, — не очень уверенно припомнил Фродо, — мне почудилось, что рядом с Черным Всадником появилась белая сверкающая фигура. Это и был Всеславур, да?

— Да, — сказал маг. И, помолчав, добавил: — Всеславур объединил для тебя два мира, реальный и призрачный, невидимый живым, потому что он — Преображающийся эльф, великий витязь из Первородных. Словом, в Раздоле отыщутся силы, способные на время сдержать Врага, — да и в других местах такие силы есть, даже у вас, в мирной Хоббитании. Но если течение событий не изменится, свободные земли превратятся в островки, окруженные океаном Черного воинства — его собирает Властелин Мордора... А пока, — перебил он себя, вставая, и его борода грозно встопорщилась, — мы должны сохранять спокойное мужество. Через несколько дней ты совсем поправишься — если я не заговорю тебя сегодня до смерти. Здесь, в Раздоле, нам ничто не угрожает... до поры до времени. Так что не тревожься.

— Мужества у меня нет, и сохранять мне нечего, — отозвался Фродо, — но я не тревожусь. Расскажи мне, пожалуйста, о моих друзьях, и тогда уж я окончательно успокоюсь. Меня почему-то клонит ко сну, но, пока ты не расскажешь, что с ними сталось, я все равно не смогу уснуть.

Гэндальф пододвинул кресло к кровати и окинул Фродо испытующим взглядом. На щеки хоббита вернулся румянец, а глаза у него были ясными и спокойными. Он весело улыбался и выглядел здоровым. Но все же маг с тревогой подметил некоторые почти неуловимые изменения: дело в том, что левая рука хоббита, неподвижно лежащая поверх одеяла, казалась бледной и странно бесплотной.

— К несчастью, этого избежать невозможно, — пробормотал Гэндальф себе под нос. — А ведь он не прошел даже половины пути... и что с ним случится, когда он его закончит, не сумеет, наверно, предсказать сам Элронд. Что ж, будем надеяться на лучшее. Возможно, он станет полупрозрачным, как хрустальный сосуд, светящийся изнутри, — для тех, чьи глаза способны отличить внутренний, истинный свет от призрачного... Выглядишь ты здоровым, — сказал он вслух. — Думаю, тебе и правда не повредит, если ты услышишь о своих друзьях. Я не буду спрашивать разрешения у Элронда, но расскажу лишь вкратце, а потом уйду, чтобы не помешать тебе уснуть снова. Вот что случилось возле Переправы — насколько мне удалось разобраться. Как только ты поскакал к реке, Черные Всадники ринулись за тобой. У горы Заверть ты вступил в их мир — поэтому они тотчас же тебя увидели и не должны были полагаться на зрение коней. А кроме того, их притягивало Кольцо. Их кони растоптали бы твоих друзей — им пришлось уступить Всадникам дорогу. Задержать Всадников они не могли: ведь те преследовали тебя вдевятером, так что даже Арагорн с Всеславуром не выстояли бы в бою против их отряда.

Потом, когда Призраки Кольца умчались, твои друзья побежали к реке. Неподалеку от Переправы, у самой дороги, есть полускрытая деревьями лощина; спустившись в нее, твои друзья и Всеславур быстро развели небольшой костер, ибо Всеславуру было известно, что если

Всадники сунутся в реку, то Элронд взъярит ее буйным разливом, и они не смогут тебя догнать; но с оставшимися на суше придется драться. Как только разбушевались волны разлива, Всеславур, а за ним Арагорн и остальные выскочили с горящими головнями на дорогу. Всадники оказались между водой и огнем, узнали во Всеславуре Преображающегося эльфа и потеряли свое бесноватое мужество, а их кони мгновенно взбесились от страха. Трое Всадников, преследуя тебя, попытались на конях переплыть реку — их смела первая же волна разлива. Шестерых остальных взбесившиеся кони затащили в реку немного попозже — их всех захлестнули бурные волны.

— Так они погибли? — обрадовался Фродо.

— К сожалению, нет, — ответил Гэндальф. — В разливе погибли только их кони... но без коней — какие же они теперь Всадники? Им пришлось поспешно убраться восвояси. И хотя их самих так просто не уничтожишь, они, я думаю, сгинули надолго... Когда разлив окончательно схлынул, твои друзья переправились через реку и нашли тебя на этом берегу — ты лежал ничком, холодный и бледный, а под тобой валялся твой сломанный меч. Конь Всеславура стоял рядом. Арагорн опасался, что ты убит, — о худшем ему даже думать не хотелось. Тебя подняли и понесли в Раздол, и на полпути вам встретились эльфы.

— А чем Всадники прогневили реку?

— Они исконные враги эльфов, а Элронд — владыка здешнего края. Когда враги подступают к Раздолу, река, по велению Элронда, разливается, и все живое гибнет в волнах. Как только Предводитель Призраков Кольца спустился к воде, река разлилась. Ну и, если так можно выразиться, я немного подогрел ее гнев — не знаю уж, успел ты заметить или нет, что первые, самые свирепые, валы вспенивались могучими белыми всадниками, а за конницей, подгоняемые ревущими волнами, катились огромные серые валуны. Когда я увидел силу разлива, мне показалось, что мы переусердствовали и не сможем обуздать водяное воинство, но все обошлось: вас река не тронула.

— Да-да, припоминаю, — проговорил Фродо, — я услышал страшный грохочущий рев и решил, что нам всем суждено утонуть — и мне, и Всадникам, и моим друзьям. Зато теперь нам ничто не угрожает!

Гэндальф остро глянул на Фродо, но тот уже умолк и закрыл глаза.

— Ты прав, — сказал маг, — нам ничто не угрожает... пока. Как только ты встанешь на ноги, мы пышно отпразднуем победу у Переправы, и праздник будет посвящен вам — тебе, Арагорну и твоим спутникам.

— Неужели нам? — изумился Фродо. — Знаешь, меня до сих пор поражает, что о нас позаботились Всеславур и Элронд — причем, похоже, без всякой причины.

— Ну, причина-то у них была, и, сказать по правде, даже не одна, — с легкой улыбкой возразил Гэндальф. — Во-первых, я попросил их об этом. Во-вторых, тебе доверено Кольцо. В-третьих, ты родственник и наследник Бильбо, а он вытащил Кольцо на свет.

— Милый Бильбо! Где-то он сейчас? — сонным голосом пробормотал Фродо. — Вот бы рассказать ему о наших неурядицах, они бы наверняка его позабавили... — С этими словами Фродо уснул.

Итак, Фродо благополучно добрался до Последней Светлой Обители на востоке. В этой Обители, как говаривал Бильбо, было приятно и есть, и спать, и рассказывать о своих недавних приключениях, и петь песни, и читать стихи, или размышлять, сидя у камина, или ровно ничего не делать. Если кто-нибудь туда попадает, рассказывал Бильбо друзьям в Хоббитании, он мигом вылечивается от усталости и тоски, от забот, страхов и всех болезней.

Под вечер, когда Фродо проснулся снова, он почувствовал себя совершенно здоровым и понял, что ему очень хочется есть, а может быть, выпить бокал вина, чтобы потом почитать стихи, или попеть веселые песни, или рассказать о своем путешествии. Он откинул одеяло, соскочил на пол и с радостью ощутил, что его левая рука действует почти так же хорошо, как раньше. У кровати на стуле лежала одежда — ее, видно, сшили, пока он спал, и она пришлась ему как раз впору. Одеваясь, он глянул на себя в зеркало и с удивлением обнаружил, что очень исхудал: он опять напоминал того юного Фродо, которого некогда приютил Бильбо; но глаза, смотревшие на него из зеркала, были глазами зрелого хоббита.

— Да, кое-что ты повидал с тех пор, как глядел на меня из зеркала в Хоббитании, — сказал Фродо своему двойнику. — А теперь посмотри-ка на здешний праздник! — Он раскинул руки и сладко потянулся.

В это время кто-то постучал в дверь, и на пороге комнаты появился Сэм. С радостной улыбкой он подошел к Фродо, бережно погладил его левую руку, а потом смущенно отвернулся в сторону.

— Здравствуй, Сэм, — проговорил Фродо.

— Вишь ты — теплая! — воскликнул Сэм. — Это я про вашу левую руку. Ведь она была у вас ледышка ледышкой: мало что холодная, так еще и прозрачная. Ну да теперь уже все позади! Гэндальф послал меня, чтобы я у вас спросил, готовы ли вы к сегодняшнему празднику... Мне подумалось, что он надо мной насмехается.

— Вполне готов, — сказал ему Фродо. — И мне не терпится повидать друзей.

— Я отведу вас, — предложил Сэм. — Ведь этот замок — огромный и удивительный. Кажется, ты все уже здесь разведал, а потом сворачиваешь в какой-нибудь закоулок и находишь кучу новых неожиданностей. А эльфы-то, эльфы! Ведь они тут хозяева, куда ни пойдешь, везде их встречаешь! Одни — как короли, прекрасные и строгие, так что на них даже боязно глядеть. Зато другие — ну чистые дети! И всюду музыка, всюду песни... Я тут, конечно, не совсем освоился — у меня и времени было маловато, да и храбрости, по правде-то сказать, не хватало...

— Я знаю, почему у тебя не было времени, — с благодарностью в голосе перебил его Фродо. — Зато уж сегодня мы всласть повеселимся! Идем, покажи мне здешние «закоулки».

Они миновали множество переходов, спустились по нескольким пологим лестницам и вышли в огромный тенистый парк, разбитый на высоком берегу реки. И здесь, у восточного торца дома, на просторной веранде, обращенной к востоку, Фродо увидел своих друзей. В долине за рекой уже сгущались сумерки, но далекие пики восточных гор еще освещало заходящее солнце. Предвечерний сумрак был прозрачным и теплым, звучно шумел отдаленный водопад, а воздух был напоен ароматом цветов, запахом трав и свежей листвы, как будто здесь, в парке у Элронда, остановилось на отдых отступающее лето.

— Ур-р-р-ра! — вскакивая, закричал Пин. — Вот он наш благородный родич! Да здравствует Фродо — Властелин Кольца!

— Уймись! — резко оборвал его Гэндальф, сидевший в глубине затененной веранды, так что Фродо не сразу его заметил. — Эта долина недоступна для зла — и все же не следует его сюда призывать. Властелином Колец величают не Фродо, а хозяина Черного Замка в Мордоре — его тень снова простерлась над миром. Мы-то укрылись в надежной крепости. Но и вокруг нее уже сгущается мрак.

— Ну, началось, — пробурчал Пин. И потом, обращаясь к Фродо, добавил: — Так вот он нас беспрестанно и утешает. Я знаю, что нам всем надо быть начеку. Но в этом доме почти невозможно думать о мрачном или грустном. Мне тут все время хочется петь — только не знаю я подходящей песни.

— Да и у меня тоже песенное настроение, — радостно рассмеявшись, заметил Фродо. — Но сначала мне хочется поесть и выпить.

— С этим здесь просто, — сказал ему Пин. — Тем более что тебе не изменил твой нюх: ты сумел проснуться как раз к обеду.

— Не к обеду, а к пиршеству, — поправил его Мерри. — Едва только Гэндальф торжественно объявил, что ты выздоравливаешь, началась подготовка — я думаю, нас ждет роскошный пир. — Не успел он договорить, как зазвонили колокольчики, сзывающие гостей к праздничному столу.

Гости собрались в Трапезном зале, уставленном рядами длинных столов. Элронд сел во главе стола, стоявшего отдельно от остальных, на возвышении, а возле хозяина, лицом друг к другу, привычно расположились Всеславур и Гэндальф.

Фродо смотрел на них — и не мог насмотреться: ведь Элронда, героя бесчисленных легенд, он видел впервые, а Всеславур и Гэндальф — даже Гэндальф, которого он вроде бы знал, — обрели рядом с Элрондом свой подлинный облик, облик непобедимых и достославных витязей.

Ростом Гэндальф был ниже, чем эльфы, но белая борода, серебристые волосы, широкие плечи и благородная осанка придавали ему истинно королевский вид; а его зоркие глаза под снежными бровями напоминали приугасшие до времени угольки... но они могли вспыхнуть в любое мгновение ослепительным — если не испепеляющим — пламенем.

Всеславур — могучий, высокий и статный, с волосами, отливающими огненным золотом, — казался юным, но спокойно-мудрым, а глаза его светились решительной отвагой.

По лицу Элронда возраст не угадывался: оно, вероятно, казалось бы молодым, если б на нем не отпечатался опыт бесчисленных — и радостных, и горестных — событий. На его густых пепельных волосах неярко мерцала серебряная корона, а в серых, словно светлые сумерки, глазах трепетали неуловимо проблескивающие искры. Он выглядел мудрым, как древний властитель, и могучим, как зрелый, опытный воин. Да он и был воином-властителем, этот исконный Владыка Раздола.

Напротив Элронда, в кресле под балдахином, сидела прекрасная, словно фея, гостья, но в чертах ее лица, женственных и нежных, повторялся или, вернее, угадывался мужественный облик хозяина дома, и, вглядевшись внимательней, Фродо понял, что она не гостья, а родственница Элронда. Была ли она юной? И да, и нет. Изморозь седины не серебрила ее волосы, и лицо у нее было юношески свежим, как будто она только что умылась росой, и чистым блеском предрассветных звезд лучились ее светло-серые глаза, но в них таилась зрелая мудрость, которую дает только жизненный опыт, только опыт прожитых на земле лет. В ее невысокой серебряной диадеме мягко светились круглые жемчужины, а по вороту серого, без украшений, платья тянулась чуть заметная гирлянда из листьев, вышитых тонкой серебряной нитью.

Это была дочь Элронда, Арвен, которую видели немногие смертные, — в ней, как говорила народная молва, на Землю возвратилась красота Лучиэнь, а эльфы дали ей имя Андомиэль: для них она была Вечерней Звездой. Андомиэль недавно вернулась из Лориэна — там, за горами, в лесной долине, жила ее родня по материнской линии. А сыновья Элронда, Элладан и Элроир, странствовали где-то далеко на севере, потому что поклялись отомстить мучителям матери, северным оркам.

Красота Андомиэль ошеломила Фродо — он с трудом верил, что живое существо может быть таким ослепительно красивым, а узнав, что ему приготовлено место за столом Элронда, он почти испугался: его всполошила столь высокая честь. В особом кресле с несколькими подушками он был не ниже других гостей, но самому-то себе он казался крохотным и недостойным своих замечательных сотрапезников. Однако это чувство вскоре прошло. За столом царило непринужденное веселье, а обильная и поразительно вкусная еда была под стать его аппетиту, так что он смотрел главным образом в тарелку.

Но, утолив первый голод, он поднял голову, отыскивая взглядом своих друзей. Они сидели за соседним столом — и его верный Сэм, и Пин, и Мерри. Фродо вспомнил, как Сэма убеждали, что здесь он не слуга, а почетный гость, — он хотел прислуживать Фродо за столом. Однако Бродяжника Фродо не увидел.

Справа от Фродо восседал гном — необычайно важный и богато одетый. Его раздвоенная седая борода ниспадала на ослепительно белый камзол, закрывая пряжку серебряного пояса. В массивную золотую цепочку-ожерелье были вправлены ярко сверкающие бриллианты. Заметив, что Фродо на него смотрит, гном повернулся к нему и сказал:

— Здравствуй и процветай, уважаемый хоббит! — Он встал с кресла и, поклонившись, добавил: — Гном Глоин. Готов к услугам. — А потом отвесил еще один поклон.

Фродо удивился, однако не растерялся. Он встал и, не обратив ни малейшего внимания на посыпавшиеся с кресла подушки, ответил:

— Фродо Торбинс. Готов служить — и тебе, и твоим уважаемым родичам. — Он поклонился гному и с интересом спросил: — Скажи, пожалуйста, *ты тот самый Глоин* — спутник знаменитого Торина Дубощита?

320

— Совершенно верно, — подтвердил гном. Он поднял с пола упавшие подушки и помог Фродо забраться в кресло. — Тебе я подобного вопроса не задаю, — с церемонной учтивостью заметил он, — мне уже сообщили, что ты родственник и наследник всеми почитаемого Бильбо Торбинса. Поздравляю тебя с прибытием в Раздол!

— Спасибо, — искренне поблагодарил его Фродо.

— Я слышал, что тебе и всем твоим спутникам встретились в пути странные испытания... Странные и страшные, — поправился гном. — Хотел бы я знать, что могло заставить четверых — не одного, как когда-то Бильбо, а четверых хоббитов отправиться в путешествие! Впрочем, может быть, я слишком назойлив? Элронд и Гэндальф дали мне понять, что они не желают об этом распространяться.

— Их мудрость не вызывает у меня сомнений, — осторожно, но вежливо ответил Фродо. Он решил, что даже в гостях у Элронда о Кольце следует говорить с осторожностью; да ему и не хотелось о нем говорить. — Должен сознаться, — добавил он, — что мне в свою очередь не терпится узнать, зачем это всеми уважаемый гном пустился в долгое и опасное путешествие, покинув свой замок в Подгорном Царстве.

— Мудрость Элронда и Гэндальфа несомненна, — тонко усмехнувшись, заметил Глоин. — Они намерены собрать Совет, и на нем, я думаю, мы многое узнаем. А сейчас... — Глоин опять усмехнулся, — ...не поговорить ли нам о чем-нибудь другом?

Они понимающе посмотрели друг на друга и завели разговор об их родных местах, который не иссяк до конца застолья. Вернее, говорил главным образом Глоин, потому что Хоббитанию, как считал Фродо, серьезные происшествия обходили стороной (он твердо решил не упоминать о Кольце), а гному было что порассказать про последние события на севере Глухоманья. Он поведал Фродо, что владыкой земель, лежащих между Мглистыми горами и Лихолесьем, стал теперь Гримбеорн, сын Беорна, и границы его обширных владений не смеют нарушать ни орки, ни волколаки.

— Я уверен, — оживленно рассказывал Глоин, — что по старой дороге из Дола в Раздол можно путешествовать без опаски только благодаря воинам Гримбеорна. Они охраняют Горный Перевал и Брод у Крутня... Но их пошлины высоки, и они по-прежнему не жалуют гномов, — покачав головой, добавил Глоин. — Зато в них нет ни капли вероломства, а это сегодня многого стоит. Но лучше всего к нам относятся люди, основавшие в Доле Приозерное королевство. Сейчас там правит внук Барда Лучника, старший сын Беина, король Бранд. Он искусный правитель, и его королевство простирается далеко к югу и востоку от Эсгарота на Долгом озере.

— А как твой народ? — спросил его Фродо.

— У нас произошло множество событий, — ответил Глоин, — и хороших, и плохих. Но хороших, пожалуй, все-таки больше: нам до сих пор постоянно везло. Хотя и мы, разумеется, ощущаем черное дыхание зловещей тучи, нависшей над всем Средиземным миром. Если хочешь, я расскажу тебе про нас поподробней. Но как только устанешь, сразу же оборви меня. На гнома, говорят, не найдешь угомона, когда он растолкуется про свою кузницу.

И Глоин начал подробный рассказ о судьбе Подгорного Царства гномов. Он встретил внимательного и чуткого слушателя: Фродо не прерывал его, не показывал что устал, ни разу не попытался заговорить сам, хотя уже через четверть часа перестал улавливать смысл рассказа, потерявшись среди многих странных имен и земель, о которых он и слыхом не слыхивал. Его, правда, порадовала весть о Даине — тот по-прежнему правил Подгорным Цар-

ством. Ему шел двести пятьдесят первый год, он пользо-
вался всеобщим уважением и любовью, а богатства гномов постоянно приумножались. Из десяти участников его
похода, сражавшихся в Битве Пяти Воинств у Одинокой,
семеро жили в Подгорном Царстве: Двалин, Глоин, Дори,
Нори, Бифур, Бофур и толстяк Бомбур. Бомбур стал теперь таким толстым, что не может перебраться с дивана
за стол — перед трапезой шестеро молодых гномов поды-
мают его и несут к столу.

— А что случилось с тремя остальными — Оином, Ори
и Балином? — спросил Фродо.

— Сгинули. — Лицо Глоина омрачилось. — Но мне не
хочется про это вспоминать. Давай поговорим о чем-нибудь веселом... — И Глоин пустился в описание ремесел,
которыми по праву гордятся гномы: — У нас есть на редкость искусные мастера. Но наши оружейники уступают
древним. Многие старинные секреты утеряны. Оружие и
доспехи, сработанные гномами, до сих пор славятся на все
Средиземье, однако до захвата Горы драконом щиты и
кольчуги получались прочнее, а мечи и кинжалы — ост-
рей, чем сейчас. Зато в добыче даров земли и строитель-
стве мы превзошли наших предков. Посмотрел бы ты на
наши каналы и мощенные цветными плитами дороги, на
туннели-улицы с каменными деревьями, проложенные
внутри Одинокой горы, или сторожевые и дозорные башни, возведенные снаружи, на ее склонах! Тогда бы ты смог
воочию убедиться, что в Подгорном Царстве времени не
теряли.

— Я обязательно к вам наведаюсь... если удастся, — пообещал Фродо. — Представляю, как изумился бы Бильбо, если б увидел все эти перемены!

— Ты его, наверно, очень любил? — полуутвердитель-
но заметил Глоин и, посмотрев на Фродо, лукаво улыбнулся.

— Еще бы! — пылко воскликнул хоббит. — Да за одну, пусть даже мимолетную, встречу с ним я отдал бы все чудеса на свете!

Между тем обед подошел к концу. Элронд и Арвен, встав из-за стола, направились к выходу из Трапезного зала, а за ними чинно последовали гости. Они миновали широкий коридор и вступили за хозяевами в следующий зал, освещенный пламенем пылающего камина. Фродо осмотрелся и подошел к Гэндальфу.

— Эльфы называют этот зал Каминным, — негромко сказал ему старый маг. — Сейчас ты услышишь множество песен и занимательных историй... если не уснешь: здешняя обстановка хорошо убаюкивает. В камине тут всегда поддерживают огонь, он и обогревает и освещает этот зал, но по будним дням зал обычно пустует — сюда приходят лишь очень немногие, чтобы отдохнуть и поразмышлять в тишине.

Когда Элронд занял свое обычное место, эльфы-менестрели начали петь, мелодично аккомпанируя себе на лютнях. Зал постепенно наполнялся гостями, и Фродо, радостно оглядываясь вокруг, видел удивительно разные от природы, но одинаково веселые и оживленные лица, на которых золотились отсветы пламени, ярко полыхавшего в огромном камине. Рядом с камином, у резной колонны, Фродо заметил одинокую фигурку и сочувственно подумал, что видит больного: тот сидел, опустив голову на грудь, так что его лица Фродо не разглядел, а рядом стояла чашечка для воды и лежал недоеденный ломтик хлеба. Бедный, он не смог пойти на пиршество, подумал Фродо... но разве здесь болеют?

Вскоре лютни менестрелей умолкли, а Элронд встал и приблизился к камину.

— Пробудись, мой маленький друг, — сказал он. Потом обернулся к Фродо и добавил: — Приготовься. Мне кажется, наступает мгновение, о котором ты уже давно мечтаешь.

Тот, кто сидел у камина, пошевелился и, подняв голову, посмотрел на гостей.

— Бильбо! — радостно вскричал Фродо.

— Здравствуй, малыш, — отозвался Бильбо. — Я знал, что ты сможешь пробраться в Раздол. Сегодняшний праздник посвящен тебе — и ты вполне заслужил эту честь. Надеюсь, тебе понравился обед?

— Конечно, понравился! — воскликнул Фродо — Но скажи — почему же ты-то не пришел? И почему я тебя до сих пор не видел?

— Потому что ты спал, — ответил Бильбо. — А я навещал тебя каждый день и сидел с Сэмом у твоей постели. Что же до праздника, то последнее время я редко принимаю участие в пирах — у меня есть много дел поважнее.

— А что ты делаешь?

— Сижу и размышляю. Это чрезвычайно важное дело. Я давно заметил, что Каминный зал — наилучшее в мире место для размышлений... Если тебя от них не пробуждают, — добавил он, покосившись на Элронда, и глаза у него были вовсе не заспанные. — «Пробудись!..» Я не спал, уважаемый Элронд. Вы слишком быстро закончили пир и оторвали меня от важнейших раздумий: когда вы пришли, я сочинял песню и напряженно обдумывал последние строки — они у меня почему-то не складывались, а теперь уж, наверно, никогда и не сложатся. Пение эльфов настолько прекрасно, что я забываю о собственных песнях. У меня осталась одна надежда — на помощь Дунадана. А кстати, где он?

— Мы обязательно его отыщем, — с улыбкой пообещал хоббиту Элронд. — Вы уединитесь где-нибудь в уголке, и

ты завершишь свои важнейшие раздумья, а потом споешь
нам новую песню, чтобы мы могли сравнить ее с наши
ми. — Элронд распорядился найти Дунадана, хотя никто
не понимал, где он и почему его не было на праздничном
обеде.

Фродо подсел к своему старшему другу, а около ни
пристроился Сэм. Они принялись оживленно болтать, н
обращая внимания на праздничный гомон и удивитель
но мелодичные песни эльфов. Но у Бильбо было не мно
го новостей. Он ушел из Хоббитании куда глаза глядят,
оказалось, что они глядят в Раздол: ему хотелось жит
среди эльфов.

— Я добрался сюда без всяких приключений, — рас
сказывал он, — и, немного отдохнув, отправился навес
тить своих друзей гномов. Это было мое последнее путе
шествие. Старина Балин куда-то сгинул, и я пожалел, чт
явился к гномам. Меня опять потянуло в Раздол, и, вер
нувшись, я обосновался здесь. Ведь надо же мне написат
мою Книгу! Ну и порой я сочиняю песни, а эльфы изред
ка их поют — только чтоб доставить мне удовольствие
песни эльфов гораздо лучше. Я часто сижу в Каминном
зале и размышляю о мире, о нашем времени... Но, знаешь
время здесь вроде бы не движется, как будто оно не влас
тно над эльфами...

В Раздол стекаются все важные новости, но я ничег
не слышал о Хоббитании — только последние вести пр
Кольцо. Гэндальф часто бывал в Раздоле, однако от нег
не много узнаешь: он стал даже более скрытным, чем рань
ше. Правда, кое-что мне рассказывал Дунадан. Трудн
поверить, что мое Кольцо принесло в Средиземье столькс
тревог! И Гэндальф так поздно его разгадал... ведь я мо
доставить Кольцо к эльфам без всяких затруднений мно
го лет назад. Мне приходила мысль вернуться за ним, н

я уже старый, и меня не пустили. Элронд с Гэндальфом твердо уверены, что Враг повсюду меня разыскивал.

Я помню, Гэндальф мне как-то сказал: «У Кольца теперь новый хранитель, Бильбо. И если оно возвратится к тебе, нам не избежать величайших бедствий». Гэндальф часто говорит загадками. Но он сказал, что позаботится о тебе, и я положился на его обещание. И вот ты тут, живой и здоровый... — Бильбо вдруг странно посмотрел на Фродо. — Оно у тебя? — спросил он шепотом. — Знаешь, после стольких поразительных событий мне хочется еще раз на него взглянуть.

— У меня, — помедлив, ответил Фродо. Ему — он и сам не понимал отчего — очень не хотелось вынимать Кольцо. — Оно осталось таким же, как было, — отвернувшись от друга, добавил он.

— А мне все же хочется на него посмотреть!

Днем, когда Фродо окончательно проснулся, он нащупал Кольцо у себя на груди, — видимо, кто-то, пока он спал, вынул Кольцо у него из кармана и повесил на цепочке ему на шею. Цепочка была очень тонкой, но прочной... Фродо неохотно вытащил Кольцо. Но едва Бильбо протянул к нему руку, Фродо испуганно и злобно отшатнулся. С неприязненным изумлением он внезапно заметил, что его друг Бильбо куда-то исчез: перед ним сидел сморщенный карлик, глаза у карлика алчно блестели, а костлявые руки жадно дрожали. Ему захотелось ударить самозванца.

Мелодичная музыка вдруг взвизгнула и заглохла — у Фродо в ушах тяжко стучала кровь. Бильбо глянул на его лицо и судорожно прикрыл глаза рукой.

— Теперь я понимаю, — прошептал он. — Спрячь Кольцо и, если можешь, прости меня. Прости меня за это тяжкое бремя. Прости за все, что тебе предстоит... Неужели злоключения никогда не кончаются? Неужели любую начавшуюся историю кто-то обязательно должен продолжить? Видимо, так. А моя Книга? Вряд ли мне ее суждено закончить... Но давай не будем друг друга мучить. Расскажи мне, пожалуйста, про нашу Хоббитанию — ни о чем ином я не хочу сейчас думать!

Фродо с облегчением спрятал Кольцо. Перед ним снова сидел его друг, звонко и мелодично звучали лютни, а на лицах приятных и милых гостей играли веселые блики огня. Бильбо завороженно слушал Фродо: любые вести из родной Хоббитании, будь то вновь посаженное дерево или проказа малолетнего сорванца, доставляли ему огромное удовольствие. Увлеченные жизнью Четырех уделов, хоббиты не увидели рослого человека в просторном темно-зеленом плаще, который неслышно приблизился к ним и долго смотрел на них с доброй улыбкой. Наконец Бильбо заметил пришельца.

— А вот и Дунадан, — сказал он племяннику.

— Бродяжник! — удивленно воскликнул Фродо. — У тебя, оказывается, много имен!

— Этого имени я не слышал, — вмешался Бильбо. — Почему Бродяжник?

— Потому что так меня прозвали пригоряне, — невесело усмехнувшись, ответил Арагорн. — Мы ведь познакомились с Фродо в Пригорье.

— А почему Дунадан? — спросил их Фродо.

— Так величают Арагорна эльфы, — объяснил ему Бильбо. — Ты забыл их язык? Ну-ка, припомни мои уроки: *дунадан* — Западный Рыцарь. Впрочем, сейчас не время для уроков. — Бильбо опять посмотрел на Арагорна. — Где ты был, Дунадан? — спросил он его. — И почему это тебя не видели на пиру?

— Нам часто не хватает времени на радости, — серьезно ответил хоббиту Арагорн. — Неожиданно вернулись Элладан и Элроир. Мне надо было с ними поговорить — они привезли важные известия.

328

— Да-да, я понимаю, мой друг, — сказал Бильбо. — Но теперь, когда ты услышал их новости, у тебя найдется немного времени? Мне не обойтись без твоей помощи. Элронд сказал, что, завершая праздник, он хочет услышать мою новую песню, а я застрял на последних строчках. Давай отойдем куда-нибудь в уголок и попытаемся доработать мою песню вдвоем.

— Давай, — улыбаясь, согласился Арагорн.

Бильбо с Арагорном куда-то ушли, и Фродо остался совсем один, потому что Сэм тем временем уснул. Он чувствовал себя одиноким и заброшенным, хотя вокруг было много эльфов. Но они, не обращая на него внимания, отрешенно слушали песни менестрелей. Вскоре музыка ненадолго умолкла, а потом зазвучала новая песня, и тогда Фродо тоже стал слушать.

Поначалу красота старинной мелодии и музыка слов полузнакомого языка завораживали его, но смысла он не улавливал, хотя Бильбо, до ухода в Раздол, учил племянника языку эльфов. Ему казалось, что музыка и слова обретали очертания чужедальних земель, искрящиеся отблески каминного пламени сгущались в золотистый туман над Морем, вздыхающим где-то у края Мира, и завороженность Фродо преображалась в сон, и вокруг него вспенивались величавые волны никогда еще не виданных им сновидений.

А потом вдруг волны безмолвных сновидений снова обрели утраченный голос, и в звуках слов стал угадываться смысл, и Фродо понял, что слушает Бильбо, который декламировал напевные стихи:

> В Арверниэне свой корабль
> сооружал Эарендил;
> на Нимбретильских берегах
> он корабельный лес рубил;
> из шелкового серебра

соткал, сработал паруса
и серебристые огни
на прочных мачтах засветил;
а впереди, над рябью волн,
был лебедь гордый вознесен,
венчавший носовой отсек.

На запад отплывает он,
наследник первых королей,
в кольчуге светлой, со щитом,
завороженным от мечей
резною вязью древних рун;
в колчане — тяжесть черных стрел,
упруг и легок верный лук —
драконий выгнутый хребет, —
на поясе — заветный меч,
меч в халцедоновых ножнах,
на голове — высокий шлем,
украшенный пером орла,
и на груди — смарагд.

В Заморье от седых холмов
у кромки Торосистых льдов
Эарендил на юг поплыл,
в мерцанье северных светил;
но вот ночные небеса
перечеркнула полоса
пустынных, мертвых берегов,
проглоченных Бездонной Мглой,
и он свернул назад, домой,
теснимый яростью ветров
и непроглядной тьмой.

Тогда, раскинув два крыла,
к Эарендилу на корабль
спустилась Элвин и зажгла
на влажном шлеме у него
живой светильник, Сильмарилл,
из ожерелья своего.
И вновь свернул Эарендил
на запад солнца; грозный шторм
погнал корабль в Валинор,
и он пробился, он проник

в иной, запретный смертный мир —
бесцветный, гиблый с давних пор, —
по проклятым морям.

Сквозь вечно сумеречный мир,
сквозь вздыбленное буйство лиг
неисчислимых, над страной,
схороненной морской волной
в эпоху Предначальных Дней,
Эарендил все дальше плыл
и вскоре смутно услыхал
обвал валов береговых,
дробящих в пене между скал
блеск самородков золотых
и самоцветов; а вдали,
за тусклой полосой земли,
вздымалась горная гряда
по пояс в блеклых облаках,
и дальше — Заокраинный Край,
Благословенная Страна,
и над каскадами долин —
цветущих, светлых — Илмарин,
неколебимый исполин,
а чуть пониже, отражен
в Миражном озере, как сон,
мерцал огнями Тирион,
эльфийский давний бастион,
их изначальный дом.

Оставив свой корабль у скал,
поднялся он на перевал
и неожиданно попал
в Благословенный Край,
где правит с Предначальных Лет
один король — король навек —
и где по-прежнему живет,
не зная ни забот, ни бед,
Бессмертных род — живой народ
из мифов и легенд.

Пришелец был переодет
в одежды эльфов, белый цвет
искрился на его плечах,

а эльфы, снявши свой запрет,
поведали ему — в словах
и недоступных всем иным
виденьях — тайны старины,
преданья о былых мирах
и старины о том, как мрак
густел, но отступал в боях
перед Союзом Светлых Сил —
Бессмертных и людей.

Но даже здесь Эарендил
судьбы скитальца не избыл:
от Элберет он получил —
навечно — дивный Сильмарилл,
и два серебряных крыла
Владычица ему дала,
чтоб облететь по небу мир
за солнцем и луной.

И вот взлетел Эарендил,
навек покинув мир иной
за гордой горною грядой,
подпершей небеса.
Он устремляется домой —
рассветной искрой островной,
расцветившей перед зарей
туманный небосвод.

Пока была светла луна
и зажжена его звезда,
за много лет он много раз —
небесный страх вселенских тайн —
над Средиземьем пролетал,
где отзвуком былых веков
из Первой и Второй эпох
всегда звучал печальный стон
бессмертных дев и смертных жен.
И он не улетал домой:
он путеводною звездой
звал нуменорцев за собой,
указывая путь морской
в их отчие края.

332

На этом мелодическая декламация завершилась. Фродо открыл глаза и огляделся. В середине зала он увидел Бильбо. Улыбающиеся эльфы дружно аплодировали. Когда аплодисменты эльфов смолкли, один из них сказал:

— А теперь нам надо послушать твою песню еще раз.

— Спасибо, Линдир. — Бильбо встал и раскланялся. — Но это было бы слишком утомительно.

— Для тебя-то? — со смехом переспросили эльфы. — Ты ж никогда не утомляешься от чтенья своих стихов! А без повторного чтенья мы ничего не определим.

— Что-что? — вскричал Бильбо. — Вы не сможете отличить мою манеру от манеры Дунадана?

— Мы с трудом различаем творения смертных.

— Чепуха, Линдир, — вскинулся Бильбо. — Не верю я, что у вас такой грубый слух. Спутать творения человека и хоббита — все равно что не отличить яблоко от горошины!

— Возможно. И огороднику это было бы непростительно. Но у нас-то масса своих собственных дел, и сравнивать плоды земные нам недосуг.

— Не будем спорить, — отозвался Бильбо. — Меня почти усыпило столько пения и музыки. Я загадал вам загадку, а вы уж угадывайте... коли есть охота.

С этими словами он подошел к Фродо.

— Видимо, песня превзошла мои ожидания, — с невольной гордостью сказал он племяннику. — Они редко просят о повторном исполнении. Но, так или этак, свое я сделал. Ну а тебе удалось догадаться?

— Я даже и не пробовал, — улыбнулся Фродо.

— Да и незачем, — сказал Бильбо. — В песне все мое. Дунадан предложил мне только смарагд. Ему это почему-то показалось важно. А может, он решил, что я не справился с песней... или уж если взялся в доме у Элронда за создание песни про Эарендила, то это целиком и полностью мое дело. Ну, и тут он, пожалуй, прав.

— Видимо, так, — согласился Фродо. — Но я не смог оценить твою песню. Перед тем как ты начал петь, я уснул, и мне показалось, что это не песня, а просто продолжение моих сновидений. Я узнал твой голос только под конец.

— Да, для хоббита песни эльфов чересчур сладкозвучны, — согласился Бильбо. — Но, пожив среди них, к этому привыкаешь. Хотя я должен тебе сказать, что эльфы никогда не пресыщаются музыкой, как будто это хорошая еда. Знаешь, давай-ка уйдем отсюда, чтоб нам не мешали спокойно поговорить.

— А это не оскорбит их? — забеспокоился Фродо.

— Нисколько, — успокоил племянника Бильбо. — Здесь никого насильно не держат: приходи и уходи, когда пожелаешь, только не мешай радоваться другим.

Хоббиты встали и, стараясь не шуметь, начали пробираться к выходу из зала. Сэма они решили не будить — он спал с блаженной улыбкой на лице. У выхода Фродо грустно оглянулся, и, хотя его радовал предстоящий разговор, он понял, что не хочет отсюда уходить — здесь было удивительно спокойно и уютно. В это время послышалась новая песня:

> А Элберет Гилтониэль
> Сереврен ренна мириэль
> А мэрель эглер Элленас!
> На-кэард раллан дириэль
> А галадреммин эннорас,
> Фаруилос, ле линнатон
> Нэф аэр, си нэф азарон!

На пороге Фродо еще раз оглянулся. Элронд неподвижно сидел в своем кресле, и отблески огня, словно солнечные блики, золотили его спокойное лицо. Рядом с Эл-

334

рондом сидела Арвен, а возле нее стоял Арагорн, и это немного удивило Фродо. Под расстегнутым плащом с откинутым капюшоном на груди у Арагорна серебрилась звезда, оттененная тускло мерцающей кольчугой. Он о чем-то беседовал с Арвен, и в то мгновение, когда Фродо отворачивался, она посмотрела прямо на него — этот взгляд хоббит запомнил навеки. Он стоял, зачарованный взглядом Арвен, а слова песни, сливаясь с музыкой, звучали, как звонкое журчание родника...

— Пойдем, — нетерпеливо позвал его Бильбо. — Они будут петь еще очень долго, и после этой песни, про Эльберет, запоют о своей Благословенной Земле.

Хоббиты осторожно притворили дверь и отправились в маленькую комнатку Бильбо — из ее окна, обращенного к югу, открывался вид на реку Бруинен. Им не захотелось предаваться воспоминаниям, не захотелось думать о зловещей туче, медленно наползающей с юго-востока, — сидя у распахнутого настежь окна, они толковали о сегодняшних радостях: об эльфах и прекрасных парках Раздола, о звездах и деревьях и ласковой осени...

— Прошу прощения, — прервал их Сэм, постучавшись и заглядывая в комнату. — Я хотел спросить, не надо ли вам чего?

— А может, ты хотел напомнить нам с Фродо, что ему пора спать? — откликнулся Бильбо.

— Да что ж, вроде бы и правда пора, — смущенно, но твердо объявил Сэм. — Ведь завтра с самого утра Совет, а это после раны-то разве легко?

— Ты прав, — усмехнувшись, поддержал его Бильбо. — Можешь пойти и доложить Гэндальфу, что Фродо послушно отправился спать. Спокойной ночи, — сказал он племяннику. — Как же я рад, что мы снова увиделись! По-моему, ни одно существо на свете не может поддержать приятной беседы так же хорошо, как хоббит из Хоббитании. Но вскоре мы опять надолго расстанемся. И боюсь, что главы о твоем путешествии ты будешь вписывать в мою Книгу сам — за последнее время я здорово одряхлел. Приятных снов, мой милый малыш! А я немного прогуляюсь по парку — мне хочется взглянуть на созвездие Элберет.

Глава II
СОВЕТ

На другой день, проснувшись с рассветом, Фродо, превосходно отдохнувший и бодрый, решил прогуляться по берегу Бруинена. Когда он оделся и вышел в парк, из-за отдаленной горной гряды встало огромное, но неяркое солнце, в воздухе серебрились осенние паутинки, на листьях мерцали капельки росы, а над речкой таяла предрассветная дымка. Сэм молча шагал с ним рядом, радостно вдыхая росистый воздух и удивленно разглядывая далекие горы, покрытые сверкающими снежными шапками.

За крутым поворотом извилистой дорожки они увидели Бильбо и Гэндальфа — те сидели на низкой каменной скамейке, искусно вырубленной в прибрежном утесе, и беседовали. Бильбо приветственно улыбнулся.

— Доброе утро, — сказал он хоббитам. — Совет, я думаю, скоро начнется.

— Скоро? Ты уверен? — спросил его Фродо. — А я надеялся немного погулять. Меня так и манит тот сосновый лес! — Фродо кивнул в сторону бора, черневшего на северном склоне долины.

— Погуляешь, если еще не стемнеет, после Совета, — сказал ему Гэндальф. — Но я не стал бы загадывать вперед. Нам нужно многое сегодня обсудить.

Вскоре в Замке прозвенел колокол.

— Элронд созывает участников Совета, — подымаясь со скамьи, проговорил Гэндальф. — Вы оба приглашены, и Бильбо и Фродо. Опаздывать здесь не принято, пойдемте.

Маг зашагал по дорожке к дому, Бильбо и Фродо двинулись за ним, а забытый и немного обиженный Сэм, что-то бормоча, поплелся сзади. Гэндальф подошел к той самой веранде, где накануне Фродо встретился с друзьями. Подымаясь по лестнице, Фродо оглянулся. Солнечное утро разгоралось в день, под берегом мирно шумела река, небо звенело птичьими трелями, и Фродо показалось, что его злоключения, так же как разговоры о грозной туче, встающей над миром, приснились ему — слишком спокойным, ясным и ласковым было это осеннее утро; но, переступив порог Зала совещаний, хоббит обнаружил, что лица гостей, которых Элронд пригласил на Совет, были необычайно тревожными и сумрачными.

Первым Фродо увидел Элронда, потом заметил Всеславура и Глоина, а в углу, хмурясь, сидел Арагорн, и на нем был выцветший походный плащ. Остальных собравшихся Фродо не знал. Элронд посадил его возле себя, оглядел молчаливых гостей и сказал:

— Позвольте представить вам хоббита Фродо, племянника Бильбо из далекой Хоббитании. Нелегким и опасным был его путь, а в Раздол ему пришлось прорываться с боем.

Потом Элронд назвал гостей, которых Фродо видел впервые. В зале сидел сын Глоина, Гимли; эльф Гэлдор из селения Серебристая Гавань, посланный в Раздол Сэрданом Корабелом; эльф Леголас, сын Трандуила, короля эльфов Северного Лихолесья; несколько эльфов — советников Элронда во главе со старшим советником Эрестором. А немного поодаль от остальных сидел высокий темноволосый человек с жестким взглядом светло-серых глаз на красивом, благородном и мужественном лице.

Его давно не стриженные волосы беспорядочными кудрями ниспадали на плечи, прикрывая тонкое серебряное ожерелье с бледно-перламутровым самоцветом впереди; через плечо у него была перекинута перевязь с охотничьим рогом, оправленным в серебро; а его дорогая и богатая одежда — он был одет для путешествия верхом, — посеревшая от пыли, заляпанная грязью и залоснившаяся до блеска от конского пота, говорила о долгих и трудных странствиях. Он с удивлением смотрел на Фродо и Бильбо.

— А это Боромир, — представил его Элронд, — посланник людей, живущих на юге. Он прибыл лишь сегодня утром, и я разрешил ему участвовать в Совете, потому что беды его народа связаны с общей бедой Средиземья.

Не все, что обсуждалось на Совете Элронда, надобно пересказывать в нашей истории. Сначала речь шла про Окраинные земли, о которых Фродо ничего не знал, а поэтому рассеянно слушал говоривших; но когда слово предоставили Глоину, хоббиту сразу же стало интересно — ведь с подданными Даина дружил Бильбо. Оказалось, что гномы Подгорного Царства давно уже ощущают смутную тревогу.

— Много лет назад, — рассказывал Глоин, — нас обуяла тяга к переменам. Все началось незаметно, исподволь. Некоторые гномы почему-то решили, что нам стало тесно в Одинокой горе, что не худо бы найти пристанище попросторней. Пошли разговоры про Морийское царство — или, на языке гномов, Казад-Дум, — созданное трудами наших отцов. Многие утверждали, что настало время вернуться в наши исконные владения.

Мория!.. — Глоин грустно вздохнул. — Мечта гномов Северного мира! Наши предки стремились к богатству и славе — они вгрызались в горные недра, добывая драгоценные камни и металлы, пока не выпустили на поверхность земли замурованный в огненных безднах Ужас. Гномам пришлось бежать из Мории, но они постоянно вспоминали о ней — со страхом и тайной надеждой вернуться. Однако поколения сменялись поколениями, и ни один гном, кроме Трора с дружиной, не решился возвратиться на родину отцов — а Трор сгинул в Казад-Думе навеки. И вот туда отправился Балин. Король Даин не хотел его отпускать, но он ушел, сманив Ори с Оином и многих других отважных гномов.

Это было тридцать лет назад. Вначале Балину сопутствовала удача: присланный от него гонец рассказал, что они проникли в древнее царство и начали восстанавливать брошенные жилища. Но с тех пор никто не слышал о Балине...

Ну вот. А потом, около года назад, к Даину прибыл еще один гонец, да только не от Балина, а из далекого Мордора. Он явился ночью, на черном коне, и, вызвав Даина к Сторожевой Башне, надменно передал ему, что Саурон Великий — так назвал своего хозяина гонец — хочет заключить с гномами союз. Он обещал вернуть нам Магические Кольца, если мы расскажем ему про *хоббитов*. «Саурону Великому, — заключил гонец, — известно, что одного из них ты некогда знал».

Даин не сразу нашелся с ответом, и Сауронов гонец пренебрежительно добавил: «Могучий Властелин Саурон Великий полагает, что ты, в знак будущей дружбы, найдешь ему этого мелкого воришку — именно так выразился гонец — и попросишь, а если он не отдаст, то отнимешь Кольцо, которое он когда-то украл. Это кольцо ничего не стоит, — продолжал гонец, — но Саурон Великий хочет увериться в твоей дружбе на деле. Выполни поручение Великого Властелина, и он отдаст тебе три Кольца, принадлежавшие в древние времена гномам... да и Морийское царство станет твоим — Великий Властелин позаботится и об этом. А если ты не можешь одолеть хоббита, скажи хотя бы, где он живет, — и тебе обеспечена щедрая награда. Но страшись обмануть Саурона Великого!»

Последние слова гонец прошипел, как будто внезапно превратился в змею, так что воины, охранявшие Башню, содрогнулись. Однако Даин твердо сказал: «Я не могу дать тебе ответа сразу. Мне надо обдумать твои слова».

«Думай, но не трать слишком много времени», — с явной угрозой проговорил гонец.

«А разве я не властен над своим временем?» — не теряя достоинства, спросил Даин.

«Пока еще властен», — буркнул гонец и, не попрощавшись, скрылся во тьме.

С тех пор нас гложет мрачная тревога. Даже если б голос Сауронова гонца был сладким как мед, мы все равно бы встревожились: нам ясно, что любые предложения Саурона таят в себе угрозу и подлое вероломство. Мы знаем, что крепнущую мощь Мордора питают не выкорчеванные вовремя корни, а ее сущность остается прежней... Дважды возвращался гонец Саурона и дважды уезжал, не получив ответа. Он назначил нам последний, по его словам, срок — и явится за ответом в конце этого года.

Я пришел в Раздол предупредить Бильбо, что его упорно разыскивает Враг, и узнать, если Бильбо сам это знает, зачем Врагу понадобилось Кольцо, которое якобы ничего не стоит. И еще государь Даин наказал мне попросить совета у Владыки Раздола — ведь на нас надвигается Черная Тень. Совсем недавно нам стало известно, что к Бранду, правителю Приозерного королевства, тоже являлся гонец от Саурона, а у Бранда очень тяжелое положение. На восточных границах его владений того и гляди разразится война. Если гонцы не получат ответа, Саурон двинет свое Черное воинство и против Даина, и против Бранда — а тот боится надвигающейся войны и может подчиниться Черному Властелину.

— Ты пришел вовремя, — сказал ему Элронд. — На сегодняшнем Совете тебе станет ясно, *какое* кольцо разыскивает *Враг*. Ты поймешь, что у вас нет иного выхода, кроме битвы с Врагом не на жизнь, а на смерть — даже без надежды победить в этой битве. Враг у всего Средиземья один. А Кольцо... Вы сами призваны решить, что же нам делать с этим Кольцом, которое якобы ничего не стоит...

Я сказал *призваны*, — продолжал Элронд, — однако я не призывал вас в Раздол. Вы пришли сами, пришли одновременно — и вашу встречу не сочтешь случайной. Вы призваны разрешить смуту с Кольцом и окончательно решить судьбу Средиземья.

А поэтому мы откроем вам тайны Кольца, известные до сих пор лишь очень немногим. И прежде всего — историю Кольца. Я начну рассказ; закончат его другие.

Голос Элронда, спокойный и звучный, отчетливо слышали все приглашенные. Элронд рассказывал о Второй эпохе, когда были выкованы Магические Кольца, и о древнем Властелине Мордора, Сауроне. Отдельные части этой истории были знакомы многим гостям, но всю ее не знал до этого никто, и гости слушали, затаив дыхание, об эльфах-кузнецах, живших в Остранне, об их тесной дружбе с гномами-морийцами — так называли гномов из Мории, — о стремлении эльфов Остранны к знаниям и о том, как Саурон, прикинувшись другом, предложил им помощь, и они ее приняли, и достигли замечательной искусности в ремеслах, а Саурон выведал все их секреты и выковал на вершине Огненной горы, расположенной в Мордоре, Кольцо Всевластья для владычества над всеми остальными Кольцами. Но эльф Селебримбэр узнал об этом и спрятал три сделанных им Кольца, и началась кровопролитная, разорительная война, и ворота Морийского царства захлопнулись.

Элронд кратко рассказал гостям, как он следил за Кольцом Всевластья, но эта история всем известна, потому что он в свое время распорядился подробно записать ее в Летопись бытия, а значит, ее нет нужды пересказывать.

Потом Элронд поведал о Нуменоре, о том, как это государство погибло, и о том, как короли Большого Народа вернулись, возрожденные Морем, в Средиземье, о могучем короле Элендиле Высоком, о его сыновьях Исилдуре и Анарионе, основавших два могущественных княжества — Арнор на севере и Гондор на юге. Саурон пошел на князей войной, а они обратились за помощью к эльфам, и после переговоров был заключен Последний Союз Людей и Эльфов.

Элронд вздохнул и, помолчав, продолжил:

— Объединенная дружина Элендила и Гил-Гэлада собралась в Арноре для похода на Мордор, и я тогда подумал, что ее мощь и сила, ее гордые знамена и могучие витязи напоминают мне древнейшую — Первую — эпоху, Великую Соединенную Дружину, которая разгромила мрачный Тонгородрим, и эльфы решили, что разделались с Врагом, но вскоре поняли, что жестоко ошиблись...

— Напоминают? Тебе? — вслух спросил Фродо, ошеломленный последними словами Элронда. — А я всегда думал... — проговорил он с запинкой, смущенный тем, что Элронд умолк, — ...я думал... ведь Первая эпоха... она... Ведь она же кончилась давным-давно?

— Ты прав, — без улыбки сказал ему Элронд. — И однако я ее прекрасно помню...

Моим отцом был Эарендил, уроженец эльфийского царства Гондолин, а матерью — Элвин, дочка Диора, который был сыном Лучиэнь из Дориата. Я свидетель всех трех эпох Средиземья и участник бесчисленных битв рагом, кончавшихся страшными для нас поражениями ти поразительно бесплодными победами...

Я был глашатаем великого Гил-Гэлада и участвовал в тве у Ворот Мордора, которая завершилась разгромом рага, потому что копью Гил-Гэлада, Айглосу, так же как чу Элендила, Нарсилу, не нашлось равных во Вражьем инстве. Сражался я и на склонах Ородруина — или, в реводе, Огненной горы, — где погиб Гил-Гэлад и пал лендил, сломав свой меч о шлемы врагов, но и сам Сау- он был повержен Исилдуром, который завладел Коль- ом Всевластья.

— Так вот оно что! — вскричал Боромир. — Значит, ольцо Всевластья сохранилось? По нашим-то предани- м, оно исчезло, когда завершилась Вторая эпоха. А им, казывается, завладел Исилдур?

— Да, завладел, — подтвердил Элронд. — Хотя не дол- ен был этого делать. Кольцо следовало тогда же унич- ожить — в пламени Ородруина, где оно родилось. Но Силдур оставил Кольцо у себя. Видели это лишь мы с эрданом — все остальные воины погибли, — и мы попы- ались предостеречь Исилдура, но он не послушался на- его совета.

«Мой брат и отец погибли, — сказал он нам, — а Коль- о я добыл в честном поединке и возьму его на память о воих сородичах». Однако он не долго владел Кольцом: но превратилось в его проклятье, и ему еще повезло, что н просто погиб, а не сделался призраком Царства Тьмы.

Об этом знали только мы, северяне, да и то лишь не- ногие, — продолжал Элронд. — С Ирисной Низины, где ал Исилдур, вернулось всего-навсего три человека, и сре- и них Охтар, его оруженосец; он сберег сломанный меч лендила, которым Исилдур добыл Кольцо, и, возвратив- ись, отдал обломок Валендилу, сыну Исилдура, воспи- анному в Раздоле. Нарсил, а верней, два обломка Нар-

сила, потому что Меч пока не перекован и его былая сла
ва не восстановлена.

Я назвал победы над Врагом бесплодными? После
днюю лучше назвать неполной: Саурон был сломлен, н
ушел живым; Кольца он лишился, но оно сохранилос
Черный Замок в Мордоре сровняли с землей, но его фу
дамент остался цел, и, пока Кольцо Всевластья не уни
тожено, пока не выкорчеваны корни Зла, полная побед
над Врагом невозможна. Многие люди и многие эльф
сложили головы во время войны: Исилдур, Анарио
Элендил, Гил-Гэлад — великие витязи и все их воин
Тогдашний союз людей и эльфов наречен Последним н
для пышного названия: Смертных становится на Земл
все больше, но жизнь каждого человека сокращается,
Перворожденных остается все меньше, хотя над ними н
властно время, — наши пути постепенно расходятся, и м
уже с трудом понимаем друг друга.

Вскоре после битвы на Ирисной Низине княжеств
Арнор пришло в упадок, город Ануминас у озера Моро
обезлюдел, и его разрушило время, а потомки подданны
князя Валендила переселились в Форност на Северно
нагорье, но и этот город давно заброшен. Его именую
Форпостом Смерти, и люди опасаются туда забредати
потому что враги рассеяли арнорцев и от их когда-то не
приступных крепостей остались лишь поросшие полыны
курганы.

Гондорское княжество все еще не погибло; а сначал
подобно древнему Нуменору, оно неуклонно разрасталос
и крепло. Горделивые замки гондорских рыцарей, крепо
сти на суше и укрепленные порты славились далеко з
пределами княжества. Столица Гондора, Звездная Цита
дель — или, по-нуменорски, город Осгилиат — была по
строена в излучине Андуина. Там, на высоком берегу реки
в просторном саду Великого Князя посадили семечко Бе

лого Дерева, созревшее в дни Предначальной Эпохи на далеких землях Заокраинного Запада и некогда привезенное из-за Моря Исилдуром. Семя проросло и лет через двадцать превратилось в могучее, раскидистое дерево. К востоку от столицы, в Изгарных горах, возвышалась Крепость Восходящей Луны, или Минас-Итил по-нуменорски, а к западу, в Белых горах, — Минас-Анор, или Крепость Заходящего Солнца.

Но холодное дыхание всесильного времени притушило славу княжества Гондор. Одряхлело и засохло Белое Дерево, а князь Менельдил, сын Анариона, умер, не оставив сына-наследника, и род князей-нуменорцев угас. Потом стражей, охранявших Мордор, однажды ночью сморила дрема, и Темные Силы, вырвавшись на свободу, укрылись за высокими стенами Горгорота, а вскоре, тоже под покровом ночи, захватили Крепость Восходящей Луны и перебили все окрестное население, и Минас-Итил стал Минас-Моргулом, или Крепостью Темных Сил. Люди Гондора отступили на запад и засели в Крепости Заходящего Солнца, с грустью назвав ее Минас-Тиритом, что значит Крепость Последней Надежды. Между крепостями началась война, и город Осгилиат был разрушен до основания, и в его развалинах поселились тени, призрачные ночью и прозрачные днем.

Поколения приходили на смену поколениям, и война пожирала множество жизней, но Минас-Тирит продолжал бороться, и Враг не сумел прорваться за Андуин, и путь от Каменных Гигантов до Моря все еще считается сравнительно безопасным. Здесь мой рассказ подходит к концу: после того как погиб Исилдур, Кольцо Всевластья бесследно исчезло, и Три Кольца получили свободу. Однако сейчас они снова в опасности, ибо Кольцо Всевластья нашлось... но об этом вам поведают другие гости — я не участвовал в последних событиях.

Едва Элронд смолк, поднялся Боромир.

— Досточтимый Элронд, — проговорил он, — разреши мне дополнить твой рассказ про Гондор, ибо гондорцами я послан в Раздол, и гостям, конечно же, полезно узнать, от какой опасности мы их прикрываем.

Верьте, нуменорцы-южане не уничтожены и честь Гондорского княжества не забыта: мы одни заслоняем Запад от Моргула, сдерживая натиск Вражьего воинства. Подумайте, что ждет западные земли, если враги прорвутся за Андуин!

А это бедствие неотвратимо приближается. Силы Черного воинства растут. Роковая, а по-вашему, Огненная гора — проклятый Ородруин — снова дымится! Нас окружает Завеса Тьмы, ибо мощь Мордора многократно умножилась. Как только Враг возвратился в свой Замок, мы потеряли Итильские земли, лежащие на восточном берегу Андуина под охраной опорной крепости Итил. А летом нынешнего года, в июне, нас атаковала огромная армия, объединившая под черными знаменами Мордора неистовых вастаков с ордами хородримцев, и нам пришлось отступить к Реке. Но враги страшны нам не численным перевесом — им служат какие-то Темные Силы.

Они появляются как Черные Всадники, похожие на сгустки ночных теней, и, когда эти Всадники вступают в бой, их союзники сражаются словно одержимые, а наших воинов сковывает ужас, и они не могут справиться с конями, которые удирают бешеным галопом, едва появятся Черные Всадники. В последнем сражении на восточном берегу уцелело лишь несколько сотен гондорцев, и, отступая за реку, они разрушили мост — единственный мост в разоренном Осгилиате, — а отряд, который прикрывал отступление, был прижат к реке и безжалостно истреблен.

Спастись посчастливилось всего четверым: моему брату, мне — мы сражались в этом отряде, — да двум на редкость могучим воинам, сумевшим, как и мы, переплыть Андуин...

Теперь мы закрепились на западном берегу, и оседлать Реку враги не могут, а западные и северные наши соседи — те, что знают о разгоревшейся битве, — посылают нам слова горячей благодарности... но еще ни разу не прислали подкреплений, и, когда наш Властитель взывает о помощи, откликаются на призыв только мустангримцы.

И вот, в это тяжкое для гондорцев время я решил пробраться в далекий Раздол. Мне пришлось одолеть много сотен лиг по тайным и давно заброшенным тропам — сто десять дней я провел в пути. Но меня заботит не военный союз — мудрость Элронда вошла в поговорку, а нам очень нужен мудрый совет... совет и разгадка непонятных пророчеств. Дело в том, что накануне июньского нападения, после которого нас отбросили за Реку, моему брату и мне, обоим под утро приснились точь-в-точь одинаковые сны.

Нам снилось, что восточное небо потемнело и за гранью горизонта зарокотал гром, но на западе, в зареве заходящего солнца, еще яснее засияла голубизна и звонкий голос негромко проговорил:

Сломал свой верный меч Элендил,
В бою себя не щадя,
А Исилдур в том бою добыл
Проклятие для себя.
Но в Имладрисе скуют опять
Сломанный Меч вождя,
И невысоклик отважится взять
Проклятие на себя.

Мы с братом не поняли этих странных слов, а обратившись к нашему отцу, Денэтору — Верховному Властителю крепости Минас-Тирит и знатоку древнейших

347

преданий Средиземья, — узнали только, что в давние времена Имладрисом называлось поселение эльфов, основанное где-то далеко на севере легендарно мудрым Владыкою Элрондом. Народу Гондора грозит гибель, это понимает каждый из нас; и вот мой брат вбил себе в голову, что мы с ним видели пророческий сон, а поэтому должны разыскать Элронда и узнать смысл таинственных предсказаний. Но дорога на север трудна и опасна, ею давно уже никто не пользуется, а мне знакомы тайные тропы, и вместо брата отправился я. Неохотно отпускал меня в путь отец, долго блуждал я по северным землям, ибо многие слышали об Элронде Мудром, но мало кто знает, где он живет. Однако мне удалось отыскать дорогу, и я благополучно добрался до Имладриса.

— И здесь тебе откроется много тайн, — неторопливо поднявшись, сказал Арагорн. Он положил свой меч на стол перед Элрондом, и гости увидели, что он сломан пополам. — Вот он, Сломанный Меч вождя!

— Кто ты? И что тебя связывает с Гондором? — в крайнем изумлении спросил Боромир, окинув взглядом выцветший плащ и усталое, исхудавшее лицо дунаданца.

— Он Арагорн, сын Арахорна, — негромко ответил Боромиру Элронд, — отдаленный, но единственный и прямой наследник Исилдура, властителя крепости Итил. Дунаданцы-северяне, потомки нуменорцев, считают Арагорна своим вождем... но их, к несчастью, осталось немного.

— Значит, оно принадлежит тебе? — вскакивая на ноги, воскликнул Фродо — то ли облегченно, то ли с испугом.

— Оно принадлежит не тебе и не мне, — спокойно, но веско сказал Арагорн. — А сейчас — так уж решила судьба — именно ты назначен его Хранителем.

— Время настало. Покажи Кольцо, — проговорил Гэндальф, обращаясь к Фродо. — Пусть Боромир убедится воочию, что его сон оказался вещим!

В зале воцарилась мертвая тишина; все напряженно смотрели на Фродо; а он, растерянный и странно испуганный, чувствовал, что не хочет показывать Кольцо, ему даже дотронуться до него было трудно. Но он сумел себя превозмочь и дрожащей рукой вытащил Кольцо. Оно — то мерцающее, то ярко взблескивающее — приковало взгляды всех собравшихся в зале.

— Вот оно, Проклятье Исилдура, — сказал Элронд.

— Невысоклик! — ошарашенно пробормотал Боромир, глядя сверкающими глазами на Фродо, который поднял руку с Кольцом. — Так, значит, пробил последний час Последней Надежды гондорского народа? Но тогда зачем нам Сломанный Меч?

— Ты не понял: сказано *пробил час*, но не сказано *последний час Минас-Тирита*, — спокойно объяснил Боромиру Арагорн. — Но роковой час в самом деле пробил, и он призывает нас к великим делам. Сломанный Меч принадлежал Элендилу, и его потомки сберегли этот Меч — хотя ничего другого не сохранили, — ибо в древности арнорцам было предречено, что, когда отыщется Проклятье Исилдура, меч его отца сумеют восстановить и он превратится в проклятье для врагов. Так хочешь ли ты, чтоб наследник Элендила поспешил на помощь гондорским воинам?

— Я пришел просить совета, а не помощи, — гордо ответил Боромир Арагорну. — Но на Гондор обрушились тяжкие испытания, и не нам отказываться от меча Элендила... если то, что некогда кануло в прошлое, и правда может возвратиться на землю, — с явным недоверием добавил гондорец.

Фродо почувствовал, что Бильбо злится: его оскорбили сомнения Боромира. Внезапно он вскочил на ноги и выпалил:

Древнее золото редко блестит,
Древний клинок — ярый.

Выйдет на битву король-следопыт:
Зрелый — не значит старый.
Позарастают беды быльем,
Вспыхнет клинок снова,
И короля назовут королем —
В честь короля иного.

— Может, это звучит не очень-то складно, да зато объяс-
няет твой загадочный сон, — прочитав стишок, объявил
Боромиру Бильбо. — Если ты не услышал объяснений Элронда... одолев пятьсот лиг пути, чтоб услышать! — Ядо-
вито хмыкнув, Бильбо сел в свое кресло.

— Я сочинил это сам, — прошептал он Фродо, — когда
Дунадан поведал мне о себе. И почти жалею, что завер-
шил свои путешествия, а поэтому не смогу отправиться с
Дунаданом и увидеть, как он исполнит свой долг.

Арагорн с улыбкой выслушал Бильбо, а потом серьезно сказал Боромиру:

— Я прощаю тебе твое недоверие. Мне ли не знать, что
я ничуть не похож на изваяния Исилдура и его отца, которые ты видел в доме Денэтора. Я прямой потомок великого Исилдура — но всего лишь потомок, а не сам Исилдур. У меня за плечами долгая жизнь. И поверь, те несколько сотен лиг, которые отделяют Раздол от Гондора,
только малая часть бесконечных лиг, которые я одолел в
своей жизни. Множество рек и горных хребтов, болотис-
тых равнин и засушливых плоскогорий приходилось мне
пересекать в пути; я видел немало далеких стран, где све-
тят незнакомые и чужие нам звезды...

...Но своей родиной я считаю север. Здесь со времен
князя Валендила рождались и умирали все мои предки.
Арнорцы вели нелегкую жизнь, однако в неразрывной че-
реде поколений — от отца к сыну — передавался меч, напоминавший нам о былом могуществе... И вот еще что я
скажу тебе, Боромир. Нас, дунаданцев, осталось немного,

нам постоянно приходится странствовать, потому что мы, как пограничные стражи, неутомимо выискиваем прислужников Врага, которые рыщут по бескрайнему Глухоманью, разделяющему западные и восточные земли, а иногда пробираются и в населенные области.

Ты сказал — *мы одни заслоняем Запад, сдерживая натиск Вражьего воинства*. Но, едва вы встретились с Черными Всадниками, враги отбросили вас за Андуин. Так вот, Боромир, в мире много сил, помимо организованного Вражьего воинства, которым приходится давать отпор. Вы защищаете *свои* границы, прикрывая соседей от армии Моргула, и ни о чем, кроме собственных границ, не заботитесь, а мы — стражи пограничного Глухоманья — боремся со всеми Темными Силами. Не Вражье воинство — Безымянный Страх разогнал бы жителей севера и запада, если б арнорцы не скитались по дикому Глухоманью, без отдыха сражаясь с Темными Силами. Скажи, кто чувствовал бы себя спокойно — даже за стенами своего жилища, в самых отдаленных и мирных странах, — если бы призрачные подданные Мордора беспрепятственно проникали в западные земли? Кто отважился бы пуститься в путь? Но когда из черных лесных чащоб, из трясинных болот или мглистых ущелий выползают темные союзники Мордора, их неизменно встречают арнорцы, и они отступают за Изгарные горы.

А мы не требуем даже слов благодарности. Путники подозрительно косятся на нас, горожане и сельские жители Средиземья с презрительным сочувствием называют бродягами... Совсем недавно один толстяк, живущий по соседству с такими существами, что, услышав о них, он умер бы от страха, назвал меня — не желая оскорбить! — Бродяжником... он не знает, зачем мы странствуем, и снисходительно жалеет неприкаянных скитальцев. Но нам не нужна его благодарность. Он, подобно всем его сородичам и соседям, живет спокойно, мирно и счастливо — вот что «скитальцы» считают наградой. Вернее, считали...

Потому что сейчас мир опять начинает меняться. Проклятье Исилдура — Кольцо Всевластья — явилось из долгого небытия на землю. Нам предстоит великая битва. Сломанный Меч будет перекован, и я отправлюсь с тобой в Минас-Тирит.

— Проклятье Исилдура явилось на землю... — повторил Боромир слова Арагорна. — А я... я видел блестящее колечко, которое показал нам всем невысоклик. Объясни мне, почему вы так твердо уверены, что это и есть Кольцо Исилдура? Он умер до начала нашей эпохи, и Кольцо, говорят, бесследно исчезло. Где оно было все эти годы? Как попало к нынешнему владельцу?

— Ты узнаешь об этом, — пообещал Элронд.

— Однако не сейчас, уважаемый хозяин? — очень обеспокоенно осведомился Бильбо. — Я чувствую, что настало обеденное время, и мне обязательно нужно подкрепиться.

— Я еще ни о чем тебя не просил, — сдерживая улыбку, сказал ему Элронд. — Но раз уж ты сам о себе напомнил, то прошу тебя — расскажи нам свою историю. Если ты не создал из нее поэму, то, так уж и быть, изложи все в прозе. Я думаю, тебе не надо объяснять, что чем короче получится твой рассказ, тем скорее ты сможешь подкрепить свои силы?

— Что ж, ладно, — согласился Бильбо. — Сегодня я расскажу *правдивую* историю. И если кто-нибудь из гостей удивится, — Бильбо искоса глянул на Глоина, — пусть постарается не ворошить прошлое. За последние годы я многое понял... Так пусть же и меня поймут — и простят! Вот что случилось на самом деле...

Гости, не встречавшиеся раньше с Бильбо, изумленно слушали о его приключениях, и старый хоббит был очень рад, что может рассказать про встречу с Горлумом, припомнив решительно все подробности. Он повторил все до единой загадки. Он охотно поведал бы и о прощальном празднестве, о своем исчезновении, о пути в Раздол, но Элронд поднял руку и сказал:

— Прекрасно, мой друг. Нам важно знать, что Кольцо ты, уходя, передал Фродо. Давай послушаем твоего преемника.

Фродо рассказал обо всех своих злоключениях с тех пор, как сделался Хранителем Кольца; но его не радовало внимание слушателей. А их интересовал каждый его шаг, каждая особенность в поведении Всадников: гости постоянно перебивали Фродо, чтобы обсудить мельчайшие подробности.

— Неплохо, мой друг, — сказал ему Бильбо, когда он умолк и с облегчением сел. — Жаль, что тебя беспрестанно прерывали. Я успел кое-что записать — но не все, и нам еще предстоит к этому вернуться. Твои приключения на пути к Раздолу составят в Книге несколько глав — если я сумею ее дописать.

— Да, история получилась длинная, — как бы через силу подтвердил Фродо. — И все же она выглядит, по-моему, неполной — особенно без подробного рассказа Гэндальфа.

Гэлдор сидевший неподалеку от хоббитов, услышал последнее замечание Фродо.

— Невысоклик прав, — обратился он к Элронду, — рассказ о Кольце кажется неполным. Я тоже хочу кое-что узнать. Вы не ответили на вопрос Боромира — почему вам ясно, что Кольцо невысокликов выковал Черный Властелин Мордора? И что об этом думает Саруман? Он хорошо изучил повадки Врага, но его почему-то нет среди нас. Какой совет дал бы нам Саруман, если б он знал то же, что мы?

— Твои вопросы, — ответил Элронд, — так тесно переплетаются между собой, что их прояснит нам одна история — история, которую расскажет Гэндальф. Она завершит повесть о Кольце, ибо Гэндальф знает больше нас всех.

— Гэлдор просто не связал воедино все, что услышал на Совете, — начал Гэндальф. — Фродо выслеживают Черные Всадники; Даину, в награду за сведения о Бильбо, сулят вернуть Магические Кольца... Разве не ясно, что находка Бильбо очень нужна Властелину Мордора? А Бильбо, как известно, нашел Кольцо. Теперь подумаем о других Кольцах. Девятью Кольцами владеют назгулы, принявшие обличье Черных Всадников. Семь — потеряны или уничтожены. — При этих словах Глоин встрепенулся, но сделал над собой усилие и смолчал. — Судьба Трех нам тоже известна. Так за каким Кольцом охотится Враг?

Боромир прав: между Рекой и Пещерой — между потерей и находкой Кольца — зияет многовековая пропасть, которую Мудрые неспешно изучали... слишком неспешно и слишком долго: они забыли о мудрости Врага. А он, конечно же, не сидел без дела и обнаружил истину чуть позже нас — к счастью, позже! — нынешним летом. И все же Мудрые едва не опоздали.

Кое-кому из собравшихся известно, что в самом начале нашей эпохи я рискнул посетить Чародея в Дул-Гулдуре и, тайно разведав, чем он занимается, понял, что наши опасения подтвердились: это был Саурон, Извечный Враг, вновь оживший и набирающий силу. И кое-кто, я думаю, все еще помнит, что Саруман, на собранном тогда Совете, убедил Мудрых не начинать войну, и много лет мы только наблюдали. Но когда, сгустившись над мрачным Дул-Гулдуром, к северу поползла зловещая туча, даже Саруман одобрил войну, и объединенная дружина Совета Мудрых выбила Черного Властелина из Лихолесья. В том же году было найдено Кольцо — странное совпадение, если это совпадение.

Но Мудрые медлили чересчур долго: наша победа оказалась бесплодной, как и предсказывал Владыка Раздола. Саурон тоже следил за нами и успел подготовиться к нашему удару, управляя Мордором из тайного убежища с помощью девяти Призрачных прислужников, которые захватили Моргульскую крепость. Когда наше войско подошло к Лихолесью, он сделал вид, что принимает битву, а сам, стремительно отступив на юг, сбил посты у границы Мордора, уничтожил охрану Черного Замка и открыто провозгласил себя Властелином. В своих владениях он был неуязвим для нашей поспешно собранной дружины, и мы опять созвали Совет, понимая, что он ищет Кольцо Всевластья. Не узнал ли Враг чего-нибудь нового в своих упорных поисках Кольца — вот что обсуждалось на последнем Совете. Но Саруман сумел успокоить Мудрых, повторив — как он это делал не раз, — что Кольцо Всевластья сгинуло навсегда.

«Врагу известно, — сказал Саруман, — что мы до сих пор не разыскали Кольца, и, надеясь найти его, он теряет время: его надеждам не суждено исполниться. Кольцо поглотил Андуин Великий, и, пока Саурон был безликим призраком, течение унесло его сокровище в Море, а из морских глубин ничто не возвращается. Кольцо Всевластья упокоилось навеки».

Гэндальф умолк и посмотрел в окно — туда, где высились Мглистые горы, у подножия которых текла река, долго покоившая Кольцо Всевластья.

— Моя вина тяжела, — сказал Гэндальф. — Меня убаюкали слова Сарумана, и я слишком поздно обнаружил опасность.

— Мы все виноваты, — проговорил Элронд. — Но, быть может, только благодаря тебе Завеса Тьмы еще не сомкнулась над Средиземьем.

— Меня убедили доводы Сарумана, — тяжело вздохнув, продолжал Гэндальф, — но в глубине души я предчувствовал опасность, а поэтому очень хотел узнать, где, как и когда Кольцо Всевластья попало к несчастному лиходею Горлуму. Он должен был вылезти из подземного логова, чтобы попытаться отыскать свою «прелесть», и я решил учредить за ним слежку. Он и вылез, но, ловко ускользнув от преследователей, снова исчез — как сквозь землю провалился. А я — никогда себе этого не прощу! — спокойно наблюдал за Врагом и бездействовал.

Время рождало все новые заботы и постепенно притупляло мои старые страхи... Но однажды они неожиданно всколыхнулись, преобразившись в острую и глубокую тревогу. Кто все же истинный хозяин Кольца, которое отнял у Горлума Бильбо? И как я должен себя вести, если мои предчувствия подтвердятся? Вот что мне нужно было решить. Но я ни с кем об этом не говорил, ибо неосторожно сказанное слово могут услышать не только друзья. В наших бесчисленных войнах с Врагом болтовня часто оборачивалась бедой, и мы научились страшиться предательства.

Меня заинтересовало колечко Бильбо около семнадцати лет назад. Я очень быстро тогда убедился, что вокруг Хоббитании рыщут соглядатаи: Черному Властелину служат шпионами даже некоторые звери и птицы. Мне пришлось обратиться за помощью к дунаданцам, и они уничтожили немало шпионов, а когда я открыл свои опасения Арагорну, он сманил меня в Глухоманье на поиски Горлума.

— Я убедил Гэндальфа, — вставил Арагорн, — что надо обязательно разыскать Горлума, хотя он считал, что время упущено. Но мне, потомку и наследнику Исилдура, хотелось расплатиться за его вину, и я отправился с Гэндальфом на поиски.

Гэндальф коротко рассказал Совету, как он странствовал с Арагорном по землям Глухоманья — на юге они дошли до Изгарных гор, за которыми начинаются владения Врага, и там впервые услышали о Горлуме.

— Мы думали, что он прячется где-нибудь в горах, и обшарили чуть ли ни каждое ущелье, и все-таки не смогли его разыскать, и меня охватило тоскливое отчаяние. Но именно отчаяние освежило мою память, и я вдруг вспомнил слова Сарумана, которые вполуха выслушал на Совете.

«Магические Кольца, — сказал он тогда, — отличаются друг от друга драгоценными камнями. А свое Кольцо — Кольцо Всевластья — Саурон выковал совершенно гладким, однако на нем есть тайная надпись, и Мудрый сможет ее прочитать».

Больше Саруман ничего не сказал. И вот, вспомнив его слова, я стал думать, кто же мог знать, как выявляется тайная надпись. Знал создатель Кольца, Саурон. А Саруман? При всей его глубочайшей мудрости сам он разгадать эту тайну не мог, ибо никогда не видел Кольца — значит, он где-то нашел разгадку. Кто же, кроме Черного Властелина, видел Кольцо до его исчезновения? Только один человек — Исилдур. Я бросил безнадежные поиски Горлума и, не теряя времени, отправился в Гондор. Некогда там почитали Мудрых, а с особым почтением относились к Саруману — он подолгу гащивал у великого Князя. Меня Верховный Властитель Денэтор встретил гораздо сдержанней, чем раньше, и весьма неохотно допустил в Хранилище древних рукописей и старинных книг.

«Если тебя, как ты говоришь, интересуют древние летописи Гондора — что ж, читай, — сказал он мне хмуро. — А для меня прошлое ясней будущего... ну, да это уж мои заботы. Однако даже мудрейший Саруман находил здесь только то, что я знаю».

Так напутствовал меня Денэтор. И все же я нашел в Хранилище манускрипты, которые мало кто способен понять, ибо наречия народов древности знают сейчас лишь мудрейшие из Мудрых. Да, Боромир, я разыскал там запись, сделанную рукой самого Исилдура, и едва ли кто-нибудь ее читал — кроме меня да, быть может, Сарумана. Оказывается, после победы над Врагом Исилдур вернулся в княжество Гондор — а не «ушел, чтобы где-то бесславно сгинуть», как повествуют северные предания.

— Северные — возможно, — сказал Боромир. — Но мы, гондорцы, исстари знаем, что Исилдур действительно возвращался в Гондор, чтобы поручить княжество Менельдилу, сыну своего убитого брата; и тогда же, в память о погибшем брате, он посадил в столице нашего княжества последнее семя Белого Дерева.

— И тогда же сделал последнюю запись, — дополнил рассказ Боромира Гэндальф, — о которой в Гондоре, вероятно, забыли. Эта запись касается Кольца Всевластья, добытого Исилдуром в поединке с Сауроном. Вот что мне удалось прочитать:

«Отныне Кольцо Всевластья станет достоянием Великих Князей Арнора; однако сей манускрипт я оставляю в Гондоре — ибо здесь тоже живут потомки Элендила, — дабы и на юге не забылись удивительные деяния нашей эпохи».

И тут же дается описание Кольца:

«Оно было раскаленным, когда я взял его в руку, словно только что вынутое из горна в кратере Роковой горы, и мне показалось, что мой ожог не заживет никогда. Однако рука моя исцелилась, и Кольцо остыло и сделалось на вид меньше — и все же не потеряло прежней привлекательности, равно как и формы, приданной Ему Врагом. И потускнели магические знаки на Нем и едва виднелись. Знаки же суть буквы эльфов Остранны, однако язык надписи мне незнаком. Язык сей есть, вероятно, язык Врага, ибо звучит он при чтении букв уродливо и таинственно. Мне неведомо, какое зло таит в себе Вражья надпись, но я срисовываю ее, дабы сохранилась она в памяти потомков, ежели буквы, уже едва зримые, исчезнут совсем. Кольцу Всевластья недостает, как представляется мне, жара Вражьей ладони, ибо раскаленная она была, словно багровое пламя, и при сем черная, словно ночная тьма, и Гил-Гэлад был сражен; и ежели накалить Кольцо в огне, то проступит, быть может, и таинственная надпись, однако я страшусь причинить Ему зло, ибо чувствую, что Оно уже дорого мне, и слишком дорого заплатили за Него нуменорцы».

Итак, мои предположения оправдались. Враг воспользовался буквами эльфов, но сделал надпись на мордорском языке, и эта надпись давно известна, ибо, когда Враг выковывал Кольцо, эльф Селебримбэр проник в его замыслы и отчетливо услышал магические слова, которые Саурон мысленно повторял, выбивая надпись на Кольце Всевластья.

Я простился с Денэтором и поспешил в Хоббитанию, но на пути получил известие от эльфов, что Арагорн все-таки поймал Горлума, и решил сначала побывать в Лихолесье. Арагорн преодолел смертельные опасности, выслеживая Горлума у границ Мордора, но об этом пусть он расскажет сам.

— А что о них расскажешь? — проговорил Арагорн. — Когда пробираешься мимо Черного Замка или путешествуешь по Моргульской долине с ее лугами цветущих предсмертников, поневоле приходится преодолевать опасности. Мне не удалось разыскать Горлума, и, отчаявшись, я уже повернул к северу, но внезапно обнаружил то, что искал: в прибрежном песке возле мелкого озерца виднелись отпечатки босых подошв, и след вел не к югу, в Мордор, а на север. Горлум двигался вдоль Гиблых Болот, и дня через два я его поймал. Он весь был покрыт зеленоватой тиной, и, боюсь, ему не за что меня любить: он прокусил мне руку, и я не стал с ним нежничать, так что потом он упрямо молчал, а раскрывал рот, только чтоб есть — мне приходилось в пути добывать ему пищу, — мои вопросы оставались без ответа. Возвращение на север с пойманным Горлумом далось мне гораздо тяжелей поисков: всю дорогу я гнал его впереди себя, заткнув ему рот кляпом из мешковины, а на шею накинув веревочную петлю, и, когда мы добрались наконец до Лихолесья и я сдал его на попечение эльфов Трандуила, меня от усталости шатало ветром. Надеюсь, что больше мы с ним не встретимся — ведь он, вдобавок ко всем его прелестям, еще и воняет, как дохлый стервятник; но у Гэндальфа он омерзения не вызвал: они беседовали довольно долго.

— Долго и с пользой, — подтвердил Гэндальф, не пожелав заметить насмешку Арагорна. — Во-первых, история, рассказанная Горлумом, совпала с сегодняшним рассказом Бильбо. Но это не имеет большого значения: я и сам догадался, как было дело. Важнее другое — Горлум сказал мне, что нашел Кольцо на заре эпохи в Великой Реке у Ирисной Низины. Он смертный и должен был давно умереть, но прожил неимоверно долгую жизнь — ее, без сомнения, продлило Кольцо. Известно, что только Кольцо Всевластья продлевает жизнь своему владельцу — другим Кольцам это не под силу.

Если же и это тебя не убеждает, — добавил маг, посмотрев на Гэлдора, — то есть еще одна, главная, проверка. Вы все видели Кольцо невысокликов — золотое, круглое и без всякой гравировки. Однако, когда его подержишь над огнем — хотя не каждый на это осмелится, — четко проступает Наговор Врага. Однажды я бросил Кольцо в камин, и вот что мне удалось прочитать:

*Эш назг дурбатулук, эш назг гимбатул, эш назг тхра-
тулук, агх вырзым-иши кримпатул!*

Голос мага вдруг стал зловещим — глухо и монотонно
прозвучали слова, но гулко и мощно раскатились по залу, —
и содрогнулись могучие стены Замка, и подернулось дым-
кой яркое солнце...

— Ни разу не звучал этот язык в Имладрисе, — проговорил Элронд, когда настала тишина и участники Совета
перевели дыхание.

— И надеюсь, больше ни разу не прозвучат, — ответил
Гэндальф Владыке Раздола. — Но я не прошу у тебя прощения, ибо от меня, Гэндальфа Серого, потребовали до-
казательств моей правоты. А для того, чтобы звуки этого
языка не затопили навеки западные земли, надо запомнить, что Кольцо невысокликов — это, как в древности
определили Мудрые, *Сокровище Сокровенной Мощи Врага*. Во тьме Черных Лет эльфы Остранны впервые услышали мрачное заклинание:

А Одно — Всесильное — Властелину Мордора,
Чтоб разъединить их всех, чтоб лишить их воли
И объединить навек в их земной юдоли
Под владычеством всесильным Властелина Мордора.

И поняли, что попали в сети предательства.

Да, многое рассказал мне Горлум, хотя говорил он невнятно и неохотно. Ему удалось пробраться в Мордор, где
он был пойман прислужниками Врага, и у него выпытали
решительно все, и Враг знает, что Кольцо нашлось, долгое время хранилось в Хоббитании, а потом опять куда-
то исчезло. Однако скоро ему станет известно — а быть
может, известно уже и сейчас, — что хоббиты переправи-
ли Кольцо к эльфам, ибо девять Призрачных прислужников преследовали Фродо до самого Раздола...

— Так он, этот Горлум, маленькая тварь? — прервал затянувшееся молчание Боромир. — Маленькая тварь, но большой лиходей? И к какой участи его приговорили?

— Он заключен под стражу в Северном Лихолесье, только и всего, — ответил Арагорн. — Ему пришлось немало претерпеть. У Врага его, по-видимому, страшно пытали, и он до сих пор не избавился от ужаса. Однако я рад, что его охраняют — и не кто-нибудь, а бдительные эльфы Лихолесья. Отчаяние и ненависть, горечь и страх сделали его неимоверно опасным, так что, если б он был на свободе, я не удивился бы любому злодейству, совершенному этим злосчастным существом. Да и вряд ли его отпустили из Мордора без какого-нибудь черного Вражьего умысла. А ему, на вид удивительно хилому, ненависть придает недюжинные силы!

— Меня прислали с горестным известием, — внезапно воскликнул эльф Леголас, — но его поистине страшный смысл я понял только на сегодняшнем Совете. Дело в том, что Смеагорл, прозванный Горлумом, сумел погубить своих стражников и скрылся.

— Скрылся? — удрученно вскричал Арагорн. — Это действительно зловещая новость. Как же случилось, что эльфы оплошали?

— Наша доброта обернулась беспечностью, и он удрал, — сказал Леголас. — Но, по всей вероятности, узнику помогли — а это значит, что о наших делах известно кому-то за пределами Лихолесья. Мы добросовестно охраняли Горлума, хотя нам не нравится роль охранников; но, уходя, Гэндальф попросил Трандуила не углублять черного отчаяния узника, и мы выпускали его прогуляться, чтобы не держать в подземелье все время...

— Ко мне вы отнеслись гораздо суровей, — сверкнув глазами, перебил его Глоин. Он вспомнил свое заточение у эльфов — его-то все время держали в подземелье.

— Успокойся, мой друг, — вмешался Гэндальф. — Не надо вспоминать улаженных ссор. Если мы допустим, чтоб эльфы и гномы начали считаться старыми обидами, Совет никогда не будет завершен.

Глоин встал и молча поклонился, а эльф продолжил прерванный рассказ:

— В погожие дни мы приводили узника на поляну с огромным деревом посредине, и он, вскарабкавшись высоко вверх, подолгу сидел там, скрытый листвой, а стражники ждали его внизу. Но однажды он отказался слезть; стражникам не хотелось стаскивать его силой — он умел намертво вцепляться в ветви, держась за них и руками и ногами, — поэтому они просто сидели под деревом: убежать-то ему все равно было некуда.

И как раз в тот летний безлунный вечер на нас неожиданно напали орки. Завязалась битва, и только под утро нам удалось отбить нападение — полчища орков дрались отчаянно, но им, жителям степей Загорья, было непривычно сражаться в лесу... А потом, разгромив их свирепую орду, мы обнаружили, что стражники Горлума перебиты и сам он куда-то исчез.

Похоже, что этот нежданный набег был совершен для его освобождения и ему сообщили о нем заранее — но каким образом, нам не известно. Горлум весьма хитроумная тварь, а Вражьих шпионов становится все больше. Когда Бард Лучник уничтожил Дракона, мы выбили Темные Силы из Лихолесья, однако сейчас они опять появились, и наше поселение превратилось в остров, со всех сторон окруженный врагами. Следы беглеца мы потом нашли, хотя их почти затоптали орки, и следы вели на юг, к Дул-Гулдуру — самому опасному району Лихолесья, — мы не отваживаемся туда заходить...

— Короче, он скрылся, — заключи Гэндальф, — и охотиться за ним нам сейчас недосуг. Значит, такая уж у него доля. И быть может, ни он, ни Властелин Мордора не знают, что ему уготовано в будущем.

А теперь я отвечу на вопрос Гэлдора, — немного помолчав, продолжал Гэндальф. — Итак, почему среди нас нет Сарумана и что он мог бы нам присоветовать? Это довольно длинная история, и знает о ней пока только Элронд; впрочем, и ему я рассказал ее вкратце, а она требует подробного изложения, ибо к прежним бедам Средиземья прибавилась еще одна серьезнейшая беда, завершившая на сегодня повесть о Кольце.

Когда этим летом я был в Хоббитании, меня постоянно грызла тревога, и я отправился к южным границам этой маленькой мирной страны, ибо чувствовал, что опасность быстро приближается, хотя и не мог определить — какая. На юге мне рассказали о войне в Гондоре и о том, что гондорцы отступили за Реку; а когда я услышал про Черных Всадников, ощущение приближающейся опасности усилилось. Однако никто их как будто не видел — даже несколько усталых беженцев с юга, которые встретились мне по дороге; и все же моя тревога росла, ибо южные беженцы были очень напуганы, а причину страха почему-то скрывали. Тогда я свернул на Неторный Путь, и в Пригорье мне встретился Радагаст Карий — он, как и я, носит титул Мудрого. Радагаст некогда жил в Розакрайне, рядом с Лихолесьем, но куда-то переселился... Так вот, он сидел у обочины дороги, а рядом, на лугу, пасся его конь.

«Гэндальф! — обрадованно вскричал Радагаст. — Тебя-то я и разыскивал. Мне сказали, что ты обитаешь на западе, в стране с неуклюжим названием Хоббитания, — я ведь совсем этих мест не знаю».

«Правильно сказали, — ответил я, — до Хоббитании отсюда — рукой подать. Так что потише про неуклюжие названия: хоббиты очень обидчивый народец. Но у тебя, вероятно, важные новости? Ты ведь никогда не любил путешествовать, и едва ли твои привычки изменились».

«Очень важные, — сказал Радагаст. Потом, тревожно оглядевшись, добавил: — Очень важные и очень скверные. Назгулы. Они опять появились. В этот раз — как Черные Всадники. Им удалось переправиться через Реку, и теперь они движутся к северо-западу».

Вот почему меня грызла тревога, — посмотрев на Фродо, проговорил Гэндальф. — «У Врага здесь какая-то тайная надобность или тайный умысел», — сказал Радагаст.

«Что ты имеешь в виду?» — спросил я.

«А зачем Призрачным Всадникам Хоббитания?»

Тут мне, признаться, стало не по себе, ибо сражение с Девяткой назгулов устрашит и самого отважного из Мудрых: все они в прошлом великие воины, а их Предводитель — чародей и король — наводил ужас на своих врагов, даже когда еще не был призраком.

«Кто прислал тебя ко мне?» — спросил я.

«Саруман Белый, — ответил Радагаст. — И он просил меня тебе передать, что, если ты нуждаешься в какой-нибудь помощи, поезжай к нему в Ортханк; однако не медли».

Эти слова ободрили меня. Ибо Саруман — мудрейший из Мудрых... так мне в то время казалось. Радагаст тоже могущественный маг, исконный повелитель растений и животных (особенно ревностно служат ему птицы), но Саруман исстари следит за Врагом, он хорошо изучил все его повадки и часто помогал нам справиться с ним. Мы легко выбили Врага из Дул-Гулдура благодаря мудрым советам Сарумана; жаль, что нас тогда не удивила ответная победа Врага на юге...

«Я поеду к Саруману», — проговорил я. Мне подумалось, что, быть может, Саруман знает, как прогнать назгулов за Андуин.

«Но отправляйся сейчас же, — посоветовал Радагаст, — ибо я искал тебя довольно долго, а Саруман говорил, что к ранней осени назгулы сумеют добраться до Хоббитании — и тогда он не сможет тебе помочь. А мне пора поворачивать восвояси». Радагаст безмолвно подозвал коня, вскочил в седло и хотел уехать.

«Подожди, Радагаст! — крикнул я ему вслед. — Оповести своих подданных, зверей и птиц, что нам, вероятно, понадобится их помощь».

«Считай, что они оповещены», — сказал он и, тронув коня, быстро скрылся из глаз, словно бы спасаясь от Девятки назгулов.

Я не мог тогда же последовать за Карим. Мой конь был измучен, да и я устал: мы покрыли в тот день огромное расстояние; а главное, мне хотелось собраться с мыслями. И вот, отложив решение на утро, я переночевал в пригорянском трактире, а выспавшись, решил отправиться к Саруману — никогда не прощу себе этой ошибки!

Фродо я написал подробное письмо, в котором объяснил, что мы встретимся у эльфов, и поручил отослать письмо Лавру Наркиссу — он хозяин трактира, мой давний знакомец, — а утром, затемно, отправился в путь. Саруман живет далеко на юге, в крепости Изенгард к северу от Ристании, которую гондорцы называют Мустангримом. С юга просторную Ристанийскую равнину замыкают Белые горы Гондора, или Эред-Нимрас по-нуменорски, а на севере в нее вклинивается Мглистый хребет; там, в неприступной высокогорной долине, окруженной могучими отвесными скалами, расположен замок Сарумана Ортханк. Этот замок — высокий, с тайными покоями — возвели в стародавнее время нуменорцы, и попасть в него можно только через ворота, которые перегораживают Изенгардское ущелье, рассекающее естественную ограду долины — пояс из темных каменных утесов.

Я подъехал к воротам на исходе дня; их охраняла многочисленная стража; но Саруман, видимо, давно меня ждал: ворота распахнулись и, когда я проехал, бесшумно захлопнулись за моей спиной; и меня вдруг кольнуло неясное опасение.

Однако я все же подъехал к замку, и Саруман, неспешно спустившись по лестнице, отвел меня в один из верхних покоев. На руке у него я заметил кольцо.

«Итак, ты приехал», — сказал он степенно, но мне показалось, что в его глазах вспыхнула на мгновение холодная насмешка.

«Приехал, как видишь, — ответил я. — Мне нужна твоя помощь, Саруман Белый!» Услышав свой титул, Саруман разозлился.

«Ты просишь помощи, Гэндальф *Серый?* — с издевкой в голосе переспросил он. — Значит, хитроумному и вездесущему магу, который вот уже третью эпоху вмешивается во все дела Средиземья — причем обычно непрошено и незвано, — тоже может понадобиться помощь?»

Меня поразил его злобный тон. «Не ты ли, — удивленно спросил его я, — наказал гонцу Радагасту Карему передать мне, что нам надо объединить наши силы?»

«Предположим, что я ему это сказал, — ответил Саруман. — А теперь объясни мне, почему ты явился сюда так поздно? Ты долго скрывал от Совета Мудрых и от меня, Верховного Мудреца Совета, событие поистине величайшей важности! А сейчас, бросив укрывище в Хоббитании, ты спешно приехал ко мне... Зачем?»

«Затем, что Девятеро черных кольценосцев опять начали свою призрачную жизнь. Затем, что они переправились через Реку. Радагаст сказал...»

«Радагаст Карий? — с хохотом перебил меня Саруман, и его презрение прорвалось наружу. — Радагаст — Грозный Повелитель Букашек? Радагаст Простак! Радагаст Дурак! Хорошо, что у него хватило ума без рассуждений сыграть свою дурацкую роль! Он неплохо сыграл ее — и вот ты здесь. Здесь ты и останешься, Гэндальф Серый, — надо же тебе отдохнуть от путешествий. Ибо этого хочу я, Саруман, Державный Властитель Колец и Соцветий!»

Он резко встал, и его белое одеяние внезапно сделалось переливчато-радужным, так что у меня зарябило в глазах.

«Белый цвет заслужить нелегко, — сказал я. — Но еще труднее обелить себя вновь».

«Обелить? Зачем? — Саруман усмехнулся. — Белый цвет нужен Мудрым только для начала. Отбеленная или попросту белая ткань легко принимает любой оттенок, белая бумага — любую мудрость».

«Потеряв белизну, — упорствовал я. — А Мудрый остается истинно мудрым, лишь пока он верен своему цвету».

«Довольно! — резко сказал Саруман. — Мне некогда слушать твои поучения. Ибо я вызвал тебя в свой замок, чтобы ты сделал окончательный выбор».

Саруман приосанился и произнес речь — по-моему, он ее приготовил заранее: «Предначальная Эпоха миновала, Гэндальф. Средняя тоже подходит к концу. Начинается совершенно новая эпоха. Годы эльфов на земле сочтены; наступает время Большого Народа, и мы призваны им управлять. Но нам необходима полнота всевластья, ибо лишь нам, Мудрейшим из Мудрых, дано знать, как устроить жизнь, чтобы люди жили мирно и счастливо.

Послушай, Гэндальф, мой друг и помощник, — продолжал Саруман проникновенно и вкрадчиво, — о нас с тобою я говорю *мы,* в надежде, что ты присоединишься ко мне. На земле появилась Новая Сила. Перед ней бессильны прежние Союзы. Время нуменорцев и эльфов прошло. Я сказал — выбор, но у нас его нет. Мы *должны* поддержать Новую Силу. Это мудрое решение, поверь мне, Гэндальф. В нем — единственная наша надежда. Победа Новой Силы близка, и поддержавших ее ждет великая награда. Ибо с возвышением Новой Силы будут возвышаться и ее союзники; а Мудрые — такие, как мы с тобой, — постепенно научатся ею управлять. О наших планах никто не узнает, нам нужно дождаться своего часа, и сначала мы будем даже осуждать жестокие методы Новой Силы, втайне одобряя ее конечную цель — Всезнание, Самовластие и Порядок, — то, чего мы мечтали добиться, а наши слабые или праздные друзья больше мешали нам, чем помогали. Нам не нужно — и мы не будем — менять наших целей, мы изменим лишь способы, с помощью которых мы к ним стремились».

«А теперь послушай меня, Саруман, — сказал я ему, когда он умолк. — Мы не раз слышали подобные речи, но их произносили глашатаи Врага, дурача доверчивых и наивных. Неужели ты вызвал меня для того, чтобы повторить мне их болтовню?»

Он искоса глянул на меня и спросил: «Так тебя не прельщает дорога Мудрейших? Все еще не прельщает? Ты не хочешь понять, что старые средства никуда не годятся? — Саруман положил мне руку на плечо и тихо сказал, почти прошептал: — Мы должны завладеть Кольцом Всевластья. Вот почему я тебя призвал. Мне служат многие глаза и уши, я уверен — ты знаешь, где хранится Кольцо. А иначе зачем бы тебе Хоббитания — и почему туда же пробираются назгулы?» Саруман посмотрел на меня в упор, и в его глазах полыхнула алчность, которую он не в силах был скрыть.

«Саруман, — отступив, сказал я ему, — нам обоим известно, что у Кольца Всевластья может быть только один хозяин, поэтому не надо говорить *мы*. Но теперь, когда я узнал твои помыслы, я ни слова не скажу тебе про Кольцо. Ты был Верховным Мудрецом Совета, однако тебе невмоготу быть Мудрым. Ты, как я понял, предложил мне выбор — подчиниться Саурону или Саруману. Я не подчинюсь ни тому, ни другому. Что-нибудь еще ты можешь предложить?»

Он глянул на меня холодно и с угрозой. «Я и не надеялся, — проговорил он, — что ты проявишь благоразумие Мудрейшего — даже ради своей собственной пользы; однако я дал тебе возможность выбрать, и ты выбрал воистину глупейшее упрямство. Что ж, оставайся покуда здесь».

«Покуда — что?» — спросил его я.

«Покуда ты не откроешь мне, где хранится Кольцо, — ответил он мне. — Или покуда оно не отыщется вопреки твоему малоумному упрямству. Тогда, вероятно, Державный Властитель сможет заняться второстепенными делами. Он решит, к примеру, какой награды заслуживает упрямство Гэндальфа Серого».

«Решить-то, пожалуй, ему будет просто, — проговорил я, — да легко ли выполнить?» Но Саруман только издевательски рассмеялся, ибо он знал не хуже меня, что я произношу пустые слова.

Меня отвели на Дозорную площадку, с которой Саруман наблюдает за звездами; спуск оттуда — витая лестница в несколько тысяч каменных ступеней — охраняется внизу отрядом стражников; да и ведет эта лестница во внутренний двор. Оставшись один, я оглядел долину, некогда покрытую цветущими лугами; теперь лугов здесь почти не осталось: я видел черные провалы шахт, плоские крыши оружейных мастерских и бурые дымки над горнами кузниц. Дымки подымались отвесно вверх, ибо долина защищена от ветра поясом скал, и сквозь дымное марево, которое окутывало башню Ортханка, мне были видны стаи волколаков и отряды хорошо вооруженных орков — Саруман собирает собственное воинство, значит, Врагу он еще не подчинился. Крохотной была Дозорная площадка — я не мог согреться даже ходьбой, а вечные ледники дышали вниз холодом, и в долину сползали промозглые туманы; но горше дыма изенгардских кузниц, мучительней холода и сильней одиночества меня терзали мысли о Всадниках, во весь опор скачущих к Хоббитании.

Я был убежден, что это назгулы, хотя и не верил теперь Саруману; однако про назгулов он не солгал, ибо по дороге я слышал известия, которые подтвердили его слова. Мне было страшно за друзей в Хоббитании, и все же меня не покидала надежда: я надеялся, что Фродо, получив письмо, не медля ни дня, отправился в Раздол и Черные Всадники его не нашли. Однако жизнь все переиначила. Я надеялся на исполнительность хозяина трактира и опасался могущества Властелина Мордора. Но Лавр забыл отправить письмо, а девять прислужников Черного Властелина оказались слабее, чем я о них думал, — у страха, как известно, глаза велики, и я, пойманный в Саруманову ловушку, одинокий, испуганный за своих друзей, переоценил могущество и мудрость Врага.

— Я видел тебя! — вдруг воскликнул Фродо. — Ты ходил, словно бы заключенный в темницу — два шага вперед и два назад, — но тебя ярко освещала луна!

Гэндальф удивленно посмотрел на Фродо.

— Это был сон, — объяснил ему хоббит, — и я его сейчас очень ясно вспомнил, хотя приснился-то он мне давно: когда я только что ушел из дома.

— Да, темница моя была светлой, — сказал Гэндальф, — но ни разу в жизни меня не одолевали столь мрачные мысли. Представьте себе, я, Гэндальф, угодил в предательские паучьи сети! Однако и в самой искусной паутине можно отыскать слабую нить.

Сначала я поддался мрачному настроению и заподозрил в предательстве Радагаста Карего — именно на это и рассчитывал Саруман, — однако, припомнив разговор с Радагастом, понял, что Саруман обманул и его: я неминуемо ощутил бы фальшь, ибо Радагаст не умеет притворяться. Да, Радагаст был чист предо мной — именно поэтому попал я в ловушку: меня убедили его слова.

Но поэтому лопнул и замысел Сарумана: Радагаст выполнил свое обещание. Расставшись со мной, он поехал на восток и, когда добрался до Мглистых гор, поручил Горным Орлам помогать мне. От них ничто не могло укрыться: ни назгулы, ни огромные стаи волколаков, ни орды орков, вторгшихся в Лихолесье, чтобы освободить злосчастного Горлума; и Орлы отправили ко мне гонца.

Однажды ночью, уже под осень, быстрейший из Горных Орлов — Ветробой — прилетел в Изенгард и, снизившись над Ортханком, увидел меня на Дозорной площадке.

«Я принес тебе важные известия», — сказал он. Когда Ветробой передал мне новости, собранные Орлами, я его спросил: «А *меня* ты можешь унести отсюда?»

«Могу, — сказал он. — Если нам по дороге. Я был послан сюда как гонец, а не как конь. Впрочем, если тебе нужен конь, я доставлю тебя в Эдорас, к ристанийцам, — такое расстояние для меня не крюк». Что ж, о лучшем и мечтать было нечего, ибо в Мустангриме, где живут ристанийцы, давние повелители диких коней, я мог получить то, что мне требовалось — а требовался мне быстроногий конь, чтобы побыстрее добраться до Хоббитании.

«Ты думаешь, они не подчинились Врагу?» — на всякий случай спросил я Орла, ибо предательство Сарумана Белого подорвало мою веру в Светлые Силы.

«Ристанийцы платят Мордору дань — ежегодно отсылают туда коней, так я слышал, — ответил Орел. — Это именно дань, а не дар союзнику. Но если Саруман, как ты говоришь, тоже превратился в Темную Силу, ристанийцы не смогут отстоять свою независимость».

Ветробой пролетел над Ристанийской равниной и приземлился у северо-западных отрогов Белых гор, неподалеку от крепости Эдорас. Здесь уже ощущалось перерождение Сарумана: он опутал ристанийцев сетями лжи, и конунг не поверил моим словам, когда я сказал, что Саруман — предатель. Однако он разрешил мне выбрать коня — с тем чтоб я тотчас же уехал из Ристании, — и мой выбор очень его раздосадовал: я выбрал на диво резвого коня, он считался, как мне с горечью поведал конунг, лучшим конем в табунах Мустангрима.

— Тогда это действительно замечательный конь, — сказал Арагорн и, вздохнув, добавил: — Мне очень горько, что Властелин Мордора получает лучших коней Средиземья — хотя я понимаю, что из последних событий это далеко не самое мрачное. Однако еще несколько лет назад ристанийцы никому не платили дани.

— Да и сейчас не платят, — вмешался Боромир, — все это злобные выдумки Врага. Мне ли не знать витязей Мустангрима — наших верных и бесстрашных союзников?

— Завеса Тьмы, — проговорил Арагорн, — затемнила немало южных земель. Под ее тенью переродился Саруман. Возможно, затемнен уже и Мустангрим. Тебе ведь неизвестно, что ты узнаешь, если сумеешь вернуться на юг.

— Только не это, — возразил Боромир. — Мустангримцы не станут покупать независимость, отдавая в рабство своих коней. Они повелители, и повелители любящие. А кони их пасутся на северных пастбищах, вдали от Вражьей завесы тьмы, и так же свободолюбивы, как их хозяева.

— Но конь, которого я себе выбрал, — продолжал Гэндальф, — несравним с другими. Он неутомим и быстр, как ветер, ему уступают даже кони назгулов. Ристанийцы называют его Светозаром: днем он похож на серебристую тень, а ночью его невозможно увидеть — особенно когда он мчится по дороге. Легок его шаг и стремителен бег; до меня на него никто не садился, но я укротил его и помчался на север, и, когда Фродо добрался до Могильников, я уже пересек границу Хоббитании, а ведь мы отправились в путь одновременно — он из Норгорда, а я из Эдораса.

Светозар неутомимо скакал на север, но я беспокоился все сильней и сильней. Черные Всадники приближались к Хоббитании, и, хотя расстояние между нами сокращалось, они по-прежнему были впереди.

Вскоре я понял, что Всадники разделились: одни остались у восточной границы, там, где проходит Неторный Путь, а другие проникли в Хоббитанию с юга. Фродо я дома уже не застал и долго расспрашивал садовника Скромби — долго расспрашивал и мало узнал, ибо он говорил главным образом о себе да еще о новых хозяевах Торбы.

«Мне вредны перемены, — жаловался он. — Я старый, и перемены к худшему подрывают мое здоровье». Он без конца твердил о переменах к худшему.

«Ты еще не видел перемен к худшему, — сказал я ему, — и, будем надеяться, не увидишь». Но из его старческой болтовни я узнал, что Фродо уехал неделю назад, а вечером после его отъезда у дома побывали Черные Всадники. Окончательно расстроенный, я двинулся дальше. Жители Заячьих Холмов суетились, словно муравьи у разоренного муравейника. Подъехав к дому в Кроличьей Балке, я увидел, что он разгромлен и пуст, а на веранде валяется плащ Фродо. Больше надеяться было не на что, и я поехал по следам назгулов, решив не расспрашивать окрестных жителей — и напрасно: они бы меня успокоили. Потом Всадники опять разделились, и я отправился

374

по следам тех, которые поехали в сторону Пригорья, — мне хотелось как следует допросить Лавра.

«Ну, Лавр, — думал я по дороге, — если ты не отослал моего письма, я загоню тебя в чан с кипящим супом, и ты сваришься там, как лавровый лист!» Меньшего он, вероятно, и не ждал, потому что, увидев мое лицо, задрожал, словно сухой лепесток на ветру.

— Что ты с ним сделал? — воскликнул Фродо: ему стало жаль хозяина трактира. — Он принял нас как близких друзей и потом всячески нам помогал.

— Не бойся, — улыбнувшись, ответил Гэндальф. — Я его даже и припугнуть не успел, ибо, когда он перестал трястись и сказал мне, что вы ушли с Арагорном, меня охватила буйная радость.

«С Бродяжником?» — радостно переспросил его я.

«С ним, — виновато прошептал Наркисс, решив, что разгневал меня еще больше. — И ведь я говорил им, что он бродяга. Но они вели себя очень странно... или нет, я бы сказал — своенравно».

«Милый мой дурень! Дорогой мой осел! — не в силах сдержаться, заорал я. — Да я не слышал столь приятных известий с середины лета, глупый мой Лавр! Нынешней ночью я спокойно усну — впервые за не знаю уж сколько месяцев!»

Я заночевал в трактире у Наркисса и все думал: куда же исчезли назгулы? — ведь пригоряне видели только двоих. Однако ночью положение прояснилось. С юго-запада прибыли еще пятеро: они снесли Западные Ворота и промчались по селению, словно пять смерчей, — пригоряне до сих пор трясутся от страха и с минуты на минуту ждут конца мира. Под утро за Всадниками отправился я.

Я приехал в Хоббитанию позже, чем назгулы, но вот что, по-моему, там произошло. Предводитель Девятки с

двумя Всадниками остался в засаде у южной границы
двое Всадников поехали в Пригорье, а четверо спешно по
скакали к Торбе. Потом, когда они никого не нашли ни
самой Торбе, ни на Заячьих Холмах, им пришлось вер
нуться к южной границе, и сколько-то времени дорога н
охранялась — про Вражьих шпионов я не говорю. Пред
водитель приказал четверым Всадникам ехать прямиком
на северо-восток, а сам помчался по Западному Тракту
понимая, что хоббиты удрали из Хоббитании.

Ну а я поскакал к Буреломному Угорью, ибо понял
куда мог двинуться Арагорн, и на второй день уже был у
Заверти, но Вражьи прислужники меня опередили. Бой
принять они не решились, и я беспрепятственно поднялся
на Заверть, однако темнота придала им смелости (я подъ
ехал к горе на исходе дня), и мне пришлось немало потру
диться, чтобы отогнать расхрабрившихся назгулов, — я ду
маю, даже во время гроз, когда над Завертью сверкают
молнии, там не бывает так светло, как в ту ночь.

Утром я решил пробиваться к Раздолу, но не напрямик
а в обход, с севера. Искать Фродо на Буреломном Угорье
сражаясь по ночам с Вражьими Прислужниками, было бесполезно да и попросту глупо: ведь если б я и разыскал хоббитов, то привел бы за собой весь Вражий Отряд, — поэтому я целиком положился на Арагорна и совершенно
открыто повернул к северу, считая, что хотя бы несколько назгулов неминуемо кинутся меня преследовать, а я,
сделав широкую петлю, опережу их, подъеду к Раздолу с
севера и во главе сильной дружины эльфов разобью Вражий Отряд по частям. Однако четверо моих преследователей через несколько дней куда-то скрылись — поскакали,
как потом выяснилось, к Переправе, — и все же я немного
помог Арагорну: на него напали лишь пятеро назгулов.

А я поднялся вдоль реки Буйной к ее верховьям на
Троллистом плато, и там мне пришлось расстаться со Све-

тозаром, ибо среди каменистых россыпей он неминуемо поломал бы ноги. Светозар вернулся к своим повелителям, но стоит мне мысленно его позвать, и он явится, где бы я в это время ни был. Через четырнадцать дней после битвы у Заверти я добрался наконец до владений Элронда и узнал, что здесь уже ждут хоббитов; а через три дня Хранитель Кольца прорвался с помощью Всеславура в Раздол.

На этом заканчивается моя история — да простят мне гости и досточтимый хозяин, что я столь долго занимал их внимание, — но, как мне кажется, Хранитель Кольца должен был узнать совершенно точно, почему он вовремя не получил помощи, тем более что помощь обещал ему я, Великий Маг Гэндальф Серый из Мудрых, *впервые* нарушивший свое обещание.

Итак, — заключил свой рассказ Гэндальф, — теперь вам известна история Кольца от его изготовления до нынешнего дня. Но мы ни на шаг не приблизились к цели. Ибо нам надобно сообща решить, *что мы с ним сделаем.*

Гости сидели неподвижно и молча. Наконец молчание нарушил Элронд:

— Ты поведал нам горестную историю, Гэндальф. Ибо Мудрые полностью доверяли Саруману и ему известны все наши планы. Твоя история лишний раз подтвердила, что, проникая в коварные помыслы Врага, невольно проникаешься и его коварством. Такое перерождение, увы, не новость — в древности это случалось не раз. Так что из всех сегодняшних рассказов меня особенно удивил рассказ об отваге и стойкости невысоклика Фродо. Я знаю близко лишь одного невысоклика — Бильбо, — и сегодня мне стало ясно, что он не так уж сильно отличается от своих земляков из мирной Хоббитании. Видимо, с тех пор как я был на Западе, в мире произошли серьезные перемены.

Умертвий мы знаем под многими именами, а в преданиях о нынешнем Вековечном Лесе он очень часто называется Бесконечным, ибо еще не слишком давно — не слишком давно, по моим понятиям, — белка, прыгая с дерева на дерево, могла перебраться из сегодняшней Хоббитании в Сирые Равнины у Мглистых гор. Мне случалось путешествовать по Вековечному Лесу, и я видел там множество жутковатых диковин. А Бомбадила — если это то самый Властитель, вернее, Охранитель Заповедного Края с которым эльфов столкнула судьба, когда мир Средиземья был юн и прекрасен, а он уже казался древним, ка Море, — так вот, мы звали его Йарвеном Бен-Адаром, Без отчим Отцом Заповедных Земель; гномы величали Йар вена Форном, а северные потомки нуменорцев — Ораль дом... Но, быть может, я зря не пригласил его на Совет?

— Он не пришел бы, — проговорил Гэндальф.

— А если все же послать ему приглашение? Или прост попросить о помощи? — предложил Эрестор. — Ведь, на сколько я понял, он властен даже над Вражьим Кольцом?

— Ты понял не совсем верно, — возразил Гэндальф. Точнее будет определить так: *над ним* не властно Кольц Врага. Йарвен сам себе хозяин и властелин. Но он не може повелевать Кольцом — и не может защитить от него других Он замкнулся в своем Заповедном Крае, очертив зримы лишь ему границы, и сам их теперь никогда не переступае

— Однако в очерченных им границах он по-прежнем Всевластный Повелитель Края? — выслушав Гэндальф спросил Эрестор. — Так, быть может, он возьмет на хра нение Кольцо?

— По собственной охоте не возьмет, — сказал Гэн дальф. — А если и возьмет — по просьбе Мудрых, — то от несется к нему как к пустой безделушке. Через нескольк дней он забудет о нем, а потом, вероятней всего, прост выбросит. Его не интересует исход Войны, и он был б очень ненадежным Хранителем, а значит, Кольцо ему доверить нельзя.

— Да и в любом случае, — сказал Всеславур, — мы только отсрочили бы день поражения. Йарвен живет далеко от Раздола. Мы не сможем пробраться к нему с Кольцом, не замеченные шпионами Черного Властелина. А впрочем, даже если и сможем, Саурон узнает — не сейчас, так позже, — где мы храним Кольцо Всевластья, и обрушит всю свою мощь на Йарвена. Выстоит ли Йарвен в этом единоборстве? Сомневаюсь. Я думаю, что в конце концов, когда Светлые Силы будут уничтожены, Йарвен тоже падет в борьбе — уйдет из этого мира последним, как он появился здесь некогда первым, — и Завеса Тьмы сомкнется над Средиземьем.

— Я не знаю Йарвена, — вмешался Гэлдор, — хотя, конечно же, слышал о нем; но, по-моему, Всеславур совершенно прав. Сила, способная противостоять Врагу — если она действительно существует, — таится не в заповедном могуществе Йарвена: ведь Враг, как мы уже не раз убеждались, властен даже над первозданной природой. Я думаю, только эльфы — Перворожденные — могли бы дать отпор Саурону. Так хватит ли у нас для этого сил?

— У меня — не хватит, — ответил Элронд.

— И у Трандуила не хватит, — сказал Леголас.

— Я не глашатай Сэрдана Корабела, — немного помолчав, проговорил Гэлдор, — но боюсь, что и мы не выстоим пред Врагом.

— А объединиться Черный Властелин нам не даст, и наши земли превратятся в островки, окруженные океаном Черного Воинства, — заключил эти горькие признания Элронд.

— Мы не сможем, — вступил в разговор Всеславур, — силою защитить Кольцо от Врага, а поэтому у нас есть только два выхода: отослать его за Море или уничтожить.

— Гэндальф открыл нам, — возразил Элронд, — что Кольцо можно уничтожить лишь в Мордоре, а заморские жители его не получат: оно принадлежит миру Средиземья и ему не суждено покинуть наш мир.

— Тогда надобно упокоить Кольцо в Морских Глубинах, — предложил Всеславур, — чтобы ложь Сарумана обернулась правдой. Ибо теперь совершенно ясно, что он солгал на прошлом Совете: его уже сжигала жажда всевластья, и, зная, что Вражье Кольцо нашлось, он намеренно ввел в заблуждение Мудрых. Но Морские Глубины — надежная могила, там уж Кольцо упокоится навеки.

— К сожалению, ты не прав, — сказал ему Гэндальф. — Морские Глубины тоже населены, и у Врага повсюду найдутся прислужники. Но главное, там, где была вода, может со временем воздвигнуться суша, а мы, Мудрецы Средиземья, призваны окончательно избыть судьбу Кольца — не на год, не на несколько поколений Смертных, даже не на несколько эпох, а навечно.

— И если путь в Заповедный Край считается опасным, — вмешался Гэлдор, — то дорога к Морю еще опасней. Ибо мой опыт подсказывает мне, что Враг будет ждать нас на Западном Тракте, как только поймет, где хранится Кольцо. Ну а разъяснят ему это назгулы. И спешили, и они вернулись восвояси, но Саурон даст им новых коней — еще более выносливых и быстрых, чем прежние. А когда во главе Вражьего воинства снова встанут Девятеро назгулов, Гондор будет окончательно разгромлен, и Враг, двигаясь по Взморью на север, обложит западные поселения эльфов...

— Ты слишком быстро расправился с Гондором! — гневно перебил Гэлдора Боромир. — Не так-то просто его разгромить. Я сказал, что мы боремся из последних сил, однако наши последние силы не по зубам даже свежему Вражьему воинству.

— Не по зубам без назгулов, — уточнил Гэлдор. — Но Врагу не обязательно завоевывать Гондор: он может отыскать обходные пути и, отрезав вас от всего Средиземья, двинет основные силы на север, а у ваших северных и западных границ оставит сильные заградительные отряды.

— Но в таком случае, — заключил Эрестор, — у нас, как сказал нам только что Всеславур, есть действительно лишь два выхода. И оба очень похожи на тупики. Вот уж поистине неразрешимая задача!

— Однако мы должны ее разрешить, — с сумрачным спокойствием проговорил Элронд. — Какая дорога нам кажется безопасней — западная, к Морю, или восточная, в Мордор? Западная. Но Враг превосходно знает, что эльфы всегда отступали на запад, и неминуемо превратит этот путь в западню. Значит, единственная наша надежда — если у нас еще осталась надежда — таится в неожиданном для Врага решении. Путь к Ородруину — вот наш путь. Кольцо должно быть предано Огню.

Зал совещаний затопила тишина. За окном весело сияло солнце, под берегом мирно журчала река, но Фродо почувствовал, как черный страх ледяными щупальцами сжал его сердце. Ему показалось, что Боромир шевельнулся, и он с надеждой посмотрел на гондорца. Тот рассеянно играл охотничьим рогом и хмурился. Потом решительно сказал:

— Я не понимаю, чего вы боитесь. Да, Саруман оказался предателем, но ведь глупцом никто из вас его не считает. Почему вы думаете, что Вражье Кольцо можно лишь спрятать или уничтожить? Раз уж оно очутилось у нас, надо обратить его против хозяина. Свободным Витязям Свободного Мира оно поможет сокрушить Врага. Именно этого он и боится!

Народ Гондора покорить невозможно, но нам угрожает поголовное истребление. Отважный спешит серьезно

вооружиться, когда ему предстоит решительный бой
Пусть же Кольцо будет нашим оружием, если в нем скрыт
столь грозная мощь!

— Светлые Силы, — возразил Элронд, — не могут ис
пользовать Кольцо Всевластья. Нам это слишком хоро
шо известно. Его изготовил Черный Властелин, чтоб
осуществить свои черные замыслы. В нем скрыта огром
ная мощь, Боромир, так что и владеть им может лишь то
кто наделен поистине великим могуществом. Но Могу
чим оно особенно опасно. Вспомни — Саруман Белы
переродился, едва он решил завладеть Кольцом. Мы зна
ем, что если кто-нибудь из Мудрых одолеет Саурона
помощью Кольца, то неминуемо воссядет на его трон
сам переродится в Черного Властелина. Это еще одна важ
ная причина, почему Кольцо необходимо уничтожить, ибо
покуда оно существует, опасность проникнуться жаждо
всевластья угрожает даже Мудрейшим из Мудрых. Пере
рождение всегда начинается незаметно. Саурон Черны
не родился злодеем. Я страшусь взять Вражье Кольцо н
хранение. И никогда не воспользуюсь им в борьбе.

— Я тоже, — твердо сказал Гэндальф.

В глазах Боромира промелькнуло недоверие, но по
том он горестно опустил голову.

— Да будет так, — проговорил он. — Значит, нам, гон
дорским воинам, надо полагаться лишь на собственно
оружие. Пока Мудрые охраняют Кольцо Всевластья, мы
будем сдерживать Вражье воинство. И, быть может, Сло
манный Меч Элендила превратится в проклятие для вра
гов Гондора... если тот, кто его унаследовал, унаследова
не только Сломанный Меч.

— Настанет день, — сказал Арагорн, — когда мы про
верим это в бою.

— Надеюсь, он настанет не слишком поздно, — мрач
но нахмурившись, обронил Боромир. — Мы не просим

помощи, но она нужна нам. И еще — нас очень поддержит уверенность, что с Врагом боремся не только мы...

— Будьте уверены, что это так, — спокойно сказал Боромиру Элронд. — В Средиземье много могучих сил, о которых не знают жители Гондора. И все они борются с общим Врагом.

— Но было бы хорошо, — вмешался Глоин, — если б эти разрозненные силы объединились. Другие Кольца — не столь опасные — могли бы помочь нам в борьбе с Врагом. Семь, к несчастью, потеряны для гномов... хотя Балин, уходя в Казад-Дум, надеялся, что отыщется Кольцо, принадлежавшее Трору.

— Напрасная надежда, — проговорил Гэндальф. — Кольцо перешло к его сыну Трэйну, но внук Трора, Торин, Кольца не получил: его отняли у Трэйна в Дул-Гулдуре, и я думаю, что тут не обошлось без пыток...

— Проклятые чародеи! — воскликнул Глоин. — Когда же мы им за все отомстим? — Потом, немного помолчав, добавил: — Но Тремя-то Враг завладеть не сумел? Тремя Магическими Кольцами эльфов? Говорят, это очень могущественные Кольца. Они ведь тоже изготовлены Сауроном, но Владыки эльфов не страшатся их лиходейства. Так нельзя ли с их помощью обуздать Врага?

— Разве ты не понял меня, гном Глоин? — после долгого молчания спросил Элронд. — Не Враг выковал Кольца эльфов. Он их даже ни разу не видел. Кольца эльфов подвластны лишь эльфам. Но они бессильны на поле сражения. С их помощью нельзя убивать и обуздывать: они помогают познавать мир, творить добро и сдерживать зло, зародившееся в сердцах жителей Средиземья, когда здесь начались Войны за власть. С тех пор как Враг лишился Кольца, нам удавалось противостоять Злу, но, если он завладеет им снова, ему откроются все наши помыслы, и мы утратим свободную волю, а Темные Силы станут непобедимыми — именно к этому стремится Враг.

— Но скажи, — спросил у Элронда Глоин, — тебе известно, как изменится мир, когда исчезнет Кольцо Всевластья?

— Неизвестно, — с грустью ответил Элронд. — Некоторые надеются, что Три Кольца, к которым никогда не притрагивался Враг, помогут залечить кровавые раны, нанесенные миру во время войны... но боюсь, что эти надежды не оправдаются. Я думаю, что, уничтожив Кольцо Всевластья, мы уничтожим силу остальных, и чудесная магия нынешнего мира сохранится лишь в сказочных преданиях о прошлом...

— Однако эльфы, — сказал Всеславур, — все же готовы уничтожить Кольцо, чтобы навеки разделаться с Врагом.

— Значит, получается, — заключил Эрестор, — что у нас есть только одна дорога — и она заведомо никуда не ведет. Нам не добраться до Огненной горы. Элронд мудр, мы все это знаем, и единственную дорогу, ведущую к победе, никто не назовет дорогой безрассудства... но вместе с тем она неодолима, и нас неминуемо ждет поражение.

— Поражение неминуемо ждет лишь того, кто отчаялся заранее, — возразил Гэндальф. — Признать неизбежность опасного пути, когда все другие дороги отрезаны, — это и есть истинная мудрость. Поход в Мордор кажется безрассудным? Так пусть безрассудство послужит нам маскировкой, пеленой, застилающей глаза Врагу. Ему не откажешь в лиходейской мудрости, он умеет предугадывать поступки противников, но его сжигает жажда всевластья, и лишь по себе он судит о других. Ему наверняка не придет в голову, что можно пренебречь властью над миром, и наше решение уничтожить Кольцо — поход в Мордор — собьет его с толку.

— Я тоже думаю, — проговорил Элронд, — что поначалу он не поймет, в чем дело. Дорога на Мордор очень опасна, но это единственный путь к победе. У себя дома

384

Саурон всемогущ, так что тому, кто отправится в Мордор, ни сила, ни мудрость не даст преимуществ — тайна, вот что здесь самое важное, и, быть может, эту великую миссию слабый выполнит даже успешней, чем сильный, ибо сильный не привык таиться от опасностей, а борьба с Врагом приведет его к гибели. Слабые не раз преображали мир, мужественно и честно выполняя свой долг, когда у сильных не хватало сил.

— Мне все понятно, — сказал вдруг Бильбо, — можешь не продолжать, досточтимый Элронд. Я начал эту злополучную историю, и мой долг призывает меня с ней покончить. Мне очень хорошо жилось у эльфов, а мой труд, как я думал, был близок к завершению. Мне казалось, что скоро я смогу написать: *и с тех пор он жил счастливо до конца своих дней.* По-моему, это замечательная концовка, хотя ее трудно назвать необычной. Но теперь она, вероятно, изменится или в лучшем случае отодвинется, потому что Книга станет длиннее. Жаль!.. Так когда мне надо выходить?

Боромир с изумлением посмотрел на Бильбо, однако сдержал невольную усмешку, заметив, что другие участники Совета выслушали хоббита серьезно и уважительно.

— Да, мой друг, — проговорил Гэндальф, — если б ты *начал* эту историю, тебе пришлось бы ее закончить. Однако летописцу должно быть известно, что в одиночку начать историю невозможно: даже самый великий и могучий герой способен внести лишь крохотный вклад в историю, которая изменяет мир. Не надо смущаться. Мы все понимаем, что за шуткой ты скрыл мужественный порыв. Но такая миссия тебе не по силам. Ты не сможешь пробраться к Огненной горе. А главное, у Кольца теперь новый Хранитель. Так что не меняй концовку в Книге. И будь готов написать продолжение, когда смельчаки вернутся назад.

— Вот уж чего я от тебя не слышал, так это совета пожить спокойно! — с досадливым облегчением воскликнул Бильбо. — Твои прежние советы оказывались мудрыми — боюсь, не оказался бы сегодняшний глупым... А если говорить серьезно и откровенно, то нет у меня ни сил, ни удачливости, чтобы снова взять Кольцо на хранение. Его лиходейское могущество возросло, а я-то чувствую себя старым и слабым. Но скажи — кого ты назвал *смельчаками?*

— Тех, кто отправится с Кольцом в Мордор.

— Не разговаривай со мной, будто я несмышленыш! Кого именно ты имел в виду? По-моему, это, и только это, нужно решить на сегодняшнем Совете. Я знаю — эльфов хлебом не корми, только дай им вволю поговорить, а гномы привыкли терпеть лишения и могут неделями обходиться без пищи, но я-то всего лишь пожилой хоббит, и у меня от голода уже кружится голова. Так давайте назовем имена смельчаков — или сделаем перерыв на обед!

Бильбо умолк, и настала тишина. Никто из гостей не проронил ни слова. Фродо обвел взглядом собравшихся, но никто не поднял на него глаза: все молчали и смотрели в пол, предаваясь собственным мрачным раздумьям. Его охватил леденящий страх — он вдруг понял, что сейчас поднимется и самому себе произнесет приговор. Неужели же ему нельзя отдохнуть, нельзя спокойно пожить в Раздоле? Здесь Бильбо, здесь так покойно и уютно...

— Я готов отнести Кольцо, — сказал он, — хотя и не знаю, доберусь ли до Мордора.

Элронд внимательно посмотрел на Фродо.

— Насколько я понимаю, — проговорил он, — именно тебе суждено это сделать, и если ты не проберешься в Мордор, то Завеса Тьмы сомкнется над Средиземьем. От слабых невысокликов из мирной Хоббитании зависит судьба средиземного мира — перед ними падут могучие крепости, а Великие придут к ним просить совета... если бремя, которое ты берешь на себя, в самом деле окажется тебе по силам.

Ибо это тяжкое бремя, Фродо. Столь тяжкое, что никто не имеет права взваливать его на чужие плечи. Но теперь, когда ты выбрал свою судьбу, я скажу, что ты сделал правильный выбор.

— Но вы ведь не пошлете его одного? Ведь не пошлете, правда же, господин Элронд? — закричал вдруг Сэм и, не в силах сдержаться, выскочил из своего укромного уголка, куда он проюркнул перед началом Совета и где до сих пор тихонько сидел на полу.

— Конечно, нет, — отозвался Элронд, с улыбкой повернувшись к встревоженному Сэму. — Ты его обязательно будешь сопровождать. Разве мы можем разлучить тебя с Фродо, если ты ухитрился пробраться за ним даже на секретный Совет Мудрых?

Сэм покраснел и поспешно спрятался.

— Эх, господин Фродо, — пробормотал он, — зря мы ввязались в эту страшенную свистопляску! — Потом сокрушенно покачал головой и снова сел на пол.

Глава III
ПУТЬ НА ЮГ

Вечером хоббиты собрались у Бильбо и устроили собственное секретное совещание. Мерри с Пином были возмущены, когда узнали о проделке Сэма.

— Где же справедливость? — негодовал Пин. — Этого пройдоху не выгнали из зала, не заковали в цепи за наглое самозванство, а наградили, и он отправится с Фродо!

— Наградили! — грустно усмехнулся Фродо. — Скажи уж — приговорили к страшному наказанию. Подумай, можно ли считать наградой поход в Мордор, да еще и с Кольцом! А я-то надеялся, что у меня его заберут и мне удастся отдохнуть в Раздоле.

— Да, гостить у эльфов приятней, чем тащиться в Мордор, — согласился Мерри. — Но мы ведь завидуем не тебе, а Сэму. Раз уж ты взялся за это дело, для нас не придумаешь худшего наказания, чем отпустить тебя в поход одного. Часть пути мы одолели вместе — надо вместе его и закончить.

— Я тоже так считаю, — вмешался Пин. — Нам, хоббитам, нельзя разлучаться. Если меня не запрут в темницу, я обязательно пойду с Фродо. Ведь нужно же, чтобы его сопровождал хотя бы один благоразумный спутник!

— Для этой-то роли ты никак не подходишь, — проговорил Гэндальф, заглянув в окно: Бильбо жил на первом этаже. — Но вы слишком рано начали волноваться, ибо пока еще ничего не решено.

— Ничего не решено? — переспросил его Пин. — Так что же вы делали на вашем Совете?

— Говорили и слушали, — объяснил ему Бильбо. — Каждый рассказывал то, что он знает, и узнавал то, что ему неизвестно. Все слушали друг друга с открытыми ртами. Между прочим, даже всеведущий Гэндальф услыхал неожиданную для него весть — о бегстве Горлума, — да не подал виду.

— Ты ошибаешься, — возразил Гэндальф, — мне эту новость сообщил Ветробой. Если хочешь знать, то с открытыми ртами сидели на Совете лишь Бильбо да Фродо, а я *ничего* нового не услышал.

— Ничего так ничего, — согласился Бильбо, понимая, что с Гэндальфом спорить бесполезно, — но на Совете весь день говорили и слушали, а решили только про Фродо и Сэма. Бедняги, им выпала суровая доля... впрочем, они ее выбрали сами. Я предвидел, что так и должно случиться, если меня не отпустят в Мордор. Но могу по секрету сказать вам, друзья, что не им одним суждена эта доля: с Кольцом отправится большая группа — как только разведчики возвратятся в Раздол. Они уже ушли на разведку, Гэндальф?

— Некоторые ушли, — ответил маг. — Некоторые собираются и уйдут утром. Им вызвались помочь следопыты-северяне и эльфы Трандуила из Северного Лихолесья. Вы отправитесь после возвращения разведчиков, так что Фродо еще успеет отдохнуть.

— Вот-вот, и потащимся мы в Мордор зимой, — с мрачным неодобрением пробурчал Сэм.

— Что ж, придется, — заметил Бильбо, — ведь тут отчасти виноват и Фродо — зачем он ждал моего дня рождения? Между прочим, он странно его отпраздновал. Неужели он думал меня порадовать, когда отдавал в этот день мой дом вздорным занудам Лякошель-Торбинсам? Как бы то ни было, сделанное — сделано, дожидаться весны не позволяет обстановка, а уходить до возвращения разведчиков — глупо.

> Когда сквозь муть осенних слез
> Оскалится мороз,
> Когда ясна ночная студь,
> В глуши опасен путь.

Но неразведанный путь гораздо опасней.

— Боюсь, что Бильбо прав, — сказал Гэндальф. — Мы *должны* выяснить, где сейчас Всадники.

— Так они уцелели? — спросил его Мерри.

— Их не уничтожишь, — ответил Гэндальф, — пока не уничтожен их Властелин. Надеюсь, им пришлось вернуться восвояси — без коней в нашем мире они бессильны, — но это обязательно надо проверить. А пока забудь свои страхи, Фродо. Не знаю уж, будет от меня прок или нет, однако я думаю, что пойду с тобой в Мордор, ибо, как здесь было правильно сказано, тебе необходим благоразумный спутник.

Фродо охватила буйная радость, которую он не захотел скрывать, так что довольный Гэндальф снял шляпу и церемонно поклонился, но при этом добавил:

— Заметь, я лишь *думаю*, что отправлюсь с тобой. Окончательно мы еще ничего не решили. Неизвестно, что скажут Элронд и Арагорн. Кстати, мне нужно повидаться с Элрондом. — Гэндальф надел свою шляпу и ушел.

— Как ты считаешь, — спросил Фродо у Бильбо, — сколько времени мне придется ждать?

— Не знаю, — откровенно признался Бильбо. — Здесь ведь почти не замечаешь времени. Но разведчикам предстоит нелегкая дорога, так что едва ли ты уйдешь скоро. Мы успеем до этого вволю наговориться. А ты не хочешь помочь мне с Книгой? Мы закончим ее и начнем твою. Скажи, тебе еще не приходило в голову, чем твоя Книга должна завершиться?

— Приходило, — мрачно ответил Фродо. — И ничего хорошего я об этом не думаю.

— Ну что ты, мой друг! — воскликнул Бильбо. — Книги *обязаны* хорошо кончаться. Как тебе нравится такой вот конец: *с тех пор они больше никогда не расставались, и счастливей их не было никого на свете.*

— Да, это замечательная концовка, — согласился Фродо. И грустно добавил: — Только не очень-то я в нее верю.

Хоббиты обсудили путешествие к эльфам и попытались угадать, какие опасности встретятся Фродо на пути в Мордор. Однако целительный покой Раздола вскоре развеял их тревожные мысли. Будущее по-прежнему казалось им мрачным, и все же оно не омрачало настоящего, а радость жизни укрепляла их веру в счастливое завершение опасного похода, — хоббиты радовались каждому дню, проведенному среди гостеприимных эльфов, каждой трапезе и каждой песне, услышанной в уютном Каминном зале.

Дни незаметно уходили в прошлое, и на смену осени подступала зима. Ветерок, подувающий с Мглистых гор, постепенно наливался знобящим холодом, сухо шуршала облетающая листва, и выцветала серебристая синева неба. В белесом блеске полной луны чуть заметно мерцали ночами звезды, но на юге, почти что у самой земли, до рассвета сверкала багровая звезда, и лунный блеск не мог ее пригасить — она заглядывала в комнату Фродо, словно кровавый, всевидящий глаз.

Хоббиты прожили в Раздоле два месяца, и к началу декабря, когда кончилась осень, группы разведчиков стали возвращаться. Одни из них обследовали северные земли — верховья Буйной, Троллистое плато и Серые горы у истоков Андуина; другие спустились по Бесноватой и Серострую к давно разрушенной крепости Тарбад, чтоб узнать обстановку на Сирых Равнинах; третьи перевалили Мглистый хребет, прошли вдоль Андуина до Ирисной Низины и вернулись к Бесноватой через горный перевал, который зовется Черноречным Каскадом; четвертые прошли по Восточному Тракту и потом, осторожно продвигаясь на юг, исследовали западные окраины Лихолесья вплоть до Чародейских Дебрей Дул-Гулдура. Последними возвратились сыновья Элронда — они побывали в Глухоманной Пустоши и на Бурых Равнинах к востоку от Андуина, — но рассказали о своем путешествии лишь отцу.

Разведчики нигде не обнаружили Всадников — даже ни разу не слышали о них. Не видели Всадников и Великие Орлы, могучие союзники Радагаста Карего. Горлум тоже бесследно исчез, а на севере рыскали стаи волколаков. Три утонувших черных коня были найдены в реке Бесноватой, у Переправы, и еще пять трупов — чуть ниже, на перекатах; там же, прижатые течением к утесу, мокли в воде изодранные плащи.

— По крайней мере восьмерых из Девятки Бесноватая спешила, — рассуждал Гэндальф. — Можно надеяться, что Призрачные прислужники на какое-то время потеряли силу и вернулись в Мордор бесформенными призраками; но полной уверенности у меня нет.

Если же это действительно так, то они не помешают нашему походу, ибо не скоро появятся опять. У Врага, разумеется, много прислужников, но им, чтоб узнать, куда мы отправились, придется тайно пробираться к Раздолу — тайно, ибо дунаданцы не дремлют, — и тут разыскивать наши следы; а мы постараемся не оставить следов. Однако медлить больше нельзя, надо выступать не откладывая, сейчас же.

Элронд призвал хоббитов к себе.

— Время настало, — объявил им он. — Хранителю Кольца пора выступать. Но теперь ему необходимо помнить, что помощи он в дороге не получит: мы будем слишком далеко от него. — Элронд внимательно посмотрел на Фродо и серьезно спросил: — Ты не передумал? Ибо принуждать тебя мы не вправе.

— Нет, — сказал Фродо. — Я пойду. С Сэмом.

— Даже совета я не смогу тебе дать, — немного помолчав, проговорил Элронд. — Завеса Тьмы с каждым днем расширяется, она доползла почти до Сероструя, а затемненные земли скрыты от меня, я не в силах предугадать твой будущий путь и не знаю, как ты доберешься до Мордора. Множество тайных и открытых врагов будут встречаться тебе на пути, но помни — даже во владениях Саурона Хранитель Кольца может встретить друзей. Мы разошлем о тебе сообщения всем союзникам Совета Мудрых, но я не уверен, что мои гонцы проберутся через страны, охваченные войнами.

Мы найдем тебе нескольких надежных спутников, но их должно быть очень немного, ибо успех твоего похода зависит только от быстроты и скрытности.

Всего вас будет девять Хранителей — ровно столько же, сколько Призраков-назгулов. Кроме твоего преданного Сэма, тебя отправится сопровождать Гэндальф, и, быть может, в этом труднейшем походе завершатся его великие труды.

Остальных спутников тебе предоставят Свободные Народы Свободного Мира — эльфы, гномы и люди. От эльфов вызвался идти Леголас, от гномов — Гимли, а от людей — Арагорн.

— Бродяжник? — радостно воскликнул Фродо.

— Он самый, — с улыбкой откликнулся Арагорн. — Ты ведь не откажешься от моего общества?

— Я думал, — взволнованно сказал ему Фродо, — что ты уходишь помогать гондорцам, и не смел попросить тебя отправиться с нами.

— Ухожу, — спокойно подтвердил Арагорн. — Но пока мы не достигнем южных земель, нас ждет одна и та же дорога — много сотен лиг мы одолеем вместе. Боромир тоже отправится с нами — он опытный путешественник и храбрый воин.

— Нужны еще двое, — заметил Элронд. — В Раздоле найдется немало охотников...

— А мы? — горестно воскликнул Пин. — Значит, получается, что нас не возьмут? Мы тоже хотим сопровождать Фродо!

— Вы не понимаете, — отозвался Элронд, — просто не можете себе представить, какие воистину гибельные опасности ждут Фродо на пути в Мордор.

— Да и Фродо знает не больше, чем они, — неожиданно поддержал хоббитов Гэндальф. — И никто из нас этого как следует не знает. Ясно, что, если б наши дружные хоббиты понимали, *какие* им предстоят испытания, они не решились бы отправиться в путь. Но горько проклинали бы свою нерешительность, ибо они преданные друзья Фродо. А в этом походе их верная преданность окажется важнее могущества и мудрости. Надеюсь, ты знаешь не хуже меня, что даже великий витязь Всеславур не сможет одолеть в единоборстве Врага или силой пробиться к Ородруину.

— Ты прав, — неохотно согласился Элронд. — Но Хоббитании тоже угрожает опасность, и вот я хотел, чтобы наши хоббиты предупредили об этом своих земляков. И, уж во всяком случае, Перегрин Крол слишком юн для такого путешествия. Я не могу отпустить его в Мордор.

— Тогда прикажи взять меня под стражу, иначе я все равно убегу, — сказал Пин.

Элронд посмотрел на него и вздохнул.

— Что ж, придется отпустить и тебя, — с грустной улыбкой проговорил он. — Значит, Отряд Хранителей набран. Через семь дней вы отправитесь в путь.

Эльфы-кузнецы перековали Нарсил и выбили на его клинке эмблему — семь звезд между узким полумесяцем и солнцем, — ибо Арагорн, сын Арахорна, прямой потомок королей Нуменора, отправлялся защищать Гондорское княжество. Грозно выглядел обновленный меч: днем, вынутый из темных ножен, он сверкал на солнце, словно раскаленный, а ночью, в холодном свете луны, отливал сумрачным, льдистым блеском. Арагорн дал ему новое имя — Андрил, что значит Возрожденная Молния.

Арагорн с Гэндальфом, готовясь к походу, изучали древние карты Средиземья и подробные летописи прежних эпох, издавна хранящиеся в Замке Элронда. Случалось, что к ним присоединялся и Фродо; но больше времени он проводил с Бильбо, целиком положившись на мудрость спутников.

Вечерами хоббиты собирались все вместе и, сидя в уютном Каминном зале, слушали древние предания эльфов, а днем, покуда Мерри и Пин бродили по приуснувшему зимнему парку, Фродо с Сэмом сидели у Бильбо, и он читал им свои стихи или отрывки из незаконченной книги.

Утром за день до выступления в путь Фродо один забежал к Бильбо, и тот, плотно притворив дверь, выдвинул из-под кровати деревянный сундучок, открыл крышку и вынул меч в сильно потертых кожаных ножнах.

— Твой меч сломался, — сказал старый хоббит, — и я сохранил его, чтоб отдать на перековку, да вовремя не отдал, а теперь уже поздно: за один день меч не восстановят даже искусные кузнецы Раздола. Так, может, тебе подойдет вот этот? — Бильбо вытащил меч из ножен, и его искусно отполированный клинок озарил комнату холодным блеском. — Меня он часто спасал от гибели. Но сейчас тебе он нужнее, чем мне.

Фродо с благодарностью принял меч.

— И вот еще что я хочу тебе подарить.

Бильбо бережно вынул из сундучка небольшой, но явно увесистый сверток, и, когда он размотал серую тряпицу, Фродо увидел кольчужную рубаху, скованную из матово-серебристых колец, — тонкая, однако плотная и прочная, она была украшена прозрачными самоцветами, а пояс к ней поблескивал светлыми жемчужинами.

— Красивая, правда? — проговорил Бильбо, подойдя с кольчугой поближе к окну. — И очень полезная, можешь не сомневаться. Мне подарил ее некогда Торин, да теперь-то она едва ли мне пригодится — разве что как память о моем путешествии. В руках она кажется довольно тяжелой, но надень ее — и ты не почувствуешь ее веса.

— Да ведь я... По-моему, я буду в ней выглядеть... немного странно, — отозвался Фродо.

— То же самое подумалось и мне, — сказал Бильбо, — когда я увидел ее впервые. Носи ее под одеждой, только и всего. Никто, кроме нас, о ней не узнает. Да-да, не говори про нее никому! Я надеюсь... — Бильбо огляделся по сторонам и, наклонившись к Фродо, шепотом закончил: — ...что ее не пробьешь никаким оружием — даже кинжалом Черного Всадника.

— Тогда я возьму ее, — решился Фродо. Он надел кольчугу, как советовал Бильбо, под куртку, а сверху накинул плащ, так что не было видно и меча.

— Никто не догадается, — заметил Бильбо, — что ты надежно защищен и вооружен. Остается пожелать вам счастливого пути... — Он резко отвернулся, выглянул в окно и запел какую-то веселую песенку.

Но этот маневр не обманул Фродо: он видел, что Бильбо глубоко огорчен расставанием со всеми своими земляками.

— Я не знаю, как мне тебя благодарить...

— А-а, чепуха, — сказал ему Бильбо и дружески хлопнул его по плечу. — Вот это плечи! — проворчал он, трясся ушибленной об кольчугу ладонью. Потом, после паузы, серьезно добавил: — Хоббиты должны помогать друг другу. А мы к тому же еще и родственники. Так что нечего меня благодарить... Обещай мне вести себя в походе благоразумно и запоминать предания чужедальних народов — а я постараюсь закончить Книгу. Может, у меня еще хватит времени, чтобы описать и твои приключения. — Он снова умолк, отошел к окну и принялся вполголоса напевать:

Пылает солнце за окном,
    А в комнате — очаг;
Я вспоминаю о былом,
    О светлых летних днях,

Которые навек ушли,
    Как те цветы в полях,
Что летом весело цвели,
    А осенью их прах

Развеивали ветерки
    Над палою листвой,
И паутинки стерегли
    Ее шуршащий слой...

О жизни думаю былой —
    И о цветенье лет,
Когда очередной зимой
    Снега засыплют след

Моих прижизненных забот
    И прерванных затей,
А мир ворота распахнет
    Для будущих людей.

Я вспоминаю о былом,
    Но сердцем — у дверей,
С надеждой встретить за углом
    Вернувшихся друзей.

Декабрьский день был холодным и хмурым. Голые ветви парковых деревьев гнулись под напором восточного ветра, а вдали, на северных склонах долины, заунывно шумел сосновый лес. По низкому, придавленному к земле небу торопливо ползли тяжелые тучи.

Хранители собирались уйти наутро, но Элронд посоветовал им выступить вечером и пробираться под прикрытием ночной темноты, пока они не уйдут далеко от Раздола.

— У Саурона, — сказал он, — много прислужников — четвероногих, двуногих и даже крылатых. Назгулы наверняка уже вернулись к хозяину, так что он знает об их поражении и его терзает ядовитая ярость. На север, конечно же, посланы соглядатаи. Птицы, как известно, летают быстро, поэтому берегитесь ясного неба!

Хранители взяли с собою в дорогу только легкое военное снаряжение — их главным оружием была скрытность. У Арагорна, скитальца пограничного Глухоманья, под выцветшим буровато-зеленым плащом висел на поясе возрожденный Андрил — другого оружия он брать не стал. У Боромира был меч, напоминающий Андрил — тоже из Нуменора, но не такой прославленный, — легкий щит и рог на перевязи. Он протрубил в рог, и над притихшей долиной раскатилось могучее бархатистое эхо, заглушившее рокот отдаленного водопада, журчание реки внизу под обрывом и свист ветра в обнаженных ветвях.

— Да рассеются союзники проклятого Саурона! — воскликнул гондорец, опуская рог.

— А теперь спрячь свой рог, Боромир. Он не скоро понадобится тебе еще раз, — веско сказал Боромиру Элронд. — Надеюсь, ты и сам понимаешь — почему?

— Понимаю, конечно, — ответил Боромир. — И в пути я готов таиться от шпионов. Но *начинать* поход по-воровски, крадучись, мне не позволяет воинская гордость.

Гимли, единственный из Отряда Хранителей, открыто облачился в кольчужную рубаху; а за пояс он заткнул боевой топор. У Леголаса был лук, колчан со стрелами и прикрепленный к поясу длинный кинжал; у Фродо — Терн (про кольчугу Торина он решил не говорить своим спутникам); у остальных хоббитов — мечи из Могильника. Гэндальф взял свой Магический Жезл и меч Яррист, изготовленный эльфами.

Элронд дал им теплую одежду — куртки и плащи, подбитые мехом; провизию, запасную одежду и одеяла они погрузили во вьюках на пони — это был тот самый престарелый пони, с которым они удирали из Пригорья.

Но теперь его трудно было узнать: он казался помолодевшим лет на пятнадцать. Сэм настоял, чтобы в новое путешествие взяли их верного старого помощника, сказав, что Билл (так он звал пони) зачахнет, если останется в Раздоле.

— Это ж до изумления умная скотинка. Проживи мы тут месяца на два подольше, и он заговорил бы, — объявил Сэм. — Да он и без слов сумел объяснить мне — не хуже, чем Перегрин Владыке Раздола, — что, если его не заключат под стражу, он все одно побежит за нами.

В самом деле, тяжело нагруженный Билл, судя по его довольному виду, с легким сердцем отправлялся в поход — не то что другие спутники Фродо, которых томили тяжкие предчувствия, хотя уходили они налегке.

Распростившись с эльфами в Каминном зале, Хранители вышли на восточную веранду и теперь ждали задержавшегося Гэндальфа. С востока подползали студеные сумерки; теплые отсветы каминного пламени золотили окна Замка. Бильбо, зябко кутаясь в плащ, стоял рядом с Фродо и грустно молчал. Арагорн понуро сидел на ступеньках — лишь Элронд догадывался, какие мысли одолевали бесстрашного странника Глухоманья. Сэм, почесывая Биллу лоб, бездумно смотрел в темную пустоту — туда, где под обрывом, на каменных перекатах, глухо рычал бесноватый Бруинен.

— Билл, дружище, — пробормотал он, — по-моему, зря ты с нами связался. Жил бы себе здесь и горюшка не знал... жевал бы душистое раздольское сено... а там, глядишь, пришла бы весна... — Но Билл ничего не ответил хоббиту.

Сэм поправил вещевой мешок и принялся вспоминать, все ли он взял: котелки, чтоб готовить на привалах еду (мудрые-то, они про это не думают), коробочку с солью (никто ведь не позаботится), хоббитанский табак (эх, мал запасец!), несколько пар шерстяных носков (главное в дороге — теплые ноги) и разные мелочи, забытые Фродо, но аккуратно собранные заботливым Сэмом, чтобы, когда они вдруг понадобятся, вручить их с торжественной гордостью хозяину (как так забыли — а Сэм-то на что?). Ну, кажется, ничего не упустил...

— А веревка-то! — неожиданно припомнил он. — Эх, растяпа, не взял веревку! И ведь я вчера еще себе говорил: «Сэм, обязательно захвати веревку, она наверняка понадобится в пути!» Наверняка. Но придется обойтись без веревки. Потому что где ее сейчас добудешь?

Вскоре на веранде появился Гэндальф; его сопровождал Владыка Раздола.

— Сегодня, — негромко проговорил Элронд, — Хранитель Кольца отправляется в дорогу — начинает Поход к Роковой горе. Выслушайте мое последнее напутствие. Он один отвечает за судьбу Кольца и, добровольно взяв на себя это бремя, не должен выбрасывать Кольцо в пути или отдавать его слугам Врага. Он может на время доверить Кольцо только Мудрецу из Совета Мудрых или другому Хранителю — только им! — да и то лишь в случае крайней нужды. Однако Хранители не связаны клятвой, ибо никто не способен предугадать, какие испытания ждут их в пути и по силам ли им дойти до конца. Помните — чем ближе вы подступите к Мордору, тем труднее вам будет отступить, а поэтому...

— Тот, кто отступает, страшась испытаний, зовется отступником, — перебил его Гимли.

— А тот, кто клянется, не испытав своих сил, и потом отступается от собственной клятвы, зовется клятвопре-

400

ступником, — сказал Элронд. — Лучше уж удержаться от легкомысленных клятв.

— Клятва может укрепить слабого...

— Но может и сломить, — возразил Элронд. — Не надо загадывать далеко вперед. Идите, и да хранит вас наша благодарность! Пусть звезды ярко освещают ваш путь!

— Счастливо... счастливого пути! — крикнул Бильбо, запинаясь от волнения и знобкой дрожи. — Вряд ли ты сможешь вести дневник... Фродо, друг мой... но когда ты вернешься... а я уверен, что ты вернешься... ты поведаешь мне о своих приключениях, и я обязательно закончу Книгу... Только возвращайся поскорей! До свидания!

Многие подданные Владыки Раздола провожали в дальнюю дорогу Хранителей. Слышались мелодичные голоса эльфов, желающих Отряду доброго пути, но никто не смеялся, не пел песен — проводы получились довольно грустные.

Путники перешли по мостику Бруинен — здесь, у истоков, он был еще узким — и начали подыматься на крутой склон, замыкающий с юга раздвоенную долину, в которой издавна жили эльфы. Поднявшись к холмистой вересковой равнине, они окинули прощальным взглядом мерцающий веселыми огоньками Раздол — Последнюю Светлую Обитель — и углубились в ветреную ночную тьму.

Хранители дошли по Тракту до Переправы и тут круто свернули на юг. Перед ними расстилалась изрытая оврагами, поросшая вереском каменистая равнина, ограниченная с востока Мглистым хребтом; если б они пересекли хребет, а потом спустились к руслу Андуина, то быстрее достигли бы южных земель, ибо долина Великой Реки славилась плодородием и удобными дорогами. Но именно поэтому соглядатаи Саурона наверняка стерегли приречные пути; а продвигаясь к югу по западной равнине, отделенной от Андуина Мглистым хребтом, путники надеялись остаться незамеченными.

Впереди Отряда шел Гэндальф Серый; по правую руку от него — Арагорн, превосходно знавший западные равнины, так что темнота не была ему помехой; за ними шагали остальные путники; а замыкал шествие эльф Леголас, который, как и все лихолесские эльфы, ночью видел не хуже, чем днем. Сначала поход был просто утомительным, и Фродо почти ничего не запомнил — кроме ледяного восточного ветра. Этот ветер, промозглый, пронизывающий до костей, неизменно дул из-за Мглистых гор, так что Фродо, несмотря на теплую одежду, постоянно чувствовал себя продрогшим — и ночью, в пути, и днем, на отдыхе.

По утрам, когда непроглядный мрак сменялся серым бессолнечным сумраком, путники находили место для отдыха и забирались под колючие ветви падуба — заросли этих низкорослых кустов, словно островки, чернели на равнине — или прятались в каком-нибудь овраге. Вечером, разбуженные очередным часовым, они вяло съедали холодный ужин и, сонные, продрогшие, отправлялись в путь.

Хоббиты не привыкли к таким путешествиям, и утрами, когда зачинался рассвет, у них от усталости подкашивались ноги, но им казалось, что они не двигаются, а из ночи в ночь шагают на месте: унылая, изрезанная оврагами равнина с островками колючих зарослей падуба не менялась на протяжении сотен лиг. Однако горы подступали все ближе. Мглистый хребет сворачивал к западу, и теперь они шли по предгорному плато, рассеченному трещинами черных ущелий и отвесными стенами высоких утесов. Извилистые, давно заброшенные тропы часто заводили Хранителей в тупики — то к обрыву над бурным пенистым потоком, то к сухой, но широкой и глубокой расселине, то к пологому спуску в бездонную трясину.

* * *

На четырнадцатую ночь погода изменилась. Восточный ветер ненадолго стих, а потом устойчиво потянул с севера. Тяжелые тучи к рассвету рассеялись, прозрачный воздух стал морозней и суше, а из-за Мглистых гор выплыло солнце — громадное, но по-зимнему неяркое и холодное. Путники подошли к гряде холмов, поросших могучими горными дубами — казалось, что их черно-серые стволы вырублены в древние времена из гранита.

На юге, преграждая Отряду дорогу, высился гигантский горный хребет с тремя особенно высокими пиками в серебрящихся шапках вечных снегов. Фродо внимательно рассматривал горы; к нему неслышно подошел Гэндальф и, приложив ладонь козырьком ко лбу, глянул на далекий заснеженный хребет.

— Здесь начинаются земли Остранны, или, как назвали ее люди, Дубровы, — опустив руку, сказал он Фродо. — В Остранне некогда жили эльфы, но эти времена давно миновали. Птица, летящая из Раздола в Остранну, должна одолеть лишь сорок пять лиг. Но если двигаться пешком, как мы, то надо пройти лиг двести—триста. В Остранне и климат гораздо лучше, и земля плодородней, чем на северных равнинах, но теперь нам придется удвоить осторожность: сюда наверняка посланы соглядатаи.

— За один по-настоящему солнечный день я согласен даже учетверить осторожность! — откидывая капюшон, воскликнул Фродо.

— А впереди-то горы, — вмешался Пин. — Должно быть, ночью мы свернули к востоку.

— Не было этого, — возразил Гэндальф. — В солнечную погоду просто дальше видно, вот почему ты увидел горы. Мглистый хребет у границ Остранны плавно сворачивает на юго-запад. Ты что же — ни разу не заглянул в карту, пока мы гостили у Владыки Раздола?

— Почему не заглянул? — обиделся Пин. — Я заглядывал, можно даже сказать — изучал. Но у меня плохая зрительная память. Зато наш Фродо наверняка все помнит!

— Нам не понадобится никаких карт, — сказал подошедший к хоббитам Гимли. Он взволнованно смотрел на далекие горы. — Ведь это владения моих предков. Вон они, овеянные легендами вершины — заснеженные Зирак, Бараз и Шатхур!

Я видел их, да и то издалека, только раз, но они хорошо мне знакомы. Им посвящено множество легенд, а их изображения — в металле и камне — не раз создавали наши мастера. Ибо под ними, в огромных пещерах, расположено древнее царство гномов — Казад-Дум, или, по-эльфийски, Мория, а на всеобщем языке — Черная Бездна. Чуть дальше высится пик Баразинбар — по-эльфийски Карадрас, Багровый Рог; а за ним, правее, еще два пика: Зиракзигил — Селебдор, Серебристый, и Бундушатхур — Фануиндхол, Тусклый.

Здесь неприступный Мглистый хребет прогибается седловиной узкого перевала, по которому можно попасть в долину, известную всем средиземским гномам. У этой долины несколько названий: по-гномьи Азанулбизар; по-эльфийски Нандурион; ну а на всеобщем языке — Черноречье.

— Нам надо пробраться к Азанулбизару, — объявил Гэндальф, когда гном замолчал. — Поднявшись на перевал через Багровые Ворота — так именуют его западный склон, — мы спустимся по Черноречному Каскаду в долину. Там вы увидите озеро Зеркальное и вытекающую из него речку Серебрянку.

— Непроглядна вода Келед-Зарама, — сказал Гимли, — и холодны как лед ключи Кибель-Налы. Неужели же мне суждено это счастье — увидеть наше заповедное озеро?

— Если и суждено, то мимоходом, мой друг, — глянув на гнома, откликнулся Гэндальф. — Ибо наш путь лежит *мимо* Зеркального, вниз по Серебрянке, через Тайные Чащобы, к Великой Реке и потом...

Он умолк.

— И что же потом? — спросил его Мерри.

— И потом — дальше, — ответил Гэндальф, — к концу путешествия... в конце концов. Не будем загадывать далеко вперед. Нам удалось дойти до Остранны — но это лишь первый шажок к победе. Мы остановимся тут на сутки: Остранна славится целебным климатом, а нам не мешает набраться сил. Край, где некогда жили эльфы, необычайно долго остается целебным, его нелегко отравить лиходейством.

— Правильно, — поддержал Гэндальфа Леголас. — Но для нас, исконно лесных жителей, эльфы Остранны были странным народом, и я уже не чувствую здесь их следов: деревья и травы мертво молчат. Хотя... — Леголас на мгновение замер, — ...да, камни еще помнят о них. Слышите? Слышите жалобы камней? *Они огранили нас, навек сохранили нас, вдохнули в нас жизнь и навеки ушли.* Они ушли навеки, — сказал Леголас. — Давно нашли Вековечную Гавань.

Но путники слышали только шум ветра.

В лощине, укрытой зарослями падуба, путники развели небольшой костер, и на этот раз их завтрак-ужин не показался им скудным, унылым и безвкусным. Они не торопились улечься спать, потому что им предстоял целый день отдыха и долгая ночь спокойного сна, а потом — бестревожная, полновесная дневка. Лишь одному Арагорну было неспокойно. После еды он поднялся на холм, долго смотрел на далекие горы и очень настороженно к чему-то прислушивался. Потом, снова подойдя к лощине, он

недоуменно глянул на спутников, словно бы удивляяс
их веселой беспечности.

— В чем дело, Бродяжник? — спросил его Мерри.
Неужели тебе чего-нибудь не хватает? Может, ты соску
чился по восточному ветру?

— Пока еще нет, — усмехнулся Арагорн. — Но кое-чего
мне действительно не хватает. Я бывал в Остранне и зи
мой, и летом. Здесь нет охотников, ибо нет жителей, по
этому всегда было много птиц и всяких мелких безобид
ных зверюшек. А сейчас весь этот край будто вымер. Я
чувствую, что вокруг — на многие лиги! — нет ни одного
живого существа. И мне хотелось бы понять — почему.

— Это и правда не совсем понятно, — согласился Гэн
дальф. Но потом добавил: — А может, мы и распугали вск
живность?

— Мы ведь не охотимся, — возразил Арагорн. — Но
мне всегда было спокойно в Остранне. А сейчас я постоянно ощущаю тревогу.

— Значит, нам нужно быть начеку, — сразу же посерь-
езнев, заметил Гэндальф. — Если с тобой путешествует
Следопыт, да не просто Следопыт, а сам Арагорн, надобно верить его ощущениям. Потише, друзья, — сказал он
хоббитам. — И давайте-ка сразу выставим часового.

В тот день первым часовым был Сэм. Все остальные
спокойно уснули, но Арагорн, видимо, не собрался спать.
Едва разговоры путников прекратились, настала тяжкая,
тревожная тишина — ее почувствовал даже Сэм. Ясно
слышалось дыхание спящих; а когда пони переставил
ногу, раздался поразительно громкий стук. Стоило Сэму
немного пошевелиться, и он слышал похрустывание собственных суставов. На небе не было ни единого облач-
ка; солнце медленно всползало все выше; мертвая тишина углублялась и крепла. Потом на юге, в безоблачном

небе, появилось какое-то темное пятнышко, напоминающее крохотную черную тучку; ветра не было, но пятнышко приближалось.

— Что это? На облако вроде бы не похоже, — шепотом сказал Арагорну Сэм. Арагорн, не отвечая, смотрел в небо; пятнышко, приближаясь, быстро росло и вскоре рассыпалось на отдельные точки. — Да это же птицы! — воскликнул Сэм. Птицы летели необычайно низко и не прямо вперед, а широкими зигзагами, как будто что-то искали на земле.

— Ложись и молчи! — прошипел Арагорн, затаскивая Сэма под ветви кустарника, потому что несколько сотен птиц внезапно отделились от основной стаи и стремительно полетели к той самой лощине, в которой расположились на отдых путники. Птицы были похожи на ворон, но совершенно черных и очень больших; когда они проносились над лощиной, их тень на мгновение закрыла солнце, и тишину вспорол громогласный карк, тут же заглушенный хлопаньем крыльев.

Как только птицы скрылись из глаз, Арагорн поднялся и разбудил Гэндальфа.

— Над западными равнинами, — сказал он мрачно, — рыщут стаи черных ворон, и одна из них только что пролетала над нами. В Остранне черные вороны не живут, они гнездятся на Сирых Равнинах. Не знаю, зачем они сюда пожаловали, возможно, просто в поисках пищи, но, по-моему, их послал Враг — шпионить. А высоко в небе кружатся стервятники, и уж они-то наверняка служат Саурону. Мне кажется, нам надо уходить отсюда, сегодня же: за Остранной установлена слежка.

— Но в таком случае, — отозвался Гэндальф, — шпионы стерегут и Багровые Ворота, а значит, на перевал подыматься нельзя. Интересно, как же мы попадем в Черноречье? Ладно, подумаем об этом потом. Главное сейчас — добраться до Мглистого. Ты прав, уходить нам придется сегодня, так что отдыха у нас не будет.

— Наше счастье, — сказал Арагорн, — что мы разожгли небольшой костер и он потух до прилета ворон. С кострами нужно распроститься надолго.

— Вот ведь наказание, — жаловался Пин, проснувшись под вечер и узнав от Сэма, что спокойной ночевки у них не будет, а костры отменены на долгое время. — Из-за стаи каких-то дурацких ворон мы теперь даже и выспаться не можем. А я-то мечтал о горячем ужине!

— Мечтай и дальше, — посоветовал ему Гэндальф. — Я вот, например, мечтаю согреться и спокойно выкурить трубку табаку. Но одно я могу пообещать твердо: на юге мы все непременно согреемся.

— Боюсь, не стало бы нам даже жарко, а не только тепло, — пробурчал Сэм. — Ну и пусть, зато мы наконец доберемся до Роковой горы и повернем домой. Я и то уж подумал про Багровый Рок, что он и есть Роковая гора, пока Гимли не назвал нам его по-своему — Бариза... Бирази... Сам Враг язык сломит!.. Короче говоря, мы еще не дошли. — Сэм не верил географическим картам, и все расстояния в этих краях казались ему такими громадными, что он уже окончательно в них запутался.

Днем Хранители прятались в лощине. Несколько раз они видели ворон, но те вроде бы их не замечали, а к вечеру снова улетели восвояси. Немного переждав, Хранители поели, свернули лагерь и отправились на юг — туда, где в лучах заходящего солнца багрово искрилась вершина Баразинбара. Предгорное плато уже укутали сумерки, и в темнеющем небе одна за другой зажигались первые ночные звезды.

Арагорн вывел их на торную тропу. Вернее, это была не тропа, а древний, давно заброшенный тракт, связывавший Остранну с горным перевалом. Из-за гор выплыла полная луна, и в ее голубовато-серебристом свете утесы по обеим сторонам тракта отбрасывали на землю черные тени. Фродо присмотрелся к утесам внимательней и увидел, что это вовсе не утесы, а искусно вырубленные в камне фигуры; но их уже разрушило неумолимое время. Отряд двигался к югу всю ночь. Под утро, в сером предрассветном сумраке, Фродо случайно глянул на небо и заметил, а точнее, лишь смутно ощутил, как над ними пронеслась бесшумная тень, стершая с небосвода — всего лишь на мгновение — веселые искорки звезд. Фродо вздрогнул.

— Ты сейчас ничего не заметил в небе? — еле слышным шепотом спросил он Гэндальфа, шагавшего с Арагорном впереди Отряда.

— Заметить не заметил, но почувствовал, — сказал Гэндальф. — На секунду стало как будто темней. Наверно, надо нами проплыло облачко.

— Очень уж быстро оно проплыло, — ни к кому не обращаясь, пробормотал Арагорн. — Особенно для такой безветренной погоды...

Больше ночью ничего не случилось. Рассвет был ясный и солнечный, но прохладный; ветер опять подувал с востока.

Еще две ночи шел Отряд к Мглистому; извилистая дорога то карабкалась на холм, то сбегала в ложбину, но было заметно, что она постепенно поднимается все выше; и вот, когда кончилась вторая ночь, Отряд вплотную подступил к Баразинбару, или, как называли его эльфы, Карадрасу, — громадному пику со снежной вершиной и кроваво-красными каменистыми склонами, на которых не было ни лесов, ни лугов.

Зачинался пасмурный и холодный рассвет; серые тучи закрывали солнце; ветер дул теперь с северо-востока. Гэндальф повернулся лицом к ветру, потянул носом и сказал Арагорну:

— Зима нагоняет нас. Горы на севере покрыты снегом почти до подножия. Послезавтра мы поднимемся к Багровым Воротам, и там нас, возможно, заметят соглядатаи; но самым опасным и коварным врагом, весьма вероятно, окажется погода. Так какой же путь ты выбрал бы, Арагорн?

Фродо, случайно уловивший эти слова, понял, что слышит продолжение разговора, который начался гораздо раньше.

— Я думаю, ты знаешь не хуже меня, что любой путь к затененным землям гибельно опасен, — ответил Арагорн. — Но мы *должны* одолеть этот путь, а значит, нам надо добраться до Андуина. На юге Мглистый перевалить невозможно, пока не выйдешь к Ристанийской равнине. Ты сам поведал о предательстве Сарумана. Так откуда нам знать, не пала ли Ристания? Нет, к ристанийцам идти нельзя, а поэтому придется штурмовать перевал.

— Ты забыл, — сказал Гэндальф, — что есть еще один путь, неизведанный и темный, но, по-моему, проходимый: тот путь, о котором мы уже говорили.

— И больше я о нем говорить не хочу, — отрезал Арагорн. Но, помолчав, добавил: — И не буду... пока окончательно не уверюсь, что другие пути совершенно непроходимы.

— Нам надо решить, куда мы пойдем, сегодня же, — напомнил Арагорну Гэндальф.

— Хорошо, я согласен, — сказал Арагорн. — Давай обсудим все это еще раз, когда настанет время выходить.

Вечером, пока их спутники ели, Арагорн с Гэндальфом отошли в сторону и принялись вполголоса о чем-то совещаться, посматривая на глыбу Багрового Рога. Его крутые скалистые склоны были бесплодно голыми и угрюмыми, а вершина терялась в тяжелых тучах. Очень неприветливо выглядел перевал! Однако, когда Арагорн и Гэндальф объявили, вернувшись, что нынешней ночью надо попытаться его одолеть, Фродо обрадовался. Он, конечно, не знал, про какой «неизведанный и темный» путь говорил поутру Арагорну Гэндальф, но почему-то заранее его боялся.

— Может статься, что Багровые Ворота стерегут соглядатаи Врага, — сказал Гэндальф. — Да и погода внушает мне серьезные опасения. Мы рискуем попасть на перевале в метель. Нам придется идти как можно быстрее. Даже и тогда мы поднимемся к седловине не меньше чем за два ночных перехода. Сегодня вечером рано стемнеет, поэтому пора сворачивать лагерь: мы едва-едва успеем собраться.

— Разрешите и мне кое-что добавить, — сказал обычно молчаливый Боромир. — Я рос неподалеку от Белых гор и не раз бывал на большой высоте. Высоко в горах и летом-то холодно, а сейчас нас ждет там трескучий мороз. Без костра мы замерзнем у перевала насмерть — ведь нам, как я понял, предстоит дневка. Значит, пока мы еще здесь, внизу, нужно собрать побольше сушняка, чтобы каждый взял с собой вязанку дров.

— А Билл прихватит две, — сказал Сэм. — Ты ведь не подведешь нас, правда, дружище? — спросил он у Билла. Пони промолчал, но посмотрел на Сэма довольно мрачно.

— Неплохая мысль, — согласился Гэндальф. — Однако нам надо твердо запомнить, что костер мы разожжем лишь в крайнем случае, когда действительно окажемся перед выбором — погибнуть или отогреться у огня.

Сначала Отряд продвигался быстро, но через несколько лиг склон стал круче, а разрушенный тракт превратился в тропу, загроможденную острыми осколками скал. Небо сплошь затянули тучи, и путников накрыла черная тьма. Лица обжигал ледяной ветер. К полуночи извилистая, чуть заметная тропка вывела путников на узкий карниз — справа от них, в круговерти ветра, угадывалась пустота глубокой пропасти, а слева вздымалась отвесная стена. Они не одолели и четверти пути.

Вскоре Фродо почувствовал на лице холодные уколы редких снежинок, а потом началась густая метель. Тьма, сделавшаяся вдруг сизо-белесой, стала вместе с тем еще непроглядней — согнутые фигуры Арагорна и Гэндальфа, до которых Фродо мог дотянуться рукой, скрылись в мутной метельной мгле.

— Ох, не нравится мне эта кутерьма, — пыхтел у него за спиною Сэм. — Я люблю полюбоваться на метель из окошка, утречком, лежа под теплым одеялом. Пусть бы она разразилась над Норгордом, то-то хоббиты были бы рады. А здесь она нам совсем ни к чему.

В Хоббитании сильных снегопадов не бывает — разве что изредка у северной границы, — и, если выпадает немного снежку, хоббиты радуются ему, как дети. Никто из живых хоббитов (кроме Бильбо) не видел редкостно свирепой зимы 1311 года, когда на засыпанную снегом Хоббитанию напали полчища белых волков, перешедших по льду речку Брендидуим.

Гэндальф остановился. Толстый слой снега покрывал его плечи и капюшон плаща. На тропе снега уже было по щиколотку.

— Именно этого я и опасался, — повернувшись к Арагорну, проговорил Гэндальф. — А что *ты* теперь скажешь, Следопыт?

— Что и я опасался, — ответил тот. — Правда, меньше, чем всего другого. Северяне привыкли к горным метелям. Но в южных горах метели — редкость, а если и случаются, то на большой высоте. Да ведь мы-то не успели забраться высоко.

412

— Так, может быть, это лиходейство Врага? — спросил подошедший к ним Боромир. — У нас поговаривают, что в Изгарных горах он повелевает даже погодой. Правда, они принадлежат ему, а Мглистый хребет — далеко от Мордора. Но могущество Врага постоянно растет.

— Длинные же он отрастил себе руки, если способен перебросить метель из северных земель в южные, — сказал Гимли.

— Длиннее некуда, — проворчал Гэндальф.

Пока они стояли, ветер утих, а через несколько минут прекратился и снегопад. Тогда они снова двинулись вперед. Однако затишье оказалось обманчивым. Не успели они одолеть и пол-лиги, как в лицо им дунул колючий ветер, окреп, налился ураганной силой, потом опять началась метель, снег повалил огромными хлопьями, и вскоре разбушевался неистовый буран. Теперь даже могучий Боромир шел с трудом. Хоббиты тащились в хвосте колонны, и всем их спутникам было понятно, что если буран будет продолжаться, то идти дальше они не смогут. Фродо едва передвигал ноги. Сэм, охая, плелся за ним. Пин и Мерри ковыляли молча. Гимли и тот выбился из сил, а ведь гномы славятся своей выносливостью.

Внезапно Отряд замер на месте, как будто путники сговорились остановиться, хотя никто не сказал ни слова. Вокруг раздавались очень странные звуки. Возможно, это завывал ветер, но в его гулком многоголосом вое ясно слышались злобные угрозы, визгливый хохот и хриплые вопли... Нет, ветер не мог так выть! Неожиданно сверху скатился камень, потом еще один, потом еще... Путники прижались к отвесной стене; камни с треском падали на карниз, подскакивали и валились в черную пропасть; временами раздавался тяжелый грохот, и сверху низвергались огромные валуны.

— Надо возвращаться, — сказал Боромир. — Я не раз попадал в горные метели и знаю, как воет по ущельям ветер... но сейчас мы слышим вовсе не ветер! Это же голоса вражеских сил! Да и камнепад здесь начался не случайно.

— Думаю, что воет-то именно ветер, — заметил Арагорн, — но Боромир прав: дальше идти в самом деле нельзя. У Совета Мудрых много врагов, хотя и не все они — союзники Саурона.

— Эльфы назвали Карадрас Кровожадным задолго до появления Врага, — буркнул Гимли.

— Неважно, кто нам препятствует, — сказал Гэндальф. — Важно, что препятствие сейчас неодолимо.

— Так как же нам быть? — горестно спросил Пин. Он стоял, привалившись к холодной стене, и его сотрясала мелкая дрожь.

— Ждать перелома погоды на месте или возвращаться, — ответил Гэндальф. — Пробиваться вперед бессмысленно и опасно. Чуть выше, если я правильно помню, тропа выходит на открытый склон. Там не укроешься от ветра и камней... или какой-нибудь новой напасти.

— И возвращаться бессмысленно, — добавил Арагорн. — От подножия горы до этой стены нет ни одного сносного укрытия.

— Тоже мне, укрытие, — проворчал Сэм. Но никто, кроме Фродо, его не слышал.

Хранители стояли, прижавшись к стене. Карниз, врезанный в южный склон, тянулся, полого подымаясь вверх, с юго-востока на северо-запад и впереди круто поворачивал к югу, так что стена загораживала путников от резкого северо-восточного ветра; но бешено крутящиеся белесые вихри — снег валил все гуще и гуще — захлестывались к ним и сверху, и снизу.

Они касались друг друга плечами, а пони Билл стоял перед хоббитами, заслоняя их от снежных смерчей, но вокруг него уже намело сугроб, и, если б не рослые спутники хоббитов, их очень скоро завалило бы с головой.

Фродо одолевала стылая дрема; потом он пригрелся в снежной норе, и завывание ветра постепенно заглохло, сменившись гулом каминного пламени, а потом у камина появился Бильбо, но в его голосе прозвучало осуждение. *Не могу понять — зачем ты вернулся? Зачем прервал этот важный поход из-за самой обычной зимней метели?*

Мне хотелось отдохнуть, прошептал Фродо, но Бильбо, проворно затушив камин, выволок племянника из теплого кресла, и в комнату вползла ледяная тьма...

— ...слышишь, Гэндальф? Их занесет с головой, — проговорил Бильбо голосом Боромира, и Фродо почувствовал, что висит в воздухе, вытащенный из уютной снежной норы. Тут уж он окончательно проснулся. — Они же заснут и замерзнут насмерть, — опуская Фродо, сказал Боромир. — Надо немедленно что-то предпринять!

— Ты прав, — озабоченно отозвался Гэндальф и достал из кармана кожаную баклагу. — Пусть каждый отхлебнет по одному глотку, — сказал он, передав баклагу Боромиру. — Это необычайно живительный напиток — *здравур* — драгоценный дар Имладриса.

Глоток пряной, чуть терпкой жидкости не только согрел окоченевшего Фродо, но и прогнал его недавние страхи. Остальные Хранители тоже оживились. Однако ветер свирепствовал по-прежнему, а метель даже стала как будто сильней.

— Не разжечь ли костер? — спросил Боромир. — Похоже, мы уже поставлены перед выбором — погибнуть или отогреться у огня.

— Что ж, можно, — ответил Гэндальф. — Если здесь есть соглядатаи Саурона, они все равно уже нас заметили.

У Хранителей были и дрова, и растопка (они последовали совету Боромира), но ни эльф, ни гном — уж на что мастера! — не сумели высечь такую искру, которая зажгла бы отсыревший хворост. Пришлось взяться за дело Гэндальфу. Он прикоснулся Жезлом к вязанке хвороста и скомандовал: *«Наур ан адриат аммин!»* Сноп зеленовато-голубого пламени ярко осветил метельную темень, хворост вспыхнул и быстро разгорелся. Теперь яростные порывы ветра только сильнее разжигали костер.

— Если перевал стерегут соглядатаи, то меня-то они наверняка засекли, — с мрачной гордостью заметил маг. — Я просигналил им ГЭНДАЛЬФ ЗДЕСЬ так понятно, что никто не ошибется.

Но Хранители едва ли слышали Гэндальфа. Они, как дети, радовались огню. Разгоревшийся хворост весело потрескивал, и Хранители, не обращая внимания на буран, на лужи талой воды под ногами, со всех сторон обступили костер, чтоб согреться в его животворном тепле. На их изнуренных, но раскрасневшихся лицах играли огненно-золотистые блики, а вокруг, словно бы заключив их в темницу, кипела сизая метельная тьма.

Однако хворост сгорал очень быстро.

Пламя приугасло, и в тускнеющий костер бросили последнюю вязанку дров.

— Ничего, скоро начнется рассвет: ночь-то на исходе, — сказал Арагорн.

— Ночь-то на исходе, — пробормотал Гимли, — да в такое ненастье и рассвета не заметишь.

Боромир немного отступил от костра.

— Буран стихает, — объявил он. — Да и ветер как будто начал выдыхаться.

Фродо утомленно смотрел в костер; из черной тьмы выпархивали снежинки, вспыхивали, словно серебряные звездочки, и тут же гасли, растаяв над пламенем; а вокруг неумолчно завывал ветер и клубилась беспросветная метельная мгла. Фродо сонно закрыл глаза, покачнулся, разлепил отяжелевшие веки — и вдруг заметил, что ветер умолк, а над холмиком слабо золотящихся углей лениво кружится лишь несколько снежинок. Он поднял голову и увидел, что на востоке черное небо слегка посветлело.

Сеющийся сквозь серые тучи рассвет открыл глазам измученных путников немые, в саване снегов, горы. Внизу горбились глубокие сугробы, и под ними угадывалась извилистая тропинка, но вверху тяжелые снеговые тучи, угрожающие путникам новой метелью, плотно занавесили седловину перевала.

— Баразинбар не смирился, — проговорил Гимли. — Если мы осмелимся идти вперед, он снова обрушит на нас буран. Надо возвращаться, и как можно скорей.

Все понимали, что надо возвращаться. Но как? В нескольких шагах от карниза на тропе громоздились такие сугробы, что хоббиты утонули бы в них с головой. Да и на карнизе, где стояли путники, возвышались холмы снеговых заносов — а ведь карниз прикрывала от ветра стена!

— Гэндальф расчистит невысокликам путь своим огненным Жезлом, — сказал Леголас. Буран ничуть не встревожил эльфа, и он, один из всего Отряда, сохранил до утра хорошее настроение.

— Или Леголас слетает на небо, — откликнулся Гэндальф, — и разгонит тучи, чтоб солнце растопило для Отряда снег. Мой Жезл — не печка, — добавил он, — а снег, по несчастью, невозможно испепелить.

— Не сумеет умный — осилит сильный, — вмешался Боромир, — так у нас говорят. Буран начался, — продолжал гондорец, — когда мы обогнули вон тот утес, — он указал на большую скалу, которая заслоняла от путников тропку, — до нее отсюда пол-лиги, не больше. И вот, если самый сильный из нас осилит дорогу к этому утесу, оттуда мы все спустимся без труда.

— Надо попробовать, — сказал Арагорн. — Уж вдвоем-то мы одолеем пол-лиги.

Арагорн был самым рослым в Отряде, но Боромир казался крепче. Они отправились, Боромир — впереди; кое-где снег доходил ему до плеч, и он врезался в него, словно плуг — или как очень усталый пловец.

Леголас, улыбаясь, глядел на людей; потом повернулся к магу и воскликнул:

— Да поможет уму и силе искусность!

А потом проворно зашагал по снегу, и Фродо заметил — как бы впервые, хотя он знал об этом и раньше, — что у эльфа не было тяжелых башмаков, которыми снабдили Хранителей в Имладрисе; а легкие эльфийские туфли Леголаса почти не оставляли на снегу следов.

— До свидания! — весело крикнул он Гэндальфу. — Я постараюсь отыскать вам солнце! — Он прибавил шагу и, словно танцуя, обогнал медленно бредущих людей, махнул им рукой, звонко рассмеялся и скрылся из глаз за поворотом тропинки.

Люди медленно продвигались вперед; остальные молча смотрели им вслед, пока и они не исчезли за поворотом. Клубящиеся у вершины тучи сгустились; вниз поплыли редкие снежинки.

Прошло, вероятно, около часа — хоббитам показалось, что гораздо больше, — и вот на тропе появился эльф. Потом они увидели людей, медленно, с трудом, подымающихся в гору.

— Мне не удалось заманить сюда солнце, — подмигнув хоббитам, сказал Леголас. — Оно ублажает южные земли, и его, как я понял, ничуть не беспокоят несколько тучек над этой горушкой. Но зато я принес хорошие вести тем, у кого тяжелая поступь. За скалой, про которую говорил Боромир, намело довольно высокий сугроб, и наши воители из Племени Сильных приготовились погибать перед этой преградой, ибо тропинка-то идет по ущелью, а выход из ущелья закрыт сугробом. Ну, пришлось мне объяснить Сильным, что они отчаялись перед снежной крепостью шириной не больше десяти шагов и что за нею на нашей тропке лежит слой снега по щиколотку хоббитам.

— Так я и думал, — проворчал Гимли. — Конечно же, злая воля Баразинбара раскачала этот проклятый буран. Баразинбар не жалует гномов и эльфов...

— К счастью, Баразинбар, вероятно, забыл, что к Отряду Хранителей примкнули люди, — перебил гнома подошедший гондорец, — и люди, скажу без хвастовства, не слабые... Мы одолели снежный завал — проторили в сугробе узкую тропку — для тех, кто не может порхать по-эльфийски.

— Да как же мы-то туда доберемся? — взволнованно спросил Пин, высказав общую тревогу хоббитов.

— Не беспокойся, — ответил ему Боромир. — Я устал, но силы у меня еще есть; у Арагорна — тоже. Мы отнесем вас к завалу. И начнем, почтеннейший Перегрин, с тебя.

Пин вскарабкался гондорцу на спину.

— Держись крепче, — сказал Боромир. — У меня-то руки должны быть свободными. — Он зашагал по тропинке вниз. За ним отправился Арагорн с Мерри.

Разглядывая протоптанную в снегу дорожку, Пин восхищался силой людей. Даже сейчас, с хоббитом на закорках, Боромир расширял руками проход, чтоб остальным было легче идти.

Вскоре они подошли к сугробу, который, словно гигантская стена вдвое выше человеческого роста, перегородил узкое ущелье. Гребень сугроба был плотным и острым, да и весь сугроб казался монолитом, разрубленным посредине узкой тропой. За сугробом Мерри с Пином и Леголас остались дожидаться других, а люди снова ушли наверх.

Боромир вернулся через полчаса — с Сэмом за спиной, следом шел Гэндальф, ведя в поводу навьюченного пони, верхом на пони сидел гном Гимли, а замыкал шествие Арагорн с Фродо.

Едва Арагорн миновал сугроб, как путников оглушил раскатистый грохот, и откуда-то сверху посыпались камни, взвихрившие облако снежной пыли; потом, когда белая завеса развеялась, Хранители увидели, что проход в сугробе завален ссыпавшимися вниз камнями.

— Хватит, Баразинбар! — взмолился Гимли. — Мы же уходим! Оставь нас в покое! — Но гора, казалось, и сама успокоилась, как бы удовлетворенная отступлением пришельцев: начавшийся было камнепад иссяк, а тучи, закрывавшие перевал, рассеялись.

Слой снега под ногами становился все тоньше, и вскоре, спустившись по круче, путники вышли к той самой площадке, где вчера их застигли первые снежинки.

Утро начинало клониться к полудню; с площадки, где стояли утомленные Хранители, открывались широкие предгорные дали — холмы, озерца, извилистые овраги, заросли падуба, островки дубрав... А внизу виднелась неглубокая лощина, в которой они отдыхали накануне.

У Фродо отчаянно болели ноги; он продрог до костей и хотел есть; а когда ему вспомнилось, что дорога вниз займет по крайней мере полдня, у него на мгновение потемнело в глазах; он закрыл их, а открыв, с удивлением обнаружил, что видит какие-то черные точки. Он протер глаза — точки не исчезли: они кружились в прозрачном воздухе, и Фродо решил, что он начал слепнуть...

— Опять птицы, — сказал Арагорн, тоже увидевший их.

— Теперь уж с этим ничего не поделаешь, — глянув на птиц, отозвался Гэндальф. — Друзья ли они, или Вражьи шпионы, или просто безобидные птахи, нам все равно придется спускаться: Карадрас не любит ночных гостей.

Путники, спотыкаясь, побрели вниз; их подгонял ледяной ветер. Багровые Ворота оказались закрытыми.

Глава IV
ПУТЕШЕСТВИЕ ВО ТЬМЕ

Только под вечер, в пасмурных сумерках, остановились усталые путники на отдых. Багрово-черная громада Баразинбара дышала вниз холодом — дул порывистый ветер. Гэндальф пустил свою баклагу по кругу, и все Хранители отхлебнули здравура. После ужина они устроили совет.

— Сегодня ночью мы отдохнем, — объявил Гэндальф, — ибо штурм перевала дорого дался каждому из нас...

— А куда мы пойдем потом? — спросил Фродо.

— У Хранителей есть только две дороги, — ответил Гэндальф, — назад в Раздол или вперед, к Огненной горе.

Когда Гэндальф упомянул о возвращении, лицо Пина радостно просветлело, а Мерри и Сэм весело встрепенулись. Но Боромир с Арагорном остались бесстрастными, а Гимли и Леголас выжидательно промолчали. Фродо понял, что все его спутники хотят, чтобы первым высказался он.

— Вернуться... — нерешительно начал Фродо, потом преодолел нерешительность и закончил: — ...мы можем, по-моему, только с победой. Или с позором — признав свое поражение. Я предлагаю пробиваться вперед.

— Я тоже так думаю, — поддержал его Гэндальф. — Вернуться — значит признать свое поражение, которое неминуемо обернется гибелью для всех свободных народов Средиземья. Кольцо Всевластья останется в Раздоле, ибо иного убежища не найдешь; Враг со временем узнает об этом, двинет все свое воинство против Элронда, и рано или поздно Раздол падет, а Враг сделается Всесильным Властителем, и Завеса Тьмы сомкнется над Средиземьем. Черные кольценосцы — страшные противники, но, когда их хозяин добудет Кольцо, они окажутся просто непобедимыми.

— Я и говорю — надо пробиваться, — с тяжелым вздохом повторил Фродо. — Ты знаешь другую дорогу через горы?

— Знаю, мой друг, — ответил Гэндальф. — Но это довольно мрачная дорога. Арагорн даже слышать о ней не хотел, пока надеялся одолеть перевал.

— Если она еще хуже перевала, то это и правда мрачная дорога! — глянув на Арагорна, воскликнул Мерри. — Ну а все-таки расскажи нам о ней хоть немного, чтобы мы знали самое худшее.

— Дорога, про которую я говорю, проходит через пещеры Мории, — сказал Гэндальф.

Гимли взволнованно посмотрел на мага, но даже и его охватил страх: о гиблых пещерах необъятной Мории сложено немало страшных легенд.

— Никто не знает, — заметил Арагорн, — сохранился ли сквозной проход через Морию.

— Зато все знают, — добавил Боромир, — что Мория именуется Черною Бездной. Да и для чего нам спускаться в Морию? Зачем штурмовать неприступные перевалы? Давайте выйдем к Мустангримской равнине: мустангримцы — давние союзники гондорцев, они помогут нам добраться до Андуина. А можно спуститься по реке Изен, чтобы выйти к Гондору с юга, через Приморье.

— Завеса Тьмы разрастается, — сказал Гэндальф, — и сейчас уже нельзя ручаться за ристанийцев. Ты ведь был у них довольно давно. А главное, на пути к Ристанийской равнине никак не минуешь владений Сарумана. Настанет время, и я сведу с ним счеты. Ну а пока Хранителю Кольца не следует подходить близко к Изенгарду: Сарумана сжигает жажда всевластья, и он попытается завладеть Кольцом. Так что Ристания для нас закрыта.

Теперь о дальнем, обходном, пути. Во-первых, он окажется чересчур долгим — мы затратим на него не меньше чем год. Во-вторых, за долинами западных рек наверняка следят Саруман и Саурон, а убежищ на этих незаселенных равнинах нам не найти, ибо эльфов там нет. Пробираясь на север к Владыке Раздола, ты был для Врага лишь случайным путником, на которого он не обратил внимания. Но теперь ты воин Отряда Хранителей, и тебе угрожают такие же опасности, как и Главному Хранителю Кольца, Фродо. Гибельные опасности, ибо если нас обнаружат...

Впрочем, боюсь, что нас *уже* обнаружили, — неожиданно перебил сам себя Гэндальф, — обнаружили на подступах к Багровым Воротам. Нам необходимо скрыться от соглядатаев, чтобы Враг опять потерял нас из виду: не обходить горы, не штурмовать перевалы, а спрятаться под горами, в пещерах Мории, — вот что сейчас самое разумное. Этого Враг от нас не ожидает.

— Как знать, — возразил Гэндальфу Боромир. — Зато уж если он догадается, где мы, то нам не выбраться из этой ловушки. Говорят, Враг распоряжается в Мории, словно в своем собственном Черном Замке. Называют же Морию Черной Бездной!

— Не всякому слуху верь, — сказал Гэндальф. — В Мории хозяйничает вовсе не Враг. Правда, там могут встретиться орки, однако я думаю, что этого не случится — полчища орков истреблены и рассеяны в Битве Пяти Воинств у Одинокой. Горные Орлы недавно сообщили, что орки опять стекаются к Мглистому... но, надеюсь, в Морию они еще не проникли.

Зато, возможно, мы встретим здесь Балина с его небольшой, но отважной дружиной, и тогда нам нечего бояться орков. Как бы то ни было, путь через Морию — единственный, других путей у нас нет.

— Я пойду с тобой, Гэндальф! — воскликнул Гимли. — Меня не страшат древние предания. Но сначала нужно отыскать Ворота, которые захлопнулись давным-давно!

— Превосходно сказано, мой милый Гимли, — с легкой улыбкой отозвался Гэндальф. — Я найду Ворота и сумею открыть их. А уж с гномом мы наверняка не заблудимся. Я-то спускался в Морию один — когда разыскивал пропавшего Трэйна — и, как видишь, вышел оттуда живым. Я прошел тогда Морию насквозь, Арагорн, — добавил маг, посмотрев на Бродяжника.

— Я тоже спускался однажды в Морию, — сказал Арагорн, — со стороны Черноречья. И тоже ухитрился выйти живым. Но второй раз я туда лезть не хочу: слишком солоно мне там пришлось.

— Я и первый-то раз не хочу, — буркнул Пин.

— Я тоже не хочу, — пробормотал Сэм.

— Да и никто не хочет, — заметил Гэндальф. — Однако нам надо попасть в Черноречье. Поэтому я спрашиваю, кто *согласится* — не захочет, а согласится — идти через Морию, чтобы потом добраться до Андуина.

— Я! — с готовностью воскликнул Гимли.

— Я тоже, — мрачно сказал Арагорн. — Ты не отказался штурмовать перевал, предупредив меня, что мы можем погибнуть, — и мы едва не замерзли насмерть. Я пойду с тобой через Морию, Гэндальф. Но помни — не нам, а именно тебе угрожает в Мории смертельная опасность!

— А я, — угрюмо объявил Боромир, — соглашусь лезть в эту Черную Бездну только вместе *со всеми* Хранителями. Два невысоклика не хотят туда лезть. Леголас и Фродо — главный Хранитель! — и Мерри пока еще ничего не сказали.

424

— Я против Мории, — проговорил эльф.

Все посмотрели на Фродо и Мерри. Оба хоббита долго молчали. Затянувшееся молчание нарушил Фродо.

— Я боюсь спускаться в Морию, — сказал он. — Но и совет Гэндальфа не хочу отвергать. Давайте отложим решение до утра. Очень уж сейчас темно и тоскливо. И страшно. Послушайте, как воет ветер!

Путники прятались под ветвями падуба. Они оборвали разговоры и прислушались. Ветер свистел в обнаженных ветвях и шуршал засохшими стеблями вереска. Но в этот приглушенный свистящий шорох вплетался заунывный, с переливами, вой, словно ветер выл над горным ущельем.

Арагорну не понадобилось вслушиваться долго.

— Ветер? — вскакивая, воскликнул он. — Ветер волчьими голосами не воет! Волколаки опять перебрались через Мглистый!

— Видимо, охота началась, — сказал Гэндальф. — Так стоит ли откладывать решение на утро? Если мы с вами и доживем до рассвета, нам не прорваться к Ристанийской равнине.

— А далеко эта Мория? — спросил Боромир.

— Ты хочешь узнать, — переспросил его Гэндальф, — далеко ли отсюда Западные Ворота? Я думаю, лигах в десяти... для орла. А самыми короткими наземными тропами получится лиг восемнадцать—двадцать.

— Надо прятаться в Морию, — сказал Боромир. — Боишься орка — не утаишься от волка!

— Так-то оно так, — согласился Арагорн, проверяя, легко ли вынимается его меч. — Но, с другой стороны, где волк, там и орк: в ущельях волки-оборотни, да в пещерах-то орки — ордами.

— Не послушался я Элронда, — шепнул Пин Сэму, — и зря. Ну какой из меня Хранитель? От этого воя все во мне обмирает. Никогда еще в жизни я так не боялся, даром что Бандобрас Быкобор — мой предок.

— А у меня, — прошептал ему Сэм в ответ, — как сердце оборвалось, когда Бродяжник вскочил, так по сю пору в пятках и трепыхается. Ну да ничего — авось пронесет. Арагорн с Боромиром — бывалые люди; Гимли, он у нас всем гномам гном; да и Леголас — тоже эльф не промах. А старина Гэндальф, тот одно слово — маг. Нет, думаю, не сожрут нас волки.

Путники хотели заночевать в лощине, но теперь, для того чтобы защищаться от волколаков, они поднялись на соседний холм с тремя или четырьмя кряжистыми дубами, которые были обнесены оградой из больших серых валунов. Кое-где каменная ограда обвалилась, и Хранители, понимая, что ночная тьма не помешает стае волколаков найти их, поспешно разожгли небольшой костер.

Путники сидели возле костра и все, кроме двух часовых, дремали — это был не сон, а тревожное забытье. Пони Билл трясся от страха; он взмок, словно только что пробежал лиг двадцать. Вой теперь слышался со всех сторон, а вокруг, в черной ночной темноте, зловеще поблескивали парные огоньки. Внезапно там, где ограда обвалилась, Хранители увидели огромного волколака — он застыл в проломе и хрипло взвыл, словно бы подавая сигнал к атаке.

Подняв мерцающий Магический Жезл, Гэндальф шагнул навстречу зверю.

— Ну ты, шелудивая собака Саурона, — нарочито негромко проговорил он. — Перед тобой — Гэндальф. Убирайся отсюда, если тебе дорога твоя шкура.

С коротким рычанием зверь прыгнул вперед — мелодично прозвенела спущенная тетива, и, коротко взвыв, он рухнул на землю: в горле у него торчала стрела. Леголас тотчас же вынул вторую. Но кольцо зловещих огоньков распалось. Гэндальф и Арагорн подошли к ограде — волколаков на склонах холма уже не было: стая, лишенная вожака, отступила. Путников окружала безмолвная тьма.

Миновала полночь; близился рассвет; на западе, почти что у самой земли, то гасла, ныряя в драные тучи, то снова бледно вспыхивала луна; эти слабые, судорожно короткие вспышки бессильно меркли в предрассветном сумраке. Внезапно громкий многоголосый вой вырвал Фродо из зыбкого забытья — волколаки, беззвучно окружившие холм, со всех сторон ринулись в атаку.

— Сушняка в костер! — крикнул Гэндальф хоббитам. — Мечи наголо! Стать спиной к спине.

В неверном свете разгорающегося костра Фродо видел, как серые тени перемахивают невысокую каменную ограду. Арагорн сделал молниеносный выпад, и огромный зверь, захлебно скуля, рухнул на землю с пронзенным горлом; холодно блеснул меч Боромира, и у второго волколака отлетела голова; третьего зарубил топором гном; стрела Леголаса прикончила четвертого; однако все новые серые тени, волна за волной, вплескивались в ограду.

Фродо с надеждой глянул на Гэндальфа. Фигура мага, как показалось хоббиту, неожиданно выросла почти до неба, ослепительно вспыхнул Магический Жезл, и, словно высеченный из камня великан, Гэндальф на мгновение застыл в неподвижности, заслоняя Хранителей от наступающих волколаков. Потом он взмахнул Магическим Жезлом, и над холмом громогласно прозвучало заклинание:

— *Наур ан адриат аммин!*

Дуб, на который был направлен Жезл, превратился в неистово полыхающий факел, за ним вспыхнули остальные дубы, и над холмом, ярко осветив поле битвы, распустился гигантский огненный цветок. Ослепленные волколаки в ужасе попятились; мечи Хранителей, разбрызгивая искры, как будто их только что вынули из горна, крушили ошеломленных, оцепеневших зверей; вспыхнувшая в воздухе стрела Леголаса поразила в сердце черного волколака — он оглушительно взвыл и свалился замертво. Его смерть завершила ночную битву, уцелевшие звери обратились в бегство.

Медленно догорали вековые дубы; над холмом клубилось дымное облако; с первыми лучами бледной зари погасли последние всплески огоньков, пробегавшие по обугленным дубовым стволам.

— Ну, что я говорил, — сказал Сэм Пину, устало засовывая в ножны свой меч. — Старину Гэндальфа просто так не сожрешь, не на того напали. Одно слово — маг!

Путники окинули взглядом равнину и увидели, что все волколаки скрылись. Но на склонах холма не было и трупов! Леголас молча подобрал свои стрелы — они валялись недалеко от ограды; он был уверен, что ни разу не промахнулся, и, однако, стрелы, все, кроме одной (от нее остался только наконечник), лежали, целехонькие, в зарослях вереска.

— Так я и думал, — заметил Гэндальф. — Это волколаки, волки-оборотни, а не просто волки: трупов-то нет! Давайте-ка быстро позавтракаем — и в путь.

Погода в этот день опять изменилась. Как бы по приказу могущественной силы, которая больше не нуждалась в буране, потому что путники отступили от перевала, ветер быстро разогнал тучи, а потом, когда небо расчистилось, утих. Из-за гор неспешно выплыло солнце. При ясной погоде движущийся Отряд издалека был виден на открытой равнине — а отсиживаться в укрытии путники не могли.

— Нам нужно добраться до Мории засветло, — с мрачной серьезностью объявил Гэндальф, — иначе мы вообще до нее не доберемся. Двадцать пять лиг — расстояние небольшое, но Арагорн не знает здешних дорог, да и я был здесь всего один раз.

Ворота вон там, — продолжал маг, указывая Жезлом на юго-восток, где в голубоватой рассветной дымке виднелись зубчатые контуры Мглистого, обрывающегося к равнине отвесной стеной. — Когда нас прогнал с перевала буран, я свернул на юг и пошел вдоль хребта, чтобы хоть немного приблизиться к Мории. Чуяло мое сердце, что она нам понадобится! Надеюсь, мы быстро найдем Ворота и успеем до темноты ускользнуть от оборотней.

Гимли подгоняло пылкое нетерпение, и он шагал впереди, рядом с Гэндальфом. Когда-то у Ворот Мории бил родник, питающий небольшую речку Привратницу, или, как называли ее эльфы, Сираннону, и Гэндальф надеялся отыскать эту речку, чтоб выйти по приречной дороге к Воротам. Однако то ли Привратница пересохла, то ли маг взял неверное направление, но ему не удавалось найти дорогу.

Путники блуждали по каменистой равнине, иссеченной сетью извилистых трещин и усеянной россыпями бурых камней. Маг сворачивал то к востоку, то к западу, но речка по-прежнему никак не отыскивалась, и все понимали, что, двигаясь без дороги, они не доберутся к вечеру до Ворот. Бесконечно тянулась бесплодная равнина — бурая, иссохшая, растрескавшаяся почва, красноватые валуны да россыпи гальки. Вокруг не было ни птиц, ни зверей. Путники обреченно шагали за Гэндальфом и старались не думать, что с ними будет, если ночь застигнет их на этой равнине.

Гимли, ушедший немного в сторону, вдруг вскарабкался на валун и подозвал Гэндальфа. За магом к нему свернули все путники. Гном показывал рукой на запад. Глянув туда, путники увидели каменистое русло пересохшей речки. А по берегу речки тянулась дорога, некогда мощенная красными плитами.

— Ага, наконец-то! — воскликнул Гэндальф — Интересно, что же произошло с рекой? Но, как бы то ни было, это она — Привратница, или, по-эльфийски, Сираннона. Вперед, друзья, нам надо спешить!

Уставшие путники зашагали быстрей: их подбадривала надежда спрятаться от оборотней.

А время шло; перевалило за полдень; солнце начало клониться к западу. Путники сделали короткий привал, торопливо поели и отправились дальше. Перед ними маячили Мглистые горы; но дорога нырнула в глубокую ложбину, и теперь виднелись лишь снежные вершины, пока еще ярко освещенные солнцем.

Через несколько часов дорога свернула. Раньше Хранители шли на юг, и слева от них тянулось нагорье, а теперь они круто забирали к востоку. Вскоре русло уперлось в скалу с промоиной наверху и ямой у основания. Со скалы когда-то низвергался водопад, а сейчас змеился чуть заметный ручей.

— Да, Сираннона высохла, — сказал Гэндальф. — Но мы, несомненно, приближаемся к Воротам. Это водопад Приморийский Порог, и слева от него, если я не ошибаюсь, в скале должны быть вырублены ступеньки, а дорога, сделав просторную петлю, выходит к верхнему срезу Порога у северного склона Сираннонской долины. Долина тянется с востока на запад (гномы называли ее Родниковой), и лестница выводит к ее западному концу; а напротив, у восточного конца долины, расположены Ворота и бьет родник. Давайте-ка посмотрим, сохранились ли ступеньки.

Они без труда отыскали ступеньки, и Гимли, а вслед за ним Гэндальф и Фродо торопливо поднялись к Родниковой долине. На месте долины чернело озеро. Заходящее солнце вызолотило небо, но в матово-черной, как бы мертвой, воде не отражались ни Хранители, ни горы, ни закат. Сираннону, видимо, запрудил обвал, поэтому она и затопила долину. В конце долины, над черной водой, тяжко громоздились отвесные утесы — зловещие, темные, монолитные. Не то что Ворот — даже тонкой трещины не увидел Фродо в этих утесах.

— Вон она, Морийская Стена, — сказал Гэндальф, заметив, что Фродо разглядывает утесы. — Когда-то в ней были Западные Ворота — или, как называли их люди, Эльфийские, — ибо дорога, по которой мы шли, связывала Родниковую долину с Остранной. Но путь напрямую, как видишь, затоплен, а переходить вброд это мертвое озеро никто из нас, насколько я понимаю, не захочет. Тем более что озеро, наверно, глубокое.

— Давайте вернемся, — предложил Гимли, — и попробуем подняться по главной дороге. Нам так и так пришлось бы возвращаться, даже если бы тропка не была затоплена: Билл не умеет лазить по лестницам.

— Билла-то в Морию не возьмешь, — сказал Гэндальф. — Там встречаются иногда такие переходы, в которые не сможет протиснуться пони.

— Жалко Билла, — пробормотал Фродо. — И Сэма жалко. Что-то он скажет? Как расстанется со своим любимцем?

— Да, жалко, — согласился Гэндальф. — Пони служил нам верой и правдой, а мы его бросим на произвол судьбы. И ведь я говорил — не берите Билла, предлагал вам отправиться в поход налегке. Ибо с самого начала подозревал, что нам придется идти через Морию.

Меркла, догорая, вечерняя заря, и в небе льдисто поблескивали звезды, когда изрядно замученные путники, поспешно поднявшись по главной дороге, вышли к северному склону долины, в двух примерно лигах от Морийской Стены. Долина, шириною около двух лиг, протянулась в длину лиги на три или четыре, а между барьером из скал и водой виднелась узкая полоска земли. Хранители пошли вдоль озера на восток — туда, где располагались Ворота Мории, — вернее, не пошли, а почти побежали, чтобы найти Ворота до темноты.

На подходе к Стене, в конце долины, путь им неожиданно преградил залив, перерезавший сухую полоску земли между озером и грядой береговых скал. Вода в заливе, темная и затхлая, была затянута зеленой ряской; залив походил на руку утопленника, мертвой хваткой вцепившегося в скалы. Гимли отважно шагнул вперед — никто не успел его остановить, — залив был мелкий, но со скользким дном; поскользнувшись, Гимли едва не упал, однако сумел сохранить равновесие и вскоре выбрался на сухое место; за ним последовали остальные путники; вступая в ледяную зеленоватую воду, Фродо невольно содрогнулся от омерзения.

Когда замыкавший шествие Сэм вывел на берег дрожащего пони, Хранители услышали приглушенный всплеск, как будто из воды вдруг выпрыгнула рыба и тотчас же плашмя шлепнулась обратно; обернувшись, они увидели, что по озеру, от центра, вкруговую расходятся волны — черные в сумеречном вечернем свете; потом раздалось прерывистое бульканье, и над озером снова сомкнулась тишина. Золотистые отблески вечерней зари скрывались за тучами; сумрак сгущался.

Гэндальф торопливо шагал вперед; хоббиты с трудом поспевали за ним; теперь они двигались вдоль Морийской Стены по каменистой и узкой полоске суши, загроможденной острыми обломками скал; путники старались не отходить от Стены, даже придерживались за нее руками, чтобы матово-черная, с прозеленью вода все время была от них

432

как можно дальше. Когда они одолели около лиги, в сумраке нежданно прорисовались деревья: у Стены стояли два мощных дуба, на мелководье валялись почерневшие ветки, а в глубину озера, двумя рядами, протянулись остовы полуистлевших стволов. Здесь, вероятно, кончалась дорога, обсаженная по обеим сторонам дубами. Деревья, растущие возле Стены, выглядели на диво могучими и древними; с Порога, под отвесной стеной Мглистого, они казались совсем не высокими, но сейчас Фродо с изумлением осознал, что раньше ему не доводилось видеть таких могучих и громадных дубов — они возвышались над головами Хранителей, словно гигантские сторожевые башни, охраняющие вход в подгорное царство.

— Наконец-то! — обрадованно воскликнул Гэндальф. — Здесь кончается Эльфийский Тракт. Гномы прорубили Западные Ворота, чтобы беспрепятственно торговать с эльфами, а эльфы насадили дубовую аллею в Родниковой долине, принадлежавшей гномам, чтобы увековечить их тесную дружбу — дуб считался символом Остранны. Ибо в те благословенные времена народы Средиземья дружили между собой, даже эльфы и гномы умели не ссориться.

— Я ни разу не слышал, — заметил Гимли, — что эта дружба прервалась из-за гномов.

— А я не слышал, — сказал Леголас, — что эта дружба прервалась из-за эльфов.

— Я частенько слышал и то и другое, — оборвал начинающуюся перепалку Гэндальф. — Сейчас не время решать, кто прав. Надеюсь, вы-то останетесь друзьями. Ибо мне очень нужна ваша помощь, а действовать сообща могут только друзья. Мы должны найти и открыть Ворота, пока не стало совсем темно.

А вы, — сказал он, повернувшись к остальным, — приготовьтесь без промедления вступить в Морию, как только мы отыщем и отворим Ворота. Нам ведь придется расстаться с Биллом, поэтому надо его разгрузить. Теплую одежду можно не брать: она не понадобится нам ни в Мории, ни потом, когда мы пойдем на юг. А пищу и, главное, баклаги с водой, которые тащил до сих пор пони, надо распределить между всеми Хранителями.

— А как же быть со стариной Биллом? — испуганно и негодующе воскликнул Сэм. — Да я без него и с места не сдвинусь! Завели беднягу неведомо куда, а теперь бросим на съедение волколакам?

— Мне ведь тоже его жаль, — сказал Гэндальф. — Но тебе, мой друг, придется выбирать между твоим хозяином и Биллом. Пойми, когда мы откроем Ворота, ты его и затащить-то в Морию не сможешь, он не полезет в эту Черную Бездну.

— Со мной полезет, — возразил Сэм. — Я не оставлю его на растерзание этим вашим растреклятым оборотням!

— Ну, до растерзания-то, надо полагать, дело не дойдет, — проговорил Гэндальф. Он ласково погладил пони по голове, наклонился к нему и негромко сказал: — Ты многому научился в Раздоле, Билл. Береги себя, когда будешь возвращаться, а береженого, как известно, и судьба бережет. Никто из нас не знает своей судьбы — но мы всегда надеемся на лучшее... Никто из нас не знает своей судьбы, — повторил маг, обернувшись к Сэму. — Будем надеяться, что Билл выживет.

Сэм ничего не ответил Гэндальфу. Он молча стоял рядом с пони и плакал. А тот прижался к нему и вздохнул, как бы поняв, о чем идет речь. Сэм принялся развьючивать пони; остальные путники сортировали поклажу, разбирая по своим вещевым мешкам то, что им надо было взять с собой.

Распределив поклажу, Хранители огляделись, пытаясь понять, что же делает Гэндальф. Но он, казалось, ничего не делал — стоял и пристально смотрел в Стену, как будто хотел просверлить ее взглядом. А Леголас прижимался к ней, словно бы вслушиваясь, и глаза у него были почему-то закрыты. Гимли молча бродил вдоль Стены, постукивая по ней обухом топора.

— Ну вот, мы готовы удирать в Морию, — сказал Мерри. — А где же Ворота?

— Если ворота, сделанные гномами, закрыты, то их невозможно увидеть, — со сдержанной гордостью ответил Гимли. — Даже мастер, который сделал ворота, и тот не сумеет их потом найти, пока не скажет заветного заклинания.

— Да, но Западные Ворота Мории не были тайными, — заметил Гэндальф. — Ворота прорубили для друзей-эльфов, и, если их в наше время не переделали, тот, кто знает, где они расположены, должен без труда обнаружить их и открыть.

Гэндальф опять посмотрел на Стену. В середине между сторожевыми дубами она была неестественно гладкой, и Гэндальф, приблизившись к ней вплотную, начал ощупывать ее руками, бормоча какие-то непонятные слова. Потом, отступив, спросил своих спутников:

— А теперь? Теперь вы что-нибудь видите?

Стену осветила взошедшая луна, но Хранители не заметили никаких изменений — сначала. А потом на поверхности Стены появились тонкие серебристые линии, стали постепенно ярче, отчетливей, и вскоре глазам изумленных путников открылся искусно выполненный рисунок.

Вверху аркой выгибалась надпись из прихотливо сплетенных эльфийских букв; под надписью виднелись молот и наковальня, увенчанные короной с семью звездами; опиралась арочная надпись на дубы, точь-в-точь как те, что росли у Стены; а между дубами сияла звезда, окруженная ореолом расходящихся лучей.

— Эмблема Дарина! — воскликнул Гимли, показав на молот с наковальней и корону.

— И символ Останны, — сказал Леголас.

— И Звезда Феанора, — добавил Гэндальф, разглядывая обрамленную лучами звезду. — Мы не видели рисунка, ибо древний *ночельф*, которым расписаны Западные Ворота, оживает лишь в свете луны или звезд под звуки староэльфийского языка, давно забытого народами Средиземья. Я и сам с трудом припомнил слова, оживившие под моими пальцами рисунок.

— А что здесь написано? — спросил Фродо Гэндальфа. — Я вроде знаю эльфийские руны, но эту надпись прочитать не могу.

— Ничего удивительного, — ответил Гэндальф, — ибо это староэльфийский язык. А Бильбо учил тебя новоэльфийскому. Мне-то староэльфийский понятен, да тут не написано самого главного. Вот что здесь сказано — я перевожу: *Западные Ворота Марийского Государя Дарина открывает заветное заклинание, друг. Скажи, и войдешь.* А ниже, мелкими буквами, написано: *Я, Нарви, сработал эти Ворота. Наговор запечатлел Селебримбэр из Останны.*

— А что это значит — «скажи, и войдешь»? — поинтересовался Мерри.

Гимли ответил:

— Если ты друг, скажи заклинание, и Ворота откроются и ты войдешь.

— Я тоже думаю, — проговорил Гэндальф, — что эти Ворота подчиняются заклинанию. Иногда Ворота, сработанные гномами, открываются только в особых обстоятельствах; иногда — только перед особо избранными; а иногда только особо избранные в особых обстоятельствах могут их отпереть, ибо они запираются на замок. У этих-то замка, мне кажется, нет. Их делали для друзей и не считали тайными. Они обыкновенно были открыты, и стражники мирно сидели под деревьями. А если Ворота порой закрывали, то они отворялись при звуках заклинания: механических запоров у Ворот не было. Правильно я понял эту надпись, Гимли?

— Совершенно правильно, — подтвердил гном. — Но слова заклинания, к несчастью, забыты. Ибо род Нарви давно угас.

— Да разве *ты-то* не знаешь заклинания? — ошарашенно спросил у Гэндальфа Боромир.

— Нет, не знаю, — ответил Гэндальф.

Хранители с испугом посмотрели на мага, лишь один Арагорн остался спокойным, ибо он не раз путешествовал с Гэндальфом и верил, что тот откроет Ворота.

— Тогда зачем же мы сюда пришли? — с тревожной злостью вскричал Боромир. — Ты говорил, что спускался в Морию, что прошел ее насквозь... и не знаешь, где вход?

— Я знаю, где вход, и привел вас к нему, — бесстрастно ответил гондорцу Гэндальф, но его глаза недобро блеснули. — Я не знаю заветного заклинания — пока. Ты спрашиваешь, зачем мы сюда пришли? Отвечаю: чтобы нас не сожрали волколаки. Но ты задал мне еще один вопрос. И в ответ мне придется спросить у тебя: не усомнился ли ты в моих словах, Боромир? — Тот промолчал, и Гэндальф смягчился. — Я спускался в Морию с востока, из Черноречья, а не отсюда, — спокойно объяснил он. — Западные Ворота открываются наружу; изнутри на них надо легонько нажать, и они откроются, как обычные двери; а тот, кто стоит перед ними здесь, должен произнести заветное заклинание, иначе отсюда в Морию не проникнешь.

— Так что же нам делать? — спросил мага Пин, словно бы напряженного разговора и не было.

— Тебе — побиться о Ворота головой, — ответил Гэндальф, — авось сломаются. А мне — отдохнуть от бестолковых вопросов и постараться вспомнить ключевые слова.

Было время, — пробормотал маг, — когда они сами приходили мне в голову. Да я и сейчас их вроде бы не забыл. Западные Ворота прорубали для друзей — заклинание должно быть очень простым. А на каком языке? Наверняка на эльфийском...

Гэндальф опять подошел к Стене и дотронулся Жезлом до Звезды Феанора.

Аннон эдэлен, эдро до аммин,
Фэннас ноготрим асто бет ламмин! —

негромко, но звучно проговорил он. Серебристый рисунок немного потускнел, однако Стена осталась монолитной.

Маг повторил те же самые слова в других сочетаниях — и ничего не добился. Перепробовал много иных заклинаний, говорил то негромко и медленно, нараспев, то громко и повелительно, тоном приказа, произносил отдельные эльфийские слова и длинные, странно звучавшие фразы — отвесные утесы оставались недвижимыми и лишь тьма скрадывала их резкие очертания. От озера подувал промозглый ветер, в небе зажигались все новые звезды, а Ворота по-прежнему были закрыты.

Гэндальф опять отступил от Стены и, шагнув к ней, резко скомандовал:

— Эдро!

Потом он повторил это слово — «откройся!» — на всех без исключения западных языках, однако опять ничего не добился, в гневе отбросил свой Магический Жезл и молча сел на обломок скалы.

И тотчас же в черной ночной тишине послышалось отдаленное завывание волколаков. Тревожно всхрапнул испуганный Билл, но Сэм подошел к нему, что-то прошептал, почесал за ухом, и пони притих.

438

— Как бы он со страху куда-нибудь не удрал, держи го крепче, — сказал Боромир. — Похоже, что он еще нам понадобится... если нас не разыщут здесь волколаки. Проклятая лужа! — Боромир нагнулся, поднял камень и швырнул его в озеро.

Вода проглотила брошенный камень с утробным, приглушенно чавкнувшим всплеском, — а в ответ озеро вспузырилось, забулькало, и от того места, где утонул камень, по воде разбежалась круговая рябь.

— Что ты делаешь, Боромир! — всполошился Фродо. — Тут и так-то страшно! — Фродо поежился. — Этот гиблый пруд... он страшней волколаков, страшней Мории, а ты его баламутишь!

— Бежать отсюда надо, — пробормотал Мерри.

— Когда же Гэндальф откроет Ворота? — дрожащим голосом спросил Пин.

А Гэндальф, казалось, не замечал своих спутников. Он сидел, поставив локти на колени и обхватив ладонями склоненную голову — то ли задумавшись, то ли отчаявшись. Опять послышался вой волколаков. Раскатившаяся по озеру круговая зыбь злобно лизнула каменистый берег.

Внезапно маг с хохотом вскочил, перепугав и без того напуганных спутников.

— Ну конечно же! — весело воскликнул он. — И как я, глупец, сразу не догадался? А впрочем, любая разгаданная загадка кажется потом поразительно легкой.

Он встал, уверенно подошел к Стене, направил Жезл на Звезду Феанора и звонким голосом сказал:

— *Мэллон!*

Звезда вспыхнула и тотчас погасла. В стене обозначились створки Ворот и медленно, но бесшумно и плавно распахнулись. В черном проеме, за входной площадкой, смутно виднелись две крутые лестницы — одна вверх, а другая вниз.

— Я неверно понял арочную надпись, — объяснил маг. — Да и Гимли ошибся. В ней же дается ключевое слово! Вот как следовало ее перевести: «Западные Ворота Морийского Государя Дарина открывает заветное заклинание, *друг*». Когда я сказал по-эльфийски друг — *мэллон*, — Ворота сразу же открылись. В наше смутное и тревожное время такая простота кажется безумной. Дни всеобщего дружелюбия миновали... Однако Ворота открыты. Идемте.

Гэндальф вошел в открытые Ворота и уже было начал подыматься по лестнице — поставил ногу на первую ступеньку, — но тут, с неистовством лавины в горах, на путников обрушилось множество событий. Фродо кто-то ухватил за ногу, и он, болезненно вскрикнув, упал. С коротким, хриплым от ужаса ржанием Билл поскакал вдоль Морийской Стены и мгновенно растворился в ночной темноте. Сэм рванулся за ним вдогонку, но, услышав болезненный вскрик хозяина, с проклятьями бросился к нему на выручку. Остальные путники оглянулись назад и увидели, что вода у берега бурлит, словно в ней бьется, пытаясь распутаться, тугой клубок разозленных змей.

Одна змея... впрочем, нет, не змея, а змеистое, слизистое, зеленое щупальце с пальцами на конце уже выбралось на берег, подкралось к Фродо и, схватив его за ногу, потащило в зловонную пузыристую воду. Сэм, не раздумывая, выхватил меч, рубанул слабо светящееся щупальце, и оно, потускнев, бессильно замерло, а Фродо торопливо поднялся на ноги и, пошатываясь, вошел в распахнутые Ворота.

Сэм тоже попятился к пещере. Из бурлящей, покрытой пузырями воды выползло штук двадцать пальчатых страшилищ, а воздух отравило удушливое зловоние.

— В пещеру! Вверх по лестнице! Быстро! — отпрянув назад, прокричал Гэндальф.

Хранители, оцепеневшие на миг от ужаса (выручать Фродо бросился лишь Сэм), опомнились — и вовремя: когда Сэм с Фродо, шедшие последними, начали подыматься, а Гэндальф, отступая, подошел к лестнице, извивающиеся щупальца дозмеились до Ворот, и одно просунулось внутрь пещеры. Гэндальф не стал подыматься вверх. Но если он мысленно подыскивал слово, которое заставило бы Ворота закрыться, то тут же и выяснилось, что этого не нужно: множество жаждущих добычи чудищ жадно ухватились за створки Ворот и, со страшной силой рванув их, захлопнули. Пещеру затопила черная тишина — лишь слабо светилось, темнея и замирая, перерубленное створками Ворот щупальце да снаружи слышались глухие удары.

Сэм, стоящий рядом с Фродо, всхлипнул и бессильно сел на холодную ступеньку.

— Бедный Билл, — пробормотал он. — Черные вороны, буран, волколаки, пальчатые щупальца — кто ж это выдержит! И я не смог ему ничем помочь, ведь мне и правда пришлось выбирать: то ли гнаться за горемыкой Биллом, то ли уходить с хозяином в пещеру. Ну и, конечно же, я пошел с хозяином.

Тем временем Гэндальф приблизился к Воротам и ударил по ним Магическим Жезлом. На мгновение Жезл ослепительно вспыхнул, пещера наполнилась рокочущим грохотом, дрогнули под путниками каменные ступени, однако Ворота остались закрытыми.

— Так и есть, — сказал Гэндальф. — Ворота не открываются. Теперь у нас одна дорога — на восток. Я думаю, что эти беснующиеся щупальца выдрали последние эльфийские дубы и, пытаясь выломать ими Ворота, вызвали обвал, замуровавший нас в Мории. Жаль, дубы были очень красивые.

— Мне стало страшно, — проговорил Фродо, — когда нам пришлось переходить залив. Я понял, что мы попадем в беду. Кто это был? — спросил он Гэндальфа. — Который напал на меня у Ворот. Или их было, по-твоему, много?

— Я ни разу не сталкивался с такими существами, — немного помолчав, ответил Гэндальф. — Но все эти руки, насколько я понимаю, направляла одна лиходейская воля. Кто-то выполз — или был выгнан — из самых глубинных подземных вод. Там, в неизведанных черных безднах, обитает немало древних чудовищ, пострашнее, чем орки или волколаки. — Маг не добавил, что чудовище из бездны охотилось, по-видимому, именно за Фродо.

— Только чудовищ нам и не хватало, — хрипло пробурчал себе под нос Боромир. — И ведь я был против этой Черной Бездны. Кто теперь выведет нас отсюда? — Боромир не хотел, чтоб его услышали, но гулкое эхо усилило звук...

— Я, — отозвался Гэндальф. — И Гимли. Кстати, нам пора отправляться в путь. — Он поднял вверх свой Магический Жезл, и тот засветился голубоватым светом.

Держа в руке светящийся Жезл, Гэндальф начал подыматься по лестнице. Лестница была крутой, но широкой. Путники насчитали двести ступеней, а потом увидели сводчатый коридор, уводящий в таинственную темную даль.

— Давайте поедим, — предложил Фродо. — Вряд ли в Мории найдутся стулья, а здесь, на ступеньках, можно есть сидя. — Его отпустил леденящий страх, и он вдруг понял, что очень проголодался.

Путники поели, сидя на ступенях; после еды Гэндальф вынул баклагу, и все в третий раз отхлебнули здравура.

— Здравура осталось совсем немного, но нам всем было необходимо подкрепиться, — пряча баклагу, заметил маг. — Воду тоже придется экономить. В Мории много родников и речек, но пить пещерную воду нельзя. Нам не

442

удастся пополнить баклаги, пока мы не выйдем из пещер Мории.

— А долго нам придется идти? — спросил Фродо.

— Три или четыре дня, — сказал маг. — Если не стрясется какой-нибудь беды. По прямой от Западных до Восточных Ворот лиг сорок. Но прямой дороги здесь нет.

Хранители собрали вещевые мешки и пошли за Гэндальфом по темному коридору. Всем им хотелось оказаться в Черноречье, под открытым небом, как можно скорей, и они решили, что не будут отдыхать, хотя их буквально шатало от усталости. Гэндальф бессменно возглавлял колонну. В левой руке он держал свой Жезл, рассеивающий черную тьму коридора шага на три вперед, а в правой — Яррист. Рядом шел неутомимый Гимли, и за ним — Фродо с обнаженным Терном. Клинки Терна и Ярриста не светились, а значит, орков поблизости не было, ибо мечи, изготовленные эльфами в Предначальную Эпоху, тревожно мерцали, когда неподалеку появлялись орки. Позади Фродо шел верный Сэм, Мерри с Пином, Леголас и Боромир; замыкал шествие молчаливый Арагорн.

После двух или трех плавных поворотов путники заметили, что движутся под уклон. Вскоре их стала донимать жара, однако духоты они не ощущали, а иногда их лица овевало прохладой: сквозь отдушины, как-то выходящие на поверхность, в пещеры проникал свежий воздух с гор. Временами при свете Магического Жезла Фродо видел поперечные галереи, лестницы, ведущие то вверх, то вниз, разветвления коридора, по которому они шли, и с тревожным любопытством пытался понять, какими ориентирами пользуется маг.

Гимли если и помогал Гэндальфу, то главным образом верой в победу — его не угнетала безмолвная тьма, — но маг выбирал направление сам, изредка предварительно советуясь с гномом. Схему пещер Морийского царства не мог удержать в голове даже Гимли, несмотря на то что он, сын Глоина, принадлежал к племени подгорных гномов. Да и маг руководствовался только чутьем, ибо, разыскивая некогда Трэйна, пересек Морию с востока на запад, а сейчас они шли с запада на восток; однако направление он выбирал безошибочно: чутье ни разу его не подвело.

— Не надо тревожиться, — сказал Арагорн.

Гэндальф, стоя у развилки коридора, дольше обычного совещался с Гимли, и Хранителей охватило смутное беспокойство.

— Не надо тревожиться, — повторил Арагорн. — Мы не раз попадали с ним в скверные переделки, и он всегда находил из них выход; а от эльфов я слышал об его путешествиях, куда опаснее и серьезней этого. Мы пошли за ним в Морию, и он нас выведет — выведет, что бы с ним самим ни случилось. Он умеет отыскивать дорогу во тьме искусней, чем кошки королевы Берутиэль.

Такой проводник был спасением для Отряда. Хранители не успели заготовить факелов — во время свалки у Ворот Мории никто об этом, разумеется, не подумал, — а без света они не ушли бы далеко. Во-первых, коридор постоянно разветвлялся; во-вторых, на пути им попадались речки, глубокие колодцы и широкие расселины; через одну из них, шириной шага в три, гулкую (по ней струился ручей) и при взгляде сверху бездонно-черную, Пина едва уговорили перепрыгнуть.

— Веревка, — уныло укорил себя Сэм. — И ведь я же знал, что она понадобится!

Расселины преграждали им путь все чаще, и они продвигались удручающе медленно. Спуску, казалось, не будет конца. От усталости у них подкашивались ноги, однако отдыхать никто не хотел. Фродо опять стало не по себе. Сначала, после спасения от щупалец и глотка живительного раздольского здравура, он как будто бы совсем успокоился, а теперь его снова одолевал страх. Хотя он полностью вылечился от раны, нанесенной ему Черным Всадником у Заверти, ранение не прошло для него бесследно. Он начал отчетливей воспринимать мир: ему нередко открывалось то, чего другие обычно не замечали. Он лучше спутников видел во тьме; увереннее их предвидел опасности; раньше, чем они, предчувствовал неудачи. Маг был, конечно, дальновидней Фродо, но сейчас Фродо, Хранитель Кольца, ощущал, что их окружают враги — Кольцо висело у него на шее и наливалось грозной, холодной тяжестью, — большой отряд незримых врагов ждал их где-то впереди, в засаде, а один враг крался за ними. Однако Фродо не подымал тревоги, ибо доверял своим опытным спутникам гораздо больше, чем себе самому, — он крепко сжимал рукоять Терна, стараясь не отставать от Гимли и Гэндальфа. Интересно, знал ли о врагах маг?..

Хранители почти не разговаривали друг с другом, а если и обменивались короткими фразами, то понижали голос до глухого шепота. Тишину нарушал лишь шорох шагов, а когда Гэндальф выбирал дорогу и путники поневоле стояли на месте, в черном безмолвии затихшего коридора раздавалось негромкое журчание воды. Но с некоторых пор Фродо стал слышать — или ему это только казалось? — какой-то едва различимый шум, не похожий на журчание пещерных ручьев. Этот шум напоминал осторожное шлепанье пары проворных босых подошв. Шлепанье обрывалось — однако не сразу, и слышалось дольше, чем звучало бы эхо, — когда останавливались сами Хранители.

К полуночи путники вступили в зал с тремя черными полукружиями арок, за которыми начинались три коридора, и тут Гэндальф серьезно задумался. Все коридоры были попутными, ибо вели, в общем-то, на восток; но левый опускался, правый подымался, а средний тянулся вдаль горизонтально, да зато был у́же и ниже, чем крайние.

— Нет, не помню я этого места. Решительно не помню, — признался маг. Он поднял вверх светящийся Жезл, в надежде обнаружить над арками знаки, которые помогли бы ему сделать выбор. Никаких надписей на стенах не было. — Видимо, я слишком утомлен, — сказал он, — чтобы решать сейчас, куда нам идти. Да и вам, я думаю, не мешало бы отдохнуть. Надо отложить решение до утра... хотя светлей здесь утром не станет. И все же утро вечера мудренее.

В северной стене огромного зала путники заметили каменную дверь. Гэндальф подошел к ней и, стоя чуть сбоку, слегка надавил на нее рукой — негромко скрипнув, дверь отворилась.

— Назад! — рявкнул маг, когда Мерри и Пин с радостными возгласами юркнули за дверь, решив, что здесь они отдохнут спокойней, чем на каменном полу неуютного зала. — Назад! — Хоббиты отступили в зал. — Мы не знаем, куда ведет эта дверь, — объяснил им Гэндальф. — Я войду первый.

Он вошел и, высветив Магическим Жезлом небольшую комнату с низким потолком, позвал оставшихся за дверью Хранителей.

— Видите? — спросил он вошедших спутников, указав Жезлом на круглую дыру, которая чернела в середине комнаты. У дыры валялись ржавые цепи и осколки разбитой каменной крышки.

— Не одерни вас Гэндальф, — сказал Арагорн, с укором глянув на Мерри и Пина, — ухнули бы вы, голубчики, вниз и, быть может, еще и сейчас бы гадали, когда вам суждено долететь до дна. У нас, по счастью, есть опытный проводник — нечего без надобности соваться вперед.

— Это Караульная, — объявил Гимли. — Здесь днем и ночью сидели часовые, охранявшие вход в те три коридора. А колодец для воды был закрыт крышкой. Он, я думаю, очень глубокий. — Гном с усмешкой покосился на хоббитов.

Колодец словно бы притягивал Пина. Пока Хранители расстилали одеяла — как можно дальше от черной дыры, — Пин подполз к краю колодца и, подавив страх, заглянул внутрь. На него повеяло влажной прохладой. Не совсем понимая, чего ему хочется, он нашарил камень, швырнул его вниз, затаил дыхание и прислушался к тишине. Однако ему не хватило воздуха — так долго падал в колодец камень, — он несколько раз перевел дыхание и наконец услышал далекий всплеск, многократно повторенный колодезным эхом.

— Что это? — тотчас насторожился Гэндальф. Пришлось Пину во всем признаться. Маг успокоился, но Пина выругал. — Мы не на прогулке для хоббитов-несмышленышей, — гневно нахмурившись, сказал он Пину. — Когда ты в следующий раз соскучишься, лучше уж прыгай в колодец сам, чтоб избавить Отряд от юного неслуха. А сейчас угомонись и посиди молча.

Гэндальф прислушался: все было тихо; и вдруг из темной глубины колодца выкатилось усиленное эхом постукивание: тук-тук-тук, тук-таки-тук. Потом оборвалось и, когда эхо смолкло, зазвучало опять: так-туки-так... Донельзя подозрительное и странное постукивание — как будто кто-то подавал сигналы. Однако вскоре постукивание стихло, и Караульная погрузилась в темную тишину — Жезл Гэндальфа едва светился.

— Мы слышали молот, — объявил гном, — или я в этом ничего не смыслю.

— Пожалуй, ты прав, — согласился Гэндальф. — И ничего хорошего это нам не сулит. Надеюсь, что камень Пина тут ни при чем; и все же его идиотская выходка может обернуться грозной бедой. Никогда не делайте ничего подобного!.. А теперь — всем, кроме Пина, спать. Пин, во искупление своей вины, назначается часовым. Спокойной ночи.

Несчастный Пин, не сказав ни слова, отошел к двери и там притих. Караульную комнату затопила тьма — Жезл Гэндальфа окончательно потух. Пин не отрывал взгляда от колодца — ему казалось, что из черной дыры непременно выползет подгорное чудище. Он очень хотел закрыть колодец — хоть чем-нибудь, хотя бы одеялом, — однако не решился к нему подойти, даром что Гэндальф, по-видимому, спал...

На самом-то деле Гэндальф не спал: он мучительно вспоминал свое прежнее путешествие, пытаясь определить, куда им идти, ибо в Мории даже ничтожнейшая ошибка могла закончиться гибелью Отряда. Через час маг встал и подошел к Пину.

— Иди уж, отдохни, — сказал он ворчливо. — Мне все равно не удастся заснуть. Я тут подумаю, а заодно и покараулю. Завтра нам предстоит нелегкий денек.

Я знаю, почему мне так трудно думать, — усевшись у двери, пробормотал маг. — Все дело в том, что я давно не курил. Ну да, я выкурил последнюю трубку накануне штурма Багровых Ворот.

Последнее, что видел, засыпая, Пин, был маг, прятавший в ладонях трубку — ее огонек высветил на мгновение узловатые пальцы и крючковатый нос.

Утром Хранителей разбудил Гэндальф — он так и просидел всю ночь у двери; зато его спутники прекрасно выспались.

— Я решил, куда мы пойдем, — сказал маг. — Средний коридор чересчур узкий, дорога к Воротам должна быть шире. В левом коридоре жарко и душно — он ведет вниз, к Морийским Копям. А нам пора подыматься вверх, и мы пойдем по правому коридору.

Восемь часов поднимались Хранители, сделав лишь два коротких привала. Они не слышали ничего тревожного и видели только огонек Жезла, который, подобно путеводной звездочке, неутомимо выводил их из Черной Бездны. Стены коридора постепенно раздвигались, потолка в темноте уже не было видно, а пол покрывали каменные плиты. Путники вышли на большой тракт; ни ям, ни предательских расселин здесь не было, и они двигались быстрей, чем вчера, тем более что коридор ни разу не разветвлялся.

По прямой они одолели, как считал Гэндальф, пятнадцать, а может, и восемнадцать лиг; но пройти им пришлось лиг двадцать—тридцать. Коридор полого подымался вверх, и у Фродо постепенно поднималось настроение; однако он все еще был угнетен и временами слышал — или думал, что слышит, — приглушенное шлепанье босых подошв.

Хранители упорно двигались вперед, пока у хоббитов не кончились силы; все уже начали подумывать о ночлеге — и вдруг оказались в черной пустоте. Они не заметили, как вышли из коридора и попали в огромную прохладную пещеру. Путники взволнованно окружили Гэндальфа; в спину им подувал теплый ветерок, а пещерный воздух был на диво свежим.

— Ну вот! — обрадованно воскликнул Гэндальф. — Кажется, мы вышли к жилым пещерам. Значит, я выбрал верную дорогу. Если мне не изменяет память, мы сейчас выше Восточных Ворот, и здесь, вдалеке от глубинных ярусов, можно, я думаю, оглядеться при свете.

Гэндальф поднял Магический Жезл, и пещеру озарила ослепительная вспышка. Черная тьма на мгновение расступилась, и путники увидели громадный зал с высоким куполообразным потолком, полированными зеркально-черными стенами и четырьмя широкими стрельчатыми арками, за которыми угадывались четыре коридора — на запад (из которого путники вышли), на восток, на юг и на север. Больше они ничего не разглядели: вспыхнувший, как молния, Жезл померк.

— Да, мы добрались до жилых ярусов, — притушив Жезл, проговорил маг. — Для освещения жилищ в отвесных склонах прорублено множество окон-шахт, но сейчас ночь, и мы их не видели. Сегодня дальше идти не стоит: мы все утомились, а бедные хоббиты просто валятся с ног от усталости. Если я прав, то завтра утром нам не придется вставать в темноте. А теперь — спать. К завтрашнему дню мы должны как следует набраться сил. Пока нам неизменно сопутствовала удача, и большая часть пути уже пройдена... однако мы еще не покинули Морию, а Восточные Ворота — далеко внизу.

Хранители отошли к западной арке — потому что оттуда тянуло теплом, а по пещере гуляли холодные сквозняки — и, завернувшись в одеяла, прикорнули у стены. Хоббитов преследовали странные видения: им чудилось, что они безнадежно заблудились в бесконечном лабиринте черных коридоров и, пытаясь выбраться, оказались на дне безбрежного моря враждебной тьмы. Самые мрачные легенды о Мории были не такими мрачными, как правда, — а ведь с ними ничего плохого не случилось, и Гэндальф считал, что им повезло...

— Ай да гномы! — пробормотал Сэм. — Это ж надо — продолбить такую Черную Бездну! И трудилась тут, наверно, прорва работников. А зачем? Разве можно жить в темноте? Стало быть, жить-то они здесь не жили?

— Как это не жили? — оскорбился гном. — Здесь было великое Морийское царство. Везде сияли яркие огни, и Мория славилась на все Средиземье — об этом говорится в наших преданиях.

Гимли резко отбросил одеяло, вскочил на ноги и нараспев прочитал — под аккомпанемент гулкого эха:

Был свет еще не пробужден,
Когда, стряхнув последний сон,
Великий Дарин, первый гном,
Легко шагнул за окоем
Высоких колыбельных скал
И в лунной тьме ему предстал
Неназванною новизной
Новорожденный мир земной.

Дарил он землям имена,
И оживала тишина
В названьях рек, равнин и гор,
Болот, ущелий и озер,
Но вот, как видят вещий сон,
Зеркальное увидел он
И отраженный в бездне вод —
Короной звездной — небосвод.

На царство первая заря
Венчала юного царя
У вод Зеркального. Но трон
Был в Морию перенесен,
И золоченый Тронный Зал
Огнями вечными сиял —
Ни тьма ночей, ни злая мгла
Сюда проникнуть не могла.

Искристый свет крыла простер
Под легким сводом юных гор,
Чертоги светлые всегда
Звенели музыкой труда —
Не зная страхов и забот,
Трудился даринский народ,

А в копях донных добывал
Алмазы, мрамор и металл.

Дремал в глубинах грозный рок,
Но этого народ не знал —
Ковал оружие он впрок
И песни пел под кровлей скал.

Недвижный мрак крыла простер
Под грузным сводом древних гор,
И в их тени давным-давно
Зеркальное черным-черно;
Но опрокинут в бездну вод —
Короной звездной — небосвод,
Как будто ждет он, словно встарь,
Когда проснется первый царь.

— Здорово! — восхищенно воскликнул Сэм. — Надо
мне выучить ваше сказание. Но после него здешняя темнота кажется еще чернее, чем раньше. А интересно — ал-
мазы-то тут остались?

Гимли промолчал. Прочитав сказание, он не захотел
участвовать в разговоре.

— Алмазы? — переспросил хоббита Гэндальф. — Нет,
драгоценностей тут не осталось — по крайней мере в жилых пещерах. Их давно уже разграбили орки. Но на нижние ярусы, к шахтам и кладовым, не спускаются теперь
даже алчные орки, ибо там властвует древний ужас.

— А зачем же Балин вернулся в Морию? — спросил
мага дотошный Сэм.

— За легендарным *мифрилом*, — ответил Гэндальф. —
Не железо — рабочий материал гномов, не золото и алмазы — их любимые игрушки — принесли гномам богатство
и славу, а истинное, или морийское, серебро, которое эльфы называли мифрилом. В те времена морийское серебро стоило раз в десять дороже золота, а сейчас оно стало
поистине бесценным, ибо его просто нет в Средиземье.

Рудная жила морийского серебра залегает на самых глубинных ярусах, тянется под горами к Багровому Рогу и там уходит в недоступные бездны. Мифрил обогатил и прославил гномов, однако от него-то и пошли все их беды, ибо, охотясь за этим металлом, они вгрызались в земные недра, пока не разбудили Глубинный Ужас, или Великое Лихо Дарина. Когда гномы бежали из Мории, добытым мифрилом завладели орки, а потом, не зная всех его свойств, заплатили им дань Черному Властелину.

Мифрил!.. Мечта народов Средиземья. Ковкий, как медь, прочный, как сталь, сияющий после полировки, как зеркало, никогда не тускнеющий и удивительно легкий. Эльфы очень ценили мифрил; их древняя эмблема, Звезда Феанора, изображение которой вы видели на Воротах, изготовлена из морийского серебра — мифрила. Между прочим, Торин подарил Бильбо мифрильную кольчугу. Интересно, где она? Наверно, лежит в каком-нибудь сундуке...

— Мифрильную кольчугу? — изумился Гимли. — Вот уж воистину — царский подарок!

— Ты прав, — спокойно подтвердил Гэндальф. — Эта кольчуга стоит дороже, чем вся Хоббитания с ее обитателями.

Фродо просунул руку под рубашку и погладил прохладные колечки кольчуги. Он сдержался и ничего не сказал своим спутникам, но был ошеломлен словами Гэндальфа. Чтобы заплатить за его кольчугу, не хватило бы всех богатств Хоббитании?! Знал ли об этом Бильбо? Наверняка! Да, он сделал ему царский подарок. Но, вспомнив Бильбо и далекую Хоббитанию, Фродо припомнил то давнее время, когда он жил себе в Торбе-на-Круче и знать не знал, ведать не ведал про Морию, про мифрил, а главное — про Кольцо. Как ему хотелось повернуть время вспять!..

453

* * *

Вскоре усталые путники уснули, и Фродо остался один на один с черной тишиной — он был часовым.

Он сидел, прижавшись к западной арке, и порой невольно заглядывал в коридор. Ему казалось, что по этому коридору, поднимаясь из темных глубин Мории, в пещеру вползает леденящий страх; на лбу у него выступил холодный пот, и, вытирая лоб, он с ужасом почувствовал, что его рука напоминает ледышку. Два часа своего дежурства, которые показались ему годами, он внимательно вслушивался в мертвую тишину, однако решительно ничего не слышал — даже шлепанья босых подошв.

И вместе с тем его сковывала дрема. Уже перед самым концом дежурства, когда он опять заглянул в коридор, ему померещилось, что к пещере приближаются два чуть заметно мерцающих огонька. Он вздрогнул, зажмурился и потряс головой. Потом выглянул в коридор еще раз. Никаких мерцающих огоньков там не было. «Позор, — укоризненно сказал он себе. — Наверно, я просто заснул на посту». Он встал и больше уже не садился, пока его не сменил Леголас.

Добравшись до одеяла, он мгновенно уснул, и на него навалился все тот же сон: ему казалось, что он слышит шаги — осторожное шлепанье босых подошв — и видит два мерцающих глаза, и они приближаются... Он в ужасе проснулся — пещеру заливал сероватый свет, а его спутники негромко переговаривались друг с другом.

— Доброе утро! — сказал ему Гэндальф. — Ибо над миром разгорается утро, и оно принесло нам добрую весть. Мы пересекли Морийское царство, и до вечера нам надо спуститься к Воротам, чтобы выйти наконец в долину Черноречья.

— Да, хорошо бы, — пробормотал Гимли. — Великая Мория, погруженная во тьму, нагонит страх на любого храбреца. И похоже, что Балин не проник в Морию — ведь какие-то следы он должен был оставить...

* * *

Гэндальф решил не устраивать дневки.

— Нам всем нужен отдых, — сказал он Хранителям, — но до озера Зеркального — полдня пути. И насколько я понимаю, никому из нас не хочется провести в Мории еще одну ночь.

— Что верно, то верно, — проворчал Боромир. — Куда нам надо идти? На восток?

— Пока не знаю, — ответил Гэндальф. — По-моему, мы выше и северней Ворот, но найти к ним дорогу не так-то легко. Сначала мне надо спокойно осмотреться. Северная арка — самая светлая. Давайте-ка заглянем в северный коридор. Если мы сможем добраться до окна, мне станет ясно, где мы находимся, и я решу, куда нам идти. Но, к сожалению, окна в Морийских пещерах прорубали, как правило, очень высоко.

Хранители быстро свернули лагерь, и Гэндальф повел их в северный коридор. Коридор освещался откуда-то справа. Пройдя его — сто пятьдесят шагов, они увидели полуоткрытую дверь, через которую в коридор попадал свет. За дверью обнаружилась квадратная комната с окошком, прорубленным в восточной стене; путники, привыкшие к полной темноте, невольно зажмурившись, остановились на пороге. Потом осторожно шагнули в комнату.

Наступая на какие-то хрупкие осколки, покрытые ковром черно-серой пыли, путники подошли к прямоугольному камню трех или четырех пядей высотой, расположенному в середине комнаты так, что свет из маленького окошка под потолком освещал белую мраморную плиту, которая лежала на большом камне.

— Уж не могилу ли мы нашли? — пробормотал Фродо и со скверным предчувствием склонился над плитой. К нему подошел Гэндальф. Плиту покрывали странные руны:

— Это древнеморийский язык, — посмотрев на плиту, проговорил маг, — стародавнее наречие людей и гномов. И добавил: — Здесь выбита надгробная надпись:

БАЛИН, СЫН ФУНДИНА,
ГОСУДАРЬ МОРИИ.

— Значит, Балин погиб, — сказал Фродо.

Гимли надвинул свой капюшон на глаза.

— Этого-то я и опасался, — промолвил он.

Глава V
МОРИЙСКИЙ МОСТ

Хранители молча стояли у могилы. Фродо печально вспоминал Балина и его многолетнюю дружбу с Бильбо и давний приезд гнома в Хоббитанию. Отсюда, из пыльного морийского склепа, мирная жизнь тех далеких времен казалась полузабытой волшебной сказкой.

Наконец, преодолев унылое оцепенение, путники разбрелись по пыльной комнате, надеясь разыскать какие-нибудь следы, которые прояснили бы участь Балина или судьбу его храброй дружины. Под окном, напротив двери в коридор, они обнаружили еще одну дверь. Теперь, попривыкнув к дневному свету, они заметили, что хрупкие осколки, все время хрустевшие у них под ногами, были костями убитых воинов; а среди костей, в черно-серой пыли, валялись боевые топоры гномов, разбитые шлемы, треснувшие щиты и кривые мечи с воронеными клинками — излюбленное оружие горных орков.

У стен, в глубоких и вместительных нишах, стояли взломанные дубовые сундуки, окованные заржавевшими железными полосами; возле одного из них, под разбитой крышкой, Гэндальф увидел разодранную книгу. Нижний край книги обгорел, она была истыкана мечами или стрелами и заляпана бурыми пятнами — кровью. Гэндальф бережно поднял книгу и осторожно положил ее на могилу Балина. Фродо с Гимли подошли к магу и смотрели, как он перелистывает страницы, исписанные многими разными почерками на эльфийском, дольском и морийском языках. Страницы были твердыми и ломкими, словно тонкие костяные пластины.

— Насколько я понимаю, — проговорил Гэндальф, — это летопись Балинского похода. Начата она тридцать лет назад, со вступления дружины Балина в Черноречье. Видите, тут написано I/3? По-моему, это значит *год первый, страница третья* — двух первых страниц в книге недостает. И вот что мне удалось разобрать.

Мы уничтожили охрану орков у Ворот и в Кар... — дальше прочитать невозможно, страница залита кровью; но тут-то все ясно: *в Караульной комнате. Однако часовые успели поднять тревогу, и многих орков мы...* — видимо, *убили* — *...в битве у Зеркального озера. Флои порубил целый отряд врагов, но и сам был смертельно ранен вражеской стрелой...* Две строчки я прочитать не сумел. Дальше говорится: *...выбили орков из Двадцать первого чертога в Северном крыле. Здесь...* Опять непонятно, но упоминается слово *шахта*. И наконец: ...*Балин со своими совет-никами расположился в Летописном чертоге*...

— Это и есть Летописный чертог, — оглянувшись на сундуки, заметил Гимли.

— Дальше несколько страниц залито кровью, я разобрал только слова *золото*, *топор Дарина* и *шлем*. Потом: ...*Балин провозгласил себя государем Морийского царства*. Тут кончается первая запись, и после трех звездочек другой рукой написано: *Мы нашли истинное серебро*... Снова ничего непонятно, кроме предпоследней строки: ...*Оин отправился к складу оружия на Третьем глубинном ярусе*... — опять пятно крови — ...*на запад*... — и после проткнутой копьем дыры — ...*к Эльфийским Воротам*.

Гэндальф молча листал Летопись.

— Несколько страниц очень сильно попорчены, при этом свете их не прочтешь, — после долгой паузы сказал он спутникам, — но видно, что их заполняли в спешке и, по всей вероятности, разные летописцы. Потом сколько-то страниц вырвано и следующие помечены цифрой V — пятый год с начала похода, V/l, V/2, V/3, V/4... Нет, ничего не могу разобрать. А тут? Ага, вот разборчивый почерк, но запись почему-то сделана по-эльфийски.

Гимли придвинулся к надгробию вплотную и под рукой Гэндальфа заглянул в Летопись.

— Это почерк Ори, — объявил он. — У него, как я слышал, была привычка записывать важные сообщения по-эльфийски.

— Боюсь, что это важное сообщение окажется весьма и весьма печальным, — сказал маг, вглядываясь в Летопись. — Первое ясное слово тут — *скорбь*. Дальше снова трудно разобрать, и потом — ...*ра*. По-видимому, *вчера*. Да, так оно и есть, слушайте: ...*вчера, 10-го ноября, погиб государь Мории Балин. Он спустился к Зеркальному, и его застрелил из лука притаившийся в скалах орк. Царские дружинники уничто-*

жили орка, однако огромный отряд врагов... Конец страницы оборван, а следующая страница начинается словами: *...с востока по Серебрянке...* Тут опять пятно засохшей крови, и потом: *...успели закрыть Ворота...* дальше дыра, пробитая, вероятно, стрелой, и несколько слов: *...удержали бы Ворота, если б не...* А ниже страница обуглена, так что осталось лишь одно слово — *чудовищный*. Жаль Балина, он был храбрым воином и со временем стал бы великим государем. Его царствование длилось только пять лет. Здесь Летопись, как видите, обрывается, а разыскивать вырванные страницы нам некогда, и мы, наверно, никогда не узнаем, что же приключилось с Балинской дружиной.

Да, это очень мрачная Летопись, — листая книгу, заключил маг. — Дружинники, без сомнения, тоже погибли, и погибли мучительной смертью... Послушайте... *Нам некуда отступать. Некуда! Они захватили Мост и Караульную. Лони, Фрар и Ноли свалились...* Тут шесть или семь страниц слиплись от крови, а дальше речь идет о Западных Воротах: *Привратница затопила долину. Вода поднялась до самых Ворот. Глубинный Страж уволок Оина в воду. Нам некуда отступать. Некуда!..* И все, нижний край страницы оторван. — Маг в задумчивости опустил голову. — Ага, вот еще одна страница, — шагнув к нише, проговорил он и поднял с полу измятый листок. — Она исписана только до половины. Похоже, что ею заканчивается Летопись. Слушайте: *...Нам некуда отступать. Некуда! Они вызвали из Глубинных ярусов Смерть! От страшного грохота где-то внизу того и гляди провалится пол. Они приближаются!..* Это заключительные слова Летописи... Да, хотелось бы мне понять, о чем говорит последний летописец. — Маг снова задумался и умолк.

— «Нам некуда отступать», — пробормотал Гимли. И вдруг Хранители отчетливо осознали, что они забрались в могильный склеп. Всем, даже Гэндальфу, стало не по себе.

— Они воевали на два фронта, — нарушил напряженную тишину Гэндальф, — защищали и Восточные, и Западные Ворота. Да и в Мории их подстерегал враг... дорого бы я дал, чтоб узнать — какой. Героическая, но безрассудная попытка не удалась, Балин и все его дружинники погибли... А теперь нам пора отсюда уходить. Гимли, захвати Балинскую Летопись, ее надобно передать Даину, хотя она и ввергнет его в печаль. Спи спокойно, отважный Балин, Мория приютила тебя навсегда!.. Пойдемте, нас ждет нелегкая дорога.

— А куда мы теперь? — спросил Боромир.

— Сначала обратно, — ответил Гэндальф. — Но мы не напрасно потратили время. Этот склеп — бывший Летописный чертог, и теперь я знаю, где мы находимся: на Седьмом ярусе, в Северном крыле. А Ворота расположены на Первом ярусе. Сейчас мы вернемся в Купольный зал — у гномов он назывался Двадцать первым чертогом, — спустимся по восточному коридору вниз и, свернув на юг, выйдем к Воротам. В путь! — Гэндальф шагнул вперед...

...И тотчас из гулких глубин Мории до них донесся раскатистый грохот — Р-Р-Р-Р-О-К, — и они ощутили под ногами судорожную дрожь каменного пола.

Путники, не сговариваясь, ринулись к двери.

Р-Р-Р-Р-О-К — волна грохочущего рокота во второй раз прокатилась по Морийским пещерам, и потом еще раз, и еще, и еще — Р-Р-Р-Р-О-К, Р-Р-Р-Р-О-К, Р-Р-Р-Р-О-К, Р-Р-Р-Р-О-К, — как будто недра необъятной Мории кто-то превратил в громадный барабан. И, словно в ответ громоподобному грохоту, неподалеку резко протрубил рог, и Хранители услышали тяжелый топот.

— Орки! — громко воскликнул Гимли.

460

— Они приближаются, — вскричал Леголас.

— Ловушка, — хрипло проговорил маг. — Мы пойманы, как некогда дружинники Балина. Но с ними не было меня! Посмотрим...

Р-Р-Р-Р-О-К, Р-Р-Р-Р-О-К — гремела Мория, и стены комнаты явственно сотрясались.

— Попытайтесь запереть восточную дверь! — крикнул Арагорн, обнажая меч. — Надо прорваться в Купольный зал! Мы с Боромиром пойдем впереди.

— Не торопись, — остановил Арагорна Гэндальф. — Нам пока незачем начинать драку. Давайте отступим через восточную дверь.

Снова пронзительно протрубил рог. Слитный топот быстро приближался. Все Хранители выхватили мечи. Яррист светился синеватым светом. Радужно мерцал маленький Терн. Боромир закрыл западную дверь.

— Подожди! — Гэндальф шагнул к Боромиру, приоткрыл дверь и громко крикнул: — Кто нарушает покой Балина, державного властителя Морийского царства?

В ответ послышались раскаты хохота и раздались резкие слова команды, Р-Р-Р-Р-О-К, Р-Р-Р-Р-О-К — гремело из глубины.

Гэндальф принагнулся, выглянул за дверь, и на мгновение его Жезл ослепительно вспыхнул. Прежде чем орки успели опомниться, маг уже снова захлопнул дверь: ни одна стрела его не задела.

— Там не только орки, — сказал он спутникам. — С ними черные урхи из Мордорских земель, они гораздо опасней орков. И один гигантский пещерный тролль, а может, и несколько, я не разглядел. В Купольный зал нам дорога закрыта.

— Да и на восток, я думаю, закрыта, — обронил угрюмое пророчество Боромир.

— Здесь пока тихо, — возразил Арагорн, подошедший тем временем к восточной двери. — За дверью лестница, ведущая вниз, так что Купольный зал нам вроде бы не нужен, но, по-моему, отступать, не зная куда, с погоней за плечами очень опасно. Мы даже не можем запереть дверь — засов на ней сломан, и открывается она внутрь. Сначала надо остановить врагов... Они запомнят Летописный чертог, — процедил он сквозь зубы, оглянувшись назад, — а кое-кто из них останется здесь навсегда.

В коридоре послышались тяжелые шаги. Боромир торопливо подсунул под дверь пять или шесть сломанных мечей и забил их, как клинья, дубовой доской. Шаги смолкли, и на каменную дверь обрушился из коридора сокрушительный удар; дверь выдержала, но мелко затряслась, и от следующего удара немного приоткрылась — клинки-клинья, отъезжая назад, прочертили в полу глубокие борозды. На дверь обрушился третий удар, и в щель просунулась огромная рука, покрытая зеленовато-черной чешуей. Потом дверь еще раз содрогнулась, и Хранители увидели гигантскую ступню — черно-зеленую, плоскую и беспалую. Скрежеща клиньями по каменному полу, дверь медленно, но неуклонно открывалась.

Боромир рубанул по руке мечом, но меч со звоном отскочил вверх и, едва не вывернув гондорцу кисть, отлетел под ноги оцепеневшему Фродо.

А Фродо, неожиданно для себя самого, неистово выкрикнув: «Бей, Хоббитания!», рванулся к двери и со всего размаха вонзил Терн в чешуйчатую ступню. Хранителей оглушил пронзительный вой, и громадная ступня отдернулась за дверь — Фродо едва удержал Терн. Стекая с Терна, на каменный пол шмякнулось несколько черных капель. Боромир снова захлопнул дверь и вогнал в щель выскочившие клинья.

— Ай да Хоббитания! — воскликнул Арагорн. — Хоббиты, я вижу, разят без пощады. У тебя превосходный клинок, мой друг!

462

А дверь уже снова сотрясалась от ударов. Окажись она деревянной, ее давно разнесли бы в щепки: у нападающих были палицы или молоты. Внезапно она опять приоткрылась. Воздух взрезали свистящие стрелы; однако дверь была открыта не полностью, и стрелы, ударяясь о северную стену, с еле слышным шорохом валились на пол. Совсем близко протрубил рог, и в комнату начали протискиваться орки; щель была узкой — дверь заклинило, — и враги пролезали внутрь поодиночке.

Хранители не успели сосчитать врагов — бой был жаркий и яростный, но короткий. Орки, не ожидавшие такого отпора, мешая друг другу, топтались на месте. Леголас уложил двух орков из лука; орку, вспрыгнувшему на могилу Балина, перерубил ноги подоспевший Гимли; троих орков убил Боромир; двоих — Арагорн; одного — Гэндальф. Орки дрогнули, попятились к двери и с визгливыми воплями убрались в коридор.

Враги ранили — к счастью, легко — лишь Сэма: он сумел вовремя отскочить, и ятаган орка оцарапал ему плечо; зато орк не успел приготовиться к защите, и Сэм, сделав глубокий выпад, проткнул его насквозь своим мечом из Могильника. В карих, сузившихся глазах Сэма полыхал суровый бойцовский огонь — то-то удивились бы его родители, если бы увидели сейчас сына.

— А теперь — отступаем, — распорядился Гэндальф, — пока они снова не привели тролля.

Однако Хранители не успели отступить: в комнату протиснулся предводитель врагов — огромный, чуть ниже Арагорна, орк со смуглым, широким и плоским лицом, маленькими, горящими, словно угли, глазами, вздернутым носом и низким лбом. На нем была черная кольчужная рубаха, свисающая до голенищ кожаных сапог, и вороненый, инкрустированный серебром шлем; в левой руке он держал щит, а в правой — длинное и массивное копье.

Другие орки толпились у двери, но входить в комнату явно не спешили.

Орк-предводитель бросился к Фродо и, закрывшись от Арагорнова меча щитом, умело нырнув под меч Боромира, со страшной силой метнул копье, пригвоздившее несчастного Фродо к стене; правда, хоббит успел повернуться, и копье вошло ему не прямо в грудь, а соскользнуло по мифрильной кольчуге чуть вбок. Сэм перерубил вражье копье, и Фродо безжизненно сполз по стене, а орк уже выхватил черный ятаган и хотел прикончить беззащитного Фродо, но в это мгновение тяжелый Андрил, сверкнув, обрушился на шлем врага, и он упал с разрубленной головой — шлем не спас его от Возрожденной Молнии. Боромир и Арагорн рванулись к двери, но остальные орки поспешно отступили.

— Р-Р-Р-Р-О-К — тяжко вздохнула Мория.

— Скорей! — властно скомандовал Гэндальф. — Все на лестницу! Не то будет поздно!

Арагорн подхватил упавшего Фродо, вытолкнул Мерри с Пином из комнаты и быстро проскользнул в полуоткрытую дверь. Следом вышли остальные Хранители. Последним выбрался на лестницу Леголас, таща за собой упирающегося Гимли: гном, словно бы позабыв об опасности, никак не хотел уходить от могилы. Боромир что есть силы потянул дверь, и она медленно, со скрипом, закрылась; однако запереть ее было нечем.

— Меня... не ранило... Я пойду... сам, — одышливо сказал Арагорну Фродо.

Тот чуть не выронил хоббита из рук.

— Так ты, значит, жив? — изумился он.

— Мертвые не разговаривают, — проворчал Гэндальф. — Но нам сейчас некогда удивляться чудесам. Спускайтесь и ждите меня внизу, а если я вскорости не появлюсь — уходите. Ворота в двух примерно лигах к югу. Да смотрите не спуститесь ниже Первого яруса!

464

— Я тоже останусь, — сказал Арагорн.

— Спускайся! — властно приказал Гэндальф. — Мечом ты тут ничего не сделаешь.

На лестнице не было оконных шахт, и они спускались в полной темноте. Фродо машинально считал ступени; их оказалось восемьдесят пять: на этом лестничный марш закончился. Путники подняли головы вверх, но увидели только огонек Жезла. Вероятно, враги еще не опомнились, и маг по-прежнему стоял у двери. Фродо с трудом перевел дыхание — ему было трудно вздохнуть глубоко; он обессиленно прислонился к Сэму, и тот обнял его за плечи. Внезапно послышался голос Гэндальфа, но слов Хранители разобрать не смогли: их исковеркало гулкое эхо. Глухо громыхнул глубинный гром; дрогнул под ногами путников пол.

Вдруг Жезл мага ослепительно вспыхнул, стер на мгновение темноту — и потух. Р-Р-Р-Р-О-К — победно громыхнула тьма, а потом грозно грохочущий рокот загремел у них над самой головой — Р-Р-Р-Р-О-К, Р-Р-Р-Р-О-К, Р-Р-Р-Р-О-К — и стих. По лестнице кубарем скатился Гэндальф.

— Идемте! — крикнул он, вскакивая на ноги. — Мне повстречался страшный противник, я с трудом выстоял. В путь, скорее! Сначала нам придется идти без света, у меня нет сил, чтоб засветить Жезл. Гимли пойдет со мной, впереди. Не отставайте от нас ни на шаг. Вперед!

Ничего не поняв из объяснений Гэндальфа — а расспрашивать его никто не решился, — Хранители послушно двинулись за ним. Р-Р-Р-Р-О-К, Р-Р-Р-Р-О-К — гремело вдали; громыхание казалось теперь приглушенным, однако оно доносилось не снизу, а как бы катилось вслед за беглецами. Никаких иных признаков преследования —

465

торопливого топота, громких воплей или резких команд — путники не слышали. Гэндальф шагал, никуда не сворачивая, хотя им встречались поперечные галереи: коридор, по которому они сейчас шли, вел в нужную сторону, к Восточным Воротам. Порой им попадались крутые лестницы, и маг, чтобы не свалиться вниз, постукивал по полу Магическим Жезлом — так обыкновенно ходят слепые, — засветить Жезл он все еще не мог.

За час они одолели чуть больше лиги и несколько раз спускались по лестницам; темнота была безмолвной и беспросветной; но с каждым шагом в них крепла надежда, что им удалось уйти от погони. После седьмой, самой длинной, лестницы (Фродо насчитал в ней сто ступеней) Гэндальф устало остановился и сказал:

— По-моему, мы спустились на Первый ярус. Если двигаться по этому коридору дальше, он уведет нас в Южное крыло. Пора сворачивать налево, к востоку. Надеюсь, Ворота уже недалеко. Я очень устал. Мне нужен отдых. Иначе я просто не дотащусь до Ворот.

Гимли подставил магу плечо, и тот тяжело опустился на ступеньку.

— Ты сдерживал того, который грохотал? — спросил его Гимли. — Который из Глубин?

— Не знаю, — раздумчиво ответил Гэндальф. — Я впервые встретился с таким противником, и мне не оставалось ничего другого, как запереть дверь Неснимаемым Наговором. Я знаю много Неснимаемых Наговоров, да чтобы наложить их, требуется время, и дверь не становится от этого прочнее: открыть ее нельзя, а выломать — можно.

Я готовился встретить орков и троллей. За дверью уже слышались их голоса, но о чем они толкуют, я не разобрал: их тарабарский язык очень труден для понимания. Впрочем, одно-то слово я уловил — они все время его повторяли, — *гхаш*, или в переводе — «огонь». А потом им

на помощь явился союзник, которого они сами паничес-
ки боятся.

Кто он такой или что это такое, я понять не сумел; а главное, не знаю, можно ли победить его в единоборстве. Несни-
маемый Наговор он преодолел: несмотря на мое отчаянное
сопротивление, дверь начала понемногу открываться. Тогда, собрав последние силы, я произнес Запретительное Заклятье. Но дверь, под напором противоборствующих сил,
разлетелась вдребезги — а ведь она была каменной!

Мне не удалось ничего разглядеть, ибо в комнате клубилось косматое облако — раскаленное и темное, как дым
над горном. Я не успел подготовиться к встрече, и меня —
к счастью! — отшвырнуло вниз, а стены комнаты с грохотом рухнули.

Над могилой морийского государя Балина воздвиглось истинно царское надгробие. Надеюсь, моего против-
ника завалило... хотя уверенности у меня нет. Так или
иначе, мы выиграли время: нас отгородил от преследователей обвал. Ох и вымотал меня этот поединок! А впрочем, чепуха, мне уже лучше... Да, так что же произошло с
Фродо? Я, признаться, ушам своим не поверил, когда вдруг
послышался его голосок. Мне-то казалось, что в руках у
Арагорна поразительно храбрый, но мертвый хоббит.

— Я жив... и, по-моему, невредим, — сказал Фродо. —
На груди у меня, наверно, громадный синяк... ну да ничего, это скоро пройдет.

— Хоббиты умеют разить без пощады, а сами, похоже,
изготовлены из мифрила, — с мимолетной усмешкой заметил Арагорн. — Теперь я понимаю, как серьезно риско-
вал, насильно навязывая им свое общество в пригорянском трактире толстяка Наркисса. Этот орк проткнул бы
насквозь и быка!

— Меня он, по счастью, проткнуть не сумел, — проговорил Фродо, потирая грудь. — Правда, мне почудилось,

что я оказался между молотом и наковальней, — добавил он. Больше хоббит ничего не сказал: ему в самом деле было трудно дышать.

— Ты частенько напоминаешь мне Бильбо, — глянув на Фродо, заметил Гэндальф. — Он тоже любил удивлять своих спутников.

Размышляя о словах Арагорна и Гэндальфа, Фродо так и не смог решить, все ли они сказали, что думали.

Путники шли по коридору на юг. Неожиданно Гимли с тревогой спросил:

— Вы видите свет? Там, впереди? По-моему, это отблески пожара.

— *Гхаш*, — невольно пробормотал маг. — Интересно, что они имели в виду? Но деваться нам некуда, надо идти... — Он, не останавливаясь, шагал вперед.

Гимли был прав. Шагов через тридцать коридор круто пошел под уклон, и путники увидели низкую арку, озаряемую изнутри бликами огня. В коридоре стало светло и жарко.

Гэндальф подал им знак остановиться, вошел под арку и на мгновение замер — его осветили розоватые всполохи.

— Нам подготовили пышную встречу, — вернувшись к Отряду, сказал он спутникам, — но теперь я знаю, где мы находимся. За аркой расположен Привратный покой, через который тянется Главный тракт, соединяющий Восточные и Западные Ворота. Миновав арку, мы свернем налево, Привратный чертог выведет нас к Мосту, мы пересечем Морийский ров, подымемся по лестнице и выйдем в Черноречье! До Ворот осталось пол-лиги, не больше. А сейчас посмотрите, как нам везет.

Путники заглянули в Привратный чертог. Он был просторней и выше, чем Двадцать первый. Посредине этого удлиненного зала двумя рядами тянулись колонны, по-

468

хожие на могучие каменные деревья. Поднятые вверх ветви деревьев поддерживали теряющийся в сумраке потолок. Справа, совсем недалеко от арки, зал рассекала широкая трещина, в которой буйно полыхало пламя, и на черных стволах деревьев-колонн дрожали кроваво-красные блики. Иногда змеистые языки пламени злобно обвивались вокруг колонн. Над расселиной клубилась дымная туча.

— Если б мы шли по Главному тракту, нас перебили бы у этой трещины, — покачав головой, проговорил Гэндальф. — Будем надеяться, что нам повезло и она задержит наших преследователей. Однако времени терять нельзя...

Только что Гэндальф это сказал, как путники услышали тяжкий грохот, угрожающие крики и звуки рога. От грохота содрогнулись каменные колонны и бессильно опали языки пламени.

— За мной! — властно приказал Гэндальф. — Если сегодня солнечный день, орки не решатся выходить из пещер. Последнее усилие, и мы спасены!

Гэндальф торопливо вышел из-под арки и побежал по Привратному чертогу на восток. Зал оказался более длинным, чем думали Хранители; но пол был ровный, и бежать им было бы вовсе не трудно, если б не их застарелая усталость. За расселиной послышались пронзительные вопли — орки заметили убегающих путников. Над головой Фродо просвистела стрела. Боромир глянул назад и расхохотался.

— Ишь, рассвирепели! — прокричал он. — А вот не устраивай другим ловушек!

— Рано радуешься! — оборвал его маг. — Впереди опасный и узкий Мост.

Вскоре им открылась черная пропасть и узкая, без перил, арка Моста длиной в пятьдесят—шестьдесят шагов.

Гномы выстроили его столь узким, чтобы защищать Морию от врагов, если те выломают внешние ворота. Идти по нему можно было лишь гуськом. Подбежав к Мосту, Гэндальф остановился, и его окружили запыхавшиеся Хранители.

— Гимли — первый, — приказал маг. — За ним — хоббиты, Леголас и люди.

Стрела клюнула Фродо в спину и, со звоном отскочив, упала на землю. Другая, проткнувшая шляпу мага, торчала из нее, как черное перо. Фродо с тревогой посмотрел назад. За расселиной, в отсветах огня, толпились черные фигурки орков — их собралось там несколько сотен. Они размахивали длинными копьями и черными, в багровых бликах, ятаганами. Все громче грохотал глубинный гром — Р-Р-Р-Р-О-К, Р-Р-Р-Р-О-К, Р-Р-Р-Р-О-К, Р-Р-Р-Р-О-К.

Леголас вынул из колчана стрелу, но, оглянувшись, испуганно вскрикнул и уронил ее. К расселине подошли два громадных тролля с длинными каменными плитами в руках: они собирались соорудить мост. Однако не троллей испугался эльф. Внезапно орки в страхе расступились, и путники увидели исполинскую тень, окутанную космато клубящейся тучей; в ней угадывалась свирепая мощь, внушающая ужас всему живому.

У расселины туча на миг замерла, и багровое пламя сейчас же поблекло, будто придушенное завесой дыма. А потом чудовищный союзник орков легко перемахнул раскаленную трещину, и поблекшие было языки пламени с приветственным гулом взметнулись вверх, радужно расцветив косматую тучу; сгусток тьмы в туче уплотнился и обрел очертания громадного человека с клинком пламени в правой руке и длинным огненным хлыстом в левой.

— Спасайтесь! — отчаянно закричал Леголас. — Это Барлог! Его не уничтожишь! Спасайтесь!

Глаза гнома остекленил ужас.

— Вот оно, Великое Лихо Дарина, — прошептал он и, выронив топор, закрыл лицо обеими руками.

— Барлог, — хрипло пробормотал Гэндальф. — Теперь понятно. — Он оперся на Жезл. — А я и так до смерти устал.

Барлог стремительно приближался к Хранителям. Тролли перекрыли расселину плитами, и орки двинулись вслед за Барлогом. Боромир громко протрубил в рог, и клич Гондора, усиленный эхом, остановил орду наступающих орков; даже Барлог на мгновение задержался. Но отзвуки вскоре заглохли, и враги снова двинулись вперед.

— Бегите! Живо! — скомандовал Гэндальф. — Поднимайтесь по лестнице и уходите к Зеркальному. Этот противник вам не по силам. Да и я не смогу его остановить, если в бой ввяжутся орки с троллями. Мне надо встретить его на Мосту. — Путники по одному перешли Мост и остановились около лестницы, не в силах бросить Гэндальфа одного. А Боромир с Арагорном застыли у рва.

Темная туча с огненными проблесками, окутывающая черную фигуру Барлога, неспешно подползла к узкому Мосту. В середине Моста, опираясь на Жезл и устало ссутулившись, стоял Гэндальф. Барлог тоже на мгновение замер; его косматая мантия уплотнилась и раздалась в стороны, как два крыла; огненный хлыст со многими хвостами щелкнул, рассыпая багровые искры; клинок раскаленного, но темного пламени обрел форму изогнутого меча. Однако Гэндальф не сдвинулся с места.

— Уходи, — негромко проговорил он. Орки молчали; Привратный чертог затопило зловещее предгрозовое безмолвие. — Я служитель вечного солнечного пламени, — все так же негромко продолжал Гэндальф, — и повелитель светлого пламени Анора. Тебе не поможет Багровая тьма: Огонь Глубин на земле бессилен. Ты не пройдешь по Мосту. Уходи!

Барлог ничего не ответил Гэндальфу. Проблески огня в его крыльях угасли, но багровой чернью налился ятаган и тускло засветились хвосты хлыста. Он шагнул вперед, и черные крылья, неожиданно выросшие до гигантских размеров, завесой тьмы нависли над магом. Однако сомкнуть два черных крыла над серо-серебристой фигуркой Гэндальфа Барлогу явно было не под силу.

Тогда он развел ослабевшие крылья и поднял багрово-черный ятаган.

Холодно взблеснул голубоватый Яррист.

Путников ослепила синеватая вспышка, раздался звон, и багровый ятаган распался на тысячу тусклых осколков. Барлог вздрогнул и в замешательстве попятился; маг покачнулся, однако не отступил.

— Ты не пройдешь, — проговорил он.

Барлог молча устремился вперед. Засвистел и оглушительно хлопнул хлыст.

— Ему не выстоять одному! — вскричал Арагорн и побежал по узкому Мосту к магу. — *Элендил!* — громко воскликнул он. — Я с тобой Гэндальф, мы его сокрушим!

— Гондор! — грозно прорычал Боромир и помчался по Мосту вслед за Арагорном.

А Гэндальф поднял Магический Жезл и, когда он засверкал, как маленькое солнце, резко, наискось, опустил его вниз, словно бы перечеркивая Мост перед Барлогом. Вспыхнул сноп серебристого пламени, Магический Жезл сломался пополам, а Мост под Барлогом обрушился в пропасть.

С хриплым воем проваливаясь вниз, Барлог взмахнул над головой хлыстом, и хлыст дважды опоясал мага. Увлекаемый в пропасть тяжестью Барлога, Гэндальф ухватился за Мост руками, однако не удержался и, вскрикнув: «Беги-и-ите!», исчез в пасти Морийского рва; черный обломок разрушенного Моста, похожий на высунутый из пасти язык, мелко подрагивал в наступающей тьме.

* * *

Беззвучная тьма стала бархатно-черной. Парализованные ужасом, путники молчали. Первыми опомнились Арагорн с Боромиром. Едва они успели отступить к лестнице, остатки Моста рухнули в пропасть. Мертвую тишину нарушил Арагорн.

— Надо идти, — сказал он спутникам. — Это его последняя воля. Отныне я поведу Отряд.

Спотыкаясь на крутой неосвещенной лестнице, путники побрели за Арагорном вверх; Боромир замыкал колонну беглецов.

Лестница вывела их в гулкий коридор; Арагорн, не задерживаясь, двинулся вперед. Рядом с Фродо шел всхлипывающий Сэм, да и сам Фродо безмолвно плакал. Глухой, постепенно замирающий рокот едва заметно сотрясал пол. Р-Р-Р-Р-О-К, Р-Р-Р-Р-О-К, Р-Р-О-К... Р-О-К...

Впереди показался освещенный зал. Хранители невольно зашагали быстрее. Зал освещали четыре окна, узкие и длинные, словно бойницы. Напротив коридора, из которого они вышли, путники заметили каменную дверь. Открыв ее, они увидели Ворота — высокую, ослепительно сияющую арку.

Вернее, Ворот путники не увидели — их давно не было, — они увидели выход. А у выхода, в тени, расположились часовые, пятеро спокойно дремлющих орков; здесь не ожидали появления Хранителей. Первым вскочил предводитель стражи — и тут же упал, сраженный Арагорном. Остальные орки в ужасе разбежались. Хранители быстро подошли к выходу и спустились по древним каменным ступеням.

Страшное путешествие завершилось.

Арагорн без отдыха двинулся дальше: он решил сразу же уйти от Ворот, чтоб орки не смогли настигнуть Отряд. Перед путниками лежала долина Черноречья. Мглистые горы заслоняли солнце, но впереди долина приветливо золотилась, а вверху синело просторное небо с легкими барашками белых облаков. Совсем недавно перевалило за полдень.

Остановившись, они оглянулись назад. В прозрачной тени Мглистого хребта угрюмо чернела громадная арка. Где-то глубоко-глубоко под землей чуть слышно ворочался умирающий грохот — Р-Р-Р-Р-О-К, Р-Р-Р-Р-О-К... Р-Р-О-К... Р-О-К...

И тут, не в силах преодолеть скорбь, Хранители дали волю слезам. Одни стояли и плакали молча, другие, рыдая, повалились на землю. Всхлипывал даже суровый Боромир. Еще раз чутьслышно вздохнули глубины — РОК, — и в долине воцарилась тишина.

Глава VI
КВЕТЛОРИЭН

— Нам пора уходить, — сказал Арагорн. Оглянувшись, он поднял Андрил и воскликнул: — Прощай, Гэндальф! Я ведь говорил: «Тебе угрожает смертельная опасность». По несчастью, я оказался прав — и безнадежным видится наше путешествие! — Повернувшись к спутникам, Арагорн добавил: — Но мы и без надежды пойдем к Мордору. Может быть, нам удастся отомстить. А на скорбь у нас нет времени, друзья. Нам предстоит многотрудный путь.

Путники вытерли слезы и огляделись. На севере, по узкому затемненному ущелью между двумя отрогами Мглистого, катился, прыгая с уступа на уступ, сероватобелый вспененный поток, а немного дальше к северо-востоку возвышались три исполинских пика — Фануиндхол, Карадрас и Селебдор.

474

— Видите? Это Черноречный Каскад, — показал на уступчатое ущелье Арагорн. — Именно оттуда мы спустились бы в Черноречье, улыбнись нам счастье у Багровых Ворот.

— А над нами вместо этого посмеялся Баразинбар. Вон он и сейчас, проклятый, ухмыляется! — Гимли погрозил горе кулаком.

Отроги Мглистого, образующие ущелье с каскадом серебристых от пены водопадов, тянулись к востоку лиги на полторы, а потом русло Серебрянки расширялось, и она спокойно текла по равнине до впадения в большое овальное озеро, наполовину закрытое тенью Мглистого; однако гладкая поверхность озера казалась темной даже на востоке — там, где его не закрывала тень. Зеркальная, без ряби, озерная вода была похожа на вечернее небо, каким оно видится из освещенной комнаты. Иссиня-лазоревый овал озера обрамляли ярко-зеленые луга.

— Помните, я его спросил в Остранне, — с грустью сказал своим спутникам Гимли, — «Неужели же мне суждено это счастье — увидеть наше заповедное озеро?» И вот теперь я увидел Зеркальное, а чувствую себя осиротевшим и несчастным...

Хранители шагали по древней дороге, мощенной шестиугольными растрескавшимися плитами; трещины в плитах и стыки между ними поросли вереском и колючим терновником. Дорога спускалась к холмистой равнине, сворачивала у Зеркального на юго-восток и потом тянулась по берегу Серебрянки; возле дороги, то справа, то слева, валялись разбитые каменные статуи. У озера высилась огромная колонна, ее вершина была разрушена.

— Это Даринский Столп! — воскликнул Гимли. — Арагорн, можно я спущусь к озеру?

— Только сразу же возвращайся обратно, — посмотрев на небо, ответил Арагорн. — Солнце закатится часа через три. Днем орки из пещер не выходят, но к ночи снарядят за нами погоню, так что нам надо уйти подальше. Сейчас новолуние, и ночь будет темной, а в темноте орки необычайно опасны.

— Пойдем, ты должен заглянуть в Келед-Зарам, — позвал гном Фродо и побежал вниз.

Фродо, преодолев апатию и усталость, побрел к темному овалу Зеркального; следом за хозяином пошел и Сэм.

Возле колонны Гимли задержался и, когда подошли хоббиты, сказал:

— Видите, тут по-морийски написано: *«Отсюда Дарин впервые заглянул в Келед-Зарам».* — На колонне виднелись полустертые руны, однако прочитать их было невозможно: песок и ветры заровняли надпись. — Давайте заглянем в озеро и мы! — повернувшись к берегу, предложил Гимли.

Путники наклонились над темной водой. Сначала они ничего не увидели. А потом в сине-зеркальной поверхности проступили серебристые блестки звезд — хотя на небе сияло солнце — и снежные шапки высоких гор. Путников озеро почему-то не отразило, и они в смущении отошли от берега.

— Здравствуй и прощай, Заповедное Озеро! — низко поклонившись, воскликнул Гимли. Потом повернулся к хоббитам и добавил: — Здесь покоится Корона Дарина. Она ожидает его пробуждения...

— Что ты там видел? — спросил Пин Сэма, когда гном и хоббиты догнали Отряд. Но задумавшийся Сэм ничего не ответил.

Серебрянка на севере, а Белогривка на юге ограничивали большую холмистую долину с основанием из черных скальных пород, прикрытых слоем плодородной почвы; поэтому дно у рек было черным, и долину исстари называли Черноречьем, хотя, освещенные лучами солнца, обе реки весело серебрились, а чернели только вечерами да в непогоду. Возможно, первые жители долины пришли сюда, когда было пасмурно.

Путники шагали по берегу Серебрянки.

— От Зеркального до слияния Серебрянки с Белогривкой лиг десять, — на ходу рассказывал Арагорн, — и там, в лесу, мы сможем заночевать. Этот путь наметил для Отряда Гэндальф, чтобы выйти потом к Великой Реке. Когда Серебрянка и Белогривка сливаются, образуется полноводная Золотая Ворожея, которая впадает в Андуин Великий.

— Они сливаются у Кветлориэна, — с радостным волнением подхватил Леголас, — самого прекрасного поселения эльфов, расположенного в удивительном Золотом Лесу. Серебряные деревья Кветлориэна (у них серо-серебристая кора) не теряют осенью густой листвы: она становится ярко-золотой и держится на ветках до прихода весны. Весною прошлогодняя листва опадает, устилая лесные поляны золотом, а на ветках, одновременно с новыми листьями, распускаются золотисто-желтые цветы, наполняющие воздух медовым благоуханием. Так повествуют древние легенды — я-то ни разу не был в Лориэне. Хотелось бы мне побывать там весной!

— Там и зимой неплохо побывать, — обронил Арагорн. — Но Лориэн далеко. А сейчас нам надо уйти от Мории, поэтому прибавьте-ка шагу, друзья.

Арагорн размашисто шагал вперед, и Сэм с Фродо начали отставать. Они весь день ничего не ели. У Сэма от ссадины, оставленной ятаганом, поднялся жар и кружилась голова; а вместе с тем после жаркой Мории его прохватывала на ветру дрожь — даром что в небе сияло солнце. Фродо хрипло и часто дышал; каждый шаг давался ему с трудом.

Через полчаса, посмотрев назад и увидев, что хоббиты очень отстали, Леголас тревожно окликнул Арагорна. Тот оглянулся и подбежал к отставшим. Следом за ним вернулся и Боромир. Остальные Хранители сразу остановились.

— Простите, друзья, — сказал Арагорн. — Сегодня так много всего случилось и я так спешил увести вас от Мории, что про ваши-то раны совсем забыл. Да вы и сами-то хороши — не напомнили! Конечно же, нам надо было задержаться и первым делом осмотреть ваши раны!.. Ну а теперь чуть-чуть потерпите. Впереди есть удобное для привала место, и там уж я сделаю все, что смогу. Давайка, Боромир, понесем их на руках!

Вскоре путники увидели ручей, с тихим журчанием впадающий в Серебрянку. А потом, перекатившись через черный порог, Серебрянка разливалась широкой заводью, которую обступили разлапистые пихты с плотным подлеском из колючей ежевики. Арагорн продрался сквозь колючие кусты и вышел на маленькую прибрежную поляну, поросшую голубикой и затененную пихтами. Здесь устроили короткий привал. Солнце начинало клониться к западу, а они одолели только несколько лиг, и орки без труда могли их настигнуть...

Пока Хранители собирали сушняк, разводили костер и кипятили воду, Арагорн осматривал раны хоббитов. Ссадина Сэма была неглубокой, но она почему-то до сих пор кровоточила, и Арагорн с беспокойством склонился над Сэмом. Однако осмотр его явно обрадовал.

— Тебе повезло, — сказал он Сэму. — Многие расплачивались гораздо серьезней за своего первого убитого орка. Ты был ранен чистым клинком. А орки нередко мажут ятаганы очень сильными и зловредными ядами. Эту-то ранку мы быстро залечим. — Арагорн порылся в вещевом мешке и достал пригоршню засохших листьев. — Это листья целемы, — объяснил он, — я нарвал их неподалеку от горы Заверть. Сухие, они действуют слабее, чем свежие, но твою-то ссадину, думаю, исцелят. Положи их в кипяток, а когда он остынет, промой рану и осторожно вытри. Ну, теперь твоя очередь, Фродо.

— Мне уже лучше, — объявил хоббит, не давая Арагорну расстегнуть на нем плащ. — Я просто устал и очень проголодался — отдых и еда меня полностью вылечат.

— Оказаться между молотом и наковальней — не шутка, — усмехнулся Арагорн и серьезно добавил: — А вдруг у тебя переломаны ребра? Нет уж, ты не противься осмотру! — Он бережно снял с Фродо плащ, рубашку... недоуменно нахмурился, а потом рассмеялся. Кольчуга мерцала, как Серебрянка под солнцем. Арагорн снял ее, слегка встряхнул — и драгоценные камни радужно сверкнули, а шорох тонких кольчужных колец напомнил ему шум летнего дождичка. — Посмотрите-ка, друзья, — сказал Арагорн, — на драгоценную шкурку нашего Фродо. Если бы средиземские охотники знали, что у хоббитов такая редкостная шкурка, они бы толпами стекались в Хоббитанию...

— И стрелы искуснейших охотников Средиземья не причинили бы хоббитам ни малейшего вреда, — разглядывая кольчугу, заметил Гимли. — Ведь это же кольчужная рубаха из мифрила! Из мифрила!!! А такой великолепной работы я, признаться, ни разу не видел — и даже не знал, что такое возможно. Не об этой ли кольчуге говорил Гэндальф? Тогда он, по-моему, ее недооценил.

— То-то я думал, — вмешался Мерри, — зачем ты все время сидишь у Бильбо? А он, оказывается, снаряжал тебя в путь. Вот ведь какой замечательный старикан! Надо при случае ему сказать, что его подарок спас Фродо от смерти.

Там, где об кольчугу ударилось копье, мифрильные кольца, продавив подкольчужник — рубашку из тонкой эластичной кожи, — синевато отпечатались у Фродо на груди, но кольчуга не порвалась, и соскользнувшее копье резко отшвырнуло хоббита в сторону, пригвоздив, как бабочку, за плащ к стене, и на боку у него вздулся огромный синяк. Пока другие готовили еду, Арагорн приготовил взвар из целемы и промыл хоббиту все его синяки. Острый запах целемного взвара повис над укрытой от ветра поляной, и вскоре Хранители с радостью ощутили, что их усталость быстро проходит. Ссадина Сэма перестала кровоточить, а Фродо почувствовал, что может дышать; однако синяк от удара копьем долго не рассасывался и болел много дней — для того чтобы Фродо мог носить кольчугу, Арагорн сделал ему мягкую перевязку.

— Когда ты в кольчуге, — сказал он хоббиту, — я чувствую себя гораздо спокойней. Носи ее, не снимая, до конца похода — тем более что она поразительно легкая. Отдохнуть от нее ты сможешь у друзей, там, где могущество Врага бессильно... но, к сожалению, таких заповедных земель на нашем пути встретится не много.

Подкрепившись, Хранители потушили костер, забросали кострище пихтовыми ветками, чтобы скрыть следы своего привала, и выбрались вслед за Арагорном на дорогу. Примерно через час Мглистый хребет загородил от путников заходящее солнце, и в горах залегли темные тени. С реки, расползаясь по прибрежным низинам, потянулись белесые космы тумана. На востоке серые вечерние сумерки постепенно скрадывали просторную равнину, обманно приближая к шагающим Хранителям черную щеточку далекого леса. Теперь, когда Сэм и Фродо приободрились, Отряд мог двигаться довольно быстро, и путники шли еще часа три, сделав лишь одну короткую передышку.

Долину окутала ночная тьма. В небе ясно поблескивали звезды, однако месяц еще не взошел. Фродо и Гимли, прислушиваясь к ночи, шагали последними. Все было тихо. Наконец Гимли нарушил тишину.

— Погони не слышно, — сказал он хоббиту, — или я глух, как дубовый пень. Может быть, орки напали на нас, потому что хотели выгнать из Мории, а про наш поход — про Кольцо Всевластья — они не знают, да и знать не желают? Правда, когда им надо отомстить, они подолгу преследуют врагов...

Фродо вынул из ножен Терн и поднял вверх — клинок не светился. А все-таки хоббит слышал шаги! С тех пор как путников накрыла ночь, он слышал шлепанье босых подошв, иногда заглушаемое шумом ветра. Или ему это только казалось? Да нет же, он слышал их, вот и сейчас... он резко оглянулся, и ему почудилось, что над дорогой плывут две светящиеся точки. Он вгляделся пристальней — и ничего не увидел.

— Устал? — заботливо спросил его Гимли.

— Не в этом дело, — ответил Фродо. — По-моему, за нами кто-то крадется. Я почти все время слышу шаги. А сейчас вот видел два мерцающих огонька — глаза, да и только!.. — Фродо умолк.

Гимли посмотрел назад и прислушался.

— Ты ошибаешься, — сказал он Фродо. — Это поступь ветра в траве. А глаза... вон их сколько, мерцающих огоньков! — Гимли указал на ночное небо. — Пойдем! А то мы и так отстали.

Шелест ветра стал гуще, слышнее, ночная темень впереди уплотнилась, и путники поняли, что приближаются к лесу.

— Это Кветлориэн! — возликовал Леголас. — Здесь начинается Золотой Лес. Какая жалость, что сейчас не весна!

Дорога нырнула в искристый мрак — высокие серебристо-серые деревья заслонили от путников звездное небо золотым пологом шуршащей листвы.

— Ты прав, — радостно подтвердил Арагорн, — это действительно Золотой Лес, где по плану Гэндальфа мы сможем заночевать. Он предполагал, что в эльфийских владениях орки не отважатся нас преследовать.

— А удалось ли эльфам отстоять свой край от Вражьей Тучи? — усомнился Гимли.

— Лихолесские эльфы не бывали в Лориэне много десятилетий, — сказал Леголас, — но, как я слышал, наши сородичи успешно сдерживают Завесу Тьмы, хотя их владения сильно уменьшились.

— Да, их владения очень уменьшились. — Арагорн, словно вспомнив о чем-то, вздохнул. — Они отступили в глубину Лориэна, и сегодня нельзя рассчитывать на их помощь. Давайте пройдем немного вперед и отыщем подходящую для ночлега поляну. — Арагорн повернулся и зашагал по дороге; однако Боромир не сдвинулся с места.

— А обойти этот лес нельзя? — спросил он.

— Обойти? Зачем? — удивился Арагорн.

— Неведомые беды на тайных тропах всегда оказываются гораздо опасней, чем открытые враги на торных дорогах, — мрачно хмурясь, объяснил Боромир. — По совету Гэндальфа мы спустились в Морию... так теперь и тебе не терпится сгинуть? Выбраться из Лориэнского Леса нелегко, а выбраться таким же, как был, невозможно — вот что говорят о Лориэне в Гондоре!

— И ведь правильно говорят, — заметил Арагорн, — а вот смысл присловья, видимо, забылся — иначе гондорцы не страшились бы Лориэна. Но, как бы то ни было, выйти к Андуину можно отсюда только по лесу — если ты не хочешь возвращаться в Морию или подниматься на Баразинбар.

— Конечно, не хочу, — сказал Боромир, — а поэтому пойду за тобой через лес. Однако помни — он тоже опасен!

— Опасен, — согласился Арагорн. — Для зла. И для тех, кто ревностно служит злу. А теперь — вперед, мы теряем время.

***

Путники одолели не больше лиги, когда журчащую слева Серебрянку заглушил шум водопада справа. Шагов через тридцать они увидели впереди черный, с кругами водоворотов, поток, перерезавший серую полоску дороги.

— Это Белогривка! — воскликнул Леголас. — О ней сложено немало песен, и мы, северные лесные эльфы, до сих пор поем их, не в силах забыть вспененные гривы ее водопадов, радужные днем и синеватые ночью, гул серебряных, с чернью, перекатов да безмолвную глубину ее темных омутов. Но некогда обжитые берега Белогривки давно пустуют, Белый Мост разрушен, а эльфы оттеснены орками на восток. Подождите меня, я спущусь к воде, ибо говорят, что эта река исцеляет грусть и снимает усталость. — Эльф спустился по крутому берегу, изрезанному множеством небольших бухточек, вошел в воду и крикнул спутникам: — Здесь неглубоко! Спускайтесь и вы! Давайте переправимся на южный берег. Я вижу удобную для ночлега поляну. И быть может, под говор белогривого водопада нам всем привидятся приятные сны.

Путники спустились вслед за Леголасом. Фродо вступил в прохладную воду — здесь, на перекате, река была мелкой — и ощутил, что уныние, грусть, усталость, память о потерях и страх перед будущим, как по волшебству, оставили его.

Хранители медленно перешли Белогривку (из нее не хотелось выбираться быстро), вскарабкались на обрывистый правый берег, приготовили еду и спокойно поели, а Леголас рассказал им несколько преданий о Кветлориэне древних времен, когда весь мир Средиземья был светел и над шелковыми лугами Великой Реки ясно спали звезды и солнце.

Когда он умолк, в ночной тишине послышался моно-тонный шум водопада, и постепенно Хранителям стало казаться, что они различают голоса эльфов, поющих ка-кую-то грустную песню.

— Эту речку назвали Белогривкой люди, — после дол-гой паузы сказал Леголас, — а по-эльфийски она называ-ется Нимродэлью, что значит *Дева с белыми волосами*. Про нее сложена печальная песня, и мы часто поем ее на на-шем северном наречии, потому что сложили эту песню у нас; но эльфы Элронда тоже ее поют — на всеобщем язы-ке, — и вот как она звучит:

> Расцветом утренних надежд,
> Звездою заревой,
> В светлейшей белизне одежд
> С каймою золотой,
>
> Сияя, будто лунный след
> Перед ненастьем дня,
> От тленья угасавших лет
> Кветлориэн храня,
> Ясна, лучиста, как листок
> На ясене весной,
> Свободна, словно ветерок
> В бескрайности степной,
>
> Над серебристою рекой
> Бродила Нимродэль,
> И смех ее в тиши лесной
> Звенел, как птичья трель.
>
> Но засыпает серый прах
> Следы ее шагов:
> Ушла — и сгинула в горах,
> Когда у берегов
>
> За цепью золотистых скал,
> Где жарок небоскат,
> Ее корабль эльфийский ждал —
> Ждал много дней подряд.

Но тщетно ждали моряки
И Эмрос — рулевой;
Однажды ночью ветерки
Скрутились в грозовой,

Изодранный громами шквал,
И он взъярил отлив,
И вмиг корабль на юг угнал,
Едва не утопив.

И в клочьях пены штормовой
Лишь очертанья гор
Увидел утром рулевой,
И проклял он с тех пор

И вероломство кораблей,
И горечь перемен —
Удел бессмертных королей, —
И вечный Лориэн.

И, словно чайка в небесах,
Метнулся он за борт
И с ветром в светлых волосах
Поплыл, как лебедь, в порт,

Где южные закаты спят
И брезжится заря
Эльфийского пути назад
В Предвечные Края.

Но Запад и Восток молчат
О древнем короле,
И смог ли он доплыть назад,
Не знают на земле...

Голос у Леголаса нежданно пресекся.

— Дальше я петь не могу, — сказал он. — Это только часть нашей давней песни, но остального я, к сожалению, на память не знаю. Песня очень грустная: она рассказывает о том, как Кветлориэн затопила печаль, когда морийцы, добывая мифрил, невольно разбудили злое лиходейство, а Нимродэль погибла в Белых горах...

— Гномы не совершали никаких лиходейств! — перебив Леголаса, воскликнул Гимли.

— Правильно, я и не сказал — *совершили*, — откликнулся эльф, — я сказал — *разбудили*. Лиходейство бессильно перед Перворожденными, но, когда оно проснулось, многие эльфы решили покинуть Кветлориэн — Лориэн Цветущий на всеобщем языке, — и по дороге к Морю Нимродэль погибла...

Говорят, — помолчав, продолжал Леголас, — что Нимродэль, как и все лориэнские эльфы, жила на вершине громадного дерева; недаром эльфов из Кветлориэна называют древесянами, или галадриэммами. Возможно, они и сейчас так живут, ибо в глубине Лориэнского Леса растут редкостно могучие деревья.

— Должен признаться, — подал голос Гимли, — что на дереве я чувствовал бы себя спокойней. — Он покосился в сторону Мглистого. — Меня не обрадует встреча с орками.

— Гимли прав, — сказал Арагорн. — Ведь мы сидим у самой дороги, а мелкая речка орков не остановит. Надо попробовать забраться на дерево.

Хранители не стали возвращаться на дорогу, а пошли по правому берегу реки, сворачивая к западу, в чащу леса. После слияния Серебрянки и Белогривки, у группы особенно мощных деревьев — из-за пышных крон лишь угадывалась их огромная высота, — Леголас остановился и предложил своим спутникам:

— Подождите меня, я влезу на дерево и посмотрю, какая у него вершина. Вдруг нам удастся скоротать там ночь? Мне не привыкать к лесным гигантам... правда, о *мэллорнах* — исполинских ясенях — я слышал только в старинных легендах.

486

— Не знаю, как ты, — отозвался Пин, — а я не умею спать на деревьях, даже легендарных. Я ведь не птица!

— Ну так вырой нору, — сказал ему Леголас. — Но если ты хочешь спастись от орков, не теряй времени и забирайся поглубже! — Эльф подпрыгнул, ухватился за ветку... и, тотчас отпустив ее, соскочил на землю. Ибо сверху, из золотистой тьмы, раздался повелительный окрик:

— *Даро!*

— Не шевелитесь, — шепнул Хранителям Леголас.

Вверху послышался мелодичный смех, а потом негромкий, но звонкий голос произнес несколько непонятных слов. Леголас ответил на том же языке.

— Кто он и что он говорит? — спросил Пин.

— Эльф! — мгновенно догадался Сэм. — Ты что, не слышишь, какой у него голос?

— Да, это эльф, — подтвердил Леголас. — Он говорит на лориэнском наречии. По его словам, ты так громко пыхтишь, что тебя и зажмурившись можно подстрелить. — У Сэма от страха перехватило дыхание. Между тем лориэнец заговорил снова. — Он сказал, — начал переводить Леголас, — что мы у друзей и бояться нам нечего... Он узнал во мне северного сородича... Да ему и про Фродо, оказывается, известно... Он предлагает Фродо и мне залезть на дерево, чтобы познакомиться... А остальных просит подождать внизу.

С дерева опустили веревочную лестницу. Сделанная из очень тонкого шпагата, она, как вскоре убедились Хранители, была вместе с тем необычайно прочной. Леголас проворно взбежал по лестнице; Фродо подымался осторожно и медленно; за хозяином взбирался преданный Сэм, стараясь дышать размеренно и беззвучно.

Нижние ветви исполинского ясеня расходились от ствола в стороны и вверх, а потом, подобно гигантскому цветку, разветвлялся вкруговую сам главный ствол, и на дне громадной золотолиственной чаши покоилась серебристая платформа из досок — или, как говорили лориэнцы, *дэлонь* — с отверстием посредине для веревочной лестницы.

Добравшись до платформы, Фродо и Сэм увидели трех лориэнских эльфов, неожиданно вынырнувших из искристой тьмы, ибо, когда те сидели неподвижно, маскировочные плащи превращали их в невидимок. Эльфы подошли к запыхавшимся хоббитам, и один из них сказал на всеобщем языке:

— Добро пожаловать в Лориэн, друзья. Мы редко принимаем у себя гостей и почти забыли всеобщий язык. Помнят его только наши разведчики, которые часто покидают Лес, ибо им нужно следить за врагами и узнавать последние средиземские новости. Даже наши северные сородичи и те давно уже не бывали в Лориэне. Я-то разведчик. Меня зовут Хэлдар. А мои братья, Орофин и Рамил, почти не знают всеобщего языка.

Эльфы, услышав свои имена, учтиво, но молча поклонились хоббитам.

— Про вас нам поведали посланцы Элронда, и мы припомнили, хотя и с трудом, что где-то на северо-западе Средиземья в давние времена жили невысоклики, или, как вы себя называете, хоббиты. Мы не допускаем сюда чужаков, но за вас ручается наш северный родич, да вы и без поручительства не похожи на лиходеев, а поэтому мы, как просил нас Элронд, готовы помочь вам добраться до Андуина. Сегодняшнюю ночь вы проведете здесь, а завтра переправитесь через Ворожею. Сколько воинов у вас в Отряде?

— Восемь, — ответил Хэлдару Леголас, — они, я, еще два хоббита (всего их четыре) да два человека; об одном из них вы, может быть, слышали. Это Арагорн, следопыт-северянин.

— Да, Арагорн, сын Арахорна, известен в Лориэне, — подтвердил Хэлдар. — Мы знаем о нем от нашей Владычицы. Но ты назвал мне только семерых.

— Восьмой — гном, — сказал Леголас.

— Гном? — нахмурившись, переспросил Хэлдар. — Мы не имеем с гномами дела. Черные Годы разрушили наш союз. Я не могу допустить его в Лориэн.

— Но этого гнома из Царства Даина сам Элронд назначил в Отряд Хранителей, — попытался переубедить Хэлдара Фродо.

Хэлдар принялся совещаться с братьями, изредка спрашивая о чем-то Леголаса; тот отвечал им на лориэнском наречии, и Фродо не понял, про что они говорят. Наконец Хэлдар повернулся к хоббитам.

— Ладно, я нарушу наши обычаи и пропущу гнома в Лориэн, — сказал он, — если Арагорн с Леголасом пообещают, что будут внимательно за ним следить. Но мы завяжем ему глаза, как только он переправится через реку. — Эльф помолчал и деловито закончил: — Однако пора кончать разговоры. Орки давно уже стекаются в Морию, а вокруг Лориэна рыщут волколаки. Вы сказали, что шли через Морию, — значит, за вами гонятся орки. На ранней заре мы отправимся в путь. Хоббиты будут ночевать здесь. А люди и гном — на соседнем ясене, там у нас есть еще одна дэлонь. Ты отвечаешь за них, Леголас! Мы не доверяем ни гномам, ни людям.

Леголас бесшумно спустился вниз, чтобы исполнить поручение Хэлдара. Вскоре послышалось громкое сопение, и Мерри с Пином вылезли на платформу; обоим явно было не по себе.

— Мы захватили ваши одеяла, — немного отдышавшись, проговорил Мерри. — А остальной багаж Бродяжник припрятал и завалил его сверху ворохом листьев.

— Зря вы тащили их сюда, — сказал Хэлдар. — На вершине мэллорна зимой прохладно — хотя сегодня-то ветер южный, — но у нас найдутся и запасные одеяла, и теплые плащи, подбитые мехом: ведь здесь, при слиянии Селебранты и Нимродэли, расположен постоянный сторожевой пост.

Хоббиты, конечно, не отказались от второго (и, надо сказать, очень вкусного!) ужина, а поев, надели меховые плащи, завернулись в свои, потом в эльфийские одеяла и попытались уснуть — да не тут-то было! Хоббиты не любят забираться высоко и никогда не устраивают спален наверху — потому что в их одноэтажных жилищах попросту нет никакого «верха». А у дэлони на вершине исполинского ясеня мало того что не было стен, не было даже перил по краям — только переносный плетень из прутьев, который защищал часовых от ветра. Вот и попробуй усни в такой спальне!

— Не проснуться б на земле, — пробормотал Пин.

— Если я засну, — откликнулся Сэм, — то не проснусь, даже если грохнусь об землю... Да разве на такой высотище уснешь? — добавил он сонно и начал похрапывать.

Фродо бездумно смотрел во тьму. Рядом спокойно посапывал Сэм, на небе перемигивались неяркие звезды, у края дэлони сидели эльфы, едва различимые в сумраке ночи. Хоббит видел только двух часовых; третий, наверно, спустился вниз. Фродо устало закрыл глаза и, убаюканный шелестом листвы, уснул.

Он проснулся под утро. Хоббиты спали. Ни одного эльфа на дэлони не было. Бледно светился рогатый месяц. В отдалении слышались хриплые голоса, мерный топот и звон металла. Шум нарастал, становился отчетливей...

Вдруг над центральным отверстием дэлони показалась чья-то голова в капюшоне — Фродо вскочил, — это был эльф.

— Что случилось? — прошептал Фродо.

490

— *Ирчи!* — коротко шепнул ему эльф и забросил на дэлонь свернутую лестницу.

— Орки? — шепотом спросил его Фродо. Но эльф, ничего не ответив, исчез.

Топот укатился к северо-востоку. На лес опустилась черная тишина. Теперь даже ветер не шуршал листвой, не было слышно даже водопада. Фродо сел и укутался в одеяла. Хорошо, что орки не застигли их на земле... но разве ясень — надежная защита? Орки славились острым чутьем, да к тому же умели лазать по деревьям. Фродо вытащил из ножен Терн — клинок вспыхнул, но вскоре померк. И все же Фродо не покидала тревога; мало этого — она росла. Он встал и, подкравшись к отверстию для лестницы, осторожно заглянул в черную дыру. Ему не удалось ничего разглядеть, но он услышал шуршащий шорох, не похожий на шелест ветра в траве...

И на шаги эльфов тоже не похожий — потому что эльфы ходят бесшумно. Фродо затаил дыхание и прислушался. Да, кто-то карабкался вверх. Фродо пристально глядел во тьму...

И вскоре увидел светящиеся глаза. Тот, кто карабкался к дэлони, замер — подозрительные звуки внизу оборвались — и теперь не мигая смотрел на Фродо. Фродо вздрогнул. Глаза смигнули, вокруг серебристо-серого ствола стремительно скользнула смутная тень, и за стволом послышался замирающий шорох...

А из тьмы вдруг вынырнул лориэнец Хэлдар. Легко, почти не касаясь ветвей, он вскарабкался вверх и удивленно сказал:

— К вам тут наведался странный пришелец. Я его заметил еще с земли. Да и он меня, вероятно, увидел — потому что удрал. Но это не орк. Сначала, когда я на него посмотрел, то подумал, что кто-нибудь из вас, невысокликов, спустился с дэлони: пришелец был маленький. Да ведь вам-то незачем от меня удирать, и мне стало ясно, что это враг.

Но я не решился его пристрелить, ибо он мог перед смертью вскрикнуть, а орки не успели уйти далеко. Они явились со стороны Мории, переправились, поганые лиходеи, через речку и долго рыскали по южному берегу — наверно, учуяли, куда вы свернули. Их было тут сотни полторы, не меньше. Нам не удалось бы их остановить, поэтому я остался на посту, Рамил, подражая вашим голосам, увлек их орду в Тайные Чащобы, а Орофин отправился к нашим за подмогой.

Ни один орк не вырвется из Леса. А с завтрашнего дня у западных границ будут дежурить пограничные отряды. Спи. На рассвете мы отправимся в Стэрру.

Зарево по-зимнему бледного солнца, золотясь в листве исполинских ясеней, напомнило проснувшимся на рассвете хоббитам летнюю зарю в их далекой Хоббитании. К западу от дэлони сквозь ветви деревьев виднелась узкая долина Белогривки со вспененной лестницей многочисленных водопадов. На северо-западе блестела Серебрянка, Золотую Ворожею закрывали деревья.

Хранители быстро собрались в путь.

— Прощай, Нимродэль, — сказал Леголас.

— Прощай, — повторил и Фродо, думая, что вряд ли он когда-нибудь увидит такую на диво светлую речку с успокоительным голосом и животворной водой.

Хэлдар повел их вдоль Ворожеи. Вскоре к ним присоединился и Рамил.

— Ваши преследователи, — сказал он Хранителям, — проплутают в Тайных Чащобах до вечера, и ни один из них не вернется домой — об этом позаботятся воины Лориэна.

Лиги через три Хэлдар остановился и, повернувшись лицом к Золотой Ворожее, дважды негромко свистнул по-птичьи.

— На том берегу, — объяснил он Хранителям, — расположен Второй сторожевой пост.

Из-за деревьев вышел эльф-часовой в маскировочном плаще, но с откинутым капюшоном. Хэлдар искусно перебросил через реку свернутую в моток серебристую веревку. Эльф поймал ее и привязал к дереву.

— Ворожея здесь очень холодная, — сказал Хэлдар. — Но в наше бурное и тревожное время опасно строить постоянные мосты. Смотрите, как мы переходим реку.

Эльф туго натянул веревку и крепко-накрепко привязал к дереву. А потом спокойно, словно по дороге, прошелся над речкой туда и обратно.

— Для меня-то это обычная переправа, — сказал Леголас. — А как быть другим? Неужели они будут переправляться вплавь?

— Зачем же вплавь? — отозвался Хэлдар. — У нас тут есть еще две веревки. Мы натянем их чуть повыше первой, и, держась за них, твои товарищи переправятся.

Когда этот шаткий мост был сделан, Хранители перешли на северный берег — одни медленно, с большим трудом, другие немного быстрей и свободней. У хоббитов лучшим канатоходцем стал Пин: он держался только за одну веревку и шагал вперед довольно уверенно, однако старался не смотреть вниз. А Сэм шел медленно, мелкими шажками, крепко ухватившись за обе веревки, и не отрывал взгляда от золотистой воды. На берегу он с облегчением вздохнул и воскликнул:

— Век живи — век учись, как говорит мой старик. Правда, он всю жизнь копается в земле, а не ползает, ровно паук, по паутинкам...

Рамил остался на южном берегу и после переправы отвязал две веревки, а третью, отвязанную переправившимся Хэлдаром, вытянул к себе и смотал. Потом он повесил моток на плечо, прощально помахал Хранителям рукой и зашагал обратно к Первому посту.

— Итак, друзья, вы вступили в Стэрру, или, по-вашему, Сердце Лориэна, — торжественно объявил Хранителям Хэлдар. — Немногие бывали на этом берегу... — Хэлдар помолчал и буднично закончил: — А теперь мы завяжем гному глаза — я говорил об этом Леголасу. Остальные пойдут с открытыми глазами, пока мы не приблизимся к Лесной Крепости.

— Леголас не мог решать за меня, — мрачно нахмурившись, проговорил Гимли. — Я не пленник. Не шпион Саурона. Жители Подгорного Царства Даина никогда не вступали в сделки с Врагом. Почему ж ты считаешь меня лиходеем?

— Как ты думаешь, — спросил его Хэлдар, — стал бы я нарушать наш древний закон, если бы считал тебя лиходеем? По закону я должен уничтожить гнома, который пытается проникнуть в Стэрру. А ты с моей помощью переправился через реку!

— Я пойду вперед с открытыми глазами или вернусь в Подгорное Царство, где меня никто не назовет соглядатаем, — гордо ответил Хэлдару Гимли. Отступив, он положил руку на топорище.

— Ты отрезал себе дорогу назад, перейдя Золотую Ворожею, — сказал Хэлдар. — Я должен доставить тебя к Владыкам, а уж они решат, что с тобой делать. Если ты попробуешь переплыть речку, тебя пристрелит первый же часовой.

Гимли выхватил из-за пояса топор.

Хэлдар молниеносно вынул стрелу и натянул тетиву; второй эльф — тоже.

— Проклятый упрямец, — сокрушенно пробормотал Леголас.

— Гимли, ни с места! — рявкнул Арагорн, так что Леголаса никто не услышал. Гимли замер, и Арагорн сказал: — Отряд веду я — вы должны меня слушаться. Гимли будет несправедливо унижен, если завяжут глаза лишь

494

ему. Мы все пойдем с завязанными глазами... хотя это очень замедлит путешествие.

— Ох и хорошо же мы будем выглядеть! — внезапно расхохотавшись, воскликнул Гимли. — Марш сумасшедших в Золотом Лесу... Я готов разыграть из себя сумасшедшего вдвоем с Леголасом, — добавил он весело. — Остальные могут остаться зрителями.

— Ты гном, — возмутился Леголас, — а я...

— Упрямец? — ехидно спросил его Арагорн. — Нет уж, давайте поступим по справедливости. Завяжи мне глаза! — обратился он к Хэлдару.

— Помни, ты ответишь мне за каждый синяк, если я упаду, — буркнул Хэлдару гном, ощупывая туго затянутую повязку.

— Не упадешь, — уверенно сказал ему Хэлдар, — у нас в Лориэне превосходные тропы.

— Странные времена, — проворчал Леголас. — Мы все враги одного Врага, на небе сияет ясное солнце, и при этом я должен идти вслепую, оказавшись в гостях у своих же сородичей.

— Не странные, а страшные, — возразил ему Хэлдар. — Наша разобщенность и взаимное недоверие вызваны лиходейской мудростью Врага и его поистине грозным могуществом. Нас, лориэнцев, столько раз предавали, что мы почти никому не доверяем — кроме, быть может, раздольских сородичей — и наше поселение превратилось в остров, со всех сторон окруженный врагами. — Помолчав, Хэлдар мрачно добавил: — Завеса Тьмы разрастается и крепнет. Она не может сомкнуться над Лориэном, но ее могучие черные крылья огибают нас и с востока, и с запада. Теперь если мы и решимся уйти, нам не удастся прорваться к Морю. Мглистый захвачен ордами орков. В Глухоманье рыщут стаи волколаков. Говорят, уже затемнена Ристания и Враг подступил к Великой Реке. Значит, свободные гавани эльфов остались только на северо-западе за Вековечным Лесом и землями невысокликов.

— Да, к западу от наших земель есть приморские поселения эльфов, — с важным видом подтвердил Мерри.

— Счастлив народ, — воскликнул Хэлдар, — живущий неподалеку от западных гаваней! Мы не были там с незапамятных времен. Расскажи мне о них, — попросил он хоббита.

— Да я их не видел, — признался Мерри. — Раньше-то мне не случалось путешествовать. И если б я знал, что творится в мире, то вряд ли решился бы уйти из Хоббитании.

— Даже для того, чтоб увидеть Имладрис или Кветлориэн? — спросил его Хэлдар. — Наш нынешний мир суров и опасен, некоторые свободные земли затемнены, а любовь часто оборачивается печалью — но становится от этого еще прекрасней. — Эльф помолчал и грустно закончил: — Многие думают, что Завеса Тьмы развеется со временем даже над Мордором и сгинет бесследно... Я в это не верю. Мир никогда уже не будет прежним, а солнце — таким же ясным как раньше. Быть может, настанет короткое просветление, и мы, эльфы, прорвемся к Морю... чтобы покинуть Средиземье навеки. Неужели нам предстоит уйти из Лориэна и жить в мире, где не растут мэллорны? — ведь, если верить эльфийским преданиям, за Морем нет Золотых Лесов. Не знаю уж, как мы сможем там жить!

Хранители гуськом брели по тропе. Впереди колонны неспешно шел Хэлдар, а замыкал шествие второй лориэнец. Тропа была мягкой — вероятно, песчаной, — и вскоре путники зашагали уверенней. Наверно, из-за того, что они шли вслепую, все их чувства очень обострились. Фродо ощущал чуть заметный запах приуснувшей на зиму, но живой травы, слышал и шепот ясеневой листвы, и перекличку птиц, и журчание ручьев, и спокойный плеск полноводной Ворожеи. Когда Отряд пересекал поляны, он чувствовал на щеках солнечный свет, хотя зимнее солнце не было жарким.

Еще над Ворожеей ему вдруг почудилось, что он уходит из сегодняшнего мира, как будто шаткий мостик был перекинут через три эпохи и вел к минувшим Предначальным Дням. В Стэрре это странное ощущение усилилось — возможно, из-за плотной повязки на глазах, — и Фродо не мог отделаться от мысли, что вокруг него оживает прошлое. В Раздоле все *напоминало* о прошлом, а здесь оно было живым и реальным; злоба и лиходейство, печаль и страдания хоть были и не властны над северными эльфами, но уже подступили к Раздолу вплотную, а Лориэн жил так, будто зло еще не родилось.

Хранители без отдыха шагали за Хэлдаром, пока заметно посвежевший ветер не принес им весть о наступлении вечера. Они поели и, завернувшись в одеяла, спокойно уснули на мягкой лужайке, заслоненной от северного ветра кустами, — Хэлдар не разрешил им снять повязки, так что на дерево они влезть не могли, а про орков почему-то даже не вспомнили. Наутро они снова пустились в путь и сделали привал только после полудня. Поев, они уже собирались трогаться, как вдруг услышали эльфийские голоса.

К северо-западным границам Леса двигался сильный заградительный отряд, чтобы отразить нападение орков, если они снова сунутся в Лориэн; некоторые вести, принесенные воинами, Хэлдар кратко пересказал Хранителям. Орки, попытавшиеся их настичь, были уничтожены в Тайных Чащобах; эльфы видели странное существо, вроде бы двуногое, но похожее на зверя; поймать пришельца эльфам не удалось, а стрелять в него издали они не хотели — вдруг это просто безобидный звереныш? — и пришелец удрал вдоль реки на восток. Хранители удивились беспечности эльфов, но Хэлдар объяснил им, что настоящие лиходеи решаются проникать в Лориэн только ордами, а значит, пришелец был и правда зверенышем.

— Но главного вы еще не слышали, — сказал Хэлдар. — Владыки Лориэна разрешили вам всем — даже гному! — идти с открытыми глазами. Похоже, что они знают каждого из вас. Быть может, пока меня не было в Лориэне, от Элронда прибыл новый гонец. — Гимли он первому снял повязку. И, поклонившись, воскликнул: — Не гневайся, друг! С тех пор как настали Черные Годы, ни один гном не бывал в Лориэне. Тебе оказана высокая честь!

Вскоре сняли повязку и с Фродо. Он открыл глаза и взволнованно огляделся. Хранители стояли на огромном лугу. Слева от них возвышался холм, покрытый ярко-изумрудной травой. Холм венчала двойная диадема из высоких и, видимо, древних деревьев, а в центре росло еще одно дерево, громадное даже среди этих гигантов. Это был мэллорн — исполинский ясень — с белой дэлонью в золотистой листве. Внутреннее кольцо древесной диадемы образовывали тоже исполинские ясени, а внешнее — неизвестные хоббитам деревья с необыкновенно стройными белыми стволами и строго шарообразными кронами, но без листьев. Изумрудные склоны округлого холма пестрели серебристыми, как зимние звезды, и синими, словно крохотные омуты, цветами, а над холмом, в бездонной голубизне неба, сияло ясное послеполуденное солнце.

— Перед вами Курган Горестной Скорби, — с печальной гордостью проговорил Хэлдар. — Под ним, как утверждают наши предания, на месте своего лориэнского жилища, похоронен первый властитель Лориэна — или, по-вашему, Благословенного Края — Эмрос, переселившийся сюда из Эльдара. Здесь даже в самые суровые зимы не увядают эльдарские всегда живые цветы и шелестит о прошлом вечнозеленая трава. Отдохните, нам остался один переход, вечером вы предстанете перед нашими Владыками.

* * *

Усталые Хранители прилегли на траву, но Фродо ошеломленно озирался по сторонам, не в силах лечь или даже пошевелиться. Он смотрел на канувший в прошлое мир, освещенный навеки исчезнувшим светом, и этот поразительно древний мир, открываясь его изумленному взгляду, как бы на его же глазах и рождался. Он видел лишь знакомые ему цвета — белый, желтый, зеленый, синий, — но они были такими свежими и яркими, словно явились ему здесь впервые, а он, разглядев их, дал им названия. Тут нельзя было летом сожалеть о весне или мечтать зимою о лете — в неизменной жизни Благословенного Края прошлое и будущее сливались воедино.

Неожиданно Фродо заметил Сэма — он ошарашенно протирал глаза, будто не верил тому, что видит.

— Раньше я думал, — пробормотал Сэм, — что если эльфы, то надо, чтоб ночь... чтобы темный лес, и луна, и звезды... А тут нате-ка вам — белый день... да светлей светлого, да ярче яркого!.. И оно им, оказывается, в самый раз подходит! Вроде ты не сам по себе, а в песне... если вы понимаете, про что я толкую.

Хэлдар посмотрел на них и улыбнулся, словно он не только услышал слова, не только понял, о чем Сэм «толкует», но проник в сокровенный смысл его мыслей.

— Вы почувствовали могущество Владычицы Лориэна, — не очень понятно объяснил он хоббитам. — Хотите подняться на Дэлонь Эмроса?

Хоббиты шли к вершине Кургана. Фродо неспешно шагал за Хэлдаром, ощущал на лице ветерок — словом, жил — и однако отчетливо чувствовал, что попал в извечно неизменный мир и что, когда ему придется уйти отсюда, он, путник из далекой Хоббитании, на веки веков останется в этой жизни.

Они приблизились к центральному мэллорну. И тотчас ветер потянул с юга, и в шелесте золотистой ясеневой листвы Фродо услышал, как лазоревые волны накатываются из минувшего далека на берег, давно смытый в бездонные глубины, а над бескрайней лазурью всхлипывают чайки, которых никто в Средиземье не видел.

Хэлдар уже исчез наверху. Фродо взялся за веревочную лестницу, а левой рукой оперся на мэллорн — никогда еще ему столь полно не открывалась живая жизнь, пульсирующая в дереве. Он ощущал бархатистую кожу-кору и могучую, но беззащитную древесную плоть не как лесничий, столяр или плотник, а так, словно стал побратимом ясеня. На Дэлони Хэлдар взял его за руку и, повернув к югу, серьезно сказал:

— Прежде всего посмотри туда!

Фродо послушно поглядел на юг и увидел в отдалении невысокий холм, то ли поросший гигантскими деревьями, то ли застроенный серебристыми замками с прозрачно-золотистыми куполами крыш. Холм излучал, как почудилось Фродо, светлую, неодолимо притягательную силу, и ему, словно у него вдруг выросли крылья, захотелось подняться в прозрачный воздух, чтобы перелететь к светлому холму и спокойно отдохнуть там от всех невзгод. Потом он глянул на восток — перед ним расстилался Золотой Лес, по которому спокойно текла Ворожея, впадающая в Андуин — Великую Реку. Он всмотрелся пристальней и с удивлением заметил, что левый берег Андуина Великого и низкие луга восточного Заречья подернуты серовато-блеклой пеленой — там привычно хозяйничала зима. На лугах кое-где щетинился кустарник, а уходящие за горизонт приземистые холмы поросли редким, с проплешинами, лесом. В серой мгле обесцвечивались и меркли бледные лучи предвечернего солнца, ярко золотящегося над Кветлориэном. Хэлдар посмотрел на Андуин и сказал:

— Чуть дальше, за этим редким мелколесьем, теснятся дремучие Чародейские Дебри, где ели и пихты, продираясь к свету, безжалостно душат своих же сородичей, а у земли, в душном и сыром сумраке, заживо гниют их нижние ветви. Там, на высоком, но болотистом холме высится неприступный замок Дул-Гулдур, в котором некогда скрывался Враг, а сейчас творится что-то непонятное. Над его островерхой дощатой крышей часто клубятся черные тучи, иногда озаряемые вспышками молний, но какие силы противоборствуют в Дебрях, не знает пока даже наша Владычица. — Хэлдар умолк и спустился вниз; Фродо с Сэмом последовали за эльфом.

У подножия Кургана они увидели Арагорна, молчаливого и неподвижного, как ясень Эмроса; в руке он держал серебристый цветок, а глаза его светились памятью о счастье. Фродо понял, что их проводник переживает какое-то светлое мгновение, вечно длящееся в неизменности Лориэна. Ибо суровое лицо Арагорна было сейчас молодым и прекрасным, а его выцветший походный плащ казался в солнечных лучах золотым. Перед Фродо стоял нуменорский рыцарь. *«Ванаимэльда, Арвен»*, — услышал он. Арагорн пошевелился — и увидел хоббитов.

— Сюда неизменно стремится мое сердце, — грустно улыбнувшись, сказал Арагорн. — И если наш путь не завершится победой, оно упокоится здесь навеки. Пойдемте! — Арагорн взял хоббитов за руки, и они присоединились к остальным путникам. В этой жизни он больше никогда здесь не был.

Глава VII
ЗЕРКАЛО ГАЛАДРИЭЛИ

Хэлдар повел Хранителей дальше. Солнце клонилось к Мглистому хребту, а на востоке сгущались вечерние тени. Тропинка нырнула в ясеневый лес, где сумрак был уже почти ночным, и эльфы зажгли неяркие фонари.

Но вскоре сумрак опять поредел — Хранители вышли на просторную поляну. Впереди поляна плавно расширялась, открывая взгляду высокую стену, отделенную от путников широким рвом с почти отвесными изумрудными склонами. За стеной, под шатром темнеющего неба, усеянного серебристыми крапинками звезд, высились такие громадные ясени, каких они не видели даже здесь, в Лориэне. Ветви у этих могучих гигантов росли вкруговую на нескольких уровнях, как бы образуя древесные этажи. Сквозь густую листву каждого этажа проблескивало множество разноцветных огоньков — серебряных, синих, зеленых и золотых. Хэлдар повернулся к Хранителям и сказал:

— Это Галадхэн — Лесная Крепость, где исстари живут Властители Лориэна! Но отсюда в Крепость попасть невозможно, ибо Ворота расположены на юге. И до них не близко — Галадхэн велик.

Вдоль рва тянулась широкая дорога, мощенная шестигранной белой брусчаткой; она сворачивала на юго-восток. Слева от Хранителей, за темной стеной, высился расцвеченный огоньками Галадхэн; в листве загорались все новые огоньки, и, когда путники подошли к мосту, пологий склон Галадхэнского холма казался отражением далекого неба с яркими блестками цветных звезд.

Белокаменный, изогнутый аркою, мост подвел путников к монолитной стене, и Хэлдар зашагал вдоль нее на восток. Шагов через тридцать стена оборвалась, но за нею, шагах в четырех от первой и параллельно ей, шла вторая стена, а между ними тянулся узкий коридор. В этот-то коридор Хэлдар и свернул; теперь путники пошли обратно; в конце коридора виднелись Ворота, обращенные на восток. Фродо восхитился. Ворота, прорубленные в южной стене, были обращены к Андуину Великому! А получилось так потому, что древние зодчие не сомкнули стену, возводя ее вокруг города, а протянули ее концы па-

502

раллельно друг другу, оставив между ними узкий коридор. Вот в этом-то коридоре и располагались Ворота.

Справа от Ворот, на бронзовой цепочке, висел молоток с деревянной ручкой. Постучав молотком, Хэлдар что-то крикнул, и массивные Ворота бесшумно отворились; но ни одного стражника Фродо не заметил. Путники вошли, и Ворота закрылись. Еще через двадцать или тридцать шагов высокая стена справа оборвалась — Хранители вступили в Лесную Крепость. Жителей Галадхэна видно не было, но повсюду слышались их звонкие голоса; а на холме негромко звучала песня, мелодичная и веселая, как весенний дождик.

Хранители подымались довольно долго. И наконец увидели высокий фонтан, подсвеченный оливково-зелеными фонариками. За фонтаном, на самой вершине холма, рос особенно могучий ясень с матово-серебряной бархатистой корой и шелково шелестящей золотой листвой. Вдоль его ствола шла белая лестница, теряясь наверху в золотистом сумраке. На нижних ступенях этой белой лестницы сидели три вооруженных эльфа. Увидев Хранителей, стражники встали.

— Владыки Лориэна, — объявил Хэлдар, — поручили мне привести к ним наших гостей.

Один из эльфов протрубил в рог, и вверху прозвучал троекратный отзыв.

— Пойдемте, — сказал Хранителям Хэлдар, — я покажу вам дорогу наверх. Владыки просили эльфа Леголаса и невысоклика Фродо подняться первыми. Остальные гости пусть следуют за ними. Жилище Владык расположено высоко, но, если вы устанете, мы сможем передохнуть.

Много «этажей» миновал Фродо, подымаясь по лестнице к жилищу Владык. Наконец в чаше разветвленного ствола показалась огромная белая дэлонь; Фродо вылез на нее вслед за Хэлдаром и увидел большой деревянный дом. Хэлдар открыл двустворчатую дверь и знаком пригласил хоббита войти.

Глазам Фродо открылся зал, освещенный мягким серебристым светом. Овальной формы, с изумрудным полом, лазоревым потолком и бирюзовыми стенами, зал казался драгоценным камнем, внутри которого застыло мгновение вечно длящейся волшебной жизни. В центре зала, на золотых тронах сидели рядом Селербэрн и Галадриэль, окруженные многочисленной свитой эльфов.

Увидев хоббита, Владыки встали — так у эльфов приветствовали гостей даже самые великие властители, — и Фродо, пораженный их величественной красотой, едва сдержал возглас изумления. Владыки Лориэна были высокими — Селербэрн чуть-чуть повыше Галадриэли, — а широкие, ослепительно белые мантии не скрывали их юношеской стройности. На плечи им ниспадали длинные волосы — серебряные у Владыки и золотистые у Владычицы. Возраст по лицам Владык не угадывался, и только глаза, глубокие, словно Море, но острые, как лучи Вечерней Звезды, говорили об их глубочайшей памяти и опыте древнейших мудрецов Средиземья.

Хэлдар подвел хоббита к Владыкам, Галадриэль лишь глянула ему в глаза, а Селербэрн сказал на всеобщем языке:

— Добро пожаловать, Фродо из Хоббитании! Сядь рядом с нами и немного отдохни. Мы поговорим, когда придут остальные.

Каждого входящего в зал Хранителя Селербэрн вежливо называл по имени, а приветствовал на его родном языке.

— Здравствуй, сын и посланник Трандуила! Мне жаль, что нашим северным родичам все труднее прорываться в Благословенный Край.

— Входи, Арагорн, сын Арахорна! Ты не был у нас тридцать восемь лет и жил суровой бродяжьей жизнью —

я вижу это по твоему лицу. Но борьба, как ты знаешь, скоро завершится. А пока — забудь о своих заботах: в Лориэне ты сможешь спокойно отдохнуть.

— Приветствую тебя, Гимли, сын Глоина! После гибели великого государя Дарина границы Лориэна закрылись для гномов. Ради тебя мы нарушили наш закон. Так пусть же сегодняшняя встреча в Галадхэне поможет восстановить нашу древнюю дружбу и развеять Черную Тучу над Средиземьем!

Гном низко поклонился Владыкам.

Когда Хранители собрались в зале, Селербэрн обвел их вопросительным взглядом.

— На Совете у Элронда, по словам гонца, выбрали девять Хранителей, — сказал он. — Значит, потом что-нибудь изменилось?

— Нет, — возразила ему Владычица, — Совет не менял своего решения. — Голос Галадриэли был звучным и мелодичным, но неожиданно низким. Хранители промолчали. — Насколько я знаю, — продолжала Владычица, — с Хранителями отправился Гэндальф Серый. Мне давно хотелось повидать его вновь, но границ Лориэна он не переступал, а я могу проследить его путь, только когда он в моих владениях — на чужих землях уследить за магом не под силу и самому зоркому глазу...

— Гэндальфа Серого поглотила Тьма, — тяжело вздохнув, проговорил Арагорн. — Ему не удалось вырваться из Мории.

— Это поистине зловещая новость, — в наступившем молчании сказал Селербэрн и, посмотрев на Хэлдара, спросил по-эльфийски: — Почему мне не сообщили об этом раньше?

— Хэлдар не знает о нашем горе, — ответил на всеобщем языке Леголас. — Сначала мы были слишком измучены, чтобы рассказывать про поход через Морию, а потом целительный покой Лориэна приглушил на время горечь утраты, и нам не хотелось об этом вспоминать.

— Приглушил, но не вылечил, — добавил Фродо. — Ибо наша утрата невосполнима, а горе никогда не забудется. Гэндальф сумел вывести нас из Мории и погиб в битве за наше спасение!

— Но если он сумел вывести вас из Мории, то почему же сам не ушел вместе с вами? — недоуменно спросил Хранителей Селербэрн.

— Потому что погиб, — отозвался Арагорн. — Давай я расскажу тебе все по порядку. — Арагорн поведал Владыке Лориэна о буране на Карадрасе, о воронах и волколаках, об отступлении в Морию и Глубинном Страже, о Летописном чертоге, могиле Балина, атаке орков и битве на Мосту. — ...Это был Барлог, — заключил Арагорн, — Багровый Огонь под Покровом Тьмы.

— Враг из багровых подгорных глубин, — добавил с подавленным испугом Леголас.

— Глубинный Ужас, разбуженный гномами, или Великое Лихо Дарина, — не скрывая страха, пробормотал Гимли.

— Мы издавна знали, что в недрах Карадраса таится страшный Багровый Враг, — посмотрев на Гимли, сказал Селербэрн. — Так, значит, гномы опять его растревожили? Жаль, что я допустил тебя в Лориэн... тебя и всех, кто с тобою пришел. А Гэндальфа следовало бы назвать безумцем — ибо спуститься в Морию мог только безумец! — но он был Мудрым... и не мне судить, обуяло ли его напоследок безумие.

— Гэндальф Серый, — вмешалась Галадриэль, — никогда не совершал безумных поступков, а тем, кого он вел через Морию, были неизвестны все его замыслы И уж во всяком случае, за поступки Гэндальфа можно винить лишь Гэндальфа! А гномы... Скажи, если бы народу Лориэна

506

пришлось покинуть Благословенный Край и спустя много лет кто-нибудь из нас, например Владыка Селербэрн Мудрый, смог бы снова побывать в Лориэне, — разве он упустил бы такую возможность? — Галадриэль умолкла, а потом заговорила, словно бы вспоминая древнюю летопись: — Непроглядна вода Келед-Зарама, и холодны как лед ключи Кибель-Налы. Но, пока не проснулся Глубинный Ужас, чудесные чертоги славного Казад-Дума были ярко освещены и жарко натоплены... — Плавная речь Владычицы пресеклась, но на ее губах расцвела улыбка. И гневный, угрюмо нахмурившийся Гимли вдруг увидел в глазах своих мнимых врагов дружеское сочувствие и участливую любовь. Он растерянно — а потом благодарно — улыбнулся, встал и, поклонившись, звонко ответил:

— Однако Золотые Леса Лориэна прекрасней мраморных чертогов Мории, а сверкающие сокровища Морийского царства меркнут пред красотою Лориэнской Владычицы!

Эльфы и Хранители долго молчали. Наконец Селербэрн заговорил снова:

— Простите меня за резкие слова! Они рождены горечью и тревогой. Мы постараемся вам всем помочь — каждому из вас, — и особенно тому, кто взвалил на себя тягчайшее бремя.

— Нам известно, зачем вы отправились в поход, — посмотрев на Фродо, сказала Галадриэль, — и хотя я не знаю, как он закончится, но надеюсь все же, что Гэндальф не зря упорно вел Хранителей к Лориэну. Ибо народ Благословенного Края живет на востоке с Начальной Поры, и нам знакомы уловки злодейства гораздо лучше, чем другим средиземцам.

Мы переправились через горы еще до того, как пали первые западные твердыни, и с тех пор обреченно, без надежды на победу, однако не отступая, сдерживаем Зло. Это я собрала в начале эпохи Первый Совет Светлых Сил Средиземья — потом его назвали Советом Мудрых, — и, если б тогда, как я предлагала, Верховным Мудрецом Совета стал Гэндальф, жизнь, возможно, пошла бы иначе. А впрочем, для Средиземья не все еще потеряно: многое зависит от вашего Похода, и я думаю, что сумею кое в чем вам помочь, ибо мне открыто не только минувшее, не только то, что происходит сейчас, но отчасти и то, что должно случиться. А пока я скажу вам, что ваш Поход — это путь над пропастью по лезвию ножа; вас, а с вами и все Средиземье, погубит первый же неверный шаг и спасет лишь взаимная верность.

Потом, словно связывая Хранителей воедино, Владычица медленно обвела их взглядом — они ощущали, что не могут пошевелиться, пока она сама не опустила глаза, — и после паузы успокоенно сказала:

— А теперь вас всех ожидает отдых.

Хранители вздохнули — облегченно и устало. Сначала, под завораживающим взглядом Владычицы, каждого из них, кроме Леголаса и Арагорна, охватило тревожное недоверие к себе (Сэм, тот даже мучительно покраснел), а сейчас вдруг сковала спокойная усталость.

— Доброй вам ночи, — проговорил Селербэрн. — Вы измучены горем и тяжкими злоключениями, но мы поможем вам набраться сил для борьбы с бесчисленными слугами Зла.

Этой ночью, к радости четверки хоббитов, Хранителям не пришлось забираться на дерево. Эльфы разбили у фонтана шатер, приготовили для гостей удобные постели и, пожелав им спокойного сна, удалились. Когда затихли голоса эльфов, путники обсудили вчерашнюю ночевку, вспомнили Курган великого Эмроса, поговорили о нынешних Владыках Лориэна, но ни словом не обмолвились о событиях в Мории — для этого у них пока не было сил.

— Скажи-ка, а почему ты покраснел у Владычицы? — вдруг спросил Сэма любопытный Пин. — Эльфы-хозяева могли подумать, что ты замышляешь какое-то лиходейство. Надеюсь, в твоей лиходейской голове не таится ничего особенно опасного — кроме гнусной кражи моего одеяла?

— Да разве от нее одеяло-то загородит? — не ответив на шутку, проворчал Сэм. — Она же мне прямо в душу заглянула! Глядит и спрашивает — а что ты, мол, сделаешь, если я предложу тебе отправиться в Хоббитанию? Да еще и садик с домиком посулила!

— Вот так штука! — изумился Пин. — Она ведь и мне... Ну, да что там рассказывать, — оборвал он себя и смущенно умолк.

Оказалось, что каждому участнику похода, как поняли, глядя друг на друга, Хранители, был предложен ясный, но безжалостный выбор между верностью и самой заветной мечтой: переложи смертельно опасную борьбу со Всеобщим Врагом на чужие плечи, сверни с дороги — и мечта сбудется.

— Да уж, рассказывать, пожалуй, не стоит, — пробормотал Гимли и тоже умолк.

— А по-моему, стоит, — возразил Боромир. — Быть может, Владычица хотела нас испытать с неведомыми нам, но добрыми замыслами... И все же зачем она нас искушала? Зачем столь искусно внушила нам веру, что может выполнить свои обещания? Не затем ли, чтоб выведать все наши мысли?.. Я-то, конечно, не стал ее слушать. Верность слову — закон для гондорца... — Однако Хранители так и не узнали, что же ему-то пообещала Владычица, ибо он резко переключился на Фродо: — А чем Владычица прельщала тебя?

Фродо не захотел отвечать Боромиру.

— Об этом, я думаю, не нужно рассказывать, — убежденно повторил он за Пином и Гимли.

— Будь начеку! — посоветовал ему гондорец. — Неизвестно, какие у нее намерения...

— Известно! — перебил Боромира Арагорн. — А вот ты не знаешь, о чем говоришь. На этой земле нет места Злу: оно умирает даже в помыслах лиходеев, если они приносят его с собой... правда, порою погибают и лиходеи — но только те, для которых Зло стало единственной основой жизни. Так что сегодня я усну спокойно — впервые с тех пор, как покинул Раздол. Надеюсь, наши невзгоды и горести хотя бы на время канут в небытие. Нам необходимо как следует отдохнуть. — Арагорн лег и мгновенно уснул.

Вскоре уснули и остальные Хранители. Их не тревожили даже сновидения, а спали они необычайно долго. Когда, проснувшись, они вылезли из шатра, в небе светило серебристое солнце, а над круглым водоемом высокого фонтана круто выгибалась яркая радуга.

Спокойно-светлые, словно капли росы, искрились над Галадхэном ясные дни, и вскоре Хранители потеряли им счет; иногда с востока наползала туча, но, пролившись дождем, быстро выцветала и уплывала стайкой облачков на запад; день ото дня становилось теплее, прозрачный воздух казался весенним, однако в мягкой лесной тишине по-прежнему ощущалось дыхание зимы. Хранители гуляли по окрестностям Галадхэна, плотно ели и много спали, но их житье не казалось им скучным — видимо, они очень вымотались в пути.

Владыки больше не призывали гостей, а другие эльфы, жившие в Крепости, почти не знали всеобщего языка. Хэлдар, пожелав им счастливого пути, снова отправился на северную границу — теперь там стояла сильная дружина. Леголас постоянно пропадал у сородичей, он даже редко ночевал в шатре и только обедать приходил к Хранителям.

510

Болезненная, как свежая рана, тоска, не дававшая Хранителям говорить о Гэндальфе, постепенно сменилась благодарной грустью, и теперь они часто его вспоминали. Порой в мелодичных эльфийских песнях им слышалось имя сгинувшего друга — лориэнцы тоже оплакивали мага. *«А митрандир э сэрверен»*, — печально пели жители Галадхэна; они, как сказал Хранителям Леголас, называли Гэндальфа Серебристым Странником. Но переводить их песни Леголас отказывался — говорил, что ему недостанет искусности, — да и горькая печаль, по его словам, вызывала желание не петь, а плакать.

Первым, кто переплавил свою горечь в песню, оказался, как это ни странно, Фродо, хотя обычно песен не сочинял и даже в Раздоле, слушая эльфов, сам он почти никогда не пел, даром что помнил множество песен. А сейчас, прислушиваясь к лориэнским напевам, неожиданно для себя создал песню о Гэндальфе. Но, когда он попытался спеть ее Сэму, она распалась на неуклюжие куплеты — так рассыпаются сухие листья под порывами ветра. И все же он ее спел:

> Бывало, смеркнется чуть-чуть,
> И слышен шум его шагов;
> Но на рассвете в дальний путь
> Он уходил без лишних слов,
>
> На запад или на восток —
> Сквозь тьму пещер, простор степной,
> Ненастья, ветры, пыль дорог, —
> Во вьюжный мрак и южный зной.
>
> В отважных странствованьях он
> Прекрасно понимал язык
> Любых народов и племен
> И огненно-драконий рык —
>
> Воитель с гибельным мечом,
> Целитель с чуткою рукой,

Мудрец со старческим челом,
Навек отринувший покой.

Один стоял он на Мосту,
Седой, усталый пилигрим,
Как древний витязь на посту,
Готовый в бой, а перед ним —

Багровый Ужас из Глубин,
Непобедимый, страшный Враг,
Но витязь выстоял — один! —
И канул навсегда во мрак...

— Ишь, а ведь вы скоро превзойдете Бильбо! — выслушав песню, восхитился Сэм.

— Куда мне, — возразил Фродо. — Но что мог, я сделал.

— Только, знаете, сударь, хорошо бы еще придумать, какой он был искусник насчет всяких фейерверков. Что-нибудь вроде такого вот куплета:

А небеса цвели при нем
Ракетами, как дивный сад,
Где искры что цветы горят
И как дракон рокочет гром, —

хотя он устраивал все еще чудесней.

— Ну, это уж ты сам опиши. Или, может, опишет когда-нибудь Бильбо. А я больше говорить сейчас про Гэндальфа не в силах. И не знаю, как расскажу об его участи Бильбо...

Фродо и Сэма одолевало беспокойство. Они решили прогуляться по лесу, но в тихих, ласково прохладных сумерках обоим казалось, что исполинские ясени шелестят им про скорое расставание с Лориэном.

— Что ты думаешь об эльфах, Сэм? — нарушил Фродо шелестящую тишину. — Я уже задавал тебе этот воп-

512

рос, но с тех пор мы ближе узнали эльфов. Так что ты думаешь про них теперь?

— Да ведь они, эльфы-то, здорово разные, — откликнулся Сэм, — даром что родичи. Эльф, он, конечно, одно слово — эльф, его и по голосу ни с кем не спутаешь... А присмотришься — не похожи они друг на друга. Вы вот возьмите хоть здешних, благословенных, — наш-то, Леголас, он ведь вовсе другой. Здешние привязаны к своей Благословении вроде как мы с вами к нашей Хоббитании. Они ли уж переделали по себе свою землю, или она их к себе приспособила, этого я вам сказать не могу, а только их край как раз им под стать. Они ведь не хотят никаких перемен, а тут и захочешь, так ничего не изменишь. У них даже завтра никогда не бывает: просыпаешься утром — опять сегодня... если вы понимаете, про что я толкую. И магии ихней я ни разу не видел...

— Да тут ее ощущаешь на каждом шагу! — перебив Сэма, воскликнул Фродо.

— Ощущать-то ощущаешь, а видеть не видишь, — упрямо возразил хозяину Сэм. — Вот Гэндальф, тот был и правда маг — помните, какие он засвечивал огни? Все небо горело, и слепой бы увидел... Жаль, что Владыки нас больше не зовут. Потому что, я думаю, ихняя Владычица может показать настоящее волшебство... Хотелось бы мне на это поглядеть! Да и вы бы, наверно, с удовольствием посмотрели, раз уж бедняга Гэндальф погиб.

— Нет, — сказал Фродо. — Здесь и так хорошо. А Гэндальф нужен мне без всякой магии. Я ведь любил его не за то, что он маг.

— Оно конечно, — согласился Сэм. — И вы не подумайте, что я их ругаю. Просто очень мне хочется увидеть настоящие чудеса — как в древних сказках. А так-то край даже лучше раздольского. Тут ведь живешь — вроде ты и дома, а вроде бы и приехал в гости на праздник... если вы понимаете, про что я толкую. Меня бы отсюда и пирогом не выманить — да ведь никто за нас наше дело не сделает, а значит, пора собираться в дорогу. Потому что, как любил говорить мой старик, сидя сиднем, дела не сделаешь. И сдается мне, что здешние эльфы в нашем походе никакие не помощники, даже и с ихней благословенной магией. Куда уж им против настоящего мага! Мы еще наплачемся в пути без Гэндальфа!

— Наверно, — со вздохом откликнулся Фродо. — И все же я думаю, что Владычица эльфов захочет дать нам прощальное напутствие.

Едва он сказал последние слова, навстречу им вышла Владычица Лориэна — высокая, стройная, спокойная и прекрасная.

Она поманила хоббитов за собой и, обойдя с востока вершину холма, привела их на обнесенную оградой поляну. Замедлив шаги, хоббиты огляделись. По поляне струился неглубокий ручей, вытекающий из фонтана у жилища Владык, а вдоль ручья шла пологая лестница. Все трое спустились по лестнице в лощинку, и здесь, возле гладкой, как зеркало, заводи, хоббиты увидели серебряную чашу на низком постаменте из белого мрамора. Возле чаши стоял серебряный кувшин.

Владычица нагнулась, взяла кувшин и наполнила чашу водой из ручья. Потом легонько дохнула на воду, дождалась, когда рябь успокоится, и сказала:

— Перед вами Зеркало Владычицы Лориэна. Я привела вас к нему для того, чтобы вы, если у вас достанет решимости, заглянули за грань обыденно зримого.

В синеватом сумраке тесной лощинки высокая и стройная фигура Галадриэли излучала, как почудилось взволнованным хоббитам, холодное бледно-опаловое сияние.

— А зачем нам заглядывать за грань зримого и что мы увидим? — спросил ее Фродо.

— По моей воле Магическое Зеркало явит вам все, что вы пожелаете, — ответила хоббиту Владычица Лориэна. —

514

Но гораздо интереснее, а главное — полезней предоставить Зеркалу полную свободу. Я не знаю, что именно покажет вам Зеркало — прошлое, определившее вашу нынешнюю жизнь, или какие-нибудь сегодняшние события, способные повлиять на вашу судьбу, или то, что, возможно, случится в будущем. Да и вы едва ли сумеете понять, *какие* события открываются перед вами — минувшие, нынешние или грядущие... — Владычица помолчала и спросила Фродо: — Так хочешь ли ты заглянуть в мое Зеркало?

Фродо не ответил на ее вопрос.

— А ты? — обратилась Владычица к Сэму. — Насколько я знаю, — добавила она, — у вас назвали бы это волшебством. Слово «волшебство» мне не очень понятно — тем более что вы именуете волшебством и уловки, которыми пользуется Враг. Ты хотел увидеть эльфийскую магию — или, по-твоему, настоящее волшебство, — так попробуй заглянуть в Магическое Зеркало.

— Я попробую, — неуверенно отозвался Сэм. И, обернувшись к Фродо, со вздохом сказал: — Хорошо бы глянуть на Торбу-на-Круче. Мы ж просто страх сколько не были дома! Да разве волшебство Норгорд-то покажет? Небось увижу я какие-нибудь звезды... или такое, что и понять невозможно.

— А все же попробуй, — сказала Галадриэль. — Только не касайся воды руками.

Сэм вскарабкался на подножие постамента и опасливо заглянул в серебряную чашу. Темная вода отражала лишь звезды.

— Ясное дело, — проговорил он ворчливо, — звездочки небесные... — И внезапно умолк. Вместо черного неба с яркими звездами в чаше сияло весело солнце и на ветру подрагивали ветви деревьев. Однако понять, что ему привиделось, хоббит не успел, ибо свет померк, и в неясной мгле он заметил Фродо — тот лежал возле темной каменной стены, и лицо у него было мертвенно-бледное. Потом видение опять изменилось, и Сэм увидел самого себя. Он брел нескончаемыми темными коридорами, долго взбирался по спиральной лестнице, стараясь кого-то разыскать — но кого?.. Точно в причудливо обрывчатом сне, перед ним уже снова сияло солнце и мелко подрагивали ветви деревьев — не от ветра, как ему показалось вначале, а под ударами топора. Сэм всполошился.

— Что за лиходейство! — вскричал он зло. — Кто ему дозволил, проклятому Пескунсишке? Они же полезные Норгорду деревья — чтоб затенять дорогу от Мельницы до Приречья, — а он, проклятый лиходейщик, их рубит! Эх, очутиться бы сейчас в Хоббитании — он бы у меня *на носу себе зарубил* не хвататься ручищами за чего не просили!

Но, вглядевшись внимательней, Сэм обнаружил, что там, где стояла Старая Мельница, строится уродливый кирпичный дом, а рядом со стройкой вздымается к небу закопченная краснокирпичная труба. Клубы дыма, быстро сгущаясь, черной завесой затягивали Зеркало.

— А в Норгорде-то худо, — пробормотал Сэм. — Господин Элронд, видно, знал, что делает, когда посылал Перегрина домой... Ну лиходейщики! — вдруг выкрикнул он, соскочил с пьедестала и угрюмо сказал: — Я ухожу домой. Они разрушили Исторбинку и выгнали на улицу моего старика. Я видел — ковыляет он, горемыка, по Норгорду и катит в тачке все свое барахлишко.

— Ты же не можешь вернуться один, — спокойно напомнила Сэму Галадриэль. — Когда тебе очень захотелось уйти, ты решил, что не вправе покинуть Фродо. А Зеркало часто открывает события, для которых время еще не настало и, весьма вероятно, никогда не настанет — если тот, кому оно их открыло, не свернет с выбранной им однажды дороги, чтобы предотвратить возможное будущее. Магическое Зеркало — опасный советчик.

— А мне и не надо никаких советов. И волшебства не надо, — пробурчал Сэм. Потом замолчал и сел на траву. —

516

Нет уж, наша дорога домой лежит, по всему видать, через Мордор, — после паузы глухо выговорил он. — Но ежели мы доберемся до Хоббитании, а там все окажется, как было в Зеркале, пусть лиходейщики пеняют на себя!

— А тебе не хочется заглянуть в Зеркало? — посмотрев на Фродо, спросила Галадриэль. — Ты сказал, что всюду ощущаешь здесь магию... но эльфийская магия тебя не прельщает?

— Я и сам не знаю, — ответил Фродо. И, немного помолчав, с надеждой добавил: — Ты думаешь, мне стоит в него заглянуть?

— Я не буду тебе ничего советовать, — сказала Галадриэль. — Решайся сам. Да и видения Зеркала не принимай за советы, ибо, случайно узнав о событиях, которые способны изменить нашу жизнь, мы рискуем отказаться от того, что задумали, и навеки предать свою собственную судьбу. Случайные знания очень опасны, хотя иногда и помогают в борьбе... По-моему, ты достаточно мудр и отважен, чтобы верно понять увиденное в Зеркале, но поступай как хочешь, — заключила Галадриэль.

— Я хочу посмотреть, — проговорил Фродо и, взобравшись на постамент, заглянул в Зеркало. Гладь воды сразу же просветлела — взгляду хоббита открылась равнина, освещенная лучами заходящего солнца. Вдали равнину замыкали горы; от гор, петляя меж пологими холмами, тянулась к Фродо полоска дороги; но потом она круто сворачивала налево и вскоре исчезала за чертой горизонта. По дороге ползла чуть заметная точечка — Фродо всмотрелся, — крохотная фигурка... Хоббита охватило радостное волнение: он был уверен, что это Гэндальф, но с белым жезлом и в белом плаще. Однако лица его Фродо не разглядел — он ушел по дороге налево, за горизонт, — и потом, вспоминая этого белого путника, Фродо не смог для себя решить, Гэндальфа он видел или Сарумана; а равнину стерло новое видение.

По маленькой комнате с квадратным столом, заваленным грудой исписанных листков, от окна к двери прохаживался Бильбо; в окно барабанили капли дождя, а старый хоббит был чем-то взволнован; внезапно он замер, но поверхность Зеркала подернулась рябью, и комнатка исчезла.

Когда Магическое Зеркало прояснилось, Фродо по внезапному озарению осознал, что перед ним, чередой разрозненных видений, мелькают вехи великой Истории, в которую и его вовлекла судьба.

Ему открылось штормовое Море — он сразу понял, что именно *штормовое*, хотя до этого Моря не видел, — вздыбленное сизыми громадами волн; тяжелые тучи закрывали солнце, но оно, прожигая их свинцовую пелену, освещало корабль, плывущий к востоку. Потом возник многолюдный город, рассеченный надвое могучей рекой; потом — горделивая горная крепость о семи башнях из белого камня. А потом сверкнуло рассветное солнце, осветив совершенно спокойное Море. Прозрачную рябь голубоватой воды вспарывал корабль под черными парусами и с белым деревом на узком флаге. Корабль медленно приблизился к берегу и тотчас же скрылся за дымным заревом, и солнце закатилось, и в багровом сумраке краткими вспышками кровавых боев проступили картины нескончаемой битвы, и багровый сумрак стал черной тьмой, и Фродо ничего уже не мог разглядеть. А потом, когда тьма немного поредела, от берега отвалил серебристый кораблик и вскоре скрылся в морских просторах. Фродо приготовился слезть на землю.

Но зеркальная чаша вдруг опять почернела — словно черная дыра в бесконечную пустоту, — и, всплыв из тьмы на поверхность Зеркала, к Фродо медленно приблизился ГЛАЗ. Обрамленный багровыми ресницами пламени, тускло светящийся мертвенной желтизной, был он, однако, напряженно-живым, а его зрачок — скважина в ничто — постоянно пульсировал, то сужаясь, то расширяясь. Фродо с ужасом смотрел на Глаз, не в силах вскрикнуть или пошевелиться.

Стеклянисто-глянцевое яблоко Глаза, иссеченное сетью кровавых прожилок, ворочалось в тесной глазнице Зеркала, и Фродо, скованный леденящим ужасом, понимал, что Глаз, обшаривая мир, силится разглядеть и Хранителя Кольца, но, пока у него есть воля к сопротивлению, пока он сам не захочет открыться, Глаз бессилен его обнаружить. Кольцо, ставшее неимоверно тяжелым, туго натягивало тонкую цепочку, и шея хоббита клонилась вниз, а вода в Зеркале кипела и клокотала.

— Осторожнее, мой друг. Не коснись воды, — мягко сказала Фродо Галадриэль, и он отпрянул от черного кипятка, и Глаз, постепенно тускнея, утонул, а в Зеркале отразились вечерние звезды. Фродо торопливо соскочил с постамента и, все еще дрожа, посмотрел на Владычицу.

— Мне знакомо твое последнее видение, — проговорила она. — Не надо пугаться. Но знай — не песни и лютни менестрелей и даже не стрелы эльфийских воинов ограждают Лориэн от Черного Властелина. Ибо, когда он думает об эльфах, мне открываются все его замыслы, и я могу их вовремя обезвредить, а ему в мои мысли проникнуть не удается.

Владычица посмотрела на восток и как бы отстранила что-то левой рукой, а правую медленно подняла к небу. Вечерняя Звезда, любимица эльфов, светила столь ярко, что фигура Владычицы отбрасывала на землю чуть заметную тень. В лощинке уже было по-ночному темно, но внезапно ее словно молния озарила: на левой руке у Владычицы Лориэна ослепительно сверкнуло золотое кольцо с овальным переливчато-перламутровым самоцветом, и Фродо *понял* — или так показалось.

— Да, — спокойно подтвердила Галадриэль, хотя он ни слова не сказал вслух. — Одно из Трех сохраняется в Лориэне. Мне доверено владеть Нэином. Враг об этом не знает — пока. И от твоей удачи — или неудачи — зависит судьба Благословенного Края. Ибо, если ты погибнешь в пути, Магия Средиземья падет перед лиходейством, а если сумеешь исполнить свой долг, мир подчинится всевластному Времени, а мы уйдем из Благословенного Края или станем, как и вы, смертными, добровольно сдавшись новому властелину, от которого не спасешь даже память о прошлом.

Галадриэль умолкла; молчал и Фродо; потом он посмотрел ей в глаза и спросил:

— А какую судьбу выбрала бы ты — если б тебе было дано выбирать?

— К сожалению, мне не дано выбирать, — печально ответила ему Владычица. — Мы будем вечно вспоминать Лориэн — даже за Морем, в Благословенной Земле, — и наша тоска никогда не смягчится. Однако ради победы над Сауроном эльфы готовы отказаться от родины — поэтому му мы и приютили Хранителей: вы не в ответе за судьбу Лориэна... А если б я стала мечтать о несбыточном, то мне захотелось бы, чтоб Вражье Кольцо навеки сгинуло в Андуине Великом.

— Ты мудра, бесстрашна и справедлива, — сказал ей хоббит. — Хочешь, я отдам тебе Вражье Кольцо? Его могущество — не по моим силам.

Неожиданно Владычица звонко рассмеялась.

— Так, значит, *мудра, бесстрашна и справедлива?* — все еще усмехаясь, повторила она. — Когда ты предстал предо мною впервые, я позволила себе заглянуть в твое сердце — и тебе удалось отомстить мне за это. Ты становишься поразительно прозорливым, Хранитель! Зачем скрывать, я много раз думала, как поступлю, если Вражье Кольцо волею случая окажется у меня, — и вот теперь я могу его получить! Зло непрерывно порождает зло, независимо от того, кто принес его в мир, — так, быть может, я совершу великое благо, завладев доверенным тебе Кольцом?

Тем более что мне оно достанется без насилия и я не сделаюсь *Черной* Властительницей! Я буду грозной, как внезапная буря, устрашающей, как молния на ночных небесах, ослепительной и безжалостной, как солнце в засуху, любимой и почитаемой и опасной, как пламя, холодной, как зимняя звезда, — но не ЧЕРНОЙ!

Она подняла к небу левую руку, и самоцвет Нэина вдруг ярко вспыхнул, и Фродо испуганно отступил назад, ибо увидел ту самую Властительницу, о которой только что говорила Галадриэль, — ослепительно прекрасную и устрашающе грозную. Но она опять мелодично рассмеялась и опустила руку, и самоцвет померк, и Фродо с облегчением понял, что обознался: перед ним стояла Владычица эльфов — высокая, но хрупкая, прекрасная, но не грозная, в белом платье, а не в сверкающей мантии, и голос у нее был грустно-спокойный.

— Я прошла испытание, — сказала она. — Я уйду за Море и останусь Галадриэлью.

После долгого молчания Владычица сказала:

— Пойдемте. Завтра вы покинете Лориэн, ибо выбор сделан и время не ждет. А сейчас вас желает видеть Владыка.

— Но сначала ответь мне, — попросил ее Фродо, — на вопрос, который я не задал Гэндальфу: хотел спросить его, да все не решался, а потом он погиб в Морийских пещерах. Мне доверено главное Магическое Кольцо — почему ж я не вижу других Хранителей? Почему не знаю их тайных помыслов?

— Ты ведь не пытался увидеть и узнать, — ответила Владычица. — И никогда не пытайся! Это неминуемо тебя погубит. Разве Гэндальф тебе не говорил, что сила любого Магического Кольца зависит от могущества его Хранителя? Если ты будешь распоряжаться Кольцом, не сделавшись истинно могучим и мудрым, то рано или поздно Всеобщий Враг сумеет подчинить тебя своей воле и ты,

521

незаметно для себя самого, начнешь выполнять все его повеления. Помни — ты Хранитель, а не Владелец: тебе доверено *не владеть*, а *хранить*. Трижды ты надевал на палец Кольцо... однако скажи — по своей ли воле? И все же ты стал удивительно прозорливым! Тебе открылись мои тайные мысли — немногие Мудрые могут этим похвастаться! Ты увидел Глаз Великого Врага и узнал Нэин у меня на пальце... Скажи, ты заметил мое Кольцо? — спросила Владычица, повернувшись к Сэму.

— Какое кольцо? — переспросил ее Сэм. — Ты показала рукой на Вечернюю Звезду, и она очень ярко тебя осветила, но я не видел никакого кольца и, признаться, не понял, про что вы толкуете. Но раз уж ты дозволила мне говорить, то и я прошу тебя вместе с хозяином — возьми ты у него это Вражье Кольцо! Ведь ежели бы оно перешло к тебе, то тебя-то никто не посмел бы ослушаться! Ты-то навела бы порядок в мире. Лиходеи зареклись бы сносить Исторбинку и выгонять на улицу моего старика. Они у тебя сами нахлебались бы лиха!

— Да, я сумела бы их обуздать, — задумчиво подтвердила Галадриэль. — Но потом... Впрочем, Кольцо остается у Фродо, так что не будем об этом говорить. Пойдемте, вас ждет Владыка Лориэна.

Глава VIII
ПРОЩАНИЕ С ЛОРИЭНОМ

Все Хранители собрались у Владыки. После приветствий Селербэрн сказал:

— Отряду Хранителей пора выступать. Перед вами снова открывается выбор. Тот, кто решится продолжить Поход, завтра должен покинуть Кветлориэн. А тот, кто не хочет идти с Хранителем, волен пока что остаться у нас. Но, если Враг завладеет Кольцом, гости эльфов будут втянуты в битву — ведь нам предстоит прорываться к Морю, — а в этой битве уцелеют немногие.

Все молчали.

— Они решили продолжить Поход, — оглядев гостей, сказала Галадриэль.

— Для меня Поход — это путь домой, — объявил Боромир, — мой выбор прост.

— А ты уверен, — спросил его Селербэрн, — что Хранители собираются идти в Минас-Тирит?

— Мы еще не знаем, как нам идти, — озабоченно ответил Владыке Арагорн. — Гэндальф ни разу об этом не говорил. Да, по-моему, он и не успел обдумать, куда мы пойдем после Кветлориэна.

— Впереди — Андуин, — напомнил Владыка. — Через него можно переправиться лишь на лодке, ибо мосты в Осгилиате разрушены. Если вам нужно попасть в Минас-Тирит, вы можете двигаться вдоль правого берега; но по левому берегу дорога короче. Так какой же путь вы думаете избрать?

— Путь через Гондор длиннее, но безопасней, — сказал Боромир. Арагорн промолчал.

— Я вижу, вам еще не ясен ваш путь, — сказал Селербэрн. — И не мне его выбирать. Я помогу вам немного иначе. Некоторым Хранителям лодка не в диковину — Боромиру, Леголасу, Арагорну-следопыту...

— И одному из хоббитов! — выкрикнул Мерри. — По нашему уделу течет Брендидуим, и я-то знаю, что речная лодка — это... это не дикая кобылица, которая норовит пришибить седока.

— Прекрасно, мой друг, — сказал Селербэрн. — Я могу снабдить вас лориэнскими лодками. Они у нас небольшие и легкие, но прочные, так что вы сможете плыть без опаски, а там, где понадобится, нести их по берегу: на Андуине много порогов и перекатов. Пешком путешествовать утомительнее, чем в лодках, а главное, спускаясь по Великой Реке, вы спокойно обдумаете, куда вам свернуть — на восток, в Мордор, или к западу, в Гондор.

Арагорн очень обрадовался лодкам, ибо он все еще не мог решить, по какому берегу вести Отряд. Остальные Хранители тоже приободрились. Впереди их ждали великие опасности, в этом ни один из них не сомневался; ну а все-таки *плыть* навстречу опасностям гораздо приятней, чем тащиться пешком. Всеобщей радости не разделял лишь Сэм: он был уверен, что речные лодки гораздо опаснее диких кобылиц (которых, как он думал, вообще не бывает).

— Мы приготовим лодки и походное снаряжение к завтрашнему дню, — пообещал Селербэрн. — А сейчас уже поздно, вам пора отдохнуть. Доброй ночи и приятных снов!

— Спите спокойно, — сказала Галадриэль, — вы еще успеете выбрать дорогу. А быть может, каждый из вас уже начал — не заметив этого — тот единственный путь, который предназначен ему судьбой.

Хранители вернулись в свой шатер у фонтана — Леголас вместе с ними, — чтоб устроить совет: слова Владычицы их не очень-то успокоили.

Долго и бурно обсуждали путники, как добраться до Роковой горы; но вскоре стало совершенно ясно, что почти всех их пугает Мордор и они хотят идти в Минас-Тирит — чтобы хоть ненадолго оттянуть путешествие к страшному логову Черного Властелина. Впрочем, позови их Фродо за Андуин, им удалось бы преодолеть страх; однако Фродо упорно молчал, и они не знали, на что решиться.

Если бы Гэндальф был по-прежнему с ними, Арагорн без колебаний свернул бы в Гондор, веря, что пророческий сон Боромира, подтвердивший древнее предание дунаданцев, призывает его, наследника Элендила, выйти на битву со Всеобщим Врагом. Но Гэндальф сгинул, и Арагорн понимал, что ему придется сопровождать Фродо, если тот захочет переправиться через Андуин. И однако — чем он поможет хоббиту, слепо нырнув под Завесу Тьмы?

— Я-то и один пойду в Минас-Тирит, это мой долг, — сказал Боромир. Потом он пристально посмотрел на Фродо, как бы пытаясь прочитать его мысли, но, заметив, что хоббит не собирается говорить, опустил голову и раздумчиво продолжил: — Если Кольцо необходимо уничтожить, то силой оружия тут ничего не добьешься, и Хранителю незачем идти в Гондор. Но если необходимо уничтожить *Врага*, то глупо отказываться... — Боромир замолчал, словно до этого он рассуждал сам с собой, а теперь вдруг понял, что говорит вслух, и закончил явно не так, как хотел: — ...от военной помощи Великого Гондора.

Фродо встревожили слова Боромира. *Глупо отказываться*, начал гондорец... От чего? Может — от Кольца Всевластья? Фродо вспомнил, что на Совете у Элронда он уже заводил об этом разговор, но Элронд тогда же ему все объяснил, и он как будто бы понял, в чем дело. Хоббит с надеждой глянул на Арагорна, однако тот, погруженный в раздумье, видимо, просто не слушал Боромира. На этом их совещание и кончилось. Мерри с Пином давно уже спали; Сэм крепился, но украдкой позевывал; в воздухе ощущалась предрассветная свежесть. Фродо забрался под одеяло и уснул.

Поутру они начали собираться в путь. Эльфы принесли к их шатру одежду и несколько небольших мешков с продовольствием. Гимли развязал один из мешков, вынул тонкую коричневую лепешку, разломил ее — внутри она оказалась кремовой — и, еще не попробовав, разочарованно сказал:

— Галеты... — Однако снизошел до пробы.

И в одно мгновенье сжевал лепешку.

— Остановись! — со смехом закричали эльфы. — Ты и так проголодаешься теперь только к вечеру, да и то если будешь весь день работать.

— В жизни не ел таких вкусных галет, — признался Гимли. — Просто чудеса! Уж на что люди из Приозерного королевства мастера готовить дорожные галеты, но с вашими лепешками их нельзя и сравнивать.

— У нас они называются не галетами, а *путлибами*, или, в переводе на всеобщий язык, дорожным хлебом, — объяснили эльфы. — Если их не ломать, они будут свежими даже через несколько недель пути, так что храните их на черный день. Путнику — хотя бы и громадине-человеку — достаточно всего лишь путлибы в сутки, чтобы не чувствовать ни голода, ни усталости.

Потом хозяева вынули одежду — длинные лориэнские плащи с капюшонами из легкой и тонкой, но плотной ткани, сшитые по мерке на каждого Хранителя. Они казались переливчато-серебристыми в прозрачной тени исполинских ясеней и как бы впитывали любые оттенки, золотясь под солнцем, зеленея в траве, голубея на фоне безоблачного неба и становясь бесцветно-сероватыми в сумерки, — Хранители не однажды с удивлением замечали, что эльфов необычайно трудно разглядеть, когда им хочется, чтобы их не увидели (ходят-то они совершенно бесшумно), и очень обрадовались подаренным плащам. На шее ворот плаща и капюшон застегивались маленькой малахитовой брошкой в форме листа с золотыми прожилками.

— А он волшебный? — осведомился Пин, радостно разглядывая свой новый плащ.

— Мы не понимаем, что значит «волшебный», — ответил хоббиту один из эльфов. — Твой плащ — эльфийский, можешь не сомневаться... если ты это имеешь в виду. Вода и воздух, земля и камни, деревья и травы Благословенного Края отдали ему переливчатые краски, мягкость и красоту, прочность и вековечность, ибо все, что окружает эльфов, оживает в изделиях их мастеров. Плащи — одежда воинов и разведчиков, но именно одежда, а не воинские доспехи; от стрел или копий они не спасут. Зато защитят от холода и дождя, прикроют в жару от палящего солнца и скроют в походе от вражеских глаз. Вы удостоились особой дружбы Владык, ибо доселе ни один чужестранец не получал в подарок лориэнской одежды.

Между тем настала пора уходить. Хранители с грустью глянули на шатер, который долго заменял им дом — хотя они не сумели бы вспомнить, сколько дней им пришлось тут прожить, — на фонтан у шатра, на мэллорн Владык... Отвернувшись, они увидели Хэлдара. Фродо очень обрадовался знакомцу.

— Я охраняю северную границу, — поднявшись по склону, сказал им эльф, — но меня назначили вашим проводником, и я ненадолго вернулся в Галадхэн. Долина Черноречья застлана дымом, а земные недра тяжело содрогаются — в горах происходит что-то неладное, и вы не смогли бы уйти на север, домой. Но путь по Андуину пока свободен. Идемте, времени терять нельзя.

Мэллорны звенели голосами эльфов, но на тропках путникам никто не встретился; они спустились к подножию холма, миновали Ворота, коридор между стенами, перешли по белому мосту через ров и свернули следом за Хэлдаром на восток.

Тропа петляла по густому лесу, небо закрывали золотистые листья, и путники чувствовали, что идут под уклон. Лиг через десять ясени расступились, в небе сверкнуло полуденное солнце, путники невольно ускорили шаг, вышли на открытую поляну и огляделись. Справа от них струилась Ворожея, прозрачная, звонкая и не очень широкая; а впереди, перерезая им путь на восток, бесшумно катил свои темные воды необозримо широкий и хмурый Андуин. С севера узкую луговую косу окаймляла стена исполинских ясеней; за Андуином, среди кочковатых лугов, щетинились кусты и редкие перелески; за Ворожеей до темной линии горизонта тянулись угрюмые голые леса. Реки ограничивали с юга и востока цветущие земли Благословенного Края, Хранители подступили к рубежам Глухоманья.

На левом берегу Золотой Ворожеи, шагах в тридцати от ее впадения в Андуин, виднелся низкий белокаменный причал; у причала были пришвартованы лодки разных размеров и всевозможных цветов. Эльфы грузили припасы Хранителей в три небольшие светло-серые лодочки. Сэм опасливо подошел к берегу, нагнулся, поднял моток веревки — она была легкая, а на ощупь шелковистая — и спросил у эльфов:

— Это тоже нам?

— Конечно, — ответили хоббиту эльфы. — Мы положили в каждую лодку по три мотка — чтоб уж с избытком. Никогда не пускайся в путешествие без веревки — длинной, легкой, тонкой и прочной. А наши веревки как раз такие. И они не единожды вам пригодятся.

— А то я не знаю! — воскликнул Сэм. — Мы вот ушли из Раздола без веревки, так я себя клял до самого Лориэна...

— Можете отчаливать, — объявил Хэлдар. — Только не торопитесь выходить в Андуин. Сначала вам надо освоиться с лодками.

— Да-да, будьте осторожны, друзья, — поддержали Хэлдара другие эльфы. — У наших лодок мелкая осадка, даже когда они загружены до предела, и вы не сразу к этому привыкнете. Испробуйте их сперва возле берега.

Хранители не спеша расселись по лодкам — первыми Фродо и Сэм с Арагорном, за ними Мерри и Пин с Боромиром, а очень сдружившиеся в последнее время Гимли и Леголас поплыли вдвоем; к ним погрузили мешки с провизией.

На дне лодочек лежали весла с лопастями в форме широкого листа. Арагорн оттолкнулся веслом от причала и пошел для пробы вверх по реке. Он греб умело, но течение было быстрым, и лодка двигалась довольно медленно. Сэм устроился на передней банке и, вцепившись обеими руками в борта, со страхом смотрел на могучий Андуин. Ворожея весело искрилась под солнцем; порой мимо лодки проплывал к Андуину чуть-чуть притонувший ясеневый лист. Вскоре путники миновали косу и над ними сомкнулся полог листвы; воздух был сух, но свеж и прохладен; тишину нарушала лишь песня жаворонка.

Арагорн развернулся и пошел по течению. Вдруг из-за крутого поворота реки стремительно выплыл громадный лебедь с гордо изогнутой белоснежной шеей, янтарными глазами, золотистым клювом и слегка раскинутыми в стороны крыльями. Послышалась негромкая мелодичная музыка, и, когда невиданная птица приблизилась, путники поняли, что это лодка, с изумительным искусством сработанная эльфами, — издали лебедь казался живым, хотя он и был неестественно огромным. Два гребца в светло-серых плащах слаженно работали черными веслами, над которыми распростерлись широкие крылья. В лодке сидел Владыка Лориэна, а рядом с ним стояла Галадриэль — высокая, стройная, в белом одеянии и венке золотистых вечноживых цветов; она пела печальную эльфийскую песню, негромко аккомпанируя себе на арфе. Грустно, но сладкозвучно звенел напев, словно бы приглушаемый зимней прохладой:

Я пела о золотистой вешней листве, и леса
шелестели листвой;
Я пела о ветре, и ветер звенел в шелковистой
траве луговой;
В Заокраинный Край уплывала луна,
И за нею спешила морская волна
В Эльдамар, где среди светозарных долин
Возвышается гордый гигант Илмарин
И, горами от Мстительной мглы заслонен,
Полыхает огнями Святой Тирион,
А на Дереве Белом, как искры утрат,
В каждой капле росы наши слезы горят...
О Златой Лориэн! Слишком долго я здесь
Прожила в окружении смертных и днесь
Безнадежно пою про корабль в те Края,
Где зажглась бы для нас прежней жизни Заря...

— Мы приплыли, чтобы пожелать вам удачи на вашем
опасном и трудном пути, — допев песню, сказала Галадриэль.

— Вы долго были гостями эльфов, — добавил Селербэрн, — но так уж случилось, что мы ни разу не разделили трапезы. Владычица приглашает вас на прощальный
обед у берегов Великой Пограничной Реки.

Фродо почти не притронулся к еде. Он с грустью поглядывал на Владычицу эльфов, предчувствуя, что это их
последняя встреча. Владычица не казалась могущественной и грозной, хотя была по-всегдашнему красива. Она
неожиданно представилась хоббиту (как и всем, кто стал-
кивается с эльфами сейчас) неизменно юной и вечно прекрасной жительницей давно ушедшего прошлого.

После обеда Владыка Лориэна рассказал Хранителям
о Приречных землях:

— Андуин течет по широкому ущелью среди лесов и
каменистых степей. Сначала он круто забирает к востоку, а потом, после нескольких гигантских петель, устрем-

ляется, постепенно сужаясь, на юг, прорезает небольшое бесплодное взгорье и после довольно опасного переката разбивается на два разъяренных потока об остров Тол-Брандир — по-вашему Скалистый, — чтобы низвергнуться в низины Болони, или, как именуют их эльфы, Нэндальфа. Водопад Оскаленный — по-эльфийски Рэрос — на лодках, конечно же, одолеть невозможно, и вам придется обходить его берегом. Однако тем, кто свернет в Минас-Тирит, лучше распрощаться с Андуином до Рэроса, чтобы идти по Ристанийской равнине, минуя болотистые низины Нэндальфа. Только не уклоняйтесь на северо-запад, к лесам у южных отрогов Мглистого, ибо про эти древние леса сложено немало странных легенд.

— Последний раз я пересек Мустангрим на пути к Раздолу, — сказал Боромир. — И хотя пробирался я по западным землям — от Белых гор к Серострую и Бесноватой, — хотя я не знаю восточного Мустангрима, но дорогу домой отыщу и с востока.

Заметив, что гондорец не собирается продолжать, Галадриэль встала и торжественно возгласила:

— Пусть каждый выпьет прощальный бокал — за успешное завершение начатого пути! — Когда Хранители осушили бокалы, хозяйка снова предложила им сесть. — Мы распрощались, и нас уже разделила незримая тень предстоящей разлуки, — после долгой паузы сказала она. — Но прежде чем вы покинете Лориэн, примите прощальные подарки эльфов.

Сначала она обратилась к Арагорну:

— Для тебя, Предводитель Отряда Хранителей, наши мастера изготовили ножны под стать прославленному мечу Элендила. Меч, извлеченный из этих ножен, не может сломаться или затупиться... Однако вскоре между нами встанет непроглядно черная Завеса Тьмы. Так нет ли у тебя заветного желания, которое могла бы исполнить лишь я, Владычица эльфов Благословенного Края?

И Арагорн ответил Галадриэли:

— Владычица, к исполнению моего желания приведет меня лишь мой собственный путь — путь сквозь Тьму до победы или гибели. Все мои помыслы о будущей жизни связаны с эльфами Раздола и Лориэна, но исполнить мое заветное желание не под силу даже тебе или Элронду...

— Как знать, — возразила ему Владычица. И добавила: — Прими же еще один дар. — Она протянула Арагорну брошь, сработанную из прозрачно-зеленого самоцвета. Брошь — орел с распростертыми крыльями — источала мягкий искрящийся свет, словно заслоненное листьями солнце. — Я получила этот камень от матери и подарила его своей дочери Селебрайне, а та — своей; но отныне он твой. Ибо предсказано, что *в свой час ты назовешься Элессар — Эльфийский Берилл из рода Элендила.*

И Арагорн поклонился, и принял брошь, и приколол на грудь; и все вдруг заметили его поистине королевский облик: он сбросил с плеч, как почудилось Фродо, тяжелый груз многолетних скитаний по самым гибельным Глухоманным землям.

— Благодарю тебя, о Владычица Лориэна, давшая жизнь Селебрайне и Арвен, за этот неоценимый дар, — сказал он.

Владычица молча склонила голову.

Двум юным хоббитам, Пину и Мерри, Галадриэль подарила серебряные пояса с массивными пряжками в форме цветка, а Боромиру — золотой, инкрустированный топазами; Леголас получил лориэнский лук, более упругий и мощный, чем лихолесские, и колчан с тонкими, но тяжелыми стрелами.

— Ну а для тебя, мой милый садовник, — ласково сказала Владычица Сэму, — у меня приготовлен особый подарок: скромный, однако, надеюсь, полезный. — Она протянула хоббиту шкатулку с единственной буквой, выгравированной на крышке. — Это руна «Г», — объяснила Владычица, —

а в шкатулку я положила немного земли, благословленной мною на щедрое плодородие в любых краях Средиземного мира. Она не защитит от опасностей на пути, не спасет от вражеских мечей и стрел, но если ты когда-нибудь возвратишься домой и удобришь этой землею свой сад — пусть даже давно разоренный и заброшенный, — то он расцветет с необычайной пышностью. И тогда, быть может, тебе вспомнится Лориэн, который ты видел, к сожалению, лишь зимой, ибо наше лето давно миновало.

Сэм густо покраснел и, бормоча неуклюжие слова благодарности, низко поклонился Владычице эльфов.

— Осталось узнать, — сказала Галадриэль, — какой подарок в память об эльфах было бы приятно получить гному.

— Никакого, Владычица, — отозвался Гимли. — Мне достаточно, что я видел собственными глазами прекрасную Владычицу Благословенного Края.

— Вы слышали? — спросила у эльфов Галадриэль. — Теперь, я думаю, вам не будет казаться, что всякий гном — угрюмый корыстолюбец? И однако без подарка мы тебя не отпустим, дорогой мой Гимли, — добавила она. — Скажи мне, что ты хотел бы получить на память об эльфах Благословенного Края?

— Я ничего не прошу, Владычица, — ответил ей гном. И надолго умолк. Но потом набрался храбрости и закончил: — Если же говорить о *несбыточных* желаниях... то я пожелал бы получить в подарок прядь волос Владычицы Лориэна. Гномы умеют ценить драгоценности, а в сравнении с твоими волосами, Владычица, золото кажется ржавым железом! Не гневайся — я ведь ни о чем не прошу... — На этот раз он умолк окончательно.

Послышалось испуганное перешептывание эльфов, а Селербэрн в изумлении глянул на гнома. Но Владычица улыбнулась и мягко спросила:

— Что же ты сделал бы с этим подарком?

— Хранил бы его как великую драгоценность, — не задумываясь, ответил Владычице гном, — в память о дружбе с эльфами Лориэна.

И Владычица, отрезав у себя прядь волос, отдала ее гному и раздумчиво сказала:

— Я ничего не хочу предрекать, ибо на Средиземье надвигается Тьма и мы не знаем, что ждет нас в будущем. Но если Тьме суждено развеяться, ты сумеешь добыть немало золота — однако не станешь его рабом.

— Тебя, Хранитель, я одариваю последним, — посмотрев на Фродо, сказала Галадриэль, — именно потому, что давно уже решила, как хоть немного облегчить твой путь. — Владычица поднялась и протянула хоббиту хрустальный, светящийся изнутри сосуд. — В этом *фиале*, — объяснила она, — капля воды из Зеркальной Заводи, пронизанная лучами Вечерней Звезды. Чем чернее тьма, тем ярче он светится. Надеюсь, что если на твоем пути померкнут иные источники света, то тебе поможет Эльфийский Светильник — вспомни тогда Галадриэль с ее Зеркалом!

Владычица, озаряемая светом фиала, казалась могущественной, прекрасной и величавой, но вовсе не грозной, как когда-то у Зеркала. Фродо поклонился, ничего не сказав: нужных слов ему в голову не пришло.

Селербэрн проводил Хранителей до причала. Под косыми лучами заходящего солнца мягко золотились волны Ворожеи; небо звенело трелями жаворонков. Путники разделились, как в первый раз, когда решили испробовать лодки; эльфы оттолкнули их шестами от берега, громко пожелали счастливого пути, и они поплыли к Андуину Великому. На косе, при впадении Ворожеи в Андуин, молча стояла Владычица Лориэна. Легкие лодки вынесло на стрежень, и Лориэн медленно начал удаляться, словно могучий златопарусный корабль, уплывающий от Хранителей в безвозвратное прошлое.

За косой величественно-хмурый Андуин затемнил прозрачные струи Ворожеи, лодки быстро понесло к югу, и вскоре светлая фигурка Галадриэли стала маленькой, чуть заметной черточкой, светящейся искрой в ладонях рек. Фродо почудилось, что искра вдруг вспыхнула — это Галадриэль поднялась на цыпочки и вскинула руки в последнем прощании, — а потом сквозь шелест попутного ветра ему послышалась отдаленная песня, едва различимая и все-таки звонкая. Но теперь Владычица Лориэна пела на древнеэльфийском языке Заморья — мелодия звучала необычайно красиво, однако слова лишь тревожили Фродо:

Аи! Лауриэ лантар ласси су́ринен,
Йе́ни у́но́тимэ ве ра́мар алдарон!
Йе́ни ве линтэ йулдар аваниер
Ми оромарди лиссэ-мирово́рева
Андунэ релла, Вардо желлу́мар
Нэ лоини йоссем тинтилар о элени
Омарьо апрета́ри-лиринен.

Си мон а йулма нин энквуантума?

Ан си Тинталлэ Варда Оиолоссао
Ве фаниар тарьйат Элента́ри ортане
Ар илье тиер Рундула́ве лумбуле;
Ар синданопрела капто морниэ.
Си ванва нэ Ро́мэлло ванва, Валимар!

Намариэ! Наи хирувалио Валимар.
Наи эльо хирава. Намариэ!

Но смысл песни — очень невнятно — все же отпечатался в памяти Фродо, хотя и слова, и события той эпохи, о которой вспоминала Владычица Лориэна, казались ему недоступно чужедальними: «Ветер срывает золотистые листья с бесчисленных, словно годы, золотистых ветвей. Долгие, долгие годы прошли, как медовая свежесть над лугами Заморья, и звезды трепетали в голубых небесах над светлым перевалом от голоса Ее, и Она, Варда, притушила звезды и Море, отделившее нас от Отчего Края, окутала Вечновечерняя Мгла. И потерян, потерян для нас Валимар. Прощай, Валимар! Но с надеждой тебя найти мы не расстанемся во веки веков!..»

Вардой называли живущие в Средиземье эльфы Предвечную Владычицу Заокраинного Края — Элберет.

Неожиданно Андуин свернул к востоку, и высокий, поросший деревьями берег скрыл от Фродо Благословенный Край. Больше он там никогда не бывал.

Путешественники плыли на юго-восток. Предзакатное солнце, отражаясь в реке, слепило их наполненные слезами глаза. Гимли плакал, ничуть не таясь.

— Теперь, повидав Благословенный Край, — печально сказал своему спутнику гном, — я уж ничто не назову прекрасным... Кроме ее прощального дара.

Он ощупал в кармане плоскую коробочку, где хранился золотистый локон Галадриэли.

— Я с трудом решился на Поход в Мордор, — вытирая слезы, заговорил он снова, — а про главные-то опасности, оказывается, не знал. И ведь Элронд предупреждал нас, что никому не известно, какие испытания нам встретятся на пути. Я боялся невзгод и лишений во Тьме — но этот страх меня не остановил. А если б я знал, как страшно измучаюсь, когда мне придется покидать Лориэн, то еще из Раздола ушел бы домой. Потому что, поймай меня завтра же Враг, муки горше, чем сегодняшнее прощание, ему не придумать... Бедный я, несчастный!

— Нам всем тяжело, — сказал ему Леголас. — Всем, кто живет в наше смутное время. Каждый из нас обречен на потери. Но тебя-то не назовешь бедным и несчастным: ты не потерял самого себя — а это самая горькая потеря. В тяже-

536

лое мгновение ты остался с друзьями — и ничем не замутненная память о счастье будет тебе пожизненной наградой.

— Память? — с сомнением отозвался Гимли. — Спасибо тебе за добрые слова, но память — слишком холодное утешение. Ведь она лишь зеркало ушедшей жизни. Во всяком случае, так думают гномы. Для эльфов прошлое вечно продолжается, и память у них — как живая жизнь; а мы вспоминаем о том, что ушло, и наша память подернута холодком... — Гимли умолк, а потом воскликнул: — Ладно, нечего себя травить. Разговорами горю все равно не поможешь... и ледяной ванной, между прочим, тоже. А нас вон вынесло на самую стремнину. — Он сел поудобнее, взялся за весла и начал выгребать к западному берегу — туда, где виднелась лодка Арагорна.

Могучие, темные воды Андуина уносили Хранителей на юго-восток. Здесь безраздельно властвовала зима. По берегам теснились голые деревья, заслоняя от путников приречные земли. Теплый ветер из Лориэна утих, и Андуин окутала стылая тишина. Не было слышно даже щебета птиц. Потускневшее солнце скрылось за лесом, и на реку пали промозглые сумерки, сменившиеся вскоре беззвездной ночью. Путники плыли у левого берега; голые деревья, словно серые призраки, жадно тянули узловатые корни к черной, глухо плещущейся воде. Фродо устало закрыл глаза, и его сморила неспокойная дрема.

Глава IX
ВЕЛИКАЯ РЕКА

Проснулся Фродо на лесной поляне. Он был заботливо укутан в одеяло и все же чувствовал, что очень продрог. Занималось холодное серое утро. Поляну обступили высокие деревья, а где-то внизу шумела река. Неподалеку Гимли разводил костерок.

Позавтракав, путники сразу отчалили; однако грести никому не хотелось, и лодки спокойно плыли по течению. Впереди, куда бы они ни свернули, путников ждали великие опасности; они были рады, что Скалистый далеко, и отнюдь не спешили до него добраться. Зато они совсем не тратили сил, и Арагорн решил, что не будет их торопить. Он лишь следил, чтоб они плыли весь день, с раннего утра и до позднего вечера, ибо опасался, что, пока они отдыхали, Властелин Мордора не сидел сложа руки.

Прибрежные леса постепенно редели, а на третьи сутки исчезли совсем. Восточный берег взбугрился холмами, которые простирались до самого горизонта — бесформенные, бурые и совершенно безжизненные, — ни птицы или зверя, ни деревца или кустика или хоть скалы, чтоб отдохнуть глазу. Путники приплыли к Бурым Равнинам, тянувшимся вдоль Андуина от Чародейских Дебрей до Приречного взгорья и Гиблых Болот. Враг ли отравил их каким-нибудь лиходейством, выжег ли багровый подземный огонь, или опустошила черная саранча — этого не знал даже Арагорн; они издревле были мертвыми и пустынными.

Западный берег, тоже безлесный, закрывали густые заросли камыша — его фиолетово-черные метелки шелестели на ветру печально и глухо. Когда стена камыша обрывалась, Фродо видел холмистые луга, покрытые густой и высокой травой, а за ними — полоску далекого леса и уступчатые контуры Мглистого хребта.

В камышах слышались птичьи голоса; иногда над рекой пролетали утки; а однажды путники заметили лебедей.

— Лебеди! — воскликнул Сэм. — Здоровущие!

— И черные, — мрачно добавил Арагорн.

— До чего же холодный и угрюмый край, — зябко поежившись, пробормотал Фродо. — Я думал, что на юге радостно и тепло и все цветет, а зимы не бывает.

— Разве это юг? — откликнулся Арагорн. — В низовьях Андуина и на морском побережье уже наступила пора цветенья — там, я думаю, тепло и радостно, — если южные края не затемнены. А мы-то еще в средней полосе — у северной границы Ристанийской державы, которая проходит по реке Кристалимке, — всего лиг на сто южней Хоббитании. Здесь в это время и снег может выпасть. Ристанийские земли славятся плодородием, и раньше они были густо заселены, но теперь близ Андуина никто не живет, ибо у его восточных берегов снова стали появляться орки. А кочуют они огромными ордами, уничтожая на своем пути все живое, и, говорят, вторгаются даже к ристанийцам.

Сэм с беспокойством огляделся по сторонам. Раньше, когда они плыли через лес, ему казалось, что из прибрежных чащоб за ними наблюдают шпионы Врага; ну а теперь, на открытых просторах, он чувствовал себя совсем беззащитным.

Андуин резко свернул к югу. Берега медленно уплывали назад. Холмы на востоке как бы приплюснуло: западный берег превратился в низину, поросшую пучками жесткой травы. Андуин широко разлился и обмелел. Восточный ветер был сухим и холодным.

Путники почти не разговаривали друг с другом — каждый был погружен в собственные раздумья. Фродо вспоминал цветущий Лориэн, яркое солнце и прозрачные ливни, золотые леса и серебристые реки. Леголас мысленно перенесся на север: ему представилась летняя ночь, поляны, затененные голубыми елями, журчание искрящихся под звездами родников и звонкие голоса лихолесских эльфов. Гимли размышлял, где найти алмаз — большой, но прозрачный, словно капля росы, — чтоб выдолбить шкатулку для дара Галадриэли. Мерри с Пином пытались понять, какие заботы одолевают их спутника — Боромир грыз ногти, что-то бормотал, а иногда подгребался к лодке Арагорна и очень странно смотрел на Фродо. Сэм думал, что путешествие по реке, оказавшееся, к счастью, не слишком опасным, доконает его полнейшим бездельем. Скрюченный и несчастный, сидел он в лодке, глядя на уныло однообразные берега, — Арагорн даже весел ему не доверял, когда приходилось обходить мели.

Заканчивался четвертый день их плавания; в воздухе клубился вечерний туман; Сэм, как обычно, сидел на носу, устало сгорбившись и поглядывая назад. Ему не терпелось вылезти из лодки и ощутить под ногами твердую землю. Внезапно он выпрямился, протер глаза и долго смотрел на большое бревно, которое медленно плыло за лодками. Потом его взгляд скользнул по берегу, и он опять дремотно притих.

В эту ночь они остановились на островке неподалеку от западного берега реки. После ужина, уютно укутавшись в одеяло, Сэм сказал засыпающему Фродо:

— Сегодня, часа эдак за два до привала, мне примерещилось что-то непонятное... А теперь вот я думаю — может, не примерещилось?

— Так примерещилось или нет? — спросил его Фродо, зная, что Сэм все равно не угомонится, пока не расскажет свою историю до конца. — Давай уж толком — что ты увидел?

— Бревно, — таинственно шепнул ему Сэм. — Да не просто бревно, а живое и с глазами.

— Ну, бревен тут в реке много, — сладко зевнув, отозвался Фродо. — А насчет глаз — это ты брось. Бревен с глазами даже здесь не бывает.

— Ан нет, бывает, — уперся Сэм. — Я тоже думал — бревно и бревно, плывет себе за Гимлиной лодкой, и все. Да оно вдруг начало нас догонять. Ну, и тут уж я увидел

540

глаза: светятся на бревне, ровно два огонька. А потом смотрю — бревно-то живое. Потому что у него были лапы, как у лебедя, только большие, и оно этими лапами гребло. Что, думаю, за сон? И протер глаза. А бревно заметило, что я пошевелился, и стало как мертвое — ни лап, ни глаз. Я и раздумал подымать тревогу: решил, что все это мне со сна примерещилось. А когда отвернулся и глянул на берег, мне показалось, что какой-то зверь выскочил из воды и притаился в осоке. Как вы думаете — что это было?

— Пожалуй, не сон, — сказал ему Фродо. — Эти глаза появлялись и раньше. Я видел их в Мории, а потом в Черноречье. И однажды существо с такими же глазами карабкалось к нам на дэлонь в Лориэне. Хэлдар тогда его тоже заметил. А помнишь, про что нам рассказывали эльфы, которые поубивали орков из Мории?

— Конечно, помню, — ответил Сэм. — И рассказы вашего дядюшки помню. И, по-моему, знаю, кто нас преследует. Горлум, чтоб ему, проклятому, провалиться!

— Вот и я так думаю, — отозвался Фродо. — Наверно, из Лихолесья он удрал в Морию и сумел нас выследить. А теперь преследует.

— Наверно, — согласился с хозяином Сэм. — И стало быть, надо нам крепко поостеречься! А то ведь у этого склизкого лиходейщика лапы не дрогнут — подкрадется да и придушит. Сейчас уж не стоит будить Бродяжника. Вы тоже спите. А я посторожу. Потому как в лодке-то я просто груз, могу и днем неплохо отоспаться.

— Груз-наблюдатель, — усмехнулся Фродо. — Ладно, ты, значит, сторожи до полуночи, а потом обязательно меня разбуди — если ничего не стрясется раньше.

В полночь Сэм разбудил хозяина и доложил, что ничего тревожного не заметил:

— Вроде бы что-то тут плескалось в реке, а потом и на берегу что-то шебуршало, да это, я думаю, ветер и волны.

Фродо сел и закутался в одеяло.

Хранители спали; все было тихо; время тянулось дремотно и медленно; у хоббита уже начали слипаться глаза... Вдруг возле лодок послышался всплеск, и кто-то осторожно вынырнул из воды. За борт ухватилась бледная рука, пловец подтянулся, заглянул в лодку и медленно повернул голову к островку. Фродо сидел у самого берега. Он ясно увидел два светящихся глаза, услышал даже дыхание пришельца — вскочил, выхватил из ножен меч... Но светящиеся глаза мгновенно погасли, раздался плеск, и пловец исчез. А рядом с Фродо уже стоял Арагорн.

— В чем дело? — шепотом спросил он хоббита.

— Горлум, — коротко ответил Фродо.

— Так ты о нем знаешь? — удивился Арагорн. — Он выследил нас в Морийских пещерах. А теперь вот приладился преследовать на бревне. Я было пытался его изловить, да ничего у меня из этого не вышло: он юркий, как ласка, и скользкий, как угорь. Значит, надо от него уплыть, ибо на свободе он очень опасен: и сам способен исподтишка убить, и врагов при случае может привести.

Больше в ту ночь Горлум не появлялся. Днем путники отдыхали на острове, а вечером снова отправились в путь. Теперь, укладываясь по утрам спать, они всегда выставляли часового. Но ни один часовой Горлума не видел. Может быть, он не подходил к ним близко, а может быть, попросту отстал в пути — Хранители взялись наконец за весла. Плыли они быстрее, чем прежде, и до восьмой ночи — без всяких происшествий.

Погода была холодной и пасмурной, ветер устойчиво дул с востока. К вечеру небо немного расчищалось, и в разрывах туч появлялся месяц — еле заметный серебристый серп.

А приречные земли опять изменились. Бурые, поросшие терновником утесы подступали к Андуину с обеих сторон; за ними, громоздясь все выше и выше, вставали уступчатые скалистые кряжи с черными провалами глубоких ущелий; кое-где, вцепившись корнями в скалы, гнулись на ветру корявые кедры, увитые цепкими стеблями плюща. Путники подходили к Приречному взгорью, которое ристанийцы называли Привражьем: у этих земель была недобрая слава.

Над скалами кружилось множество птиц; солнце, закрытое пеленой облаков, уплывало за буро-багровые скалы; лежа под прикрытием береговых утесов, Арагорн рассеянно поглядывал в небо и обдумывал, не мог ли злоумышленный Горлум сообщить об Отряде Вражьим вассалам; Хранители готовились рассаживаться по лодкам. Вдруг Арагорн поспешно вскочил. Он увидел вдалеке громадную птицу, которая летела на юго-восток.

— Послушай-ка, Леголас, — окликнул он эльфа, — как по-твоему, это не орел?

— Орел, — всмотревшись, ответил эльф. — Хотел бы я знать, что он тут делает? Ведь орлы гнездятся только в горах. А Приречное взгорье — это не горы.

— До наступления темноты мы отчаливать не будем, — решительно объявил Арагорн Хранителям.

К ночи восточный ветер утих. Андуин окутала безмолвная тьма. Ущербный месяц едва светился, и тускло мерцали в тумане звезды. Сэм недоверчиво рассматривал месяц.

— Странное дело, — сказал он Фродо. — Месяц ведь вроде бы везде один — что здесь, в Глухоманье, что у нас, в Хоббитании. А вот получается, как будто их два — над Лориэном свой собственный, а везде другой, — или я совсем заплутался во времени. Помните, когда мы оказались у эльфов и в первую ночь ночевали на дэлони, месяц уменьшался — рожками вправо, — и жить ему оставалось не

543

больше недели. Ну вот, а теперь мы ушли из Лориэна и плыли семь дней, и вчера я смотрю — на небо карабкается молоденький месяц, только что народившийся, рожками влево. Так выходит, время-то стояло на месте? Не тридцать же дней мы гостили у эльфов!

— Не знаю, — задумчиво отозвался Фродо. — Эльфы, по-моему, не властны над временем — значит, оно все же движется в Лориэне; но и время пока еще не властно над эльфами — поэтому его в Лориэне не замечаешь. Могущество Владелицы Нэина велико...

— Говорить о Нэине за пределами Лориэна нельзя даже с самыми близкими друзьями, даже со мной, — перебил его Арагорн. Он окинул берег тревожным взглядом. Однако ничего тревожного не заметил и, посмотрев на Сэма, коротко объяснил: — Пока мы жили в Благословенном Краю, месяц умер, и народился снова, и снова умер. Время не остановишь. Тридцать дней мы гостили у эльфов. Зима, сковавшая Средиземье, кончается. Подступает весна последней надежды. — Арагорн умолк и подошел к лодкам. — Пора отправляться, — сказал он громко. — Это последний ночной переход. Дальше я русла Реки не знаю. Ниже по течению нам встретится Сарн-Гебир — Взгорный Перекат на всеобщем языке, — и ночью нас там неминуемо разобьет. А днем, при свете, мы заранее остановимся, чтобы обойти его по прибрежной тропе. Но до Взгорного отсюда лиг сто, не меньше. Правда, и здесь надо плыть с осторожностью, чтобы не напороться на утес или остров. Поэтому держитесь все время за мной.

Сэма назначили впередсмотрящим. Туман развеялся, и яркие звезды искристо высветлили воду Реки. Бликующая рябь слепила глаза. Сэм внимательно вглядывался во тьму. Перевалило за полночь; у невидимых берегов глухо шумела в скалах вода; течение становилось все более быстрым. Внезапно Сэм предостерегающе вскрикнул — впереди, преграждая Хранителям путь, от западного берега до середины Реки протянулась узкая каменистая мель. Течение, круто выгибаясь влево, потащило лодки к восточному берегу. Вспененная вода ревела и клокотала; там, где сузившийся вдвое поток разбивался об утесы восточного берега, крутились белые от пены водовороты.

— Ночью нам эту стремнину не пройти! — крикнул Боромир, пытаясь повернуть. — А если за ней начинается Взгорный, нас всех утопит, как слепых котят!

— Надо выгребаться к западному берегу! — резко разворачиваясь, прокричал Арагорн.

Гимли с Леголасом тоже повернули. Арагорн мощно налегал на весла.

— Я ошибся в расчетах, — сказал он Фродо. — Мы уже, видимо, подошли к Сарн-Гебиру. Андуин течет быстрей, чем я думал.

Путники с трудом выгребались против течения. Лодки медленно ползли вперед. Но их отжимало к правому берегу. Он казался зловещим и черным.

— Левее! Нас может посадить на мель, и лодки перевернет! — крикнул Боромир.

Фродо почувствовал, что днище лодки царапают камни прибрежной отмели. А потом глухое рычание стремнины резко взрезал пронзительный свист, и с берега в путников полетели стрелы. Одна проткнула капюшон Арагорна — счастье, что Следопыт в это время пригнулся; другая хищно клюнула Фродо и, звякнув, отскочила от мифрильной кольчуги; третья расщепила лопасть весла, которым греб в средней лодке Мерри. Сэму казалось, что он видит стрелков — черные силуэты на темных утесах, — восточный берег был очень близко.

— Ирчи! — по-эльфийски вскричал Леголас.

— Орки! — тревожно воскликнул Гимли.

— Горлумова работа, — пробормотал Сэм, — больше-то их некому было привести. Чтоб ему сдохнуть, трекля-тому лиходейщику! Да и Андуин тоже на них работает — так ведь и тащит к восточному берегу!

Хранители гребли из последних сил. Стрелы то проносились над их головами, то с глухим всплеском вспарывали воду. Однако больше попаданий не было. Орки прекрасно видят в темноте, но Хранителей спасли лориэнские плащи — без них им пришлось бы, наверное, худо.

Лодки медленно продвигались вперед. Вскоре напор течения ослабел. Хранители выгреблись на середину реки, и утесы справа поглотила тьма. Тогда они резко свернули влево, пересекли Реку и, причалив к берегу, скрывшись под ветками прибрежных кустов, перевели дыхание и бросили весла.

Леголас вынул из колчана стрелу, поднялся по уступчатым скалам чуть вверх, натянул тетиву и глянул за Реку. Однако разглядеть ничего не смог. Да и крики орков постепенно затихли. Фродо снизу смотрел на эльфа. В ночном небе перемигивались звезды, но с юга наползали черные тучи, и звезды одна за другою меркли.

Внезапно путников охватил страх.

— *О Элберет Гилтониэль*, — вскидывая голову, прошептал Леголас.

Обгоняя надвигающиеся с юга тучи, к путникам приближалась крылатая тень, огромная, как древний сказочный дракон. Из-за Андуина послышались радостные вопли. Фродо замер от леденящего ужаса, и ему вдруг вспомнился холодный клинок, блеснувший перед его глазами у Заверти. Он бессильно съежился и закрыл глаза.

Зазвенела тетива лориэнского лука. Со свистом устремилась к небу стрела. Крылатая тень конвульсивно дернулась и, хрипло вскрикнув, исчезла за Андуином. В небе снова мерцали звезды. Вопли на восточном берегу стихли. Черную тишину ничто не нарушало.

***

Передохнув, Хранители взялись за весла и медленно поплыли вверх по течению. Вскоре им встретился узкий залив. Они вошли в него, причалили к берегу и решили остановиться тут до рассвета. Костер, даже маленький, мог выдать их оркам, и они подкрепились эльфийскими лепешками.

— Будь благословен лориэнский лук и верный глаз лихолесского эльфа! — дожевав лепешку, воскликнул Гимли. — Это был замечательный выстрел, мой друг!

— Я так и не понял, в кого стрелял, — подавляя дрожь, сказал Леголас.

— Я тоже не понял, кто к нам летит, но меня не радовала предстоящая встреча, совсем не радовала, — признался Гимли. — Мне почему-то вдруг вспомнилась Мория... — Гном опасливо оглянулся по сторонам. — ...и Барлог, — шепотом закончил он.

— Это не Барлог, — возразил Фродо, который еще не успел оправиться от черного ужаса, — а кто-то другой. Барлог похож на раскаленную тучу. А тот, которого подстрелил Леголас... он дохнул на меня... — Фродо зябко поежился, — ...могильным холодом. И мне показалось... — Хоббит запнулся и не стал продолжать.

— Что тебе показалось? — подхватил Боромир, перегнувшись через борт к лодке Арагорна.

— Да ведь только показалось, — уклонился Фродо, — так что нечего об этом и говорить. А вот орки явно очень приуныли, когда Леголас подстрелил их союзника.

— Приуныли и обозлились, — уточнил Арагорн. — Но мы, к сожалению, не знаем их замыслов. На всякий случай приготовьтесь к бою. Нынешней ночью нам спать не придется.

Немо тянулись ночные часы. Монотонно шумел в отдалении Перекат. За Рекой таилась враждебная тишина.

Тяжелые тучи, принесенные с юга, опустились на Андуин, словно волглое одеяло. Безветренный мрак был теплым и влажным. На ветках, тускло поблескивая во тьме,
висели бисеринки мелких капель.

Когда на востоке затлел рассвет, серое, процеженное
сквозь тучи утро открыло глазам утомленных путников
печальный и странно смягчившийся мир: ни резких кон-
туров, ни темных теней — лишь полупрозрачная белесая
мгла. Восточного берега не было видно.

— Не люблю туман, — пробормотал Сэм. — А вот, глядишь, и туман пригодится. Может, не отыщут нас теперь
орки-то?

— Может, и не отыщут, — сказал Арагорн. — Если мы сумеем отыскать тропу, чтобы обойти по берегу Сарн-Гебир.

— А зачем нам Река и прибрежные тропы? — вмешался
Боромир. — Настало время бросить эти эльфийские скор-
лупки. — Кивком головы гондорец указал на лодки. — Раз
мы добрались до Взгорного Переката, надо уходить к западу, сворачивать на юг и переправляться через Чистолесицу.

— Это путь в Минас-Тирит, — сказал Арагорн. — А мы
еще не решили, куда нам идти. Но главное, двигаться вдоль
Болоньских топей, не зная точно, где свернуть на юг, гораздо опасней, чем плыть по Реке. Ты ведь не знаешь восточной Ристании. А Река не даст нам сбиться с пути.

— Как только туман над рекой развеется, нас пере-
бьют, — возразил Боромир. — А если даже мы оторвемся
от орков и дойдем до Скалистого — дальше-то что? Пере-
прыгнем Оскаленный и свернем в болота?

— Оскаленный мы обойдем по берегу, — сказал Арагорн. — И заодно уж осмотримся. Ты забыл или просто
не хочешь вспоминать про древние Сторожевые Посты
нуменорцев — Амон-Ведар и Амон-Слоуш? Быть может,
оглядев окрестные земли, мы решим наконец, куда нам
идти.

Боромир долго спорил с Арагорном. Однако, убедившись, что Фродо и остальные решили идти вдоль Реки, сказал:

— Гондорцы не привыкли сворачивать в сторону, когда их друзей ждет нелегкий путь. Я помогу вам перенести лодки, а потом вместе спустимся к Скалистому, хотя из-за орков это очень опасно. Но потом сразу же уйду на запад — один, если я недостоин попутчиков.

Понизу туман слегка развеялся. Было решено, что Арагорн с Леголасом отправятся на поиски прибрежной тропы.

— До появления орков, — сказал Арагорн, — путники часто спускались по Андуину, и тропу, я думаю, найти не трудно: Взгорный всегда обходили берегом.

— С тех пор как у Андуина бродят орки, прорваться по Реке с севера на юг почти невозможно, — предупредил Боромир. — И чем дальше к югу, тем опасней Андуин.

— Любая дорога на юг опасна, — спокойно ответил ему Арагорн. — Ждите нас здесь до завтрашнего утра. Если мы к этому сроку не возвратимся, выбирайте предводителя и сразу же уходите.

С тяжкой тревогой смотрели путники, как скрываются в тумане Леголас и Арагорн. Однако их тревога оказалась напрасной. Разведчики вернулись часа через два.

— Все в порядке, — спустившись, объявил Арагорн. — Чуть выше по берегу тянется тропа, которая выводит за Взгорным к причалу. Пройти нам придется лиги полторы: лигу вдоль Переката и до него пол-лиги. За южным причалом течение быстрее, но рифов и отмелей в Реке уже нет. А северный причал, где тропа начинается, довольно далеко, и плыть к нему долго. Так что надо выбираться здесь. Главное — вытащить на тропу лодки: берег тут, как видите, крутой и скалистый.

549

— Это будет нелегко, — проворчал Боромир.

— Но мы с этим справимся, — сказал Арагорн.

— Конечно, справимся! — воскликнул Гимли.

Выгрузка очень утомила путников, но в конце концов с нею было покончено. Сначала на тропу вынесли поклажу. Потом, отдохнув, приступили к лодкам, которые оказались поразительно легкими. Из какой древесины они изготовлены, Леголас не знал, а остальные тем более — она была твердой, но почти невесомой, так что нести разгруженную лодку могли по тропе даже Пин и Мерри. Однако дотащить лодки до тропы без помощи Боромира, наверно, не удалось бы. Высокие уступы крошащихся скал, облепленные ползучими стеблями плюща, глубокие расселины, прикрытые ежевикой, которая намертво вцеплялась в одежду, ледяные ручьи, бездонные колодцы — для маленьких путников с лодками в руках такой подъем был бы неодолим. Даже могучие Арагорн с Боромиром едва одолели этот трудный подъем — но лодки были доставлены на тропу, и дальше дело пошло быстрей.

Справа к тропе подступала стена из отвесных, с извилистыми трещинами, утесов, а слева рычала невидимая Река, процеживаясь сквозь зубья Взгорного Переката. Иногда на тропе попадались камни, скатившиеся сверху, иногда — промоины; но их нетрудно было обойти. Вскоре тропа повернула налево и спустилась к причалу в естественной бухточке. Пешеходный путь вдоль берега кончился: дальше громоздились неприступные скалы. Этот путь Хранители проделали дважды и в два приема все перенесли.

Между тем постепенно начало смеркаться; путники сели на каменный причал и устало пригорюнились. День умирал; в отдалении монотонно выл Сарн-Гебир, навевая на путников тяжелую дрему.

— Ну вот, пришли, — сказал Боромир. — Однако плыть мы сегодня не можем. Нам всем нужно как следует выспаться.

— Нужно, — согласился с гондорцем Арагорн. — Но долгого сна у нас не получится, ибо дежурить мы будем по двое: три часа сна и час на посту. Если туман продержится до утра, мы, возможно, ускользнем от врагов.

За ночь никаких происшествий не случилось, лишь брызнул под утро небольшой дождичек. На рассвете Хранители отправились в путь. Пелена тумана слегка поредела; путники жались к западному берегу, сереющему под ними в молочной мгле. Часа через три стал накрапывать дождь, и вскоре начался весенний ливень. Чтоб лодки не затопило, их прикрыли фартуками, сделанными из тонкой непромокаемой кожи, но плыть продолжали — почти что вслепую.

Ливень разодрал завесу тумана и быстро иссяк. Небо расчистилось. Темные тучи уползли на север. Зубчатые кряжи Приречного взгорья с обеих сторон стеснили Андуин; путников стремительно несло вперед; повернуть и выгрестись против течения они, вероятно, теперь не смогли бы.

Фродо тревожно смотрел вперед. Хранители приближались к огромным утесам, смутно напоминающим фигуры людей. Высокие, могучие, зловеще грозные, они походили на каменных воинов, охраняющих низовья Реки от врагов. Путникам предстояло проплыть между ними.

— Это Каменные Гиганты, — сказал Арагорн, — великие витязи Нуменорского королевства. — И громко крикнул остальным Хранителям: — Следуйте за мной! Держитесь на стремнине! Идите как можно дальше друг от друга!

Каменные Гиганты были уже близко. Они пронесли сквозь бури столетий приданный им создателями величественный облик. Немые, но грозные, древние, но могу-

551

чие, в каменных, растрескавшихся от времени шлемах, смотрели они, чуть сощурившись, на север, предостерегающе подняв левую руку вверх и сжимая в правой боевой топор. Величавые часовые легендарного королевства внушали Фродо благоговейный страх, и он не поднял на Гигантов глаза, когда их тени накрыли путников. Даже Боромир опустил голову, проплывая в отчаянно пляшущей лодочке между исполинскими стражами прошлого.

Отвесные, уходящие в небо утесы стремительно проносились мимо Хранителей; черная, как волнистое зеркало, вода оглушительно грохотала; было сумеречно и знобко; ледяной ветер пронизывал до костей. Фродо прижался к дрожащему Сэму, вслушиваясь в его прерывистое бормотание:

— Если выживу... больше никогда... ни за что... близко не подойду... издали не гляну...

— Не бойтесь! — раздался вдруг странный голос.

Фродо оглянулся и увидел Бродяжника — однако не сразу его узнал. Ибо перед ним стоял не Бродяжник — усталый скиталец дикого Глухоманья, — а прекрасный, молодой и могучий витязь. Неколебимо и гордо, с поднятой головою и небрежно откинутым назад капюшоном, возвышался он на корме лориэнской лодки, оседлавшей бешеную стремнину Андуина, — король, возвращающийся в свое королевство.

— Не бойтесь! — Голос был спокойный и звучный: его не заглушило рычание Реки. — Долгие годы мечтал я увидеть Каменных Гигантов — Исилдура с Анарионом. Своему потомку Элессару Эльфийскому, сыну Арахорна из рода Элендила, они помогут одолеть стремнину. Не бойтесь. Здесь нам ничто не угрожает.

Ущелье, по которому плыли Хранители, быстро сужаясь, поворачивало на запад; монолитный рокот стиснутого потока многократно усиливало гулкое эхо; грохочущий сумрак синевато сгущался... Но вот впереди чуть забрезжил свет, стены ущелья неожиданно расступились, и Хранителей вынесло в спокойное озеро. Бледное, выстуженное ветром небо с редкими перьями взлохмаченных облаков, мелко дробясь, отражалось в воде. Солнце стояло довольно низко. Скалистые берега овального озера поросли могучими кряжистыми дубами; холодно и сиро блестели на солнце их искривленные бурями ветви. В отдалении, у южной окраины озера, возвышались над пологим берегом три горы; среднюю с двух сторон омывала Река.

— Это Тол-Брандир, — сказал Арагорн, указывая спутникам на среднюю гору. — А слева и справа от него, за протоками, древние Сторожевые Посты нуменорцев: Амон-Слоуш и Амон-Ведар — Наслух и Овид на всеобщем языке. Там когда-то дежурили часовые, чтоб слушать и наблюдать, не приближаются ли враги. Но, говорят, на берегах острова Тол-Брандир никогда не бывал ни человек, ни зверь... А за островом вечно ярится Рэрос.

Увлекаемые к югу медленным течением, Хранители поели и немного передохнули. А потом снова взялись за весла. Низкое солнце стало тускло-багровым; на юге темнела громада Скалистого и отчетливо слышался рев Оскаленного. К острову путники подошли в темноте.

Кончался десятый день их путешествия по Великой Реке. Земли Глухоманья остались позади. Утром им предстояло свернуть на запад или на восток.

Глава X
РАЗБРОД

Арагорн повел их по правой протоке. Между Овидом и протокой тянулся луг. Дальше земли тонули во тьме. Арагорн повернул и причалил к берегу.

— Я ни разу не слышал, — сказал он спутникам, — чтоб возле Овида появлялись орки. Однако часовой нам все-таки нужен.

Хранители вытащили лодки на берег, завернулись в одеяла и вскоре уснули. Ночью ничего тревожного не случилось. Каждый часовой дежурил по часу — Горлум и орки до рассвета не появлялись. Если Горлум продолжал следить за Отрядом, то таился где-то невидимый и неслышимый. Но Арагорну спалось плохо и беспокойно. Под утро он встал и подошел к Фродо, который только что сменил Сэма.

— До твоего дежурства еще далеко, — сказал ему хоббит. — Почему ж ты не спишь?

— Сам не знаю, — ответил Арагорн. — Что-то встревожило меня во сне. Давай-ка глянем на твой Терн.

— Зачем? — удивленно спросил его Фродо. — Ты думаешь, к нам подбираются орки?

— Давай посмотрим, — повторил Арагорн.

Фродо вынул из ножен меч. Края клинка чуть заметно светились.

— Орки! — с беспокойством пробормотал хоббит. — Не очень близко... а все же близко.

— Довольно близко, — подтвердил Арагорн. — Но, быть может, это лишь соглядатаи Саурона, которые бродят по восточному берегу. До последнего времени, насколько я знаю, у Амон-Ведара орки не появлялись. А впрочем, с тех пор как гондорцы отступили, в приречных землях многое изменилось. Нам надо идти теперь очень осторожно.

Утренняя заря напоминала зарево далекого пожара. Космами темного дыма клубились на востоке тяжелые тучи, освещенные снизу тускло мерцающим солнцем; но вскоре солнце выплыло в чистое небо, золотисто высветив резкие контуры Тол-Брандира. Фродо с любопытством разглядывал остров. Стеною отвесных утесов поднимался он из поблескивающей мелкой рябью протоки; по крутым склонам его, выше опорных утесов, карабкались к вершине дубовые рощицы; а сама вершина — громадный скалистый шпиль — была совершенно бесплодной и голой. Над островом кружились птицы; но никаких зверей — или хотя бы змей в расселинах скал — Фродо не заметил.

После завтрака Арагорн сказал своим спутникам:

— Время настало, друзья. Сегодня нам придется наконец решить, куда мы свернем — на запад, в Гондор, чтобы открыто драться с Врагом, или на восток, в страну страха и тьмы. А возможно, нам предстоит разойтись, чтобы каждый мог выполнить свой собственный долг. Откладывать решение нельзя, ибо за Андуином бродят орки — если они еще не переправились на этот берег — и задержка может нас погубить.

Арагорн умолк. Но никто из Хранителей не нарушил тишины, никто не пошевелился. Тогда Арагорн заговорил снова:

— Видимо, бремя выбора ляжет на твои плечи, Фродо. Мы зовемся Хранителями, ибо сопровождаем тебя, но за судьбу Кольца отвечаешь ты один, тебе доверил его Совет Мудрых, и не нам определять, куда ты пойдешь. У меня нет права давать советы Главному Хранителю: я не Гэндальф — хотя заменял его, как мог, в дороге — и не знаю, на что решился бы он после Тол-Брандира. А впрочем, и Гэндальф оставил бы, мне кажется, выбор за тобой. Да, Фродо, твое слово — главное и окончательное.

— Я знаю, что нужно спешить, — медленно и далеко не сразу проговорил Фродо. — Но это очень тяжкое бремя — окончательный выбор. Дай мне час на раздумье, Арагорн, и, вернувшись, я скажу свое слово. Потому что я хочу побыть один.

— Что ж, подумай в одиночестве, Фродо, сын Дрого, — согласился Арагорн, окинув хоббита добрым и сочувственным взглядом. — Час мы подождем тебя здесь. Только не уходи далеко.

Сколько-то времени Фродо сидел не двигаясь; голова его была опущена. Сэм, внимательно наблюдавший за хозяином, пробормотал себе под нос:

— Я-то, конечно, помолчу. А только чего тут думать, когда и так все ясно?

Словно бы в ответ на бормотанье Сэма, Фродо поднялся и ушел. Чтобы не глядеть ему в спину, Хранители отвернулись. Однако Боромир, как заметил Сэм, пристально следил за ним, пока его не заслонили деревья, росшие на склоне Овида.

Без всякой цели бродя по лесу, Фродо случайно вышел на заброшенную дорогу. Она вела к вершине горы. Там, где подъем становился круче, виднелись почти разрушенные каменные ступени, расколотые во многих местах корнями деревьев. Фродо машинально пошел вверх и вскоре оказался на лужайке, окруженной с трех сторон горными рябинами. В центре лужайки лежал плоский серый валун; как бы расступившись, чтобы не заслонять утреннее солнце, деревья открывали на востоке Тол-Брандир и кружащих вокруг его вершины птиц. В отдалении грозно выл Рэрос.

Фродо сел на камень и, подперев подбородок ладонями, глубоко задумавшись, притих. Перед его мысленным взором стремительно промелькнули события, случившиеся после ухода Бильбо из Торбы. Он припомнил рассказы Гэндальфа, начало Похода, Совет у Элронда — но окончательное решение ускользало, мысли двоились...

Внезапно ему стало не по себе: чей-то взгляд в спину оборвал, скомкал его раздумья. Он торопливо вскочил, оглянулся — и с невольным облегчением увидел Боромира. На лице гондорца застыла чуть напряженная, но добрая улыбка.

— Я беспокоился за тебя, Фродо, — сказал он. — Если Арагорн прав и орки близко, то бродить по лесу в одиночку очень опасно. Особенно тебе — ты ведь поистине бесценная добыча для врагов. Меня одолевают горькие мысли. Разреши мне посидеть тут с тобой, раз уж я тебя отыскал. Когда мы собираемся все вместе, каждое слово вызывает бесконечные споры. А здесь, вдвоем, нам, быть может, удастся найти какое-нибудь мудрое решение.

— Спасибо тебе, Боромир, — отозвался Фродо. — Да только вряд ли ты сумеешь мне помочь. Потому что я знаю, как мне надо поступить, — и боюсь. Просто боюсь, Боромир.

Фродо замолчал. Сквозь ровный гул Рэроса слышался свист ветра в голых ветвях деревьев. Боромир подошел к хоббиту и сел рядом с ним на камень.

— А ты уверен, что мучаешься не впустую? — мягко спросил он. — Зачем заранее отвергать всякую помощь? Я же вижу, что тебе нужен совет. Выслушай меня, Фродо!

— В том-то и дело, что я догадываюсь, какой ты дашь мне совет, Боромир, — сказал Фродо. — Он кажется мудрым... но сердце предостерегает меня.

— Предостерегает? Против чего? — резко спросил Боромир.

— Против отсрочки, — ответил Фродо. — Против легкого пути. Против желания сбросить с плеч тяжелое бремя. Против... как бы это сказать?.. Ну да — против слепой веры в силу и надежность людей.

— А между тем эта сила надежно охраняет вас от великих бедствий! — воскликнул Боромир.

— Я нисколько не сомневаюсь в доблести гондорцев, — сказал Фродо. — Но мир сейчас быстро меняется. Стены Минас-Тирита крепки, я знаю. А вдруг они окажутся недостаточно крепкими? Что тогда?

— Мы встретим смерть, как подобает воинам, — ответил Боромир. — Да и есть ведь еще надежда, что Вражье воинство сломает зубы о нашу крепость.

— Нету такой надежды, пока существует Кольцо, — отрезал Фродо.

— Кольцо! — подхватил Боромир, и глаза его вспыхнули. — Не странно ли, что нам всем доставляет столько тревог такая крохотная пустяковинка — золотое колечко. Покажи-ка ты мне, как оно хоть выглядит, а то я даже и не разглядел его на Совете у Элронда.

Подняв голову, Фродо заметил странный блеск в глазах Боромира. И хотя лицо гондорца было по-прежнему дружелюбным, хоббит почувствовал холодную отчужденность.

— Его лучше не вынимать, — коротко сказал он.

— Лучше так лучше, — сразу же отступил Боромир, — тебе видней. Но говорить-то о нем, надеюсь, можно? Вы вот все время толкуете про его страшное могущество в руках Врага: дескать, мир сейчас меняется и, если Кольцо не уничтожить, Минас-Тирит, а потом и все Средиземье сгинет под Завесой Тьмы. Возможно, так и случится, я не спорю — если Кольцо попадет к Врагу. Ну а если оно останется у нас?

— Элронд предупреждал на Совете, что Кольцо может служить лишь злодейству, — напомнил гондорцу Фродо.

— Да не пой ты с чужого голоса! — вскричал Боромир. Он встал и принялся беспокойно ходить по лужайке. — А впрочем, быть может, они и правы — Гэндальф, Элронд, все эти эльфы и маги, — для самих себя. Быть может, они действительно станут злодеями, если к ним попадет Кольцо. Хотя по-настоящему-то я до сих пор не знаю, мудрые они или просто робкие... Но нас, людей из Минас-Тирита, которые вот уже много лет защищают Средиземье от Черного Властелина, не превратишь в злодеев! Нам не нужна власть над миром и Вражья магия. Мы хотим сокрушить Всеобщего Врага, чтобы отстоять свою свободу — и только. Но заметь, как удивительно все совпало: сейчас, когда силы у нас на исходе, снова нашлось Великое Кольцо — подарок судьбы, иначе не скажешь! К победам приводят лишь решительность и бесстрашие. Ради победы в справедливой битве отважный воин должен быть готов на все. Чего не сделает воин для победы — истинный воин? Чего не сделает Арагорн? А если он откажется — разве Боромир дрогнет в борьбе? Кольцо Всевластья даст мне великое могущество. Под моими знаменами соберутся доблестные витязи из всех свободных земель — и мы навеки сокрушим Вражье воинство!

Боромир, казалось, позабыл о Фродо. Он возбужденно расхаживал взад и вперед по лужайке, толкуя про защиту Минас-Тирита и наступательные бои, про могучие союзы людей и будущие победы. Его голос гремел все громче, а уверенность в окончательной победе над Врагом стремительно росла. И вот уже Вражье воинство в беспорядке покатилось к Мордору, последних врагов беспощадно добили у стен Черного Замка, а он, Боромир, стал великим королем — справедливым и мудрым.

Внезапно гондорец замер перед понуро сидящим на камне хоббитом.

— Так нет же, они хотят лишиться Кольца! — вскричал он. — Именно лишиться, а не уничтожить его — ибо если крохотный невысоклик слепо сунется в темный Мордор, то Враг неминуемо завладеет своим сокровищем!

Боромир глянул сверху вниз на Фродо.

— Надеюсь, ты и сам понимаешь, мой друг? — спросил он. — Ты сказал, что боишься. Но в тебе говорит не страх, а здравый смысл.

— Да нет, мне просто страшно, — возразил Фродо. — Просто страшно, Боромир. И все же я рад, что ты высказался. Теперь у меня не осталось сомнений.

— Давно бы так! — воскликнул гондорец.

— Ты не понял меня, Боромир, — сказал Фродо. — Я не пойду в Минас-Тирит.

— Но тебе непременно нужно завернуть к нам, хотя бы ненадолго, — продолжал настаивать Боромир. — Минас-

Тирит уже близко, и доберешься ты от Скалистого до Мордора ничуть не быстрей, чем из нашей крепости. А зато у нас ты узнаешь последние вести о Враге. Пойдем, Фродо, — сказал Боромир, дружески положив ему руку на плечо. Но, выдавая скрытое возбуждение гондорца, рука его мелко дрожала.

Фродо встал и, с беспокойством оглядев Боромира, отступил — человек был вдвое больше хоббита и намного сильнее.

— Неужели ты боишься меня? — спросил Боромир. — Разве я похож на предателя или бандита? Да, мне нужно твое Кольцо, теперь ты это знаешь. Но, клянусь честью гондорца, я отдам его тебе после победы. Сразу же отдам!

— Нет! — испуганно вскрикнул Фродо. — Я не могу доверять его другим. Не могу!

— Глупец! — прорычал Боромир. — Упрямый глупец! Ты погибнешь сам — по собственной глупости — и погубишь всех нас. Если кто-нибудь из Смертных может претендовать на Великое Кольцо, то, уж конечно, не вы, невысоклики, а люди Нуменора — и только они! Нелепая случайность отдала тебе в руки Кольцо. Оно могло стать моим! Оно должно стать моим! Отдай его мне!

Фродо, не отвечая, попятился, чтобы отгородиться от громадного гондорца хотя бы камнем.

— Зря ты боишься, — немного спокойней сказал Боромир. — Почему бы тебе не избавиться от Кольца? А заодно — от всех твоих страхов и сомнений. Объяви потом, что я отнял его силой, что я гораздо сильнее тебя. Ибо я гораздо сильнее тебя, невысоклик!.. — Гондорец перепрыгнул камень и бросился к Фродо. Его красивое, мужественное лицо отвратительно исказилось, глаза полыхнули алчным огнем.

Увернувшись, Фродо опять спрятался за камень и, вынув дрожащей рукой Кольцо, надел его — потому что Боромир снова устремился к нему. Ошеломленный, гондорец на мгновение замер, а потом стал метаться по лужайке, пытаясь отыскать исчезнувшего хоббита.

— Жалкий штукарь! — яростно орал он. — Теперь я знаю, что у тебя на уме! Ты хочешь отдать Кольцо Саурону — и выискиваешь случай, чтобы сбежать, чтобы предать нас всех! Ну подожди, дай мне только до тебя добраться! Будь ты проклят, Вражье отродье, будь проклят на вечную тьму и смертный мрак!.. — В слепом неистовстве гондорец споткнулся о камень, грохнулся на землю и мертво застыл, словно его сразило собственное проклятье; а потом вдруг начал бессильно всхлипывать.

Ветер усилился; заунывный свист привел гондорца в себя. Он медленно встал, вытер глаза и пробормотал:

— Что я тут нагородил? Что я натворил? Фродо! Фродо! — со страхом закричал он. — Фродо, вернись! У меня помутился разум, но это уже прошло! Фродо!..

Однако Фродо был уже далеко: не слыша последних выкриков Боромира, не разбирая дороги, бежал он вверх. Жалость и ужас терзали хоббита, когда ему вспоминался озверевший гондорец с искаженным лицом и горящими глазами, в которых светилась безумная алчность.

Вскоре он выбрался на вершину горы, перевел дыхание и поднял голову. Ему открылась, но как бы в тумане, мощенная плитами круглая площадка, каменная, с проломами, ограда вокруг нее, беседка на четырех колоннах за оградой и многоступенчатая лестница к беседке. Хоббит понял, что перед ним Амон-Ведар — или Овид на всеобщем языке, — Обзорный Сторожевой Пост нуменорцев. Он поднялся по лестнице, вошел в беседку, сел в Караульное Кресло и осмотрелся.

Однако сначала ничего не увидел, кроме призрачно туманных теней — ведь у него на пальце было Вражье Кольцо. А потом тени вдруг обрели резкость и стали картинами неоглядного мира, будто хоббит, как птица, вознесся в небо. На восток уходили неведомые равнины, обрамленные в отдалении чащобами без названий, за которыми высились безымянные горы. На севере поблескивала ленточка Андуина, и слева к Реке подкрадывался Мглистый, сверкая зубьями заснеженных скал. На западе зеленели ристанийские пастбища и крохотно чернела башенка Ортханка, с которой Гэндальфа унес Ветробой. На юге, от вспененных струй Оскаленного, низвергающихся под радугой в низины Болони, Андуин устремлялся к Этэрским Плавням и там, разделившись на множество проток, вплескивался в серо-серебристое Море, над которым, подобно солнечным пылинкам, кружились мириады и мириады птиц.

Но не было мира в зацветающем Средиземье. На Мглистом, как муравьи, копошились орки. Под голубыми елями восточного Лихолесья дрались люди, эльфы и звери. Дымом затянуло границы Лориэна. Над Морией клубились черные тучи. В землях Бранда полыхали пожары.

Вооруженные всадники, настегивая коней, мчались по широким равнинам Ристании. Изенгард охраняли стаи волколаков. Вастаки и хородримцы двигались на запад: лучники, меченосцы, верховые копейщики, сотники и тысячники в легких колесницах, тяжело груженные припасами обозы, пустые телеги для награбленного добра — несметная сила Вражьего воинства.

Фродо снова посмотрел на юг. В Белых горах, к западу от Андуина, горделиво вздымалась могучая крепость, окруженная белокаменной неприступной стеной, — Минас-Тирит, надежда гондорцев. И в сердце хоббита вспыхнула надежда. Однако на черном предгорном плато к востоку от Андуина, у Изгарных гор, воздвиглась громадная черная крепость — хищная, многолюдная, грозная. Фродо невольно посмотрел на восток. За Изгарными горами, в долине Горгорота, темной даже под сверкающим солнцем, громоздилась одиночная Роковая гора, окутанная клубами багрового дыма. Взгляд хоббита скользнул чуть дальше. И вот, заслоняя остальные видения, ему открылся укрепленный Замок. Фродо хотел отвернуться — и не смог. На уступчатом утесе, за бесчисленными стенами, окруженный приземистыми дозорными башнями, которые лепились по уступам все выше, застыл, словно черный паук, Барад-Дур — Бастион Тьмы, логово Саурона. И тьма загасила надежду хоббита.

А потом он ощутил ГЛАЗ.

Глаз напряженно разыскивал Хранителя, который осмелился надеть Кольцо. Как цепкий палец, он обшаривал Средиземье. Фродо чувствовал, что от Глаза не спрячешься. Вот он уже ощупывает Наслух. Вот скользнул по ущельям Скалистого... Фродо спрыгнул с Караульного Кресла, упал, скорчился на полу беседки, заслонил глаза лориэнским капюшоном.

Он беззвучно шептал: *Не отдам! Не сдамся!* — а в беседке звучало: *Отдам! Сдамся!* — и гулкое эхо разносило над Овидом эту сиплую клятву бессилия. А потом в голове у него прозвенело: *Сними! Сними же, дуралей, Кольцо!* — и над Овидом разлилась тишина.

В крохотном Хранителе противоборствовали две могучие силы. На мгновение они уравновесились, и он потерял сознание. А когда пришел в себя, то почувствовал, что ни Глаза, ни Голоса больше нет: у него снова была свободная воля, и он сорвал с пальца Кольцо — как раз вовремя. Над беседкой пронеслась темная тень, вниз дохнуло могильным холодом — и опять засверкало солнце. В небе перекликались птичьи голоса.

Фродо медленно поднялся на ноги. Он чувствовал слабость, как после болезни, но воля его окончательно окрепла.

— Я должен идти один, — сказал он. — Потому что темная сила Кольца уже злодействует у нас в Отряде. Да, мне надо уходить одному. Теперь я и верить-то могу не всем, а тех, кто меня никогда не предаст — старину Сэма или Мерри с Пином, — слишком люблю, чтоб тащить в Мордор. Бродяжник рвется на помощь гондорцам, и он им нужен сейчас вдвойне — раз Боромир заражен злодейством. Надо уходить одному. Сразу же.

Он сбежал вниз, к той самой лужайке, где его нашел Боромир, и прислушался. До него донеслись встревоженные крики.

— Они меня ищут, — сказал он вслух. — Интересно, сколько же прошло времени? Наверное, несколько часов, не меньше. — Ему показалось, что крики приближаются. — Как же быть? — пробормотал он негромко. И твердо сказал: — Уходить. Сразу. Иначе я вообще никогда не уйду. И прощаться нельзя. Они меня не отпустят! Значит, надо уходить, не прощаясь.

И Фродо надел на палец Кольцо.

Там, где только что стоял хоббит, медленно подымалась примятая трава. А вниз по склону прошуршали шаги — легкие, как шелест весеннего ветра.

Остальные Хранители, собравшись в кружок, сидели на берегу. И хотя каждый из них дал себе слово спокойно ждать, разговор постоянно возвращался к решению Фродо.

— Да, тяжкий ему предстоит выбор, — со вздохом сказал Арагорн. — Путь на восток смертельно опасен из-за орков, а идти в Гондор, быть может, еще опасней, ибо Врагу донесут, где мы укрылись, и под натиском Темных Сил Минас-Тирит рано или поздно падет. Ведь даже Элронд признал, что противостоять всему Вражьему воинству он не в силах. Как же быть? Боюсь, что лишь Гэндальф сумел бы разгадать эту гибельную загадку. Но Гэндальфа нет...

— А значит, разгадывать ее придется нам, — продолжил за Арагорна Леголас. — Мы должны помочь Фродо.

Давайте-ка позовем его и проголосуем, куда идти. Мне кажется, что, раз путь на восток закрыт, надо пробраться в Гондор и немного переждать.

— И мне так кажется, — поддержал Гимли. — Но, если Фродо все же решит свернуть на восток, я пойду с ним.

— Да и я пойду, — отозвался Леголас. — Бросить его сейчас было бы предательством.

— Ну, предателей-то среди нас, я думаю, нет, — сказал Арагорн. — Однако, если Фродо отправится в Мордор, ему не помогут ни семь, ни семьдесят семь спутников... а возможно, и навредят: большой Отряд легко обнаружить. Так что я предложил бы всего троих: Сэма (разве он отстанет от хозяина?), себя и Гимли.

— А мы? — негодующе воскликнул Мерри. — Мы с Пином еще в Норгорде решили, что пойдем за Фродо куда угодно... И пойдем... Да только это же ужасно — отпускать его... прямо к Врагу в зубы! Мы должны его остановить!

— Конечно, должны! — поддержал приятеля Пин. — Ну мыслимо ли сейчас туда лезть! Вот он и не может решиться: понимает, что одного мы его не отпустим, а просить нас идти с ним в Мордор — не хочет... Мог бы, правда, и догадаться, что мы без всяких просьб, сами пойдем — если не сумеем его удержать.

— Эх, не знаете вы хозяина, — вмешался Сэм. — Это он-то не может решиться? Да он небось уже в Лориэне решился! Ну на кой ему, скажите, Минас-Тирит? Ты уж не сердись, — ища глазами гондорца, добавил Сэм. И вдруг обеспокоенно воскликнул: — А где же Боромир? Он ведь еще с вечера вроде как не в себе... Ну да ладно, у него дом рядом, ему не до нас... А хозяин, он давно уж решил, что пойдет в Мордор. Решить-то решил, да побаивался. Ему и сейчас, ясное дело, страшно. Он, конечно, много кой-чего повидал с тех пор, как ушел из Торбы, — раз не выбросил это треклятое Кольцо в Реку и не удрал куда глаза глядят... Ну а все-таки страх его гложет. Да и кто тут не испугается, хотел бы я знать? А про нас про всех он понимает, что мы его не бросим, — это-то ему главная помеха и есть. Потому как у него решено идти одному. Он вот сейчас вернется, и мы еще хлебнем с ним горя — попомните мои слова, — он ведь никого в Мордор брать не захочет!

— А Сэм-то, пожалуй, прав, — задумчиво сказал Арагорн. — Так что же нам делать?

— Не пускать его! Ни в коем случае не пускать! — вскричал Пин.

— У нас нет на это права, — возразил Арагорн. — Он Главный Хранитель и один отвечает за судьбу Кольца. Мы не должны диктовать ему свою волю. Не должны, да и не сможем: слишком грозные силы втянуты в борьбу за Великое Кольцо.

— А тогда пусть скорей возвращается, и будь что будет, — жалобно сказал Пин. — От такого ожидания и рехнуться недолго. Час-то, наверно, давно прошел?

— Гораздо больше, чем час, — подтвердил Арагорн. — Пора бы ему вернуться.

Хранители встали, и в это мгновение из-за деревьев вышел Боромир, растерянный и угрюмый. Он приостановился, словно пересчитывая своих спутников, и молча сел на траву немного поодаль от них.

— Где ты был, Боромир? — спросил его Арагорн. — Тебе не встретился Фродо?

— Встретился, — чуть помедлив, ответил гондорец. — А потом исчез. Я уговаривал его пойти в Минас-Тирит... и погорячился... И он исчез. Видимо, надел Кольцо. Исчез, как сквозь землю провалился. Мне не удалось его разыскать. Я думал, он уже вернулся.

— И тебе больше нечего сказать? — мрачно нахмурившись, спросил гондорца Арагорн.

566

— Сейчас — нечего, — с усилием проговорил Боромир.

— Да это как же? — испуганно воскликнул Сэм. — Его же нельзя надевать! От него же один только Враг знает, какие беды могут стрястись!

— Ну, он его, наверное, сразу и снял, — рассудительно сказал Мерри. — Вроде Бильбо, когда ему хотелось отделаться от незваных гостей.

— А куда он хоть пошел-то? — взволнованно вскричал Пин. — Его ведь уже целую вечность нету! Где он?

— Когда ты его видел, Боромир? — спросил Арагорн.

— Полчаса... а может, час назад, — неуверенно отозвался гондорец. — Он исчез... Я долго его искал. Я не знаю! Не знаю!.. — Боромир обхватил руками голову и умолк.

— Целый час? — простонал Сэм. — Скорей! Пойдемте! Надо его найти! — Сэм бросился в лес.

— Подожди! — тревожно окликнул хоббита Арагорн. — Поодиночке нельзя! Надо разделиться на пары!..

Но никто его не слушал. Сэм уже подбегал к лесу. Мерри с Пином мчались вдоль берега Реки. «Фродо! Фродо!» — кричали они, и гулкое эхо далеко разносило их звонкие голоса. Леголас и Гимли тоже скрылись в лесу.

Арагорн рванулся за Сэмом, потом остановился и крикнул Боромиру:

— Приди в себя! Сейчас некогда разбираться, что ты учинил с Фродо. Беги за Пином и Мерри. Охраняй их и, если Фродо не отыщется, возвращайся сюда. Я тоже скоро вернусь.

Боромир побежал вдоль Реки. Арагорн — вверх по склону горы. Он догнал Сэма у лужайки, окаймленной с трех сторон горными рябинами. Тяжело отдуваясь, хоббит разглядывал Тол-Брандир, словно Фродо мог перенестись туда на крыльях.

— Пойдем вместе, — сказал ему Арагорн. — Никто из нас не должен бродить здесь в одиночку. Того и гляди, грянет какая-нибудь беда. Я ее чувствую. Скорее! Мы подымемся на Амон-Ведар и посмотрим, что творится вокруг. Фродо, по-моему, пошел именно туда. Так что не отставай и смотри в оба. — Арагорн быстро зашагал к Обзорному Сторожевому Посту.

Сэм не смог угнаться за следопытом. Потеряв его из виду, он остановился.

— Не умеешь как следует работать ногами — работай головой, — посоветовал он себе. — У гондорца нету привычки врать. Да только вот рассказал он вроде бы не все. Что-то новое испугало хозяина, и его вдруг сразу как стукнуло — уходить. А куда? Ясное дело, на восток. Без Сэма? То-то и получается, что без Сэма. — У хоббита на глаза навернулись слезы. — Да не реви ты, а думай! — одернул он себя. — Летать хозяин пока не умеет. А восток — за Рекой. А у берега — лодки. Ну-ка, Сэм, бери ноги в руки и дуй к берегу — авось поспеешь!

Хоббит умолк и помчался вниз. Упал, до крови ободрал колени, торопливо вскочил и побежал дальше. Вот и берег. Сэм осмотрелся. И на мгновенье застыл, вытаращив глаза. С берега медленно съезжала лодка. Пустая. И рядом никого не было. Вскрикнув, хоббит рванулся к Реке. Пустая лодка съехала в воду.

— Я тоже! — отчаянно заорал Сэм. — Я тоже! — И, разбежавшись, плюхнулся в Андуин. Лодка уже отошла от берега. Сэма подхватило мощное течение, и он тотчас же скрылся под водой.

Из пустой лодки послышалось проклятие. Потом проворно заработали весла — сами по себе, — лодка развернулась и подошла к тому месту, где скрылся Сэм.

Голова Сэма показалась над водой. В его широко открытых глазах застыл ужас. Он судорожно отплевывался. Фродо протянул ему левую руку, а правой цепко ухватил за волосы.

— Ну-ну, ничего, — проговорил он с испугом. — Держи меня за руку. Сейчас мы причалим.

— Спасите! — жалобно воскликнул Сэм. — Я не вижу руку-то! Я тону! Спасите!

— Да вот она, вот! — отозвался Фродо. Он похлопал Сэма рукой по плечу, и тот немедленно в нее вцепился. — Держись за борт, — сказал ему Фродо. — Мне же надо грести. — Сэм перехватился.

Фродо быстро подошел к берегу, вылез из лодки и снял Кольцо. Сэм торопливо выбрался на луг.

— Ну и репей! — сказал ему Фродо.

— Да как же вы, сударь, на такое решились-то? — укоризненно воскликнул дрожащий Сэм. — Что бы вы делали, если б я не поспел?

— Спокойно шел бы себе на восток, — невольно улыбнувшись, ответил Фродо.

— Спокойно! — с негодованием подхватил Сэм. — Без всех, а главное, даже без меня? А ну как с вами что-нибудь случится? Кто вам поможет? Одному-то? Нет уж! Этого я, сударь, вынести не могу!

— Не можешь? А если ты погибнешь в дороге? Как по-твоему — я смогу это вынести? — спросил его Фродо. — Ведь я иду в Мордор!

— А то куда же? — отозвался Сэм. — Конечно, в Мордор. Вместе и пойдем.

— Послушай, Сэм, — сказал ему Фродо. — Сейчас вернутся все наши спутники и опять заведут бесконечные споры. А мне обязательно надо уйти. В этом — единственное спасение, пойми!

— Идти одному — погибель, а не спасение, — возразил Сэм. — Я тоже пойду. Или никто из нас никуда не пойдет. Да я все лодки сейчас продырявлю, чтоб не отпускать вас одного в Мордор!

Фродо благодарно и весело рассмеялся.

— Одну-то оставь, — сказал он Сэму. — Иначе как мы переправимся через Андуин? Ладно, собирай свои пожитки, репей!

— Я мигом! — радостно откликнулся Сэм. — Вещевой-то мешок у меня уже собран. Только вот немного еды прихвачу...

Оттолкнувшись от берега, Фродо сказал:

— Значит, не удалось мне уйти одному. А ведь я, признаться, и рад, что не удалось. Ужасно рад, дорогой ты мой Сэм! Видно, так уж нам суждено судьбой — идти вместе до самого конца. Будем надеяться, что наши спутники сумеют отыскать безопасный путь. Но мы-то едва ли их когда-нибудь встретим.

— Гора с горой, говорят, не сходятся, а мы ведь не горы, — возразил ему Сэм.

Два хоббита плыли на восток.

Фродо усердно работал веслами, но легкую лодку сносило течением. Утесы Скалистого остались позади; рев Оскаленного явственно приближался. Сэм старательно помогал хозяину — и все же медленно, очень медленно, пересекали хоббиты могучий Андуин.

В конце концов они добрались до берега у южных склонов лесистого Наслуха. Вынув из лодки вещевые мешки, они оттащили ее от воды и спрятали за большим серым валуном.

А потом, не мешкая, пустились в путь.

ПРИЛОЖЕНИЕ

СОДЕРЖАНИЕ